飞翔的旅驿

清末民初文学与文化

陈建华　主编

商务印书馆
The Commercial Press

图书在版编目（CIP）数据

飞翔的旅驿：清末民初文学与文化/陈建华主编. —北京：
商务印书馆，2023
ISBN 978－7－100－21966－2

Ⅰ.①飞… Ⅱ.①陈… Ⅲ.①中国文学 — 近代文学 —
文学研究 Ⅳ.①I206.5

中国国家版本馆 CIP 数据核字（2023）第 025862 号

审图号：GSC（2022）5030号

飞翔的旅驿
清末民初文学与文化

陈建华　主编

商 务 印 书 馆 出 版
（北京王府井大街36号　邮政编码100710）
商 务 印 书 馆 发 行
上海盛通时代印刷有限公司印刷
ISBN　978－7－100－21966－2

2023年10月第1版　　开本 720×1000　1/16
2023年10月第1次印刷　印张 28½
定价：148.00元

◦ 序 言 ◦

陈建华

以"清末民初"作为这本论文集标题，沿用了一个文学史分期词语，含有数十年来学科划分及其观念的变迁，此刻在我记忆中浮现阅读和思考的轨辙，约略言之不无温故知新之效。自20世纪50年代起正典文学史有"近代"和"现代"之分，前者始自鸦片战争，后者始自五四运动。章培恒先生在本世纪初发表《关于中国现代文学的开端》一文，说明在20世纪初的中国文学中已出现鲁迅所说的"人性的解放"的因素，具现代文学"开端"的意义。如果"近代"分期以政治、经济为基础，那么章先生的"现代"意味着回归人性和文学自身，在他的《中国文学史新著》中可看到人性的文学从上古、中世到近世经历了迂回曲折的发展历程。虽然80年代中期黄子平、陈平原和钱理群就提出"二十世纪中国文学"的构想，而章先生强调"人性的解放"，是为其文学史书写所定的精神原则。如他对徐枕亚《玉梨魂》的高度评价，打破古今、新旧、雅俗的成见，至今仍具启示性。另一端是李欧梵先生，近年来一再主张中国现代文学从晚清开始，这得追溯到他1973年出版的《中国现代作家浪漫的一代》，书里把林纾、苏曼殊和徐志摩、郁达夫等同样看作"现代"作家，这和当时国内流行的"近代"和"现代"的文学史概念很不一样，特别是林纾，当时臭名昭著，和新文学形同冰炭，现在我们对他的认识已大为改观。对于晚清研究，不能不提王德威先生的《被压抑的现代性》，除"谴责"之外对"狎邪""侠义"和"科幻"等小说类型展开论述，晚清小说如惊艳还魂，令人刮目相看。另外对于"重写文学史"厥功甚伟的是范伯群先生及其研究团队，2000年出版的《中国近现代通俗文学史》凝聚着他们多年的辛勤耕耘，"近现代"意谓起自《海上花列传》至民国时期的"通俗"作品的研究范围。他们还编著了许多"礼拜六—鸳鸯蝴蝶派"作家评传、作品选集等，有效拓展了文学观念、空间与市场。

某种意义上这好似一次西风东渐，20世纪70年代一些欧美学者不约而同关注晚清和民初文学，在80年代初形成第一波冲击。占先机的是1980年加拿大多伦多大学出版了米列娜主编的《从传统到现代：19至20世纪转折时期的中国小说》论文集，接续鲁迅《中国小说史略》的影响余波，主要讨论晚清"谴责小说"而旁及"狎邪"小说《九尾龟》，理论分析具结构主义东欧学派特色。次年加州大学出版林培瑞的《鸳鸯蝴蝶：20世纪初期中国城市小说》，是打破鸳鸯蝴蝶派禁忌之作，对该派的历史条件、发展和代表作家等方面叙述甚详，然如米列娜所批评，对于作品注重社会性而忽视艺术性。1984年香港中文大学出版柳存仁主编的英文文集《清代与民初的"二流"小说》，如《醒世姻缘传》《海上花列传》《文明小史》与《啼笑因缘》等的翻译及论文与访谈。所谓"二流"（middleblow）指这些小说在艺术上逊于《金瓶梅》与《红楼梦》，算不上一流，但其中夏志清《〈玉梨魂〉新论》一文颇出格，石破天惊地认为五四新文学运动之前的20年，中国文坛活泼有劲，产生了《玉梨魂》这一中国"感伤—艳情传统的巅峰之作"，而五四时期的白话创作显得贫乏寒碜得多。

樽本照雄先生在90年代末开始编《清末民初小说目录》，胡志德先生于2004年出版《把世界带回家：西学中用在晚清和民初中国》，由是"民初"成为通用分期概念。这是一部思想史与文学史研究的力作，如指出朱瘦菊《歇浦潮》反映了晚清追求功利主义的思潮，揭示通俗小说与城市意识形态之间的多重面向。去年韩南先生出版了《19世纪与20世纪初期的中国小说》(*Chinese Fiction of the Nineteenth and Early Twentieth Centuries*)，同年中文版见世，题为《中国近代小说的兴起》。书中彰显19世纪传教士在文学方面的贡献及其与梁启超"小说界革命"的关系，如剖析吴趼人的叙事手法、陈蝶仙写情小说的"浪漫之旅"，称《风月梦》为"第一部城市小说"等，新见迭出，标志着晚清民初文学研究的纵深发展。

略举这些著述，旨在体认先驱们筚路蓝缕的足迹。"19世纪""20世纪初""晚清""民初""近现代"等分期概念琳琅满目，在当时语境里皆意味着摆脱以前"近代""现代"的正典束缚而凸显文学特性，释放出无穷历史叙事欲望，也是众声喧哗的隐喻。各家在命名之际似乎不无考量，却殊途同归，重访百余年前的历史时空，为晚清民国研究开辟出一片新天地，主要聚焦于小说，涉及主题、类型、叙事方面等，包括在扎实史料的基础上有效运用当代文学理论，皆足具范式，为后来的研究铺设了阳关大道。

韩南指出，1815年米怜创刊第一份中文杂志《察世俗每月统记传》，并刊出其小说《张远两友相论》。该杂志在马六甲出版，由商船沿中国海岸发行，说明在19世纪初中国已进入资讯的全球流通而踏上世界文学之途。这类传教士杂志后来演变为报纸，如安德森所说小说与报纸具有建构民族"想象共同体"的功能，学界在呼应之际将目光移向媒介。2003年，陈平原与山口守合编的《大众传媒与现代文学》及贺麦晓的《文体问题——现代中国的文学社团和文学杂志（1911—1937）》出版，打开媒介与文学研究的面向，由是文学研究由文本延伸至生产、流通与接受等方面，给文学史书写带来新的生机。有趣的是，东西方学者几乎同时关注文学与传媒的议题，意味着全球化浪潮中形成某种国际汉学共同体。

王德威把晚清研究看作古今对话的平台，与当代中文创作呼应，如"新狎邪小说"等重现传统文类的活力，然而始料不及的是，新世纪里"科幻小说"狂飙突起，一发不可收，成为世界艺坛的壮丽景观。若从语言角度看，在持续不断的"国学热"中，古文回到日常生活，古典诗词穿上民族青春的衣装，"汉语"定于一尊，"拉丁化"运动寿终正寝，颠覆了胡适等人关于"白话"进化的许诺。确实，历史充满吊诡和不确定性，一再揶揄我们的乐观，却也蕴含中国调适和重建文化传统以回应全球化挑战的内在逻辑。

某种意义上接踵"晚清"而来的"民初"非同小可，"被压抑的现代性"包括为数众多的"鸳鸯蝴蝶派"，在重绘的文学地图上冒出大大小小的星座，应接不暇，其实所谓"通俗"文学基本上是城市文学，就上海而言，与19世纪中叶开埠以来城市文化的发展息息相关。新世纪以来随着其全球城市的崛起，李欧梵《上海摩登》、叶文心《上海繁华》、叶凯蒂《上海·爱》与戴沙迪《上海媒域》等专著纷至沓来，凸显"海派"文化，涉及民族、阶级、性别、媒介、时尚、感情、物质等议题，给文学的跨文化研究展开广阔的前景。

本书主要探讨晚清民初文学与文化，仅是近十年来的部分成果，收入十五篇文章，显示一些共同趋向：文学扮演不可或缺的角色，由人文关怀和专业技艺的要求所驱动，对文本与文论的探索以古今中外为坐标、以跨学科为方法，走向广袤而崎岖的前沿高地；民初研究含有"共和""都市"和"通俗"的多元面向；抒情传统带来新的情动源泉，与"感情史"研究交相辉映；媒介研究以报刊为方法，"新媒体""媒体景观"与"媒介领域"等概念有助于对"延伸"中的知识转型、感情结构、权力机制等方面的辩证认知；以自反立场关注晚清民初的"内卷"性，从中释放出"新的革命性的东西"。

第一编"历史与理论"部分第一篇李欧梵先生的《晚清文学和文化研究的新课题》是根据 2012 年 10 月 31 日他在台湾地区清华大学人文社会学院的讲演记录整理而成。讲"新课题"包含对晚清文学与文化研究现状做一番审视和反思，并提出方向性展望；同时也讲到自己如何与晚清研究结缘，简略回顾了如何从历史到文学又到文化史研究的过程。李先生最初是学思想史的，在哈佛大学师从的史华慈先生于 1964 年发表了《寻求富强：严复与西方》，被誉为"跨文化思想史的开山之作"，这好似给他播下了对晚清兴趣的种子。2012 年他在"中研院"访问期间回到晚清文学研究，写就《林纾与哈葛德：翻译的文化政治》《历史演义小说的跨文化吊诡：林纾和司各特》以及与桥本悟合写《从一本小说看世界：〈梦游二十一世纪〉的意义》，各篇二三万字，劲道十足，皆为跨文化研究的示范之作。

近年来李先生似是个怀着"世界主义"的本雅明式"漫游者"，这篇演讲也显出这一特色。他说"新课题"来自老问题，后现代热衷于空间讨论，却不能冷落了时间观念。他曾经写过一篇讨论晚清至"五四"的线性时间观的名文，收入纪念史华慈先生的论文集中，这次受王德威《被压抑的现代性》的激发而做一种文化史随想。他把晚清看作"帝制末"和"世纪末"，含有本土与世界的双重视野，觉得"被压抑的现代性"含有"革命与回转"的现代性吊诡，而把后者视作"内耗"："我个人认为就是传统中国文化思想。这个'内耗'本身是有建设性的，不见得全是破坏。有时甚至产生新的革命性的东西，所以它的吊诡性就是从旧的传统里面可以找出不自觉的，或是自觉的、新的端倪。"这让人想起本雅明《历史哲学论纲》中的"新天使"：他的脸朝向过去，在李先生那里却没那么"忧郁"，在越堆越高的废墟中点击烬余的"幽灵"，使之发出启示之声。如他在刘鹗的《老残游记》中遭人诅咒的三回中发现其"抒情境界远远超过它的政治寓言意义"；或通过哈葛德《所罗门王的宝藏》的解读揭示"他的帝国主义思想的背后是对于古文明的向往"，从而打开为后殖民理论所忽视的面向。

胡志德先生《清末民初"纯"和"通俗"文学的大分歧》就范伯群先生所说的"纯文学"与"通俗"之别展开论述，指出这一区别一向存在于传统中国文学中高下和雅俗的权力结构中。自梁启超宣称"小说为文学之最上乘"之后，小说成为动员大众感情的主要媒介，然而小说以表现大众喜怒哀乐甚至"低俗"趣味为本务，并未遵循他的旨在规训国民的"新小说"企划，以致1915年他在《告小说家》中以"诲淫诲盗"严斥"艳情"和"侦探"小说，却彰显了改良精英对小说的掌控危机。胡先生以"五四"新文学对"黑幕小说"的讨伐与《小说月报》改版为节点，揭示了知识精英如何把"鸳鸯蝴蝶派"作为敌对靶子，通过大学教育与主流媒体的机制性合谋而获得话语权，使"纯文学"与"通俗"形同楚汉。"这个具诽谤性的区分'严肃'和'通俗'文学的方式，自此后便一直维持着如此尖锐的二分法，并为中国文学与学术带来重大的后果。"这一"重大的后果"表现为"朝向着马克斯·韦伯以'理性'为现代化核心概念的'理性的现代性'目标前进"。此论断是在对各种"现代性"理论进行来龙去脉的辨析基础上做出的。

"大分歧"不仅是历史的，也是当下的。"通俗"被平反，然而其命名本身似含美学上的先天不足，胡先生通过对赵苕狂《典当》的解析，认为它比鲁迅的《孔乙己》"留给了读者更多反思空间"，且以周瘦鹃《对邻的小楼》为例，指出"事实上，还有许多被公认为'通俗'文学典范的小说反而更符合'纯'文学，甚至是现代主义小说的标准"。这些意见是富于前瞻性的，为了推展处于成长期的"通俗"研究，他在 2017 年为《译丛》（ *Renditions* ）策划了《民国都市小说》（ *Republican Urban Fiction* ）专刊，选译了周瘦鹃、朱瘦菊、张恨水等十余位作家，而总题不沿用 "popular" 一词不仅为了避免"通俗"的局限，也出于中西不同语境的审慎考量。

王德威先生的《被压抑的现代性》对晚清研究具开启闸门之效。他的"没有晚清，何来五四？"之论不胫而走，其意义逸出了晚清研究。我在别处说过他的丰硕论著不光给"重写文学史"带来新的议程，且在文本分析、批评实践、中西理论贯通及其书写风格方面展示出一种"形式"的魅力，与从"革命话语"到"话语革命"的时代转型相一致。收入本书的《现代中国文论刍议——以"诗""兴""诗史"为题》也是一篇切合当下实际而提示研究方向的宏文。针对文学批评与研究中运用西方理论而存在盲目依循或单向排斥的状况，此文围绕"诗言志""兴"与"诗史"这三个话题列举了鲁迅、王国维、梁宗岱等人的相关论述，显示前辈学人如何运用中国文论与西学进行对话的批评实践，对我们有启迪意义。的确，"诗言志"等都属于中国文论的经典话题，与西方文论皆具可比性，如文中提到"兴"与西方"再现"或"模仿"观的相通之处，中外学者在这方面颇多论述，乃至最近国内当代文学批评也在讨论"现实主义"问题。这些问题都值得深入探讨，王先生说"点到为止"即持一种开放的态度。他主张今天的文学批评不仅需要知道西方理论的来龙去脉，更需要知道中国文论的前世今生，不啻为一个纵横贯通中西古今的十字坐标，我想对于任何一个立志高远的当代学人，此文都值得置于案头以志警策。

第二编四篇文章讨论"作者与文本"。韩邦庆的《海上花列传》经由侯孝贤的《海上花》、张爱玲的中英文翻译到被视作城市小说的发端，似乎见证了近数十年来文学经典化运动的急剧变迁。经典以流动为生命，文本仍有待诠释。罗萌的《谈〈海上花列传〉的空间表述——"长三书寓"与"一笠园"》处理小说——也是批评的——"软肋",即后半部对私家花园"一笠园"的描写被认为"败笔",以至张爱玲删去了细述"酒令"的几回。罗萌对小说中时间空间的分析具理论色彩,从巴赫金、纪德堡到德勒兹和瓜达里,始终贴近文本及其产生的历史条件,层层细剥,揭示出作为城市缩影的妓院的"消费时间"与"景观性时间"的特质。这诠释的有效性或许得益于这部小说的"照相写实主义",也即其之所以在晚清"狎邪"小说中夺冠之故。它较为逼真地体现了上海开埠后的城市经验——给作者"再现"冲动的生活之源,并发明"穿插藏闪"的创作手法,包括小说的连载形式,而由于近代报刊带来"共时性"阅读习惯。正因为"逼真",与"一笠园"造成被称之为"现代"与"传统"的明显反差。不过说"败笔"的当然是出自现代性立场,但是如果全书一味写实,缺少虚实之间的张力,似会减弱诠释的焦虑。如罗文所述,"一笠园"并非"大观园"式的回归传统,也不意味着对现代的"反动",或许,换一个角度看,这一反差被二元对立化了,作者避开喧嚣的闹市而放慢叙事节奏,仍以冷静和略带揶揄的笔调,并未背离"城市公共空间"的因果逻辑。

贺麦晓教授与孙丽莹合作的《"不良小说,猥亵图画"——〈眉语〉杂志(1914—1916)的出版与查禁》对文学与杂志关系的探讨可说是他的《文体问题》一书的微型橱窗展示。随着对民初文学的关注,一批女性杂志与女性作者进入学者视野,其中《眉语》杂志由一群女性挂名编辑,且遭到官方禁止,这现象在现代文学史上可说是绝无仅有。报刊与文学研究注重媒介功能、文化整体与历史脉络,使文学史的书写版图大为扩展。这篇论文对《眉语》的编辑群体、图像、广告、市场流通以及被禁过程等方面做了平行而立体的考察。对这本杂志来说图像部分尤为吸睛,也是其遭禁的一个主因,为了获取清晰原貌与改换封面的不同版本,数据库尚不能满足需求,于是作者遍访北京、上海和美国等地的图书馆,可见这项研究的实证与专业精神。

民初数年中都市文艺杂志一时蜂起,多达三四十种,如《民权素》《礼拜六》《香艳杂志》等多为南社同人所创办,以立足国粹而吸取西化为共识,《眉语》算是独立门户,也具这种文化保守倾向,更排斥"革命"而回归传统。但作为一份宣言"闺秀"风雅的杂志，其尤为出格的是在封面与照相内页上大量刊登裸体图画，尽管主编以道德"清白"自辩，但客观地看，从中国女体须挣脱传统的禁锢而走向社会来看，却具"冲决罗网"的意义，如果把这看作一种"内耗"的话，正含有革命性的激进内涵。

正如此文指出，《眉语》对于"近代印刷文化史、女性编辑史、女性文学史、裸体视觉文化史上有十分重要的意义"。近年来对民初女性杂志的研究成为国际性热点，如近几年季家珍的 *Republican Lens: Gender, Visuality, and Experience in the Early Chinese Periodical Press*，以及她与贺麦晓、梅嘉乐主编的 *Women and the Periodical Press in China's Long Twentieth Century* 等，均包括相关论文。马勤勤在此园地中耕耘不息，其《通俗翻译与"女小说家"的中西杂交——从包天笑、周瘦鹃的同名译作谈起》是作品之一。虽然这两篇《女小说家》在艺术上不算高明，而对它们做深入考察，不仅点出民初女性文学兴起的背景，也在于揭示"通俗"文学的价值所在。作者指出："正是在'通俗'的意义上，两篇《女小说家》才显示出文化参与的巨大张力，从而在中—西、新—旧、雅—俗、男—女、文学—文化等多重网络格局的交织冲撞中，翻转出文化权力、性别政治、市场逻辑和女性文学（小说）增长的暧昧空间。"正是把"鸳鸯蝴蝶派"放到历史场景中并对其自身开展逻辑及复杂结构做微观与宏观的探究，方显出"通俗"的"历史定位"，也在在展现了广阔的视野与跨学科、跨文化的研究方法。

王国维在哲学、史学、美学和文学方面成就卓著，对其方方面面的研究可谓汗牛充栋，而对其自沉昆明湖也众说纷纭，张春田的《"人间"、文学与情感政治——重思王国维的生命选择与文学文化》则聚焦于王国维的感情世界而别开生面，由对各类文本的细密钩稽而铺展的王国维生命之旅中，感情扮演了至关重要的角色。此文融汇于"抒情传统"的研究潮流而提出"情感政治"的命题，强调情感与政治的纽带，且做了具体界定，为文学文化的跨界研究开辟新的面向。围绕王国维的"情之所钟"，此文进一步阐述其本雅明式的"忧郁"，甚而提出一种另类的"忧郁现代性"，将他的"独立之精神，自由之思想"更引向反思进步史观之"暴虐"的境界。顺便提及作者在几年前编辑出版了《"晚清文学"研究读本》,是一本有用的参考书。

第三编的四篇论文属于方兴未艾的翻译与跨文化研究,颇能体现本书的标题——"飞翔的旅驿"。把"翻译"比作文学与文化的"旅行"司空见惯,而这几篇的全球想象让人翩翩欲飞。黄雪蕾的《跨文化行旅,跨媒介翻译——从〈林恩东镇〉(*East Lynne*)到〈空谷兰〉,1861—1935》很有代表性,一变对本土翻译文本追本溯源的做法,而以《林恩东镇》为出发点,其东亚之旅展示出自19世纪中叶以来的"全球化"进程。这无疑给晚清研究打开更为广阔的时空。迄今我们所知道的近代"知识转型",始于19世纪中叶传教士的知识传播,主要是有关科技、政经和历史等方面的知识,而《林恩东镇》的传播则凸显大众与日常生活层面的感情之流,在各地激起涟漪,形成如李海燕所说的"情感社群"。在维多利亚时代"耸动小说"十分流行,以伤感和煽情为特征,折射出随工业革命而来的城市和家庭变动,故事中女主与火车相撞仿佛是女性与现代性遭遇的悲剧性隐喻。这类小说在民初的"哀情小说"中澜汋荡漾,至20年代初周瘦鹃的《留声机片》仍风靡一时。今天提起维多利亚小说,莫不以《简·爱》或奥斯汀小说为经典,然而这类"耸动小说"及其洒狗血手法被视作恶俗的标记。维多利亚文学与文化对晚清民初上海的影响至为深刻,对其"忧郁现代性"值得大力探究。李欧梵先生说到,林纾所翻译的大多是维多利亚时期的畅销小说,还提到潘少瑜及其"维多利亚读书会"在专注这方面的研究。如果我们看"鸳蝴派小说",至20年代仍有不少写都市中产阶层和家庭的,有一类是描写"理想家庭"的,有人认为延续了晚清的"乌托邦"类型,现在也有人在做这方面的研究。

这些文章另辟新的主题,对西方理论做到融会贯通,注重历史实证,对文本的旅行轨迹做巨细无遗的追踪与演绎,如果套用黄雪蕾文中的"媒体景观"的概念,同样都需要搜集和处理各类文本,文学的、历史的、图像的等等,也必然与各种媒介连在一起,因此跨文化研究也是跨媒介研究。李佳奇的《伄言与迭译——郭嵩焘〈使西纪程〉的西文史料稽考》也别出心裁。近代史上郭嵩焘颇受瞩目，他是清廷派遣的首任驻英公使，其《使西纪程》开启了旅外使节日记的文类；因他在日记中赞扬西方文明而遭到保守势力攻击，该书被禁毁。中外学者对郭嵩焘及其《使西纪程》的探讨都限于中文语境，而李佳奇则朝外看，发现外媒的一片热闹景观，发现当时《使西纪程》有不同英译本，分别在伦敦、中国香港和上海出版，在各地报纸引发批评和争论。李文的意义不止于指出在日记毁版问题上中外之间的不同观点，还在于开发了一种国际视野，一种全球化的中国景观。相对于翻译研究中侧重"西学东渐"的主流史学叙事，作者提出"东学西译"的研究方法，这也运用在他对郭嵩焘的后继者刘锡鸿和曾纪泽的研究中。

在使"现代性的想象"赋形生动方面，颜健富的《非洲路途，中国视角——论〈斐洲游记〉对于施登莱 *Through the Dark Continent* 的重构》也可谓"异想天开"，呈现了一幅 19 世纪中国人在非洲探险的奇幻图景。正如西方传教士踏上中土一样，欧美人士立温斯敦与施登莱等人到非洲冒险与探勘，都属于西方文化的全球扩张活动，但晚清译者把施登莱的《穿越黑暗大陆》翻译成《斐洲游记》时，在反转剧情上尽奇思妙想之能事，经过一番"主体"的拆除与置换，变成了一本中国人的非洲游记，对世界满怀探幽寻胜之趣，其间借用了旅外使臣的观光经历和历代游记的抒情修辞。20 世纪初梁启超在《新民说》中鼓吹新国民的"冒险"精神，其实《斐洲游记》已启此新机。远的来说，仿佛是古代王朝的民俗采风传统的回响。就地域角度来看翻译研究，向来重视欧美日方面的书写，颜健富开辟非洲研究路线，乃摆脱思维套路之故。尽管《斐洲游记》属于虚构，却建构了崭新的民族形象及其走向世界的愿景。作者的非洲研究系列已结集成书，题为《穿梭黑暗大陆：晚清文人对于非洲探险文本的译介与想像》，已出版。

崔文东的《晚清外国英雄传记、文学流动与思想转型——以明治日本汉文志士传的晚清改编为例》是有关晚清传记文类的跨国翻译的研究，也具开拓性。梁启超在《论小说与群治之关系》中极力鼓吹小说对大众的感染作用，说如果把华盛顿、拿破仑、释迦和孔子写成小说的主人翁，读者也会"化身"为这些伟人，这要把小说当传记看了。确实，晚清时期关于世界伟人的传记广泛流传，其榜样的力量不下于小说。而在康、梁等改良派的心目中则另有崇拜的英雄，他们恨不能"化身"为日本的"幕末志士"，企望重演一幕"尊王攘夷"的历史壮剧。晚清思想中有一股鼓吹"侠"风的潜流，由崔文东的比对梳理，我们得知这在改良派乃是一道隐秘的精神链锁，渊源于明治汉学家的"志士"传记，而经过一番地缘文化移花接木的改造。由是可知近代中国思想已卷入全球文化与媒介的网络，而以传记文类为视角是个富于挑战的选择。

最后一编的四篇文章有关视觉文化，分别以肖像画、照相、电影与图像作为研究对象，对于跨文化与跨媒介研究各具特色。如王宏超的《郭嵩焘伦敦画像事件考——图像的政治与文化相遇中的他者套式》所述，郭嵩焘的肖像也成为一个国际性事件，却直接断送了他的仕途，跟《使西纪程》的前科也有关系。关于肖像的中西不同观念，王文在巫鸿的基础上解说"套式"，在文论里则与西方的"再现""模仿"观相关，上面王德威的论文已提到过。此文多方搜证，考释精详，从再现套式、图像政治、官场风波到夫人外交，把整个画像事件的里里外外交代得殊为清楚，充满有趣的细节。

吴盛青最近出版了《光影诗学：中国抒情传统与现代媒介文化》（*Photo Poetics: Chinese Lyricism and Modern Media Culture*）一书，本集收入的《重层的自我影像——抒情传统与现代媒介》是书中一章。晚清时期摄影术的传入使人们不仅对"真实"世界也对自我的认知发生变化。此文在中国抒情传统中探讨"自题小照"，浓描细写了现代主体铸塑的集体工程，较过去关心形似与否远为多样复杂，呈现种种自我的疏离、分裂和对诘——全球化流动中不确定现代性的主体形态。本雅明说照相技术不能复制艺术品的"灵氛"（aura），但有趣的是，透过"纸上镜像"的文字写真捕捉了"自传性时刻"的心灵真实，也是独一无二的，如电影所创造的"作者风格"一样，似给自我披上了现代的"灵氛"，而抒情传统在古今演变中走向现代，文心粲然，千姿百态。

近年来对中国电影与好莱坞的关系的研究成为国际显学，付永春的《影业红娘：20世纪早期中美电影工业的中间人》着眼于两者之间的"中间人"，如来华创立了亚西亚影戏公司的依什尔和萨弗为人所知，而此文从域外资源弄清他们的身份及活动情况。又如郑正秋提到过的"林奇"，据此文考证即"灵契"，方知他对中国早期电影所起的重要作用。这研究另辟新径，具前沿意义，在作者新近出版的《中国早期电影跨国产业》（*The Early Transnational Chinese Cinema Industry*）一书中有更为详细的考述。

笔者近来的兴趣是探讨民初文学文化的"共和"精神。拙文《民国初年新媒体与社会文化力量的崛起》好似演绎图像学的"展示"（display）概念，对民初数年里的杂志封面、照片插页和报纸广告做一番甄选、编排与解说，旨在说明一种蓬勃向上的都市媒介景观。由于"亚洲第一个共和国"的建立带来了一种前所未有的国民气象，一洗晚清的"亡国奴"心态，尽管时局纷乱、专制肆虐，一批草根性文人与大众、媒介合谋，显示文学、美术、戏剧和电影领域的活力前所未有，朝着国粹与西化、教化与娱乐的方向，为一种都市新文化奠定了基础，其中女权意识的崛起是一大亮点，如为数不少的女子驾驶飞行器图象征地表达了女性自信与家国美好生活的未来愿景。

这些论文从各种角度传递历史的发现与启示。各类文学与视觉文本，如小说、日记、诗歌、传记、游记与肖像、照相与图像等，进入19世纪全球性流通场域。作者们犹如数码时代的知识考古者，通过网络资料库的键盘点击或图书馆藏的卷帙翻阅，发现这些世纪遗忘与尘封的历史残骸，唤醒其生灵与记忆，并诉诸潜思冥想、感同身受的体验，凭借跨民族、跨文化、跨媒介的理论和视野，以精制的学术叙事展现在我们面前。

由于众位师友惠赐大作，使这本论文集得以成形，其出版得到复旦大学古籍所陈广宏、郑利华教授和商务印书馆学术顾问贺圣遂先生、上海分馆鲍静静总编的大力支持及责编的认真编校工作，在此对她/他们一并表示诚挚的感谢。

2023 年 3 月 20 日于沪上兴国大厦寓所

目录

第一编　历史与理论

晚清文学和文化研究的新课题

李欧梵

前言：在历史研究与文学研究交会处

我今天讲的是我个人的晚清研究，题目叫作"新课题"，其实在座的各位专家可能觉得这都是老课题，如果是这样，我就更开心，可以向各位请教，大家交流意见，让我得到一些新的刺激。

2012 年，我在台北"中研院"申请到为期 4 个月的研究计划，从 5 月做到 8 月。我打算再做 4 个月，加起来 8 个月，看能不能写出一本小书。关于晚清的文学和文化，王德威已经写了一本大书，我想我写一本小书也够了。我的研究方式和王德威有点不同，因为我本来是学近代思想史的，后来改行做文学研究，可是并没有忘情于历史，所以就把文学和历史合在一起做。这样的做法，我觉得对研究晚清蛮适合的，如果把这两个学科合在一起，中间混杂的那一块就是广义的文化史。

我最早对于晚清的兴趣，是从文化史的角度开始的，特别是关于印刷的问题。记得多年前在"中研院"做了三次讲演，就是用罗伯特·达恩顿（Robert Darnton）的理念作为参考，他讲法国大革命时代的印刷和书本对于思想和社会变迁的影响，同时还有其他几位研究印刷史和法国大革命的学者——如罗杰·夏蒂埃（Roger Chartier，1945—）的专著。后来开始从跟思想史有点儿关系的文化史来研究晚清的文学。我开始研究的时候，问的都是一些广义的文化史的问题。我做学问常常会把问题想半天，甚至几年，如果搞不清楚，就不敢贸然下手，所以一直拖了很久。就在这个时候，王德威的书出版了。[1] 他可以说是把晚清重要的文学文本都做了一种非常深刻而有意义的解读，跟随这个路径，能再做的不多。后来我因为指导学生，涉猎了一点思想史和社会史方面研究晚清的学术著作。今天我所谓"新课题"的意思，其实就是希望找到一些比较新的 approach，也就是新的方法、视野或者介入点，走一条我个人认为比较新的路，可是这马上就产生一个吊诡：很多新课题，都是要从旧课题开始的。

就晚清而言，在台湾地区，大家研究过的一个旧课题，就是民族想象或家国想象，这个课题大部分是从梁启超那里来的。梁启超对晚清的影响非常大，我个人也是从梁启超（1873—1929）开始认识晚清在思想史和社会史上的重要性：如何缔造一个想象中的新中国，一个新的社群——"民族国家"（nation-state）。从梁启超开始看，再从思想史上找到一些线索，看他们如何从传统里面逐渐挣脱出来，又如何受到很多外来的影响，产生很多复杂的思想纠葛。还有晚清女性思想的研究，非常重要。在座的各位，有些是这方面的专家。也有不少台湾学者研究康、梁以外晚清的其他思想家，如"中研院"黄克武，是继我的老师史华慈（Benjamin Schwartz，1916—1999）之后，研究严复翻译的重量级学者。后来，"中研院"文哲所在我的鼓动之下，彭小妍等一些人也开始做跨文化和翻译的研究。晚清的史料里面，若从文学或新知方面来讲的话，翻译至少占一半，甚至更多。很多关于新知的书，都是经过翻译。不只是从欧洲语言翻过来，很多是经过日文转译过来的。这里面又牵涉一个很明显的西方文本的旅程：西方的理论也好，思想也好，怎么样经过明治时期的日本传到晚清的中国，这一个旅程本身就非常

---

[1] David Der-wei Wang, *Fin-de-Siècle Splendor: Repressed Modernities of Late Qing Fiction, 1849–1911* (Standford: Standford University Press, 1997)；中译本，王德威：《晚清小说新论：被压抑的现代性》（宋伟杰译，台北：麦田出版社，2003 年）。

有意思。这里面值得研究的课题很多，如果在座各位有懂得日文的，我非常鼓励各位把中文资料跟日文资料一起拿来研究。

我先介绍自己思考的两个大问题，再进而讨论几个小问题。对我来讲，大和小都是互为因果的。

一、"帝制末"与"世纪末"

晚清这一块（我用一种空间的说法叫"这一块"），在时间上的定义是什么？严格说来，从1895年到辛亥革命（1911年）应该算是狭义的晚清。如果稍微往后多加几年，就把这一块弄得更大一点，可以一直拉到"五四"的前夕。"五四"和晚清的关系也非常密切。中国大陆以"五四"来区分中国"近代文学"和"现代文学"，我和王德威都反对。我们觉得中国"现代文学"绝对应该从晚清开始。我甚至觉得应该从晚明开始，从前没人信，最近有几位教授开始感兴趣，"中研院"也以晚明和晚清的对照为主题开过学术研讨会。

我们想打破以"五四"为分水岭的看法。如果从"五四"立场往回看，晚清很多现代性的因素就会被压抑了。我想这是王德威那本书最基本的出发点，所以书名叫作《被压抑的现代性》。

这本书的第一章非常难懂，因为他把很多理论上的问题压缩在他自己的语言里面。光是"压抑"就解释了好多次，肢解成各式各样的论题。它们被一些外加的"主旋律"或者 discourse（论述）所宰制，所以被压抑掉了。王德威又用 liminal（阈限）这个人类学的观念来解释。晚清似乎在各种主流现代性讨论里面，变成一个边缘的位置。但是边缘跟中心的关系是什么？书中第一章里最难懂的名词，就是所谓"involution"，中文该译成"回转"吧？不应该翻译成"轮回"。所以各位如果看英文原著再对照中文版就有意思了，"revolution" vs. "involution"，两个英文单词是押尾韵的，革命叫作"revolution"，"革命与回转"，就是它吊诡的一面。历史所钟月岑教授回应："好像翻成'内卷'。""内卷"？不错不错，我这边可能抄错了，"内卷"的现象是"先延伸、卷曲而内耗于自身的一种运动"，这是王德威自己的定义，"常和后退的动作连在一起"[1]，可是，"不是反动"。这个句子，我觉得可以好好讨论。这是从理论上来解释晚清的一种现象，也可以说是更深化了马泰·卡林内斯库（Matei Călinescu，1934—2009）的那个说法："进步的另外一个面孔就是颓废。"那么，进步和颓废的某种吊诡的表现就是"内卷"，就是"先延伸、卷曲"，"内耗于自身"。这个"内耗于自身"的"自身"到底是什么呢？我个人认为就是传统中国文化思想。这个"内耗"本身是有建设性的，不见得全是破坏。有时甚至产生新的革命性的东西，所以它的吊诡性就是从旧的传统里面可以找出不自觉的，或是自觉的、新的端倪。这些新的端倪就使得晚清非常有意义。这点我基本上是同意王德威的，但各人的解释方法不完全一样。

我的解释的方法是先从历史着手。我从我这一辈的思想史家，特别是林毓生那里，得到一些灵感。中国到了清末已经进入"帝制末"，整个传统的秩序开始解体，因而带动了"五四"知识分子的"全盘式"的思想模式。这个模式看来是更新，但它的基本结构仍然是传统式的。林毓生用的名词是"totalistic antitraditionalism"（整体性反传统主义），他又用"universal order"来涵盖整个的中国传统，这个"传统秩序"的衰落，其象征就是1905年科举制度的废除。如果从文化史或文学史的角度来探讨的话，这个衰落甚至会带一点儿抒情的味道——换言之，就是"帝制末"是不是可以看成一种中国式的"世纪末"？我知道"世纪末"这个名词本来在中国是没有的。我非常自觉这是一种挪用。这个词的法文是"fin de siècle"，主要指的是19世纪末，尤其是"世纪末"文化发展得最光辉灿烂的维也纳。这个学术根据就是卡尔·休斯克（Carl Schorske，1915—2015）的那本名著，在台湾地区有译本，就叫作《世纪末的维也纳》（*Fin-de-Siècle Vienna: Politics and Culture*）。这本书最出色的几章，就是关于建筑、绘画和弗洛伊德的讨论。从这本书各位就会发现，为什么在整个贵族阶级凋零、资产阶级兴起的关键时刻，就在维也纳，突然出现那么多思想家、艺术家、音乐家和文化人。他们几乎是十年之内，改变了整个欧

---

[1] "involution"一词宋伟杰中译本翻译成"回转"，见王德威：《晚清小说新论：被压抑的现代性》，页52。钟教授补充指出，一般现代史著作多翻译为"内卷"。

洲的思想世界，从语言学到心理学，到艺术，到文学，等等。所以有人认为，欧洲现代主义的兴起，就是应该从维也纳世纪末那个时候开始。晚清不可能像维也纳一样出现这样的东西，可是，难道晚清一点儿所谓"世纪末"的辉煌都没有吗？甚至于文化上的回光返照都没有吗？如果真的没有，两三千年的文化传统怎么一下子，在一夕之间，就荡然无存？连一点儿追悼的表现也没有吗？这个问题和"五四"的进步思想，要打破帝制、打破中国传统，刚好是对应的，是互为表里的。

于是我就从晚清的文学作品里面挖出几个文本，来印证最近王德威所研究的课题：中国文学的抒情传统。大家也许看过他那本最近出版的书——《现代抒情传统四论》[1]。他是从中国最古老的《诗经》传统，一直讲到沈从文。不过，也许是因为从前写过晚清了，所以晚清这一块就没讲。如果要讲，就是如何把捷克汉学家普实克（Jaroslav Průšek, 1906—1980）所谓的史诗式（epic）和抒情式（lyrical）的叙述模式，吊诡式地合在一起，这是他一个基本的论点。那么，我就从这个角度出发。晚清有两本小说，是同时出版的（1906年），而且同样在《绣像小说》这个杂志连载：一是《老残游记》，一是《文明小史》。后者甚至还抄了前者的一小段。根据日本学者樽本照雄的研究，《文明小史》第五十九回盗用了《老残游记》第十一回五十五个字。我曾经写过一篇短文章，登在"中研院"的研究通讯里，也是一个讲演的记录[2]。这两个文本，一个是模拟史诗式的作品。因为中国没有史诗的类型，作者用小说的手法，但内容太多，形式实在负荷不住。他的范围是当时因新政而生的各种新事物，故事的时间就只有两三年，但是小说空间容不下这么多丰富的材料，所以看起来好像写得乱七八糟的。可是，用王德威的话来讲，却充满了所谓的"众声喧哗"。故事最后不了了之，结尾有点儿像是《水浒传》"收编式"的结尾——一个清朝大员要出国考察，就说："各位的故事和各位的高论我都收进来了。"但不自觉地，这本小说的作者李伯元"摸"出了一个新的叙事模式：这个小说里面传

1　王德威：《现代抒情传统四论》（台北：台湾大学出版中心，2011年），根据在北京大学八场演讲中的四讲编修而成。见王德威：《抒情传统与中国现代性：在北大的八堂课》（北京：生活·读书·新知三联书店，2010年）。
2　李欧梵：《帝制末日的喧哗——晚清文学重探》，《中国文哲研究通讯》第20卷第2期（2010年），页211—221。

统叙事者的地位不见了，那个说书人，好像是作者自己，可是他是一种模拟式的作者。到最后好像觉得这个作者也在为这位清朝大员服务一样，于是就把他们的故事改写成小说，最后把这本小说交给这位虚构出来的清朝大员（可能也有真人的影子）。当然真有这个故事的背景，因为再过一两年，清朝第一次派几个大臣出外考察。如果再继续写的话，显然就会变成《孽海花》。《孽海花》，叶凯蒂（Catherine Yeh）已经研究得很多。我觉得如果我们从一个新的视野来看的话，有些熟悉的文本好像突然产生了一些没有预想到的意义。

　　对照来看，《老残游记》的意义我认为更重要。因为真正能够表现我所谓的这种中国式的"世纪末"抒情的，就是《老残游记》。这本小说的形式也是混杂体，包括游记、小说，最后还有探案。如果慢慢看这本小说，就会觉得，它是一种文人田园式的抒情，可是故事的大部分发生在黄河结冰的冬天，很明显有寓言意义：中国文化已经进入秋冬季了。因为中国式的象征方式是四季：春代表什么，秋代表什么。例如"秋决"，秋天才杀人，才处决。那么冬天代表什么呢？所以黄河结冰的意象，对我来讲，很明显地带着一些文化上的寓意，甚至是政治寓言。我们或许可以从"世纪末"的角度来探讨，到底这个文本所描写的场景背后的深意是什么？

　　一般研究《老残游记》的人都说这本书谈的是"三教合一"，揭橥的是刘鹗自己的思想。我以前也写过这类的文章。最近又重读里面中间那三回，就是第八回到第十回，从"申子平登山遇虎"开始，另有感受。我每次读都发现一些新的东西。第一次读，就是照传统的《老残游记》式的读法，里面那首怪诗，是不是很反动？是反对孙中山的革命？所谓"北拳南革"，影射的是拳匪之乱和即将发生的辛亥革命。然而革命也有"变"的意思，就是说六十年一甲子，必会大变，应了中国式的轮回观念：一"治"之后必有一"乱"，"治"和"乱"是一个 cycle（循环）。后来再读，我就觉得，这三回的抒情境界远远超过它的政治寓言意义，全篇完全是一幅国画，像是用叙述文字在画山水画。所以我后来在香港讲演，台湾的大块文化把它变成一本小书，就叫作《帝国末日的山水画》，是出版商郝先生取的名字 [1]。可是我

1　刘鹗著，李欧梵导读：《帝国末日的山水画——老残游记》，北京：文化艺术出版社，2010 年。

最近又重读，在第十回发现我以前从来没有注意到的一个细节：这里面有音乐，而且是四重奏。我把这段给余少华（我在香港中文大学志同道合的好朋友，研究中国音乐传统的）看，我问他什么叫箜篌？他说箜篌大概是一种古琴式的乐器。书里面还有两个神仙，一个叫玙姑，一个叫黄龙子。另外还有邻居桑家的扈姑、胜姑。四个人，奏四种乐器：一个是箜篌，一个是吹的角，一个是敲的磬，一个是摇的铃。箜篌、角、铃、磬同奏，黄龙子同时又吟唱。于是我这个音乐怪灵感就出来了，忽然想到阿诺尔德·勋伯格（Arnold Schoenberg，1874—1951）的《第二弦乐四重奏》，里面不也有一个女高音吟唱吗？勋伯格写此曲的时间（1908 年）恰好也是那个时候，此曲是一首离经叛道的革命之作。

　　当然，两者差别太大了。为什么？因为勋伯格的那首四重奏基本上是要推翻至少一百多年的西方音乐传统，而刘鹗却是把中国的整个音乐的美学传统凝聚在这四个乐器上，把文化和历史凝聚在这个时辰。在当时的中国，现实中已经做不到这种音乐上的美感，只有创造一个神仙的境界。可是他这个神仙境界不是科幻小说里的神仙，而是中国传统诗词里的画面，就在这座山上，画中有诗，诗中有画，而两者都用小说体描写了出来。武侠小说里练功一定是要跑到山上的。但他申子平登上这个仙山，发现连老虎都变了，都不吃人了。山下的现实世界中，恶政如猛虎，可是到了山上，老虎的本性就回来了。所以整个四重奏的表演本身，就构成一个寓言。这是中国文化结晶的艺术展示，就在这三回里面表现出来了，非常精彩，没有任何一位晚清的作家及得上，只此一家，别无分号。可是这三回是多年来最受歧视的。为什么呢？因为它思想反动。在大陆出版的英文译本里面，杨宪益和他夫人翻译的时候，就把这三回去掉了。杨宪益亲自告诉我，他们觉得内容太封建，所以去掉了。我以前看不出来，我现在这么看也可能受到批评。也许我讲得有一点过分，可是我的理论根据是，往往是在这种世纪末或帝制末的时候，才会出现这类颓废的、抒情的文本，才有这种艺术性的总结，才可以出现一种现代性的端倪。新的东西不是从天而降的，也不是完全从西方进来的，而往往是从对旧文化的反省和哀悼中逼出来的。这是我对于王德威的"involution"的解释。所谓"内耗"，一定不要把它作为一种非常消极的东西，以为耗尽了、没有了。中国文化不是那么一下就没有了。问题是它怎么样成为一种"吊诡式的土壤"，用英文说很清楚，dialectic ground，ground 可以是实质的，也可以是抽象的，翻译成中文该怎么说倒是需要斟酌。

总之，我在做互相考证的时候，发现这两本小说刚好代表了晚清文学的两面，广义来讲就是社会史和文化史的纠葛。可是他们的位置似乎是不定的，因为他们似乎无法从传统的模式中钻出来。这点王德威说得很对。换句话说，就是叙事的时间观念不像"五四"式的，一路直线前进，走向某一种光明的前途，linear progress 这个西方"进步"的观念，在晚清传进来了，可是还没有渗进小说的叙述结构中。晚清少数知识分子开始采用，就像康有为（1858—1927），他的"三世"说似乎一跳就跳到大同世界。可是，"升平世"跟"大同世"不同，"大同世"是跳跃式的，跳到一个将来，例如那个时候有以几个月为期的交好之约。可是"升平世"的问题反而更严重。这就是说，当时晚清对于 progressive thinking——不断地进步，一个阶段进步到另一个阶段，一直往前走——的这种思想还是拿捏得不太稳，有这种想法的人还不多。在晚清小说文本里面，这种不稳定的情况倒是不少，但现在无法详细讨论。

二、晚清的时空观念

我的第二个大问题，就是晚清的时空观念。时空观念，如果能够把思想、文化、文本连在一起比较，既有意义，也有一点儿抽象意味，牵涉到理论的考虑。现在大家因为是生活在后现代的时代，每个人都讲空间——我需要自己的空间，我需要话语的空间，什么都是空间——空间被滥用了。可是很少人由此联想到时间问题，因为时间早已习以为常。我常举的例子是，现在每个人都戴表，中国人什么时候开始看表，用这个西洋玩意儿来计算时间？我自己也搞不清楚。时间的观念，我觉得对小说的影响至关重要，特别是写实主义小说。西方的写实主义小说，它的叙事形式和时间是连在一起的，甚至于可以说，西方的现代小说，之所以注意语言，注意内心，甚至像弗吉尼亚·伍尔芙（Virginia Woolf，1882—1941）这样注意女性的自觉，基本上都是在反抗 19 世纪那种布尔乔亚的时间观念的。这个现代化的时间观念，在中国并不成立。中国传统的时间观念，像不像西方的时间观念呢？又像又不像。因为中国一年也差不多有 365 天，是根据月亮的运转来算的，所以有闰月；西方是根据太阳算的。晚清知识分子主动介绍西方的观念进到中国的第一人是梁启超，而且讲得非常明显，我常常引他的《夏威夷游记》，又叫作《汗漫录》。这个资料是我的朋友兼学生陈建华在我的 seminar 上跟我说的，他关心的是梁启超提倡的诗界革命，那时候他在我班上也以此为题写论文。我反而被书中的时间观念迷住了，所以陈建华写他的诗界革命，我就研究为什么梁启超提倡西方的时间观念。他写那篇游记的那年恰是 1899 年，19 世纪最后的一年，他在船上写这段日记的时候，已是 12 月底。梁启超说我们现在要开始用西方的、世界各国都常用的时间，就是公历。他说是为了方便，这个很明显地显示了一个新视野：要把中国看成世界的一部分，所以在时间上要连在一起。我想他当时只是说说而已，在 1899 年到 20 世纪初的十年，还没有太多人响应；讨论这个问题的，据我所知，好像也不多。如果各位知道有其他资料和论文的话，我非常希望知道，也许我忽略了。晚清有个杂志叫《新启蒙》，里面提到过，可是我觉得那里面讨论的地理知识比较多。

　　中国什么时候才真正逐渐接受了西方世界的时间观念，包括月历、日历这种东西？我认为是 20 世纪 30 年代，那个时候的上海就很明显。当我写《上海摩登》的时候，我就看到月份牌这类的东西。我在书里用的一张是 1933 年的，它前排是公历，后排是农历。你看月份牌里面，前面是公历几月几日，后面是农历的秋分或冬至等节气，这个双重的时间观念持续很久，甚至到现在。现在大家基本上都是用西方的时间。中华民国元年是 1912 年，是照公历算的。当时民国政府大力推行要用公历，可是还受到抵制。所以需要经由印刷媒体，用普及的方式来介绍新历法。我找到一些像"东方文库"之类的小册子，甚至于《新青年》这类杂志，都特别介绍这个东西。所以这个时间的观念，在实际的历史运作了至少有二三十年，才逐渐成形，上海的商人才开始戴表、看表。至少，如果不看表的话，钟就很重要——就是上海外滩税关处的那个大钟，那是英国从事殖民主义的钟，可是它敲出了时间。钟的下面是两个石头狮子，摸摸狮子有财运，它象征资本主义到来了。当时摸摸狮子，后来就演变到现在的 stocks，股票。总而言之，新的时间观念进来，在晚清文化里面逐渐渗透实现，恐怕至少还要到民国初年。所以，从这个角度来看，我就会问，到底时间的观念是不是影响了晚清小说的叙事结构？这是我最关心的问题。

大部分晚清的小说，基本上的结构还承续了旧小说，这些小说家似乎无法从传统中走出来。确实不可能马上走得出来，就好像一个传统不可能一夕之间就完全消失。各位可以看得出来，当时的那些文人，各个受的都是中国传统式的教育。他们看的小说，最熟的小说，也都是各种传统文类，除了小说戏曲，还包括诗词歌赋和八股文章。有人认为这些晚清作家，好像做了一场晚明的梦，梦醒了就跑到晚清。既然如此，你就可以把本雅明（Walter Benjamin，1892—1940）的那一套理论搬出来对照。本雅明讲的是每个时代都梦到将来，中国的梦是梦到过去。可是将来和过去变成了一种吊诡。那么，在梦里面，时间观念是什么？这又是一个大问题。所以我就开始找，中国的传统小说里面有哪一本提到时间的问题？我找到一本，就是《西游补》。《西游补》里面那个孙悟空，做梦翻筋斗，他有一次翻到一个未来世界去了。可是怎么从现在的世界翻到将来世界，却语焉不详。孙悟空做梦梦到以前的世界，描写得很多，但怎么掉到一个未来的世界，董说似乎没有办法解释，因为当时没有"进步"的时间概念，没有时间直线前进的观念。没有这种时间观念就不可能有科幻小说。这里非常吊诡的就是，书里有几段话非常发人深省。好像说从过去一滚滚到现在容易，可是从现在滚到将来，或者从将来滚回现在不大容易。这就是表示传统的小说里面，事实上遭遇到一个时间的困难，因为中国传统小说的写法就是从古一直写下来，写到某一个现在，甚至于把现在的故事放在古代，例如《金瓶梅》，明明是明朝的事，却写成宋朝的。唯一的例外就是《红楼梦》，可是《红楼梦》是独一无二的。故事开端的和尚与道士怎么出来的？那种开始，是中国文学中独一无二的。当然，你也可以说它跟这个《西游补》有些关系，但是间接关系，不是直接关系。

到了晚清，每个文人都看过《西游补》和《红楼梦》，那些文人的基本的（用我们现在时髦的说法）"文化资本"就是那些东西。所以当他们写科幻小说的时候，就只能想到《说唐》这类神怪小说。有些晚清的小说家，看到外国来的翻译才突然感到，原来故事可以倒过来写。福尔摩斯的贡献就在于有时用倒叙手法。他们是从林琴南或者是其他人的翻译得来的，或是从大量的维多利亚小说里面找到的。于是吴趼人就开始用这种叙事手法写《九命奇冤》。另外一个手法，我最近才发现，就是文本中的文本，以前的传统小说运用得不多，《红楼梦》又是一个大例外。《红楼梦》的石头是第一个文本，然后石头里面又出现一个故事，故事中的故事。可是维多利亚小说里有很多。我最近研究那个哈葛德（Henry Rider Haggard，1856—1925）就煞费周章，他大玩文本中的文本游戏。本来是非洲历险的故事，他怕读者不相信，因为里面有很多神话传奇，于是就说这个人物失踪了，失踪了之后有人找到一个文本，把它邮寄给作者，于是作者就把这个小说刊出来给各位看看。所以这里面叙事的问题就复杂起来，牵涉的时间观念也非常复杂。晚清的有些小说家也如法炮制，想要打破原有的叙事疆界。可是，怎么打破呢？我觉得已经到了没办法的地步，所以需要"五四"的文学革命。叙事者纠缠不清，或者说叙事者的复杂性，以及时间的复杂性，这两个问题，使得"五四"的短篇小说在形式上开始创新。

　　当然，鲁迅（1881—1936）可能又是一个例外。鲁迅的贡献就是，他对于叙事者的角色一开始就做试验。在他的短篇小说里面，往往时间就是很短暂的一点——"现在"，就是那个时辰，例如《在酒楼上》，然后就从那一点倒叙回去，回到过去。他就是抓到了一个抒情式的时辰，很有现代感。此外他也用比较传统的手法，但往往假借模仿传统来讽刺传统，如《阿Q正传》。故事的叙述者从头开始讲，阿Q叫什么名字，等等，然后他基本上是故意把时间先停下来。本来一个传统社会里面就没有什么时间的变动，只有春夏秋冬而已，可是突然革命来了，革命的变动也带动时间上的变动。所以，背后的吊诡反而就是：这些传统世界里面的人是不可能适应新的时间的。所以鲁迅就把阿Q枪决了。不论鲁迅事后有何托词，这个结尾都是免不了的。这个时间问题很值得继续研究下去，我只是开一个头。

　　我最近又开始研究空间观念。这两个观念当然是合在一起的。如果晚清小说家在时间上冲不出去的话，最容易做的就是往空间上发展。所以晚清突然出现了一大堆科幻小说。可是各位如果研究的话，就会觉得每一本小说都没写完，或者是中间漏了很多细节，突然就不知所终地结尾。原因是什么呢？表面上就是它在杂志上连载时说停就停了。比如有一篇小说非常有意思，叫作《乌托邦游记》，讲坐空中飞艇旅行的故事。小说把飞艇的内部介绍得非常详细，在里面可以看杂志、看电影，等等，还提到托马斯·莫尔（Thomas More，1478—1535）的原著《乌托邦》

（ *Utopia* ）。我觉得这个人真厉害，竟然知道托马斯·莫尔！然而只写了两三回，突然没有了，编者发表声明说这篇小说"宗旨不合"，所以把它停掉了。我到现在还搞不清楚是为什么。

所以从这里就可以看得出来，为什么中国的科幻小说不可能有一个完整的 closure，一个结束。我觉得其中一个原因就是，在当时它没有突破时间问题，而仅从空间的幻想扩展，就有某种极限。中国以前的神怪小说，也有类似的幻想，但它的故事到最后是回归到现实世界。像唐传奇里面，一个凡人到海龙王宫，娶了海龙王的女儿，最后还是回来了；或者描写一个人在树里面看到蚂蚁，就进入蚂蚁的世界，最后又回到人间等。这种例子很多，唐传奇是非常有意思的，故事发展到最后必定回归到现实，这是一个很普通的做法。另外一个做法就是，你进入一个神话世界，见了一个神话人物，这个人物在故事结尾就会失踪，如虬髯客，那是个半神话式的人物。因为真命天子出现了，这个人物就失踪了，有点像《基督山恩仇记》里面的基督山带着他的女朋友扬长而去。可是我觉得，晚清的小说家从传统小说得到的最大灵感还是空间。因为中国传统小说中有很多仙境故事，包括《老残游记》中的仙境。而这个仙境，往往有田园式的深山大泽等，也有地理式的。地理式的就是说，譬如秦始皇到东海蓬莱岛去求长生不老之术，东边代表什么，西边代表什么，都是有意义的。落实到神怪小说里面，西边就有什么昆仑山西王母啦；而东边，隐隐约约地，大家意识到是有海，海上有仙岛、有仙山，于是有人可以去求长生不老。有人认为中国人对日本的想象是从这里开始的。所以后来晚清小说里面就有很多这一类的小说，就是一下子坐飞艇跑到一个仙山或仙岛上。我也不记得具体的了，看多了就忘。我有一个学生现在研究这个课题：例如，中国最早的空间观念是什么？最近有好几本学术专著出版了。又譬如中国人的文化想象中，"天地"的形状大致是什么？好像是一个扁圆形式的东西。

那么又怎么样使得小说人物从现世的中国一下子进到另一个世界，进到一个异类空间呢？想象的也好，地理的扩展也好，我觉得地理的成分比较多——就是通过新的科技。晚清小说中的新科技不外乎几样东西：最多的就是飞艇，第二多的就是潜水艇。飞艇是陈平原做过的，他那篇名文就是从《点石斋画报》里面画的气球和飞艇开始研究的。而真正的飞艇在西方的发明时间，要是根据好莱坞电影的说法，可以追溯到 18 世纪。你们看过最新版的《新三剑客》电影吗？是 3D 版的，里面就有飞艇，最后一场大战就在飞艇上开始，一直打到地上。在晚清那个时候，绝对有真的飞艇。有个庞然大物叫"兴登堡号飞艇"（LZ 129 Hindenburg）在空中爆炸，事故发生在 1937 年。而在此之前，也有很多实例记载，例如薛福成（1838—1894）在巴黎坐过气球上天。这些西方的经验，怎么传播到中国人脑海中的呢？答案当然是印刷媒体，是画报，还有照片。印刷媒体的发达，使得这些晚清的小说里出现一种新的空间的想象。但飞艇的速度很快，他们不知道怎么描写速度，就一下子在地球上飞来飞去。更有意思的是潜水艇，或者说是海底或地下的科技，这是他们从凡尔纳（Jules Verne，1828—1905）的科幻小说中学来的，最著名的几本都译成中文了：《地底旅行》、《月界旅行》、《八十日环游记》(或译作《环球世界八十天》)。

各位知道《八十日环游记》的主人公坐的是气球。非常明显就是，故事说的是现代性的时间观念：八十天，赌博就赌八十天。可是故事的视野是地理的：从英国到欧陆，到非洲，到香港，又从香港到日本，到美国，在美国碰到印第安人，最后又回到英国。这个环游的空间也变成了世界地理，晚清新知里面的一个重点就是地理知识。研究这方面的人很多。复旦大学的历史学家邹振环，最近还来过台湾讲学，写过《影响中国近代社会的一百本译作》，他现在就研究晚清地理学。晚清地理学就是从晚清文本里找到的东西，例如，五大洲的观念是什么时候开始有的？以前中国人只知道有一大洲，后来逐渐形成五大洲的世界观。这五大洲是什么？大家的了解程度不齐，知道有欧亚美非澳，但当时对非洲和澳洲的了解非常模糊。刚刚我知道有位学者研究晚清文本中的非洲，这个太重要了，是很珍贵的资料。我们对美洲了解得多一点，因为 1904 年华工禁案，报章上可以看到美洲的报道。晚清派使节到美洲，所以很明显对于美国和美洲的知识比较多一点。对欧洲了解当然更多，因为欧洲列强侵略过来，必须要知道。了解比较少的是澳洲和非洲，南美也不多。非洲对我来讲是最迷人的。为什么呢？因为很多科幻，至少有一本很重要的科幻小说，就是梁启超翻译的那个《世界末日记》，里面重要的场景就是发生在非洲。最后太阳没有了，欧亚大陆结冻，就从锡兰（斯里兰卡的旧称）坐飞船，跑到非洲去。可是最后就剩下一男一女，还是没办法，相拥而死，世界就毁灭了。

　　所以，科幻小说既可以讲将来的世界，也可以讲世界的终结（世纪末）。我个人认为这同样是科幻小说的两面。"将来"可以说是最理想、最光明的乌托邦，也可以说是世界末日。可是清末文人对世界末日的想象，像包天笑，像梁启超，他们的想象都是很模糊的。不像西方对于世界末日那么关注，特别是现今这一年（2012年），西方有人预测世界末日就要来临，最近几天纽约有狂风，大家都开始想到那个电影——*The Day After Tomorrow*（《后天》，2004），这个明显就是对末日的想象。晚清对此是很模糊的。时空的想象凑在一起，造成了一个很不稳定的、很不完整的小说文体——科幻小说。换言之，没有什么"科"好讲，"幻"是有一点。所谓"科"，就是科学地思考，是没有的。不像我们现在知道的科幻小说，好的像亚瑟·克拉克（Arthur Clarke，1917—2008）的《2001 太空漫游》（*2001: A Space Odyssey*, 2004），他自己就是一个科学家。他要把科学普及起来，所以他那个时候已经预测到将来可以用 space travel（太空旅行）。可是当年的晚清科幻小说，根本就是好玩，是从一个在中国传统不受重视的文类——神仙鬼怪——引申出来的，科学知识仅系皮毛而已。

　　总之，我的想法就是，研究晚清文学不能从新批评角度着手——找一个文本出来细读，越分析就越觉得有价值——这样做你会很失望。因为那里面没有什么深意。晚清有什么伟大的作品？一本都没有。勉强说，大概最多就是我自己比较偏爱的《老残游记》。也有人批评《老残游记》不完整，而且老是讲老残，有点自怜，还钟情妓女。《老残游记》的续集就不行了，不过续集的《后记》太有意思了，作者自己说：我现在在这里，一百年之后还有人知道老残是谁吗？他问的就是这个时间问题。我记得我在香港讲演的时候，刚好是刘鹗逝世一百周年纪念。我就问台下听众，你们各位谁知道刘鹗这个人？结果完全没有人知道。看来他猜对了。

　　晚清对我来说，是一种"未完成的现代性"，有的被压抑，有的乱七八糟，可是它的重要性在哪里呢？就是王德威所说的："没有晚清，何来五四？"晚清正是把中国传统里的各种东西，做了一些充满矛盾的、纠葛性的处理，希望能够挣脱，进到另外一个新世界，可是走不出来。而走不出来的原因正在于中国传统的持续影响力。不能说传统是在"西方的影响，中国的响应"的方式下衰退的，这个说法太简单了。中国的传统，即使没有外力，自己也差不多了，就是到了一个最成熟，也是最颓废的"世纪末"时刻。怎么从这里产生一种新的创作的力量、新的思考、新的认知出来？这个问题，很难回答。

如果做一个文化上的对位式的比较，我的参照点就是维也纳。维也纳的现代性艺术完全是从对传统的思考和反抗中开创出来的。特别是勋伯格，他是一位作曲家，他教和声，他说传统的和声已经到了头了，非变成十二音律不可。可是他永远是尊敬勃拉姆斯（Johannes Brahms，1833—1897）的，他后来流亡美国，没饭吃就教弹勃拉姆斯钢琴曲。他对传统还是很尊敬的。这个模式，在晚清不能适用，因为恰好就在这个时候，西学进来了，但晚清的知识分子又不像"五四"那一代人一样，用西学取代传统。

西学新知进来，对晚清这一批文人而言，有很大的认知困难。第一个问题就是，到底什么是西学？西学被消化到变成所谓新知的时候，变成了什么样的文本？现在开始有年轻的学者在研究。其实鲁迅做教育部金事的时候，就因为周瘦鹃翻译那些东西，颁给他一个奖。把西学介绍进来的绝对不只是维新派的人物，守旧派照样介绍。据陈建华的研究，最早介绍美国电影的就是周瘦鹃。西学和新知，似乎是给这些在自己传统的世界生长的人开了一个新境界，然后就很自然地融到他们自己的论述里面。可是这个论述是"四不像"的。写得最完整、最吸引人的就是梁启超，所以梁启超那么受人重视。可是梁启超是最糟的小说家，他的《新中国未来记》写得一塌糊涂，根本比不上《老残游记》。为什么呢？因为他不会写。只有第一章精彩，后面几章，有人说是别人帮他写的，有待求证。其他人研究的学者也非常多，在此不必介绍了。晚清对我来讲，有意思的地方正在于它"乱七八糟"的混杂性。

三、晚清的翻译

下面，我再讲一个小课题，就是我自己今年从 5 月到 8 月在"中研院"所做的研究。对于晚清，我个人多年来一直想做的就是晚清的翻译研究。翻译的范围这么大，怎么做？而且翻译理论这么多，怎么办？我又想做时间问题研究，有一个美国人名叫爱德华·贝拉米（Edward Bellamy，1850—1898），写了一本科幻小说叫《回顾》，英文叫作 *Looking Backward*，最能够证明时间的吊诡。故事讲波士顿的一个商人，在 2000 年醒了，进到波士顿的新世界，新世界里是一种美国式的社会主义。没有钱币，大家刷卡，货物各取所需。那里有多功能的电话，睡觉的时候就可以听电话中的古典音乐，等等。他描写的是一种美国式的乌托邦。那本小说是由李提摩太（Timothy Richard，1845—1919）介绍到中国来的。李提摩太的目的是把这当作一个所谓"向清廷献计"的模式，即要维新就应该采用这个蓝图。

李提摩太介绍进来的另外一个版本，也是跟时间有关的，和历史的时间更有关的，就是《泰西新史揽要》，后来马上变成小说《泰西历史演义》。连载的杂志也是《绣像小说》，和《文明小史》《老残游记》一样。《泰西新史揽要》原本是一个很帝国主义式的写法，作者麦肯齐（Robert Mackenzie，1823—1881），书名叫作 *The Nineteenth Century: A History*。汤恩比（Arnold Joseph Toynbee，1889—1975）曾经批评过这本书。这本书的观点很保守，先写拿破仑造成的战乱破坏了欧洲的和平，中间几章写英国的典章制度怎么好，下面再写其他欧洲各国，最后是写波兰和俄国。把这么一部书介绍到中国，李提摩太很明显地想把它作为历史教科书献给清廷，以备科举考试之用。李提摩太是有政治野心的，想让清廷重用他，然后可以把西学带进来。可是，晚清的小说家马上把它化为演义，中国式的历史演义，于是无意间颠覆了他整个那套帝国主义。为什么呢？拿破仑在演义中变成了英雄。那里面最精彩的就是前头那段对拿破仑生平的描写，文字照抄《史记·项羽本纪》。拿破仑本人最多也不过五尺吧？但写的是洋洋七八尺。然后照抄《项羽本纪》开始的那几段，说拿破仑学剑不成学兵法等，跟项羽的经历一模一样！这也许是一个偶合。我本来想做这个题目，被陈建华捷足先登，各位可以看他的相关论文，写得很好。

那么，我该做什么呢？也许我应该学女性主义的学者，研究晚清的翻译小说中以女性为主的故事。于是我专门找那些维多利亚文学中没有女性自觉的二流小说，研究它们为什么流行。那些二三流小说家的东西，现在没有人看了，可是当年在印度非常流行。我有一个很奇怪的设想，就是往往一本流行小说在跨文化流通过程中，会不自觉地解构了原来西方的意识形态，不管原来的传统是保守或现代。一位印度学者 Priya Joshi 写的一本书，叫作 *In Another Country*（《在另外一个国家》），她就是用印度图书馆里面的借书量来查证，在那个时候（也就是中国晚清的时候）印度人借的英国的小说，哪一本借得最多。她的一个惊人的发现就是，借得最多的竟是维多利亚式的言情小说，是以女性为主的小说。现在大概只有潘少瑜一个人做这方面研究，她的博士论文就讲周瘦鹃和林琴南。她只做林琴南翻译哈葛德写的言情小说如何流传到中国。晚清时期讨论得最多的是《迦茵小传》（*Joan Haste*），原著如今已是湮没无闻。既然她做了，我就回归我的男性本色，去做一个最糟的男性中心主义者，一个殖民者，就是哈葛德。

我原想颠覆哈葛德，不料后来发现自己颠覆的是后殖民主义的理论。因为我一开始看的关于哈葛德的研究，全部是后殖民主义者写的，把哈葛德骂得体无完肤。我想，既然是这么糟的作家，这么糟的文本，为什么却是林琴南翻译最多的？一共有二十余本，是他译的所有西方小说之首。哈葛德写的小说将近六十本，在当时非常畅销。有些一直到现在还畅销。他最有名的一本小说叫作 *She*（林琴南译作《三千年艳尸记》），讲非洲一个古代女王长生不老的故事。*She* 被拍成电影四五次，最后又借尸还魂，变成最近的通俗电影 *The Mummy*（《木乃伊》，1999 年）。《木乃伊》就是以这个故事为原型，只不过把本来的女神变成男神，那个怪物僵尸是个大坏蛋，把人杀了就变成人形，有血有肉，和男女主角斗来斗去——然而内容却是非常殖民主义式的，比哈葛德的原著还厉害。我觉得这个题目虽然政治不正确，却太有意思了，就开始研究。研究哈葛德比较容易处理的一面就是了解他的意识形态，把各种的资料拉进来，很容易解释他为什么是这样；但比较头疼的是他惊人的产量。我看不了那么多小说，只看了三四本而已：他最有名的小说 *King Solomon's Mines*（《所罗门王的宝藏》，1885，林译为《钟乳髑髅》）；*She*；还有一本小说，名字就是主人翁的名字，*Allan Quatermain*（林译为《斐洲烟水愁城录》，在日本也有翻译，最近中国台湾地区有学者在研究）。

可是，我个人觉得，他自己最用心写的，是一本以黑人为主角的小说，讲苏噜族（Zulu）的一个英雄，名叫 *Nada the Lily*（林译《鬼山狼侠传》，1892 年）。这是一部非洲的英雄史诗。他歌颂这个英雄，也凭吊这个最后被白人灭掉的黑人民族。哈葛德自己是白人，所以你也可以说，他既是非洲殖民主义者，又是绝对的男性中心，可是他并不见得把非洲黑人视为奴隶。哈葛德自己与维多利亚社会不合。他觉得维多利亚时代的绅士（gentlemen）太过文质彬彬，根本不足以支撑大英帝国主义，所以他想创造一个另类的英雄人物。当然，你也可以说他更是一个军国主义者。可是另外一方面，也可以说，他在非洲住了很久之后，研究非洲的民俗，所以不自觉地就歌颂他的敌人，或者说他同情被压迫的黑人——苏噜族。苏噜族王国有点儿像西夏王国那样，经过波尔战争以后，整个被英国和荷兰灭掉了。现在南非经白人统治了一百多年后，黑人才平反。可是现在的黑人后代已经不是苏噜族了，已经有很多混血。所以哈葛德的这本小说，我觉得很有意思。我发现林琴南最用心翻译的哈葛德作品，除了《迦茵小传》之外，就是这本小说。

　　这就产生一个非常有意思的问题：林琴南自己的种族论点究竟如何？他作为一个晚清最后的老式文人，而且坚持用古文翻译，他又不懂外文，他到底怎么看待当时知识分子最关心的问题？中国面临亡国灭种的危机，必须创设新的民族国家，但又如何"想象"？在此我的林琴南研究面临一个最大的挑战，那就是：我觉得林琴南最大的优点，也是他最大的限制，就是他的古文。古文不是小说，严格来说，古文并不代表文言写的小说。如果只是笼统地把古文视为文言，古文本身就没有意义了，就无所谓唐宋古文八大家了。到了清末的古文，基本上大家只是讲桐城派和《文选》，然而这并不是那么简单的问题。因为林琴南自己不认为他是桐城派，不认为是曾国藩的门徒，他对方苞和姚鼐也不见得那么崇信。他自己觉得自成一体。他最尊敬的古文大家是他的同乡严复（1854—1921）。所以这就牵涉到另外一个问题：严复的古文有没有人研究过？我想一定有。那么为什么严复要用那种古文文体来翻译他认为重要的西洋经典？我觉得汪晖讲得有道理，就是他要为中国建立一种新的学问，所以必须用古文写，一种能够合于中国的"四书五经"的传统文体，至少能够对等。毕竟进到现代了，不能完全拟古，必须自成一格。可是古文的文字和文章不能丢弃，因为中国文章的载体就是古文。我觉得严复和林琴南最后要抓住的这个东西就是"文"，即对文人来说，你应该具备的基本功就是"作文"：中国的文字，你一放掉或写不好就完蛋了。我觉得他最大的局限，就在于太过坚持古文。他用古文来翻译西方小说的时候，这两个文体不可能那么相合。他没有办法从中国古文小说里得到足够的资源，用古文来译西方小说的时候必须掺杂其他文体。

所以有人认为，林琴南的贡献就在于：第一，他把小说的地位提高了，因为用的是古文；第二，他把古文的范围扩大了。这两个说法都很有道理，是一种比较同情的正面说法。可是这样解释的话似乎就忽略了古文本身的传统，到了晚清，它的价值是什么？我并不那么赞成以上的说法。我甚至认为，林琴南如果能够开放一点，文白兼用，或像梁启超一样，把古文改头换面，创造一种笔锋常带情感的文体的话，可能影响更大。因为他的翻译贡献绝对超过梁启超。他翻译西方的各种知识，包括一本德国人写的《民种学》，包括拿破仑的故事，还有很多历史小说、探险小说及其他小说文类，以及福尔摩斯侦探小说。这些东西有好有坏，但他无形中已经把西方两个世纪以来的通俗小说中重要的东西全部都带进来了，可是他使用的是古文。林琴南的古文翻译，很明显也有好有坏，并不是所有的翻译都很好，有的实在是坏得难以卒读，犯了鲁迅犯的毛病，就是直译，不懂的就把它统统直译，让人搞不清他在讲什么东西。可是当他翻得最好的时候，文笔绝对超过哈葛德的原文。

中国古文写得最好的时候，写景和写情都了不起，这是中国固有的抒情传统。哈葛德最差的就是写景，他写非洲的风景其实乏善可陈。哈葛德用心的地方也是古文，英国式的古文，也就是古英文（old English），因为他要假造一个古世界。他非常喜欢古埃及、古罗马的神话和历史，然后他故意用考古方法，把这些古文明移到了非洲。吊诡的是，这最蛮荒的非洲，反而变成了西方文明的起源。在这一方面，他是受安德鲁·朗格（Andrew Lang，1844—1921）的影响，认为古文明的遗址都在非洲，到非洲去挖宝，也就是挖掘古文明。别人批评他挖的"所罗门王的宝藏"，完全暴露了帝国主义和资本主义的企图，把南非的金矿挖回去了，是非常明显的经济剥削。可是，为什么小说用"所罗门王"的名字？因为他的兴趣在于这个古老传说中的所罗门王。我觉得这无意间泄露了一个矛盾：他的帝国主义思想的背后是对于古文明的向往。

同样地，*She* 也是如此，小说中的女王用的语言是用古英文翻译出来的古波斯文。大家如果知道以前的希腊神话故事：埃涅阿斯（Aeneas）这位英雄，在特洛伊战争（Trojan War）以后，逃到一个岛上，爱上岛上的女王狄多（Dido），女王也爱上他，可是他还是跑掉了，因为他有天命去建立罗马，于是那个女王就自杀了。那个故事和那个女王，都被哈葛德改头换面，进到了 She 这本小说里。哈葛德就喜欢用那些古老的东西，可是他的那种"古"是神话式的古。他文体的糟处正是林琴南的优点，他虽想用英国古文来描写这类人物的口气，但写得很糟。因为他自己念"古文"就不用功，可是一定要模拟古英文的写法。在《所罗门王的宝藏》里那个苏噜族的真正国王打赢了，他高歌一曲，用的也是古文，因为苏噜族的贵族也用他们自己的古文，是苏噜族话里面的古文。所以我认为这两种古文对照起来太好玩了。妙的就是：林琴南并没有完全用中国古文的章法来对应哈葛德的古文，这中间有很大的隔阂。问题正在于林琴南对西方古文没有自觉，而他的口译对此也漫不经心。当他译得精彩的时候，写情写景甚至是写到香艳的地方，特别是 She 中的女王如何引诱这些白人英雄，都十分传神。她引诱的时候用的古文语言，林琴南翻译得非常大胆，比哈葛德还大胆，这就是从中国香艳小说里借用的。所以你也可以说，林琴南的古文翻译在不自觉之间，已经把古文本身的纯洁的传统混杂化了。但他不承认，他认为他翻译的这几本小说——也是哈葛德最流行的小说——是雕虫小技，不足观。为什么他还要翻译？原因就是有人喜欢看。钱锺书就承认自己小时候最喜欢看的就是 She 这本小说。

我做这个研究，搞得头昏脑涨的。因为引起的问题太复杂了。为什么复杂？我觉得正反映出研究晚清文学的一个基本问题：晚清文学不能够当作思想史来研究，它没有那个深度；也不能够当作历史的印证，因为它里面幻想的成分不少。而且晚清小说已经包括了很多翻译——基本上是翻译加改写，所以也不能当作纯翻译研究，因为它和原文差别很大，误译太多，变成一个"四不像"的东西。应该怎么样来判断？怎么样来研究？我基本上是把它当作一种思想性的通俗文学。所谓思想性就是把新知带进了小说文本。新知不只是一个口号而已，因为1905年科举制废除以后，新的资源从哪里来呢？于是一系列新的通俗性的知识就进来了，或者说这是一种知识的生产。商务印书馆扮演了最重要的角色，它出版的杂志和教科书，还有字典，对新知的传播贡献很大。现在台湾有位学者蔡祝青正在研究当时的字典。另外就是通俗性的科学知识和历史地理知识，当时印出来大量的小册子，叫"东方文库"，除此之外，还有大批类似教科书之类的东西。因为新的学校设立了，需要大量这样的教材，于是王云五就提倡可以在任何城乡设立小图书馆，只要把一套"东方文库"摆进来就可以了。

所以这种大量的知识生产，变成晚清的文化背景，这是历史原因造成的。这个东西太大了，我现在已经没有能力做了。我连想研究的科幻小说这个小问题都研究不了，就是因为我问的大问题自己不能解决，看各位有没有办法帮帮我，就是：有关科学的新知从哪里来？内容大致如何？飞艇也好，潜水艇也好，它代表、象征的是什么呢？一定是当时维多利亚时代科学里面比较注重的东西，到底是什么？是不是天文学？我不知道，大概不是。可是有一样东西我知道，就是地质学（geology）极端重要，因为鲁迅在南京看了——查尔斯·莱伊尔爵士（Sir Charles Lyell，1797—1875）的那本书——《地质学原理》（*Principles of Geology*）。我后来问哈佛大学的一位同事，研究科学史的，她说这是一本极重要的书，当时中国竟然已经有翻译了。达尔文进化论之后，当时第二种重要的科学知识就是 geology——就是从一层一层的地层，可以看出人类的进化。为什么鲁迅学地质学，也是有道理的。我觉得地质学间接带动了科幻小说的幻想：到地底旅行，要靠地质学。于是凡尔纳的《地底旅行》就出来了，后来还改编成电影。地底世界是掉回头的进化论，最后连恐龙也跑出来了。另外一种新知就是地质学折射过来的地理学。没有地理学就没有对非洲的想象、南美的想象，或文明和野蛮的对比。这些知识混在一起了，我也不知道怎么办。我最大的一个局限就是对科学所知太少，所以到处在找研究维多利亚科学新知的学者[1]。恐怕要到国外去找才行，我在这里找不到。

　　（本文由何立行根据 2012 年 10 月 31 日于台北清华大学人文社会研究中心的讲演记录整理而成；原载《清华中文学报》2012 年 12 月第 8 期，页 3—38）

1　钟月岑教授补充，或可见 *George Stocking, Victorian Anthropology* (New York: Free Press, 1987)。

清末民初"纯"和"通俗"文学的大分歧

胡志德

在中国文学发展进程中，"通俗"和"精英"书写之间分歧的例子并不少见。谭帆曾指出，在漫长的文学史上，可零星见到有人试图将这两种分歧的书写放在对等的、不分高下的文学平台上讨论，但"'隆雅鄙俗'的倾向在中国文艺思想史上绵延不绝，影响深远"[1]。谭帆指出，"在中国古代，以'俗'为宗旨之书籍大多表现出自上而下'的'说教'、'布道'或'供人消遣'的意味，是有意为之而非自发的"[2]。换言之，在古代中国，通俗文类的自发性、自主性，或是其美学性与其他本质，是不太可能被论述化地建立起来的。因为，这些通俗文类的建立往往来自为其他目的服务，而这些目的至少在理论层面多半被统治阶级操控而作为指导在智识、道德上皆居次位的读者群。我们几乎可以说，直到20世纪初，通俗文类的"布道"功能与其"消遣"成分之间存在的潜在矛盾才被突出，进而变得紧张与尖锐化。

通俗文类的欠缺自主性，在1900年之前，并没有成为认知上的一个议题。此

---

1 谭帆：《中国雅俗文学思想论集》（北京：中华书局，2006年），页6。然而值得注意的是，对于认可"通俗"文学的努力尝试，谭帆在其论著一开始便表示，他的讨论为限定在现代以前的古代中国文学。

2 同上，页8。

前，将通俗文类如小说、戏曲等，与知识精英们认可的文类如诗词、散文等放在同一认知水平上看待，是从未被料想的事。诚如范伯群（1931—2017）说的，"在古代，小说就其本质而言，是属于通俗的范畴"[1]，当然也就没有必要在"通俗"与"精英"文类之间进行精确划分。但1900年后，随着新的"文学"概念（"文学"一词首次出现在明治时期的日本，为翻译欧洲"文学"概念的词汇，作为囊括所有创作书写文类的范畴名称）和分类词汇的兴起，许多长期潜存在通俗文类这暧昧不明的状态里的诸多问题，很快被凸显了出来。

　　通俗作品于20世纪头十年里在数量上的爆炸性涌现（这些通俗作品主要是小说作品，且半数以上都是翻译小说）[2]，不仅标志了中国文学的新起点，对于自认为是文学正统性的把关者而言，也造成了文学分类上的重大挑战。尽管通俗作品涌现现象的起因包括了社会政治等诸多因素，但"新小说"改革者梁启超等人可说是促成文学"分类"的主要群体。在梁启超等人的"新小说"主张下，"小说"被赋予了社会实践的严肃使命，而"新小说家"们也被要求参与由晚清知识精英从1895年开始提倡的改革启蒙活动。换句话说，从此时开始，单单"鄙"俗的概念，已不能用来正确描述传统通俗作品的新化身（即"小说"），因此必须就通俗文类进行进一步的辨别。这里，我们可再引用范伯群的说法以资说明："在'五四'之前，小说有文、白之分，可是没有纯、俗之分。将小说分为'纯文学'和'通俗文学'，那是'五四'之后才形成的'史实'。"[3]范伯群认为"纯"和"通俗"小说的正式区分为1920年后才出现，这在原则上是正确的；但我们更可以说，这种辨别区分的需要和动机，其实早在梁启超1898年的《译印政治小说序》已见端倪，梁在文中将外国小说与迄今多数中国小说论断为绝然相反的价值类型，即前者具有道德价值，后者则是腐败迂毒[4]。

1　范伯群：《绪论》，范伯群主编：《中国近现代通俗文学史》上册（南京：江苏教育出版社，2000年），页28。

2　就此，可参见陈平原对于这时期翻译小说之重要性的完善讨论。陈平原、夏晓虹编：《二十世纪中国小说史　第一卷　1897—1916》（北京：北京大学出版社，1989年），页23—64。

3　范伯群：《绪论》，范伯群主编：《中国近现代通俗文学史》上册，页28。

4　梁启超：《译印政治小说序》，收入郭绍虞、王文生编：《中国历代文选论》第4集（上海：上海古籍出版社，2001年），页205—206。

在"新小说"风潮中，公共知识分子梁启超与刘师培（1884—1919）等人为"新小说"指派的改革启蒙使命，最终被视为对迅速增长的小说而仍力求归限在传统认知范围内。换言之，即使他们利用的是小说具有"消遣"这一受大众欢迎的优势特质，但他们仍继承着小说对有教养的精英而言是一功能项目，是为老百姓此大宗主体从事"布道"的传声器。[1]梁启超在这波小说潮一开始时对长篇小说所发表的最重要评论，体现了他是创造"新小说"概念的推动主力。由此可想当然尔，当一个文类突然被视为向民众灌输道德教诲的首要工具，对于文学的把关者而言，随之而来的问题并非过多的"布道"，而是过多"供人消遣"的趋向。微妙的是，作为小说受读者欢迎的主要原因，"供人消遣"也是"小说"此文类一开始就吸引这些文学把关者关注的因素。

随着1910年代后期新文化运动的到来，文学的分裂达到空前的尖锐，当中，将中国文学区分为两极相反类别的意识被坚守着，此即范伯群将之标签为"纯"与"通俗"的分别[2]。将其他议题暂搁一旁，事实上是，当小说与戏曲——这些原是组成以往"通俗"文类的绝大部分，现在却成为"新文学"主要工具而代表新的启蒙时，这给严肃文类带来了困扰。换言之，这便引发一实际问题，即如何区别崭新、进步的小说和其旧式、落伍的形式？即使这两者明显隶属同一文类范畴。就前者而言，它们必须被视作"严肃的、身负重任的、世界的、现代的"；然而后者则必须是价值上的绝对"他者"——"琐碎的、商业投机的、土气俚鄙的、极端保守的"。即使这个分别本身在来源和本质上大部分仍未被详细检视，但这个最终创造出来的划分却决定了中国文学发展和学术评价的方向。我同时主张，这个二分法还潜在地牵连进现代中国的权力话语，因为这二分法中隶属"高雅"文学的一贯优势同时来自却又导致了对自发性群众运动的恐惧。既然以上这个二分模式是具延续性的，我们大可如此说：五四新文化运动，这个将中国从1918到1925年之思想和学术成果

1　梁启超就此主题所撰写最具影响力的文章包括了其1898年《译印政治小说序》与1902年《论小说与群治之关系》；同时刘师培1905年的《论文杂记》亦开始为民众教育中白话占据的角色做区分。

2　此研究视角由范伯群开始，见其《绪论》，范伯群主编：《中国近现代通俗文学史》上册，页1—36。

予以转型的文学革命节点，其最持久的遗产之一，就是将 1890 到 1918 年间所有被生产的白话作品，成功地圈标为无药可救的保守，在此观念主导下，这些白话作品也就远远落后于新文化运动热烈追求的目标，即"五四"精英们认为的"现代性"。这种将文化要求透过文学改革来实现，明显体现在"五四"分子对非精英的白话作品进行攻击挞伐的程度，正与 1918 年后书面写作对"新文学"的靠拢成正比表现。

范伯群曾指出：在"五四"时期此倾向平民主义的时刻，新一批具优势的"五四"文化改革者是"以'海归知识分子'为骨干的知识精英文学的队伍"[1]，他们一举成功地将晚清和 1918 年"前共和"时期的所有小说归类在具贬义性的"鸳鸯蝴蝶"或"礼拜六"范畴。这些极度偏激的谴责用语和其使用者的权威优势地位，使得任何认真想为"五四"前小说之知识群体进行正名的人，皆无能为力。以北京大学为中心聚集而具高度影响力的年轻"新式"精英几乎都向以往的小说宣战，这明确体现在他们宣称将旧文学排除在严肃考虑范畴之外的各种宣言中。此类典型，可见于由改革者文学团体文学研究会重新命名的刊物《文学》创刊号在 1923 年 7 月发布的内容中：

> 以文学为消遣品，以卑劣的思想与游戏态度来侮辱文艺、熏染青年头脑的，我们则认他们为"敌"，以我们的力量，努力把他们扫出文艺界以外。抱传统的文艺观，想闭塞我们文艺界前进之路的，或想向后退去的，我们则认他们为"敌"，以我们的力量，努力与他们奋斗。[2]

即使时隔五十年，茅盾（1896—1981）在其自传亦持续维持他原初的坚拒界限："鸳鸯蝴蝶派是封建思想和买办意识的混血儿。"[3]

这个宣称尤引人注意的是，它将"消遣文学"和"传统文艺"置于他们一致对立的范畴，不留余地地给任何一边。这背后的逻辑在几年后被朱自清（1898—1948）

1　转引自范伯群：《中国现代通俗文学史（插图本）》（北京：北京大学出版社，2007 年），页 4。

2　同上。

3　茅盾：《我走过的道路》（香港：三联书店，1981 年），页 135。

阐明道："鸳鸯蝴蝶派的小说意在供人们茶余酒后消遣，倒是中国小说正宗。"[1] 换言之，将"消遣文学"和"传统文艺"置于对立的共同类型是必须创造一个概念，此概念是丢弃近来生产的小说，同时则是像梁启超在其 1898 年的发言一样——主张对中国白话叙事体整个传统的丢弃。然而，这是一个微妙的策略，因为同时期正在蓬勃发展的国家主义亦需要一个健康良好的通俗文化历史。尽管如此，1920 年后，"消遣文学"相比以往更成为主要的箭靶，被视为绝对的"通俗"——这个含义复杂的词汇既表示实质上的"受欢迎"，又被明确地赋予"粗俗"的言外之意，又或是更糟的——"商业的粗俗"。职是之故，任何主张这个种类下的文学具美学价值的观点都会被轻易地不予考虑。这个具诽谤性的区分"严肃"和"通俗"文学的方式，自此后便一直维持着如此尖锐的二分法，并为中国文学与学术带来重大的后果。晚近，范伯群标示出他对"纯"与"通俗"二者之间分歧关键的理解，这段言论很值得以较长的篇幅被引述如下，因它们对于如何观察现代文学中"纯"与"通俗"的分歧，提供一有用的指点方向：

> 纯文学与通俗文学是有其各自的审美规律的。例如通俗文学善于制造叙述内容上的陌生化效果，而叙述形式则往往趋于模式化；而纯文学则崇尚叙事方式上的陌生的效果，往往追求叙事形式上的创新。与此相关，娱乐、消费、故事、悬念等有时被纯文学视为小技，而通俗文学则视之为它的要素和生命线；而语言和文本的实验性则是纯文学作家追求的至高目标。纯文学重自我表现，主体性强；而通俗文学则是一种紧密贴近读者——消费者的期待视野的文学。与此相关，纯文学重探索性、先锋性，重视发展性感情；通俗文学则是满足于平视性，是集体心理在情绪感官上的自娱、自赏与自我宣泄，崇仰人性的基本欲求。因此，雅重永恒，俗重流通。[2]

以上的言论可立即引出两个问题：1. 被划限在 20 世纪初"通俗文学"范畴中的作

1　转引自范伯群：《绪论》，范伯群主编：《中国近现代通俗文学史》上册，页 9。

2　同上，页 26。

品，其实际上皆果真的符合以上的准则吗？ 2.被归类于纯文学的作品是否真的是"纯粹"的文学，还是其实质更常符合政治需求呢？本文暂不论第二个问题，但将在文章最后部分追问第一个问题，届时，有几篇"通俗文学"选文将会被仔细地察看。讽刺的是，五四新文化运动鄙视通俗文学的这个论述的一项后果是：即使1942年后官方的共产文学致力在宣传革命文学，他们却仅仅允许使用"大众（文学）"一词，而极度不情愿承继此"通俗"衣钵。[1]

一、晚清的通俗化

区别"纯"与"通俗"分歧的来源可溯至晚清的改革倡议，当时，原本认为书面作品是专写给他们自己看的文人，首次为自身以外的读者群考虑制作和评价书面作品。[2]这些文人指派自身来为老百姓从事创作（或者说，至少是推动创作），而大多数的老百姓却是他们以往从未认为可作为文化的一部分。在建立或重建国家的标志下，新的理论趋势产生了，当中，被选作为新的教育大众的工具就是小说。在改革者的视野下，小说主要限定为白话文体，也因此被视为受欢迎的、易于被大众所亲近且接受的。此时亦是语言改革开始的时期，主张书写语言应以口语白话取代文言的意见被提倡，白话因而被建构为沟通的媒介，表现出十足的气势，伴随着与此紧密相关的小说要求。当时，"革命"无独有偶地成为关键词语[3]，导致"通俗""革命"和某些特定文类——如小说、戏剧等——自此纠葛缠结，不可分割。

在中国现代文学，创造通俗和纯文学间"大分歧"[4]的过程承载着许多因素。最

1　举例而言，周扬在其1946年为赵树理第一部小说集所写的《后记》中，费尽苦心地将赵的小说与"通俗"撇开："他意识地将他的这些作品通叫做'通俗故事'；当然，这些决不是普通的通俗故事，而是真正的艺术品，它们把艺术性和大众性相当高度地结合起来了。"见周扬：《论赵树理的创作》，收入《周扬文集》第1卷（北京：人民文学出版社，1984年），页498；亦可见范伯群：《绪论》，范伯群主编：《中国近现代通俗文学史》上册，页24。

2　对于这个分歧，见胡适：《五十年来中国之文学》（上海：上海古籍出版社，1999年），页144。

3　就"革命"一词的现代用法，详见陈建华：《"革命"的现代性》（上海：上海古籍出版社，2000年）。

4　这个词汇来自安德烈亚·胡森（Andreas Huyssen），见氏著：*After the Great Divide* (Bloomington: Indiana University Press, 1985)。

普遍的一项是，在小说因梁启超 1902 年创办《新小说》而成为提倡的中心后，随着小说在知识和社会地位的逐渐提高，它承负起威望，因此无法避免地造成了它超越原初仅是担任教育大众的传导角色。举例而言，早在 1903 年，著名报人狄葆贤（1873—1921）就声称："小说者，实文学之最上乘也。"[1] 值得注意的是，当狄葆贤和梁启超大声疾呼文学的社会角色并特别关注小说的同时，王国维（1877—1927）1906 年的《文学小言》却已为新的分类概念"文学"竖立起美学性而非社会性的原则，而他的观念想必影响了人们对小说概念的定义。一方面，"文学"，此词为传统里普遍用以指涉"人文学"的大致意义，在明治时期的日本则因为翻译欧洲概念下的"文学"被重新定义，"文学"因而可作为狭义的概念来描述具特定美学形式的书面作品。"文学"概念之重构的一个显著并更重要的结果还包括了：小说和戏曲首次被置于与诗、散文此等深具文化特权文类的同一范畴中。然而，小说地位在事实上的提升则造成一重大断裂，此断裂就是小说现在被归属的优势地位，却与其实际在中国历史上的"不良名声"产生抵触。天僇生 1907 年在《月月小说》所写下一段具矛盾意味的评论，很好地为这个断裂提供了总括："吾尝谓，吾国小说，虽至鄙陋不足道，皆有深意存其间，特材力不齐耳。"[2] 换言之，如同梁启超的看法，天僇生视小说有无限的潜力，问题则在以往的中国作家未能正确发挥"小说"的潜能而达到它应有的高度。

小说地位上升的一个明显体现，就是 1909 年以后文言小说的盛行涌现。既然中国文化一直以来采用古典文言，我们大可如此说：提升小说至更高的文化地位，几乎无法避免地带来了语言作为小说表达媒介的一致提升。诚如徐念慈（1875—1908）在其身后出版的短文，有一段对"翻译家"林纾（1852—1924）[3] 的描述："林琴南先生，今世小说界之泰斗也，问何以崇拜之者众？则以遣词缀句，胎息

1　狄葆贤：《论文学上小说之位置》，收入郭绍虞、王文生编：《中国历代文选论》第 4 集，页 235。

2　天僇生：《中国历代小说史论》，收入阿英（钱杏邨）编：《晚清文学丛钞：小说戏曲研究卷》（上海：中华书局，1960 年），页 36。

3　有关林纾的最新研究并尤重视林纾在"翻译"上的创造力，参见 Michael Hill, *Lin Shu, Inc.: Translation and the Making of Modern Chinese Culture* (New York: Oxford University Press, 2016)。

《史》《汉》，其笔墨古朴顽艳，足占文学界一席而无愧色。"[1]换言之，对徐念慈而言，纵观林纾的小说事业中，正是古文的使用让林纾的翻译小说有资格跻身文学名流殿堂。这个语言的新趋向，使得小说在逐渐被抬高社会重要性的同时，主张其应具美学性的一致相等需求，伴随而生。

除了"文学性"的问题之外，小说读者群的类型亦是小说地位转变的另一项重要考虑。无论彼此之间就语言简单化的争执结果如何，对于精英改革者而言，只要小说达到一新的重要位置并伴随一批受教育的城市读者群的出现，一种可令人理解的需求将应运而生，此需求就是书面作品将相配于这个读者群的教育水平和他们对文体的期待。徐念慈在上述同一文章很好地描述道："余约计今之购小说者，其百分之九十出于旧学界而输入新学说者；其百分之九出于普通之人物；其真受学校教育而有思想、有才力、欢迎新小说者，未知满百分之一否也？"[2]徐念慈观察到，作为与他预期相反的结果，用文言写的小说，在销售上竟比用白话写得还好。

在读者群这问题之外，作家本身的文化程度亦是一项重要因素。换言之，既然所有的受教育者被训练以文言写作，文言即是一个更"自然"的表达形式。以下引述自姚鹏图（生卒年不详）1905年的短文格外具启示性，因它协助我们了解到白话作为一新的书面语形式在当时的实际情况：

> 凡文义稍高之人，授以纯白话之书，转不如文话之易阅。鄙人近年为人捉刀，作开会演说、启蒙讲义，皆用白话体裁，下笔之难，百倍于文话。其初每请人执笔而口授之，久之乃能搦管自书。然总不如文话之简捷易明，往往累牍连篇，笔不及挥，不过抵文话数十字、数句之用。固自以为文人结习过深，断不可据一人之私见，以议白话之短长也。[3]

1　徐念慈：《余之小说观》，收入舒芜等编选：《近代文论选》第2集（北京：人民文学出版社，1999年），页508—509。

2　同上，页508。

3　姚鹏图：《论白话小说》，收入陈平原、夏晓虹编：《二十世纪中国小说理论资料》》（北京：北京大学出版社，1989年），页135。

换个方式来说，对于有教育程度的作家（如姚鹏图）来说，"白话"这个措辞并不全然符合我们现在认为那样的浅"白"容易。

　　而最后的因素可说是胡适（1891—1962）首先表态的。尽管作为一位白话的"基本教义主义者"，胡适在1923年对当时中国近来文学做的重要历史考察——《五十年来中国之文学》中，则考虑进了特定的例外：

> 　　平心而论，林纾用古文作翻译小说的试验，总算是很有成绩的了。古文不曾做过长篇小说……古文里很少滑稽的风味，林纾居然用古文译了欧文与迭更司的作品。古文不长于写情，林纾居然用古文译了《茶花女》与《迦茵小传》等书。古文的应用自司马迁以来，从没有这样大的成绩。[1]

换言之，运用文言叙事体拓展新的表现幅度，林纾让小说家用文言此媒介去表达他们自身的这件事变得更加容易。

　　归结出以下结论是很有意思的，即文言小说的涌现代表了梁启超及其追随者主张叙事体白话的倒退；又或者是，梁启超到头来根本未造成影响。然而，这个故事可不能如此简单视之。文言体在短篇小说中独占鳌头，无论是这些本身就用中文创作的短篇小说，还是作为长、短篇小说的翻译。然而，原本的长篇说部仍是白话体的一大代表，甚至前"五四"时期在语言上最为保守的文学杂志——《小说月报》在其早期表现亦是如此。[2] 这暗示了以下事实：雅、俗文学之间并没有严格的分野，它们仍各自保有本身的特质，如传统上隶属白话领域的章回小说仍持续以白话为写作方式，然而"短篇小说"，这个在当时（20世纪初）被认为是小说形式的新概念，大部分却维持着文言体。至于翻译方面，或许大部分归之林纾的影响，文言体为压倒性的表现，并早在1905年已开始有这种现象。换个说法来论，或许我们并未看到文言和白话之间在晚清时期有概念上的巨大分歧，但事情往往是出于偶然和累积成习的。然而有意思的是，"新"的文体——无论是以中文原创的短篇故事，或是

1　胡适：《五十年来中国之文学》，页98。

2　见范伯群提供的统计表，范伯群：《中国现代通俗文学史》，页151。

长、短篇小说的译作，它们几乎皆倾向文言，这透露了文言作为表达模式的持续生命力。小说的白话和文言形式看似如此自适共存的情形亦暗示了，在这一时期，"高雅"和"低俗"文学之间反而趋于接近。

二、"五四"的回应

接下来讨论到的是，是什么引起了对文言或白话等所有现存叙事作品的极端谴责而显示了新文化运动对小说的看法？将原因直接归咎于小说的内容（如梁启超先前在 1898 年的序言里对中国小说的责难）并不能真正解释这个敌意态度的主导精神，因为，大部分对前"五四"思想和文学的指控并未在全盘精确检视的前提下站稳立场。举例而言，丹尼丝·金柏（Denise Gimpel）已令人信服地论证到：《小说月报》在其 1920 到 1921 年改头换貌之前发表的小说，完全不同于"五四"评论家批评的充斥着琐碎末节的无聊小事。[1] 因此，我们必须更仔细地检视历史语境来追索答案。一方面，《小说月报》在方向上和领导人员的改变，只是此刊物所属新闻报业出版商（即坐落于上海的商务印书馆）在 1918 到 1921 年间大规模转变的一部分。这个大规模转变时逢中国知识权力中心从主流的上海出版商营业处转移至 1916 年起在新校长蔡元培（1868—1940）领导下而生气蓬勃的北京大学。这里还有一个值得考虑的重要事实，即张元济（1867—1959），这位商务印书馆的管理领导者（同时也是蔡元培的进士同僚和其在商务印书馆的前任雇主）明显有意地将其出版事业向改革议程靠拢，而此改革议程在当时的北京大学正是在蔡元培的支持下推进着。[2]

上述这些文化事业的转向，必须按顺序性地置于 1895 年后的历史脉络来看，

1　Denise Gimpel, *Lost Voices of Modernity: A Chinese Popular Magazine in Context* (Honolulu: University of Hawai'i Press, 2001). 关于"五四"式的对《小说月报》1921 年前刊载小说的负面评价的典型表现，参见董丽敏：《想象现代性：革新时期的〈小说月报〉研究》（桂林：广西师范大学出版社，2006 年），页 12—20。

2　参见拙作 "Culture, Capital and the Temptations of the Imagined Market: The Case of the Commercial Press," in Kai-wing Chow, et. al. eds., *Beyond the May Fourth Paradigm: In Search of Chinese Modernity* (Lanham, MD: Lexington Books, 2008), pp. 27–49。这边可提一项事实，即当张元济邀请胡适接掌他在商务印书馆总经理的职位时，胡适拒绝了，张元济却接受了胡适推荐的王云五。因此，尽管王云五在出版事业上没有任何经验，张元济还是让王云五出任原定给胡适的职务。

此即甲午战争后的十年标记着改革氛围下知识权威的瓦解，而至 1905 年，科举制度终被废除。要解释这个在中国长久存在的知识权威系统于 1895 到 1905 年的解体在世界史上的特殊性是困难的，因为没有其他可比较的范例帮助我们评估这个制度解散的过程。然而很清楚的是，维持有潜力主掌新知识的精英与陷入困境之旧派者的分野，最终成了改革精英者企图取得合法话语权的一种首要方法。从改革精英者的视野来看，这是从失控的中国社会和政治中取得主控权的唯一可行手段，他们并可以此为可靠依据而朝向着马克斯·韦伯（Maximilian Karl Emil Weber，1864—1920）以"理性"为现代化核心概念的"理性的现代性"目标前进。这个论述在文学领域得到强而有力的阐述，并尤其适用于在当时被视作唯一能与大众进行有效沟通的媒介文类——"小说"。以文学作为手段来寄托政治见解，并以此来向民众传递讯息的方法，自此便赋予了"纯"与"通俗"此二分法严肃的文学政治化含义。

对于完全理解中国 1895 年后的知识转型需要有一个观念，就是它如何影响了主掌中国政治体系的知识精英？在对于章士钊（1881—1973）的同情式分析中，李蕾（Leigh Jenco）注意到在君主政体衰亡后，中国新的共和体制对于"民治"的强调，并随着对民治精神的理论供应而改变了现代中国的政治结构：

> 既是统治者与被统治者，"民众"作为一个存在的实体，它既可自主行动，亦可按命行事；换言之，人民的行动是规范许可的，且实质上是被有效推行的。文人、学者的位置在这三角关系中因让步而趋于弱势：他们的决定或政治见解没有空间发挥，因为他们坚称不只他们自己，而是每一个人都有民治的潜能。[1]

总结而言，"民众"现在接替了精英阶层的权威，使后者在获取或实践权力上都无明确的道路可行。

产生于精英之间的新的无能为力的状态，典型表现在对袁世凯（1859—1916）篡夺权力却遭鞭笞般打击的响应，以及这响应引发的难堪挫败（如 1913 年国民党

1　Leigh K. Jenco, *Making the Political: Founding and Action in the Political Theory of Zhang Shizhao* (Cambridge: Cambridge University Press, 2010), p. 148.

于上海发动却徒劳无功的"二次革命")更被示例化地再现于刊行于 1916 到 1921年的《歇浦潮》此类"黑幕小说"(即对于社会的暴露与揭发)[1]。李蕾接下继续论述到,对于"二次革命"的主要响应之一可以梁启超为代表,此即假定"自治"是群体而非个人的概念,"一旦'自治'为群体概念这一假设成立,民众则退回政治的背景,……由于人民在成为自主行动者之前必须被引导,文人官僚们因此再次扮演着享有特权的精英,并且独独具有行动自发自主的能力"[2]。换言之,知识精英透过这种方式重新获得了代理权。既然这里有丧失权力与重执权力的问题,因此唯一可被预期的就是争斗的激烈化。雷蒙·威廉斯(Raymond Williams,1921—1988)曾指出:"文化观念的形成是个缓慢的重获控制的过程。"[3]由此可想见,文学界成为精英者争论的主战场也不会使人讶异。然而,雷蒙·威廉斯的想法应用在解释五四运动时,"缓慢"一词很可能受人质疑,而这边亦有着保守的潜在暗示,至少科里·罗宾(Corey Robin)如此定义:"何谓保守主义?它就是就拥有权力、看到权力遭受威胁,并且竭力重拾权力等凡此感受从事的思考竭虑与理论化的阐释。"[4]

面临政治领导权的危机以及在名义上的身居外围,加上没有政治和知识上的一套已存规范来指导行为,因此对新的知识分子来说,"提供指导"(即使用控制手段)更加攸关重要,尤其当新的共和体制已开始显现其自身并无能力创造可行的政治秩序。"民众"必须维持其作为理论来源的合法性地位,但是任何他们为自己发声的企图则有导向混乱的风险。自生性的通俗文化(或可见范伯群描述的,"作者是站在这些市民之中,以他们的喜怒哀乐去表现他们自己,不加修饰地摹写所谓'低层次'的真实"[5])因此易于成为箭靶,因为它们莫过于代表了新式精英在文化场域中主控权的明显丧失。在这当中,通俗文学无法遵循改良的规定路线,即使它们原本

---

1 就上海"二次革命"所给予的尖酸刻薄的描述,可见是书第 42 到 44 回(尤其第 44 回)。本文选用版本为海上说梦人(朱瘦菊):《歇浦潮》(长沙:湖南文艺出版社,1998 年)。

2 Leigh K. Jenco, *Making the Political: Founding and Action in the Political Theory of Zhang Shizhao*, p. 149.

3 Raymond Williams, *Culture and Society: 1780–1950* (Garden City, N.Y.: Doubleday Anchor, 1960), p. 314.

4 Corey Robin, "The Conservative Reaction," in *The Chronicle of Higher Education: The Chronicle Review* (chronicle.com/article/The-Conservative-Mind/13099/, Accessed January 12, 2012).

5 范伯群:《绪论》,范伯群主编:《中国近现代通俗文学史》上册,页 20。

预计是被精英，以及为精英立场所撰写的。换言之，正因为"小说"长久以来被广泛宣传为大众沟通的主要媒介，其准确地居于文化控制最重要的核心角色，却突然间变成了一个威胁，随之"黑幕小说"则成为备受攻击的特定对象，因它同时展示了政治问题的本质（即新共和政府体制的明显失败）以及标记了文化主控权本身的缺乏[1]。由此看来，在其1915年的《告小说家》[2]中，梁启超以道德观点将中国诸多问题全然归咎于道德有缺陷的小说家，他这种对当时小说几近歇斯底里的责难，再清楚不过地表现出一种已然形成的急迫观点，此即精英者对"民众的声音"的必要谴责。普遍来说，至少在新式学者对政治的构想里（如李蕾论述的），"通俗"在相当程度上代表了精英分子"从现代通往完美"强而有力的"反叙事"，也因此，"通俗"代表了对指导正确意识形态的不利，又或者是对政治本身发展前途的威胁。由此可见，知识分子在为自身成功扮演现代性化身当中需要一套论述话语，凭借这套论述，他们可以将任何反对的人、事、物标签为落伍退步的象征。

　　讽刺的是，在新的、未被整顿的"通俗"市民文学和改革／革命精英主张之间的分裂，随着新式精英在五四运动民主刺激下对民间艺术的兴趣而益趋复杂严重，因为后者"到民间去"的想法似乎需要承认民众的声音。然而，对于现代之前通俗文类的根深蒂固的拒绝（其代表可见梁启超与周作人对中国长篇说部的极其鄙视），却在新精英者对民间艺术的需求中开展出一潜在矛盾，并引起了1920年后几年内相当大的争议。就此争议，周作人（1885—1967）在1932年提出了一解决之道，他将文学分为三种鉴别类型：民间文学、通俗文学、纯文学。这个分类法有一个优势，即是将"真正"的"民间"文学和他预设的"腐败"城市作家作品两相划分，但是这个方案并未解决如何去理解各项书写类型的实质特性[3]。直到1938年，文学研究会中坚分子郑振铎（1898—1958）在其代表性论著《中国俗文学史》第

1　胡适对于这类小说的评论可堪典型："至于民国五年出的'黑幕'小说，乃是这一类没有结构的讽刺小说的最下作品，更不值得讨论了。"胡适：《五十年来中国之文学》，页140—141。胡适这项评论是颇隐晦的，因他没有标示出所指的小说或作者姓名，但是《歇浦潮》确实是于民国五年（1916）开始连载的。

2　梁启超：《告小说家》，收入郭绍虞、王文生编：《中国历代文选论》第4集，页217—218。

3　谭帆：《中国雅俗文学思想论集》，页16。

一章,就通俗文学的确切性质提供了解答——然而这个分类法看似合乎周作人所谓"民间"文学而非"通俗"文学的定义。郑振铎首先将通俗文学的内涵分为三部分:(一)大众的。她是出生于民间,为民众所写作,且为民众而生存的。(二)无名的集体的创作。我们不知道其作家是什么人。(三)口传的。她从这个人的口里,传到那个人的口里,她不曾被写下来,所以她是流动性的。[1]恰如李蕾对梁启超将"自治"赋予为群体概念的分析,郑振铎这种去除个体主动性而取代以无名无姓之概括民众群体的做法,恰恰给具有传播和阐释民间文学实际功能的职业编纂者提供一个想法方向,使他们有了主动性和参与性去建构一个"健康"的民间文学传统,同时却使得当时诸多知名和不知名的市民作家作品沦为"次等"的。"俗"与"民"两个概念,自此分割开来。

此外,围绕在1920年后"纯"与"通俗"文学之间分歧的论述亦存在着讽刺性。一方面,对于新潮的、主要以大学院校为基地的公共意见领袖而言,他们秉持一个信念,即通俗文学在他们看来如此落后的主因之一,为通俗作家对于现代/西方文学概念的无知。但事实上,通俗文学主要作家所撰的严肃评论则展示了他们对欧洲文学投入的翻译工作,其中包括相当数量的西方现代主义作品[2],而这些作家对现代主义的文类特质和形式有更近乎透彻的熟悉程度。因此从叙事学理论来看,相较"五四"初期到中期大多数缺乏技巧而平庸无奇的叙事表现作品,很多"鸳鸯蝴蝶派"作品反而更精致与具复杂性,这可见夏济安(1916—1965)别具洞察视野的评论:"清末小说和民国以来的《礼拜六》小说艺术成就可能比新小说高,可惜没有人注意。"[3]另一方面,"通俗"作家致力于电影和视觉文化是一显见的事实,而这些领域在现代看来正是前卫艺术的核心部分。[4]通俗文学是屈服在控制中国的反

1　转引自谭帆:《中国雅俗文学思想论集》,页17。

2　这项观点由范伯群指出,见其主编《中国近现代通俗文学史》上册,页21。在这当中,有许多西方前卫主义作家作品被这些"通俗"作家翻译出来,如意大利剧作与小说家路伊吉·皮兰德娄(Luigi Pirandello, 1867—1936)的作品。

3　转引自范伯群:《绪论》,范伯群主编:《中国近现代通俗文学史》上册,页20。

4　见陈建华:《从革命到共和:清末至民国时期文学、电影与文化的转型》(桂林:广西师范大学出版社, 2009年),页205—313。

动势力下的这个见解亦忽略了以下事实：易言之，如果有人认为"通俗文学"在当时是被反对"新文化"的群体所操控着，那么其中的盲点是，在通俗文学的全盛时代，无论是资本家、殖民主义者，甚或军阀等，事实上并没有任何一方能全然掌控中国，而这个混乱的局面正是当时中国人共同的困境。在法兰克福学派的论点里，通俗文化帮助资产阶级者或独裁主义者维持地位秩序的这个概念可追溯到马克思（Karl Heinrich Marx，1818—1883），而这个概念亦依据于大众文化工业透过运作来支撑政治体制的观念。然而，既然当时的中国是缺乏稳定的秩序或政治系统时，这个论点几乎没有什么意义。

三、在通俗的领域

"通俗"作家赵苕狂（1892—1953）的生平和作品展现了"五四"以后对"通俗文学"潜在认知上的几处矛盾。作为活跃于20世纪20年代上海文坛众多作家之一，相较于他的同伴，多年来赵苕狂已不为人知，而他的大部分同伴也几乎从主流文学史上消失了。如果"严肃"刊物作家与"通俗"刊物作家的相对公式普遍来说是两者教育程度与社会阶层的互补区分，赵苕狂显然不符合这个认定公式。受教于上海交通大学的前身——南洋公学[1]，赵苕狂的学历显然高于作为"新文学"中坚分子的茅盾。作为一位20岁出头的年轻小伙子，进入上海商务印书馆工作前，茅盾仅毕业于蔡元培还未就任校长时的北大预科。然而，如果说并不以全心决意追求国家民族命运此类伟大主题是其作品被剔除于文学典范外的首要原因，赵苕狂在文学史上的"消失"在一定程度上是可被理解的，因为，他的许多作品显然为滑稽打趣的，至少在"五四"的大叙事传统中，赵没有任何一部作品表现了对建立历史之规律性和普遍论述的企图。但另一方面，赵苕狂的许多小说因展示了技巧上的用心经营而值得关注，并且可作为一课题让我们思考：究竟哪种文学标准可被作为区分自我正典化的"纯"文学（如1920年后的《小说月报》）和被发表在赵苕狂作为主编之刊物《红玫瑰》上的"通俗"作品？

---

[1]　范伯群：《中国现代通俗文学史》，页249—251。

　　赵苕狂自 1924 年以来的整整七年内一直作为《红玫瑰》主编。[1]1929 年，赵撰写《花前小语》，文中以六项主旨条目向作家（以及读者）宣告他对《红玫瑰》的定位。第一条主旨是："常注意在'趣味'二字上，以能使读者感得为标准，而切戒文字趋于恶化与腐化——轻薄与下流。"[2]由此可见，在赵苕狂的自我认知中，创办这本刊物的人企图引起读者的兴趣，尽管这边的"趣味"此词对以下此点可能是含糊的。换言之，它究竟是对读者期待视野的投其所好，还是就文学形式进行实验写作的努力？无论如何，以上这段言论以否定的姿态表达对"腐化"的唯恐不及，就这点，连自认是把关文学品味的"五四"新文学者亦不能例外。再看第四条主旨："目的：在求其通俗化，群众化，并不以研求高深的文学相标榜。"请注意赵苕狂此处以"通俗"描述自己的写作与日后精英之暗讽"通俗"作品的意涵取向是完全不同的。我们也需注意到，此句话当中"群众"一词的无目的性和显然非政治性的用法。如果赵的发言不是在一定程度上与 1913 年《小说月报》的编辑宣言可产生对应——"雅驯而不艰深，浅显而不俚俗，可供公余遣兴之需，亦资课余补助之用"[3]，也许有人会主张赵苕狂不过是面对精英分子攻击所做的自我辩护。然而，究竟赵苕狂对"通俗"此词的用法是否有为他的杂志带入"五四"新文学的主张，或者他在使用此词上并无任何轻鄙"通俗"的意味？尽管他的平易语调更可能倾向后者，但就这个问题的答案是说不准的。即便如此，赵宣称不追求"高深文学"，实际上表现出与 1913 年《小说月报》之宣言观点的契合，而他的这份宣言至少在一定程度上反映了改革者对小说期待的持续影响力。赵苕狂以上发言可产生的多重解释的确显示了一个问题，此问题就是：20 世纪 20 年代关于文学的话语权是否已经被宣称高雅文学为其专属资产的西式精英所掌控了呢？然而，这个问题仍有很大的开放性，正如赵的宣言与 1913 年改革前的《小说月报》宣言的相似性所示。

　　尽管就其小说投入若干认真努力，赵苕狂最被人熟知却可能是其滑稽小说的作家与编者身份，其中最知名的是出版于 1924 年的四卷《滑稽世界》。在这部小说集

1　杂志由世界书局出版，在 1922 到 1924 年间名为《红杂志》，后在 1924 年 7 月满百期后改名《红玫瑰》。

2　范伯群：《中国现代通俗文学史》，页 251。

3　转引自范伯群：《中国现代通俗文学史》，页 169。

的序言中，赵很清楚地表明了他并不是没有察觉到当时中国面临的艰困处境，但想到正面迎击这些纷乱局势无非是浪费时间，故在他看来，退避到另一个替代性的文学想象世界才是最好的选择：

> 此余所敢断言者，今世何世乎，烽火遍于中原，豺狼布于当道，疮痍满目，灾变时闻，不有解忧之方，殊鲜藏身之计，屈子湘江，既愤激之可议，信陵醇酒，亦衰讽之足嗤，皆非世之正者也，然则不屈不挠，不卑不亢，觅桃源于别境，忘此世之尘嚣，其或在是欤！[1]

就赵苕狂以上言论，在太快下结论这是赵面对现实的无能为力之前，我们必须回想王国维 1906 年所写的"文学"和其他书写类型的明确区别，即对于文学，王国维拥护着康德（Immanuel Kant，1724—1804）极致的审美观公式并进而以"无用之用"为概括的言说[2]。

赵苕狂最有名的小说之一《典当》（如果这部小说有名的原因之一是它被编选并被翻译为英文）写于 1923 年，以当时上海社会在道德上的堕落与邪恶的严肃内容为主题。但值得注意的是，此项题材实同样普遍地出现在晚清"新小说"、民国初年"黑幕小说"与后五四时期的"新文学"。《典当》的开首为人物马朝奉作为聚焦者（即透过其叙述视角来呈现情境与事件）的一段简短描写：

> 对于职务，还抱下一种乐观，每天坐在那张高凳上瞧那出出进进的人，觉得非常有趣。并且这许多出出进进的人中，各人有各人的神气，并不一例。他每从这种地方推测各个人生活的状况，以及目下的穷通。虽不欲求信于人，但知道自己所推测的虽不中，也不远，私下颇自鸣得意咧。[3]

1　汤哲声：《滑稽幽默编》，收入范伯群主编：《中国近现代通俗文学史》上册，页 254。

2　有关王国维文学观点的讨论，参见拙作 "Legibility vs. the Fullness of Expression: Rethinking the Transformation of Modern Chinese Prose," *Journal of Modern Literature in Chinese* 10/2 (December 2011): 89–91。

3　《典当》，收入范伯群编选：《鸳鸯蝴蝶——〈礼拜六〉派作品选》上集（北京：人民文学出版社，1991 年），页 188。英译修订版见 Timothy C. Wong, "In the Pawnshop," in *Stories for Saturday: Twentieth-Century Chinese Popular Fiction* (Honolulu: University of Hawai'i Press, 2003), p. 195。

从以上文段，我们可明显见到作者的隐喻表现以及他意欲将其笔下故事塑造为"以现代现实的社会为背景，务求与眼前的人情风俗相去不甚悬殊"[1]。而此，正合乎赵苕狂为《红玫瑰》出版时所呈述的第三条主旨。作为小说的第一人称叙事者，马朝奉表现出俯视世俗人间的公正无私姿态是明显的，正如他被设定为安坐在当铺的高脚板凳上来观察这个社会，而此正象征着关怀的缺乏却让他分析其观察对象的是非过错。在马朝奉期望"虽不欲求信于人"而具冷讽意味的沉思当中，我们获得了一暗示，就是此人物角色在道德立场上的模糊和不稳定性。

马朝奉的想法从头到尾在同情心与生意考虑之间的自由转换，再一次表露这两种立场之间更不明确的关系：

> 不觉私自叹道：随便什么人家，来得这里做交易，总不是一件好事情，包他以后愈走愈勤，永逃不出这个势力范围呢。不过话又说回来了，这样一来，我们当中从此又多下一个户头，又添下一大注交易了。想着，脸上不觉微微的露出笑容。[2]

当故事透过叙述者的推测而展开，由于对上海社会怪诞现象的熟悉，叙述者能准确地预测到他所观察对象在衰败处境中的下一步。这些被叙述者观察的光怪陆离人物是故事当中台面上的客观对象，但他们几乎从未现身说法。我们仅是透过商业交易目击了这些人物的悲剧——他们典当了所拥物品——这便代表了他们的颓败。举例来看，作为当铺的首位客人，来自一名家庭雇用的女佣却最终不了了之地消失和被打发遣散了，就此，马朝奉推测到，这应当是雇主无足够的钱以支付薪俸。当家道颓败的情势变得更加危急，这个家庭的年轻妇人死去，紧接着其挥霍成性的丈夫因赌马和热衷光顾妓院而倾家荡产，最后则在一冬日清晨被发现冻死于当铺门外。然而，作为全篇小说的叙述者，马朝奉在故事的结尾却与他在故事开首时的态度没有多大差别：

1　范伯群：《中国现代通俗文学史》，页 251。

2　《典当》，页 189；Timothy C. Wong, "In the Pawnshop," p. 196。

心想，这个少年我虽不知他的姓名，但他逐渐的堕落下来，我眼中都瞧见的。如今又是这样的收场，十分凄惨，怎不教人伤感啊！一会儿，又被他乐观的心理战胜了，私自笑道："咳，我也大痴了。凡是来这里走走的人，哪一个不是在悲痛中度生活的？如果细细留心起来，恐比这无名少年的事情再悲痛一些的还不少，我要替他伤心，也伤心不得这许多呢！"[1]

仅就以上文段运用的叙事技巧来论，作者赵苕狂在试图讲述一个悲剧时，他跳脱了或根本没有真正介绍悲剧的受难者，而是维持着一个谨慎的冷讽距离；更不用说透过笔下的叙述者视角，赵苕狂试图摆弄在挑起读者的同情感受，又或者是对于这些悲剧事件表示无关紧要的淡漠。如果说技巧上的问题是范伯群区分"纯"与"通俗"文学之间的条件，值得注意的是，赵苕狂这篇小说可说比大多数 20 世纪 20 年代的"精英"小说还要优秀。

《典当》以一个保持距离以及淡漠的观察者视角来观看可悲的人物在穷途末路成为社会制度的牺牲者，这个情节不得不让我们想起鲁迅更著名的小说《孔乙己》，而它正比《典当》在创作时间上早一些而已。如果说《典当》里的马朝奉至少因其敏锐且颇具良心的全知视角体现了对人物的同情，《孔乙己》当中不具名的叙述者以及其他角色却皆未暗示对"孔乙己"（这个因小说题名而知名的主角）衍生同情心——他遭受的只有鄙视或漠不关心。无疑地，这说明了鲁迅最为永恒的主题，即他所见到弥漫于中国社会上普遍的缺乏同情心。然而，鲁迅坚决于再现中国为一个完全没有同情心的社会创造了一煽情戏码，这个戏码没有给予我们文学上的深度，甚至对中国社会的改良不抱任何希望——它最终是一个走不通的死胡同。如果说在鲁迅 1924 年后创作的小说里，同情心成为一个更加复杂的命题，此可见其著名的《祝福》《在酒楼上》与《孤独者》；赵苕狂在《典当》中小心控制的冷讽态度却早已预示这项命题的暧昧性，因为相较于鲁迅的早期创作，它留给了读者更多反思空间。由此看来，"五四"文学和它视为"他者"的"通俗"作品在性质上的

---

1 《典当》，页 189；Timothy C. Wong, "In the Pawnshop," p. 196。

分歧问题并非是透过前者立场就能不变与轻易地被解决。事实上，还有许多被公认为"通俗"文学典范的小说反而更符合"纯"文学，甚至是现代主义小说的标准，如周瘦鹃 1924 年作品《对邻的小楼》和其 1922 年的《汽车之怨》可堪其中杰出代表[1]。

贺麦晓（Michel Hockx）以其完善又具洞见的分析主张："五四"不应被作为一话语范畴而存在。[2] 如果我们就文学评价的本质来检视贺麦晓的主张，他的论点具有重要的分量。具体来说，除了以政治立场为前提而视鲁迅为进步的中坚分子，因而他的作品必定为优秀的之外，我们如何声称《孔乙己》在质量上就一定较《典当》高？或许，我们应该采取鲁迅在言谈中对"旧"文学的谴责来作为我们的审美标准。然而，这将会让"古代中国"作为一特定的负面所指，而它的功用则成为区判新、旧文学的唯一标准。如果采取这个视点，我们则是将文学评价的标准从美学性而移向政治意识形态的立场。

又或许，对于我们最好的是实行鲁迅的弟弟——周作人——这位"五四"文学仲裁者建立的、来跨越"纯"与"通俗"文学大分歧最完善的美学标准。在 1920 年左右，周作人写下了让"黑幕小说"难堪的批评："我们决不说黑幕不应该披露，且主张说黑幕极应披露，但决不是如此披露。……做这样的事，须得有极高深的人生观的文人才配，绝非专做'闲书'的人所能。"令人咋舌的是，周作人甚至完全不试着让文学标准适用于"黑幕小说"，而是诉诸一个断然的、毫不犹豫的道德标准，而这个标准并有倾向阶级划分的虞虑——换言之，只有"文人"才具有道德正当性和合法权从事社会批评。更具诋毁性的还可见于周作人对"黑幕"主题下的评论："黑幕是一种中国国民精神的出产物，很足为研究中国国民性社会情状变态心理者的资料，至于文学上的价值，却是'不值一文钱'。"[3] 这段言论最有趣的地方

1　周瘦鹃：《对邻的小楼》《汽车之怨》，各收入范伯群主编：《周瘦鹃文集》第 1 卷（上海：文汇出版社，2010 年），页 47—51、39—42。

2　Michel Hockx, *Questions of Style: Literary Societies and Literary Journals in Modern China, 1911–1937* (Leiden: Brill Academic Pub, 2003).

3　周作人：《论"黑幕"》《再论"黑幕"》，转引自范伯群：《中国现代通俗文学史》，页 234。

是，周作人在"黑幕"作为现象材料及其文学再现所切割开来的一道鸿沟，而这看来几乎像是，如同梁启超和天僇生，周作人相信：就"黑幕小说"所再现广大和令人沮丧的社会现象，是没有任何中国作家能以文学能力恰如其分地掌握描写。无论如何，总体上对周作人而言，如要有真正的文学，精英的干预是必要的："文艺当以平民的精神为基调，再加以贵族的洗礼，这才能造成真正的人的文学……从文艺上说来，最好的事是平民的贵族化。"[1]

如本文一开始引述"五四"新文学分子对通俗文学明显的反对声明，"文学研究会"代表了驱逐"通俗文学"撤出文学正当领域范畴之外的首要势力。而如果只因拥有身为改造过后而致力中国"新文学"事业主要刊物《小说月报》编辑的优势地位，沈雁冰（即茅盾）在民国初期则主控了文学的理论化。茅盾在20世纪20年代初期就文学理论所撰写的一系列文章，让他作为文学场域之仲裁者的地位更加稳固。如王晓明论析的[2]，如果五四新文化运动的提倡潜在着许多非文学的动机因素，虽然茅盾直到作为《小说月报》编辑的十年后才开始创作小说，他似乎更贴近于文学。事实上，茅盾并非首倡主导新文化运动之北京知识群体的一员，他在蔡元培接掌北大而进行改革前便已离开了北大，因此茅盾的某些叙事作品展现了其对所谓"通俗"小说（尤其是其旗下衍生的"黑幕"变体）未公开承认却实际受到的影响，这并不会使人讶异；但反讽的是，"黑幕小说"却是茅盾和其同伴坚决谴责的对象。举例来论，茅盾1932年的史诗型著作《子夜》所涵盖的许多章节片段，似乎是直接受到"黑幕小说"的启示。在此部小说第八回的一段连续事件中，冯云卿，这位来自浙江而旅居上海为"海上寓公"的放荡乡绅一员，在其资产亏空时，本打算将他未出阁的黄花闺女献给势力庞大的腐败资本家——赵伯韬（此时正巧发生赵伯韬与日本人勾结之事），其后则以债券市场的内线交易情报作为交换。[3]为钱而典当女儿，不管在真实生活中这是否为常事，却是"黑幕小说"以丑闻为取材的主题之

1　周作人：《贵族的与平民的》，转引自谭帆：《中国雅俗文学思想论集》，页11。

2　王晓明：《一份杂志和一个"社团"：重评五四文学传统》，收入王晓明主编：《批评空间的开创：二十世纪中国文学研究》（上海：东方出版中心，1998年），页186—209。

3　茅盾：《子夜》（北京：人民文学出版社，2000年［据1960年版］），页179—209。

一，而茅盾此篇小说的几个章节内容恰好就符合"黑幕小说"的取材特征。然而，假使考虑到周作人对于谁能够、谁不能够撰写"黑幕小说"的严厉苛责，茅盾为何从不承认自己受到通俗文类的任何影响是可被理解的，即便我们很难想象茅盾本人从未意识到自己有受到"黑幕小说"的启发。

　　"纯"与"通俗"文学此二分法论述来源的一项主要但鲜少被关注到的问题，为文学市场这个因素。当中，作者如何适应读者？这或许是最首要的原因。"五四"新作家认定自己是为一个被清楚界定的年轻精英读者群来撰写小说的。这些年轻精英聚集于大学机构和高等学府，主要认同着当时中国两大主要政党在政治与国家治理上的急进改革主张，而这些年轻精英鄙视任何有关他们薪资所得的言谈或议论。相较之下，"通俗"作家则对他们就文学市场的依赖非常的开诚布公，而这正是新式精英出言蔑视这些通俗作家的主要依据。讽刺的是，尽管"新文学"作家，如鲁迅和茅盾在文学市场非常成功（而这个议题具有的内部矛盾性值得更多分析）[1]，传统文人对文学市场的鄙视看似却是这些"新文学"作家在性格上的核心精神。举例而言，是否大出版商从出版教科书所获得的利益有给予"新文学"作家精英或多或少的支持呢？（我们亦可产生以下疑问，1919 年后被改头换面的《小说月报》是否比之前赚得更多？由于没有现存材料可以提供信息，因此我们可能永远无法得知这个问题的答案。但是，茅盾在其自传中提供了一个非常撩人心弦的线索，那就是《小说月报》的销售进账在其接手后的几个月内陡然下滑，而那时正是茅盾将这本刊物转型到"五四"新文学的主张方向。[2]）相较之下，"通俗的现代"在过程中则必须自力更生，加上他们的读者群来自四面八方而有无法穷尽的纷杂，因而让我们在掌握读者情况时更加困难。然而，假设我们有办法确定"通俗"小说庞大的读者市场，适应读者喜好的这个问题是否给作家造成更多的压力呢？举例而言，赵苕狂为其刊物所下的编辑主旨与其之前并未改头换面的《小说月报》，两者皆以不追求严

1　有关鲁迅在 20 世纪 30 年代旅居上海时赚得的庞大收入，参见陈明远：《文化人与钱》（天津：百花文艺出版社，2001 年），页 157—161。

2　茅盾：《我走过的道路》，页 139。

肃为核心，但似乎看起来，这两本刊物的编辑宣言与赵苕狂在《典当》里所表现的写作实践并不一致。换句话说，"新""旧"文学的区别最后很可能更多是以社会性的原因而作结，而并非是纯粹的文学性问题。

除了以上之外，围绕纯文学与通俗文学之间"大分歧"的其他许多问题还等待着进一步的研究。举例来说，《典当》里的聚焦者马朝奉对于发生在其当铺的悲剧事件所表现的幸灾乐祸，启示了我们围绕在中国现代小说精英与通俗间争论的另一重要因素——消遣娱乐的问题：它被通俗文学所拥戴，但在精英作家笔下则予以否决丢弃。然而，在赵苕狂1929年为其刊物所列出的期待目标当中，唯一符合娱乐意义范畴的措辞为"趣味"，而"趣味"一词几乎无法被视作就是对轻浮或轻佻的放纵准许。但是，有些地方确如精英作家的评论所说的，赵苕狂的确写了许多看似就是轻薄无聊的小说，如他1927年的作品《高跟鞋的爱情》，基本上就是对恋脚癖狂的夸饰彰显。由此看来，这篇作品确实在精英作家对"通俗"的挞伐上为一例证。[1] 然而，这篇小说是否存在着深层的喜剧成分而未被解读阐释？还是生计需求迫使作家必须彻底不顾颜面地迎合取悦读者？此外，这边还有另一个须处理的问题：究竟用什么评判标准可以区分"通俗"与"精英"文学？对于今天的我们来说，这个问题很容易回答，我们可回答为作家的声望、小说作品的发表刊物，以及背后文学评论的概念。范伯群的判别原则恰如上述回答一样因具普遍性而为人熟悉，但其所提标准几乎很难适用于赵苕狂的《典当》，这因而让我们上述所提问题是悬而未决的。此外，当我们遇到一未知且不具名的文本，文本本身可以帮助我们回答以上问题吗？此外，这个问题亦适用于某些更长篇幅的小说。举例而言，《歇浦潮》其中一个故事讲述到一对自由恋爱的年轻情侣遭到长辈的策划算计而备受阻挠[2]，但这无非是"新文学"里数不清的故事取材。因此，还有其他方式可帮助我们再辨识作品是"纯"或"通俗"吗？是否在嘲讽或愤世嫉俗上，两者各有不同的形式表现呢？但正如王德威在其《被压抑的现代性：晚清小说新论》拥护"前五四"小说时所提出的，是否合乎

1　赵苕狂：《高跟鞋的爱情》，《红玫瑰》第2卷第2号（1927年7月2日）。

2　这对年轻情侣的爱情悲剧可见《歇浦潮》第43回。

"五四"构建的"现代话语"定义的小说就一定比其他作品优秀呢？[1]

　　更普遍地来说，晚近的美国电影批评家玛莉安·韩森（Mariam Hansen）自创了"白话现代性"一词，用以描述现代主义和通俗文学如何共存于现代时期的西方。[2] 从一个现代中国学者的视野来看，玛莉安·韩森这个概念最值得注意的地方，就是她认为不需要为她所讨论的对象进行美学价值的证明，而这几乎在现代中国批评话语里很难对市民通俗作品做这样的呈述。将翻译上的明显问题先搁置一旁——事实上，这问题本身就暗示了更深层的议题——我们如何将韩森的这个概念应用于中国？举例而言，"通俗"这词汇是否最终成了一个贬义词而让属于这个类别下的作品都不具任何正面的价值？讽刺的是，"vernacular"这词汇在作为一共通翻译词时亦会引起相当争议——它可翻译为"白话"或"通俗文"，但这种在翻译上的模糊地带实遭遇到与中文"通俗"一样在词汇概念上的难题。而这些，皆使得"通俗"（popular）过渡到"文化"（culture）这件事特别棘手困难。在其论著——《从革命到共和：清末至民国时期文学、电影与文化的转型》，陈建华致力于对20世纪头30年内所产生的浩瀚繁多的通俗小说做不同种类的分析，他进行了许多重要的探勘发掘，并将玛莉安·韩森的"白话现代性"概念进一步以正当化的立场应用在先前许多被遗弃在"鸳鸯蝴蝶派"类别中的小说，其中予人印象深刻的论证为分析出许多通俗小说采取了电影技巧作为重要元素。总结而言，中国现代文学有关"纯"与"通俗"的分歧问题以及它所引起的许多后果——它们在层层堆栈当中伴随着喧哗骚动和高度令人忧虑的政治与文化转型——仍然需要充分的考察和全面的反省思考。

（赵家琦译，原载《清华中文学报》2013年12月第10期，页219—251）

1　David Der-wei Wang, *Fin-de-Siècle Splendor: Repressed Modernities of Late Qing Fiction, 1848–1911*.

2　Miriam Hansen, "The Mass Production of the Senses: Classical Cinema as Vernacular Modernism," *Modernism/Modernity* 6/2 (1999): 59–77.

现代中国文论刍议

——以"诗""兴""诗史"为题

///

王德威

1934 年 10 月，朱自清为文评论郭绍虞（1893—1984）同年出版的《中国文学批评史》上卷。文中做出如下观察：

> 现在学术界的趋势，往往以西方观念（如"文学批评"）为范围去选择中国的问题；姑无论将来是好是坏，这已经是不可避免的事实。[1]

乍看之下，朱的评论仅是事实陈述，然而我们却不难发现其中另有深意。郭绍虞的这本著作可视为现代中国第一部有系统的文学批评史，旨在全面梳理古典文学思想，并以当代批评视角进行分析。其中不少材料甚至此前从未被视为"文学批评"的对象。朱自清的评论点出早在 30 年代，西方话语已经流行于中国学界。的确，郭绍虞新书所关涉的不仅仅是批评，同时也是元批评（meta-criticism）——对

---

1 朱自清：《评郭绍虞〈中国文学批评史〉上卷》，收入《朱自清古典文学论文集》（上海：上海古籍出版社，1981 年），页 541。

中国文学批评的批评。郭将中国文学批评历史描述为演进与复古的辩证过程时，字里行间透露了他的理论资源，尤其是后达尔文主义和萌芽期的马克思主义历史观。

对专治当代理论的学者而言，无论是郭绍虞还是朱自清的著作恐怕都不再引起注目。但他们也曾位于理论的前沿，而朱自清所谓西方批评对中国文学研究的影响，时至今日仍然是尖锐话题。举目所见，"以西方观念为范围去选择中国的问题"岂不已成学院常态？而我们在追逐西方最新理论之际，可能容易忽略朱、郭的批评在当年的激进意义。朱自清的理论承袭瑞恰兹（I. A. Richards，1893—1979）的形式主义美学和心理学，而郭绍虞则深受文学进化论的启发。事实上，较诸 30 年代的学院环境，朱自清和郭绍虞所带来的冲击，或许更甚于我们今天将巴赫金（Mikhail Bakhtin，1895—1975）或阿甘本（Giorgio Agamben）的理论应用于中国文学。

文学"理论"[1]已经成为现代中国文学和文化研究中必不可少的一部分。在本文里，"理论"指的是 20 世纪后期以来，发源欧美并延及全球各地学术界的一套系统性话语。作为一种论述建制、一种教学方法、一种文化资本，甚至一种世界观，理论建立了一套广泛的概念和实践的知识框架，当然还有权威性，因而对中国文学的评鉴传统带来深远影响。时至今日，我们应用种种理论，从新批评到结构主义，从弗洛伊德（Sigmund Freud，1856—1939）/拉康（Jacques Lacan，1901—1981）学说到马克思主义，再到后现代、后殖民、后人类等"后"学，无不信手拈来，视为当然。

"理论"改变了当代中国文学研究的范式甚至生态，所带来多元的方法和活络的批判视野，远非当年朱自清与郭绍虞所能想象。然而这些理论渗入学院后所暴露的问题，如普世性假说或霸权式东方主义论调，也在在引人侧目。近年中国及海外

---

1 对于"理论"的历史语境，它的有效性和限制的反思和批评，参见 Murray Krieger, *The Institution of Theory* (Baltimore: Johns Hopkins University Press, 1994)；Michael Payne and John Schad, eds., *Life. After. Theory.* (London: Continuum, 2003)。近年来有一系列从华语语系（Sinophone）和比较文学角度对理论的批评，参见 Rey Chow, *The Age of the World Target: Self-Referentiality in War, Theory, and Comparative Work* (Durham, NC: Duke University Press Books, 2006)；Terry Eagleton, *After Theory* (New York: Basic Books, 2004)。以族群研究重新定义理论的著作，参见 Shu-mei Shih and Françoise Lionnet, "Introduction: The Creolization of Theory," in Françoise Lionnet and Shu-mei Shih, eds., *The Creolization of Theory* (Durham, NC: Duke University Press Books, 2011), pp. 1–33。

学者都意识并致力改变这种状况，也颇有所获。讽刺的是，有些努力却显得过犹不及。一方面，比如说，对东方主义的批判往往导致学术纠察主义（vigilantism）的出现，上纲上线者在任何西方汉学研究里都发现帝国主义或殖民主义嫌疑。另一方面，对全球化霸权的抵抗虽然师出有名，也引发（远距）民族主义甚至国家主义。看看多少落户欧美的华裔学者安坐资本主义学院里反帝反霸，兼亦指点未完成的中国乃至世界革命，不免令人想到"一鱼二吃"的老话。

需要立刻澄清的是，我并不反对现代中国文学及文化研究以理论为依托。恰恰相反，我认为我们对理论的信念还不够深，还有持续加强的必要。响应朱自清的观察，我甚至认为现代中国文学及文化研究作为一个学门，其实是以"西方观念"下的文学与理论为先决条件。归根究底，我们今天所理解的"文学"是在 1902 年以后才成为一项人文科目，它的建立深受日本与德国范式的影响。而"现代文学"直到 20 世纪 20 年代末期才逐渐发展为研究领域。现代"文学"的建立，原是本土与外来话语遭遇、辩证、斡旋以后的结果。[1]

我以为中国现代文学和批评从来就处于"中国"和"非中国"话语的跨文化实践中。我所关心的是，我们应该如何面对这一跨文化关系下所滋生的结果，并且继续加以反省和推衍——把故事接着讲下去。如果我们刻意抱持一种民族、政治或知识的高姿态，撇清任何外来理论元素，我们容易忽略自己理论框架的"真实性和可行性"又有多少。[2] 识者对中西文学与文化研究的不均衡发展，以及西方理论凌驾于中国主题（和主体）之上的批判，已经是老生常谈，然而不少学者依然乐此不疲。学院内的政治正确永远流行不退，但我们无法忽视其中的反讽：某些最义正词严的批判者其实受惠于他们意图批判的西方话语资源，甚至因此形成"一个愿打、一个愿挨"的共谋关系。

跨越这种现代"理论"所带来的困境并不意味要我们回过头去，从文化本质

---

[1]　有关现代中国文学学科建立的历史，近年研究所在多有。见陈平原：《作为学科的文学史》（北京：北京大学出版社，2011 年）。

[2]　Leigh Jenco, "Introduction: On the Possibility of Chinese Thought as Global Theory," in Jenco, ed., *Chinese Thought as Global Theory: Diversifying Knowledge Production in the Social Sciences and Humanities* (Albany, NY: State University of New York Press, 2016), p. 8.

论或者政治历史主义取暖。我建议我们非但无须回避理论，反而更应重新介入理论，展现理论"跨越时空的流动性，着眼于它的语境如何改变，并被这种流动性所改变"[1]。是类提议虽然耳熟能详，但我认为对内在于理论框架中的"流动性"尚未充分发挥，遑论指引我们开发新的领域。远的不说，我们必须扪心自问：当我们强调中国文学的主体，义正词严地批判西方霸权的同时，我们对这个"中国"的历史"流动性"——从知识体系到文化脉络，再到政治传统——所知又有多少？

这也正是朱自清、郭绍虞，还有许多那一辈的学者仍有启发我们之处。一般以为"五四"之后全面反传统主义挂帅，但事实远较此复杂。彼时的知识分子可以说是比较文学的先行者。不论好坏，他们既研究外国现代的思想，也仍然浸润在传统知识体系之中。朱自清与郭绍虞都热切接受新的思想和方法，但无碍他们认真面对自己所要批判、更新的传统。朱自清钻研英美形式主义，并以此解读《诗经》和其他文学经典，为其注入一种全新的理解方式[2]；郭绍虞所接受的"进步"学术训练使他走得更远，因而创造古典中国文学批评史谱系。

这个时期真正见证不同文学与文化的"碰撞"——套用亨廷顿（Samuel Huntington，1927—2008）《文明的碰撞》（*Clash of Civilizations*）曾经风靡一时的口号。与这些年流行的批评话语如"摩擦"（collision）、"诡计"（conspiracy）、"阴谋"（collusion）相较，30 年代那时的"碰撞"似乎并不像后来如此动辄得咎，所激发的知识"流动"到今天也仍颇具启发意义。比如说，鲁迅的现代情怀除了受益于尼采（Friedrich Nietzsche，1844—1900）和施蒂纳（Max Stirner，1806—1856）之外，也不乏屈原（前 340—前 278）与陶潜（395—327）的影响。[3] 王国维对人间情境的思考不只源于康德、叔本华（Arthur Schopenhauer，1788—1860），也源

1　Leigh Jenco, "Introduction: On the Possibility of Chinese Thought as Global Theory," in Jenco, ed., *Chinese Thought as Global Theory: Diversifying Knowledge Production in the Social Sciences and Humanities*, p. 4: "the mobility of ideas across time and space, which draws attention to the ways in which contexts both transform and are transformed by its movement."

2　对于朱自清的文学批评，陈国球《文学批评作为中国文学研究的方法——兼谈朱自清的文学批评研究》一文有精辟分析，载《政大中文学报》第 20 期（2013 年 12 月），页 1—35。

3　最近关于鲁迅与中国传统之间对话关系的研究，参见 Eileen J. Cheng, *Literary Remains: Death, Trauma, and Lu Xun's Refusal to Mourn* (Honolulu: University of Hawai'i Press, 2013)，特别是第 2 章。

于佛教思想的"境界"观。朱光潜（1897—1986）的学术一路从尼采走向克罗齐（Croce，1866—1952）、马克思、维科（Giambattista Vico，1668—1744），却始终思索中国古典"情景交融"的现代对照。[1] 左翼阵营中，瞿秋白（1899—1935）尽管衷心追随卢那察尔斯基（Anatoly Lunacharsky，1875—1933）和普列汉诺夫（Georgi Plekhanov，1856—1918），却对《诗经》以来的抒情传统念兹在兹。胡风（1902—1985）极具先锋性的"主观的战斗精神"，同时刻有孟子心学和卢卡奇（György Lukács，1885—1971）的黑格尔（Hegel，1770—1831）／马克思论述的印记。[2]

　　当我们将中国现代文学视为一个众声喧哗的场域，我们不仅观察中国学者文人如何应对西方与日本输入的知识，也必须处理传统文学文化的前世今生。后殖民主义或帝国主义研究者擅以侦探般的敏锐力考察中西"流动"（或"碰撞"）百转千折的可能。我们因此追问，我们是否能以同样的敏锐力和批判性来面对中国文学和历史的传统？明乎此，"现代"与"传统"就不应被视为简单的二元对立。传统的内容从来复杂无比，并不因为现代到来而骤然中断。传统的流变绝非单向度的起承转合而已，而是包含创造与反创造、再创造与未创造等种种可能，方才"成为"现代。无论继承与否，我们所在的当下仍然是在传统和现代的辩证过程中持续发展。

　　近年学界对现代与传统中国文学间的关联日益重视，话题包括如晚清小说代表的"被压抑的现代性"，或鲁迅、郁达夫（1896—1945）、汪精卫（1883—1944）、毛泽东（1893—1976）等人的旧体诗词所带动的"微妙的革命"等。[3] 这些研究为一种文体、一个时期或是一项运动重新定位，引来众说纷纭。在诗学和文论方面，我们也开始审理创新见解。如章太炎（1869—1936）糅合康德、黑格尔、唯识宗教义

1　最近从比较视角研究朱光潜美学的著作有夏中义《朱光潜美学十辨》（北京：商务印书馆，2011 年）。

2　参见郜元宝《鲁迅六讲》（上海：上海三联书店，2000 年）对鲁迅之于心学的分析，尤见于第 1 章和第 2 章；邓腾克（Kirk A. Denton）对胡风及其弟子路翎的文学及政治思想与孟子思想关系的谱系学考察，参见 Denton, *The Problematic of Self in Modern Chinese Literature: Hu Feng and Lu Ling* (CA: Stanford University Press, 1998), chaps. 1–3。

3　参见 Jon Eugene Von Kowallis, *The Subtle Revolution: Poets of the "Old Schools" during Late Qing and Early Republican China* (Berkeley, CA: Institute of East Asian Studies, University of California, 2006); Shengqing Wu, *Modern Archaics: Continuity and Innovation in the Chinese Lyric Tradition, 1900—1937*, Harvard-Yenching Institute Monograph Series 88 (Cambridge, MA: Harvard University Asia Center, 2013)。

与庄子精神，以"大独"与"不齐之齐"等观念创造一种依自不依他的现代主体[1]；宗白华（1897—1986）对中国山水画境的研究，调和了黑格尔美学与《易经》生生不息的观念。[2] 但这是少数例证。除此之外，比方说我们对本雅明谈现代性的"漫游者"（flânuer）观念耳熟能详，对胡兰成（1906—1981）的"荡子"论却可能毫无所悉[3]，尽管胡兰成与中国情境更为相关。而福柯（Michel Foucault，1926—1984）的"知识的考古学"过去几十年广受欢迎，但沈从文（1902—1988）的"抒情考古学"知之者又有几人？[4]

目前学院典范强调文学理论与批评相辅相成，俨然"理论为体，批评为用"。但这不脱西学体制。我因此建议带入中国文论的元素，使原本的理论／批评二元关系三角化。相对于"理论"，我以现代"文论"来指涉晚清以降文学论述之大成。曾有论者以"诗文评"描述这一现象。"诗文评"自明清以来即被用以指陈评论话语[5]，30 年代文学界也以"诗文评"统称文人、知识分子在文学方方面面的对话、赏析和思考。但我仍建议使用"文论"一词，一方面意在指陈比"诗文评"更广的批评形式，一方面也希望与中国传统文论做出相互对话。

这样的尝试前有来者。学者如童庆炳、王一川、曹顺庆、吴建民等早已倡导

1　章太炎复杂的文论在华语世界有很多研究。近年来著名的中文研究包括陈雪虎：《"文"的再认：章太炎文论初探》（北京：北京大学出版社，2008 年），第 5 章；张春香：《章太炎主体性道德哲学研究》（北京：中国社会科学出版社，2007 年），第 2—3 章；汪晖：《现代中国思想的兴起》（北京：生活·读书·新知三联书店，2008 年第 2 版），下卷第一部《公理与反公理》，第 10 章。至于研究章太炎的英文著作则有 Viren Murthy, *The Political Philosophy of Zhang Taiyan: The Resistance of Consciousness* (Leiden: Brill, 2011)。

2　参见汤拥华：《宗白华与"中国美学"的困境》（北京：北京大学出版社，2010 年）。

3　胡兰成的"荡子"哲学参见 David Der-wei Wang, "A Lyricism of Betrayal: The Enigma of Hu Lancheng," chap. 4, in Wang, *The Lyrical in Epic Time: Modern Chinese Intellectuals and Artists Through the 1949 Crisis* (New York: Columbia University Press, 2015)。

4　这个术语由汪曾祺（1920—1997）发明，他是沈从文抗战时期在西南联大的学生。参见汪曾祺：《沈从文先生在西南联大》，载《汪曾祺自选集》（桂林：漓江出版社，1987 年），页 104。汪曾祺主要描述了沈从文在战争时期对古代文物的兴趣，这竟然出乎意料地成了他后来向艺术史家的事业转变。在一个更广阔的语境下，沈从文从巫楚文化中看待现代中国主体性；与"五四"范式将主体性视为被启蒙和内在力量赋予的自觉个体相反，他强调主体性中深奥与未知的层面。参见周仁政：《巫觋人文——沈从文与巫楚文化》（长沙：岳麓书社，2005 年），尤其是第 2、3 两章。

5　见 Cheng, *Literary Remains*, esp. chap. 2。

重理中国文论的必要。但就目前所见，他们的重点偏向古典文论观念上的重新梳理。[1]我的关怀则更进一步，强调"五四"以后的文人和知识分子如何与现代人文情境——从西学理论到政治要求，从文化生产到感觉解构——产生互动，并以文论作为彰显、介入、诠释现代性的方法。换句话说，我希望说明如果我们真正体会"文"在中国古典的多元要义——从文章到文采，从文理到文化——并希望在现代重新"论"之，我们的注意所及就不仅是文论的案头整理，而应及于某一观念、文本，论述如何成为现代文学的有机部分。

中国文学的"文"源远流长，意味图饰、样式、文章、气性、文化与文明。文是审美的创造，也是知识的生成。郑毓瑜论"文"的发源，甚至从"天文"与"人文"的类比谈起。[2]在时空流变里，文学铭记形式、思想、态度，或为其所铭记。用宇文所安（Stephen Owen）的话说，

> 如果文学的文是一种未曾实现的样式的渐行实现，文字的文就不仅是一种（代表或再现抽象理想的）标记，而是一种体系的构成，那么也就不存在先后主从之争。文的每个层面，不论是彰显世界的文或是彰显诗歌的文，各在彼此息息相关的过程中确立自己的位置。诗（作为文的）最终外在彰显，就是这一关系继长生成的形式。[3]

1　见童庆炳编著：《中华古代文论的现代阐释》（北京：中国人民大学出版社，2010 年）；王一川：《中国现代文论的现代性品格》，《文学评论》2007 年第 5 期，页 175—180；王一川：《中国现代文论的传统性品格》，《当代文坛》2006 年第 4 期，页 4—7；曹顺庆、时光：《当代中国文论的创新路径》，《中外文化与文论》第 27 辑（2014 年 12 月），页 1—19；吴建民：《中国古代文学理论的当代阐释与转化》（南京：凤凰出版社，2011 年）。

2　郑毓瑜：《"文"的发源——从"天文"与"人文"的类比谈起》，《政大中文学报》第 15 期（2011 年 6 月），页 113—142。郑教授的新作《姿与言：诗国革命新论》（台北：麦田出版社，2017 年）也对"文"的现代性意义多所着墨。

3　Stephen Owen, "Omen of the World: Meaning in the Chinese Lyric," in Owen, *Traditional Chinese Poetry and Poetics: Omen of the World* (Madison, WI: University of Wisconsin Press, 1985), p. 21: "[I]f literature (wen) is the entelechy of a previously unrealized pattern, and if the written word (wen) is not a sign but a schematization, then there can be no competition for dominance. Each level of *wen*, that of the world and that of the poem, is valid only in its own corrective realm; and the poem, the final outward form, is a stage of fullness."

换句话说，面对文学，中国作家与读者不仅依循西方模拟与"再现"（representation）观念而已，也仍然倾向将文心、文字、文化与家国、世界做出有机连锁，而且认为这是一个持续铭刻、解读生命自然的过程，一个发源于内心并在世界上寻求多样"彰显"（manifestation）形式的过程。这一彰显的过程也体现在身体、艺术形式、社会政治乃至自然的律动上。因此，在西方真实与虚构的典范外，现代中国文学也强烈要求自内而外，从想象和历史的经验中寻求生命的体现。[1]

循此，文论是"一些属于不同体裁的具有丰富多样性的文本"，来"解释文学在文明进程中所扮演的角色，并描述文学和文学作品在思想和社会生活领域引起的回响"[2]。对比理论的精准逻辑辩证，构成文论的一系列概念与术语也许时有空泛抽象之虞，却"有着悠长的历史以及复杂的影响和力量"[3]。更重要的，如果"文"不仅是再现世界的结晶，而是彰显世界的过程，文论作为"文"的一部分，也必须参与并彰显这一过程。是故"论"文论，我们也应该将诠释活动从观念、文本的梳理，推向语境、物质条件和写作评断的连锁，更不提文类本身的驳杂性与历史偶然因素的不时介入。

重申以上所述，我认为"文论"与当代西方文学"理论"（literary theory）及"批评"（literary criticism）有所不同。[4]"文论"点出应和不同的情境、品味、思想、

---

1 中国现代文学从定义到分类如小说、散文、诗歌与戏剧，大抵承袭西方体系；在理论上从现实主义到现代、后现代主义，也与西方亦步亦趋。但有心读者不难发现现代文学仍然与传统"文"与"文学"的概念遥相对话。20 世纪诸多社会、政治运动，从文界革命、文学革命到革命文学，再到"文化大革命"，无不以文学、文化作为改天换地的契机，其实暗暗说明"文"与"文学"绝非仅为想象或虚构而已。时至今日，当中国国家领导人将"讲好中国故事"作为"时代使命"，其中文以载道的用意就不免令人发思古之幽情。

2 Stephen Owen, ed., *Readings in Chinese Literary Thought* (Cambridge, MA: Council on East Asia Studies, Harvard University, 1996), p. 8: "…literary thought is a group of diverse texts, which in turn belong to distinct genres." p. 3: "…to explain the role literature plays in [a] civilization and to describe literature and literary works in terms that have resonance in other areas of intellectual and social life."

3 Ibid., p. 4: "…have their own long histories, complex resonances, and force."

4 "文论"这一词汇缺乏适当英文翻译。西方学者马立安·高利克（Marián Gálik）、宇文所安、邓腾克等曾译为"literary thought"。

习性而生的述作，"理论""批评"则大抵为学院产物，俨然"理论"为体，"批评"
为用，但皆须遵从严格的思想辩证与修辞规范。文论的实践形式不拘一格，以"信
件、序言、讲演或论辩文章"[1]，甚至虚构性写作等种种方式，串联"作者、文本、
世界、读者"各个领域，形成独树一格的论述。即在现代，从鲁迅的杂文到王国维
的词话，从梁启超的演说到梁宗岱（1903—1983）的随笔，从毛泽东的讲话到沈从
文的"抽屉里的文学"，中国文论所显示的随机性、多样性，以及衍生的政治、伦
理、审美关系如此生动繁复，西方学院的理论模式或传播方法（期刊、专书、会
议）难以相提并论。

　　我认为，只有我们足够重视文论的活力，理解文论和"文"的脉络，才能使现
代中国文学的理论化真正开花结果。如此建立的现代中国文学研究，一方面得以
引入古今文论作为与西方／现代理论的对应，另一方面也可使文本批评更为周延细
致。有识者或担心"理论"与"文论"这两种类型的批评活动可能格格不入，难以
拿捏。我建议我们避免将两者之间的关系简单化。这里我指出两种陷阱：一种是我
们一厢情愿地寻求中西（或古今）模拟，仅仅根据表面相似的立论大做文章[2]；另一
种则反其道而行，纠察任何接触可能，斤斤计较一方"挪用""收编"或"压制"另
一方的嫌疑。仿佛之间，批评活动变成批判活动。

　　对于第一种陷阱，我建议与其谈模拟（analogy），不如谈批判性地考察不同起
源的论述间异常性的"组装"（assembly）——思想、形式、语境和动机的错位或接
轨。[3]由此，我们并不止步于文论或理论表面的相似性或相异性，而思考两者因"组
装"所引发始料未及的关联，甚或没有关联。作为研究者，我们的目的不只是求

1　Kirk A. Denton, ed., *Modern Chinese Literary Thought: Writings on Literature, 1893-1945* (Stanford, CA: Stanford University Press, 1996), p. 19.

2　陈寅恪（1890—1969）致刘叔雅（文典，1891—1958）函有云："比较研究方法，必须具有历史演变及系统异同之观念。否则古今中外、人天龙鬼，无一不可取以相与比较。荷马可比屈原，孔子可比歌德，穿凿附会，怪诞百出，莫可追诘，更无所谓研究之可言矣。"见陈寅恪：《与刘叔雅论国文试题书》，载陈寅恪：《金明馆丛稿二编》（上海：上海古籍出版社，1980年），页223—224。

3　Gilles Deleuze and Felix Guattari, "Introduction," in Deleuze and Guattari, *A Thousand Plateaus: Capitalism and Schizophrenia*, trans. Brian Massumi (Minneapolis, MN: University of Minnesota Press, 1987).

同，更是存异。

对于第二种陷阱，我以为经过多年"后学"版反帝、反殖风潮后，学界已经习惯于充满敌我意识（hostility）的批判姿态。但（或真或假的）"抵抗""干预""突袭"等战斗式论述毕竟是纸上谈兵，大言不惭，难免显得矫情。眼前无路想回头，德里达（Jacques Derrida，1930—2004）提出的"友谊"（hospitality）论，或许可以作为参考。这一"友谊"不是行礼如仪的兄弟之道，而是一种关乎伦理关系的政治学。朋友和非朋友的划分犹如一体之两面，既包含奉献，也包含风险；既可能化敌为友，也可能喧宾夺主。这是一种以衍／异或者依／违关系的张力为前提的主客之道。[1]

我们是否能从传统文论另觅资源？比如清初学者王夫之（1619—1692）的诗学对宾主、情景关系的思考，也许可以为我们提供一种不同的思维方式。王夫之提出主体与客体的理想关系，存在于两者相互浃洽的情境中。一方面不分你我，但另一方面却是不黏不滞，"宾主历然"，意即水乳交融却又层次分明："立一主以待宾，宾无非主之宾者，乃俱有情而相浃洽。"[2]这一立论有其吊诡，也正因此而耐人寻味。放在本文的语境里，我们期待中国文论与西方理论互为宾主，但宾主的秩序又必须"历然"：宾"无非主之宾"，主亦须"待宾"方能成其大。更重要的是，两者"俱有情"——共享应于物的情境，和动于中的情感——才能启动"相浃洽"的关系。

王夫之的理论含有临济宗佛学思想渊源。对他而言，"无宾主"和"宾主历然"的辩证关系有创生，也有融合，相辅相成，乃能达到情景交融的境界。[3]但达到"宾主历然"的境界谈何容易！我们不免想到传统中另外一种宾主论，即先秦时期外交语境中，揖让进退、止戈尚礼的仪式性守则。同样演绎宾主，但"历然"的基础是充满

1　Jacques Derrida, *The Politics of Friendship*, trans. George Collins (London: Averse, 2005).

2　王夫之：《姜斋诗话笺注》（长沙：岳麓书社，1988 年），第 14 册，页 1038、1585；Owen, *Readings*, pp. 463-464. 对于"宾主历然"的解读，参见萧驰：《中国思想与抒情传统》第 3 卷《圣道与诗心》（台北：联经出版事业公司，2012 年），页 132。

3　上海古籍出版社编：《禅宗语录辑要》（上海：上海古籍出版社，1992 年），《镇州临济慧照禅师语录》，页2、3、7、8、9。关于宾主间"四组关系"的理解，参见杜寒风：《临济义玄门庭施设宾主句探真》，《宗教学研究》1997 年第 4 期，页 62—67、96。

政治符号的礼乐修辞和权力逻辑。只是详细论证非本文所能及，需待未来的探讨。

综上所述，我强调以文论引领我们探查以多样形式创造并随历史情境而变化的文本，如何融合现代经验，将"先前未实现的（文）的模式"赋予"实现"之中。据此，下文介绍三组例证，勾勒传统诗学"诗""兴"与"诗史"的三种现代面貌，兼亦思考"文论"和"理论"的对话可能。必须说明的是，本文篇幅有限，仅能点到为止。但我希望至少提出有意义的问题，以为更专精的研究做准备。

"诗"与现代性的辩证

1908年2月和3月，留日学生创办的刊物《河南》刊出一篇题为《摩罗诗力说》的文章。在文章里，作者令飞强烈批判中国败象，召唤可以"撄人心"的"精神界之战士"。这样的"精神界之战士"首推诗人。令飞以"放言无惮，为前人所不敢言"的屈原为典范，但他仍然认为屈原诗歌中"亦多芳菲凄恻之音，而反抗挑战，则终其篇未能见，感动后世，为力非强"。与此相反，拜伦（Lord Byron，1788—1824，鲁迅译为裴伦）以他桀惊不驯的激情与英雄作为，才是真正现代诗人——摩罗诗人——的原型。

令飞是鲁迅的笔名，《摩罗诗力说》是他早年在日本时写下反思中国文明的文章。他认为千年封建传统与僵化思维早已将中国腐蚀殆尽，而诗歌——或广义的文学——是使中国振衰起弊、进入现代世界的理想形式："凡人之心，无不有诗，如诗人作诗，诗不为诗人独有，凡一读其诗，心即会解者，……（它）令有情皆举其首，如睹晓日，益为之美伟强力高尚发扬。"[1] 鲁迅的说法应和了晚清许多改革之士的呼声。梁启超早在1899年便提出中国维新之路系于"诗界革命"。虽然这些知识分子追求中国彻底变革，但他们所提文学与革命的方案却饶有传统资源的印记："文以载道"的回声挥之不去。以鲁迅为例，虽然他将拜伦视为中国"精神界之战

---

1 鲁迅：《摩罗诗力说》，载鲁迅：《坟》，收入《鲁迅全集》第1卷（北京：人民文学出版社，2005年），页70。

士"的效法对象，他的论点却俨然延伸"诗教"原理。

中国古代的诗不仅是一种文学类型，更是文化精粹。从兴观群怨到礼乐兴亡，从抒情言志到多识草木虫鱼，诗之为用无所不在。《诗大序》对诗的描述最为脍炙人口："诗者，志之所之也。在心为志，发言为诗。情动于中，而形于言；言之不足，故嗟叹之；嗟叹之不足，故永歌之；永歌之不足，不知手之舞之、足之蹈之也。"[1] 鲁迅的《摩罗诗力说》延伸却也同时颠覆这一论述。自世纪之交以来，拜伦就被视为中国知识界的启蒙偶像。但鲁迅不同之处在于，他赋予拜伦的形象多项思想线索，包括施蒂纳、叔本华、尼采等的学说。最重要的是，他召唤诗人僭越、破坏现状的"撒旦力"，从而使他的诗学展现一种否定的——甚至是魔鬼似的——尖锐意义。鲁迅将这种恶魔之力与摩罗相联系；追根究底，摩罗的原意就是梵文传统中的恶魔。

传统中国诗学讲究温柔敦厚，鲁迅召唤诗人的恶魔力量无疑是离经叛道。摩罗在梵文神话里的原型是摧毁世界的恶魔，或是桀骜不驯的玩世者。鲁迅援引这一异域神秘的原型，并附和其全盘否定现状的能力，一方面挑战中国诗学传统总体，一方面也创造另类的诗学主体。以往论述对鲁迅的摩罗诗力大加赞美之余，每每快速转换为革命精神。这样的诠释其实忽略了鲁迅寄托于摩罗摧枯拉朽的力量之处，哪里是奉某某主义之名的革命所能得其万一？

摩罗之力是历史的力量，也具有本体论式的动能。尤其引人深思的是，这一动能与其说只来自印度或西方文论的影响，毋宁说也来自中国诗学辩证的内爆（implosion）。《摩罗诗力说》的三个关键词汇——"志""情""心"，其实都源出古老诗学传统，此处仅试言其略。鲁迅的摩罗挑战中国诗学最重要的教诲——"诗言志""思无邪"："如中国之诗，舜云言志；而后贤立说，乃云持人性情，三百之旨，无邪所蔽。夫既言志矣，何持之云？强以无邪，即非人志。"[2] 鲁迅强调诗言志

---

1 《尚书·舜典》："《诗》言志，歌永言。"见《尚书正义》，十三经注疏分段标点本（台北：新文丰出版公司，2001 年），页 122；Owen, *Readings*, p. 26；也参见宇文所安对《诗大序》的翻译和讨论，见 Owen, *Readings*, pp. 39–43；郑玄：《诗谱序》，载《毛诗正义》，十三经注疏分段标点本，页 10。

2 鲁迅：《摩罗诗力说》，页 70。参见 Denton, *Modern Chinese Literary Thought*, p. 102。

的"志"是个人真实意向、性情的发皇。他认为，如果大人先生强调"诗三百"只能以"思无邪"一言以蔽之，你我又"盍各言尔志?"诗人之志、之思，必须"有邪"。换句话说，摩罗诗歌教导我们"思有邪"，因为"强以无邪"，否定"人志"，又怎能达到"诗言志"的本意? 然而摩罗对志、情的颠覆并不带来想当然耳的革命式典范转移。恰恰相反，《摩罗诗力说》又频频对传统致意，因此形成巨大的张力。最根本的，鲁迅一再暗示诗人苟若无志，则无从发动任何诗力，这其实又是对"志"底线的肯定。

鲁迅激进诗学的震撼处在于他将新观念注入传统中，带来其自身解构。在此意义上，他的对话者无过乎梁启超。梁启超提倡小说革命时，提出小说传统诲淫诲盗，难登大雅之堂。然而正因为迎合下里巴人的趣味，小说反而是散播革命种子、一新中国耳目的最佳形式。梁声称他的灵感来自日本和西方。但在中国语境里，我们不禁要问，如果说小说千百年来荼毒中国社会，那么梁启超寄望如此有害的文类，摇身一变成为"新民"的灵丹妙药，岂非异想天开?

柏拉图将诗人逐出理想国，因为害怕诗作扰乱民心士气。但在清末，同样的论点却引向截然不同的结论。鲁迅以摩罗诗人搅扰传统诗学，希望借魔鬼般的恶声，振聋发聩，强壮中国人心。梁启超提倡（原本有害的）小说，坚信小说"不可思议的力量"可以先自我消毒，进而使之前为它所蛊惑的读者脱胎换骨。鲁迅的诗歌和梁启超的小说似乎都验证了德里达关于"毒/药"（pharmakon）的论点[1]：剧毒也是灵药。但更为贴切的联想可能是中国传统医学"以毒攻毒"的观念。无论如何，鲁迅、梁启超的论述内蕴一种否定性辩证，促使我们思考这对中国现代文学话语的影响。

然而1908年不只见证摩罗诗人来到中国。同年11月，王国维发表《人间词话》。王国维早年对西方哲学家如康德、叔本华兴趣盎然，之后他致力结合西方思想与中国诗学，延续以严羽、王夫之、王世祯（1634—1711）为代表的抒情传统。

1　Jacques Derrida, "Plato's Pharmacy," in Derrida, *Dissemination*, trans. Barbara Johnson (Chicago: University of Chicago Press, 1981), pp. 67–186.

尽管王国维为了维护传统做出种种努力，他所运用的概念，如主观与客观、理想主义与写实主义等，却显现兼容并蓄的倾向，他甚至援引尼采的格言"一切文学余爱以血书者"[1]，作为评价诗词的标准。

王国维诗（词）学之路的顶点是"境界"说。境界由诗词意象唤生，却并不局限于文字唯美观照。它是主观的，却与文学传统中的"抒情原型情境"（arch-lyrical occasion）相呼应。[2]"境界"原有佛学意涵，在王调动的语境里，却更具个人化的忧患之思。他的词作与词话传达感时伤怀的意图，激发出自我执着和自我否定的张力。

在世纪剧烈转折的关口，晚清词人群体以最细腻的诗歌形式完成一场既颓废又感伤的演绎。比较起来，王国维以其中西合璧的学养、孤傲寂寞的个性，更能敏锐地捕捉世变之际的暴虐，与奉现代为名的种种矫饰。与此同时，他见证文化被肆意损毁的断井残垣。王国维1927年自沉而死。他以文字，最后以肉身体现现代性带给一代文人难以言传的忧郁。在"现代"的飙风里，"天以百凶成就一词人"[3]。

鲁迅与王国维的诗论对中国文学主体的现代化至关重要。批评家每以针锋相对的修辞描述鲁迅与王国维，如革命渴望与遗民情怀，摩罗"诗力"与审美"境界"等。这种对比不无简化两者之虞。我认为鲁迅与王国维各以不同的方式，响应诗人主体在现代情境里何去何从的难题。鲁迅企图以摩罗诗人的恶声颠覆传统，再造新民；王国维则寻求境界的再生，以此抵抗历史的无明。两人都将西方话语应用于中国语境，并思考：在一个殊乏诗意的时代里，诗如何仍可能成为定义中国现代性的关键。

在两人中，鲁迅无疑以其道德的急迫感与修辞的尖锐性而更受关注。"五四"以来，他的摩罗诗人以不同面貌投射一代又一代文人的执着和改变，从反传统先锋到革命斗士，不一而足。鲁迅1936年10月去世，随即被推上神坛，奉为革命精神领袖。以后这些年摩罗诗人虽然不再，但他义无反顾、冲决网罗的形象却被广为转

1　王国维著，靳德峻笺证，蒲菁补笺：《人间词话》（成都：四川人民出版社，1981年），页21。

2　这是萧驰的观点，见萧驰：《中国抒情传统中的原型当下："今"与昔之同在》，载萧驰：《中国抒情传统》（台北：允晨文化实业股份有限公司，1999年），页121。

3　王国维：《蕙风琴趣》，转引自吴无忌编：《王国维文集》（北京：北京燕山出版社，1997年），页49。

化，或称革命作家。

回顾鲁迅对现代中国诗学的意义，我们理解他从来不是一个简单的文学革命者，而摩罗诗人所言的"志"也多有歧义。鲁迅希望求助摩罗的"恶声"来搅扰传统，但他也对"恶声"里的不祥深有自觉。这种自觉让他在致力文学革命的同时，也苦苦面对"无物之阵"——那弥漫世界和他心中、无所不在的虚无。也就是说，"诗力"所煽动的狂热不仅能带来革命的冲动，也可能产生"革革命"的鬼气，从而陷入希望和绝望的轮回，难以自拔。1925 年，鲁迅在《墓碣文》中将他的诗性主体刻画为一个"抉心自食"者，一个自噬其身的主体：

> 抉心自食，欲知本味。创痛酷烈，本味何能知？……
> ……痛定之后，徐徐食之。然其心已陈旧，本味又何由知？……
> ……答我。否则，离开！ [1]

与此同时，王国维以他自己的方式思考诗与现代性的关联，以及诗人的本色。1927 年 6 月 2 日，王国维自沉于北京颐和园昆明湖，留下简单遗言："五十之年，只欠一死，经此世变，义无再辱。"[2] 王国维的死因众说纷纭，或谓个性使然，或谓缘于叔本华的悲观哲学和末世论的影响。作为一个政治保守主义者，王国维之死更常与遗民殉清连上关系。然而王的挚友、著名史学家陈寅恪独排众议，认为他的自沉表现"独立之精神，自由之思想"[3]。据陈寅恪的说法，我们甚至可说王国维最终所表现的"自由"与"独立"，与其说是在政治领域，不如说是在诗学"境界"上。我们记得在历史的彼端，屈原以其自沉肇生了古典中国诗人主体的艰难抉择。在中国现代的起点，王国维已经看出"现代"的意义不只是照本宣科，实现启蒙与革命而已。面对极端冲突的价值体系，他以否定的辩证形式来证成主体的自由与独立。由自毁而求全，他的自杀悖论性地体现一个中国"诗人"的现代意义。

1　鲁迅：《墓碣文》，载鲁迅：《野草》，收入《鲁迅全集》第 1 卷，页 207。

2　关于王国维遗嘱的简要分析，参见叶嘉莹：《王国维及其文学批评》（香港：中华书局，1980 年），第 2 章。

3　陈寅恪：《清华大学王观堂先生纪念碑铭》，载陈寅恪：《金明馆丛稿二编》，页 218。

"兴"：从感发到革命

古典中国诗学词汇中，"兴"的重要性毋庸置疑。从词源学的角度上来看，"兴"指的是一系列感性的响应，如感发、创造、振奋、启动等。"兴"源于远古时祭祀欢舞、占卜休咎引发的情绪波动，在《论语》和《周礼》中则被视为文学，甚至文明、创造的起点。[1]孔子称赞"兴"是最重要的诗艺，冠于"观""群""怨"。[2]"兴于诗，立于礼，成于乐"，则天下归仁。

论者已指出"兴"如何带动一种完全不同于西方的文学文化。与源自西方的"再现""模仿"观相较，"兴"是"一种意象"，它最初的功用不是指示，而是启动一种特殊的感觉或心情："兴"不是"指代"哪种心情，而是激发它。[3]宇文所安发现中国传统文学并没有发展出一种如同西方的那种复杂的修辞分类体系，而是产生了"情感的分类，并以系统化的景和境与之对应。这些情绪的词汇来自言由心生的想法，就像西方修辞的结构和比喻来自一种标示和指代一样"[4]。古典诗学有关"兴"的研究不胜枚举，难以在此详述。本文的重点是，"兴"在现代依然受到关注，而且同时来自革新和传统阵营。

梁宗岱1934年出版文集《象征主义》，以理论形式探讨欧洲象征主义诗学，为中国学界所首见。梁宗岱在法国接受学术训练，是波德莱尔（Charles Baudelaire，1821—1867）和马拉美（Stéphane Mallarmé，1842—1898）的崇拜者，更以曾经师事保尔·梵乐希（Paul Valéry，1871—1945）而扬名。对梁而言，诗是语言、声音与图像最精致的构型，超脱于所有对场景、叙述、逻辑和情感的客观指代。他以梵

---

1 胡兰成：《周朝的礼乐》，载胡兰成：《山河岁月》（台北：三三书坊，1990年），页97。有关"兴"的研究所在多有，最新例子包括颜昆阳教授的《诗比兴系论》（台北：联经出版事业公司，2017年）。本书体大思精，极可代表中文学界研究高峰。

2 《论语·阳货》第九章："子曰：'小子何莫学夫《诗》?《诗》可以兴，可以观，可以群，可以怨……'"见《论语注疏》，十三经注疏分段标点本，页390—391。

3 Owen, *Readings*, p. 46: "*Hsing* is an image whose primary function is not signification but, rather, the stirring of a particular affection or mood: *hsing* does not 'refer to' that mood; it generates it."

4 Ibid., p. 33.

乐希为例，盛赞诗是"纯粹的形式，纯诗就是灵魂的诗化"。诗歌的最终形式同时也是对"诗为何物"的哲学论述。[1]

这种对纯诗的追寻——尤其是以法国象征主义为代表的诗——从"五四"以来就是新诗诗人的目标之一。梁宗岱的过人之处在于他兼治象征主义与中国传统诗学，因此为早期比较文学做出（不无争议的）贡献。在《谈诗》（1934 年）一文中，梁宗岱比较马拉美和宋代词人姜夔（约 1155—1209），认为他们都"趋难避易"。马拉美说过"不难的就等于零"，而姜夔则说"难处见作者"[2]，但梁宗岱更为大胆的观察则是将象征与《诗经》所呈现的"兴"相比。他援引《文心雕龙》中的定义："兴者，起也。……起情者，依微以拟议"[3]，赞成"所谓'微'，便是两物之间微妙的关系。表面看来，两者似乎不相联属，实则是一而二，二而一"[4]。通过诗意心灵与世界外物之间的呼应，梁宗岱提出了"灵境"，并以为"灵境"与波德莱尔的"契合"（correspondences）不无共同之处。[5]

这边梁宗岱努力阐释"兴"与象征之间神秘的联系，那边闻一多（1899—1946）则以不同方式理解这一古老观念。和梁宗岱一样，闻一多认为"兴"是一种充满生机、具有创造力的刺激，促动（宇宙的、自然的、人类的、诗学的）世界的诞生。但两人不同之处在于如何界定这个"创造性冲动"的源泉。梁宗岱认为"兴"来自一种源源不断的诗意自觉力量，而闻一多则在社会联动关系中寻找它的原始表达。闻一多受到现代学科如人类学、神话学和社会心理学的启发，认为与其说"兴"是种神秘情感的迸发，不如说是由观念框架、价值系统和社会行为模式所构成的特征；这和日后雷蒙·威廉斯所谓的"感觉解构"（structure of feeling）颇

---

1 梁宗岱《象征主义》说："让宇宙大气透过我们心灵，因而构成一个深切的同情交流，物我之间同跳着一个脉搏，同击着一个节奏的时候，站在我们面前的已经不是一粒细沙，一朵野花或一片碎瓦，而是一颗自由活泼的灵魂与我们的灵魂偶然的相遇。"见梁宗岱：《诗与真》（台北：商务印书馆，2002 年第 2 版），页 83。

2 梁宗岱：《谈诗》，见《诗与真》，页 91。

3 刘勰著，杨明照校注拾遗：《文心雕龙校注》（台北：河洛图书出版社，1976 年），页 240。

4 梁宗岱：《象征主义》，见《诗与真》，页 66。

5 同上，页 76。

有相通之处。按照闻一多的说法，"兴"与仪式活动密切相关。他的研究主要包括生育仪式和图腾信仰，比如，他认为"社"和"禘"在远古时期源自对女性祖先高禖——掌管遗传繁衍的神祇——的祭祀。[1]

有趣的是，闻一多也以"象征"与"象征主义"作为解释"兴"的一种方式。对他而言，"兴"可以指陈面对自然和社会的刺激与挑战时，集体意识所进行的编码和沉淀过程。"兴"在宗教仪式中的表现自不待言，在社会实践中它需要更为细致的系统来延续其能动力。闻一多将这种过程称为"象征廋语"[2]。也就是说，透过一个图像、一个场景、一种诗性比喻或是一种历史情境，"兴"就以密码般的形式启动。通过"象征廋语"，潜在社会表层下的知识和"感觉结构"于焉浮现。如此，"兴"俨然成了一种富含政治意味的修辞游戏，从中我们得以解析一个社会中"被压抑而复返"的种种意念。

从"兴"与象征主义的思索中，我们看到梁宗岱与闻一多两人观点的张力。梁宗岱以象征来解读"兴"，意在正本清源。他的目标是厘清现代中国诗歌感发中的纯粹元素；这些元素久被社会的冷漠与躁郁遮蔽。另一方面，闻一多将"兴"与象征并置，为的不是（像梁宗岱那样）指向诗歌的内烁要义，而是侦测一个社会如何借语言修辞来伪装或传述图腾与禁忌。闻一多赋予"兴"一种社会群体内涵，而这在梁宗岱的论述中付诸阙如。在最政治性的层面上，闻一多的观点让我们想到本尼迪克特·安德森（Benedict Anderson，1936—2015）所谓的"想象的共同体"（imagined community）。但安德森的观点建立在印刷资本主义的横向传布，而闻一多的观点则建立在一个社会的"神话"（或意识形态）纵向的、或隐或显的机制。

如果我们更深入地阅读梁宗岱与闻一多关于"兴"的著述，可以发现两者不乏共通点。通过对"兴"的召唤，以及将"兴"与象征、象征主义连锁，他们都在

---

1 闻一多：《高唐神女传说之分析》，载孙党伯、袁謇正主编：《闻一多全集》（武汉：湖北人民出版社，1993年），第3册《神话编·诗经编上》，页3—34。

2 参见闻一多著名的研究《说鱼》，载孙党伯、袁謇正主编：《闻一多全集》第3册《神话编·诗经编上》，页231—252。也见常森对闻一多学术的人类学和社会政治学内涵的讨论。见常森：《学术上的闻一多——论〈古典新义〉之新》，载闻一多：《古典新义》（北京：商务印书馆，2011年），页539—540。

思索如何扩展中国现代性的课题。在中国深陷危机的时刻，这两位现代主义者都从"兴"中寻找"象征"来澄清混沌不明的现状，或许并非巧合。上文指出"兴"在词源学上意味着从无中生有，创造令人为之一震的情感动力。梁宗岱渴望剔透的"灵境"，而闻一多则孜孜描绘心目中的社会文明脉络。然而两人都难免"意图的谬误"（intentional fallacy）。

如上所述，"兴"在传统文论中的意义和西方的象征、隐喻、比喻等所涉及的范围极其不同。梁宗岱指出"兴"与象征所呈现形式与语意的错综隐晦性[1]，但忽略了"兴"并不是一个词，"如何从它本身衍生出新意，而是一些词语现象……如何神妙地激发一种反应或是感染一种情绪"[2]。同样地，闻一多在"兴"中发现中国文明的雏形，却忽略"兴"的原意在感发，而非社会学或人类学逻辑下的证据。梁宗岱与闻一多都是诗人，与其说他们的研究是信而有征的学术成果，不如说是极富个人诗情的感发：通过"兴"，他们在寻找——更是创造一种通向现代中国"灵境"的"密码"。

"兴"并不只引起现代主义者的兴趣，传统主义者也对其频频致意，而且所见极富争议性。重要的例子有马一浮（1883—1967）和胡兰成。两人在抗日战争与国共内战时期有关"兴"的理论，其争议性较梁宗岱、闻一多有过之而无不及。马一浮是民国时期新儒家的代表人物之一，他的博学与风骨有口皆碑。与马相反，胡兰成不仅抗战时期参与汪伪政权，而且风流无行，更因与张爱玲（1920—1995）的情史而恶名昭彰。这两人从背景、教养、思想品格来说天差地别，然而他们都从"兴"找出应对现代中国危机的方式。

马一浮在抗战爆发后流亡内地，1939年在四川创立复性书院，在风雨如晦的时代，立志传扬孔孟之道。他尤重"兴"与"仁"两种美德。"兴"由诗意的感发

1　梁宗岱：《谈诗》，见《诗与真》，页 92—93。

2　Owen, *Readings*, p. 258: "*hsing* is not how a word is 'carried over' from its 'proper' sense to a new one, but rather how the presentation of some phenomenon ... in words is my steriously able to 'stir'... a response or evoke a mood." 也见陈太胜的评论，见陈太胜：《象征主义与中国现代诗学》（北京：北京大学出版社，2005 年），第 4 章。

为天地带来崭新动力，"仁"则将这种追求实体化，以天人合一为终极体现。面对战争，马一浮的诗最能表明心志："天下虽干戈，吾心仍礼乐。"[1]在全民抗日、同仇敌忾的呐喊声中，马一浮对"兴"的召唤也许与时代精神格格不入。他主张正心诚意，返本归仁，并以礼乐是尚，而他对"感兴"的重视，更为他的学说蒙上超越——如果不是神秘——的色彩。但马保守的思想中也有激进成分。比如说，为了抵抗文化的破坏与精神的沦丧，马一浮呼吁恢复古老中国的"六艺"（礼乐射御书数）。更重要的是，他认为历史仅是经验和情感的藏贮之所，唯有诗才能将历史化为结晶。也就是说，历史唯有因应"感兴"，透过诗，才能展开自我超越的向度。以此，马一浮将政治与历史道德化、诗学化，并在其中看到复兴中国的希望所在。[2]

马一浮对"兴"的发扬如此高渺，俨然与当时流行的革命话语背道而驰。吊诡的是，他诗意盎然的史观其实也可能成为革命的动力。这种对"兴"与革命的召唤，在胡兰成的例子里便可见一斑。胡兰成终其一生与新儒家保持紧密联系，最崇拜者之一便是马一浮。[3]在胡兰成的天地中，"兴"更为激进化地走向神秘主义范畴。对他而言，作为起源与创造的动力，"兴"体现的既非神意也非人事，它是一股沛然涌现的力量，在身体与符号、自然与事功交汇之处发生。[4]"兴"在历史中最终的实现形式不是别的，而是革命。

1　马一浮的诗据说创作于 1937 年避难桐庐时，题为《郊居述怀兼答诸友见问》，参见丁敬涵编注：《马一浮诗话》（上海：学林出版社，1999 年），页 94。

2　马一浮的想法或许听上去非常不切实际，他认为革新等同于本体论的激烈重组。他把揭去现实的晦暗视为一个诗人的道德动力，这样他就可以作为与海德格尔想象中的对话者。在完全不同的认识论语境中，海德格尔几乎同时也在思考诗歌的启迪力量。见刘炜：《六艺与诗：马一浮思想论衡》（北京：中国社会科学出版社，2010 年）。

3　黄锦树指出，胡兰成关于国家危亡的问题直接受益于马一浮"仁"与"兴"的理论。参见黄锦树：《胡兰成与新儒家——债务关系、护法招魂与礼乐革命新旧案》，载黄锦树：《文与魂与体：论现代中国性》（台北：麦田出版社，2006 年），页 155—185。

4　胡兰成的《当代大儒马一浮》，原件为日文，清水董三所译，刊于 1962 年 8 月《师上友》；小北回译为中文，载胡兰成：《无所归止：胡兰成集外集》（小北编译，北京：中国长安出版社，2016 年），页 184—187。

以胡兰成的《山河岁月》（1954 年）为例。通过具有创造性的、自发的"兴"的动力，胡兰成挑战了时间的线性发展，以及传统史学对终末的叙述。他将"兴"的表现归因于民间社会，而非主导传统历史的统治阶层和精英。他认为正是这些普通人，使每一个历史时刻具有鲜活的样式，这在民歌、习俗、地方庆典节日中都有最好的体现。不过这种通俗的形式，并不总是与平静的日常生活相联系。"兴"也是当生活不堪忍受时，匹夫匹妇所发起的改天换地的冲动，所以有了民间起兵。

胡兰成将诗意的创造性、民间文化和民间起兵纳入他的视野，阐发独树一帜的现代性意义。他认为中国文明自鸦片战争起便遭遇前所未有的危机，这使得诗意与政治上对"兴"的召唤愈发急迫。他又认为"兴"的现代实践就是革命："惟中国的革命是兴。"[1] 革命既是一种军事行为，也是一种喜庆的民间运动，甚至于与大自然的"好天气，好风景"[2] 相互辉映。因此，从太平天国到辛亥革命，到五四运动、北伐、抗日战争与国共内战，中国现代史就是一系列的"兴"或是革命的启动。因为"兴"，（中国文明）"千劫如花"，终能开出又一轮的盛世。[3]

胡兰成将"兴"与民间社会节庆和革命的冲动相联系。他的论述，尤其是有关地方戏曲和迎神赛部分，使我们想到巴赫金的嘉年华狂欢理论[4]。需要指出的是，巴赫金在 20 世纪 40 年代完全不同的政治环境——斯大林政权——下写作，他的思想训练与胡兰成大相径庭。论者已经注意巴赫金嘉年华狂欢冲动里的矛盾潜流。狂欢看来百无禁忌，却其实是在政教机构所圈定的时空范畴之内行事，何曾完全摆脱权力的监视？此外嘉年华狂欢诉诸过犹不及（excess）的冲动，每每对现实做出以暴易暴的反击。

比起巴赫金理论中那种酒神冲动（Dionysian urge），胡兰成的中国式嘉年华乍看温和得多，实则未必尽然。巴赫金主张颓败与重生的有机回转、身体法则和抽象

1　胡兰成：《一个兴字》，载胡兰成：《中国的礼乐风景》（台北：远流出版事业股份有限公司，1991 年），页157。

2　"好天气，好风景"和"日月山川"是胡兰成最喜欢的短语，经常出现在他的书中。

3　胡兰成：《清末以来》，载《山河岁月》，页192。

4　Mikhail Bakhtin, *Rabelais and His World*, trans. Helene Iswolsky (Cambridge, MA: M.I.T. Press, 1968).

法则的对抗，以及一个众声喧哗的场域。[1] 胡兰成颠倒了这个模式。在他的中国节庆想象里：时间归零，无所谓循环；身体是妩媚的而不是变形的；喜庆的欢唱取代了此起彼落的嘈杂声，形成庆典里独大的"和谐"声音。然而，就《山河岁月》介绍的例子所见，胡兰成的节庆总暗含着兵气，亦即暴力因素。别的不说，胡兰成认为他所向往的嘉年华欢庆非但不背离正统，反而是回返正统——圣王之道。而在王道"真正"中兴之前，暴力往往是必要的统治手段。

胡兰成有关"兴"的话语因此透露法西斯讯息。他将暴力作为民间社会抒情的"兴"不可或缺的成分。也因此，胡兰成的诗学不能脱离自我反讽的威胁：他的"兴"有意无意地抹消或超越历史的物质性和暴力。

历史废墟中的"诗史"

1938 年 12 月，冯至（1905—1993）和家人在抗战烽火中长途跋涉，终于抵达昆明。在抗战爆发前一年，冯至已经被鲁迅誉为"现代中国最杰出的抒情诗人"。他也被公认为德国文学专家，尤其专精歌德（Johann Wolfang von Goethe，1749—1832）和里尔克（Rainer Maria Rilke，1875—1926）研究。但冯至在"诗圣"杜甫（712—770）身上找到了他真正神往的对象。他曾引用杜甫的诗句"独立苍茫自咏诗"[2] 作为诗集《北游》（1929 年）的题词。但是在抗战艰辛的流亡路上，他才终于理解杜工部在安史之乱（755—763）后所经历的创痛。冯至写下了这样的诗句："携妻抱女流离日，始信少陵句句真。未解诗中尽血泪，十年偿作太平人。"[3] 这首七律与冯至广受赞誉的现代诗形式相去甚远，却印证了冯至效法杜甫、摹写"诗史"的用心。

"诗史"一词从公元 8 世纪开始流传。杜甫诗歌以其嗟叹世变、吟咏诗心最为

1　参见拙著 *Fin-de-Siècle Splendor: Repressed Modernities of Late Qing Fiction, 1849—1911*, chap. 4。

2　杜甫：《乐游园歌》，载杜甫著，仇兆鳌注：《杜诗详注》（北京：中华书局，1979 年），第二册，页 103。

3　冯至：《祝〈草堂〉创刊》，载《冯至选集》，收入《冯至全集》（石家庄：河北教育出版社，1999 年），第 4 卷，页 226。

典范。唐代文人孟棨有言："触事兴咏，尤所钟情。"[1]孟棨考虑了情在"情境"上与"情感"两方面的意义，从而阐发了史事与诗心之间互为呼应的关系。孟棨以诗为史的讨论切中了一个中国自古以来的诗学要素："（诗）的表现必先开始于外部世界，但这一顺序没有高下之别。诗作为一种同情共感的形式，从外部世界到内心，再由内心到文学，将外缘与内烁的潜在模式呈现出来。"[2]因此，当杜甫被认为是"诗史"的最重要实践者，不仅指的是诗人的历史学养与模仿能力，也指向他的内心，使他的诗心与世变，乃至宇宙律动静相互呼应。

对"诗史"的思考与实践在明末清初达到高峰，俨然与时代的"天崩地裂"息息相关。当黄宗羲（1610—1695）声称"史亡而后诗作"[3]，他所寻求的抒情感发并不只见证时代的裂变而已，也必须引起更深一层的历史反思与诗心重整。[4]另一方面，钱谦益（1582—1664）也强调明遗民话语"以诗为史"的抒情价值。对钱谦益而言，诗构成历史的内在本质，因此诗所展现的情绪、意象以及语调不仅是修辞形式，也是一种心理的——甚至精神本体的——索引，指向历史经验中无法尽言的怀抱。就像严志雄所说，"诗史是抒情主义的理想形式，将诗与历史合而为一"[5]。

中国现代文学虽然刻意与传统切割，"诗史"的影响其实挥之不去，冯至的诗歌与诗学就是一例。战争毁灭性的威胁与战时生活的艰难促使冯至思考连串问题：生

1　参见张晖：《中国"诗史"传统》（北京：生活·读书·新知三联书店，2012年）。陈国球也指出唐代卢怀著《抒情集》，此书现今不存，不过从标题看来，这是一本与怀念事物相关的诗文集。

2　Owen, "Omen of the World," p. 21: "The process of manifestation must begin in the external world, which has priority with primacy. As latent pattern follows its innate disposition to become manifest, passing from world to mind to literature, a theory of sympathetic resonance is involved."

3　黄宗羲：《万履安先生诗序》，载《南雷文定》，收入《黄宗羲全集》（杭州：浙江古籍出版社，1993年），第10册，页47。如张晖所发现，诗史的概念在清初也经历了语文学和实证的改变；也就是说，诗人和学者倾向于将诗歌仅仅当作历史经验的证据，甚至是事实记录。参见张晖：《中国"诗史"传统》，页151—158。

4　在黄宗羲之前，"诗史"主要说的是杜甫。就像龚鹏程所提出的，黄宗羲的贡献是为这个定义加入了普遍性的维度。自从有了黄宗羲的评论，"诗史"便开始意味着诗歌可以补充、矫正甚至替换历史。参见龚鹏程：《诗史本色与妙悟》（台北：学生书局，1986年），页66。

5　Lawrence C. H. Yim, *The Poet-historian Qian Qianyi* (London: Routledge, 2009), p. 27: "It seems, then, that *shishi* is the ideal kind of lyricism for Qian to bring poetry and history together." 参见张晖：《中国"诗史"传统》，页164—176。

与死的循环、改变的必要、面对生命做出抉择和承担。虽然里尔克与歌德对冯至的
影响随处可见[1]，但杜甫其人其诗才是他的终极依归。冯至战时的《十四行诗》（1942
年）可谓他的巅峰成就。在与杜甫想象性的对话中，冯至写出他对诗史的看法：

> 你在荒村里忍受饥肠，
> 你常常想到死填沟壑，
> 你却不断地唱着哀歌
> 为了人间壮美的沦亡：
>
> 战场上健儿的死伤，
> 天边有明星的陨落，
> 万匹马随着浮云消没……
> 你一生是他们的祭享。
>
> 你的贫穷在闪烁发光
> 像一件圣者的烂衣裳，
> 就是一丝一缕在人间
>
> 也有无穷的神的力量。
> 一切冠盖在它的光前
> 只照出来可怜的形象。[2]

抗战后冯至继续研究杜甫，但他的意识形态已经产生巨变：他成为共产革命的

---

1 冯至是里尔克的热烈崇拜者。对于他来说，里尔克"从不沉浸于自恋的愉悦或冷漠曲折的象征中"，他
"怀着纯洁的爱观看宇宙间的万物"（冯至：《里尔克——为十周年祭日作》，载《冯至选集》，页84），他的
诗是"经验"的而非情感的结晶。同时，冯至也欣赏歌德对生命及其持续变迁的那种健康坚韧的态度。他
歌颂那变动的潜能来自里尔克的"坚韧持续"充满能量。他强调歌德的"断念"（Entsagen）思想——一种
坚定地弃绝生命中似乎愉悦不可或缺之物的想法——他认为这可以补充里尔克那种对生命的执著与坚持。

2 冯至：《十四行集》第12首，收入《冯至全集》，第1卷，页227。

坚定支持者。1949 年后，冯至的效忠姿态变本加厉。1952 年他写出《杜甫传》。在他笔下，杜甫成为唐代的"人民艺术家"。他同情人民的苦难，并投射社会主义的远景。[1] 同年，他为毛泽东写下一首诗《我的感谢》：

> 你让祖国的山川
>
> 变得这样美丽、清新，
>
> 你让人人都恢复了青春，
>
> 你让我，一个知识分子，
>
> 又有了良心。
>
> ……
>
> 你是我们再生的父母，
>
> 你是我们永久的恩人。[2]

歌德专家冯至成了不折不扣的"歌德"专家。冯至对毛泽东的歌功颂德未必是口是心非。恰恰相反，我认为至少在新中国成立初期，像冯至这样的诗人的确觉得脱胎换骨，因此毫无保留地表达他们的感谢之意。他们坚信新政权带来如诗如歌般的历史新意。然而历史后见之明告诉我们，《我的感谢》这样的诗更显现出一种"阐释的制约"（exegetical bonding）——亦即社会主义语境里，通过话语实践所产生的自我与相互检查效应。

社会主义时期的"诗史"并不必然像冯至那样。1954 年，陈寅恪私下印行、流传他的长篇论文《论再生缘》。陈寅恪是现代中国公认最为博学而有思想的历史学者，当时执教于中山大学，既罹严重的眼疾，尤苦于与日俱增的政治控制。他对《再生缘》产生巨大的兴趣，认为这是一部与杜甫的诗史相媲美的著作。[3] 这样的判

1　参见张晖《中国"诗史"传统》第 6 章的评论。

2　冯至：《我的感谢》，载《西郊集》，收入《冯至全集》，第 2 卷，页 50、52。

3　有关陈寅恪和他关于《再生缘》的论文，可参见汪荣祖：《史家陈寅恪传》（台北：联经出版事业公司，1984 年），第 13 章。

断难免启人疑窦。《再生缘》是一部长篇弹词，讲述年轻女子孟丽君女扮男装为父为夫申冤的传奇。作者陈端生（1751—约1796）是位女性，生平至今仍所知不多。陈端生在 20 岁前完成《再生缘》的前 16 章，后因丈夫流放新疆、家道中落而辍笔。12 年后她重新拾笔，未卒终篇而逝，其时她的丈夫仍然流徙在外。

陈寅恪一生治史，重点之一是叩问何以中国历史历经蛮夷入侵与朝代变迁，依然能长葆文化价值于不坠。以此，他进一步思考个人风骨与政治威权之间的消长之道。弹词是民间艺术的小道，通常与女性消闲有关，一般认为不能登大雅之堂。陈在晚年将兴趣转向弹词，自然要让我们揣测他的动机所在。在《论再生缘》中，陈寅恪首先细致地考察了陈端生的生平和时代。他打破自己早年的治学模式，在解读陈端生之际同时加入自己的战争经验，甚至自己的诗歌。他做出三点观察：1. 陈端生与她笔下的女主人公都充满反叛精神，力图冲破道德严防与社会网络；2. 她试图完成一部皇皇巨作，在结构与视野上都超越前人；3. 她对七言长篇押韵叙述掌握熟练，不但足以匹敌杜甫，也超越西方史诗。[1]

由于陈寅恪的赞赏，郭沫若（1892—1978）也对《再生缘》产生兴趣，并做出颇高评价。他认可陈端生的修辞叙事成就，将她与司汤达尔（Stendhal，1783—1842）和巴尔扎克（Balzac，1799—1850）相比，甚至认为她反抗传统的精神超越了杜甫。但郭沫若囿于左翼立场，他的评论其实回避了陈寅恪文中一些最尖锐的要点。[2] 循着陈的解读，我们的问题是：在一个历史成为教条、诗歌成为宣传工具的时代，以诗论史冒着什么样的风险？在什么意义上一个名不见经传的女性弹词作者竟可与诗圣杜甫相提并论？更重要的是，陈寅恪以《再生缘》讨论诗史的理论立足点与批评策略是什么？

在《论再生缘》里，陈寅恪不厌其详地称赞陈端生思想的"自由，自尊，独立"。这样的描述使我们想起 1927 年他为王国维自沉所写的悼文：王国维的自沉证

---

1 陈寅恪：《论再生缘》，载陈寅恪：《寒柳堂集》（北京：生活·读书·新知三联书店，2009 年），页 64—71。

2 郭沫若：《郭沫若古典文学论文集》（上海：上海古籍出版社，1985 年），《再生缘》前十七卷和它的作者陈端生，页 876—881；《再谈〈再生缘〉的作者陈端生》，页 882—900；《陈云贞〈寄外书〉之谜》，页 901—918；《关于陈云贞〈寄外书〉的一项新资料》，页 919—928；《序〈再生缘〉前十七卷校订本》，页 929—930。

明了他"独立之精神，自由之思想"。如前所论，尽管多数人认为王国维为殉清而死，陈寅恪却认为王不是时空错乱的殉清者，而是一个义无反顾的文化殉道者。"盖今日之赤县神州值数千年未有之巨劫奇变；劫尽变穷，则此文化精神所凝聚之人，安得不与之共命而同尽。"[1] 换言之，王国维以看似不合时宜的遗民姿态，表达了他对中国现代性危机的强烈批判。

完成纪念王国维文字的 23 年后，陈寅恪以类似观点来描述陈端生和她的作品，仿佛传递不足为外人道的密码。与王国维相同，陈寅恪所忧虑的并不是政权的更迭，而是革命后文明的延续。不同的是，王国维经历危机，"义不再辱"，断然结束生命；陈寅恪却成为危机之后的幸存者，并以余生咀嚼"后死之悲"。[2] 陈这样的决定使他晚期的文学转向更为复杂。通过对陈端生和《再生缘》的细致研究，他有意创造一套隐喻的编织工法，将他曾经用于王国维的"独立之精神，自由之思想"编入陈端生的生命世界里——而他又岂能没有自况之意？也就是说，跨越了时间、性别、文类、学科的界限，他将陈端生、王国维和他自己共同列入一个（想象）知音的阵营，彼此惺惺相惜，共同反抗历史的残暴无明。在他看似保守的形象下是激进的诠释学。[3]

从西方文学批评（尤其是新批评）的角度来看，陈寅恪解读《再生缘》的方法似有复刻作者意图的谬误或预设读者情感的谬误（affective fallacy）。然而就如本文第一节所论，在中国文论体系里，我们与其说文学或文 / 学代表着一套符号的"再现"系统，不如说它是生命与艺术相互交汇、继长增高的"彰显"过程。理

---

1 陈寅恪：《王观堂先生挽词（并序）》，载陈美延、陈流求选：《陈寅恪诗集》（北京：清华大学出版社，1993 年），页 11。

2 典出陈寅恪《春尽病起宴广州京剧团并听新谷莺演望江亭所演与张君秋微不同也》其三："早来未负苍生望，老去应逃后死羞。"《己丑夏日》："群儿只博今朝醉，故老空余后死悲。"见《陈寅恪诗集》，页 108、57。参见刘士林对"后死之悲"与"年命之嗟"的讨论，见刘士林：《"欲说还休"和"欲罢不能"——论钱钟书的诗》，载刘士林：《20 世纪中国学人之诗研究》（合肥：安徽教育出版社，2005 年），页 200—215，特别是页 204。

3 见余英时：《陈寅恪史学三变》，《中国文化》第 15、16 期合刊（1997 年），页 1—19；又见 Wai-yee Li, "Nostalgia and Resistance: Gender and the Poetry of Chen Yingke," *Hsiang Lectures on Chinese Poetry* 7 (2015), pp. 1-26。

解陈寅恪的文论需要一种全然不同的知识体系。这让我们想起孟子的论述："以友天下之善士为未足，又尚论古之人。颂其诗，读其书，不知其人，可乎？是以论其世也。"[1]这里关键的概念是"知人论世"，也就是了解一个人——一个诗人或知识分子——需要考察他所生活的时代。孟子这段话已有许多阐释，无须在此赘述。对于我们而言，重要的是诗歌（文学）指向了一条介入人生情况与文本的特殊路径："人们通过文本了解他人，但文本只有在识人之后才能被理解。"[2]这种方法可能会使人想到诠释学循环的"视野融合"（fusion of horizons），或是新历史主义关于文本诗学与政治的"循环流动"。在我们的语境中，陈寅恪则将诗（文学）作为理解一个人、理解这个世界的主体间互动过程的关键。因此，陈寅恪并不视《再生缘》仅为"虚构性"叙述，而是历史中一段个人经验独特的事实（事件）性呈现，或当事人的自觉意识与世界的遭遇、理解与响应方式。[3]或者，这部弹词"就是"历史的一种特殊形式，一种陈端生和她的女主人公历经沧桑的精神印记，一种心史。这段心史也辗转投射在陈寅恪的心中，他的《论再生缘》因此是实证考察和心路历程的结合，既是一种历史的参与，也是诗学的回应。

通过并置冯至与陈寅恪有关"以诗为史"的讨论，我们理解"诗史"在现代并未过时，只是以不同的形式展现。冯至致力效法杜甫，但他的《杜甫传》却是一本对诗圣最乏诗意的记录。我们可以将他的政治狂热归因于50年代初知识分子改造运动的结果。即使如此，冯至在他最谦卑的时刻也流露出某种自信，就如同《我的感谢》中的那样。这大概源于他作为学者的信心：他相信自己已经找到铭刻诗史的真正方法。然而从现代主义诗人到社会主义诗人，冯至的转变如此明快迅速，不禁让我们怀疑他是否曾真正理解杜甫和诗史的意义。

另外，陈寅恪对《再生缘》所关注的隐喻内涵如此丰富，要到多年以后我们才逐渐了解他的苦心孤诣。50年代末期，陈寅恪写下《柳如是别传》，发掘晚明名妓

1　《孟子·万章下》，见《孟子注疏》，十三经注疏分段标点本，页461。

2　Owen, *Readings*, p. 35: "one knows the other through texts, but the text is comprehensible only by knowing the other."

3　参考 Owen, "Omen of the World," p. 15。

柳如是与文人陈子龙和钱谦益的爱情故事。如同陈端生的例子，陈寅恪试图将帝国晚期另一位才女从湮没无闻的境地中拯救出来，他对柳如是所历经的国破家亡，还有她周旋于孤臣孽子间的进退抉择，想来更有感同身受之叹。陈寅恪的文论不仅表达他对历来具有"自由之精神"者的敬意，同时也是对诗史作为一种文类，甚至性别意涵上的重新审视。历史事实可以在历史记录中被收集、筛选、分析、再分析；唯有诗歌——文学——或许才真正能从消失的记忆和故纸堆中，唤醒强烈的个体情性，揭示一言难尽的真相，从而肯定"史亡而后诗作"的真谛。

　　我从现代中国文论中抽取了以上三个具有代表性的话题进行讨论："诗言志"的辩证，"兴"的喻象，"诗史"的论争。我的讨论只是点到为止，未必能回答许多我提出的问题，也并不表示古典与现代文论之间必然有因果关联。我想阐明的是，在西方理论成为当代中国文学文化研究的法式之前，早期现代学者已经折冲在中与西、古与今之间，发展出一系列丰富而具有对话意义的论述。今天跨文化的交流无比繁复多元，比起以往，我们有更好的机会探讨这一中国文论传统，并以此来支持文学理论的实践。

　　本文以朱自清的评论开始，也以回到朱自清的评论作结。1946 年，朱自清在评罗根泽（1900—1960）和朱东润（1898—1988）的《中国文学批评史》文中写道：

　　　　这也许因为我们正在开始一个新的批评时代，一个重新估定一切价值的时代，要重新估定一切价值，就得认识传统里的种种价值，以及种种评价的标准……文学批评史不只可以阐明过去，并且可以阐明现在，指引将来的路。[1]

　　　　　（本文原为英文，中文稿由新加坡国立大学周思女士翻译，谨此致谢。

　　　　　　　　　　　　　　　　　　　　　　　　　　译稿已经作者本人大幅修订）

1　朱自清：《诗文评的发展》，《读书通讯》第 113 期（1946 年 7 月 25 日），页 14。

第二编　作者与文本

谈《海上花列传》的空间表述

——"长三书寓"与"一笠园"

//

罗　萌

　　"时空体"（chronotope）原本是一个科学术语，巴赫金把它引介过来，用以表现文学作品中空间和时间的不可分割性。他说，我们所理解的时空体，是形式兼内容的一个文学范畴。在文学中的艺术时空体里，空间和时间标志融合在一个被认识了的具体的整体中。时间在这里浓缩、凝聚，变成艺术上可见的东西；空间则趋向紧张，被卷入时间、情节、历史的运动之中。[1] 以巴尔扎克小说中的客厅和沙龙（parlors and salons）为代表。"沙龙"同样制造了各色人等相遇的机会，不过，它克服了"道路"相遇的偶然性，在意义和主题的指向上比较明确。巴赫金认为"沙龙"这一空间形式体现出历史事件、社会公共事件同个人生活乃至个人私密生活的交织，个人纠纷同政治斗争和金钱瓜葛的交织，国家机密和个人私密的相互渗透，以及历史事件序列同日常生活事件、传记事件的互渗。[2] 从巴赫金的论述中，所谓

1　M.M.Bakhtin, "Forms of Time and Chronotope in the Novel," *The Dialogic Imagination* (Austen: University of Texas Press, 1994), p. 84.

2　Ibid., p. 247.

文学作品中的"时空体"表现为某一时代下的典型空间，一定上成为时代或作品精神的集中体现，是作品主题的重要物质载体。"大观园"无疑是《红楼梦》最重要的时空体，余英时观察到，大观园的内部秩序格局，很大程度上是为了配合小说"情"的主题[1]。他举了一个文本例子，第六十三回中，群芳夜宴怡红院，宝玉说："林妹妹怕冷，过这边靠板壁坐。"[2] 作者结合了冬夜的寒冷和室内空间的距离位置安排，表现出宝黛之间的特殊关系。而这也提示我们注意到，《红楼梦》中的时间观念，往往以季节变化为标志，季节变化带动园内的景致变化，进而推动着小说中人物的关系亲疏变化，际遇起伏，情绪波澜。

出版于 1894 年的《海上花列传》以晚清沪上欢场作为书写对象，属狭邪小说一派。相比起晚清其他的小说类型（诸如狭义公案小说、谴责小说、科幻奇谭小说等），狭邪小说的一个重大特点在于该类型本身包含了一个明确具体的空间设定：妓院欢场。不过，鲁迅在对狭邪小说的点评中指其"虽意度有高下，文笔有妍媸，而皆摹绘柔情，敷陈艳迹，精神所在，实无不同，特以谈钗、黛而生厌，因改求佳人于娼优，知大观园者已多，则别辟情场于北里而已"[3]。鲁迅把一般狭邪小说中这种从"大观园"到"北里"的空间移位看作换汤不换药，也就是说，小说的精神始终未变更，空间的迁移只不过是附带的表面的事实，无关痛痒。当然，此判语针对的是狭邪小说中"溢美"[4] 一派。不过，关于妓院何以成为晚清小说家一个专门的写作实践空间和表现场域，其中包含的创作立意以及孕育出来的特殊结构方法，确实缺乏比较深入系统的研究。但有一点是无疑的，那就是，"妓院"被当作象征现代城市精神的典型空间予以表现，体现出一种关于"罪恶"和"魅惑"的辩证表述：一方面，它象征了道德沦丧，利欲熏心，挥霍无度；另一方面，它又意味着随心所欲的生活享受，以及幻若仙境的爱情经历。狭邪小说的兴起和近代中国租界工商业

1　余英时：《红楼梦的两个世界》(台北：联经出版事业公司，1996 年)，页 54。

2　同上，页 55。

3　鲁迅：《清之狭邪小说》，见《中国小说史略》(上海：上海古籍出版社，2006 年)，页 191。

4　鲁迅将晚清的狭邪小说按时序分为"溢美""近真""溢恶"三类。鲁迅：《清小说之四派及其末流》，见吴俊编校：《鲁迅学术论著》(杭州：浙江人民出版社，1998 年)，页 245。

的兴旺有莫大关系。按照王书奴在《中国娼妓史》中的记录，一方面，清朝早在 17
世纪就取缔官办妓院，且沿袭前朝制律，禁止官吏士人狎娼，使得清政府管辖之下
的各地方妓业普遍萧条；而另一方面，随着鸦片战争之后五口岸通商，到了光绪初
年，租界工商业日益发展，繁华景象日盛一日。这种情况下，各种娼妓纷纷迁入租
界营生。[1]妓业在租界里迅速蔓延发展，客人来自五湖四海，各行各业，而与此同
时，伴随着出版业和报业的发展，妓院欢场的名人逸事以各种形式成为大众或消遣
或批评的纸上话题，从生活起居到宴会出游，无不历历道来。对日常生活不厌其烦
的琐碎描述，成为以妓院为主题的新闻报道以及文学作品的一大特色。细观《海上
花列传》行文中的时间流逝会发现，全书覆盖的不过是从 2 月底到 11 月这 8 个月
间的故事。赵毅衡指出，离历史题材越远，小说的速度就越能放慢[2]，也就是说，细
写场景多了，单位时间跨度内的叙事变得密集。《海上花列传》中，时间的变化以
"小时"和"天"为标志，季节性的自然变化反倒不那么凸显，体现出城市空间下
特有的时间度量观念。度量观念并非只是抽象存在的，可以发现，小说中的时间标
志往往同人物的行为直接关联起来。

　　第一回，赵朴斋来到上海，拜见娘舅洪善卿，一路闲话后：

　　　　说话时，只听得天然几上自鸣钟连敲了十二下，善卿即留朴斋便饭，叫小
　　伙计来说了。……朴斋独自坐着，把水烟吸了个不耐烦。直敲过两点钟，方见
　　善卿出来，又叫小伙计来叮嘱了几句，然后让朴斋前行，同至街上，向北一直
　　过了陆家石桥，坐上两把东洋车，径拉至宝善街悦来客栈门口停下，善卿约数
　　都给了钱。[3]

由此，一天的活动才刚刚拉开序幕。赵朴斋作为外来者，初次领略城市时间，很快

1　王书奴：《中国娼妓史》(上海：上海三联书店，1988 年)，页 264—297。

2　赵毅衡：《苦恼的叙述者：中国小说的叙述形式与中国文化》(北京：北京十月文艺出版社，1994 年)，页
　　141。

3　韩邦庆：《海上花列传》(长沙：岳麓书社，2005 年)，页 4。

就感受到了时间观念上的龃龉：

> 睡到早晨六点钟，朴斋已自起身，……独自走出宝善街，在石路口长源馆里吃了一碗廿八个钱的焖肉大面。……正碰着拉垃圾的车子下来，几个工人把长柄铁铲铲了垃圾抛上车去，落下来四面飞洒，溅得远远的。……
>
> ……先前垃圾车子早已过去，（赵朴斋）遂去华众会楼上泡了一碗茶，一直吃到七八开，将近十二点钟时分，始回栈房。
>
> 那时小村也起身了。栈使搬上中饭，大家吃过洗脸，朴斋便要去聚秀堂打茶会。小村笑道："第歇辰光，倌人才困来哚床浪，去做啥？"朴斋无可如何。小村打开烟盘，躺下吸烟。朴斋也躺在自己床上，眼看着帐顶，心里辘辘的转念头，把右手抵在门牙去咬那指甲；一会儿又起来向房里转圈儿，踱来踱去，不知踱了几百圈。……等得小村过了瘾，朴斋已连催四五遍。[1]

城市空间的时间表在赵朴斋"不合时宜"的行动中反映出来。小说里，可以发现城市日常生活的重要时间点有两个：午后和"上灯以后"。一般到了午后，人们才会出行，而"上灯以后"意味着聚会时间的到来。第五、六回对妓女狎客的典型一天做了描述：

> 十五日是好日子，莲生十点半钟已自起身，洗脸漱口，用过点心便坐轿子去回拜葛仲英。……只见吴雪香的娘姨，名叫小妹姐，来请葛仲英去吃饭。王莲生听了，向仲英道："耐也勿曾吃饭，倪一淘吃哉哝。"仲英说"好"，叫小妹姐去搬过来。王莲生叫娘姨也去聚丰园叫两样。……
>
> 于是吃饭揩面，收拾散坐。……雪香方才打扮停妥。小妹姐带了银水烟筒，三人同行，即在东合兴里弄口坐上马车，令车夫先往大马路亨达利洋行去。
>
> 当下驰出抛球场，不多路到了。车夫等着下了车，拉马车一边伺候。仲英与雪香、小妹姐趱进洋行门口，一眼望去，但觉陆离光怪，目眩神惊。……

1　韩邦庆：《海上花列传》，页12。

　　仲英只取应用物件拣选齐备。雪香见一只时辰表，嵌在手镯之上，也中意了要买。仲英乃一古脑儿论定价值，先付庄票一纸，再写个字条，叫洋行内把所有物件送至后马路德大汇划庄，即去收清所该价值。处分已毕，然后一淘出门，离了洋行。……

　　比及到了静安寺，进了明园，那时已五点钟了，游人尽散，车马将稀。仲英乃在洋房楼下泡一壶茶。……

　　从黄浦滩转至四马路，两行自来火已点得通明。回家进门，外场禀说：“对过邀客，请仔两转哉。”[1]

可见，时间并不作为客观的抽象的存在，而是和具体行为直接挂钩，这种行为，主要表现为消费行为（饮食，坐马车，购物，游公园，喝茶，宴会等），而消费行为标志出的是一个个可视的消费空间。这些空间由人物的移动串联起来，时间在行进的道路上流动，凝固成为具体可触的消费事件：时间被商品化了。

　　妓院无疑是《海上花列传》中最主要、最突出的消费场所。人们汇聚其中，享受公众聚会或私生活。狎客们热衷于在此消磨时间，或者说，消费时间。纪德堡（Guy Debord）在《景观社会》（The Society of the Spectacle）中论述了资本主义时代下“时间”概念的变异。他说，作为生产和商品的时间是无差别片断的无限集合，这样一种时间除了其可交换性（exchangeability）之外，并无其他任何实质性可言。[2]纪德堡同时提出“假循环时间”（pseudo-cyclical time）这一概念性语词。所谓“循环时间”（cyclical time），指的是从传统农耕社会应运季节更替而生的生产模式基础上发展出来的一整套时间观念，顺应的是人类实际劳动的循环节奏。而在资本主义大生产时代，生产者的个体性下降，时间失去了实在性的价值，成为同质的可交换的单位，被一种可消费的假象所支配。所谓“假循环时间”，实际上是一种“景观时间”（time of the spectacle），狭义上来讲，是一种顺应幻象消费（the

---

1　韩邦庆：《海上花列传》，页34—39。

2　Guy Debord, "Spectacular Time," The Society of the Spectacle (New York: Zone Books, 1994), p. 147.

consumption of images）的时间概念，广义上理解，就是一种消费时间的幻象（the image of the consumption of time），实际的、具体的人类劳动时间被表面的、物化的景观性时间所取代。[1]

　　"假循环时间"指向的是一种经济关系支配下的日常生活。《海上花列传》中，我们可以清晰地发现，经济关系的有效性是一种常态：妓女和狎客之间的经济关系，妓女和老鸨之间的经济关系，狎客和老鸨之间的经济关系，狎客之间的经济关系，乃至于人群和城市空间之间的经济关系。以经济为主要纽带的关系常态的影响面不单局限于文本之中，也延伸到文本的广大受众身上。关于晚清狎邪主题的传播，其中一个重要形式，就是连载小说的出现。不同于以往成书之后再问世的章回小说，很多晚清重要的狎邪小说，比如《海上繁华梦》《海上花列传》《海上鸿天影》等等，最早都是以连载的形式面世的，即一面创作，一面同时进入流通。以《海上花列传》为例，小说正式出版于 1894 年，但自 1892 年起，作者韩邦庆创办了小说期刊《海上奇书》，由申报馆代售，其上连载《海上花列传》，每回配插图两幅，坚持了 8 个月，共出 15 期，后停刊。之后，小说仍继续创作，在刊物停办后的 14 个月左右完成全书。据《上海近代文学史》记载，晚清时期单在上海创办的文学类期刊和文学性小报就达四十多种[2]，价格也较为低廉，中等经济状况的市民都可以承受。这类传播物不是士大夫阶层的专利，而是面向更为广泛的民众阶层。福格斯（Alexander Des Forges）在《传媒上海：文化生产美学》（*Mediasphere Shanghai: The Aesthetics of Cultural Production*）一书中，对连载小说在社会传播和美学方面的意义做了深入的探讨。福格斯认为连载小说的效果主要有两个层面：一是"同时"（simultaneity），一是"打断"（interruption）。[3] 就前者来说，首先，晚清上海连载小说中的故事发展往往以若干条线索在不同叙述地点同时展开的形式进行，充分贴合现实生活；更重要的是，读者接受文本的过程和文本的创作过程同

1　Guy Debord, "Spectacular Time," *The Society of the Spectacle*, pp. 110–114.

2　陈伯海、袁进主编：《上海近代文学史》（上海：上海人民出版社，1993 年），页 66—67。

3　Alexander Des Forges, *Mediasphere Shanghai: The Aesthetics of Cultural Production* (Honolulu: University of Hawai'i Press, 2007), pp. 75–87.

步，而由于小说情节方面的时间跨度较小，因此，读者的阅读频率甚至可以做到和情节的时间发展同步，《海上花》连载了8个月，而整本小说讲述的也就是8个月间的故事，除去停刊后创作的章回，读者从连载部分中获得的大约是三四个月间的故事，文本内的时间经验和文本外的时间经验差异甚小。这就塑造了一种共时的体验，读者阅读文本的过程仿佛是体验自身生活的过程。而关于"打断"这一层效果，《海上花列传》无疑是最富代表性的，小说各章回之间，甚至章回内部的情节信息连接并不十分紧密，常常是一个小故事叙述到一半，就被一些人事打断，开始另一个故事。这样的话，就算从中间截断，也未必会令读者产生多少理解上的困难。这就使得小说文本的截取可以比较有弹性，而这正是有篇幅限制的连载形式所需要的，从中也可以看出小说创作形式和发表形式之间的相互作用。每一次连载的开头并不一定是上一次结尾的延续，也不一定是一个全新的故事的开始，而每一次连载的结尾，也未必是本篇故事的结尾。这就可能为读者造就一种关于"故事"的新颖印象，也就是说，尽管故事发生的时间是紧凑的、前后相连的，但时间的延续并不意味着因果的实现。在对"因果"的习惯性期待落空之后，读者体验到另一种叙事模式，在这种模式下，故事的完结似乎遥遥无期，细节场景充斥了绝大多数篇幅，情节小标题的重复率很高（宴会，游公园，购物，打麻将，等等）。身处日常生活的读者无可避免被同样身处日常生活的作者带入文本中无限的日常消费循环之中。

以连载方式面世的狭邪小说的意义，不仅仅在于利用"妓院"这一在晚清租界日常生活中扮演重要角色的城市消费场所，来凸显出城市空间里经济因素控制下的关系常态。更为微妙的是，通过报刊和读者之间的纽带，狭邪小说培养了读者新的阅读习惯，并在无形中向受众灌输了一套关于消费的观念。除了"消费性"这一总体时代特之外，在"欢场"作为文本空间的具体表述方面，表现出更为复杂的面貌，这一方面，体现出作者介乎时代与文学传统之间的双重视角。此外，空间问题的讨论还关涉到一桩围绕《海上花列传》多年的悬案，即小说下半部中私家花园"一笠园"的加入。

《海上花列传》场景多半集中在上海租界内妓院、茶馆、饭店、公园、街道等公共空间，但到了第三十八回，场景转而移入齐韵叟的私家花园一笠园内。此后，一笠园的形象时隐时现，断断续续地持续到第六十一回。一笠园好比《红楼梦》里的大观园，聚集了才子佳人，看花赏月，吟诗作文行酒令，重回古典文学"名士名园"的写法。"五四"以来，虚构的"一笠园"一直被视为小说之败笔所在，多数评论家视之为解读《海上花列传》的一道障碍，对它的文本意义，要么予以批评（如刘半农、张爱玲），要么绕过不谈（如王德威）。那么，与城市的整体性环境并存的"一笠园"是否构成对现实主义的反动？它是否可以如"大观园"那般，充当起一个相对纯粹的乌托邦世界的角色？抑或，只是如刘半农所说的那样，只是反映了作者自彰文采的庸俗趣味？[1] 它和城市空间之间的互动是怎样的？以下将着力对小说中两类空间（妓院和一笠园）的塑造做出分别阐释，从中探讨不同空间表现出的各自的复杂面貌，以及相互之间的呼应和冲突关系。

《海上花列传》不存在任何一个"家庭"，这和《红楼梦》式以"家族"为主要叙事场景的小说大不相同。虽然在赵朴斋之母洪氏携女儿二宝进城寻子之初，一家团聚，呈现出"家庭"氛围，但很快，随着二宝涉足风尘，这种家庭结构就异化为高级妓院场所"书寓"，朴斋俨然成为妹妹的跟班和管家，而二宝称呼洪氏作"无姆"（妈妈），也和一般妓女管老鸨叫"无姆"的社会称谓混同起来，尽管前者是真正的母女。这似乎暗示着，新兴城市空间下"家庭"结构的岌岌可危，模糊难辨。

替代传统家庭模式出场的，是家庭式的"长三书寓"。王书奴在《中国娼妓史》中载道："上海娼妓差等，辄曰书寓长三么二。但在同治初，书寓自书寓，长三自长三。书寓先生身分在长三之上。其后二者混而为一……客人对于长三，非由书场点曲相识，亦必有人为之介绍。往其家作茶会曰'打茶围'。不须给钱。"[2] 小说的描述中，长三书寓并非各路妓女混为一堂的大面积公共场所，而是各自独立，她们的居所外形上和普通民居差不多，但可以通过门口的特殊装饰辨别出来。每间书寓里有"无姆"（老鸨），有"姐妹"（同一个"无姆"买来的其他"讨人"），"姐妹"之

1　刘半农：《读〈海上花列传〉》，韩邦庆：《海上花列传》，页492。

2　王书奴：《中国娼妓史》，页298。

间在名字上模拟一种血缘关系的表象（例如：翠凤，金凤，珠凤）。客人的收费方式也不同于其他公共场所，即针对各项"服务"收取费用，而往往是以承担妓女开销或者替妓女"还债"的名义进行，俨然也是家庭一员。

长三书寓以一种对家庭结构的形态模拟达到了对家庭观念的根本性颠覆。妓院本质上的公共性和书寓拟生出来的私人性（家庭性）奇妙地混合在一起。Samuel Y. Liang 试图从男性主体的角度解释书寓的特殊吸引力，他说，按照弗洛伊德的说法，"爱是怀乡病"，也就是说，是出于对已经失落在记忆中的"家"的追寻，而这个记忆中的"家"唯有通过想象的方式获得。而这种获得的满足往往是短暂易逝的，因此，人不得不不断地为失落的记忆寻找新的"赋形"（incarnation），这种赋形可以是一个个体，也可以是一个物理意义上的家，后者其实是前者的空间延伸。而一旦家在时间的流逝中变形，主体的欲望就会重新起航，寻找替代品，这个替代品是陌生的，却可以唤回遗失的记忆。[1] Liang 认为，书寓对于流连欢场的狎客们来说，正是这样一个既熟悉又陌生的"家"。它和传统的家庭模式具有一种形式上的相似：固定独立的居所，一个"妻子"，妻子的"母亲"，妻子的"姐妹"，房子里的人称狎客为"老爷"，仿佛他是这家里的主人。但同时，这种模拟出来的家庭关系又是暂时的、不稳定的、可替换的。小说告诉我们，倌人们可以寻找新的客人，客人们也可以结识新的倌人，这种"家庭关系"是开放的，对于男性主体而言，它可以永远是一种新的体验。

相对于假定的男性主体而言，书寓里的倌人仿佛是个"对象"，但实际上，鉴于主体欲望满足的想象性获得方式，所谓的"对象"其实是一种假想。而且，小说中，往往作为"对象"的倌人才掌握了制造并操控"想象"的主动权。在此以黄翠凤一角为例。

黄翠凤是小说中最出挑的妓女形象之一，她容貌出众，聪明泼辣。她的客人罗子富结交她之前，本有一个叫作蒋月琴的相好，但自从听了她的故事之后，立刻倾

1　Samuel Y. Liang, "Business, Gender and Material Culture in *Flowers of Shanghai*," *Modern China*, Vol.33. No.3: 393.

心于她：

> ……云甫道："老鸨陆里敢管俚？俚末要管管老鸨哉喤。老鸨随便啥事体先要去问俚，俚说那价是那价，还要三不时去拍拍俚马屁末好。"……子富道："翠凤啥个本事呢？"云甫道："说起来是厉害哚。还是翠凤做清倌人辰光，搭老鸨相骂，拔老鸨打仔一顿。打个辰光，俚咬紧点牙齿，一声勿响；等到娘姨哚劝开仔，榻床浪一缸生鸦片烟，俚拿起来吃仔两把。老鸨晓得仔，吓煞哉，连忙去请仔先生来。俚勿肯吃药咽，骗俚也勿吃，吓俚也勿吃。老鸨阿有啥法子呢？后来老鸨对俚跪仔，搭俚磕头，说：'从此以后，一点点勿敢得罪耐末哉。'难末算吐仔出来过去。"[1]

一番话听得子富"只是出神"，认得是个巾帼须眉，肃然起敬。子富初登门之际，翠凤故意怠慢，迟迟才接见：

> ……子富听了，如一瓢冷水兜头浇下，随即分辨道："我说过蒋月琴搭定规勿去哉。耐勿相信末，我明朝就教朋友去搭我开消局帐，阿好？"……翠凤道："勿然末，耐去拿个凭据来拨我。我拿仔耐凭据，也勿怕耐到蒋月琴搭去哉。"……子富道："要紧物事，不过是洋钱哩。"翠凤冷笑道："耐看出倪来啥邱得来！阿是倪要想头耐洋钱嘎？耐末拿洋钱算好物事，倪倒无啥要紧。"……"耐要送物事，送仔我钏臂，我不过见个情；耐就去拿仔一块砖头来送拨我，我倒也见耐个情。耐摸着仔我脾气末好哉。"子富听到这里，不禁大惊失色……遂向翠凤深深作揖下去，道："我今朝真真佩服仔耐哉。"[2]

这段对白中，翠凤的表现犹如一个矜持、识大体、重情义而又略吃薄醋的情人。第四十五回中，翠凤和子富合计对付想在翠凤赎身上大捞一票的老鸨黄二姐：

1　韩邦庆：《海上花列传》，页 40。
2　同上，页 50—52。

> ……翠凤一声儿不言语，忙洗了手，赶进房间，高声向子富道："耐洋钱倒勿少哚！我倒勿曾晓得，还来里发极。我故歇赎身出去，衣裳、头面、家生，有仔三千末，刚刚好做生意。耐有来浪，蛮好，连搭仔二千身价，耐去拿五千洋钱来！"子富惶急道："我陆里有几花洋钱嗄？"翠凤冷笑道："该号客气闲话，耐故歇用勿着！无姆一说末，耐就帮仔我一千，阿好再说无拨？耐无拨末，教我赎身出去阿是饿杀？"子富这才回过滋味，以高声问道："价末耐意思总归觐我帮贴，阿对？"翠凤道："帮贴末，阿有啥勿要个嗄！耐替我衣裳、头面、家生舒齐好仔，随便耐去帮贴几花末哉！"……翠凤始埋怨子富道："耐啥一点无拨清头个嗄！白送拨俚一千洋钱为仔啥哩？有辰光该应耐要用个场花，我搭耐说仔，耐倒也勿是爽爽气气个拿出来；故歇勿该应耐用末，一千也肯哉！"子富抱惭不辩。[1]

这一出里，翠凤又联合子富成为共同利益为目标的同谋，而且，可以看得出，在这种同伙关系中，翠凤是主谋，是领导者，是子富跟从和效仿的对象。第四十九回中，翠凤成功赎身，收拾将行：

> 子富一见翠凤，上下打量，不胜惊骇。竟是通身净素，湖色竹布衫裙，蜜色头绳，玄色鞋面，钗环簪珥一色白银，如穿重孝一般。翠凤不等动问，就道："我八岁无拨仔爷娘，进该搭个门口就勿曾带孝；故歇出去，要补足俚三年。"子富称叹不置。……
>
> 翠凤手执安息香，款步登楼，朝上伏拜。子富蹑足出房，隐身背后观其所为。翠凤觉着，回头招手道："耐也来拜拜哩。"子富失笑倒退。[2]

此时的翠凤，俨然又是孝女和贤妻（让子富同拜父母，显然是认可子富作为"丈夫"的身份的表示）。

---

1 韩邦庆：《海上花列传》，页 320—322。

2 同上，页 356。

在以上的四段引文中，"黄翠凤"这一人物呈现出四种不同的角色定位，并和男性主体罗子富发生不同层面上的人际联系。而人物滋生出来的变幻莫测的魅惑色彩无疑有赖于人物所倚赖的空间——长三书寓。德勒兹和瓜达里（Gilles Deleuze and Felix Guattari）在《反俄狄浦斯》（*Anti-Oedipus: Capitalism and Schizophrenia*）一书中把欲望放置在主体的地位，从社会规范以及传统道德的约束中释放出来，提出以部分的、非限定性的连接综合（connective synthesis with a partial and unspecific use）来对抗普遍的、特定的连接综合（connective synthesis with a global and specific use）。[1]一般精神分析的方法都是将主体置入一个固定的三角关系的家庭模式（父亲—母亲—子女），在这种模式中，对主体的性别以及关系角色的预设是既定的，其欲望对象也是固定的。德勒兹和瓜达里认为，这种模式压制了个体的特殊性，迫使人只是在一种被赋予普遍性的关系运作中进行角色表演。他们提出，每个人都是双性的，而不是非男即女的简单二元关系，因此，个体自身角色及其欲望客体也不可能是特定普遍的，而以禁忌的规定来支配个体的分化这种思维方式，只能让人得出一种结论，即禁忌的内容恰恰是人的欲望所在。[2]《海上花列传》中的长三书寓形象对于家庭概念的挪用和颠覆，恰恰基于"家庭"内部性别角色和伦理关系的可替换性，以及与之相对应的主体欲望类型的放开。罗子富和黄翠凤之间的关系形态是多变的，远远超越了一个普遍性的家庭模式所能限定的，关系生产的动力是欲望，同以宗法、父权为基础的道德伦常的约束截然区别开来，主体欲望的可能性被充分打开。不过，多重的欲望关系以及对于对象的想象性获得方式也意味着本来意义上的个体对"家"的拥有变得不再可能。

与家庭概念的颠覆紧密关联的是小说中女性形象的多义化。以上的四段文本中，罗子富均充当了心醉神迷的"男性观看者"，不过，黄翠凤虽然在形式上是"被看"的客体对象，但这个对象却是个难以被把握和掌控的对象。很大程度上来

1　Gilles Deleuze and Felix Guattari, *Anti-Oedipus Capitalism and Schizophrenia* (Minneapolis: University of Minnesota Press, 1992), p. 68.

2　Ibid., pp. 68–75.

讲，是黄翠凤操纵并引领着罗子富的欲望和想象的走向。对于罗子富而言，黄翠凤不仅仅是一个男性欲望投射的纯粹女性客体，在她的身上，表现出了很多男性的品质，比如坚定、强硬、足智多谋等等。对男性观看者而言，她不仅是个有魅力的女性情人，某种程度上也代表了一种理想化的人格化身，他在她身上看到了自己的"镜像"（mirror image），由此，对她的迷恋，实际上充斥了自恋的意味。黄翠凤成为罗子富的欲望和自我的双重投射，在她身上，他的"理想国"得以实现。

长三书寓里的妓女们远远超越了她们作为女性生命体本身的意义，她们的存在从来不是独立的，而总是同她们所依附的空间和物结合在一起，成为城市经验的一种自我表述。她们的存在，顺应着城市空间中私人空间的颠覆，但同时，她们也一定程度上满足着最私密的欲望。书寓的私人性，充分具有表演的性质。她们确实存在，但她们又是多变的，不稳定的，不可捉摸，无法拥有，充满流动性。小说中提到，子富第一次看见翠凤，是她在明园里坐马车，虽不知名姓，但印象颇深。[1] "坐马车"是晚清妓女流行的日常消遣，《图像晚清》一书中收录有 1896 年谈宝珊所绘《（新增）申江时下胜景图说》中对"坐马车"的介绍：

> 每日申正后，人人争坐马车，驰骋静安寺道中，或沿浦滩一带。极盛之时，各行车马为之一罄。间有携妓同车，必于四马路来去一二次，以耀人目。男则京式装束，女则各种艳服，甚有效旗人衣饰、西妇衣饰、东洋妇衣饰，招摇过市，以此为荣，陋俗可哂。[2]

小说中多次把妓女形象和"马车"相联系。其中一处提到，"坐马车"不仅为了休闲，也是妓女招徕客户的方式之一：

> ……秀英自恃其貌，日常乘坐马车为招揽嫖客之计。[3]

1　韩邦庆：《海上花列传》，页 53。

2　陈平原、夏晓虹编注：《图像晚清》（天津：百花文艺出版社，2006 年），页 270。

3　韩邦庆：《海上花列传》，页 244。

乘着马车呼啸而过的妓女造成的是一种瞬息即逝的视觉经验，留下印象，但又不甚真切，而这一细节实际上构成了对妓女以及妓院空间的存在方式的概括。这种常在的流动的景观反映了某种城市空间中存在的现实。景观形成的动力是消费欲望，或者说，它本身就是消费性的。它既而形成一种权力，反过来支配并生产着观者的欲望、想象以及对生存空间的理解。纪德堡这样描述景观（spectacle）在现代社会中的主导性地位："生活的各个面向被分离成图像，融汇成一股合流，先前的整体性生活永远地逝去了……总的来说，景观是对生命实实在在的否定，是自行移动着的非生命。……景观既不能理解成对视觉世界的蓄意扭曲，也不能理解成图像的大众传播技术的产物。更合适的看法是，它是被实现且进入物质领域的世界观——一种转化成为客观力量的世界观和人生观。……总体上理解，景观既是主导性生产模式的产物，也是其目标。它并不是附加于现实世界的某物——或者说，不是装饰性的。恰恰相反，它是社会最现实的非现实的核心。"[1]

如果说长三书寓以及同类的一系列以消费性为特征的公共空间是城市自带的孪生物的话，那么，在小说文本中，我们还可以发现另一类特征的空间。这一类空间同样被置放在小说所提供的城市图景中，不过，它具有很高的私人性，在整个关于城市空间的大论述中显得格格不入，恍若空中楼阁，自成文本中的反动力量。

《海上花列传》里有个异于他人的妓女李漱芳，她体弱多病，基本不出门，她和客人陶玉甫之间的关系仿佛真正的情人。漱芳和玉甫之间的爱情是整部小说少有的浓墨重彩。小说里，漱芳几乎一直在生病，玉甫衣不解带、寸步不离地照顾她，她去世了，他悲痛欲绝。李漱芳的书寓与众不同，好像一处真正的私域，只对陶玉甫开放。房子里有"无姆"（是她的亲生母亲）和"妹妹"。妹妹浣芳和漱芳感情笃深，和玉甫也好比真正的姐夫和小姨子。在李漱芳和陶玉甫的故事里，我们看到了欲望的紧缩，她的书寓可以说是对家庭结构和单一欲望关系的一次复兴，但这种复兴其实建诸同书寓的公共性和商业性本质之间的自相矛盾之上。说到底，这其实是一个被放逐了的私人空间。

1　Guy Debord, "Spectacular Time," *The Society of the Spectacle*, pp. 12–13.

李漱芳很少出门，在其他人的转述中我们得知，漱芳对于很多流行的公共生活都持排斥态度：

> ……云甫道："啥缘分嗄，我说是冤牵！耐看玉甫近日来神气常有点呆致致，拔来俚哚圈牢仔，一步也走勿开个哉。有辰光我叫玉甫去看戏，漱芳说：'戏场里锣鼓闹得势，覅要去哉。'我教玉甫去坐马车，漱芳说：'马车跑起来颠得势，覅要去哉。'最好笑有一转拍小照去，说是眼睛光也拔俚哚拍仔去哉；难末日朝天亮快勿曾起来，就搭俚话眼睛，说话仔半个月坎坎好。"[1]

看戏，坐马车，拍小照，都是妓女们热衷的日常活动，叶凯蒂在论述晚清上海妓女风尚举止的文章中写到，妓女们常常选择在戏院里和客人约会，度过夜晚时光，而照相术则成为妓女自我推销的新手段，她们会把自己的相片当作礼物送给客人，提醒对方再次来访，甚至和照相馆达成联盟，把自己的玉照挂在橱窗里。[2] 妓女们通过与"物"的结合把自己塑造成流动的景观，从中获得经济利益，而漱芳却极力拒绝抛头露面，她对于"有利可图"的公共场所的厌恶，几乎到达了洁癖的地步，她以一种对公共空间的规避，从城市的景观消费中跳脱出来。作者似乎在这个被人评作"不像倌人"的妓女身上寄托了一种关于"不可消费"的理想。因此，我们发现，作者在行文之间甚至刻意地把漱芳同公共空间隔离开来，第十九回中，朱蔼人做东，众人在屠明珠寓所看戏，中途：

> 陶云甫见玉甫神色不定，乃道："唧有啥花头哉，阿是？"玉甫喂嚅道："无啥，说漱芳有点勿适意。"陶云甫道："坎坎蛮好来里。"……玉甫得不的一声，便辞众人而行，下楼登轿，径往东兴里李漱芳家。趱进房间，只见李漱芳拥被而卧，……玉甫道："耐坎坎一点点无啥，阿是轿子里吹仔风？"漱芳道：

---

1 韩邦庆：《海上花列传》，页49。

2 Catherine Yeh, *Shanghai Love: Courtesans, Intellectuals, and Entertainment Culture, 1850–1910* (Seattle: University of Washington Press, 2006), pp. 77–88.

　　"勿是。就拨来倒霉个《天水关》，闹得来头脑子要涨煞快。"[1]

　　可见，众人看戏的时候，漱芳是在场的，但整个过程中，作者偏偏一笔不提，仿佛故意避免这一人物形象在公开场合的露面。作者更明显的有用意的叙事安排出现在后文中。第三十五回，漱芳同玉甫、浣芳马车游园，这是小说中她唯一一次在公开场合露面，但这一游却导致漱芳病势笃危，不久便弃世而去。城市的公共空间仿佛成了杀害漱芳的"元凶"。

　　而在漱芳去世前，文人高亚白"受托"为漱芳诊病。"看病"一举，把两个"同路人"——城市空间下自感"边缘"的个体联络到一起。而这一情节设置中的斧痕也是清晰可见的：看病应该找大夫，即使小说中夸耀高亚白"医术高明"，但安排一个非职业人士来医治重病人，未免落得牵强。不过，这种稍嫌牵强的安排也使得作者意图进一步明晰化。此外，"诊病"另有一个重要功能，即通过高亚白带出漱芳即将死亡的讯息。

　　漱芳的死是小说中唯一的死亡，和死亡经验丰富的《红楼梦》相比，可谓一场大精减。本雅明在《讲故事的人》(*The Storytellers*) 一文中视"死亡"为永恒观念最旺盛的源泉，他写道，"我们可以观察到，几个世纪以来，在总体意识里，死的观念不再像过去一样无所不在，生动逼真。这一衰落在其后期愈演愈烈。在 19 世纪，资产阶级社会通过卫生和社会的、私有和公共的制度造成了一个第二性的效果，而这种效果可能就是潜意识里的主要初衷：使人们避讳死亡唯恐不及。……在现代社会，死亡越来越远地从生者的视界中被推移开。过去，没有一户人家，没有一个房间不曾死过人。……当今之时，人们则居住在从未被永恒的无情居民——死亡——问津过的房屋里"[2]。

　　本雅明把"死亡"观念的衰落同"讲故事的人"的衰落看作同步，他说，"死亡"是讲故事的人能叙说世间万物的许可，因为，一个人真实的人生——这是故事

1　韩邦庆：《海上花列传》，页 132—133。

2　王斑译：《讲故事的人》，收入汉娜·阿伦特编：《启迪：本雅明文选》(香港：牛津大学出版社，1998 年)，页 86—87。

赖以编织的材料——只有在临终时才首次获得可传承的形式，才能赋予一生巨细一种权威，而这权威便是故事的最终源头。可以说，"死亡"呈现的前提是对已经历的生命的充分肯定，而"死亡"观念的萎缩伴同的则是个体生命力的萎缩。死亡观念是对自然时间的充分指涉，而在城市空间中，自然的、反映人类实际劳动的循环时间被以交换性为唯一实质性的"假循环时间"所替代。[1]城市时间这种"表面的统一"实际上造成了个体的分子化，人异化为永不停歇的非生命流动体。

《海上花列传》中，漱芳的去世是唯一一次"死亡"的呈现，而这种呈现，实际上构成了文本中一股针对物化的城市时空的反抗力量。由文人高亚白来宣告漱芳的"死亡"，蕴含了一段"情有独钟"的悼亡情绪。这段情绪，紧接着延续到另一个相对于城市时空构成形式上"反动"的空间中——"一笠园"。

相比起李漱芳的书寓，"一笠园"显然具有更大的虚构性。小说中绝大多数叙事地点可以按照地图对号入座，"一笠园"却是无迹可寻的。园中的生活体现出一种时间观念的淡薄，仿佛回到大观园时代。可以注意到，《海上花列传》后半部叙事节奏的密集程度不如前半部，而这同"一笠园"的加入大有关系。对城市空间大表不满的高亚白们应邀托身于"一笠园"，吟诗作文，仿佛回归到一种传统文人的乐趣中。

漱芳死后，"一笠园"主人、绰号"风流广大教主"的齐韵叟举众公祭：

> ……小赞乃于案头取下一卷，双手展开，系高亚白做的四言押韵祭文，叙述得奇丽哀艳，无限缠绵。小赞跪于案旁，高声朗诵一遍，然后齐韵叟作揖焚库。[2]

"祭拜"是"诊病"悼亡情绪的延续，二者同样起到一种桥梁的作用，形成了"漱芳书寓"和"一笠园"这两个有别于城市时空的私人空间之间的对话关系。齐韵叟有"风流广大教主"之名，素喜成人之美。公祭后，他仔细地过问了漱芳的生平经历：

1　Guy Debord, "Spectacular Time," *The Society of the Spectacle*, p. 147.

2　韩邦庆：《海上花列传》，页335。

　　　　亚白见问，遂将李漱芳既属教坊，难居正室，以致抑郁成病之故，彻底表

　　明。韵叟失声一叹，连称："可惜！可惜！起先搭我商量，我倒有个道理。"亚

　　白问："是何道理？"韵叟道："容易得势，漱芳过房拨我，算是我个囡仵，再

　　有啥人说啥闲话？"大家听说默然。惟有陶玉甫以为此计绝妙，回思漱芳病中

　　若得此计，或可回生，今则徒托空言，悔之何及！ [1]

　　这段的用意可谓奥妙。作者在此做出了一个假设，即"一笠园"可以救漱芳。然
而，在实际的叙事中，作者并没有令这种假设实现。因为漱芳的死先于"一笠园"
的知情，因此，可能的拯救被错过了。事件发生的时间顺序造成的遗憾其实可以看
成作者有意的沉默：既没有对这种可能性提出反驳，但也没有做出更深的肯定。可
能性本身其实被悬置了，成为文本里的一个问号。

　　而在接下来的叙事中，"一笠园"的救赎能力受到一次又一次的质疑。尽管它
可以作为暂时的避难所（第四十五回中，妓女姚文君唯恐遭到流氓赖公子的纠缠，
躲进一笠园暂住）[2]，却无法真正动摇外在世界，抑或对来自外在世界的人物的命运
做出丝毫改变。"一笠园"里成就了两对看似美满理想的伴侣：朱淑人和周双玉，
以及史天然和赵二宝。可结果，朱淑人和周双玉以一场假自杀的闹剧收场，最后以
朱家付出金钱了事；而赵二宝则遭遇始乱终弃。

　　"一笠园"尽管在形式上与大观园颇有共同点，仿佛回归到传统文人的理想国。
且就文本建构的角度看来，一笠园比李漱芳更具备人工意味，但它并没有如李漱芳
的书寓那样，在文本中形成真正意义上相对于城市公共空间的反动力量，而它和李
漱芳之间形式上的对话和呼应关系，也成了一种虚妄。甚至，连同它本身的形同虚
设的另类和私人性一起，构成小说文本里最大的讽刺。作为文学传统中具有特殊意
义的"私家花园"，在《海上花列传》中遭遇的"无用"甚至于"无聊"的尴尬命
运，恐怕正是值得追究和探讨的。

1　韩邦庆：《海上花列传》，页 338。

2　同上，页 322。

　　《海上花列传》在空间塑造和演绎方面蕴含了丰富的叙事潜力，它的现实主义意义已经得到充分关注和讨论；但除此之外，小说在文本的具体运作方面可能存在更具建构性的层次和面向，体现出更为复杂的作者意图。概括地说来，表现在特定空间的外在形式和内部运作之间的冲突、同一形式之下不同演绎之间的反差等，其中所包含的对特定文学主题的颠覆，以及透露出的批评意识，都有待进一步挖掘。

（原载《现代中文学刊》2010 年第 6 期）

"不良小说，猥亵图画"[*]

——《眉语》杂志（1914—1916）的出版与查禁

/

贺麦晓（Michel Hockx） 孙丽莹

一百余年前，由高剑华女士主持编辑的《眉语》杂志问世，不到两年，便由官方以"为害社会道德"为由，明令禁止发行。长期以来，《眉语》的重要性一直被"鸳鸯蝴蝶派""桃色期刊"[1]一类的标签所掩盖，未能得到学界足够的重视。直到近

---

[*] 本文的部分研究成果，由德国洪堡基金会和加拿大社会科学与人文科学研究委员会（SSHRC）联合资助的计划"A New Approach to the Popular Press in China: Gender and Cultural Production, 1904–1937"（2008—2011）支持完成，特致谢忱。主持该计划的季家珍（Joan Judge）、梅嘉乐（Barbara Mittler）和方秀洁（Grace Fong）三位教授曾在不同场合给予本研究回馈与建议；在搜集整理资料的过程中，黄国荣老师、祝均宙老师和贾雪飞博士提供了慷慨帮助；论文初稿曾在"旅行的图像与文本：现代华语语境中的图文互动（Traveling Image and Text in Modern China）"会议宣读（复旦大学，2013 年 12 月 14—15 日），与会学者的提问与点评帮助笔者进一步思考相关议题；田哲荣先生帮助梳理润色文字，在此一并表示衷心的感谢。本文另有英文版"Dangerous Fiction and Obscene Images: Textual-Visual Interplay in the Banned Magazine Meiyu and Lu Xun's Role as Censor"发表在 *Prism: Theory and Modern Chinese Literature* 16, no. 1 (March 1, 2019): 33–61。

[1] "桃色期刊"的说法初见秋翁：《三十年前之期刊》，原载《万象》第 4 年第 3 期（1944 年 9 月），后来被引入芮和师、范伯群等编：《鸳鸯蝴蝶派文学资料（上）》（福州：福建人民出版社，1984 年 8 月），页 280。这种说法被学界广泛引用。

十几年来，少数海内外学者才开始重新审视该杂志的文化社会意义，并在两方面推进了对此期刊的研究：一是借由《眉语》反思"五四"前后文学风格的多样性[1]；二是从性别研究的角度审视《眉语》，深入探寻作者的性别与文本风格的关系，并以该刊为例探讨民初女性作家群体的生成及其主体性[2]，这部分研究已经改变了以往学界对于性别在这份期刊中扮演的角色的认知[3]。

迄今为止的学术成果逐渐勾勒出了《眉语》在文学史和印刷文化史上的特殊地位，开启了解读《眉语》的多种可能性；然而，有三个方面的问题前人尚未触及，而这些问题的答案将帮助我们进一步了解此杂志的重要性与独特性，是本文着意探究的重点。首先，已有研究尚未梳理过《眉语》被禁的史实。我们知道《眉语》终因"为害社会道德"被禁，对于时人为何认为它"为害社会道德"却所知甚微；不仅如此，对于查禁该刊所依据的标准、标准的制定者、查禁人和查禁的过程，以及这份杂志的越界性（transgressiveness），学界的认知也相当有限。其次，既有研究集中考察了杂志的文字部分，而对大量的图像尚未做过分析和解读，因此我们并不了解杂志中图像的主题、图像主题与杂志被禁的关联性，以及图像和文字的关系。最后，但也是最基本的问题：许多关于杂志出版发行的史实仍亟须廓清，比如，除近年的个别研究之外，现有研究成果尚未准确指出这份杂志的创刊时间，也未触及繁杂的多版本问题，更未注意到这些基本史实与前两个问题之间的联系。[4]

1　Michel Hockx, *Questions of Style: Literary Societies and Literary Journals in Modern China, 1911–1937*, pp. 134–136.

2　沈燕：《20 世纪初中国女性小说作家研究》（上海：上海师范大学硕士论文，2004 年）。该文对早期的重要女性作家做了梳理，关于《眉语》的部分，另见沈燕：《20 世纪初女性小说杂志〈眉语〉及其女性小说作者》，《德州学院学报》第 20 卷第 3 期（2004 年 6 月），页 51—54。这之后也有其他零星相关文章，但研究质量和方法，未超前者。对《眉语》中女性情爱书写的最新研究，见黄锦珠：《女性主体的掩映：〈眉语〉女作家小说的情爱书写》，《中国文学学报》第 3 期（2012 年 12 月），页 165—185，收入黄锦珠：《清末民初女作家小说研究：女性书写的多元呈现》（台北：里仁书局，2014 年），页 209—244。

3　E. Perry Link 曾经认为《眉语》中的女性作家极其有限，即使有，也是由男性用女性之名写作，见 *Mandarin Ducks and Butterflies: Popular Fiction in Early Twentieth-Century Chinese Cities* (Berkeley: University of California Press, 1981), p. 171. 关于作家的性别问题，后文将详细讨论。

4　如郭浩帆：《民初小说期刊〈眉语〉刊行情况考述——以〈申报〉广告为中心》，《学术论坛》第 38 卷第 1 期（2015 年），页 101—106.

本文在前人研究成果的基础上，从三个方面来回答上述问题。第一方面将从《眉语》的出版发行情况着手，整理出该刊的出版时间、发行数量、编者群和读者群的特点，并重点考察以往研究尚未触及的期刊版本问题。第二方面将从官方的会议记录、政务公牍入手，说明 1916 年审查小说和小说杂志的标准、《眉语》被禁的理由和过程。第三方面将审视《眉语》的图像与文字，用实例阐释官方禁刊理由中提及的"不良小说""猥亵图画""意旨荒谬"和"不知尊重人格"等斥责。笔者认为，《眉语》中的文字、图像及图文互动的形式，一方面凸显了《眉语》中的身体、性别、文学的现代意涵，使该刊成为近现代印刷文化史，尤其是女性（编辑）期刊史上具有里程碑意义的文化产品；另一方面，这种力量也触碰了出版审查机制的红线，使《眉语》成为民国时期第一份以有伤道德风化为由被通俗教育研究会查禁的杂志。

一、"月子湾时"：《眉语》的出版和发行

《眉语》杂志于 1914 年 11 月 17 日创刊于上海，由《眉语》社出版、新学会社发行。[1] 至 1916 年 4 月 3 日，《眉语》基本上每月按时出一期新刊，前后共发行十八期，每期都有印刷精致的彩色封面，多为当时流行的时装女郎；其后一般有六页单色插图，大都为摄影作品，也有少数水墨画和油画。随之而来的是文字部分，最典型的编辑方式依次是以下四个栏目："短篇小说"（7—10 篇）、"长篇小说"（2—5篇）、"文苑"（5—10 首诗词）、"杂纂"（3—5 篇其余文体）。[2]

《眉语》发刊词《眉语宣言》称，《眉语》社"集多数才媛，辑此杂志，而以许

---

1 已有的研究成果，尚未见确切指出出版日期者，相当多的文章误将出版日期写作 10 月，而事实上应是阴历十月。如魏绍昌编：《鸳鸯蝴蝶派研究资料（上）》（上海：上海文艺出版社，1984 年），页 85 提及《眉语》第一号是 1914 年 10 月出版。本文是根据《眉语》版权页上标注的"甲寅十月初一"确定出版日期，并根据当日《申报》中西日期对照确定为 1914 年 11 月 17 日。

2 关于《眉语》的小说部分的内容综述及女性作家作品，请参见沈燕：《20 世纪初女性小说杂志〈眉语〉及其女性小说作者》、黄锦珠：《女性主体的掩映：〈眉语〉女作家小说的情爱书写》。

啸天君夫人高剑华女士主笔"[1]。学者黄锦珠曾爬梳并比较过该杂志作者的名字和照片，发现有照片可考的女编辑员与女编撰者"总计十人"，除高剑华外，其他女性编辑还包括马嗣梅、顾纫茝、梁桂琴等，因此，《眉语》是"清末民初少有的容纳大量女编辑、女作家的杂志"[2]。《申报》《时报》都曾刊登过《眉语》第一期的广告，作为最显眼的两句广告词，"高剑华女士主任本杂志编撰"和"闺秀之说部月刊"是当时最大的卖点（图2-1）。[3]然而，这并不意味着该杂志的工作人员都是女性，许啸天和吴剑鹿两位男士也曾担任"编辑襄理"一职。[4]

图 2-1 《申报》1914 年 11 月 15 日

1 《眉语宣言》，《眉语》第一期（1914 年 11 月 17 日），封二，女性编辑有照片为证。高剑华（1890？—？），高琴，与许啸天为青梅竹马的表兄妹，善书法，李叔同曾代做润例广告。她曾在北京师范学校求学，1914 年夏返回杭州，寓居俪华馆，与许啸天结为夫妇，除《眉语》外，1917 年高剑华还编辑了《闺声》杂志，上海图书馆藏有 1917 年 3 月号。黄锦珠撰文梳理了《眉语》中关于高的资料，见黄锦珠：《吕韵清、高剑华生平考辨：兼论清末民初女小说家的形成》，《东吴中文学报》第 26 期（2013 年 11 月），页 213—244；亦见《诗画才女与女学生出身的女小说家：吕韵清与高剑华——兼论女小说家的形成》，收入其《清末民初女作家小说研究：女性书写的多元呈现》，页 45—88。总体说来，目前对高剑华的生平仍所知甚少，根据笔者与高剑华侄孙许宝文先生的通信，高剑华 1965 年仍健在。

2 黄锦珠：《清末民初女作家小说研究：女性书写的多元呈现》，页 218、210。

3 1914 年 11 月 14 日至 23 日，《申报》和《时报》曾分别登载《眉语》第一期问世的广告。《申报》上的相关广告见：1914 年 11 月 15 日 15 版，16 日 13 版，17 日 13 版，18 日 15 版，19—22 日 13 版，23 日 15 版。《时报》上的相关广告见：1914 年 11 月 14—16 日第 1 张第 3 页，17—18 日第 3 张第 1 页。

4 许啸天（许家恩、许则华，1886—1946），浙江上虞人，家学渊源。祖父许正绶，兄许家惺，曾为广学会翻译大量著作。许啸天早年参加光复会，与秋瑾相识，文笔活跃，经常在报纸杂志上发表小说或爱情评论，出版书籍若干。见徐碧波：《关于许啸天》，《永安月刊》第 117 期（1949 年），页 24；裘士雄：《关于近代作家许啸天》，《绍兴文理学院学报》第 25 卷第 2 期（2005 年 4 月），页 24—25。

解题：“花前月下” 或是 “名目吊诡”？

据发刊词《眉语宣言》所称，杂志的命名，缘于其出版日（即阴历初一）新月弯弯的形状，命名的初衷似乎无可厚非：“每当月子湾时，是本杂志诞生之期，爰名之曰《眉语》，亦雅人韵士花前月下之良伴也。”[1] “眉语” 一词于时人并不冷僻，初版于同时期的《辞源》即在 “眉” 字条目下收录 “眉语” 一词：“〔李白诗〕眉语两目笑，忽然随风飘，今称人之便巧者，每曰能以眉语。谓以眉之舒敛表其情思，如相语言也。”[2] 能够看懂《眉语》的人，大致受过相当程度的教育，因而不会对李白的诗篇感到陌生，“眉语目笑” 的典故很可能了然于胸。

然而，“眉语” 的意象只是纯洁俏皮、善解人意的佳人吗？同样是《辞源》中，“眉” 字下收录的其他词条展示了这个字可能引发的其他联想。一方面，这些条目包括了关于女性相貌妆容、男女情愫的词语和典故，比如形容眉色的词语 “眉黛”，描绘夫妻恩爱的典故 “眉怃”：“〔汉书张敞传〕‘敞为妇画眉，长安中传张京兆眉怃。’怃一作妩。〔张说诗〕‘自怜京兆双眉妩，会待南来五马留。’” 另一方面，条目也包括了含有贬义的词语 “眉来眼去”：“谓以眉眼传情也。〔刘孝威诗〕‘窗疏眉语度，纱轻眼笑来。’义当本此”，以及代称妓女的 “眉史”：“〔清异录〕‘莹姐，平康妓也，善画眉。日作一样，唐斯立戏之曰，汝眉癖若是，可作百眉图，当率同志为修眉史矣。’后称妓女为眉史，本此。”[3] 这样看来，《眉语》二字所能引起的连翩

1　《眉语宣言》，《眉语》第一期（1914 年 11 月 17 日），封二。第一期《眉语宣言》如下：“花前扑蟝（同 “蝶”。——引者注）宜于春；槛畔招凉宜于夏；依帏望月宜于秋；围炉品茗宜于冬。璇闺姊妹以职业之暇，聚钗光鬓影能及时行乐者，亦解人也。然而踏青纳凉赏月话雪，寂寂相对，是亦不可以无伴。本社乃集多数才媛，辑此杂志，而以许啸天君夫人高剑华女士主笔政，锦心绣口，句香意雅，虽曰游戏文章、荒唐演述，然诵谏微讽，潜移默化于消闲之余，亦未始无感化之功也。每当月子湾时，是本杂志诞生之期，爰名之曰《眉语》，亦雅人韵士花前月下之良伴也。质之凶鸾笈凤之可怜虫，以谓何如？质诸鸳嗔燕咤之女志士，又以谓何如？尚祈明眼人有以教之，幸甚幸甚！”

2　陆尔逵等编：《辞源》（上海：商务印书馆，1915 年初版，1933 年第八版），页 132—133。《辞源》是中国第一部大规模辞书，由陆尔逵于 1908 年开始主持编修，一方面搜集新学词语，另一方面整理 “国家之掌故，乡土之旧闻”，以供游学回乡之学子参考，见《说略》，《辞源》，页 4。

3　《辞源》，页 132—133。

浮想，或许不仅仅限于新月的形状而已。[1] 有趣的是，《眉语》创刊后不到四个月，《教育杂志》就曾撰文"劝告著作出版界宜注意文化"，批评有些小说或杂志"名目吊诡"，认为"夫名题所以冠领全书，自以典核为尚，岂可故为诡异，滥用俗缪，以眩惑闻听"，怎可"题一诡异名目"？虽然文章并未指明批评的对象，但这条史料可以表明当时小说杂志的题名并非无关痛痒，而是会引起官方的关注与批评。

"蕙兰清品，闺阁名流"？隐含读者与作者的性别问题

现有的大部分研究都援引了《眉语》第一期中的《眉语宣言》，认为该刊明确将"职业之暇"的"璇闱姐妹""雅人韵士"作为要求对象，同时也和"莺嗔燕咤之女志士""囚鸾笯凤之可怜虫"进行沟通对话，"锦心绣口，句香意雅"[2]。编者声明这份杂志表面上虽是"游戏文章、荒唐演述"，实际上则"谲谏微讽"，强调"消闲"与"感化"并举的功能。[3] 由此看来，《眉语》出版伊始就明确展现出将杂志塑造成以女性为主要隐含读者（implied readers）的编辑意图（editorial intentions），尽管杂志从来都不曾排斥男性读者。[4]

较少有研究注意到，其实《眉语宣言》不只作为发刊词出现在第一期的封二上，也出现在第二、三期的封二上，但作用只是类似于"启事"或"编辑者言"的字段，成为编辑和读者交流的管道。后来的《眉语宣言》也针对女性读者发出声明，比如，第二期注销的《眉语宣言》是"征求女界墨宝宣言"，明确眉语社将"笔歌墨舞，清吟雅唱，风流自娱，无强人同"作为追求的品位，奉"蕙兰清品，闺阁名流"为隐含读者。宣言发出邀请，"聊结翰苑之缘，入社无拘文节，天涯尽多神交"，向"清

---

1 《记事·同月（一月。——引者注）二十二日教育部劝告著作出版界宜注意文化》，《教育杂志》第7卷第3号（1915年3月15日），页19—21。

2 对于"亦雅人韵士花前月下之良伴也"中"雅人韵士"所指的读者性别，也并非只有一种解读。笔者结合《眉语宣言》中的上下文，倾向于认为"雅人韵士"指代的是女性读者。但正如一位匿名评审提出的，没有证据可证明"雅人韵士"一定是女性读者，而若将此处理解为男性读者也并非完全不通。

3 《眉语宣言》，《眉语》第一期（1914年11月17日），封二。

4 "编辑意图"表达的是杂志编者的意愿和设想，并不等同于实际发生的情况，换言之，杂志编辑针对女性读者发声，并不意味着读者中女性一定占绝对多数。

雅姐妹"征求"墨宝汇作临时增刊，或字或画，或诗或文，或说部或杂记"，并要求"随赐作者倩影"。从征求墨宝的内容看来，高剑华对塑造杂志总体的文化趣味有清楚的设想，不但对各类型的文字（诗、文、说部、杂记）同等重视，对图像（字、画、摄影）也投入相当的心力，直接请"清雅姐妹"提供素材稿件。[1]

　　高剑华对图像，特别是女性图像的重视，在第三期的《眉语宣言》中更进一步地表现出来。她将美术与文学并举，论证东西各国发展与文学美术发展的紧密联系："入其国而建筑宏丽，道途修洁，接其人而思想清逸，举止安详者，必其文学美术，俱臻发达，东西各国，政府提倡之，社会崇尚之。文化关键，胥视乎此？"[2]中国若想发展，"非致力于社会教育，阐扬美术以感化民气不可"。紧接着，高剑华举《眉语》为例："本志之出，风行一时，承海内外投书，称为风雅之作"，可见，高剑华认为《眉语》的办刊是"社会教育"与"感化民气"的实践方式之一，对此，她的读者给予积极回馈，称《眉语》为"风雅之作"。不论这句评语只是编辑的自我陶醉之词，还是确有读者投书颂扬，都一定程度反映出了出版发行方的自我认识，尽管这种认识和一年多后官方禁刊时的评价大相径庭。对于"风雅之作"的美评，编辑做何反应呢？

　　　　本社感愧无极，惟有力自扩充。从第三号起增加篇幅，精选图画，并出增刊一种，搜集中国各界妇女之影片。上自后妃，下逮贫妇，都百余种。分类精印，斐然成册，名曰《中国女子百面观》。凡订购本报全年者一律奉送。订购半年者，半价取值。现在印刷中，风雅君子，幸勿失此好机会也。[3]

---

1 《眉语》第二期第一版，封二，北京大学图书馆藏。全文为："一缕新月，两点春山，骚人逸士，于焉倾倒。清光入帘，寄我幽思，远山侵鬓，萦我绮怀。旖旎高洁，固非拘腐小儒所能梦到，尤非尘俗伧夫所可妄�假。顾名思义，《眉语》社于焉成立，笔歌墨舞，清吟雅唱，风流自娱，无强人同。凡属蕙兰清品，闺阁名流，深冀琼瑶之报，聊结翰苑之缘，入社无拘文节，天涯尽多神交，乃发大愿于本杂志第三号征求女界墨宝汇作临时增刊，或字或画，或诗或文，或说部或杂记，限于阴历十一月内交社并随赐作者倩影，以便同付铸印，发表之日，并当选胜地作雅叙，想亦我清雅姐妹所乐许也。此布。眉语社编辑主任高剑华女士特启。"

2 《眉语宣言》，《眉语》第三期第一版（1915 年 1 月 15 日），封二，北京大学图书馆藏。

3 《眉语》第三期第一版（1915 年 1 月 15 日），封二。底线为笔者强调，下同。

因为"感[动]"与"[惭]愧"，编者力求增加图片的比重，除精挑细选图画在杂志中注销外，还另出"中国各界妇女之影片"达一百多种。编辑们相信，增刊图片是回馈读者的方式之一。有趣的是，编者首先考虑增加的是女性的影像，"上自后妃，下逮贫妇"，而提醒勿失良机的却是"风雅君子"。对比三则《眉语宣言》可知，当编辑意在与女性读者沟通时，指代女性的词语是多元而清晰的，譬如"姐妹""女志士""女界"，而"君子"则不属于这个范围。换言之，"风雅君子"是男性读者的代称。这一代称再次频繁出现在第七到十一期封三的广告上。这则反复登载的广告提请"风雅君子注意"，因为计划出版"名媛集"，征求"贤女（例如孝女、烈女、节妇及热心公益者）""才女（例如书画家、文学家、美术家、科学家等）""美女（例如其美名着于一方者）"的肖像，可见《眉语》对男性读者的存在、需求与消费能力一直是知觉的。《眉语》第一期的版权页上刊登的本杂志征文例，也可说明编者、读者、作者构成的可能。征文由"本杂志编辑"刊登，"无论长短篇小说一律征收。出于闺作者尤所欢迎"，即言编辑会优先考虑女性作者的作品，但并不排斥男性作者，这一点与《眉语》里面呈现的作者构成相符。

一般说来，在男权社会里，主流的凝视方式是男性编辑决策权（male editorial agency）介入的"男性凝视"（the male gaze）。[1] 经女性编辑决策权（female editorial agency）的介入，将女性的身体影像置于公领域的（男性）凝视之下，增加了解读图像的多重复杂性。正如黄锦珠在分析《眉语》中女性情爱书写折射的女性"掩映"的主体一样，女性编辑选择与展示图像也折射出特定的女性主体性。日后审查者控诉《眉语》"几不知尊重人格为何事"，可能就包含了对这种女性编辑决策权的不认可。

此外，上述例子也说明，虽然女性是《眉语》重点关注的隐含读者，而如许多其他的女性杂志——如同时代的《妇女时报》《妇女杂志》或 30 年代的《玲珑》杂志——一样，《眉语》也拥有相当数量的男性读者。一则广为流传的逸闻或可为证。

1　关于"编辑决策权"（editorial agency）的分析与论述，见 Liying Sun, "Body Un/Dis-Covered: *Luoti*, Editorial Agency and Transcultural Production in Chinese Pictorials (1925-1933)," PhD dissertation, University of Heidelberg, 2015；"男性凝视"（the male gaze）见 Laura Mulvey, *Visual and Other Pleasures* (Bloomington: Indiana University Press, 1989)。

顾明道曾假"梅倩女史"之名投稿，待到以女性的身份注销文章后，受到男性读者爱慕。这则逸闻最初由秋翁（平襟亚，1892—1978）写出，收在《鸳鸯蝴蝶派文学资料》中，随后被广为引用，这个故事常用来说明，《眉语》的作者中混有相当数量的男性。[1] 笔者认为，研究者应该对男性冒充女性作者的现象产生关注，却不能用"梅倩女史"这一个例子去夸大《眉语》中男性作者的比例。若试着翻转思考，既然顾明道发表作品后，能引来男性的追求者，岂不正说明相当数量的男性读者在关注《眉语》的女性作者，而他们不曾想到"梅倩女史"是须眉假扮的？[2]

事实上，最迟至 1915 年 5 月的第七期时，《眉语》编辑对于冒名顶替的现象就有所察觉。在前文提到的"风雅君子注意　本社特刊　名媛集　征求肖像"的广告里，编辑还登有"体例"和"戒条"。"体例"要求"凡寄赠本社者，须将该名媛最近摄影及事略一篇封寄，能以其事迹及艺术成迹摄影附寄者最妙"，这样既可以用照片辅助识别参与者的性别，在当时的通信技术条件下，要想远距离地识别作者的身份背景，照片恐怕是相对可靠的办法。而广告中登载的"戒条"赫然提醒道："凡敢冒名浑寄及虚造过誉者，一经察出，即当以实状宣告。"[3] 其中的"冒名浑寄"，即有可能包括男性冒充女性投稿的情况；显然，编者不但对这类情况有所察觉，而且并不认可。

1　秋翁：《三十年前之期刊》。引用者包括林培瑞，E. Perry Link, *Mandarin Ducks and Butterflies: Popular Fiction in Early Twentieth-Century Chinese Cities*, p. 171；沈燕：《20 世纪初中国女性小说作家研究》，页 52。笔者查"梅倩女史"或"梅倩"共出现 5 次，都在第十四期之后，见梅倩女史：《帐底鸳鸯》，第十四期（1915 年）；梅倩女史：《印度女郎杀虎记》，第十五期（1915 年）；梅倩：《志士凄凉老》，第十五期（1915 年）；顾侠儿、梅倩女：《郎心妾心（上）》，第十六期（1916 年）；梅倩女史、顾侠儿润：《沙场英雄谭》，第十七期（1916 年）。

2　另一个例子可作旁证：一位男性读者于 1952 年 63 岁时在《眉语》第六期上写了一些人生感言。他说，自己乙卯年（1915 年）在湖州购买了《眉语》，当时 25 岁。"余在湖州虹星楷干泰成购得此书，计银大洋肆角，按月出版。购时在乙卯蒲月，转瞬之间，今年乃是壬辰正月，即公元一九五二年二月九日，指算计有卅有八年矣。乃时余亦翻翻（原文如此，应为"翻翻"。——引者注）少年，只有二十五岁，今者花甲零三，苍苍白发，齿豁甚稀，人生如蜉蝣，只怕与此书后会无期矣！"1915 年时他应已 26 岁，算来年岁略有出入，可能是因为阴历阳历换算时的误差。这则材料说明《眉语》的读者的确不只是女性，而且不只在上海等大城市才能买到，在湖州也可买到。另外，这则材料也说明，虽然《眉语》1916 年便已被禁，后历经大时代的战乱与政治变动，主人依旧能够将之珍藏数十年，1952 年时还可以拿出来把玩。见"《眉语》眉批"，http://www.douban.com/note/160398126/，2013-02-23。

3　《眉语》第七期（1915 年 5 月 3 日，日期存疑），封三。也见第八至十一期封三。

两个"清白女儿身"：版本疑云与审查压力

据笔者所知，迄今还没有研究注意到《眉语》的版本问题[1]，而版本问题与《眉语》图像选取出版策略，以及后来的禁刊都有直接的关系。值得注意的是，当《眉语》出版日期有所不同时，期刊的封面图像、目录中对封面图像的解释、封二所附的广告或启事的内容与顺序，都可能发生了改变。

经过搜寻比对多家机构藏本，迄今笔者发现第一至五期有不同的版本（附表2-1）[2]。初版一般不会标注"初版"字样，通常是阴历每月初一出版[3]；而再版版本则会在末页标注日期以及"再版""三版""四版"字样。以第一期为例，甲寅十月初一（1914年11月17日）出版了第一个版本（图2-2），封面左上角有红色"眉语"标题，正中是郑曼陀绘制的半裸女体，目录中注明"清白女儿身（封面画）"。封面图画中的女子，左臂上伸，左前臂绕至脑后，轻扯薄纱。右手前臂上举，纤长柔软的手指轻撩顺着身体垂下的轻纱。女子的头向左方微侧，面色端庄。她的头发从左臂和左耳的缝隙中轻轻垂下，和轻纱一致向身体的左侧飘散开去，好似清风拂过。左胸位于封面的正中心，完全裸露；右胸在透明的轻纱下，若隐若现。左腰左臀构成的阴影浅浅地勾勒出薄纱掩映下的曲线。女子的身体及轻纱采用柔和的淡淡肉色，女子的头发

1　此处的"版本"问题，指的是同一期期刊在不同日期出版的情况。这些期刊，可能封面经过替换，可能插入的广告发生变化，可能插图部分的顺序有所调整，也有可能除了版权页上的日期之外，并无明显区别。民初期刊的版本问题，尚无研究做过系统论述，但若不厘清版本问题，学者的引文恐将难以互相对证。最近二十年来，许多期刊由图书馆、文献中心或出版社等机构影印出版；为求出版资料的全整，常常调用不同机构的馆藏，有时会选到不同版本的期刊。而这些期刊中，很多又成为数字化和数据库建置的数据源，使版本问题进一步复杂化。

2　这些机构包括上海图书馆（简称上图）、北京大学图书馆（简称北大）、中科院图书馆（简称中科院）、江苏吴江图书馆（简称吴江）、斯坦福大学图书馆（简称斯坦福）、复旦大学图书馆（简称复旦）等机构的藏本。此外，还包括全国图书馆文献缩微复制中心出版的民国珍稀期刊系列中的《眉语》（缩微），该版本是在重庆图书馆藏本制作的缩微胶片基础上印刷出版的。另，《眉语》散见于几个数据库中，但都是从这些版本中来的，比如 CADAL 的是复旦的版本。笔者所调阅过的第八至第十八期《眉语》中，尚未发现不同版本。

3　第一期和第七期例外。第一期第一版未标日期，这也是以前的研究常常推算错时间的原因。第七期现有版本写着"乙卯三月二十日（1915年5月3日）发行"，按照规律，应是乙卯四月初一日发行，不知为何提前发行了，待考。

图 2-2　"清白女儿身（封面画）"
（《眉语》1914 年 11 月 17 日，上海图书馆藏）

和背景是深浅不一的深黛色，视觉上将整个封面切割成明暗清晰的两个区域。虽然身体裸露，但目录中呈现的标题中"清白"二字却用来强调女子身体的纯洁，有意去除图像的情色联想。

甲寅十一月二十日（1914 年 12 月 7 日），《眉语》出版了第三个版本（北大图书馆藏），封面和目录内容仍不变。[1] 然而，至乙卯二月二十日（1915 年 4 月 8 日），第一期出到第四版（斯坦福，缩微）时，目录中注明封面仍是"清白女儿身（封面画）"，而图像则被替换成了完全不一样的图像（图 2-3）。不仅颜色从深青色换成棕色色调，封面女郎也从裸女变成身着时髦高领窄肩斜襟上衣

的女子，站在花丛边凭栏远眺。她眉清目秀，梳着整齐的发髻，身体清瘦，画笔并没有特别去表现身体的曲线。画面中最引人注目的，是她将手帕放在齿间轻咬的姿态，手帕垂至右胸前，戴着戒指的纤纤左手轻扯手帕的末端。视觉艺术作品中女性咬手帕的动作，一般是用来暗示害羞、期待、窘迫等复杂的心理活动，结合"清白女儿身"的解释，似乎在暗示少女怀春、含苞待放的状态。同样是"清白女儿身"，这两幅不同的封面画的尺度完全不同，带给人的联想和理解也大异其趣。

不仅第一期如此，在已发现的版本中，第二、三、四期也同样出现了不同版本置换封面的现象，而且都是从比较裸露的女体换成遮蔽更多的女体。按附表提供的杂志再版时间与封面内容看来，封面裸体画的替换集中发生在 1915 年四五月间重

1　亦见《申报》广告，"眉语一号再版已出"，1914 年 12 月 13 日，页 13。《眉语》第二版（上图、中科院藏）的封面与第一版几乎完全一样，也没有在版权页上标明出版日期；不同的是，杂志标题为白色，而不是红色。

版或新出版的《眉语》上。在此之后，除第十四期（乙卯十一月初一日［1915年 12月 7日］）的封面外，大部分封面都是无关身体裸露这一主题的。

关于改换封面图像的原因，笔者未查到编者方面的解释。但是，恰在《眉语》开始换封面几周前（1915年 3月），教育部严肃发文，"劝告著作出版界宜注意文化"里面的许多批评都像是为《眉语》"量身定做"：

图 2-3 "清白女儿身（封面画）"
（《眉语》1915年 4月 8日，斯坦福大学图书馆藏）

> 吾国学衰文敝，非一日矣。一二年间，浮靡纤仄之风，乃日甚一日。出版书籍，除一二纯粹科学书籍及学校应用之教本外，其流行于社会者，非纤佻浮薄、庞杂零散之小品丛话，即猥鄙乖离、有伤风俗之小说杂志（原文如此。——引者注）。其稍近雅正、流弊不多者，百中难得一二。而名目吊诡、图画荒谬之书，已充斥于市肆。夫名题所以冠领全书，自以典核为尚，岂可故为诡异，滥用俗缪，以眩惑闻听。至封面之画，则大抵作为男女挑招，私呢袒露诸态，尤为乖剌。甚至其书本无甚谬，而亦题一诡异名目，加一淫猥封面，诚不知是何用心。……至书中插画附图，均为观感所资，亦宜力求纯洁。外国艺术中意象深邃、形容典则之作极多，自可抚模写印。即求之中国古代之图绘，亦多雅正醇深，可以模写，何为专取猥劣不经之绘，以自秽其书，而毒读者之情想？此皆本部所为此类著作人出版人不解者也。……[1]

---

1 《记事·同月二十二日教育部劝告著作出版界宜注意文化》，《教育杂志》第 7卷第 3号（1915年 3月 15日），页 19—21。

这份文书不但批评了时下的"猥鄙乖离、有伤风俗之小说杂志",还特别批评了"名目吊诡、图画荒谬之书"。对于市面上常见的"名题"与"封面之画",官方似乎特别反感,认为名字不可滥用典故,封面不可"男女挑招,私呢袒露",对于"诡异名目"加上"淫猥封面"的做法,深感痛心疾首;而插画、附图,应该选古今中外"雅正醇深"和算得上"艺术"之作,不可找"猥劣不经之绘,以自秽其书"。虽然没有其他史料可以对证,但是这些指责中,《眉语》泰半可以对号入座。尤其是封面之画"私呢袒露"这一条,更是直逼《眉语》,因为《眉语》是笔者所见唯一一份1914至1915年间在封面上连续刊登裸体或半裸女子图像的杂志。况且,这份文书刊登后不久,《眉语》即开始置换封面画再版,不太可能纯属巧合。笔者推测,在1915年四五月间《眉语》可能受到了来自官方(即教育部)的压力,虽然当时的审查机器还不是后来成立的通俗教育研究会。

由此可见,《眉语》不但存在着多版本的问题,而且不同的版本还会影响学者对该杂志性质和出版状况的判断。2006年,全国图书馆文献缩微复制中心在重庆图书馆藏本的基础上,整理出版了《眉语》,并纳入"民国珍稀期刊系列"之一;此外,上海图书馆制作的"民国时期期刊全文数据库(1911—1949)"也包含了《眉语》。因为取得原版资料的难度很高,目前学界主要倚赖重印本或数字资料做研究,这本无可厚非。可是,学者也应当注意到,这些资料拼集了《眉语》的不同版本,图像的选取有其局限性。比如,重印本第一至四期的封面与北大图书馆、中科院图书馆藏的第一至四期封面就完全不同(图2-4)。此外,这套数据库中其他图像的复制质量也不尽如人意,许多对于本研究至为关键的图像(尤其是裸体)几乎完全无法辨识(图2-5),不知是有意为之还是纯属巧合。各种数字数据库也有类似的版本混杂、图像缺失或模糊不清的问题,需要图书馆界和学术界共同努力,厘清基本的史料。[1]

---

1 《眉语》2006年的重印本中的裸体图像模糊不清,使学者难以做出正确判断。比如,有研究者根据《申报》广告中的内容断言,《眉语》到出版后期才为提升销量增加裸体图像,显然是没有看到出版早期注销的裸体图像,见马勤勤:《作为商业符号的女作者——民初〈眉语〉杂志对"闺秀说部"的构想与实践》,《中国人民大学学报》2015年第5期,页148—155。

图 2-4 《眉语》封面对比（上为 2006 年全国图书馆文献缩微复制中心复印版第一至四期《眉语》封面，下为北京大学图书馆藏第一至四期封面）

"销数达万册"？发行数量、管道与广告

到底《眉语》发行数量有多大？这个问题关系到我们该如何评估《眉语》的影响力，以及该如何理解审查者禁刊的动机。笔者所见，最早透露发行数量信息的是甲寅十一月二十日（1914 年 12 月 7 日）出版的《眉语》第一期第三版。在第一版出版三个星期之内，旋即再版两次，说明市场对《眉语》的反响很好，第三版封底的广告如是：

快到眉语上来登告白　　包你生意要更加发达了

宝号买卖很好啊？请到眉语社来登告白。宝号的生意当更加兴隆了。这是什么缘故呢？因为眉语小说杂志是女界有名的人着的。这边的笔墨又有趣又高雅，喜欢看的人很多。看书的人多，看告白的人自然多了。现在《眉语》销售

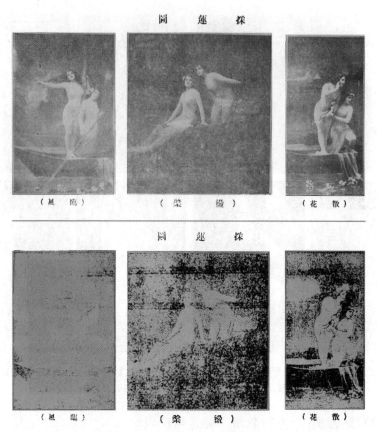

图 2-5　《眉语》封面质量对比（上为上海图书馆藏《眉语》第三期插图原件，
下为同一图像 2006 年全国图书馆文献缩微复制中心复印版）

到五千多份，如将宝号的告白登在《眉语》上边，那就有五千多人看见了，就是宝号要平空添出五千多人的生意来了，岂不是好呢？况且这《眉语》都是女界的人看得多，

凡是首饰店、绸缎店、香粉店、药房、书坊、眼镜公司、衣庄、女人用对象多的店家在我们《眉语》杂志上登了告白，生意包他发达

你们不信且来试试看便知道了，至于登告白的规矩，另外有章程印在前面，请你们看看便明白了。此布。

眉语社告白部特启[1]

1　《眉语》第一期第三版（1914 年 12 月 7 日），封底，北京大学图书馆藏。

编辑在这则广告中称杂志的销售数额是"五千多份"，虽然不排除杂志有自我吹嘘的可能性，但是比照其他期刊，这个数字应该是可供参考的。比如，同时期定价也是四角的畅销期刊《香艳杂志》，自称发行量是八千份，而价格相同的《妇女时报》的发行量是六千至七千份。[1]随着《眉语》的畅销，其发行量也稳步上升，至1915年6月14日，《眉语》在《申报》上为第七期做广告时，宣称"本杂志自第一号起已一律重印万册，免致有售缺不齐之虑，尚请同行注意"[2]。"万册"这个数字，再次出现在第14期（1915年12月7日）的广告里，"本杂志发行已一年，销数达万册"，这至少说明《眉语》的确是不断重印的，而且销量显著上升。

在吸引商家来登告白的广告中，《眉语》杂志还传递了许多其他重要的信息。除了继续强调"《眉语》小说杂志是女界有名的人着的"之外，广告还突出该杂志的文字风格"又有趣又高雅"因而"喜欢看的人很多"；不仅如此，"这《眉语》都是女界的人看得多"，再次突出了女性读者的重要性。杂志鼓励以女性为目标消费者的广告商家来登告白，包括"首饰店、绸缎店、香粉店、药房、书坊、眼镜公司、衣庄、女人用对象多的店家"，这一措施也显示出杂志本身有意重点开发女性读者市场的姿态。这则针对广告商的广告后来还出现在第二、三、四期的不同版本上，如果对照检视杂志中所刊登的广告，的确可以看到首饰、眼镜、药房一类的广告渐次出现，尽管大部分广告似乎并未特别针对女性消费者设计广告词或图像，如

---

1 《香艳杂志》在《游戏杂志》第一期（1914年，无页码）中的广告称"本杂志第一期出版风行各省，销数已达八千以上，女界定购尤夥。每册洋四角　中华图书馆"。笔者曾在 Questions of Style（页132）中曾引用这份广告，用以说明比照不同杂志中广告的研究方法的重要性。《妇女时报》的发行数量引自季家珍的研究成果，见 "Everydayness as a Critical Category of Gender Analysis: The Case of *Funü shibao* (The Women's Eastern Times)"（《性别分析的关键范畴"日常性"：以〈妇女时报〉为中心》），《近代中国妇女史研究》第20期（2012年12月），页6。

2 《眉语》第七期广告，《申报》1915年6月14日，页14。这则广告中并未写得十分清楚，杂志何时已经重印。就目前笔者所看到的第一至七期的版本，未有1915年6月间重印的，但是有4月、5月再版的，如第一期第四版（1915年4月8日），第三期第二版（1915年4月23日），第四期第二版（1915年4月28日），第五期第二版（1915年5月3日）。"一律重印万册"应该可以理解为从第一号至第六号每一期都重印一万册。

"珍光公司眼镜首饰"[1]、"时和金银首饰眼镜号"[2]、"兜安氏秘制保肾丸"[3]、"益脑补心汁"[4]、"席裕麒经理中和国货药房"[5]等。值得注意的是，"兜安氏秘制保肾丸"在同时代的报刊中常常针对男性肾亏做广告，比如《眉语》第六期封底广告图像就描绘了一位西装男子扶腰作病痛状，其配搭的对适应症的描述也主要是针对男性病症，然而到了第七期，广告针对的适应症中已悄然添加了"妇人白带，月经不调"的条目，说明商家逐渐根据《眉语》的目标读者调整了广告的内容。

　　这样大的发行量势必倚赖发达的销售渠道。一方面，《眉语》依托新学会社的发行管道，如杂志第一期（第一版）封三显示，总发行所是位于上海棋盘街的新学会社，各埠的发行分所则包括其在各个主要城市的分支机构：北京琉璃厂、天津大胡同、奉天鼓楼北、济南后宰门、汉口后花楼、广东双门底、宁波日新街。另一方面，《眉语》似乎也自己建立起了通向各个省市书局、图书馆、印务公司的渠道。杂志第一期（第一版）封底即详细显示出其庞大的销售网络，涵盖国内21省外加"南洋（星嘉坡普益印务公司）"共95个分发寄售网点。其中，浙江一省便有15个分发行所，居全国之冠[6]；在官方审查者寓居的北京，则有北京饷华书局和龙文阁两处。以如此规模流通的《眉语》，刊到第十八期（丙辰三月初一日，1916年4月3日）便不继续编辑新刊了，在这最后一期里，似乎看不出任何停刊的征兆，距离后文要讨论的1916年9月的禁刊还有大概半年的时间。有学者指出，第一次世界

1　《眉语》第五期（1915年3月16日）初版，封二，中科院图书馆藏。

2　　同上，封底。

3　《眉语》第六期（1915年4月14日）初版，封底，中科院图书馆藏。

4　《眉语》第十六期（1916年2月3日）第一版，封三，北京大学图书馆藏。

5　《眉语》第十六期（1916年2月3日）第一版，封三，北京大学图书馆藏。关于广告（尤其是最后几期广告）与杂志目标读者性别之间的关系，仍须做进一步的细致研究。一个有趣的现象是，后期烟草广告的频繁出现，如《眉语》第十四期第一版（1915年12月7日）封三（北京大学图书馆藏）曾登"中国总统牌"纸烟广告；第十八期（1916年4月3日）(上海图书馆藏)曾登南洋兄弟烟草公司的"飞艇牌""双喜牌""自由钟牌""喜鹊牌"香烟广告及上海福和烟公司的"仁和烟厂自制上品雪茄"。

6　浙江的发行所中包括湖州琉璃书局，似可与前文所提男性读者1915年左右在湖州购书的经验相印证，尽管那位读者提到的是"余在湖州虹星楷干泰成购得此书"，很可能各市的代售处曾有变动。

大战导致的进口纸价上涨是这一时期许多畅销杂志停刊的关键因素。[1]

不论如何，虽然《眉语》停刊了，但它出版过的十八期（包括其不同的版本），已经流入读者手中，或仍在市面流通。若果真以每期一万册的销量计算，则共有十八万册《眉语》遍布国内 21 省以及南洋。假设《眉语》全部售出，并以每册四人的流通量计算读者数量，则全国大约有 72 万人次的受众。即使是这个数字的一半，从 1914 年 11 月创刊，到 1916 年 9 月禁刊，也有好几十万的人看过《眉语》。当时的中国，"识字之人不过千分之四，如斯言，则不识字者千人中有九百九十六人之多，社会阶级中，人数之多，固莫多于下级社会"[2]。如此算来，《眉语》文字的影响所及，的确不能小觑。更重要的是，《眉语》的内容不只有文字，更有图像，"图画为万国共通之文字，虽乡愚村妪，见之者无不动生观感"[3]。或许正因《眉语》相当畅销，其文字与图画潜在的影响力巨大，审查者才对《眉语》严加禁止，毫不留情。下文将仔细考察审查《眉语》的过程，通俗教育研究会及其重要成员周树人所扮演的角色。

二、《眉语》杂志之禁刊：通俗教育研究会的角色

2004 年以前的研究提到《眉语》，都绕不开新文化运动的旗手鲁迅在 1931 年

1　袁进先生观察到民初中国造纸业不发达，大量依赖进口，而第一次世界大战导致进口纸数量逐年锐减，从 1914 年的 811754 担降至 1915 年的 591177 担，结果导致纸价急剧上涨。纸张危机对期刊的影响到 1916 年才集中显现出来。这一年将要出版的期刊，读者一般一年前就预订了，订完后，出版社又不能够任意涨价。然而，暴涨的纸价，让那些读者数目较多的期刊越卖越亏，最终无法撑过经济窘况，纷纷宣告停刊。袁进指出，《眉语》便是其中之一，其他同时期停刊的还有《民权素》《中华小说界》《礼拜六》《艺文杂志》。因此，这些杂志的停刊并非像后来文学史书写的那样，是新文学期刊的胜利，及"鸳鸯蝴蝶派"的衰败；恰恰相反，停刊是因为读者众多，发行数量太大，无力支撑暴涨的成本而不了了之。袁进：《中国文学的近代变革》（南宁：广西师范大学出版社，2006 年），页 47—48，可惜书中未注明停刊与纸价上涨有直接联系的确切史料来源。笔者尚未找到其他的论据可以与袁进先生的推论相印证，但这种说法的确可以合理解释，几份流行刊物前后不约而同地停刊的现象，更重要的是，这个时间点要早于后文提及的官方审查禁刊半年多。

2　《第三次大会会议　十二月二十七日（二）戏曲股主任报告》，《通俗教育研究会第一次报告书》（北京：京华印书局，1916 年 6 月），记事，页 7。

3　《记事：学事一束：鲁省提倡通俗教育》，《教育杂志》第 6 卷第 12 期（1914 年 12 月 15 日），页 86。

《上海文艺之一瞥》中的一小段引文。这段耳熟能详的引言，先将"才子加佳人"归纳成"鸳鸯蝴蝶派"的故事情节特色，然后举《眉语》为该派代表：

> ……到了近来是在制造兼可擦脸的牙粉子的天虚我生先生所编的月刊杂志《眉语》出现的时候，是这鸳鸯蝴蝶式文学的极盛时期。后来《眉语》虽遭禁止，势力却并不消退，直待《新青年》盛行起来，这才受了打击。[1]

这段讲话给《眉语》定下了"鸳鸯蝴蝶式文学"的基调，此后若干年内，学术界都引述鲁迅的评断，未曾再对《眉语》做过进一步研究，直到 2004 年沈燕开始对《眉语》女作家进行梳理后，学界才慢慢开始有了更多的认识。令人疑惑的是，鲁迅文中提到的"天虚我生"（即陈蝶仙，1879—1940），显然并非《眉语》的创办者，表面看来，鲁迅似乎对《眉语》及其被禁并不熟悉，以致连创办者的名字都误记，然而，事实真是如此吗？

鲁迅与小说及小说杂志的审核标准

隶属于北洋政府教育部的通俗教育研究会于 1915 年 7 月 18 日在北京成立，自称"注意改良小说、戏曲、讲演各项人民切近事项"，"以挽颓俗，而正人心，似于社会教育前途大有裨益"。[2] 它是个纯官方性质的组织机构，由教育总长直接督管，会长、各股主任由教育总长指定，而会员则来自不同的组织机构（如北京教育会、

1　鲁迅：《上海文艺之一瞥》，见《鲁迅全集》第 4 卷（北京：人民文学出版社，1981 年），页 294。

2　《专件·教育部呈大总统拟设通俗教育研究会缮具章程预算表恳拨开办经常各费文　民国四年七月十六日》，《通俗教育研究会第一次报告书》，页 2。转载于《教育公报》，见《汤化龙呈大总统拟设通俗教育研究会文（1915 年 7 月 16 日）》，《教育公报》第 2 年第 4 期（1915 年），公牍，页 6。事实上，在该会之前曾经存在过一个同名的组织，江苏省教育会于 1912 年成立，致力于改良风俗、促进卫生文教等。见 Paul J. Bailey, *Reform the People: Changing Attitudes Towards Popular Education in Early Twentieth-Century China* (Edinburgh: Edinburgh University Press, 1990), pp. 186–187。据 Bailey 的研究，1912 至 1915 年，全国大多数省份都相继成了类似的组织，常有政府官员兼任会长，其中河南省拥有近两千会员。这段时期，教育部开始明确加强通俗教育与通俗文化监管之间的联系，管理之力度远远超过前清一朝。1915 年，民国政府教育部决定成立通俗教育研究会，以取代权力分散的各种私人或半官方性质的同类组织，加强对通俗文化的管理审查。

北京通俗教育会）、教育部职员（如毕惠康、周树人、林同、张步瀛等）、京师警察厅、各高校（北京法政专门学校、北京高等师范学校、北京大学、北京女子师范学校）等。[1] 1915 年 8 月 3 日，鲁迅受教育部委派成为该会成员，并于 9 月 1 日开始担任小说股主任；次年 1 月 19 日，鲁迅卸任，但其后仍是会员，继续参加各种会议；至 1916 年 10 月 4 日，重新被任命为"小说股审核干事"[2]。

该会内设小说、戏曲、演讲三股，负责审查全国（主要是北京地区）出版、流通、上演的各种小说、书报、杂志、戏曲、年画等文化出版品。1915 年夏正是袁世凯称帝前夕，对各种舆论与出版品的控制颇严，因此有学者认为，该会充当了"当时意识形态领域的一个最高审查机构"[3]。而据 Paul Bailey 的研究显示，这一时期该会控制的重点是在性道德观念方面放纵的文字，很多被禁小说的标题都包含"女学生""女人""男女"一类的字眼。[4] 仅 1916 年，该会就曾审查 247 本小说，因审查禁毁的小说中，很多属于所谓的"鸳蝴派"，所以较早涉及这一段历史的文章，大多将禁毁小说这段公案归功于鲁迅在"五四"以前"对文坛逆流的斗争"[5]。后来的学者，意识形态痕迹渐轻，获得的史料更加全面，尤其是参阅过"通俗教育研究会第一、二、三次报告书"后，论述才开始更贴近历史，这方面的成果尤以瞿光熙的文章《鲁迅在通俗教育研究会》为代表。[6] 最近的研究进一步指出，鲁迅的审查活动塑造了他的文学品味与作家理想。[7] 这些学者都提及《眉语》禁刊一事，但是，现有

1　关于该会的组织结构和会员构成见《文牍二·教育部函京师警察厅请选送本会会员文　八月二日》，《通俗教育研究会第一次报告书》，页 1—8；《章程·通俗教育研究会章程》，页 3；《附录·本会职员录》，页 1—6。另参见 Bailey, *Reform the People*, pp. 187—189。

2　更多细节见沈鹏年：《鲁迅在"五四"以前对文坛逆流的斗争——关于他和通俗教育研究会关系的一段史实》，《学术月刊》1963 年第 6 期，页 24—26；瞿光熙：《鲁迅在通俗教育研究会》，《中国现代文学史札记》（上海：上海文艺出版社，1984 年），页 11—38。

3　陈漱渝：《鲁迅与通俗教育研究会》，《山东师范大学学报》1977 年第 5 期，页 72—75。

4　Bailey, *Reform the People*, p. 189.

5　沈鹏年：《鲁迅在"五四"以前对文坛逆流的斗争》，页 24—40。

6　陈漱渝：《鲁迅与通俗教育研究会》、瞿光熙：《鲁迅在通俗教育研究会》、孙瑛：《鲁迅在通俗教育研究会的工作》，《徐州师范大学学报（哲学社会科学版）》1978 年第 1 期，页 49—55。

7　参见李宗刚：《通俗教育研究会与鲁迅现代小说的生成》，《文学评论》2016 年第 6 期，页 16—25。

研究尚未通盘梳理《眉语》杂志的出版和查禁过程中，通俗教育研究会与鲁迅的影响，而这正是本节的焦点。[1]

首先，鲁迅担任小说股主任期间，主持制定了小说及小说杂志的审定标准，正是根据这一标准，《眉语》杂志被禁；其次，虽然鲁迅在 1916 年 1 月 19 日至 10 月 4 日期间不主持小说股工作，但他直接参与了对《眉语》杂志的讨论，并在会议上表态支持禁刊，下文将举例分别说明这两个方面。

1915 年 12 月 27 日，担任小说股主任三个多月的鲁迅，在通俗教育研究会第三次大会上做了报告，当时的会议记录如下：

> 小说股主任周君树人报告，谓小说股议决者共有两案，一为劝导改良及查禁小说办法案，一为公布良好小说目录案。此两案在本股固已迭经讨论，惟仍属一股少数人之意思。今既开大会，则三股会员均已在坐，诸君对此两案有何意见及有无修正之处，请再加讨论，以期完善。众无讨论，遂通过。周君又谓关于小说之审核，现经本股审核完毕者，已有数十本，大概以中等者居多，诸君对于此事均非常注意，故附带报告。[2]

对于小说，鲁迅主张"劝导改良及查禁"与"公布良好小说"并重，至上述报告出炉时，他已完成审核小说"数十本"，以"中等者居多"。"中等者"指的是小说审核标准中的"中等"，这个标准是在鲁迅的主持下，由张继熙、沈彭年起草拟定的。[3]此处笔者将报告书中的原文整段摘录，以求保持文本的原貌：

> 小说种类，就实质上言之，可约分为八。（一）关于教育者；（二）关于政事者；（三）关于哲学及宗教者；（四）关于历史地理者；（五）关于实质科

1　我们曾经撰写或发表过一些关于《眉语》禁刊过程的研究，见 Hockx, "Raising Eyebrows: The Journal Eyebrow Talk and the Regulation of 'Harmful Fiction' in Modern China" and Sun, "Body Un/Dis-covered: *Luoti*, Editorial Agency and Transcultural Production in Chinese Pictorials (1925–1933)"。

2　《第三次大会会议　12 月 27 日（一）小说股主任报告》，《通俗教育研究会第一次报告书》，页 8—9。

3　《股员会议事录一·小说股　第四次会议　讨论审核标准》，《通俗教育研究会第一次报告书》，页 8—9。

学者；（六）关于社会情况者；（七）寓言及谐语；（八）杂记。关于教育之小说，理论真切，合于吾国之国情者为上等；词义平稳者为中等；思想偏僻或毫无意义者为下等。关于政事之小说，宗旨纯正，叙述详明，有益国民之常识者为上等；虽未精美，尚无流弊者为中等；立意偏激或叙述多误者为下等。关于哲学及宗教之小说，理想高上纯洁、足以补助道德教育及国民教育之不逮者为上等；平正通达者为中等；意涉荒渺或迷信太过者为下等。关于历史地理之小说，取材精审，足资观感者为上等；事实不谬者为中等；疏误太多或语涉猥亵者为下等。关于实质科学之小说，阐明真理有裨学识者为上等；叙述无讹者为中等；借研究学术之名，支节离奇，颇滋流弊者为下等。关于社会情况之小说，以改良社会为宗旨，词意俱精美者为上等；记载翔实，足广见闻者为中等；描写猥琐，有害道德及风俗者为下等。寓言及谐语之小说，言近指远、发人深省者为上等；虽无精意，尚少诞妄者为中等；轻薄佻达、有伤风化者为下等。杂记一类，内容最杂，应择其最要之部分，仍以上七项之标准审核之。

　　附注：上等之小说，宜设法提倡；中等者，宜听任；下等者，宜设法限制或禁止之。各种小说之封面及绣像插画等，均宜参考照上列标准分别审核之。[1]

显然，在这个审核系统里，小说按内容可分八种，各种都有上、中、下三等。不管哪一种类的小说，积极的评价中都包含了"纯正""纯洁""高上""精审"等词汇；而消极的评价则包括"意涉荒渺""疏误太多""语涉猥亵""描写猥琐""有害道德及风俗""轻薄佻达""有伤风化"等词语。这一标准后来也用于审查《眉语》，恰恰是这些消极的词汇，后来反复出现在禁刊的理由之中。审核小说之后，通俗教育研究会对不同等别的小说分别对待，上等"提倡"，中等"宜听任"，而"下等者，宜设法限制或禁止之"。特别值得一提的是，尽管就当时出版的小说而言，图像似乎还常常处于附属地位，上述文字提到"各种小说之封面及绣像插画等，均宜参照上

---

1 《章程·审核小说标准》，《通俗教育研究会第二次报告书》，1916年，页2—3。另通篇转载于《记事·通俗教育研究会之注重小说》，《教育杂志》第7卷第12号（1915年12月15日），页108—109。

列标准分别审核"，明确了在审核标准面前，图像与文字同样重要，或者说，图像与文字同样有触碰审查红线的可能性。按照这个审核标准，该会在《第二次报告书》中公布了一个评级名单，"下等"这个类别除了一些"黑幕小说"外，还包括一些名目，如《女侠传》《女铜像》《第一奇女》《吴越真美人计》；而"下等禁止"这个类别则包括了《女学生之秘密记》《色情之男女》《男女秘密之研究》《国色天香》《官眷风流史》《姨太太之秘密》《绣榻野史》《浪史奇观》等小说。[1] 这显示了该会对放浪女性、风流艳事一类题材的压制，响应了 Bailey 的研究结果。

审查标准中，各类等别清晰罗列，但在实际工作中，会员们并不总能泾渭分明地将小说归类。从《报告书》中历次会议记录看来，一旦遇到会员对同一份出版物评审意见截然不同的状况，通俗教育研究会一般会多次复议，直到全体达成一致，方才公布最终结果，这意味着，一旦决议形成，则表示每一位参会的会员（包括鲁迅）都同意。

在小说审核标准推出之后，通俗教育研究会又推出了详细的"审核小说杂志条例"。采用"条例"而非"标准"，是会员为避免与"小说审核标准"相混淆而决定的。此条例类似于操作手册，共包括如下七条：

（一）小说杂志之内容分小说、时文、杂着等类者，审核时以小说为主，分别等次仍适用本会议决之审核小说标准；

（二）长篇小说之分登数期者，应合数期审核之；

（三）小说杂志中各种小说，有一种或一种以上经本会审核后认为应行给奖者，必须其余亦纯洁无疵方可照章给与奖励；

（四）小说杂志中各种小说，有一种或一种以上经本会审核后认为应行禁止、其余亦平庸无可取者，即禁止之；

（五）小说杂志之奖励禁止，得合本杂志之数期通核之；

（六）小说杂志之定为应奖励或禁止者，应以本会审核之某期或数期为限。

---

1 《附表·通俗教育研究会小说股第一次审核小说一览表》，《通俗教育研究会第二次报告书》，页 14—18。

其后继续出版另由本会审核后再定之；但禁止出版之小说杂志不在此例；

（七）小说杂志有左列各项之一者，不认为应奖励：（甲）封面及插画猥亵者；（乙）标题之名目无关义理者；（丙）编辑之宗旨谬误者。[1]

总体说来，条例倾向于"有罪推定"。小说杂志想要获得奖励，需要长期从图像到文字"纯洁无疵"；一旦出现过任何属于"禁止"范围的内容，今后便不容易翻身了。就像审核小说的标准一样，审核小说杂志时，审查者会特别注意文字以外的元素，封面及插画不得"猥亵"、"标题"不得"无关义理"、"编辑之宗旨"不得"谬误"。按此标准，《小说林》（小说林社）和《新小说汇编》（横滨新小说社）这两种杂志被评为"上等"；商务印书馆的《说林》和《妇女杂志》（王蕴章编）、中华图书馆的《女子世界》（天虚我生编）、广益书局的《女子杂志》、中华书局的《中华小说界》等十余种杂志被评为"中等"；而《眉语》则被评为下等并禁止。后来的禁刊过程表明，《眉语》因前述各项审查要素全都触碰红线而被会员集体否定，下一节将详细介绍该会禁刊的过程及理由。[2]

禁刊之过程

条例一出，会员便开始忙着审查各种小说杂志。据瞿光熙的统计，1916 至 1917 年间，小说股共审核小说 639 种，其中包括小说杂志 27 种。小说中得奖的 26 种、上等 71 种、中等 385 种、议禁的 11 种、查禁的 17 种；杂志中上等 2 种、中等 18 种、下等 5 种、禁止 2 种。[3] 仅仅两种被禁的杂志中，就包含了《眉语》，这一事实凸显了《眉语》杂志的典型意义，探究《眉语》被禁的原因既可以帮助我们认识审查实践的边界，也可以帮助我们理解《眉语》内容的越界性。

事实上，和《眉语》同时被列进讨论黑名单的还有《游戏杂志》、《香艳杂志》、《滑稽》杂志，可是最终都逃过一劫。会议记录中保留的对这些杂志的讨论，解

1　《章程·审核小说杂志条例》，《通俗教育研究会第二次报告书》，页 4—5。

2　《附表·通俗教育研究会小说股第一次审核小说一览表》，《通俗教育研究会第二次报告书》，页 18—19。

3　瞿光熙：《鲁迅在通俗教育研究会》，页 28。

释了它们和《眉语》的区别所在。1916 年 7 月 5 日小说股第 21 次会议记录提到，"《游戏杂志》已经多数会员认为应禁"，"《香艳杂志》经朱君文熊审核列为下等"，"《眉语》《香艳》《游戏》各杂志尚在审核中"[1]。"周树人"的名字并未出现在议论《眉语》的部分。紧接着，会议记录写到，会议上高步瀛提出："谓关于杂志一类有全体恶劣者，亦有部分恶劣者，本会禁止时应否加以区别？王君章祜主张部分禁止。齐君宗颐、戴君克让主张恶劣部分多者，即全部禁止。周君树人主张与齐君等同。"[2] 既然鲁迅是与会者之一，那么他对之前对《眉语》的议论不可能不知情；何况，会议记录显示，鲁迅附议"恶劣部分多者，即全部禁止"，态度十分明确。[3]

　　8 月 9 日小说股第 24 次会议上，会员们对《眉语》的态度逐渐明晰，"《眉语》则主张禁止"，毫无疑义；"至《香艳》《滑稽》《游戏》三杂志，各员主张不一。戴君克让谓此等书不过以游戏之笔，供游戏之资，以与《眉语》相较，似应先其所急，众无异议"。[4] 可见，在审查者眼中，《眉语》与"供游戏之资"的性质截然不同，这一点倒是和《眉语宣言》自我期许的"游戏文章"背道而驰。最终，在接下来的三周里，通俗教育研究会草拟了《呈教育部请咨内务部查禁眉语杂志文并指令》呈给内务部，内务部照准，并于 9 月 7 日以"公牍"的形式转发通俗教育研究会的文书：

　　　　为咨行事，据通俗教育研究会呈称，窃维不良小说，最为风俗之害，其传播之由，厥有三途：一、编售新书；二、翻印旧籍；三、刊行杂志。本会成立以来，对于新印及翻板之不良小说，已次第详加审核，择其尤甚者，呈请钧部咨行，查禁在案。惟杂志一类，襞积成书，则内容复杂，继续出版则篇帙繁重，调查审核尤宜详慎。近时坊间此种杂志日出不穷。经本会查得，有《眉

1　《股员会议事录·小说股第二十一次会议　七月五日　讨论应禁各小说杂志》，《通俗教育研究会第二次报告书》，页 12。

2　同上。

3　有研究者认为，鲁迅这段时间不活跃，在会议上的作用有限，"仅仅发表了这么点意见"，见孙瑛：《鲁迅在通俗教育研究会的工作》，《徐州师范大学学报（哲学社会科学版）》1978 年第 1 期，页 55。

4　《股员会议事录·小说股第二十四次会议　八月九日　讨论应奖应禁各小说杂志并会员赵梦云宋迈建议案》，《通俗教育研究会第二次报告书》，页 16。

语》一种，其措辞命意，几若专以抉破道德藩篱，损害社会风纪为目的，在各种小说杂志中，实为流弊最大。查是项杂志，现正陆续出版，亟应设法查禁，理合检送原书呈送钧部，拟请咨行内务部转饬，严禁发售，并令停止出版，似于风俗人心，不无裨益等，因到部。查《眉语》杂志所载小说图画各种，大率状态猥亵，意旨荒谬，几不知尊重人格为何事。此种风气之流布，其为害于社会道德，实非浅鲜。相应将原书十五册（原文照录，通俗教育研究会报告书原文为十八册，此为误载。——引者注）咨送贵部，请烦查照转饬所属，严禁再行印售，以正人心而维风教，实纫公谊。此咨内务部。[1]

据通俗教育研究会称，刊行杂志是传播"不良小说"的三种方式之一。经过审查《眉语》杂志十八册，该会认为它"专以抉破道德藩篱，损害社会风纪为目的""流弊最大"，对《眉语》的"编辑宗旨"进行彻底的否定，认为《眉语》是违反道德、违反风纪的。下面一句更加具体地指出，《眉语》的小说和图画两个方面都"状态猥亵"；"意旨荒谬，几不知尊重人格为何事"则可视作审查者对"编辑宗旨"与编辑方式的彻底否定。整个呈文都立足于维护"社会道德"与"风俗人心"，防止"风气之流布"，呈现出与"小说审核标准""审核小说杂志条例"的高度一致性，这再次显示出，所有查禁工作都是按照鲁迅主持修订的标准进行的。

有趣的是，不知何故，呈文中提到"查是项杂志，现正陆续出版，亟应设法查禁"，而事实上《眉语》半年前就已经不出版新编的杂志了，或许市面上（尤其是北京地区）还有《眉语》的存货流通吧。9月20日，通俗教育研究会第26次会议上，王章祜通报"前此呈部请禁之《眉语》杂志，现奉指令已照准"[2]。至此，查禁

1 《公牍：咨内务部据通俗教育研究会呈请咨禁〈眉语〉杂志请查照文　第二千一百九十二号　五年九月七日》，《教育公报》第3年第11期（1916年），页12。原文见《文牍·呈教育部请咨内务部查禁〈眉语〉杂志文并指令》，《通俗教育研究会第二次报告书》，页17。

2 《股员会议事录·小说股第二十六次会议　九月二十日　讨论应奖各小说》，《通俗教育研究会第二次报告书》，页17。

似乎告一段落。接着，查禁公牍通过教育系统和行政系统层层下达执行，扩散到不同的地区。比如，禁令于 1916 年 10 月 3 日由江苏省长齐耀琳批示后，刊载在《江苏省公报》上；1916 年 10 月 16 日，公牍传到了福建，福建督军兼署福建省长李厚基训令各级行政官员和厦门警察厅厅长，禁售《眉语》。[1]

《眉语》变身与再次遭禁

1917 年时，通俗教育研究会再次发现可疑出版物，"近查坊间贩小册一种，名曰《说腋》，系杂志性质"。经过"详加审核"，该会发现它"与本会前次呈请钧部咨禁之《眉语》杂志，虽名目与形式不同，而内容实大同小异，且内有多篇即系从《眉语》中抽出复印者，显系将已禁之书易名复售"[2]。接着，该会要求"严禁印售，以端风纪而重法令"。

迄今为止，笔者尚未见过《说腋》这份出版物，若《说腋》真是一份杂志，那么或许就是瞿光熙统计出的、除《眉语》外第二份被禁的杂志了。这一次，被禁的重点是"大同小异的内容"，和多篇从《眉语》中抽出的文字，从侧面进一步证明通俗教育研究会对于《眉语》坚决彻底的查禁态度。于是，"教育部指令据呈暨审核报告并书七册，均悉《说腋》一书，既据查明即系将前次已查禁之《眉语》杂志易名复售，自应一并查禁"[3]。之后，审查机制再次运转，以相似的路径传达禁令：先将通俗教育研究会的文书转至内务部，呈请严禁，然后层层转发到江苏和福建等各省行政机构执行。[4]

---

1 《公牍：禁售〈眉语〉杂志由　福建省长公署训令第八百三十七号》，《福建省教育行政月刊》1916 年第 1 卷第 11 期，页 19—20。

2 《文牍二·呈教育部声明〈说腋〉一书与已禁之〈眉语〉相类，请咨内务部查禁文》，《通俗教育研究会第三次报告书》，1917 年，页 5。

3 同上。

4 《公牍·福建省长公署训令第二千零二十五号　准内务部咨查禁〈说腋〉一书由》，《福建省教育行政月刊》1917 年第 2 卷第 6 期，页 7—8。《训令·江苏省长公署训令第一千七百七十三号　遵照内务部咨查禁〈说腋〉小说》，《江苏省公报》1917 年第 12 期，页 5—6。

三、《眉语》的图像、文字和编辑

通过梳理通俗教育研究会的审查标准及说辞，我们了解到文字、封面、插画、标题、编辑之宗旨这五项是审查小说杂志时的考虑标准。换言之，《眉语》被禁，不仅仅是因为它的"不良小说"（文字）和"名目吊诡"（标题），也因为它的"猥亵图画"（封面、插画），而这两个部分都是因为"荒谬"的编辑宗旨而生成。《眉语》在以上五方面都如此明显地"越界"，以至于在审查会议上，没有任何成员（包括鲁迅）认为有必要一起讨论具体的实例，便一致同意禁刊。

学者早已指出，"淫猥"——或是其他同质的中文词汇，如"猥亵""淫秽"——所指的范围及其边界都是人为设定的，这种设定是社会权力运作的结果。[1] 在《眉语》的历史语境里，这种权力主要是男性的权力，通俗教育研究会里清一色的男性审查员便是其化身。笔者认为，从男性审查员的角度看来，《眉语》中的裸体图像、亲密伴侣与情爱书写，以及围绕这些主题的图文互动已经不堪"猥亵"了；更有甚者，因杂志编辑是女性，并且针对女性读者，相当于由女性每月定时将"万册"猥亵作品直接送到易于堕落、不能自控、理应受到保护的女人手中，这些都直接挑战了审查员的道德极限。

1　Lynn Hunt 在 *The Invention of Pornography* 一书中，曾强调印刷文化的广泛传播与黄色作品（pornography）之间的重要关联。她认为，后者是在响应文化民主化所造成的主观理解上的危害时，被创造出来的一个规约的类别。Hunt 的观点很大程度上延续了另一本研究黄色作品史的经典之作——Walter Kendrick 的《秘密博物馆》（*The Secret Museum: Pornography in Modern Culture*, New York: Viking, 1987）的说法。在这本书里，Kendrick 认为黄色作品、检查制度与现代大众文化发展的历史密不可分。因为廉价的印刷方法、渐增的阅读人口比例及在都市中心人口的集中，让控制图书流传到任何人手中变得难以实践。管理者害怕危险的数据流入女人、孩子和穷人这些易于堕落或无法自控的人手中。Hunt 因而指出，"谨慎规约对淫猥（obscene）的消费，从而将社会下层和女性排斥在外——黄色作品应被放在这样的长期脉络中"。他们的论点勾勒出黄色作品和现代性、性别之间的联系。Lynn Hunt, "Obscenity and the Origins of Modernity, 1500-1800," in *The Invention of Pornography: Obscenity and the Origins of Modernity, 1500-1800*, ed. Lynn Hunt (New York: Zone Books, 1996), p. 12. 无独有偶，Lynda Nead 在讨论女性裸体时，也参考了 Walter Kendrick 在《秘密博物馆》中的观点，然后提出"管理艺术和淫秽的边界，重点是谁是观者，以及对道德和性价值标准的考虑"，"谁定义女性身体、定义所在，以及为谁定义"是最重要的问题。Lynda Nead：《女性裸体：艺术、淫猥与性》（侯宜人译，台北：远流出版社，1995 年），页 154—155。

　　接下来，笔者将以裸体图像、亲密伴侣与情爱书写这两个主题的图文为例，展现《眉语》是如何用图文互动的手法，有效地强化了这两个主题的视觉效果和文学效果，从而使该刊整体上在审查者的眼中更加"猥亵"。

　　总体说来，图像、文字之间的关系可以分为三种：图像与图像之间的互视性（intervisuality），文字与文字之间的互文性（intextuality），以及图像与文字之间的互动（interaction/interplay）。[1] 这三种关系在《眉语》中都有相当丰富的体现，使《眉语》的图文构成一个有机的整体。就这份杂志中图像的媒材而言，主要包括绘画和摄影（或准确地说，是摄影的多次复制品）；就功能而言，可分为封面、插图；而文字按类型分，主要包括图片说明（caption）、小说和诗词。那么，《眉语》中的"互视性"，可以体现在封面绘画和摄影作品的关系之间，比如下文提到郑曼陀画的"清白女儿身"与其他裸体照片之间的关系，以及用中国的亲密伴侣照片模拟西方的同类照片；而"互文性"，可体现在图片说明、诗词、小说之间，经由传统香艳辞藻的连接而产生的相互指涉的关系，比如下文提到的"水晶帘下看梳头"的例子。图像与文字之间的互动，则体现在两个方面：用经典的香艳辞藻去定义、框设绘画和摄影，以及根据绘画与摄影作品创造出小说和诗词，其中后者是《眉语》中一个引人注目的特色之一。杂志中所有这三种图文关系，本质上都是由编辑决策权最终定夺，是有意识的文化生产过程。

　　裸体："清白之芳姿"或"勾淫之图画"？

　　1914 年的上海，上海美专甫成立不久，裸体画虽然开始出现在公共视阈，但仍游走在"艺术"与"淫画"之间的模糊地带。[2] 因此，高剑华选择在封面上刊登

1　"互视性"（intervisuality），见 Nicholas Mirzoeff, *The Visual Cultural Reader* (New York: Routledge, 2002), p. 3；"互文性"（intextuality），见 Julia Kristeva, *Desire in Language: A Semiotic Approach to Literature and Art* (New York: Columbia University Press, 1980), p. 69。

2　参见安雅兰（Julia Andrews）:《裸体画论争及现代中国美术史的建构》，《海派绘画研究文集》（上海：上海书画出版社，2001 年），页 117—150；吴方正:《裸的理由——二十世纪初期中国人体写生问题的讨论》，《新史学》第 15 卷第 2 期（2004 年），页 55—110。

（半）裸女体的编辑策略，既可能有越界的风险，也可能成为应对市场对女性裸体
图像需求的有效方式。从杂志的出版情况和内容判断，这一策略的效果是让编辑满
意的：一方面，杂志曾连续数期登载裸体（半裸）封面；另一方面，编辑曾登载
"本社启事"，征求三种题材的"名画"：时妆、爱情、裸体，"每张酬金自十元至
五十元不等"[1]《眉语》发行一周年之际，编辑用"香艳精美""长二尺，宽尺余"的
"大幅裸体美人画月份牌"促销，鼓励读者预订杂志，由此也可以看出裸体画和市
场运作之间的密切关系。[2]

刊登裸体封面图像最有代表性的例子，便是前文分析过的第一期第一版的封面
画——郑曼陀所作的题为"清白女儿身"的裸女画。郑曼陀在 1910 年代中期，是
位炙手可热的商业画家，他发明的擦笔画法使人物特别灵动，独树一格，用此法制
作的年轻女性图像——特别是月份牌——广受欢迎。他更因绘制裸女图像而声名鹊
起，代表作包括其精心绘制的《杨妃出浴图》，这是已知最早有半裸女性形象的月
份牌画。[3]

同时代的人，既有人吹捧郑画的裸体美人"名重一时"，也有人批评他的画是
勾淫之画。[4] 比如《时报》1916 年 6 月 15 日登载了一篇文章《图画女子呈禁曼陀画
师不准再绘裸体文》：

> ……窃女子本无固体，全赖画师传神描容，裱轴供养书斋，朝夕瞻拜，呼
> 唤真真。自古及今，受情种之眷爱，由来久矣。近因欧风东渐，文明日进，国
> 体共和，实行自由，<u>女子幸蒙画师提倡，仿照西法绘诸月报小说封面之上，免
> 久供书斋，形同楚囚。</u>是女子得一新耳目，藉可注意世界上之多情种子者，皆
> 赖画师之所赐也。讵有画师郑曼陀，每将女子绘为裸体，轻薄少年，固属欢

---

1 《眉语》第五期，封三。

2 《眉语》第十七期，封底内页，广告。

3 更多关于郑曼陀的生平及艺术发展脉络，见 Ellen Johnston Laing, *Selling Happiness Calendar Posters and Visual Culture in Early-Twentieth-Century Shanghai* (Honolulu: University of Hawai'i Press, 2004), pp. 115–126。

4 《菩萨蛮：郑曼陀画裸体美人　名重一时　兹题其浴罢持扇一图》,《快活世界》第 1 卷第 1 期（1914 年 8 月 15 日）。

颜，高人雅士，不免掩面，使女子羞无可羞，避无可避，反将清白之芳姿，变
为勾淫之图画。虽知平等自由，无所畏避，然礼尚风化，攸关国体。女子名节
至重，被其污秽，理合陈情。禀乞　钧宪。迅提该画师到案，按律惩罚，并令
出具不准再绘裸体保证……[1]

根据笔者迄今所见之民初期刊，登载于"月报小说封面之上"的郑曼陀绘制的
裸体画，只有《眉语》而已；更有趣的是，呈文中也使用了"清白"一词（"清白
之芳姿"）描述女性的身体，与《眉语》第一期封面说明"清白女儿身"不谋而合，
因此笔者有理由相信，这篇呈文很有可能针对的是《眉语》中的图像。

呈文虽然不反对在"欧风东渐""文明""共和""自由"的氛围下，女性图像见
诸封面，却明确批评郑曼陀画的裸体画出现在公众视阈，使"轻薄少年"展露欢
颜，却使"高人雅士"和"女子"无可避羞。作者当然是站在"高人雅士"的立场
发声，有别于"轻薄少年"和"女子"，而后二者正是 Lynn Hunt 等学者所谓易于堕
落或无法自控的人，需要"高人雅士"出面，建议惩办画师，控制"勾淫之图画"
的流传与消费。控诉郑曼陀的人也敏锐地观察到，女性裸体画可能具有多重意义，
这些意义会根据权力掌控者或观者而改变——既可是"清白之芳姿"，也可是"勾
淫之图画"——关键是谁定义，怎么定义，以及谁观看，怎么观看。这种"清白"
与"勾淫"的二重性在高剑华编辑的第一期中，便通过复杂的图文互动显示出来。

除郑曼陀所绘的裸女封面外，高剑华还在第一期的插图部分选用了两张西方女
子的照片，两者都身着一层薄薄的半透明紧身衣，曲线毕露，一张的图片说明为
"西方虞姬（调雏图）"（图 2-6），另一张为"西方杨妃（出浴图）"（图 2-7）。根
据构图风格、道具、服饰、发型与印章，此二图属于 19 世纪末至 20 世纪初欧洲出
产的、广为流行的所谓"法国明信片"或"情色明信片"，或由市场购得，或由私

1　悲秋：《图画女子呈禁曼陀画师不准再绘裸体文》，《时报》（1916 年 6 月 18 日），页 2。此文亦一字不差
　　重登在《余兴》（1917 年第 28 期），页 12 上。《时报》线索见 Julia F. Andrews, "Art and the Cosmopolitan
　　Culture of 1920s Shanghai: Liu Haisu and the Nude Model Controversy," *Chungguksa Yongu: Journal of Chinese
　　Historical Researches*, no. 35 (2005): 323–372。从时间上来说，《时报》刊登此文不久，北京的通俗教育研
　　究会刚好也在六七月间审《眉语》，郑曼陀画裸体画的声名是否对审核《眉语》有影响，则不得而知。

图 2-6 西方虞姬（调骓图）　　　　图 2-7 西方杨妃（出浴图）

（《眉语》1914 年 11 月 17 日，上海图书馆藏）

人转赠，或向商业画家订制，笔者另有专文论述[1]。

　　第一张图片说明采用了虞姬的典故，表面上看情色意味似乎较轻，然而从图像学的角度分析，马通常是雄性的象征，在西方的视觉文化传统里，尤其是在"法国明信片"的符号系统里，女性与骏马并置的情色含义不言而喻。另一张图片中，"杨妃"与"出浴"是典型的指涉情色的意符，也是当时观看裸体图像最易发生的香艳联想，这样的图片说明，进一步强化了本已曲线毕露、几近裸体的图像的情色意涵。存在于男性主导的世界中，女性裸体便无法跳开性别化的凝视，若沿用香艳辞藻去解释女性裸体图像，就难以摆脱对女性裸体情色化的修辞和想象，《眉语》后来的图

1　Liying Sun, "An Exotic Self? Tracing Cultural Flows of Western Nudes in *Pei-yang Pictorial News* (1926–1933)," in *Transcultural Turbulences*, ed. C.B. Brosius and R. Wenzlhuemer (Heidelberg: Springer-Verlag, 2011), pp. 271–300.

文里，还有大量与"出浴"相关的内容，比如第四期《美人百咏》中不但有日本人高阶春帆（1825—1905）的《题美人出浴图》，还有"节录樊樊山十忆集句"的《忆浴》；第五期诗词部分高剑华选登了唐朝诗人韩偓的《咏浴》；第十四期的封面是个胸部裸露披轻纱的女子，图文说明为"回头却顾兰汤笑"；等等。不仅仅是诗词，小说的文字也时常提及洗浴的场景，比如一位女性作者透过宠物的视角偷窥女主人（指高剑华）"罗列玉盆兰汤，作浴艳计。时奴固未遭挥逐也，乃偷觑夫人戏水，其绮丽娇艳，虽聚天下锦绣文字，终不能仿佛其万一"[1]。"兰汤"与"浴艳"的文字再次指涉杨贵妃出浴的典故。当这些图片、图片说明、诗词文字与"清白女儿身"形成互文／互视／互动的关系时，女性裸体"清白"与"勾淫"暧昧性便暴露无遗。

对于这种暧昧性，高剑华似乎通过编辑和创作实践给出过明确的思考与回应。第一期出版之后，连续两期都注销裸体封面或插图，风格与第一期一脉相承。出版到第四期，已知各种版本中则既未见裸体封面，亦未见裸体插图，而署名高剑华的短篇小说《裸体美人语》，则被安排成第一篇文字。这篇小说中，高剑华对如何定义裸体做出了新的尝试，开启了近代文学史上用文学手法阐述（女性）裸体意义的先声，是笔者所知近代史上最早由女性作家创造的与裸体相关的文学作品。故事由浅白文言写就，开篇大段描述"奇美人"眉仙如何天生丽质，出身隐士名门，家教卓绝，喜爱啸遨山水之间，"见者咸惊谓似西洋雕刻之自由女神"[2]。接着眉仙的姨妹，身为贵妇的霞婧出场，同样天生丽质，但工于化妆修饰。眉仙父亲去世，临终交代女儿"汝天性烂漫，宜远尘俗。余死，则汝宜守故庐，非有气宇俊逸、学识卓越者勿字"，因为"富贵足以杀人"。然而眉仙安于寂寞一段时间，逐渐心生腻烦，此时嫁入皇亲豪门的霞婧来访，富贵香艳，眉仙十分羡慕，性格逐渐改变，开始贪慕荣华富贵。霞婧回皇宫之后，眉仙随即来访，沉迷于金碧辉煌却充满繁文缛节的奢侈皇宫生活中。一日后宫佳丽一同出游，眉仙离群独游，偶入世外桃源一般的奇

1　柳佩瑜：《才子佳人信有之》，《眉语》第五期，页 3。

2　1915 年间的山野乡民，知道自由女神的人数应该是极为有限，此处更清楚地反映了高剑华本人对自由女神像视觉形象的认知，或许她曾在上海见到过自由女神雕像的复制品，或许见过雕像照片的复制品，这些路径与《眉语》选登的裸体图像，都是这篇小说的创作来源之一。

境。眉仙在奇境中见一裸体美人，小说便以眉仙与裸体美人的一段对话结束：

> 正徘徊间，见丛花中隐隐露一美人之首。侬急趋视之，则一裸体之美人，玉立花前，憨容可掬，细察其肤，色如凝脂，披发如垂丝，见人毫无羞涩态。彼乃以莹莹之目注侬曰，汝俗人也，速去此。侬笑对之曰，若汝者，一丝不挂，真俗不可耐矣。裸体美人闻之，微哂曰，脂粉污人，衣饰拘礼，世间万恶，莫大于饰。伪君子以伪道德为饰，淫荡儿以衣履为饰。饰则失其本性，重于客气，而机械心盛，返真无日矣。吾悲世人之险诈欺饰也，吾避之惟恐不速。吾居此留吾天然之皎洁，养吾天性之浑朴，无取乎繁文华饰，而吾心神之美趣浓郁，当无上于此者矣。侬闻其语，侬乃大悟吾重入尘俗之非。随终于山中，追随美人，以还我完璞也。[1]

"眉仙"和"裸体美人"是小说中两个最重要的角色。高剑华为主角取名"眉仙"，绝非无心，而是运用与杂志题名"眉语"的互文，塑造出一个与杂志相关的文学形象。[2] 眉仙天性淳朴，却迷失在花花世界中，遇见"裸体美人"后受到感化，追随美人，"还我完璞"。透过裸体美人的口吻，高剑华指出衣饰脂粉类于"伪道德"，"饰则失其本性"；着衣之人是"俗人"，"淫荡儿以衣履为饰"，不着一物不是"俗不可耐"，而是返璞归真。

　　高剑华的女性作家身份赋予这个文本特别的意义，她把向来都是男性文人骚客用来游戏文章的"裸体美人"变成了女性作家笔下的人物形象，透过女主人公"眉仙"的眼睛描述"裸体美人"超凡脱俗的特质，用女性裸体来隐喻纯洁无瑕，清晰地传达了女性书写过程中的身体意识。裸体不但不是"勾淫"，反而是"皎洁""浑朴"的象征；与此相反，衣饰才是伪道德，淫荡之人便是以衣履为饰。这种逻辑不啻为对当时道德规约的挑战，也是对《眉语》杂志刊登裸体图像的重新定义，是对

1　高剑华：《裸体美人语》，《眉语》第四期（1915 年 2 月 14 日），页 5—6。

2　感谢陈建华老师和黄锦珠老师在 2013 年 8 月于香港召开的 "The Creation of Vernacular" 会议上对"眉仙"的讨论给本文的启示。

"清白女儿身"等裸体图像编辑意图的有力辩解。从这个角度来说，高剑华对《眉语》中图像的编排，对"裸体美人"的重新定义阐释，是女性编辑决策权的狂欢，是对男性主导的主流道德规范无所顾忌的"越界"。

杂志里刊载的裸体图像，既给了高剑华文学想象的视觉基础，成为她赋予裸体新意义的灵感来源，也反过来成为其小说中"裸体美人"的注脚。这是《眉语》中图像和文字互动的方式之一，即从封面插画引生出小说，而小说又重新定义或阐释封面插画的意义。这种互动模式在亲密伴侣的主题中也显露无遗，下文将继续详细探讨。

"万千欢爱"：亲密伴侣与情爱书写

《眉语》的编辑高剑华和夫婿许啸天是青梅竹马的表兄妹。从《眉语》时代开始，直到30年代许啸天一手包办的《红叶》杂志里，他们都自我形塑为亲密无间、爱情甜蜜的模范夫妻形象。许啸天曾四处做关于爱情的公开演讲，高谈"储蓄夫妻爱情的银行"，教导年轻人如何保持婚后情感甜蜜稳固[1]，而高剑华出版文集也取名《红袖添香》，二人的确是郎情妾意，羡煞旁人。

尽管在《申报》上关于《眉语》第一期的广告（图 2-1）里，高剑华曾以"女士"身份独立出现，《眉语》第一期插图中还是刊登了高、许夫妻合照，同一期刊登的《眉语宣言》中的"高剑华女士主笔"也是以"许啸天君夫人"的身份为前缀的。[2] 在那张夫妻合照中，二人相亲相爱，相敬如宾，但未有任何身体接触，感情似乎平静且克制。与这幅照片所体现的情感克制形成强烈反差的是，杂志中刊登的大量直接表达炽烈情爱的文字，以及中西亲密伴侣的影像。这些文字与图像都与高许夫妇平静克制的合照形成有趣的互视／互动。

大致说来，《眉语》中亲密伴侣的情爱表现包括身体接触和眼神交流，这两种应该都可视作审查者所说的"男女挑招"的范围。比如，许啸天在第四期上发表《新情书十首》，或热烈表达爱意，或倾诉离别之苦："心上人鉴：吾何以此相称？盖别后吾

1　许啸天：《储蓄夫妻爱情的银行》，《女铎》第 9 卷第 27 期（1939 年 2 月），页 5—9。

2　《申报》1914 年 11 月 17 日，页 13；《眉语宣言》，《眉语》第一期。

心上无时无刻不有我之心爱人坐卧其间，吾亦不知何以故令我爱恋至此，其亦以卿之贤德美丽有以感我者深矣"，"知妹念兄苦，寸寸柔肠为我折尽，在家并头惯，倍觉别离苦"。饶有趣味的是，其中一首还提到"我二人交谊，自总角而订白头约（啸天与女士原属中表），相爱不可谓不深……"，流露出二人青梅竹马的表亲关系。在同一期的插图中，有一页由六张图片组成，名为《姻缘暗卜图》。图中的西方男女幼童正在一起钓鱼，两小无猜，纯真美好。《姻缘暗卜图》与《新情书》中的"总角白头之约"形成有趣的图文互动，有心的读者或许会从这一细致的编辑中得到阅读乐趣。

　　另一个文字上表现夫妻亲密关系的例子，是前文已经提及的女性作者柳佩瑜所作的小说《才子佳人信有之》（第五期）。文中开篇，作者即用"画眉"的典故，写到高、许二人的深厚感情："俪华夫妇笃于情，镜台拾钗，晶案画眉，闺帏间，尽多韵事，旖旎绵密，锦绣春光，不能为阃外人漏泄一二也。"[1]接着，作者以高剑华的宠物"雪婢"的视角，描述了高、许夫妻二人的闺房亲密之举："……郎蹑足入房来，搴帷探视，见夫人之睡态妩媚也，乃伸指偷量夫人凤头弓鞋……。"[2]在春宫或软情色的图文传统中，抚摸小脚的动作，历来被视作撩拨情欲的手段，这样的描写可谓相当大胆。

　　前文提到"法国明信片"成为裸体图像流通的载体，事实上，明信片这个类别不仅包括裸体图像，也包括许多其他主题，比如接吻和亲密伴侣，而这几种主题在《眉语》插图中都占有相当的比重。例如第三期的一张照片中，一对西方男女正在桌边小憩，抽烟谈天，图片解释为"相敬如宾"；第四期中，一幅心形图案里的西方爱侣，执手相望，题为"花前溯别"；第十三期里三幅图片并置，展示各种亲吻拥抱的姿态，题为"万千欢爱图"，另有小诗相伴："竟体芳兰软玉温，熏人长感阿依恩，最能操纵檀奴处，刚使消魂又返魂。"这首诗与樊增祥的《忆香》几乎一样，而"温香""软玉""消魂""返魂"都是古典香艳辞藻中与身体性爱相关的描写，当这些辞藻用来框设拥抱热吻的亲密伴侣，图文互动可能产生的情色魅力（或魔力）应是相当震撼。[3]

1　柳佩瑜：《才子佳人信有之》，《眉语》第五期，页1。

2　同上，页3。有趣的是，《眉语》第一期插图部分的《雪婢之憨态》已经刊登那只宠物的照片，是图文互动的另一个例证。

3　"竟体芳兰绣被温，熏衣长感玉人恩，最能操纵檀奴处，刚使消魂又返魂"，见《樊山续集》（转下页注）

处理这些亲密夫妻的图像时，编辑也展现了许多巧思。第四期的"花前溯别"的西方伴侣图像下，便并置了执手相望的一对中国伴侣，题为"倚栏平视"。第九期的插图"花下静对"与"楼头乍遇"也并置了中西对照的图片。这些中国伴侣看似一男一女，仔细分辨，其实女性都是由男子装扮。"倚栏平视"中的男子角色就是许啸天本人，经过对比《游戏杂志》等同时期的期刊插图，笔者发现里面的女子是当时的新剧男演员陆子美。当时新剧演员的社会地位低下，新剧男女演员在《眉语》插图中的出现和亲密举动，很可能是杂志"猥亵"的社会文化背景之一。

正如高剑华创作《裸体美人语》一般，封面和插图对创作诗词小说产生的影响，也明白无误地体现在亲密伴侣的主题上。第五期中有一张插图，题为"笑扑郎肩教抱牢"，里面的长辫"女子"（陆子美扮）要从假山石上往下跳，身着西装的许啸天笑盈盈地在低处伸出双手，想要保护她安全着地。图像中两人眼神交会，面展笑容，亲密恩爱。不久后的第七期"文苑"栏目中便有小诗一首，"垒石玲珑低复高，闲看飞雁倦眸劳，小姑底事偎侬立，笑扑郎肩教抱牢"，显然是对照片场景的描述创作。到了第八期，竟刊登作者张庆珍的小说《笑扑郎肩教抱牢》，对整个故事情节做进一步的想象，颇有创意。

《眉语》中从图像到诗词、小说的互动过程非常引人注目。类似的例子还有第七期"文苑　碎锦集"（页1）中，作者汝华清楚明白写着"眉语第五号开端丽图数幅，各缀丽诗一句玩而艳之，因各凑成一绝，而以原句系厥尾焉"。第六期封三上高剑华注销"本社启事一"，声明"本杂志第五号……添印爱情明信片（水晶帘下看梳头）精印精绘……"。正是在同一期里，姚缉莸写有短篇小说《水晶帘下看梳头》，开篇便说"读眉语杂志六号附赠水晶帘下看梳头名信片画，玲珑剔透，活现纸上，因作是篇，不敢言情，聊为写意耳"。可见，经由杂志中刊登的图像获取灵感，是作者创作文学作品的方式之一；而这些针对图像而创造的诗词小说，也相辅

（接上页注）26.20b。电子版本见 https://archive.org/details/02106614.cn。对民初时期樊增祥的诗词与社会活动的分析，见 Shengqing Wu, *Modern Archaics: Continuity and Innovation in the Chinese Lyric Tradition, 1900–1937* (Cambridge, Mass: Harvard University Press, 2013), pp. 185–188。

相成地丰富与扩充了图像的意象与内涵。这样的图文互动越紧密，发生的次数越频繁，《眉语》作为一个整体而言，就越会形成一个内部相互指涉的意义系统，杂志所希望表现的裸体、亲密伴侣和情爱书写的主题就越有震撼力，而这种震撼力，恰恰触动了通俗教育研究会的审查神经。

结　论

　　由高剑华女士主编的《眉语》只出版了十八期，存在不到两年就被禁刊，却在近代印刷文化史、女性编辑史、女性文学史、裸体视觉文化史上有十分重要的意义。在鲁迅主持制定的通俗教育研究会审核标准的衡量下，《眉语》的文字、封面、插画、标题、编辑之宗旨这五个方面都未能通过审查，最终于1916年9月因"不良小说""猥亵图画""意旨荒谬"被禁。通过细读《眉语》的内容，笔者认为裸体图像、亲密爱侣与情爱书写以及图文互动是导致《眉语》被禁的主要原因，而女性编辑决策权则很可能起了推波助澜的作用。

　　《眉语》诞生至今已整整一个世纪，然而真正深入的研究仍寥寥无几。这份期刊在几代人心目中的地位，基本上早已由通俗教育研究会贴上的"猥亵"的标签一锤定音。日后，鲁迅在《上海文艺之一瞥》中曾提到《眉语》被禁，文字却多属冷嘲热讽，甚至与史实有所出入；对于自己在这一事件中的角色，也只字不提。鲁迅的文章后来被广为引用，深刻影响了大陆学界对《眉语》的看法。在杂志重印本出版之前，绝大部分提到《眉语》的大陆学者都会引用鲁迅的这段话，直接把《眉语》贬为猥亵文化的负面典型，似乎完全不认为有必要亲自阅读文本。所幸《眉语》重印本出版后，日益引起学者——特别是研究女性文学的学者——的重视，后者仔细分析了杂志中女性作家的小说文本，然而，杂志中的图像以及图文关系尚未引起足够关注，部分的原因可能是重印本中的图像质量差强人意，同时，几个数字化资料库中长期以来只能检索杂志的文字部分，没有或是缺少封面和插图。

　　《眉语》的出版史向研究者提出了研究早期民国期刊过程中的一个重要问题。

毋庸讳言，期刊的重印本或数字化数据库都优先保存或再现文字，图像的环节则比较薄弱；当愈来愈多的学者倚赖重印本或数字数据做研究，享受便利的同时却容易失去对原始材料整体性和特性的准确把握。在早期民国期刊的历史脉络中，视觉元素与文字部分同样引人入胜，以《眉语》为代表的期刊恰恰展示了编辑和出版人锐意创新的巨大热情，他们充分利用了近代印刷文化发展赋予的各种可能，生产出了既愉悦心灵又有视觉快感的文化产品。

同时，《眉语》的出版历史也告诉我们，早期民国期刊出版受到一定的标准和条例的约束，这导致期刊中的自由表达受到一定的限制。不仅如此，这些标准和条例也系统地体现了由国家介入的、以道德观念（如"不良""猥亵"）来评断文学作品——特别是小说——的审查方法。尽管最近几十年对早期民国通俗文学，特别是对所谓"鸳鸯蝴蝶派"文学的研究已取得一定的进展，学界对《眉语》这类因道德方面尺度太大，因而既不被主流通俗文化所接受也不被国家文化机构所认可的出版物几乎一无所知。这篇文章只是抛砖引玉，大量的研究还有待学者的共同努力，挖掘出那些历史上被道德评断、审查实践深深埋藏的出版物。

表 2-1　《眉语》版本及发行日期比较

| 期数 | 版本 | | | |
	第一版	第二版	第三版	第四版
1*	甲寅十月初一（1914 年 11 月 17 日），上图（红色标题）	上图（白色标题），中科院	甲寅十一月二十日（1914 年 12 月 7 日），北大	乙卯二月二十日（1915 年 4 月 8 日），斯坦福，缩微
2*	甲寅十一月初一（1914 年 12 月 17 日），北大，上图，中科院	乙卯正月初十日再版（1915 年 2 月 23 日），上图，缩微		
3*	甲寅十二月初一（1915 年 1 月 15 日），北大，上图，中科院	三月初十日再版（1915 年 4 月 23 日），上图，缩微		
4*	乙卯正月初一日（1915 年 2 月 14 日），北大	乙卯三月十五日再版（1915 年 4 月 28 日），上图，缩微，中科院		复旦

期数	版本			
	第一版	第二版	第三版	第四版
5	乙卯二月初一日（1915 年 3 月 16 日），北大，上图，中科院	乙卯三月二十日（1915 年 5 月 3 日），缩微		
6	乙卯三月初一日（1915 年 4 月 14 日），北大，缩微，上图，中科院			
7	乙卯三月二十日发行（1915 年 5 月 3 日），北大，缩微，中科院（注：上图藏本版权页缺失，不可考。另，按规律，本期应是四月初一日发行，而实际发行日期提前近十日，原因不明。迄今尚未发现其他版本，且算出版。）			
8	乙卯五月初一日（1915 年 6 月 13 日），缩微（上图藏本版权页缺不可考）			
9	乙卯六月初一日（1915 年 7 月 12 日），上图，缩微，北大			
10	乙卯七月初一日（1915 年 8 月 11 日），北大，缩微，上图			
11	乙卯八月初一日（1915 年 9 月 9 日），缩微，上图，吴江			
12	乙卯九月初一日（1915 年 10 月 9 日），北大，缩微，上图，吴江			
13	乙卯十月初一日（1915 年 11 月 7 日），北大，缩微，上图			
14	乙卯十一月初一日（1915 年 12 月 7 日），北大，缩微，上图			
15	乙卯十二月初一日（1916 年 1 月 5 日），北大，北图，上图，吴江			
16	丙辰正月初一日（1916 年 2 月 3 日），北大，缩微，上图			
17	丙辰二月初一日（1916 年 3 月 4 日），缩微，上图，吴江			
18	丙辰三月初一日（1916 年 4 月 3 日），缩微，上图			

通俗翻译与"女小说家"的中西杂交[*]

——从包天笑、周瘦鹃的同名译作谈起

//

马勤勤

***

引　言

民国初年，有两篇名为"女小说家"的报载小说：其一发表在 1915 年的《中华妇女界》，署"天笑、毅汉译"[1]；另一出现在 1917 年的《妇女杂志》，作者署"拜兰"[2]，即周瘦鹃[3]。在近代中国，包天笑与周瘦鹃都是熠熠生光的名字，前者被誉为"通俗盟主""无冕之王"[4]，后者则"几乎撑起了上海大众文坛的'半爿

***

* 本文为国家社科基金重大项目"《中国女性文学大系》（先秦至今）及女性文学史研究"（17ZDA242）成果之一。

1　天笑、毅汉译：《女小说家》，《中华妇女界》第 1 卷第 3 期（1915 年 3 月）。本文所引小说文本均据于此，不再出注。

2　拜兰：《女小说家》，《妇女杂志》第 3 卷第 10、11 号（1917 年 10 月、11 月）。本文所引小说文本均据于此，不再出注。

3　参见马勤勤：《新发现的周瘦鹃笔名"拜兰"考释》，《新文学史料》2019 年第 3 期。

4　范伯群：《中国现代通俗文学无冕之王——包天笑》，见范伯群主编：《通俗盟主——包天笑》（台北：业强出版社，1993 年），页 2—10。

天'"[1]。有趣的是，发表两篇小说的《妇女杂志》和《中华妇女界》，同样也是民国女界刊物中最引人注目的"双子星"。两刊于 1915 年 1 月同时在上海创刊，背后的主持者分别是商务印书馆和中华书局。作为近代最有实力的两家出版机构的主办刊物，它们甫一出版就受到热烈关注；时人雪平女士曾谓《中华妇女界》为"女界刊物"之"巨擘"，《妇女杂志》次之。[2] 尽管这一排名未必公允[3]，但也形象道出了两刊在女界和报界中的翘楚地位。

除了作者与期刊的偶合之外，本文将两篇《女小说家》并置对读，还在于它们同时聚焦西方"女小说家"这一充满异域色彩的崭新形象。在中国古代，小说作为"小道末流"，历来禁止闺阁观看，更勿论去创作了。有据可查并流传下来的女性小说[4]，仅有顾太清的《红楼梦影》，但出版时仅署"云槎外史"，导致女性作者身份遮蔽了一个多世纪。[5]"女性作家所专长的是诗、是词、是曲、是弹词，她们对于散文的小说几乎绝对无缘"[6]，是古代女性文学的重要特征。一般认为，直到"五四"之后，这种"无缘"状态才被打破。近年来，随着报刊史料的持续发掘，学者发现女性其实早在晚清就已经开始尝试写作小说，至民初，作品达到百篇以上。[7] 那么，我们应该如何看待这一出现在"五四"前夜的文学／性别现象？在当时社会、历史、

1　范伯群：《周瘦鹃论》，《中山大学学报》2010 年第 4 期。

2　雪平女士：《闺阁常谈》，《中华妇女界》第 1 卷第 6 期（1915 年 6 月）。

3　雪平女士主要以《中华妇女界》为发表阵地，故以之为"巨擘"，不无偏袒之意。事实上，当时"商务一旦有新的好的策划，中华马上跟进"，《中华妇女界》也是仿《妇女杂志》而出。参见吴永贵：《陆费逵与中华书局对中国文化的贡献》，见俞筱尧、刘彦捷编：《陆费逵与中华书局》（北京：中华书局，2002 年），页 172—173。

4　本文所谓"小说"指的是现代意义上的散文小说，明清两代出现的韵文体弹词，不在本文的讨论范畴。因为"弹词"与"小说"本来界限分明，只有同时置于"通俗文学"或"叙事文学"这一大的概念之下，二者才会有所统摄。参见马勤勤：《隐蔽的风景：清末民初女性小说创作研究》（天津：南开大学出版社，2016 年），页 2—3。

5　《红楼梦影》出版于 1868 年，当时只署"云槎外史"，一直不详何人。直到 1989 年，赵伯陶才根据《天游阁集》日藏本影印页片，考证出"云槎外史"即顾太清。参见赵伯陶：《〈红楼梦影〉的作者及其它》，《红楼梦学刊》第三辑，1989 年。

6　谭正璧：《中国女性文学史话》（天津：百花文艺出版社，1991 年），页 17。

7　参见马勤勤：《隐蔽的风景：清末民初女性小说创作研究》，页 266—272。

文化场域中，蕴含着哪些触发女性写作小说的文学机制？是否曾引起时人的质疑与讨论？赞成或反对的声音背后，又蕴含着怎样的文化取向与时代焦虑？

对此，两篇《女小说家》或许可以为我们提供一个思考的切入口，因为"异域"女性既代表了未知的文化地理距离，也是自我疏离、欲望投射的场域。已有研究指出，西方的"在场"，迫使近代中国无法"为自身维系一种独立的身份认同，而必须或隐或显地参照世界的其他地方"[1]；在本土"新女性"逐渐浮现的过程中，"扮演了催化剂角色的，则是一些被引入中国的西方女性"[2]。茶花女、罗兰夫人、苏菲亚等西方女性，曾频繁出现在晚清小说中，不仅构建出"英雌女杰"的群像谱系，还为讲女学、兴女权的"女国民"话语推波助澜。她们身上，集中体现了晚清译者"译以致用"的使命感与文化参与意识。然而，两篇《女小说家》却诞生于民初上海印刷资本主义兴起与都市娱乐的浪潮中，不仅脱离了晚清国族话语笼罩下的宏大女性叙事，而且还聚焦于"女小说家"这一新"新女性"；因应包天笑与周瘦鹃的文化身份，带有深深的"通俗"印记。

本文聚焦"五四"前夜，在中国女性小说"浮出历史地表"的关键时刻，透过两篇《女小说家》重新思考"鸳鸯蝴蝶派"翻译的意义与价值。笔者希望指出的是，并非只有精英的、高雅的翻译才能进行有效的文化参与；恰恰相反，正因为"通俗"常常需要诉诸大众心态与日常生活，反而更容易深化为一种世俗生活的"文化议程"（cultural agenda）。更有趣的是，同样利用域外资源，同样作为民初通俗文坛的重量级人物，包天笑与周瘦鹃却选择了不同的翻译策略，体现了对古今中西文化资源的权衡博弈与参差挪用，企图干涉本土文学谱系与思想话语的发展方向。要言之，正是在"通俗"的意义上，两篇《女小说家》才显示出文化参与的巨大张力，从而在中—西、新—旧、雅—俗、男—女、文学—文化等多重网络格局的交织冲撞中，翻转出文化权力、性别政治、市场逻辑和女性文学（小说）增长的暧昧空间。

1　刘禾：《跨语际实践——文学、民族文化与被译介的现代性》（宋伟杰等译，北京：生活·读书·新知三联书店，2002 年），页 5—6。

2　胡缨：《导言：浮现中的新女性及其重要他者》，见氏著：《翻译的传说：中国新女性的形成（1898—1918）》（龙瑜宬、彭姗姗译，南京：江苏人民出版社，2009 年），页 6。

一、作为"翻译"的《女小说家》

在正式进入小说文本与历史语境之前，有必要对两篇《女小说家》的翻译方式与翻译性质加以说明。两篇小说均取材英国[1]，所述场景皆为域外气象，但《中华妇女界》上明确署"天笑、毅汉译"，《妇女杂志》只署"拜兰"。表面上看，前者为译作，后者似为创作，但实际上近代小说著译之间的分野并不严格，"许多被后世认定是真正译作的文本，往往既无原书和原作者信息，也无译者的信息，而不少自称译作的文本其实是创作"[2]。

刊于《中华妇女界》的《女小说家》为包天笑、张毅汉合译。包天笑通日文，自晚清起就独立从日本译介了不少西方小说，著名的"教育小说"《馨儿就学记》就译自杉谷代水的《学童日誌》。但包天笑并不通英文，需要与他人合作，1901年问世的《迦因小传》，就是他与杨紫麟的合作成果。据杨紫麟自述，翻译时先是由他口译，包天笑手录；后来二人异地，便由他先译成中文，再交给包天笑润词删补。[3]这一说法也与包天笑的回忆相吻合。[4]与包天笑合译《女小说家》的张毅汉，其母黄翠凝也是一位小说家，包天笑经常帮她介绍小说出版。后来，张毅汉也开始尝试写作，"奈其名不见经传，写稿没人采用"，包天笑便与他一起署名，"毅汉也就一登龙门，声价十倍"[5]。张毅汉精通英文，早年就读于工部局西人所设的华童公学，"中英文考试，都名列前茅"[6]；曾以英文与西人诘辩，使其"辞穷逸去"，可见水平之娴熟。[7]而且，他的母亲黄翠凝至少通晓英、日两门外语[8]，想必受惠于家庭教育之处

---

1 对此，"天笑、毅汉译"《女小说家》通过人物（海兰叔叔）语言揭示，"汝本一伦敦绝世之姝"；"拜兰"《女小说家》是叙事者在小说开篇介绍："一夜正是花芳月明之夜，泰晤士河上已变做了一片销魂界。"

2 胡翠娥：《不是边缘的边缘——论晚清小说和小说翻译中的伪译和伪著》，《中国比较文学》2003年第3期。

3 蟠溪子：《迦因小传·译者前言》，《励学译编》第1册（1901年4月）。

4 包天笑：《钏影楼回忆录》（太原：山西古籍出版社、山西教育出版社，1999年），页217—218。

5 郑逸梅：《琐记包天笑》，《清末民初文坛轶事》（北京：中华书局，2005年），页220。

6 郑逸梅：《张毅汉提倡语体文》，《清末民初文坛轶事》，页291。

7 王锦南：《小说家别传·张毅汉先生》，《游戏世界》第19卷第14期（1922年7月）。

8 黄翠凝先后翻译了两部长篇小说——《地狱村》和《牧羊少年》，前者译自日文，载1908年《小说林》第9—12期；后者译自英文，上海中国图书公司和记于1915年12月出版。

也不少。对于张毅汉的翻译水准，包天笑曾给予高度肯定，"到后来我屡次办杂志，张毅汉中英文精进，帮助我的译作，实在很多"[1]；"出版《小说大观》的时候……创作的小说渐渐增多"，"惟周瘦鹃及张毅汉两君，都是译作"[2]。据统计，张毅汉的小说多数发表于包天笑主办的刊物，且 130 余种中，有近一半是与包合作。[3] 由此推之，他们关于《女小说家》的合作方式大体类似《迦因小传》问世过程，是张毅汉的英文再加上包天笑的修改润饰。

　　另一篇刊于《妇女杂志》的《女小说家》，情况有些复杂。小说虽然只署"拜兰"，但所涉人名、场景、风物均属域外；文中还配有一幅洋服女子插图，似从原作移来。全文笔触清新流畅，无矫揉造作的拼凑之感，与那些"闭门杜造，面壁虚构，以欺人而自欺"[4] 的托名伪译十分不同。周瘦鹃署"拜兰"发表的小说总计7 篇，署名情况十分混乱；如同为"美国女侦探系列"的 3 篇小说，《黑珠案》署"拜兰译"，而《怪客》与《瓶中之书》只署"拜兰"。值得注意的是，这篇《怪客》早在 1915 年就曾刊于《礼拜六》，当时署"瘦鹃译"，此次只是略微改动，又署"拜兰"发表。[5] 据此，《女小说家》也极有可能是一篇翻译小说。再退一步说，即使《女小说家》没有底本，全为"向壁虚造"的"杜撰"，那也出自周瘦鹃对西方小说与异域风俗的熟稔，诉诸笔端想象，写作的过程或许更加复杂。而且，在周瘦鹃自署为翻译的作品中，确有一些他自承的"杜撰"，即"述西事而非译自西文者"[6]，论者常谓之为"伪翻译"。这类小说多属"言情"，主题比较集中，多涉法国大革命、欧洲战争、俄国虚无党暗杀等，显示出他在主题选择方面的某种主观倾向。[7] 有学者指出，现代中国的"翻译"实践本就存在多种途径，除了不同语种的直接对译，更指向文学文化传播的广阔地带。文化观念的跨语际旅行，也是一种"被译介的现代

1　包天笑：《钏影楼回忆录》，页 459。

2　同上，页 483。

3　参见郭浩帆：《清末民初小说家张毅汉生平创作考》，《齐鲁学刊》2009 年第 3 期。

4　新庵：《海底漫游记》，《月月小说》第 1 年第 7 号（1907 年 4 月）。

5　参见马勤勤：《新发现的周瘦鹃笔名"拜兰"考释》，《新文学史料》2019 年第 3 期。

6　瘦鹃：《断头台上》，《游戏杂志》1914 年第 5 期。

7　陈建华：《紫罗兰的魅影：周瘦鹃与上海文学文化，1911—1949》（上海：上海文艺出版社，2019 年），页 359。

性"。因此，将周瘦鹃"杜撰"的小说称为"伪翻译"并不准确，"更不如说是一种文化文本，介乎翻译与创作之间，属于一种'异域风'的创作，也属于一种广义的文学文化的翻译"[1]。

要言之，两篇《女小说家》都不是正统意义上的翻译小说。"天笑、毅汉译"的《女小说家》虽是二人合作，但由于包天笑的绝对主导地位，一番润色删削之后，小说便呈现出鲜明的包式翻译特点——"竭力避免外国文字的特殊句法，以合中国人胃口；而人情风俗，也要中国化"[2]。至于周瘦鹃的《女小说家》，则或为"伪著"，即看似是创作，实质是抄袭的翻译作品；或者纯为"杜撰"，作为广义的翻译，跨越了"真"与"伪"的实证式辨认。[3]吊诡的是，周瘦鹃自言从未走出国门，"平生足迹不出苏浙皖三省"[4]，包天笑也"只有短期访日的经历"[5]。他们对《女小说家》的"杜撰"与"介入"，都不是出于自身的切实体验，而是对外来文化接受过程中催生出的异域"想象"，诉诸本土实践的冲动。也正是因此，两个文本中的"女小说家"便具有了文学文化上的翻译价值，作为一种含有他者镜像的主体重构，"她们"对西方价值进行一番转译挪移之后，直接介入了本土文化与思想话语的价值体系。

二、文本对读与译者显隐

作为同名小说，两篇《女小说家》塑造了两个迥异的西方"女小说家"形象，成败对比判若分明。在包天笑笔下[6]，商人贝勒梅之妻海兰女士梦想成为小说家，可

1　陈建华：《紫罗兰的魅影：周瘦鹃与上海文学文化，1911—1949》，页362—363。

2　范烟桥：《民国旧派小说史略》，魏绍昌编：《鸳鸯蝴蝶派研究资料（上）》，页322—323。

3　陈建华：《紫罗兰的魅影：周瘦鹃与上海文学文化，1911—1949》，页363。

4　周瘦鹃：《还乡记痛》，《旅行杂志》第20卷第1期（1946年1月）。

5　范伯群：《包天笑、周瘦鹃、徐卓呆的文学翻译对小说创作之促进》，《江海学刊》1996年第6期。

6　综合上文对包天笑与张毅汉合作过程的分析，加之《女小说家》蕴含大量契合包天笑小说观和女性观的内容（详见下文分析），可以断定包天笑是翻译的主导者。因此本文讨论的《女小说家》"文化参与"的主体，仅指包天笑。

惜她并不具备小说写作的能力，每次将作品读给丈夫听，贝勒梅总是"昏昏欲睡，强振精神"，呕心沥血的作品也总被编辑退稿。贝勒梅不忍妻子难过，遂自费为她出书，结果恶评如潮，称"人物木木无生趣"、情节失真、言语不得体等，甚至认为"以是为小说，则人人可以为小说"。小说结尾，贝勒梅开车带妻子外出散心时发生车祸，海兰为此痛悔前因，以"今而后我知过矣"的自我否定放弃写作。与之不同，周瘦鹃《女小说家》讲述的是：侦探女小说家丽勒舞会后拿错了外衣，并在口袋中发现一个写着杀人越货计划的信封。她急忙按照地址赶去营救，却被女仆误解并叫来警察。纠缠之际，主妇南尔史丹顿携夫归来，原来信封上是她随手记下的侦探小说情节，两位女小说家也因此相识并成为知己。结尾寥寥几语，"两人之名，也蒸蒸日上。做成了小说，居然风行一时，一般评论家都啧啧叹赏"，也对二人的成就予以肯定。

两篇《女小说家》为女主人公设置了完全不同的叙事空间。在包天笑笔下，海兰女士"喜孤寂，耽静坐"，终日幽闭书房；闲暇时独自一人闲步村野，"偶撷丛花，得享彼中幽倩风味，采取小说之材料足矣"。不难看出，海兰这种自我封闭的生存状态，象征着中国"不出闺门"的传统闺训。而周瘦鹃塑造的"女小说家"，则更接近现代语境中的"新女性"理想。小说中的丽勒是个爱美又有活力的单身女性，她拥有自己的闺友圈和交际圈，时常出席大型舞会这类公共空间。另一位女小说家南尔史丹顿也是如此，事发当日，她不仅去了舞会和戏园，午夜结束还意犹未尽，又到好友家中"盘桓"。如此，女性活动的"封闭空间"与"公共空间"形成了鲜明对比，不仅暗合传统中国"男外女内"道德空间上的功能划分，也直接影响了女性写作经验获取的广度。海兰叔叔曾自述，"足迹遍地球，阅历多，交游广，以我胸中所蕴者，吐之亦可成小说数十万言，然吾殊未敢"，言下之意是海兰深居闺阁、视野狭窄，没有能力写作小说。相反，丽勒在看到杀人越货计划时则想到"此中情节曲折，或能做一篇侦探小说，倒也是一举两得的事"，表现出了对外部世界经验积累的开放态度与主动参与，使广阔的活动空间与女性的小说写作相得益彰。有学者指出，作为中国古代唯一的女性小说，顾太清在《红楼梦影》中对生产育儿、闺秀结社等"女性文化"情节的驾驭毫不费力，可是一旦转向内闱之外——

诸如科举、官场、战争、争讼等"男性空间"，就会显得有心无力。[1]据此，中国古代女性生存空间的幽闭视野，或许也是她们放弃写作小说的重要成因。

　　传统翻译理论认为，翻译过程应遵循"等值"和"透明"原则，作为言说主体的译者最好"隐而不现"。翻译文化学派对此提出质疑，认为无论译者的声音多么若隐若现，但始终存在于文本，"声音的混杂是译本的特征"，其中的张力就是文化和历史意义所在。[2]对于近代翻译小说尤其如此，因为它与后世任何翻译有一个最显著的不同，即多为合翻译、批评二者为一的特殊文本。这种"批评"存在多种表现形式，如译序、跋尾、附记等补充文本，总评、回评、眉批等小说评点，还有的直接在文中评述，充分体现了译者的文化参与和协调意识。[3]在《女小说家》中，包天笑"批评"的痕迹非常明显，时常随意跳出品评人物行为、发表自身见解，诸如"吾辈""吾人""余""我"等表示叙事人称的字样多次在文本中出现。甚至，他还在小说中插入一段长达三百字的议论，用以阐释自己的小说观念：

> 呜呼读者诸君……凡为小说家者，宜先有警慧绝人之眼光，庸流所见不到者，我能瞩之……而又须有敏捷之思，丰富之识，人所不能见者，我可悉其纤微……不宁惟是，尤须辅之以超越之文才，雅洁之文笔，夫而后嬉笑怒骂，发为文章，令读此小说文者，其性情心理，一一随此小说为转移。

这段文字集中展现了民国初年以"兴味"发挥小说社会功用的小说观[4]，包天笑是重要的提倡者之一。早在《时报》时期，他就强调在"新小说"中灌注"兴味"，"以助兴味而资多闻"[5]；至其主编《小说画报》和《小说大观》时，更明确以之为稿件

1　魏爱莲：《美人与书：19 世纪中国的女性与小说》（马勤勤译，北京：北京大学出版社，2016 年），页181—189。

2　西奥·赫尔曼：《翻译的再现》，见谢天振主编：《翻译的理论建构与文化透视》（上海：上海外语教育出版社，2000 年），页 6。

3　胡翠娥：《文学翻译与文化参与——晚清小说翻译的文化研究》（上海：上海外语教育出版社，2007 年），页 143。

4　参见黄霖：《民国初年"旧派"小说家的声音》，《文学评论》2010 年第 5 期。

5　《时报"小说栏"发刊辞》，《时报》1904 年 6 月 12 日。

取去的标准[1]。在《女小说家》中，"兴味"作为小说评价标准反复出现；在此包天笑又不惜长篇大论，无疑是在讽刺海兰的小说观不正确；"呜呼读者诸君"的开篇，也体现出他与"理想读者"的交流意愿和宣讲姿态。

包天笑在《女小说家》中的不断"现身"，文本"译"与"议"相辅相成，非常直白地呈现出对女性小说的否定态度。与之相反，周瘦鹃却将自己的声音基本隐藏；女主人公丽勒处于文本叙事结构的中心，不仅负载了主要的视点功能，还不断推动叙事的进程。由于在小说中的"批评"痕迹不多，周瘦鹃对女性小说的看法，有时是通过人物之口间接道出，如"你那丽勒格林的大名，谁也不知"；但更多时候，还是借由对女主人公形象的塑造而自然呈现。无疑，相较于包天笑对海兰的时时"俯视"，周瘦鹃的"慷慨"让丽勒作为"女性"的主体得到充分确立；但由于小说没有正面刻写她的小说活动，又让丽勒作为"女小说家"的主体出现了某种空白。好在周瘦鹃同一时期还译介了不少西方女小说家的传记，直接为我们提供了填补《女小说家》文本罅隙的材料。

自晚清起，西方女杰传记开始陆续被介绍进入中国，及时为处于"传统再构"过程中的中国女性提供了可以效法的域外榜样。[2] 在此浪潮中，西方女小说家也开启了她们的"中国之旅"。其中，周瘦鹃扮演了非常重要的角色，截至1917年《女小说家》的发表，他一共译介了包括美国斯托夫人、英国乔治·艾略特、法国盖斯凯尔夫人在内的9位西方女小说家的传记，是近代中国最关注西方女性小说的作家。[3] 不同于多数传记的"豪杰译"风格，周瘦鹃采用了正规的传记体，且一改晚清以来多将西方女小说家置于国族话语下的"英雌女杰"序列，真正赋予她们"小说家"的身份。[4] 这些传记对西方女小说家的成长、教育、交游经历叙之甚详，再现了她们

1　如《小说大观·例言》说"所载小说……无论文言俗语，一以兴味为主"，见《小说大观》第1集（1915年8月）；《小说画报·短引》称"所撰小说均关于道德、教育、政治、科学等最益身心、最有兴味之作"，见《小说画报》第1期（1917年1月）。

2　参见夏晓虹：《晚清女性典范的多元景观——从中外女杰传到女报传记栏》，《中国现代文学研究丛刊》2006年第3期。

3　参见马勤勤：《新发现的周瘦鹃笔名"拜兰"考释》，《新文学史料》2019年第3期。

4　参见马勤勤：《"翻译的传说"：清末民初西方女小说家的中国之旅》，《南京师范大学文学院学报》2019年第1期。

走上小说创作之路的历程；对于其文学天赋与艺术成就，他也不遗余力地推赏。周瘦鹃传记文本的发现与挖掘，不仅与《女小说家》构成一种有趣的"互文"，同时也实现了译者在文本中"不在场"的"在场"，其背后隐含的对女性小说的肯定态度昭然若揭。

三、"小说场域"中的嘈杂声音

不同于西方，中国女性大量涉足小说领域，是迟至晚清才出现的文学现象。1904 年出版的王妙如《女狱花》，是"小说界革命"后的第一部女性小说。此后，女性小说作者陆续现影于文坛。据笔者初步统计，晚清出自女性之手的小说尚不足十篇，民初则达到百篇以上。从数量上看，其大多发表于上海，并在 1914 至 1916 年之间达到高峰，占据近代女性小说总量的三分之二。[1] 两篇《女小说家》分别出现在 1915 年和 1917 年，又发表在上海最著名的两个女性杂志，这显然不是一种巧合，而是包天笑、周瘦鹃对彼时文坛的一种回应，带有明显的"在地化政治"。鉴于翻译文化学派十分强调译入语文化对翻译的作用，"致力于从目标语的文化语境中审视、考察翻译现象"[2]，因此，下文将重返两篇《女小说家》翻译生产的历史现场，还原彼时"小说场域"中的真实景象。

民国初年，尽管女性小说创作已经形成一定规模，但囿于文化惯性与性别偏见，不少男性文人还是表现出不认可的姿态。兹举一例，《眉语》杂志曾刊出卞韫玉女士与其丈夫潘淼合作的小说《雪红惨劫》，卷首"自识"与卷末"并识"中，二人对小说的材料来源与夫妻合作的情形各有交代。卞韫玉自述听完丈夫讲的故事，以为"说部之绝妙资料"，故"拈笔书其事，而呈于影郎润次之"。然而，潘淼却这样说道：

1　参见马勤勤：《隐蔽的风景：清末民初女性小说创作研究》，页 266—272。

2　谢天振主编：《当代国外翻译理论导读》（天津：南开大学出版社，2008 年），页 197。

比者雪花扑面，旧绪纷乘，小窗无事，乃述之吾妻，以资谭助。吾妻好事，一一笔之于书。欲嬲余加以润饰而行世。余不获已，乃从而编次之。阅者诸君，幸勿以无病之呻见诮，可也。幻影并识。[1]

相较于卞韫玉的兴奋，潘森的叙述则有些无奈。这段话从表面意思来看，是说闲来无事的"以资谭助"，被"好事"的妻子写成小说。"嬲"字说明为小说润色并非出于自己所愿，而是由于妻子的不断纠缠；"无病之呻"也表明了对女性小说的评价与定位。退一步说，即使潘森此处只是以谦抑的态度为妻子作品推销，但这种"以退为进"，也足以说明当时社会氛围对女性小说的怀疑和不屑一顾。无独有偶，类似看法在艾著《日本妇人职业指南》一文中表达得更为直接：

女小说家、女脚本家、女诗人，及其他种种之女著述家近来益多。女著作家与男子异，除练习多少之技巧外，可教者甚少，依各人之天分生活与用力之勤惰，而判各人之幸不幸。妇人欲发表自己之著作必须有一适当之指导者。[2]

在此，作者将女性能否写作小说的问题进一步上升到本质主义的层面，女作家不仅"与男子异"，而且"可教者甚少"；若想发表作品，则必须有人指导。与之相类，汪集庭的《女青年与出版物之关系》一文也指出，相较于男青年"禀赋较刚，经验较多，未堕深渊，犹易警悟"，女青年则"优柔委曲，不着魔则已，一着魔竟无从解脱"，因而更要"严避浮薄猥琐之小品丛话"。[3]这种站在男性优越立场对女性写作的"俯视"态度，与包天笑在《女小说家》中对海兰的看法颇为合拍。

然而吊诡的是，包天笑并不是一个顽固的保守者，早在《苏州白话报》时期，他就致力于宣传女性解放，主张废缠足、兴女学，认为男女"都要读书明理"[4]。后来，他还创作了大量同情女性命运的小说，其主办的《妇女时报》更是第一份正式

1　苕溪卞韫玉女史著，幻影潘森润校：《雪红惨劫》，《眉语》第 16 号（1916 年 2 月）。

2　艾著：《日本妇女职业指南（续三卷六号）》，《妇女杂志》第 3 卷第 10 期（1917 年 10 月）。

3　汪集庭：《女青年与出版物之关系》，《妇女杂志》第 3 卷第 6 期（1917 年 6 月）。

4　钏影楼：《论女学》，《苏州白话报》第 9 册（1901 年 12 月）。

向女作者发出小说邀请的女性报刊，具有重要的划时代意义。[1] 包天笑还提携过不少女作家，比较著名的就是张毅汉之母黄翠凝。关于二人交谊，他在 1917 年为《离雏记》所作的"编者前记"中叙之甚详：

> 黄翠凝女士者，余友毅汉之母夫人也。余之识夫人在十年前，苦志抚孤，以卖文自给。善作家庭小说，情文并茂。今自粤邮我《离雏记》一篇，不及卒读，泪浪浪下矣。[2]

在包天笑眼中，黄翠凝显然不同于《女小说家》中的海兰，她不仅具备出色的小说写作能力，更重要的是她写小说是出于生计所迫，欲以"卖文"实现"母职"。不难看出，包天笑不仅没有反对黄翠凝写作小说，而且还对她"卖文抚孤"的行为十分感佩，这大概也是他长达十余年帮助黄翠凝母子的原因。相较之下，衣食无忧的海兰却因为沉湎小说而忽视了身为主妇的职责，弃两个孩子与丈夫不顾。对此，包天笑毫不掩饰地提出批评："彼身为一家之主妇，而家庭及儿女之事，漠不关心……过其门者，亦觉庭院沉沉，大不类少年夫妇之家庭也。"与此同时，他特意在《女小说家》结尾安排了海兰的"醒悟"，预示着她将走出书房，重操作为主妇的日常生活。可以说，这一情节不仅是包天笑"发扬旧道德，灌输新知识"[3] 主张在小说中的映现，更是彼时知识界试图反拨民初女权运动之乱、复归传统女性角色的回声。[4] 时人蕉心曾在《对于近世妇女界之针砭》一文中这样说道：

> "男子治外，女子治内"，此二语为我家族主义之民族颠扑不破之论……吾观近世女校生徒，动以图画美术等自炫耀，或以学术自高尚，而于实用之技

1　参见马勤勤：《女报与近代中国女性小说创作的发生——以发刊词和征文广告为中心》，《中国现代文学研究丛刊》2016 年第 5 期。

2　岭南黄翠凝女士撰：《离雏记》，《小说画报》第 7 号（1917 年 7 月）。

3　《编辑室之谈话》，《妇女时报》第 18 期（1916 年 6 月）。

4　1913 年 11 月，袁世凯政府内务部勒令取消女子参政同盟会；1914 年 3 月，接连颁布《治安警察条例》和《褒扬条例》，在不准女性"政治结社"与"政谈集会"的同时，重点表彰"孝行卓绝"及"节烈贞操"。至此，民国初年盛行一时的女子参政运动全面回落。

能，反不加以研求，甚至詈为琐屑，而教员亦大都迎合学生之心理，不以实用为主要，窃恐芸芸之女生，一旦肩任家事，将自恨其拮据也。[1]

女性写作小说，随即发表于报刊，其意义不仅是对小说写作合法权的昭告天下，更在于她们在公共领域的抛头露面，挑战了"内言不出于阃"的传统女德，进而对女性旧有的家庭责任与社会角色进行解构。此即蕉心反复强调女性家庭实用技能的重要性，反对其以"美术""学术"等"炫耀"的原因。类似的劝诫之文还有汪集庭的《妇女应有之知识》，他开列的"知识"凡十种，多为理财、子女教育、烹调、裁缝等家政方面的技能；对女性文化上的要求，仅"簿记、书札，能不假手他人"而已。[2]包天笑在《女小说家》中对海兰不顾家庭责任的批判，以及"欲博微名于世界"想法的嗤之以鼻，大抵可以看作是上述民初性别观念在文学领域中的回声。

与之相对，是周瘦鹃在《女小说家》中展现出的新型女性观与小说观。目前，很难判断周瘦鹃是否因阅读"天笑、毅汉译"的《女小说家》而有所不满，试图以同名小说与之对垒；但是，他对"女小说家"的形象重构显然渊源有自。"天笑、毅汉译"的《女小说家》刊于1915年《中华妇女界》第3期，随后第6期就刊出了周瘦鹃的《德国最有名之女小说家》；第7至9期，又连续出现3篇署名"侠花"的传记，即《英国女小说家史蒂尔夫人》《英国现今最著名军事小说家格莱扶似女士小传》《英国女小说家利芙斯女士》。更有趣的是，这些传记的内容与"天笑、毅汉译"的《女小说家》构成了一种强烈的互文本关系：海兰小说因人物的千人一面"读之皆索然无趣味"，李楷达罕克则"有种种之人物，种种之口吻，种种之身份，描摹入微，妙到毫巅"[3]；不同于海兰"空中楼阁"式的写作，格莱扶似能以"生花垂露之笔"写"沙场上血飞肉舞之故事"，"行间字里，虎虎有生气"[4]；海兰小说出

1　蕉心：《对于近世妇女界之针砭》，《妇女时报》第17期（1915年11月）。

2　汪集庭：《妇女应有之知识》，《妇女杂志》第3卷第1号（1917年1月）。

3　瘦鹃：《德国最有名之女小说家》，《中华妇女界》第1卷第6期（1915年6月）。

4　侠花：《英国现今最著名军事小说家格莱扶似女士小传》，《中华妇女界》第1卷第8期（1915年8月）。

版后恶评如潮，利芙斯的作品却"人皆含无限之兴味，争读此奇书以为快"[1]。同一时期，同一杂志，《女小说家》与传记文本的密集出现，一边是虚构小说中的失败者，另一边则是现实世界中活色生香的成功者，其间蕴含的巨大张力，恰是彼时文坛最真实的写照。

与此同时，无论晚清抑或民初，皆不乏如周瘦鹃一样对女性小说的肯定声音。其中，有不少从小说社会功用层面着眼：俞佩兰赞美王妙如《女狱花》"思想之新奇，体裁之完备"，堪为女界"沧海中之慈航""地狱中之明灯"[2]；陈白虚高度肯定刘韵琴以小说"与欺罔一世之奸人袁世凯抗"，"庄谐杂作，惩劝并施，不求艰深而意自远"[3]；王钝根则期望幻影女士的《回头是岸》"普及中华妇女界"，以"有功世道之文"改变"终日浮沉于衣服玩好虚荣浊想"之现状[4]。与此同时，也有从女性小说艺术成就层面予以褒奖的声音。胡寄尘曾辑《中国女子小说》，赞其"各擅所长，堪深玩味"：《黄奴碧血录》"诚中国女界不幸之惨剧"，《女露兵》《旅顺勇士》"勃勃有生气"，《寒谷生春》"足称韵事"，《荒冢》《祈祷》"可谓诙谐"。[5]《中国女子小说》出版于 1919 年，是中国第一部女性短篇小说集，具有重要的文学史意义。

四、"复义"的文本与"互文"的参与

综上，两篇《女小说家》的故事虽然发生在异域，但在近代中国的"小说场域"中，都可以找到相应支点。从文化视角认识翻译，译者总是按照自己意识到的译入语文化需要来确定"文化议程"，进而决定翻译的选择和策略。从这个角度上说，两篇《女小说家》确实是"译入语文化"的绝好体现。然而辩证地看，翻译作

1　侠花：《英国女小说家利芙斯女士》，《中华妇女界》第 1 卷第 9 期（1915 年 9 月）。

2　俞佩兰：《女狱花·叙》，见陈平原、夏晓虹编：《二十世纪中国小说理论资料（第一卷）》（北京：北京大学出版社，1997 年），页 137。

3　《陈序》，见韵琴女士：《韵琴杂著》（上海：泰东图书局，1916 年），页 3。

4　幻影女士：《回头是岸》，《礼拜六》第 48 期（1915 年 5 月 1 日）。

5　波罗奢馆主人编：《中国女子小说》（上海：广益书局，1919 年），页 1。

为"政治性十分强烈的活动"，与"译入语文化"之间的作用又是相互的："透过翻译所引入的新思想，既能够破坏以致颠覆接受文化中现行的权力架构及意识形态，又能协助在接受文化中建立新的社会秩序及架构，在政治、社会、文化等方面造成重大的冲击。"[1]同样运用域外资源，包天笑与周瘦鹃却选择了不同的翻译策略，一个打算更多发挥旧有传统的惯性，另一个则试图对传统发起挑战，将翻译过程中的"西妇"对中国"新女性"的催化作用演绎到底。

然而，两篇《女小说家》蕴含的"女性文化"又是复杂的、多层次的，除了"女性"对"小说"合法权的辩难之外，还牵涉到女性家庭角色与社会角色的重新定义、文学权力与性别权力的重新划分、文学史书写与经典化等诸多问题，需要仔细辨析。事实上，包天笑与周瘦鹃的关系非常密切，陈小蝶曾说"周瘦鹃私淑包天笑"[2]。周瘦鹃的首部小说《落花怨》，就发表在包天笑主办的《妇女时报》上；在《小说时报》《小说画报》《小说大观》等包天笑主办的刊物上，他也是重要的供稿者。不仅如此，周瘦鹃"影戏小说"与《花开花落》《鬼之情人》《遥指红楼是妾家》等篇，也可说是步包天笑之后尘。[3]除了文学上的提携，"私淑"还表现在经济上的帮扶，著名的《欧美名家短篇小说丛刊》就是经由包天笑介绍给中华书局，目的是帮周瘦鹃筹措一笔结婚的费用。可见，包、周二人不仅私交相当密切，在文学趣味与文化取向上也大多合辙。那么，何以两篇《女小说家》会展现出如此不同的态度倾向？

笔者认为，这主要因为他们在《女小说家》的翻译过程中所处的主、客体文化位置不同。包天笑既是小说家又是报刊编辑，很早就投身于报业活动，其主编和参与编辑的报纸杂志接近 20 种，"通过办刊物，他从多方面施影响于民国通俗小说界"[4]。由于办刊需要，包天笑与近代女作家群体有过不少密切接触，特别是由他主

1　王宏志：《导言：教育与消闲——近代翻译小说略论》，见王宏志编：《翻译与创作——中国近代翻译小说论》(北京：北京大学出版社，2000 年)，页 1。

2　陈定山：《春申旧闻》(北京：海豚出版社，2015 年)，页 241。

3　陈建华：《紫罗兰的魅影：周瘦鹃与上海文学文化，1911—1949》，页 342—343。

4　张赣生：《民国通俗小说论稿》(重庆：重庆出版社，1991 年)，页 87。张赣生同时指出，"今天评价包氏的贡献，我以为更应该注意他的编辑工作"，此为的论。

编的《妇女时报》。该刊于 1911 年问世，开创了近代商办女性刊物的先河。[1] 为了吸引读者，"里面的作品，最好出之于妇女的本身"[2]。然而，尽管《妇女时报》多次向女作者征求包括小说在内的各种文学作品[3]，但该刊存续 6 年，未见一篇女性小说刊出。对此，包天笑曾无奈地说："当时的妇女，知识的水准不高，大多数不能握笔作文。因此这《妇女时报》里，真正有妇女写作的，恐怕不到十分之二三。有许多作品，一望而知是有捉刀人的。"[4] 相较于包天笑的热心办报，周瘦鹃显然在翻译事业上的投入更多。王钝根曾说：

> 瘦鹃之小说，以译者为多。渠于欧美著名小说，无所不读。且能闭目背诵诸小说家之行述，历历如数家珍。寝馈既久，选译綦精，盖非率而操觚者所能梦见也。[5]

周瘦鹃精通英文，有能力进行第一手的资料阅读；而在当时世界文学版图中，英国女小说家的创作实绩无疑最为突出。19 世纪，英国文坛先后出现了简·奥斯汀、乔治·艾略特、勃朗特姐妹、盖斯凯尔夫人等著名女小说家，开启了维多利亚女性小说的黄金时代。据统计，当时文坛自称为小说家的有 7000 余人，三分之一是女性，其中 30 多位享有极高声誉。[6] 对于英国文坛的基本情况，"无所不读"的周瘦鹃显然知晓，《欧美名家短篇小说丛刊》不仅以"英吉利之部"为最多，且占绝对优势。[7] 出色的外语阅读能力加之对翻译事业的热忱，决定了周瘦鹃对西方女小说家文学成就的正确认识；这对于不通英文、只能谋求合作翻译的包天笑来说，显然是无

1　马光仁：《上海新闻史（1850—1949）》(上海：复旦大学出版社，1996 年)，页 382。

2　包天笑：《钏影楼回忆录》，页 463。

3　参见马勤勤：《女报与近代中国女性小说创作的发生——以发刊词和征文广告为中心》，《中国现代文学研究丛刊》2016 年第 5 期。

4　包天笑：《钏影楼回忆录》，页 463。

5　钝根：《序》，见周瘦鹃：《欧美名家短篇小说丛刊》(上海：中华书局，1917 年)，页 1。

6　李维屏、宋建福等：《英国女性小说史》(上海：上海外语教育出版社，2011 年)，页 88。

7　书中"英吉利之部"有 18 篇，居第二位的"法兰西之部"仅 10 篇，随后为"美利坚之部"7 篇、"俄罗斯之部"4 篇、"德意志之部"2 篇，其余意大利、瑞典、芬兰、丹麦等国一共 10 篇。

法企及的。因此，如果说周瘦鹃的《女小说家》源于对西方女性小说创作实绩的演绎发挥，那么，包天笑在小说中的否定态度，则更多出于对本国女性文学与报界生态的充分了解。

　　基于此，更不能忽视两篇《女小说家》叙事表层下的"杂音"，以及包、周二人表面相反态度背后的隐秘勾连。平心而论，包天笑在小说中并没有对海兰一味否定。在他笔下，海兰温文而美秀，是名副其实的大家闺秀与交际场中的好手；她生活富裕却不事张扬，不愿为"拥珠裹翠、金迷纸醉之贵妇人"；她持之以恒写作小说，"终必贯彻我之目的"。最可贵的是，海兰具有强烈的平权意识与自立观念。她曾说"人生宇宙，奚分男女"，"尤望不事依赖，而以一己之能力，博得大名于世界"。可见，包天笑在对女性钟情小说、罔顾家庭职责的指摘中，又不无吊诡地夹杂了女权话语，形成文本叙事的"复义"。所谓"复义"，指的是文字意义的丰富性，即"任何语义上的差别，不论如何细微，只要它使一句话有可能引起不同反应"[1]。"复义"产生"含混"，有时会让小说的中心变得暧昧不清。比如，包天笑的《一缕麻》本是为了"针砭习俗的盲婚，可以感人"[2]，但小说最终却以某女士甘愿为痴婿守节作结，新旧显隐之间的张力拉伸了小说的意义空间，多向度的"迎合"让小说读者日增、声名日隆。与之类似，在《女小说家》发表后不久，雪平女士便在"小说题词"中写下自己的阅读感受："金字高标著作家，报端广告几矜夸。可怜一纸风行处，讥笑纷传始叹嗟。"[3]虽然在此鲜明表达了对海兰的嘲讽，但这并不意味着她认为女性不应该写作小说，因为不久之后，她就创作了伦理小说《贞义记》，同样发表在《中华妇女界》上[4]。由此可见，《女小说家》中多元、混杂的"声音"构成了"竞争的话语"，不仅不稳定，有时甚至是危险的、消解中心的。

　　再来看周瘦鹃笔下"女小说家"身份建立的合法性。包天笑对海兰的指责主要有三：一是她没有小说写作能力，二是她家境富裕无须"卖文为活"，三是她因小

1　赵毅衡：《重访新批评》（天津：百花文艺出版社，2009年），页140。

2　包天笑：《钏影楼回忆录》，页462。

3　雪平女士：《小说题词十首》，《中华妇女界》第1卷第8期（1915年8月）。

4　雪平女士：《贞义记》，《中华妇女界》第1卷第10期（1915年10月）。

说而忽视了身为主妇的职责。有趣的是，周瘦鹃在赋予"女小说家"正面形象的背后，并没有突破上述女性家庭职责与社会角色之间的伦理道德。小说开篇就交代了"女青年"丽勒买不起市价 30 镑的"粉色天鹅绒夜衣"，可见是个不怎么富裕的女小说家。另一位"主妇"南尔史丹顿，不仅与教员丈夫琴瑟和谐、同出同入，还经常一起商量小说情节，堪称"才人才妇"的典范。更有趣的是，家境优裕的海兰拥有一间自己的书房，常常"重门严扃，千呼万唤不出矣"；透过丽勒之眼，可以发现南尔史丹顿的书房安置在小小的起居室中，这暗示了她经济状况一般，更象征着她对主妇责任的坚守。从性别空间理论视角观之，封闭的物理空间曾是传统女性的性别隐喻，也是早期女性独立意识的表征[1]，英国著名女作家弗吉尼亚·伍尔夫（Adeline Virginia Woolf）就曾宣称，"躲开共用的起居室"，拥有"一间自己的房间"[2]，是女性成为作家的重要条件之一。对比之下，两篇小说对"书房"的情节设置深堪玩味：失败的海兰最终醒悟，走出"一间自己的房间"，文本诸多不和谐的"阴阳错置"也因此得到"复位"；而"书房"与"闺房"合一的南尔史丹顿，却始终是一位成功者。以上情节背后，体现的还是"上可相夫，下可教子；近可宜家，远可善种"[3]式的新型"贤妻良母"主义[4]与"小家庭"理想的驱动。

综上，两篇《女小说家》表面对女性小说持有不同态度，但内中隐含了深层的文本"复义"与参与"互文"，充分体现出包天笑与周瘦鹃对古今中西文化资源的博弈权衡与参差挪用。包天笑在小说中声音的"复义"，提醒我们权力关系的斗争在翻译过程中无处不在，除了统治之外，还有影响、说服、操纵、赞同、妥协、颠覆、控制等多种表现。周瘦鹃对"女小说家"的小心规塑，隐含了翻译的"涵化"

---

1 近年来，随着空间理论的兴起，"性别"与"空间"的关系及其对女性文学的影响，越来越受到学者关注。相关内容可参见陈舒劼、刘小新：《空间理论兴起与文学地理学重构》，《福建论坛》2012 年第 6 期。

2 弗吉尼亚·伍尔夫：《一间自己的房间：本涅特先生和布朗太太及其他》（贾辉丰译，北京：人民文学出版社，2005 年），页 100。

3 梁启超：《创设女学堂启》，《时务报》第 45 册（1897 年 11 月 15 日）。

4 近代"贤妻良母"主义虽与明治日本关系密切，但在中国本土，重要契机是晚清对女子教育的倡导，其中包含了女学与妇德并重之义。参见杨联芬：《"贤母良妻主义"与晚清文化转型》，《天津社会科学》2017 年第 2 期。

策略。劳伦斯·韦努蒂（Lawrence Venuti）曾指出，"翻译通过'借鉴'或自我认识的过程来塑造本土主体"[1]。也就是说，只有本土化的"相异性"才能让"他者"显得不陌生，进而以其携带的异国因素反作用于本土主体的身份认同与文化传统。[2]周瘦鹃留意将"本土要素"注入西方"女小说家"，塑造出德慧双修、中西一贯的女性形象，让中国读者更容易对"异质文化"发生"感通"，一番平和、潜进的消化吐纳之后，悄然完成了原语文化对本土文化的植入嫁接。

结　语

两篇《女小说家》的主要译者包天笑与周瘦鹃，同属文学史正典话语中的"鸳鸯蝴蝶派"文人。这一名称曾被贴上"谬种""妖孽""黑幕""复古""封建小市民"等标签，长期被定性为文学史的一股"逆流"，被钉在了历史的耻辱柱上。有学者总结了翻译衡量的三个标准：译者在译入语文化中的地位，译入语文化在意识形态和文学发展方面的特定需要，评价译作时的主流文学标准。[3]据此，便可想见"鸳鸯蝴蝶派"翻译所承受的"压抑"多么沉重。对于"鸳鸯蝴蝶派"这顶帽子，包天笑、周瘦鹃曾各有声明，断然否定[4]；近年来，研究者也开始慢慢认识到这一庞大群体的复杂性，作了一系列翻案文章。然而，目前对"鸳鸯蝴蝶派"翻译小说的研究，基本还囿于文学研究视角，主要关注小说主题、语体、技法、美学等层面，聚焦其"进步性"的提炼，进而与"新文学"比拟。如此，一方面展现出"鸳鸯蝴蝶派"翻译小说在文学演进过程中的积极作用，另一方面也对"新旧"或"雅俗"的二元对立话语模式发起冲击，有利于"鸳鸯蝴蝶派"文人的重新正名。

1　劳伦斯·韦努蒂：《文化身份的塑造》（陈浪译），见谢天振主编：《当代国外翻译理论导读》，页 377。

2　孟华：《翻译中的"相异性"与"相似性"之辨——对翻译与文化交流关系的思考与再思考》，见谢天振主编：《翻译的理论建构与文化透视》，页 192。

3　孔慧怡：《还以背景，还以公道——论清末民初英语侦探小说中译》，见王宏志编：《翻译与创作——中国近代翻译小说论》，页 106。

4　参见包天笑：《我与鸳鸯蝴蝶派》，《文汇报》1960 年 7 月 27 日；周瘦鹃：《闲话〈礼拜六〉》，《花前新记》（扬州：广陵书社，2019 年），页 85—88。

　　不可否认，关注“鸳鸯蝴蝶派”翻译小说的文学价值，自有其意义所在。只是文学层面的技术手段与主题风格的提炼背后，终免不了“新文学”影响的焦虑；“新”与“旧”的对照镜下，也只能付诸“尽管有无限乐观的承诺，却竟然是时间无常因素下的牺牲”[1]的无奈叹息。相反，翻译文化学派提出的思路值得重视。约翰·弥尔顿（John Milton）指出，要将翻译区分为“上流文化”与“大众文化”，尤其要重视隶属后者的“大众小说的翻译”。毋庸置疑，翻译曾是“上流文化”的组成部分，但随着19世纪民主运动与大众权利的获得，服务于“大众文化”的通俗翻译开始出现。不同于前者重视原作的美学特质，通常采用“归化”式的精英翻译策略；后者则旨在将“经典”转化为“商品”，其主要特点有：擅长改编，主题和风格要修改得符合读者口味；伪译、缩译、节译、复译等经常存在；有明确的市场目标，重视包装，合乎时尚化；等等。[2]重视“大众小说的翻译”不仅大大拓展了翻译研究的领域，而且，致力于在日常生活中“发现”翻译，也可进一步烛照其“文化”的属性。这一观点不仅完美契合翻译文化学派早前提出的“翻译研究的文化转向”，有利于将翻译研究从语言学和文学研究的从属地位解救，同时也是苏珊·巴斯奈特（Susan Bassnett）较新提出的“文化研究的翻译转向”，号召两个领域的学者进行跨学科合作的题中之义。[3]

　　据此标准，与“新文学”分属“雅”“俗”两翼的“鸳鸯蝴蝶派”，其翻译是名副其实的“大众小说的翻译”，亦即本文所说的“通俗翻译”，也因此，它的意义或许始终在“文化”而非“文学”，更无须以“五四”新文学确立的“纯文学”观念或单纯的“文学性”标准衡量之。平心而论，作为小说作品，两篇《女小说家》全知全能的叙事视角、浅近的文言语体、“他者”化的女性形象，无不指向文学价值

1　王德威：《被压抑的现代性——没有晚清，何来“五四”？》，见氏著：《想象中国的方法：历史·小说·叙事》（北京：生活·读书·新知三联书店，1998年），页9。

2　约翰·弥尔顿：《大众小说的翻译》（查明建译），见谢天振主编：《翻译的理论建构与文化透视》，页147—152。

3　苏珊·巴斯奈特：《文化研究的翻译转向》（江帆译），见谢天振主编：《当代国外翻译理论导读》，页284—300。

的乏善可陈。但是，一旦将其置于"文化"的视角进行审视，情形则大不一样。诚然，晚清林纾、梁启超等人的小说翻译同样具有文化上的研究价值，但他们多将小说翻译视为一项实业，"译以致用"的翻译观念背后，仍是精英知识分子的启蒙立场。[1] 民初"鸳鸯蝴蝶派"小说家则不然，尽管他们也以立宪政治和改良启蒙为守则，但大多视小说为衣食之具，因此也更能放下身段，诉诸商业考量。当小说为政治服务的大旗降下，取而代之的是多向度的价值"迎合"与"复义"，不仅可以折射出更加复杂的人情与世情，也更具自由性、多元性和趋新性。另一方面，"通俗"的翻译充满了"日常"的细节，这种"参与"不求高亢、不尚峻急，涓涓细流、娓娓道来的熨帖背后，反而更容易因不动声色而深入腠理。以两篇《女小说家》为例，可以看到包天笑与周瘦鹃发起了一场关于"女性"与"小说"意义的争夺战：中与西、新与旧、溯自晚清的女权启蒙、民初呼声日高的贤妻良母、小说商品化混合着翻译的文化参与意识，加之男性的"他者"想象与实践冲动，在"隔空"的对话中交流协商，在娱乐大众的同时不忘世俗启蒙，在让渡"自我"的同时阐释与生产新的自我。换言之，正是在"通俗"的意义上，两篇《女小说家》才显示出古今中外"文化杂交"的巨大张力，留下了一个时代的女性缩影。承认"鸳鸯蝴蝶派"翻译小说具有文化研究与翻译研究的双重价值，认识到其与文学研究的关系是"平行"而非"从属"，不仅能够帮助我们进一步打开民初小说的意义空间，更有利于在跨学科、跨文化研究的冲撞中，重新思考"鸳鸯蝴蝶派"文人的历史定位。

（原载《清华大学学报》2021 年第 1 期）

---

[1] 例如，林纾每译一书，都要郑重其事地表达其良苦用心，所谓"自《茶花女》出，人知男女用情之宜正；自《黑奴吁天录》出，人知贵贱等级之宜平；若《战血余腥》，则示人以军国主义；若《爱国二童子》，则示人以实业之当兴"。参见陈熙绩：《歇洛克奇案开场·叙》，收入陈平原、夏晓虹编：《二十世纪中国小说理论资料（第一卷）》，页 138。

"人间"、文学与情感政治

——重思王国维的生命选择与文学文化

///

张春田

余疲于哲学有日矣。哲学上之说，大都可爱者不可信，可信者不可爱。余知真理，而余又爱其谬误。……知其可信而不可爱，觉其可爱而不能信，此近二三年中最大之烦闷。而近日之嗜好，所以渐由哲学而移于文学，而欲于其中求直接之慰藉者也。

——王国维《自序二》

忧郁为了知识的缘故背叛了世界。但在其坚定的自我贯注中，忧郁把已死的物体包括在自己的思辨中，为的是把它们拯救出来。

——本雅明《悲悼剧与悲悼》[1]

---

1 本雅明：《悲悼剧与悲悼》，《德国悲剧的起源》(陈永国译，北京：文化艺术出版社，2001年)，页125。

一、前　言

1927 年 6 月 2 日，讷言少语、"老实到像火腿一般"的王国维[1]，自沉于颐和园昆明湖。"自沉"事件在当时即引起极大震动，上海《申报》、天津《大公报》、北京《顺天时报》均做出报道，海内外学界对于王国维的纪念在随后几个月里也纷至沓来[2]，似乎赋予了相当的"哀荣"。围绕王国维"自沉"原因及其所留遗嘱中"五十之年，只欠一死，经此世变，义无再辱"等语，衍生出聚讼纷纭的解读和争论。从所谓"一人之恩怨"——罗、王交恶，罗氏逼债，到"一姓之兴亡"——遗民孤忠、殉清死节；从对"旦夕不测"的恐惧[3]，到悲观忧郁的个性使然[4]；不一而足，言人人殊。最为著名的，则属与王国维"风谊平生师友间"的陈寅恪[5]，反对"流俗恩怨猥琐龌龊之说"而提出的"殉文化"的观点：

> 凡一种文化值衰落之时，为此文化所化之人，必感苦痛，其表现此文化之

1　鲁迅：《而已集·谈所谓"大内档案"》，《鲁迅全集》第 3 卷（北京：人民文学出版社，1981 年），页560。

2　如国内清华研究院《国学论丛》、北大《国学月报》、燕大《燕京学报》、开明书店《文学周报》、天津《大公报·文学副刊》等均曾出版"专刊""纪念号"。欧洲是以伯希和为首的东方学家慷慨募捐，日本则是王国维生前学友狩野直喜等组织"静安学社"、发《追悼小启》、筹划《东洋学丛编》以为纪念。此外，还有溥仪的追溢、《王忠悫公哀挽录》的出版等。相关悼念文章和活动，参见陈平原、王枫：《追忆王国维》（北京：中国广播电视出版社，1997 年），罗继祖主编：《王国维之死》（广州：广东教育出版社，1999 年）。

3　1925 年冯玉祥逼宫的"甲子事变"发生后，王国维致日人狩野直喜的信中语。见狩野直喜：《回忆王静安君》，《追忆王国维》，页 346。而到了 1927 年随着"北伐"展开，"南势北渐，危且益盛，公欲言不可，欲默不忍"。见罗振玉：《海宁王忠悫公传》，《追忆王国维》，页 9。顾颉刚直接说，"他的死是怕国民革命军给他过不去"（《悼王静安先生》，《追忆王国维》，页 129）。

4　参见朱岐祥：《王国维学术研究》（台北：文史哲出版社，1995 年），第一章"论王国维之死"。叶嘉莹也认为，王的悲观性格使他在新旧文化激变中无以自处。她特别拈出三端：知与情的矛盾，洁身自保的态度，对自身持守的严格要求，参见氏著：《王国维及其文学批评》（广州：广东人民出版社，1982 年），页 56—121。关于王国维悲观主义人生观，还参见缪钺：《王静安与叔本华》，《思想与时代》1943 年第 26 期；萧艾：《关于王国维的功过》，《一代大师——王国维研究论丛》（长沙：湖南人民出版社，1988 年），页252—260。

5　陈寅恪《王观堂先生挽词并序》结尾为："风谊平生师友间，招魂哀愤满人寰。他年青史求忠迹，一吊前朝万寿山。"

程量愈宏，则其受之苦痛亦愈甚；迫既达极深之度，殆非出于自杀无以求一己之心安而义尽也……盖今日之赤县神州值数千年未有之巨劫奇变，劫尽变穷，则此文化精神所凝聚之人，安得不与之共命而同尽？此观堂先生所以不得不死，遂为天下后世所极哀而深惜者也。[1]

陈寅恪以为，为"心安而义尽"而与衰落之文化"共命而同尽"，正体现了王国维"平生之志事"。其作《〈王静安先生遗书〉序》谓：

世之人大抵能称道其学，独于其平生之志事颇多不能解，因而有是非之论。寅恪以谓古今中外志士仁人往往憔悴忧伤，继之以死。其所伤之事、所死之故，不止局于一时间一地域而已，盖别有超越时间地域之理性存焉，而此超越时间地域之理性，必非其同时间地域之人所能共喻。然则先生之志事多为世人所不解，因而有是非之论者，又何足怪耶？[2]

从王国维"自沉"行动中，陈寅恪感受到的是一种强烈的精神力量，即"思想而不自由，毋宁死耳"。"殉文化"因此也和"争自由"合而为一。陈寅恪认定王国维对于"独立自由之意志"的坚守，其意义要超过他的那些具体著述和学说：

来世不可知者也，先生之著述，或有时而不彰。先生之学说，或有时而可商。惟此独立之精神，自由之思想，历千万祀，与天壤而同久，共三光而永光。[3]

时至今日，陈寅恪关于王国维之死的说法，基本已为学界所公认。而陈寅恪这几篇短文，也被视作学术史上的经典文献。有鉴于整个 20 世纪中国的历史动荡和

1　陈寅恪：《王观堂先生挽词并序》，原刊《国学论丛》一卷三号（1928 年 4 月），见《陈寅恪集·诗集》（北京：生活·读书·新知三联书店，2001 年），页 12—13。

2　陈寅恪：《〈王静安先生遗书〉序》，《陈寅恪集·金明馆丛稿二编》（北京：生活·读书·新知三联书店，2001 年），页 248。

3　陈寅恪：《清华大学王观堂先生纪念碑铭》，《陈寅恪集·金明馆丛稿二编》，页 246。

学术变迁，今之学人在重新审理近代以来的学术传统时，竟会不断提及"独立之精神，自由之思想"。陈寅恪的洞见，证明王国维在遗书中以书籍——学问的有形载体和延续——相托[1]，并没有找错人。陈寅恪对王国维的体认和称扬，与他自己"最后二十年"的亲身践行，也被后人联系在一起谈论。[2]

　　陈寅恪把王国维的行动放在"数千年未有之巨劫奇变"的全面危机化背景中，释读其象征意义，这正是他超人卓绝之处。只是陈寅恪点到为止，没有充分展开相关论述。譬如，在哪些方面王国维充分显现出其为"此文化精神所凝聚之人"？同样"为此文化所化"的学者正多，为什么是王国维选择了如此激烈的（终结）生命方式？王国维一生的学术事业，与晚清民初"危机"冲击中的现实到底发生着怎样的关联？[3]他依托什么资源，又是以怎样的态度和方式在响应着那样巨大的"世变"？率皆可继续往下追问。本文尝试对这些问题做进一步讨论。

　　与诸多既有的关于王国维的研究不同，本文希望引入一个尚未引起足够重视的角度，即从情感政治的取径，重探王国维对文学意义的寄托与对文学转型的思考。这里所谓的"情感政治"，容易让人联想起威廉斯（Raymond Williams）所使用的"情感/感觉结构"（structure of feeling）。威廉斯在《漫长的革命》与《马克思主义与文学》等著作中使用这个概念，强调情感和经验对思想意识的塑造作用，集中反映一代人在日常生活中所体验到的意义与价值。[4]不过，有必要说明本文中"情感政治"的几个特别意涵。其一，"情感政治"不是一种集体性的文化状态，而是个

1　赵万里《王静安先生手批手校书目》中记载："先生逝世前夕，尝语人曰：余毕生惟与书册为伴，故最爱而难舍去者，亦惟此耳！"文见《国学论丛》一卷三号（1928年4月）。《王国维遗书》中关于私事安排，提到"书籍可托陈、吴二先生处理"。这几乎可视为一种传薪和寄托，说明他对相处不到两年的陈、吴高度信任。而别人的追忆也证实，王国维晚年有交往的，也就陈、吴数人："他在清华园里住着，普通应酬的事几乎一概谢绝，除去三两友人，如陈寅恪、吴雨僧等人外，很少和人家来往。"见毕树棠：《忆王静安先生》，原刊《宇宙风乙刊》第五期（1939年5月），收入《追忆王国维》，页252。

2　参见陆键东：《陈寅恪的最后二十年》（北京：生活·读书·新知三联书店，1995年）。

3　关于近代中国所面对的"文化危机"，参见余英时：《中国文化危机及其思想史的背景》，收入《历史人物与文化危机》（台北：东大图书公司，1995年）一书，页187—196。

4　Raymond Williams, *The Long Revolution* (Toronto: Broadview Press, 2001)；雷蒙·威廉斯：《马克思主义与文学》（王尔勃、周莉译，开封：河南大学出版社，2008年）。

人特殊的情感和伦理感受与反应。其二，"情感政治"更多强调情感与政治的难题性的内在关联，侧重于情感在现代民族国家建构与现代性工程中的功能。其三，本文将"情感政治"与西方中国学中关于"中国抒情传统"的论述联系在一起，"情感政治"也意味着中国抒情传统的一种延续、发展与转化。正如后文将论述的，如果我们不把抒情传统理解得过于封闭狭隘的话，就会发现抒情传统对于王国维的影响相当深远。[1] 无论是他数度的学术转向，还是最后富有象征意味的"自沉"，和抒情传统的陶冶浸染、化入魂灵都有关系。在这个意义上，陈寅恪所谓王国维"为此文化所化"之"中国文化"，乃"具白虎通三纲六纪之说，其意义为抽象理想最高之境，犹希腊柏拉图所谓 Idea 者"的说法[2]，甚至亦有再讨论的余地。究竟纲纪的"Idea"，还是抒情的"美典"[3]，才是王国维挥之不去的终极召唤？或者，彼时彼地两者已经纠缠难分，是故才让王国维念兹在兹？至少，在纲纪之外，我们需要关注情感的力量是如何作用于王国维的学术和人生选择的。

既不像"时危挺剑入长安"的章太炎，恁是再生僻的学问也掩不住"提奖光复"的酣畅淋漓，也不像"笔端常带感情"的梁任公，勇于自我否定，与时俱进而引领风潮，王国维看起来好像是一个抽离现实、情感异常冷静，又充满学究气的冬烘先生。[4] 然而，在我看来，就在这个看似迂阔、与情感殊少瓜葛的人身上，却体

---

1 本文初稿完成后，读到王德威先生的《"有情"的历史：抒情传统与中国文学现代性》。他讨论了王国维在20世纪之初关于抒情的表述，并将之与鲁迅做了精彩比较；并提议在重思关于"现代"问题时，要充分重视中国文学自身的思想资源。见《中国文哲研究集刊》第三十三期（2008年9月），页77—137。

2 陈寅恪：《王观堂先生挽词并序》。王枫在《追忆王国维》的"后记"中对文化与纲纪、"殉文化"与"殉清"的关系，有详细讨论，见《追忆王国维》，页568—592。

3 "抒情美典"的说法当然借自高友工先生。他把"抒情"发展为一个包括文体文类、文化史观、价值系统乃至意识形态的庞大概念体系，强调"讲抒情传统即是探索中国文化中一个内向化的价值论及美典"。明乎此，便可避免自限于西方浪漫主义传统中狭窄的抒情定义。这是高对于中国抒情传统论述的重要贡献。参见其《试论中国艺术精神（下）：经验材料的意义与解释》《中国文化史中的抒情传统》等文，收入《中国美典与文学研究论集》（台北：台大出版中心，2004年）。

4 罗振玉说王国维"平生与人交，简默不露圭角"，见《海宁王忠悫公传》，收入《追忆王国维》，页10。殷南：《我所知道的王静安先生》："他平生的交游很少，而且沉默寡言，见了不甚相熟的朋友，是不愿意多说话的，所以有许多人都以为他是个孤僻冷落的人。"见《追忆王国维》，页138。

现出在中国被拖入"现代"的时刻一个抒情主体对政治和伦理问题的特殊回应。渊博深湛的学术背后，潜藏着王国维"情之所钟"的感性怀抱和伦理承担。[1]换言之，他是借所创造的学术话语系统，发出自己的"忧生之嗟"的。以是，不仅《人间词》《红楼梦评论》《人间词话》那样的文学创作和批评，类似"优美"与"宏壮"，"古雅""自然""境界"等诗学语码，甚至"可信"与"可爱"的本体性困惑，皆值得在情感政治的脉络中重新解读。而当新的政治文化秩序日渐巩固，对历史发展有着超常洞察力的王国维[2]，终于无法知行分裂，妥协苟活。不能承受而又必须承受之"情"，让他以死亡最后一次发出质询。而今反思中国现代性建构过程，王国维的信念及行动，何尝可以绕过？

　　从情感政治的取径讨论王国维，其指向至少有三重：其一，重返王国维提出那些诗学概念的历史语境，重新面对王国维的根本焦虑和困扰，也重新理解王国维学术转变以及"自沉"的内在原因。因为王国维研究的过于学科化而被遮蔽掉的一些问题，借助情感政治的观照，是否会得到新的呈现和解释？特别是王国维"文学"将体现出怎样的文化政治意义？[3]其二，抒情传统不是封闭在古典世界里的标本，晚清民初中国进入"现代"的过程，也是抒情传统受到冲击、发生嬗变的过程。王国维对文学意义的寄托与对文学转型的思考，同时构成了抒情传统新的组成部分。王国维揭示了中国文学传统是如何发生转化的。清理王国维在"危机时刻"的文学表现，同时也是检讨中国抒情传统在遭遇"现代"以后的可能性与限度，会给既有关

1　"情之所钟"语出《世说新语·伤逝》："王戎丧儿万子，山简往省之，王悲不自胜。简曰：'孩抱中物，何至于此？'王曰：'圣人忘情，最下不及情；情之所钟，正在我辈。'简服其言，更为之恸。"在上下文语境中，"情"的意义，是面对人生的终极不幸——死亡（无论是肉体的、精神的，也无论乎亲情、爱情），才凸显出来的。死生亦大矣，这正是"情"之重量所在。

2　罗振玉《海宁王忠悫公遗书初集·弁言》中谈及王国维在俄国十月革命后有一个判断："已而俄国果覆亡，公以祸将及我，与北方某耆老宿书言：观中国近状，恐以共和始而以共产终。"此时，中国共产党尚未成立。见《追忆王国维》，页19。

3　在我的阅读视野中，王斑的杰出研究，首先注意到"文化危机"是隐藏在王国维那些"纯美学"著作之下的语境潜流，而且指出王国维比他同时代的人更为关注美学对人的"深层心理情感"的作用。参见 Ban Wang, *The Sublime Figure of History: Aesthetics and Politics in Twentieth-Century China* (Stanford, California: Stanford University Press, 1997), pp. 17–54。

于抒情传统的论述，提供哪些补充、丰富，或者挑战？其三，如果说"如何现代"一直是 20 世纪中国人的最大焦虑，而"启蒙"和"革命"构成了主导的现代性话语及历史实践，王国维的选择无疑逸出了这两种主导的现代性规划。可是，这种选择仅仅是因为王国维自认为"文化遗民"吗？还是说，王国维确实展现出一种另类的现代性面向——或可称之为"忧郁现代性"？这种忧郁情感扎根并表现于他的文学创作与批评，但同时暗示出一种面对历史暴虐、反省进步的历史哲学。如果把王国维从观察对象的位置解放出来，使之也成为一种思想视野，那么我们又将如何重新理解这种忧郁现代性的意义？如果我们不满足于那种"回到王国维"的抽象怀旧，而是把王国维所思所行也看作 20 世纪中国经验的内在组成部分，那么，王国维及他对于情感政治的关注，会为我们反思置身其间的现代世界和知识状况提供怎样的启示？而最终，我们如何才能超克他无法面对的内在危机？限于篇幅，上述问题在本文中只能得到初步展开。

二、"世变之亟"下的学术选择

关于王国维的学术生涯，学界基本划为两个阶段，即以辛亥随罗振玉再渡日本为界。前期向慕西学，进行哲学和文学研究；后期"反（返）经信古"，转治国学，发凡起例而成就卓著。此一划分基本延续了罗振玉当年的说法：

> 初公治古文辞，自以所学根柢未深，读江子屏《国朝汉学师承记》，欲于此求修学涂径。予谓："江氏说多偏驳，国朝学术实导源于顾亭林处士，厥后作者辈出，而造诣最精者为戴氏震、程氏易畴、钱氏大昕、汪氏中、段氏玉裁及高邮二王"，因以诸家书赠之。公虽加浏览，然方治东西洋学术，未遑专力于此，课余复从藤田博士治欧文，并研究西洋哲学、文学、美术，尤喜韩德、叔本华、尼采诸家之说，发挥其旨趣，为《静安文集》。在吴刻所为诗词，在都门攻治戏曲，著书甚多，并为艺林所推重。至是予乃劝公专研国学，而先于小学、训诂植其基，并与论学术之得失，谓尼山之学在信古，今人则信今而疑古。国

朝学者疑《古文尚书》、疑《尚书》孔注、疑《家语》，所疑固未尝不当，及大
名崔氏著《考信录》，则多疑所不必疑矣。至于晚近，变本加厉，至谓诸经皆出
伪造。至欧西之学，其立论多似周秦诸子，若尼采诸家学说，贱仁义、薄谦逊、
非节制，欲创新文化以代旧文化，则流弊滋多。方今世论益歧，三千年之教泽
不绝如线，非矫枉不能反经。士生今日，万事无可为，欲拯此横流，舍反经信
古末由也。公年方壮，予亦未至衰暮，守先待后，期与子共勉之。公闻而惧然，
自恧以前所学未醇，乃取行箧《静安文集》百余册悉摧烧之，欲北面称弟子，
予以东原之于茂堂者谢之。其迁善徙义之勇如此。公既居海东，乃尽弃所学，
而寝馈于往岁予所赠诸家之书。……如是者数年，所造乃益深且醇。[1]

罗振玉在这里追溯王国维学术经历，同时不遗余力地把自己塑造成引领人的形象。
王国维一生学术，固然与罗振玉影响有关。但是以学术来"拯此横流"，与其说是
罗振玉的激励，毋宁说是王国维投身学术之始就持有的抱负。而更重要的是，在王
国维转向的背后，自有始终不变的东西存焉，非如罗振玉所谓"公居东后，为学之
旨与前此夐殊矣"[2]。

　　王国维在《教学小言十则》（作于 1907 年）中感叹："今举天下之人而不悦学
几何？不胥人人为不祥之人，而胥天下而亡也！"[3] "悦学"是跟天下存亡联系在一起
的。在《沈乙盦先生七十寿序》中，他谈到学者与"世变"的关系：

　　　　国家与学术为存亡。天而未厌中国也，必不亡其学术；天不欲亡中国之学
　　术，则于学术所寄之人，必因而笃之。世变愈急，则所以笃之者愈至。[4]

　　由在哲学与文学之间上下求索，到辛亥后转治经学小学、西北史地学、金石
学、甲骨学，都寄寓了王国维深重的历史忧患和安顿身心的诉求。正如他在《论近

1　罗振玉：《海宁王忠悫公传》，《追忆王国维》，页 8—9。

2　同上，页 9。

3　王国维：《教育小言十则》其一，傅杰编校：《王国维论学集》（北京：中国社会科学出版社，1997 年），页 383。

4　王国维：《沈乙盦先生七十寿序》，《王国维论学集》，页 402。

年之学术界》中批评晚清 "近数年之思想界，岂特无能动之力而已乎，即谓之未尝
受动，亦无不可也"，强调要将哲学研究与面对中国状况的响应诉求结合起来。[1] 他
的学术选择，正是在 "世变之亟"（严复语）下的个体承担。王国维曾经分析国朝学
术三变，除顾炎武开创的国初之学外，还有戴震、钱大昕开创的乾嘉之学，和融合
前此二派的道咸以降之学。他对顾炎武有很高评价："国初之学，创于亭林"，"亭
林之学，经世之学也，以经世为体，以经史为用"[2]。纵览王国维的学术经历，其背
后的关怀与体认其实是 "经世为体"，而到具体学术研究时则又会是 "经史为用"。
与一般 "救亡" 论述不同，我要特别强调：这种承担很大程度上是王国维将中国抒
情传统内化后的行动，跟为了直接政治斗争而热衷学术的人有着很大差别。同样在
《论近年之学术界》中，他批评康有为、谭嗣同对于学术 "不过以之为政治上之手
段"，留学界也是 "或抱政治之野心，或怀实利之目的"。在他看来，学术根本是要
解释人生困惑，"偿我知识上之要求"，"慰我怀疑之苦痛"。[3] 即是说，在王国维那
里，"救世" 绝对不等于把学问技术化和直接功利化，而是与慰藉苦痛的心灵安顿、
情感依托结合在一起的。

　　按照王国维自己的说法，他独立研究哲学，"始于辛、壬之间"[4]，即 1901 至 1902
年。其后开始在《教育世界》上发表文章。在他的学术初始阶段，最吸引他，也是
他用力最多的，是康德、叔本华的哲学。王国维 22 岁赴上海，习日文、英文于东
方学社，后使用东文学社经费短期留学日本，则主攻几何学。求学经历使他不同于
章太炎等国粹派，其初期的知识构架主要是来自西方的分科逻辑和知识谱系，所以
对 "哲学" 的认可几乎毫无障碍，服膺哲学的真理性，在《哲学辨惑》中汲汲于为
哲学 "正名"。[5] 不过，当王国维在《汗德像赞》《叔本华像赞》中表达对哲人的景

1　王国维：《论近年之学术界》，《王国维论学集》，页 212—215。

2　王国维：《沈乙盦先生七十寿序》，《王国维论学集》，页 401。

3　王国维：《论近年之学术界》，《王国维论学集》，页 212—215。

4　王国维：《〈静安文集〉自序》，《王国维论学集》，页 406。

5　参见王风对于王国维学术变迁的知识谱系的讨论，《"受动" 与 "能动" ——王国维学术变迁的知识谱系、
　　文体和语体问题》，《现代中国》第八辑（北京：北京大学出版社，2007 年），页 84—100。

仰之情时，选择的竟是四言"赞"体的传统诗体形式，而且注意修辞的文学化的表述，基本掩盖了学说介绍。[1]这似乎透露了王国维内在的诗人之"热"。叔本华曾自称他的哲学写作不缺乏文采，王国维之钟情叔本华，叔氏哲学中的主观气质恐怕是一大吸引。王国维自己后来也说："叔氏之说半出于其主观的气质，而无关于客观的知识。"[2]在这种重气质而轻知识的接受视野中，尽管叔本华和尼采在灭绝还是张扬意志，博爱主义还是个人主义上观点上距离不小，但在王国维看来，他们的学说差别不大，"古今哲学家性行之相似，亦无若彼二人者"。他们均作为"旷世之天才"而让王国维深感敬佩。[3]

这种重视心性气质超过具体知识的倾向，也见于他对中国传统学术命题的阐释。王国维逐一辨析"性""理""命"这些宋明理学的核心范畴。《论性》一文把"性"排除到知识论之外的范畴，声明"古今东西之论性，未有不自相矛盾者"，"今论人性之反对矛盾如此，则性之为物，固不能不视为超乎吾人之知识外也"；认为我们无法谈论人性的本质，宣布"后之学者，勿徒为此无益之议论也"，将传统关于"性"的争论彻底颠覆。结论是，善与恶的对立、争斗，将永恒存在。[4]《释理》则对"理"的概念展开质疑，"理之为物，但有主观的意义而无客观的意义。易言以明之，即但有心理学上之意义而无形而上学上之意义"。从形而上学层面否定了"理"之客观性后，又从伦理学层面展开质疑。王国维认为世间所以对"理"有误解，是受限于概念知识，"由理之一字乃一普遍之概念"，"人类以有概念之知识，故有动物所不能者之利益，而亦陷于动物不能陷之误谬"。在他看来，理性只是形式逻辑的推理能力，与善恶无关。人类道德和幸福并不会随着理性的发展而有所增进，理想有时甚至成为"罪恶必要之手段"[5]。这里表现出王国维对于理性主义内在

---

1 可录数段，如赞康德"赤如中天，烛彼穷阴，丹凤在霄，百鸟皆喑"，赞叔本华"天眼所观，万物一身，搜源去欲，倾海量仁"，见《王国维论学集》，页254—255。

2 王国维：《〈静安文集〉自序》，《王国维论学集》，页406。

3 王国维：《叔本华与尼采》，《王国维论学集》，页256—267。

4 王国维：《论性》，原题为《就伦理学上之二元论》，原刊《教育世界》第70、71、72号（1904年3—4月），收入《静庵文集》时改为此题，见《王国维论学集》，页220—230。

5 王国维：《释理》，原刊《教育世界》第82、83、86号（1904年9月），见《王国维论学集》，页231—242。

局限的反思。两年后所作的《原命》，介入决定论与意志自由论的伦理困局。王国维说，"通观我国哲学上，实无一人持定业论者，故其昌言意志自由论者，亦不数数觏也"，"今转而论西洋哲学上与此相似之问题，即定业论与自由意志论之争，及其解决之道"。他详细讨论"意志自由"，以为自由"在经验之世界中，不过一空虚之概念，终不能有实在之内容也"。收笔做结时，提及感情的价值：

> 现在之行为之不适于人生之目的也，一若当时全可以自由者，于是有责任及悔恨之感情起。而此等感情，以为心理上一种之势力故，故足为决定后日行为之原因。此责任之感情之实践上之价值也。故吾人责任之感情，仅足以影响后此之行为，而不足以推前此之行为之自由也。[1]

从《论性》《释理》到《原命》，可以发现王国维虽然借助西方哲学重新考察中国传统思想，但他最终处理的其实都是包含善恶在内的伦理学问题。换言之，王国维固然为哲学理论所吸引，但他还是会不断回到伦理上来谈问题。而且对理性、自由、进步主义充满了怀疑。他也感到"理论哲学之不适合于吾国人之性质"[2]。所以，一方面呼吁"新学语之输入"，引介西方哲学，另一方面王国维切切不能忘却伦理和情感上的关怀。

王国维更注重情感和希望得到慰藉的内在气质，使得他终于对哲学感到了某种疲倦。在 1907 年 7 月所作《自序》（以下称为《自序二》）中，他发出最著名的那段感慨：

> 余疲于哲学有日矣。哲学上之说，大都可爱者不可信，可信者不可爱。余知真理，而余又爱其谬误。伟大之形而上学、高岩之伦理学与纯粹之美学，此吾人所酷嗜也。然求其可信者，则宁在知识论上之实证论、伦理学上之快乐论

---

1 王国维：《原命》，原刊《教育世界》第 127 号（1906 年 6 月），见《王国维论学集》，页 243—246。

2 王国维：《国朝汉学派戴阮二家之哲学说》，《王国维论学集》，页 253。在另一处他说"抑我国人之特质，实际的也，通俗的也；西洋人之特质，思辨的也，科学的也……"，见《论新学语之输入》，《王国维论学集》，页 386。

与美学上之经验论。知其可信而不可爱，觉其可爱而不能信，此近二三年中最大之烦闷。而近日之嗜好，所以渐由哲学而移于文学，而欲于其中求直接之慰藉者也。[1]

有学者认为王国维所说的"可爱者不可信"，是指康德、叔本华的哲学，而"可信者不可爱"，是指像严复所介绍的实证论的哲学。[2] 不过，让王国维困惑的，不只是哲学内部的差异。借用高瑞泉的说法，"在哲学分裂之背后，既是人的精神世界的分裂：理性和德性的分裂，知性和审美的分裂；也是整个文明的分裂：科学和人生的分裂，教育和道德的分裂"[3]。我以为这种分裂，最为直接地体现为情感和学问之间的矛盾。王国维说得很坦率，他不满于哲学，是因为存在着知（"可信"）和情（"可爱"）的分裂。理智上可以确证的，情感上没办法喜欢；跟自己情感接近的，理智上似乎又难以证明。知识上的"真理"无法让他感到可以安身立命，知行合一的要求又使他并不能满足于哲学。而文学却因为对人的情感领域的关注和表现，可以提供给他"直接之慰藉"。接着，王国维又谈到"可信"与"可爱"的另一层含义，即如果只是"搜集科学之结果或古人之说而综合之、修正之"，不过都是"第二流之作者"，"皆所谓可信而不可爱者也"。此外那些所谓哲学家，"则实哲学史家耳"。王国维认为研究哲学并不是只要做一个哲学史家："以余之力，加之以学问，以研究哲学史，或可操成功之券。然为哲学家，则不能；为哲学史，则又不喜，此亦疲于哲学之一原因也。"[4] 不甘愿做哲学史家，而要做哲学家，更希望哲学能真正解决个人的生命问题，这种自我定位反映出来王国维内心强大的情感力量的逼迫。而王国维反省到自己"感情苦多而知力苦寡"，大概做不了哲学家。《原命》之后，终于不复作哲学之文；而要彻底去做诗人，"则又苦感情寡而理性多"。何去何从，

1　王国维：《自序二》，原刊《教育世界》第 152 号（1907 年 7 月），见《王国维论学集》，页 410。

2　参见冯契：《王国维的哲学思想与治学方法》，收入吴泽主编，袁英光选编：《王国维学术研究论集》第三辑（上海：华东师范大学出版社，1990 年），页 7—9。

3　高瑞泉：《中国现代精神传统（增补本）》（上海：东方出版中心，1999 年），第二章"进步与乐观主义"，页 83。

4　王国维：《自序二》，《王国维论学集》，页 410。

依托何在，让他不免犹豫。

但是，或许因为"填词之成功"[1]，使他增加了一点为文学家的信心，他毕竟还是转向了他认为"可爱"的文学。由创作而批评，由诗词而至戏曲，王国维在文学上的一番努力，脉络清晰可寻，而且与"抒情传统"关系至深。此点容后文详论。这里要谈的是王国维辛亥以后"尽弃所学"，完全进入经史考据之学中。应该承认这种选择当然有出于学术内部的考量，毕竟大量出现的新材料为开辟新的学术空间提供了可能。但是，依然不可忽视王国维"救世"的情感关怀。

无论是《简牍检署考》综述简策形制，还是《明堂庙寝通考》裁定明堂宗庙之制，我们可以看到王国维对物质文化史的重视。相对于"疑古"学派的拆解古史，王国维打捞出尘封的历史古迹，显然有维系文化传统的考虑在。《殷卜辞中所见先公先王考》，应用甲骨文，重建殷商信史；《释史》《书作册诗尹氏说》等，详细讨论周代典礼制度。具体考证背后，往往有着真切而深刻的文化关怀。正如有研究者所发现的，他在《周书·顾命礼征》中说，"其君以圣继圣，其公卿犹多文武之旧臣，其册命之礼质而文重，而不失其情，史官纪之为《顾命》一篇，古《礼经》既佚，后世考得周室一代之大典者，此篇而已"。这里融注了对时局和未来的文化理念。而 1916 年 3 月末写《殷礼小札》期间，也在给罗振玉的信里，就谈到"不识前途如何？古人所谓民之无辜，亦其臣仆。……语语皆若为今日发也"，可见一时心态。[2] 他在这些问题上追索再三，很大程度上正因为对那个"三代之治"情不能已，所以才努力在学术书写中重建那个礼乐乌托邦。而《西胡考》《匈奴相邦印跋》等文，也不仅是对西域和匈奴史实的考究，详论外族与中国的关系，应该与当时的中西局面放在一起看。简言之，古史和文字考释背后，有一种文化生命的情怀在。

谈王国维的"救世"，当然回避不了他对逊清的态度。他确实非常希望清朝复辟，这从他与朋友的大量书信中可得证明，他的一些学术文章也都有此深意。他写《太史公行年考》，为司马迁做年谱，发扬忍辱发愤的精神，这正是他在民初情境委

1　王国维：《自序二》，《王国维论学集》，页 410。

2　胡晓明：《论王国维》，《文化的认同》(合肥：安徽教育出版社，2008 年)，页 115—116。

婉心曲的流露。特书司马迁复孔子正朔之事，实际也是针对民国改元而发的感叹。[1]
而在《殷周制度论》中，讨论周改商制，定"立子立嫡之法"，申述周公圣德，表
彰周公"反政"，都是对民国政治的一种隐约批评。王国维写作此文，正是在张勋
复辟失败后。他在给罗振玉的信中说："此文于考释之中，寓经世之意，可几亭林
先生。"[2] 而且他特别提到"道德"对于政治文化的价值："周人制之大异于商者，皆
周之所以纲纪天下，其旨则在纳上下于道德，而合天子诸侯卿大夫庶民以成一道德
之团体。"[3] 显然在他看来，周朝的制度是最理想的政治制度。而现实中不恢复君统，
就没有办法消除混乱局面。这种政治倾向容可再议，起码王国维的学术与他个人出
处之间是基本统一的。可以说他属于最后一代传统的士人型学者，其学术是带着感
情和体温的。他曾提出成大事业、大学问的"三境界"，由"望尽天涯路"到"为
伊消得人憔悴"，再到"蓦然回首，那人却在，灯火阑珊处"。[4] 这种模拟和表达本
身，证明学术本来就与内心情感的律动须臾不可相离。他一生坚持不愿放弃的信
仰，也正是这种学人相合、知行统一的精神，贯穿于他学术的始终。即如他对逊清
和溥仪的感情，也出于曾被以国士相待的感念，无法像很多人那样朝秦暮楚，轻易
改弦更张。[5] 如果我们把晚清以后的危机，看作不仅关涉国体选择和社会变革这样政
治教化的变动，更关涉支撑整个中国人精神文化和伦理体系转化的问题，王国维的
坚持就显示出更大的意义。

1　参见周一平：《1917 年前后王国维的政治思想》，《王国维学术研究论集》第三辑，页 225—226。

2　王国维：《致罗振玉，1917 年 9 月 13 日》，收入刘寅生、袁光英编：《王国维全集·书信》（北京：中华书
　　局，1984 年），页 214。

3　王国维：《殷周制度考》，《观堂集林》（台北：河洛出版社，1975 年），页 454。

4　见《人间词话》第二十六条，引自《王国维论学集》，页 324。

5　陈寅恪《王观堂先生挽词》中有"好报深恩酬国士"语，其自注云："王先生以大学士升允荐，与袁励准、
　　杨宗羲、罗振玉同入值南书房。清代旧制，在南书房行走者多为翰林甲科。袁、杨固翰林，罗虽非由科第
　　显，然在清末已任学部参事。先生仅以诸生得预兹选，宜其有国士知遇之感也。"叶嘉莹在《〈王国维及
　　其文学批评〉补跋》一文中，提出陈寅恪对于王国维的死因看法经历过一个变化，最初也为"遗折"所
　　惑，所以纪念王国维的几篇文字说法上会有一些差异。姑存一说，见《王国维学术研究论集》第三辑，页
　　380—383。

三、抒情与现代美育规划

其实王国维最初走入哲学，本来就是出于解决个人人生困惑、安顿自我的需要。他在作于 1907 年 5 月的《自序》（以下称为《自序一》）中称："体素羸弱，性复忧郁，人生之问题，日往复于吾前，自是始决从事于哲学。"[1] 研究哲学对他来说，不是一种纯知识的探索，而是出于自己生命困惑的追寻。他的个人气质，特别是对知行合一的自我要求，使得他在接受西方哲学知识的同时也不断发生疑惑。他批评叔本华《遗传说》完全违背经验与历史，注意到这位他最服膺的哲学家学说与行为"往往自相矛盾"[2]。作《红楼梦评论》时，"其立论虽全在叔氏之立脚地，然于第四章内已提出绝大之疑问"[3]。按照叔本华的观点，人生的解脱之道在于"意志的放弃"，没有意志，也就没有表象和世界。但王国维对此怀疑，"非一切人类及万物各拒绝其生活之意志，则一人之意志亦不可得而拒绝"[4]。也许正是这样的疑问，促使他返读康德之书："嗣今以后，将以数年之力研究汗德。"[5]

王国维有回到康德的冲动，显然是希望重新理解康德关于知、情、意分化说的意义。他 1904 年引入康德学说时，就准确地介绍过康德对知、情、意三大领域的划分：

> 汗德于是就理性之作用，为系统的研究，以立其原则，而检其效力。……而当时心理学上之分类法，为彼之哲学问题分类之根据，即谓理性现于知、情、意三大形式中。而理性之批评亦必从此分类。故汗德之哲学分为三部：即

---

[1] 王国维：《自序一》，原刊《教育世界》第 148 号（1907 年 5 月），见《王国维论学集》，页 408。

[2] 参见王国维：《书叔本华〈遗传说〉后》，《王国维论学集》，页 282—286；《论叔本华之哲学及教育学说》，《王国维论学集》，页 268—281。

[3] 王国维：《〈静安文集〉自序》，《王国维论学集》，页 406。此文作于 1905 年 9 月。

[4] 王国维：《红楼梦评论》，《王国维论学集》，页 361。王国维在《叔本华与尼采》中也说："（叔本华）伦理学上之理想又在意志之寂灭。然意志之寂灭之可能与否，一不可解之疑问也。"见周锡山编校：《王国维文学美学论著集》（太原：北岳文艺出版社，1987 年），页 60。

[5] 王国维：《〈静安文集〉自序》，《王国维论学集》，页 406。

理论的（论知力）、实践的（论意志）、审美的（论感情）。其主要之著述亦分为三：即《纯粹理性批评》《实践理性批评》及《判断力批评》是也。[1]

这种分类观念，甚至在王国维第一篇重要哲学论文《哲学辨惑》中已经提到：

> 今夫人之心意，有知力，有意志，有感情。此三者之理想，曰真，曰善，曰美。哲学实综合此三者而论其原理者也。教育之宗旨，亦不外造就真善美之人物。故谓教育学上之理想，即哲学上之理想，无不可也。[2]

值得注意的是，他同时以"知力—意志—感情"的体系来构造教育目标（"理想"）。在《论教育之宗旨》中，王国维阐述理想的教育宗旨：

> 教育之宗旨何在？在使人为完全之人物而已。……而精神之中又分为三部：知力、感情及意志是也。对此三者，而有真、善、美之理想。……完全之人物，不可不备真、善、美之三德。欲达此理想，于是教育之事起。教育之事亦分为三部：智育、德育（即意育）、美育（即情育）是也。[3]

正如罗岗的研究所指出的，王国维对康德哲学的引介，从理论上把"审美"和现实生活中的其他领域，特别是功利领域区分开来，从而获得某种独立性。更重要的是，其审美理想又与教育规划结合在一起。美育在王国维拯救文化危机的思想工程中占有特殊的位置。[4]

就像选择哲学时重视心性气质一样，讨论教育时他对"美育（情育）"格外关心。他曾在《去毒篇》中指出，中国人嗜鸦片其最终之原因，"由于国民之无希望、

1　王国维：《汗德之哲学说》，原刊《教育世界》第 74 号，收入佛雏校辑：《王国维哲学美学论文辑佚》（上海：华东师范大学出版社，1993 年），页 156。

2　《哲学辨惑》初刊于《教育世界》第 55 号（1903 年 8 月），见《王国维论学集》，页 217—218。

3　王国维：《论教育之宗旨》，原刊《教育世界》第 56 号（1903 年 8 月），见《王国维论学集》，页 373。

4　参见罗岗：《王国维："审美现代性"的危中之机》，《危机时刻的文化想象——文学·文学史·文学教育》（南昌：江西教育出版社，2005 年），页 157—184。

无慰藉，一言以蔽之，其原因存于感情上"。要治疗感情上的疾病，则要依靠"宗教"和"美术"，"前者所以鼓国民之希望，后者所以供国民之慰藉"[1]，共同具有情感效果。在王国维的思考中，美育是拯救当时国民精神的重要途径，也就是说非功利化的美育在当时语境下确实能发挥意识形态的功能。《论教育之宗旨》中有一段论述，指出审美活动的调节功能，不妨具引于下：

> 德育与智育之必要，人人知之，至于美育有不得不一言者。盖人心之动，无不束缚于一己之利害；独美之为物，使人忘一己之利害，而入高尚纯洁之域，此最纯粹之快乐也。孔子言志，独与曾点；又谓"兴于诗"，"成于乐"。希腊古代之以音乐为普通学之一科。及近世希痕林、希尔列尔等之重美育学，实非偶然也。要之，美育者一面使人之感情发达，以达完美之域；一面又为德育与智育之手段，此又教育者所不可不留意也。[2]

王国维强调美育能作用于主体，"使人忘一己之利害"，跟他对美的性质的界定是相吻合的。他认为"美之性质，一言以蔽之，曰可爱玩而不可利用者是已"[3]。在《古雅之在美学上之位置》一文对这一观点多有发挥，既强调美的超物质性，又指出美与道德、科学等的区别——美完全取决于形式要素：

> 一切之美，皆形式之美也。就美之自身言之，则一切优美，皆存于形式之对称变化及调和。至宏壮之对象，汗德虽谓之无形式，然以此种无形式之形式，能唤起宏壮之情，故谓之形式之一种，无不可也。[4]

---

1 王国维：《去毒篇》，《王国维论学集》，页 307—308。
2 王国维：《论教育之宗旨》，《王国维论学集》，页 374。关于达到完美之域的快乐，王国维曾这样描述："今夫人积年月之研究，而一旦豁然悟宇宙人生之真理，或以胸中惝恍不可捉摸之意境，一旦表诸文字、绘画、雕刻之上，此固彼天赋之能力之发展，而此时之快乐，决非南面王之所能易者也。"见《论哲学家与美学家之天职》，《王国维论学集》，页 295—297。
3 王国维：《古雅之在美学上之位置》，《王国维论学集》，页 298。
4 同上，页 299。

这显然是接受了康德审美超利害说的影响。而上文中提到的席勒（希尔列尔）
（Friedrich Schiller），其"审美游戏说"也对王国维启发很大。席勒强调审美的优先
性，主张通过美的沟通而塑造整全的人。[1] 而叔本华也提出，唯美之为物，不与吾人
之利害相关系。只有审美时，人才能超脱利害，暂时免除人生痛苦。康德、席勒与
叔本华，构成了王国维美学思想的主要来源。

　　但是，就以美学来抵抗与克服现代性的分裂而言，王国维更继承了尼采对"现
代文明"的批判。在《尼采氏之教育观》中，王国维说：

> 十九世纪之思潮，以画一为尊，以平等为贵，拘繁缛之末节，泥虚饰之惯
> 习，……当是之时，忽有攘臂而起，大声疾呼，欲破坏现代之文明而倡一最斩
> 新，最活泼，最合自然之新文化，以振荡世人，以摇撼学界者：翳何人斯？则
> 弗礼特力·尼采也。守旧之徒，尊视现代文化，故诋氏为狂人，为恶魔。言新
> 之子，不慊于现代文化，故称氏为伟人，为天才。[2]

王国维非常清楚地把尼采与 19 世纪的"现代文明"区分开来。他在《叔本华与尼
采》中，赞扬尼采把美学上的见解"应用之于伦理学"：

> 尼采亦以意志为人之本质，而独疑叔氏伦理学之寂灭说，谓欲寂灭此意志
> 者，亦一意志也。于是由叔氏伦理学出而趋于其反对之方向，又幸而于叔氏之
> 伦理学上所不满足者，于其美学中发见其可模仿之点，即其天才论与知力的贵
> 族主义，实可为超人说之标本者也。要之，尼采之说，乃彻头彻尾发挥其美学
> 上之见解，而应用之于伦理学。[3]

1　原来一般认为席勒是德国古典主义文学创始人，但是，在近来的研究中，席勒与德国浪漫主义、审美现代
　　性的复杂关系，越来越受到重视。参见张辉：《审美现代性批判》（北京：北京大学出版社，1999 年）。
2　王国维：《尼采氏之教育观》，原刊《教育世界》第 71 号（1904 年 3 月），引自佛雏校辑：《王国维哲学美
　　学论文辑佚》，页 174。
3　《叔本华与尼采》，《王国维文学美学论著集》，页 60—61。

从王国维不多的关于尼采的论述中，我们可以发现王国维关注的是尼采所代表的美学现代性的意义。

需要补充的是，这种对于审美和美育的看法，其实并不自外于中国美学批评的传统。有研究者指出，王国维在接受西方美学时，把道家思想糅合进去进行发挥。譬如，要求审美主体超尘脱俗，抱持"赤子之心"，反对利害上的追求，这与老庄提倡的"见素抱朴"思想一脉相承；在创作上推崇天然成趣、自然混成，表现了道家自然无为、大巧若拙的观点；追求物我不分的审美境界，也符合庄子的思想。[1]但与其说王国维承接了道家美学，不如思考王国维如何与更宽泛意义上的中国美学传统发生了关联。前引《论教育之宗旨》中，王国维自己不就把美育的传统追溯到原始儒家（孔子）的诗教本义，特别提到诗、乐与感情涵养的关系？据佛雏考证，刊于《教育世界》1904 年第 1 号上的《孔子之美育主义》为王国维所作。在这篇文章中，他详细论述了孔子教人"始于美育，终于美育"的特点。举出诗之"兴观群怨"，和孔子在齐闻《韶》"三月不知肉味"的例子。又说：

> 且孔子之教人，于诗乐外，尤使人玩天然之美。故习礼于树下，言志于农山，游于舞雩，叹于川上，使门弟子言志，独与曾点。……由此观之，则平日所以涵养其审美之情者可知矣。[2]

王国维在意的不是孔子那些政教论述，而是孔子个人的美育倾向及实际的体现。王国维后来还在《释乐次》《周大武乐章考》《说勺舞象舞》《说周颂》《说商颂》《汉以后所传周乐考》等文章中，对商周时代音乐、舞蹈和诗歌的密切关系，进行了详细考证，具体化了那种合审美与礼仪于一体的教育传统。

事实上，王国维的美学召唤已经触及此后诸多学者所致力探索的一个问题。20

---

1 参见聂振斌：《王国维美学思想述评》（沈阳：辽宁大学出版社，1997 年），页 44—46。

2 王国维：《孔子之美育主义》，原刊《教育世界》第 69 号（1904 年 2 月），引自佛雏校辑：《新订〈人间词话〉·广〈人间词话〉》（上海：华东师范大学出版社，1990 年），页 166—167。

世纪 50 年代以后，陈世骧教授考 "诗""原兴"，发扬为 "抒情传统" 的努力[1]，其关怀所向与王国维颇多相通之处。而此后不少学者的研究都试图说明，从 "比兴说" 到 "物色论"，从 "诗言志" 到 "诗缘情"，把文学（特别是诗歌）等于以情感为主的精神活动及富于想象力的表现，一直是中国文学固有的传统——所谓 "抒情传统"[2]。这提醒我们，在已有关于王国维与西方美学，特别是叔本华美学的大量平行比较之外，还应当充分注意到王国维与中国抒情传统之间的潜在关系。换言之，在中国进入现代的历史语境下，王国维的美育和文学看法，是否重新表述了中国文学传统中一些核心理念？

譬如，王国维曾主张在小学中增加唱歌科。目的有三：调和其性情，陶冶其意志，练习其聪明官及发音器。但唱歌科不能变为修身科之奴隶。他解释说："虽有声无词之音乐，自有陶冶品性使之高尚和平之力，固不必用修身科之材料为唱歌科之材料也。"[3]意思是美育有自己特殊的规律和职能，不应该看成道德教育的附庸；而且美育必须首先是美的形式。这种看法跟上古的乐教培养年轻人理想性格的目的正相通。乐教的要义在于性格培养是为了自我完善，并没有 "治人""正人" 的政治目的。[4]如果说乐教是中国抒情传统的重要源头之一，那么王国维的思考显然接上了这一源头。

1　参见陈世骧：《中国诗字之原始观念试论》《原兴：兼论中国文学特质》《中国的抒情传统》等文，均见《陈世骧文存》（沈阳：辽宁教育出版社，1998 年）。

2　抒情传统的论述自陈世骧、普实克、高友工等前贤启其先声后，而今已蔚为大观。除《陈世骧文存》，普实克：《普实克中国现代文学论文集》（李燕乔等译，长沙：湖南文艺出版社，1987 年），高友工：《中国美典与文学研究论集》（台北：台大出版中心，2004 年）外，可参见蔡英俊：《抒情的境界》（台北：联经出版事业公司，1982 年）、《比兴、物色与情景交融》（台北：大安出版社，1986 年），吕正惠：《抒情传统与政治现实》（台北：大安出版社，1989 年），张淑香：《抒情传统的省思与探索》（台北：大安出版社，1992 年），萧驰：《中国抒情传统》，柯庆明：《中国文学的美感》（台北：麦田出版社，2000 年），李珀平：《中国古代抒情理论的文化阐释》（北京：北京大学出版社，2005 年），陈国球：《情迷家国》（上海：上海书店出版社，2006 年），王德威：《抒情传统与中国现代性》，等等。

3　王国维：《论小学校唱歌科之材料》，见佛雏校辑：《新订〈人间词话〉·广〈人间词话〉》，页 168。

4　参见郑毓瑜：《〈诗大序〉的诠释界域》，收入《文本风景——自我与空间的相互定义》（台北：麦田出版社，2005 年），页 239—292。

　　又如,《古雅之在美学上之位置》中关于"优美"和"宏壮"的区分,固然借鉴了康德的观点。但正如王斑所说,王国维不是那么关心这种概念上的区分,他更感兴趣的是"优美"和"宏壮"在"把我们从人生之欲中解放出来这一功能上的相似之处"。对于王国维而言,甚至知识本身也是意欲的工具,拥有知识并不能解放我们。而作为美的形式,"优美"和"宏壮"之重要,是因为关乎如何使一个混乱的世界可以变得美而且有意义的问题。[1] 我们有必要把这两个范畴跟王国维总体的美育追求联系起来看。王国维译介这两个美学概念的背后,有着意义寻求的考虑在。而且,对这两个概念的阐释,王国维本身就依托了中国文学与艺术中的经验。他还详细分析过《红楼梦》里"壮美"多于"优美"的特质。[2]

　　在这两个范畴之外,王国维又特别提出"古雅"这一"第二形式":"古雅者,可谓之形式美之形式之美也。""优美"和"宏壮"既存在于自然,又存在于艺术,而古雅则只存在于艺术中,是一种文化累积的艺术程序美。从关系上看,"优美"和"宏壮"则为古雅的依据或"内容",古雅使"优美"和"宏壮"得以再现与提高。王国维对于古雅的举例,如三代之钟鼎,秦汉之摩印,汉魏六朝唐宋之碑帖,宋元之书籍,以及神、韵、气、味等语汇,与中国人的美学观念和审美趣味若合符节。他又联系到中国古代诗文情况,证明"古雅"的独立价值:

　　　　西汉之匡、刘,东京之崔、蔡,其文之优美宏壮,远在贾、马、班、张之下,而吾人之嗜之也亦无逊于彼者,以雅故也。南丰之于文,不必工于苏、黄;姜夔之于词,亦远逊于欧、秦,而后人亦嗜之者,以雅故也。[3]

可以说,古雅几乎是王国维根据中国美学的特殊性所提出来的概念。"古雅"说显示了王国维对艺术的独特感受力和精湛的分辨力。从他对古雅的论说看,他是将艺术形式本身的创造性,以及艺术对于人的某种净化功能,放在突出位置的。

1　See Ban Wang, *The Sublime Figure of History: Aesthetics and Politics in Twentieth-Century China*, pp. 27–34.

2　参见王国维:《红楼梦评论》,《王国维论学集》,页 359—361。

3　王国维:《古雅之在美学上之位置》,《王国维论学集》,页 300。

王国维还提出过一个与"优美"和"宏壮"相反的美学概念——"眩惑"。他以为艺术不该刻意追求引起官能欲望的细节，引人复堕生活之欲：

> 若美术中而有眩惑之原质乎，则又使吾人自纯粹之知识出，而复归于生活
> 之欲。如粔籹蜜饵，《招魂》《七发》之所陈；玉体横陈，周昉、仇英之所绘；
> 《西厢记》之《酬柬》，《牡丹亭》之《惊梦》，伶元之传《飞燕》，杨慎之赝
> 《秘辛》，徒讽一而劝百，欲止沸而益薪。[1]

"眩惑"这个审美概念，其实也是承自中国古典有关于声色的文化论述。譬如，《国语·周语下》中批评"眩惑之明"，谓"听乐而震，观美而眩，患莫甚焉"；而无论儒家还是道家，也都对声色持一种抵制态度。王国维把"眩惑"看作是对美感愉悦的破坏，不妨看作是对以"归于雅正"为主导的抒情传统的坚持。王国维之论美育所以会不断回到中国传统，原因他说得很清楚："夫物质的文明，取诸他国，不数十年而具矣，独至精神上之趣味，非千百年之培养，与一二天才之出，不及此。"[2] 培养精神趣味，非接通传统不可。

四、文学：情感与想象

强调"美育（情育）"，自然会关注到跟情感的发抒有天然联系的文学上。虽然王国维同意席勒，也认为"文学者，游戏之事业也"[3]，是成人的精神游戏，但是这丝毫不意味文学是可有可无的。在王国维的教育设计中，文学是和哲学一样，作为教育中必备的独立学科。王国维在《教育偶感》专写"文学与教育"一则，以为"生百政治家，不如生一文学家"，因为相对于政治家"与国民以物质上的利益"，"文学家与以精神上之利益"。这种"精神上之慰藉"意义重大，乃"国民所

1　王国维：《红楼梦评论》，《王国维论学集》，页353。

2　王国维：《教育偶感四则》，原刊《教育世界》第81号（1904年8月）。

3　王国维：《文学小言》，《王国维论学集》，页310。

恃以为生命者"[1]。1906 年讨论大学文学课程时，他又特别提到诗歌：

> 特如文学中之诗歌一门，尤与哲学有同一之性质。其所欲解释者，皆宇宙、人生上根本之问题。不过其解释之方法，一直观的，一思考的；一顿悟的，一合理的耳。读者观格代、希尔列尔之戏曲，所负于斯皮诺若、汗德者如何？[2]

在他那里，文学（诗歌）与哲学一开始就居于同样重要的位置。至 1911 年王国维编《国学丛刊》，在《发刊词》中提出学问包括科学、史学、文学三类。这时，哲学已经被他化入科学领域，但文学依然列为独立的一科。他认为文学是出入科学、史学二者间，"兼有玩物适情之效者"；又说：

> 若夫知识道理之不能表以议论，而但可表以情感者，与夫不能求诸实地，而但可求诸想象者，此则文学之所有事也。[3]

重情感，重想象，是王国维对文学的基本理解。他不满意于文学史上"咏史、怀古、感事、赠人之题目弥满充塞于诗界，而抒情叙事之作什佰不能得一"的状况[4]，也不能同意任何把文学当作谋取利禄和名声的工具的做法，坚持文学有其独立性。在《文学小言》中言："餔餟之文学，决非真正文学也。……文绣的文学之不足为真文学也，与餔餟的文学同。"[5]

通读王国维关于文学的论述，即可发现，王国维是以中国传统的抒情文学为心目中之理想文学的。《文学小言》十七则，从第四到第十三"皆就抒情的文学言之"。

1　原刊《教育世界》第 81 号，后以"文学与教育"为题，收入《王国维论学集》，页 371—372。

2　王国维：《奏定经学科大学文学科大学章程书后》，原刊《教育世界》第 118、119 号（1906 年 2 月），见《王国维论学集》，页 379。

3　王国维：《〈国学丛刊〉序》，《王国维论学集》，页 403。

4　王国维：《论哲学家与美术家之天职》，《王国维论学集》，页 296。

5　王国维：《文学小言》，《王国维论学集》，页 310—311。

他主张"情与景"是文学的"二元质"，表扬屈原、陶渊明、苏东坡等是"感自己之感，言自己之言的文学家"，以为三代以下之诗人"无过于屈子、渊明、子美、子瞻"，又描述文体代变的现象[1]，在在着眼于抒情问题的不同面向。

王国维的文学批评与研究，对于抒情传统多有涉及。作于 1904 年夏的《红楼梦评论》，揭示生活、欲望与痛苦"三者一而已"的联系，是王国维借鉴叔本华哲学进行文学批评的一次尝试。王国维提出，"生活之本质何？欲而已矣。欲之为性无厌，而其原生于不足"。《红楼梦》以成功悲剧之笔展现出由于"生活之欲"而造成的巨大痛苦，又指示了"解脱之道"。《红楼梦》超世的、悲观的精神，"大背于吾国人"那种世间的、乐天的精神气质。而《红楼梦》并不拘泥于政治、道德说教，它是"自律"的。王国维比较《桃花扇》与《红楼梦》说：

> 《桃花扇》之解脱，非真解脱也。沧桑之变，目击之而身历之，不能自悟，而悟于张道士之一言；……故《桃花扇》之解脱，他律的也；而《红楼梦》之解脱，自律的也。且《桃花扇》之作者，但借侯、李之事，以写故国之戚，而非以描写人生为事。故《桃花扇》，政治的也，国民的也，历史的也；《红楼梦》，哲学的也，宇宙的也，文学的也。此《红楼梦》之所以大背于吾国人之精神，而其价值亦即存乎此。[2]

强调《红楼梦》"哲学的""宇宙的""文学的"层面的价值，是王国维非功利性的文学观的直接表露。

《红楼梦评论》至少在三个层面上意义重大：第一，它一反《红楼梦》问世以来诸多研究只注重索隐本事或才子佳人话题的倾向，把目光引向《红楼梦》的美学价值，这就使文学批评与一般考据、鉴赏完全区别开来。第二，着眼于《红楼梦》对于人生永恒困境的表现，接续了中国文学批评中感时伤逝的抒情传统脉络。对那

1　参见王国维：《文学小言》，《王国维论学集》，页 311—313。

2　王国维：《红楼梦评论》，《王国维论学集》，页 358。

种悲观意识的强调，即是对于人生中无法回避的"情"的关切。[1]第三，传统上讨论抒情问题多偏重诗文，王国维敏锐意识到抒情因素随着时代变迁在文类中发生的转移，进而发掘作为叙事文学的小说中的抒情问题，揭示《红楼梦》的悲剧美学价值，这就在"群治"思路之外[2]，打开了重新理解明清小说意义的管道。

在 1906 年讨论屈原的文学精神时，王国维也体现出对于抒情传统的继承和发展。他认为中国在春秋之前，"道德政治上之思想可分为二派：一帝王派，一非帝王派"。这两大思想传统分别形成了南北文学的不同风格，而屈原能从南方和北方文学吸取不同的营养：

> 北方人之感情，诗歌的也，以不得想象之助，故其所作遂止于小篇；南方人之想象，亦诗歌的也，以无深邃之感情之后援，故其想象亦散漫而无所丽，是以无纯粹之诗歌。而大诗歌之出，必须俟北方人之感情，与南方人之想象合而为一，即必通南北之驿骑而后可，斯即屈子其人也。[3]

屈原的"发愤以抒情"（《九章》），本来就超乎政教的"怨"与"刺"，更体现出私人与公共、希望与绝望情感之间的复杂辩证。王国维指出屈原融合感情与想象两因素，方才造就其诗歌的极致境界。文学所以动人，离不开感情和想象的贡献。王国维总结说："要之，诗歌者，感情的产物也。虽其中之想象的原质（即知力的原质），亦须有肫挚之感情为之素地。"[4]通过讨论屈原，王国维带出了抒情与地方文化传统、与创造表达形式的关系问题。

再看王国维对于戏曲的研究。王国维称他"所以有志于戏曲者"，乃出于以叙

---

1 关于"情"在中国文学和文学理论中的发展脉络，参见余国藩：《释情》，《中国文哲研究通讯》第 11 卷第 3 期（2001 年 9 月），页 1—52；罗宗强：《说"情"》，《读文心雕龙手记》（北京：生活·读书·新知三联书店，2007 年），页 182—196。

2 把"小说"与"群治"相联系，最初始于梁启超《论小说与群治之关系》，通过小说来"救国新民"，打造"想象的共同体"，成为晚清以降主导的文学论述。

3 王国维：《屈子文学之精神》，《王国维论学集》，页 317。

4 同上，页 318。

事特征为主的戏曲，为中国文学中"最不振者"的判断：

> 吾中国文学之最不振者莫戏曲。若元之杂剧、明之传奇，存于今日者尚以百数，其中之文字虽有佳者，然其理想及结构，虽欲不谓至幼稚、至拙劣，不可得也。国朝之作者虽略有进步，然比诸西洋之名剧，相去尚不能以道理计。此余所以自忘其不敏，而独有志乎是也。[1]

这并不是王国维一时兴起所下的断语。在《文学小言》中就已说："至叙事的文学（谓叙事传、史诗、戏曲等，非谓散文也），则我国尚在幼稚之时代。"[2] 在他看来，叙事文学并不是中国文学的长处，即戏曲，较之西洋名剧也不能算发达。从 1908 至 1912 年，王国维花了很大工夫在戏曲研究上，辑录资料，考辨源流，形成论断，奠定了元曲研究基础。到写作《宋元戏曲考》时，他已经把元曲提高到和唐诗宋词同等的地位。值得注意的是，王国维对于元曲依然主要是从抒情因素的角度进行评价的。

王国维认为，"真戏曲"的一个标准是在文学语言上，由叙事体变而为代言体。他说："宋人大曲，就其现存者观之，皆为叙事体。金之诸宫调，虽有代言之处，而其大体只可谓之叙事。独元杂剧于科白中叙事，而曲文全为代言。"[3] 他把真戏曲之始断在宋元。代言而非叙事，是他判断戏曲成熟的标准。代言，就不是简单地写实再现，而是发展出程序和技巧表现。可见王国维看戏曲首先就带着特殊的审美眼光。王国维总结元杂剧最大的优点是创造了高度的意境美，"写情则沁人心脾，写景则在人耳目，述事则如其口出也。古诗词之佳者，无不如是。元曲亦然。……唯意境则为元人所独擅"[4]。而这种意境美产生的根源，又在于"自然"——作家直抒真情实感，能"穷品性之纤微，极遭遇之变化"，又"能写当时政治及社会之情状"。虽然"一代有一代之文学"，文类更迭替变，但王国维始终对文类在审美上的创造力更为留意。谈到元南戏时，王国维再一次说：

1　王国维：《自序二》，《王国维论学集》，页 411。

2　王国维：《文学小言》第十四则，《王国维论学集》，页 313—314。

3　王国维：《宋元戏曲考·元杂剧之渊源》，《王国维戏曲论文集》（北京：中国戏剧出版社，1957 年）。

4　王国维：《宋元戏曲考》，《王国维戏曲论文集》，页 106。

> 元南戏之佳处，亦一言以蔽之，曰自然而已矣。申言之，则亦不过一言，
> 曰有意境而已矣。……唯北剧悲壮沉雄，南戏轻柔曲折。……至《琵琶》则独
> 铸伟词，其佳处殆兼南北之胜。[1]

当王国维评价关汉卿等具体元曲作家时，强调他们"被以意兴之所至为之"，着眼点还是他们对人情的体贴和语言的诗意表达：

> 关汉卿一空倚傍，自铸伟词，而其言曲尽人情，字字本色，故当为元人第
> 一。白仁甫、马东篱，高华雄浑，情深文明。郑德辉清丽芊绵，自成馨逸，均
> 不失为第一流。[2]

无论是分析《红楼梦》的悲剧意识，还是称扬屈原的文学精神，或是指出元曲的意境美，情感与想象是王国维讨论文学时极为关注的问题。他以为，抒情的解脱与升华，是文学所以能给人以精神慰藉的根本原因。除了个体生命承担，文学在这里还成为一种超越线性的进步观的方式。在此基础上，他在《人间词话》（最初发表于 1908 至 1909 年《国粹学报》）中提出以"境界（意境）"说为核心的诗论。

五、抒情的"境界"

"境界（意境）"说不仅是对历代诗歌艺术的一种概括尝试，实际上，也是王国维评估整个中国诗史的美学标准。王国维关于"境界"，最重要的几段说法是：

> 词以境界为最上。有境界则自成高格，自有名句。[3]
> 有造境，有写境，此理想与现实二派之所由分。然二者颇难分别。因大诗

1　王国维：《宋元戏曲考·云南戏之文章》。

2　王国维：《宋元戏曲考》，《王国维戏曲论文集》，页 111。

3　王国维：《人间词话》，《王国维论学集》，页 319。以下援引《人间词话》，皆出自此版本，仅标明条号，不具注页码。

人所造之境必合乎自然，所写之境亦必邻于理想故也。（条二）

　能写真景物真感情者，谓之有境界，否则谓之无境界。（条六）

　言气质，言神韵，不如言境界。有境界，本也；气质、神韵，末也，有境界而二者随之矣。（条七八）

佛雏《王国维试论及其结构的综合考察》和叶嘉莹《〈人间词话〉中批评之理论与实践》等研究，对"境界"说均有详细讨论。[1] 如前贤所论，"境界"在中国传统诗学中常被提及，明清两代更不乏发挥。但王国维自己说："沧浪所谓兴趣，阮亭所谓神韵，犹不过道其面目，不若鄙人拈出'境界'二字，为探其本也。"（条九）认为有意识地以"境界"作为诗的本体，就"境界"的内在结构和特性发展出一套完整的诗论体系的，是始于他自己。对此，罗钢则认为，王国维的"境界说"来源于以叔本华"直观说"为代表的西方美学传统，而"兴趣说""神韵说"植根于中国古代"比兴"诗学原则，二者之间不存在"本"与"末"的关系。"本末说"本身恰恰是"近代西方不平等文化关系的一种历史写照"[2]。

　罗钢对"境界"说与中国古代诗学传统的辨析，对理论话语生产背后的文化霸权的意识，都是有启发性的。但是，我觉得他片面地限定了王国维的思想资源，而忽视了王国维的生活世界对其学术的影响，同时忽视了王国维对中国抒情传统的内在承接。正如陈建华在对《人间词话》的研究中所指出的，王国维主张词人的生命体验与人格修养、自然之情的真切抒发、对外界的深刻观察与反对矫揉造作等，"形塑了中国人的现代文学观念"。他把康德的哲学认识论包裹进了"中国传统批评语汇与诠释方法之中"[3]。王国维提出"境界"概念并不断加以阐释本身，正是他试图从西方哲学—文化理论框架中摆脱出来，在中国文化传统中激活资源、"寻求慰

1　佛雏文见《新订〈人间词话〉·广〈人间词话〉》，页 1—73；叶文见《王国维及其文学批评》，页 212—354。

2　罗钢：《本与末——王国维"境界说"与中国古代诗学传统关系的再思考》，《文史哲》2009 年第 1 期，页 5—21。更完整的讨论，见氏著：《传统的幻象：跨文化语境中的王国维诗学》（北京：人民文学出版社，2015 年）。

3　陈建华：《〈人间词话〉的现代转向——词史札记（二）》，《书城》2019 年第 5 期。

藉"的一次尝试。他不是简单地、不加选择地照搬传统，而是通过自己创造性的再阐释和再发挥，把"抒情"与"境界"结合了起来。

王国维怕人误认为《人间词话》中的"境"专指景物，特别解释："境非独谓景物也，喜怒哀乐，亦人心中之一境界。"（条六）他强调诗人的自我在构建境界中的特殊作用，对景物做纯客观的描写并无境界可言，境界只能靠主体情感的对象化来实现，创作主体艺术地呈现出生命感悟和价值襟怀。在他看来，诗人行使自己的情感话语："一切景语皆情语也。"（条一一七）当主观情感内容超越了形象的绵密质感，诗歌造就了"有我之境"；而诗人放弃主观视角，与外物合一，则是"无我之境"。所谓"感情真者，其观物亦真"[1]，而"文学之所以有意境者，以其能观也"[2]。

王国维强调"情""真感情"在观照中的作用。他在《屈子文学之精神》中就说："（古代）诗歌之题目皆以描写自己之感情为主；其写景物也，亦必以自己深邃之感情为之素地，而始得于特别之境遇中，用特别之眼观之。"[3] 王国维借屈原的话，又把情感称为"内美"。相对偏于技巧性的"修能"，"内美"尤为重要，他说：

> "纷吾既有此内美兮，又重之以修能。"文学之事，于此二者不可缺一。然词乃抒情之作，故尤重内美。无内美而但有修能，则白石耳。（条一一三）

所谓"内美"，即是诗人对于宇宙人生的深切关怀和感悟。这是诗词中成功的境界能够感人的根本原因，也是王国维最为珍重的。学者夏中义甚至提出，王国维之所以在"境界"之外，还提出"意境"这个词，一些地方用"意境"来替代"境界"，或许正是想通过"意"来突出"内美"。[4] "意境"是一种出乎个人真切悲欢体

1　王国维：《文学小言》，《王国维论学集》，页 312。
2　王国维：《人间词乙稿序》。此文假托其友樊志厚之名，实为王国维自作。见《王国维遗书》（三）（上海：上海书店出版社，1984 年），页 289。
3　王国维：《屈子文学之精神》，《王国维论学集》，页 317。
4　夏中义推测：因为"境界"二字就其词源而论，似仅指人类精神高度，这就很难用来涵盖状物为主的写景之作了。而"意境"却无此嫌疑，因为"意"与"境"二字在此可拆开用，若把"意"等于境界之"内美"，则"境"就可作景物或景观造型解。"意境"不仅能涵盖言情之作，亦能网罗写景之作。"境界"词源的局限性因此被超越。参见夏中义：《王国维：世纪苦魂》（北京：北京大学出版社，2006 年），页 36—37。

验而形成的境界，直言之，是主体"抒情的境界"。对此"抒情的境界"，王国维做过很多描述和比较。他以意境的有无和深浅来评价古今之词：

> 文学之工不工，亦视其意境之有无与其深浅而已。苟持此以观古今人之词，则其得失，可得而言焉。温韦之精绝，所以不如正中者，意境有深浅也。珠玉所以逊六一，小山所以愧淮海者，意境异也。美成晚出，始以辞采擅长，然终不失为北宋之词者，有意境也。南宋词人之有意境者，唯一稼轩，然亦若不欲以意境胜。白石之词，气体雅健耳，至于意境，则去北宋人远甚。及梦窗玉田出，并不求诸气体，而惟文字之是务，于是词之道息矣。自元迄明，益以不振。至于国朝，而纳兰侍卫以天赋之才，崛起于方兴之族，其所为词，悲凉顽艳，独有得于意境之深，可谓豪杰之士，奋乎百世之下者矣。同时朱陈，既非劲敌；后世项蒋，尤难鼎足。至乾嘉以降，审乎体格韵律之间者愈微，而意境之溢于字句之表者愈浅。岂非拘泥文字而不求诸意境之失欤？ [1]

这样一番对于词史的衡鉴，显示出王国维的趣味。他认为五代北宋词成功，全在以意境胜，而南宋以降的词意境上已经无法相比。其实，南宋之词在咏物描摹上未必不如北宋，但王国维觉得词中主体的精神世界变得局促和狭窄，不那么质朴雄健，所以也就丧失北宋词的"生香真色"了。王国维青睐于五代北宋词，跟他反复致意的"诗人之忧生""诗人之忧世"的情怀是相关的。他比况道：

> "我瞻四方，蹙蹙靡所骋。"诗人之忧生也。"昨夜西风凋碧树。独上高楼，望尽天涯路"似之。"终日驰车走，不见所问津。"诗人之忧世也，"百草千花寒食路，香车系在谁家树"似之。（条二五）

不仅理想的"意境"绝对离不开主体的感情，而且在王国维看来，诗人的抒情不能仅仅限于"自道身世之戚"，而需要在一己悲欢之上穿透公与私的界限，把一种休戚与共的更深广的"痛"再现出来。而这也正是中国"比兴"诗学最为强调

1　王国维：《人间词乙稿序》，见《王国维遗书》（三），页289—290。

的。他评价李煜："词至李后主而眼界始大，感慨遂深，遂变伶工之词而为士大夫之词。"（条一五）接下来又说李煜能"不失其赤子之心"。王国维评价还是从精神气质的角度出发的。若李煜没有经过从国君沦为阶下囚的人生跌宕，大概也不会洗尽铅华，"感慨遂深"。于是，王国维以李词为"天真之词"，又谓李词"以血书者也"；将之与宋徽宗《燕山亭》词做比较："然道君不过自道身世之戚，后主则俨有释迦、基督担荷人类罪恶之意，其大小固不同矣。"（条一八）李词虽涉"身世之戚"，但他所流露出深刻精微的感悟和反思，已不只是个体的自怜自悯，而突破"一己之感情"，进入"人类之感情"[1]，揭示出一个历史境遇中带有普遍性的情感结构。诗歌或者说广义的文学，正是因为与时代的文化政治发生了关联，才显现出阔大隽永的气象。"抒情的境界"因此成为对意义危机的一种想象性解决。

"抒情的境界"不仅在诗词评价中有效，王国维的艺术批评也不脱这一标准。在《此君轩记》中谈画竹要"物我无间"：

> 彼独有见于其原而直以其胸中潇洒之致、劲直之气，一寄之于画。其所写者即其所观，其所观者即其所畜者也。物我无间，而道艺为一，与天冥合，而不知所以然。故古之工画竹者，亦高致直节之士为多。[2]

画是画家内心世界的寄托，其人格节操显现其间。在《二田画𪩘记》（1912年）中，借讨论沈石田（沈周）、恽南田（恽格）等人书画，进一步申说书画须"有我"的看法："夫绘画之可贵者，非以其所绘之物也，必有我焉以寄于物之中。故自其外而观之，则山水、云树、竹石、花草，无往而非物也；自其内而观之，则子久也，仲圭也，元镇也，叔明也。"还是突出物我关系中主体"我"的意义。在《待时轩仿古玺印谱序》（1923年）中，他又批评"今之攻艺术者"心偷力弱，"其中本枵然无有，而苟且鄙倍骄吝之意乃充塞于刀笔间，其去艺术远矣"。他看重的是艺术之中有没有主体的寄托和

1　王国维在《人间嗜好之研究》中说："若夫真正之大诗人，则又以人类之感情为其一己之感情……彼之著作，实为人类全体之喉舌。而读者于此得闻其悲欢啼笑之声，遂觉自己之势力亦为之发扬而不能自已。"见《王国维论学集》，页306。

2　王国维：《此君轩记》，见《王国维文集》第1卷（北京：中国文史出版社，1997年），页132。

怀抱，以为好的绘画作品应当完全显示出主体情感，创造出独特的抒情境界来。[1]

从上述分析中可知，王国维的境界（意境）说，主要是根据中国文学和艺术的经验而提出的。他对诗歌中抒情主体与抒情方式的关注，特别是对"内美"的重视，使"境界"的意义在很大程度上指向一种抒情主体的感受力和表现力。唐圭璋敏感于此，在讨论王国维的"境界"说时，特别提出词中"情韵"的重要性。[2]王国维虽然没有直接说到"抒情传统"，但后设来看，他关于"境界"的思考，为后来讨论抒情传统的学者多所呼应。普实克教授发现中国抒情诗倾向于表现"自然窈冥"（Mysterium of Nature），中国诗人惯于以"景"传"情"，表现"芸芸经历大自然的同类体验之本质和精华"，并进而演绎出"抒情精神"（Chinese Lyricism）的概念[3]；高友工教授纵论中国抒情"美典"，以"内境"（inscape）来描述情景交融的境界，突出"心景"（interior landscape）在中国古典美感经验中的意义[4]；方向上都是接着王国维的"境界说"再往下深入。普实克、高友工等未必就受到了王国维的启发，但是这种不约而同的相似，让我们有理由在抒情传统脉络里重新探讨王国维"境界说"的重要贡献。

如果再把王国维抒情的"境界"说，放置于晚清民初的"文学场"中去看，那么，它跟稍前黄遵宪、梁启超等人提出的"诗界革命"关切明显不同。黄、梁等人强调"以旧风格含新意境"，着眼点还是诗歌如何推动社会革新。而王国维考虑的却是在中国传统的文学遗产里寻找支持意识，重新激活其在当下的精神意义，以境

1　关于王国维谈绘画中的意境，参见聂振斌：《王国维美学思想述评》，页 160—164。

2　唐圭璋：《评〈人间词话〉》，《词学论丛》（上海：上海古籍出版社，1982 年），页 1028。

3　"自然窈冥"说，参见 Jaroslav Průšek, *Chinese History and Literature: Collection of Studies*, Dordrecht, Holland: D. Reidel Publishing Company, p. 80. 普实克教授论抒情精神的代表作，"Subjectivism and Individualism in Modern Chinese Literature," in *The Lyrical and the Epic: Studies of Modern Chinese Literature* (Bloomington: Indiana University Press,1980), pp. 1–28；又可参《普实克中国现代文学论文集》中相关论文。陈国球教授关于普实克的"抒情精神"论有精彩讨论，见《"抒情精神"与中国文学传统——普世克论中国文学》，《现代中国》第十辑（北京：北京大学出版社，2008 年），页 23—34。

4　参见高友工：《美感经验的定义与结构》，《中国美典与文学研究论集》，页 35；Kao Yu-Kung, "Chinese Lyric Aesthetics," in Alfreda Murck and Wen C. Feng eds., *Words and Image: Chinese Poetry, Calligraphy, and Painting* (Princeton: Princeton University Press, 1991), pp. 47–90。

界"化合"西方美学和传统诗论。而另一方面，"境界"说也跟彼时开始跨语际传
入中国的西方写实主义话语大相径庭。一重主观情感，一重客观对象；一重心灵沟
通，古今同慨，一重透明反映，立足当下；一重自我安顿，一重社会改造。王国维
独标"境界"，而对处于上升期的写实主义不置一词，表明他不能忘情于绵延在中
国文学中的抒情传统。萦绕于他心上的是，王纲解纽的时代，抒情主体应该何去何
从？而此后俞平伯重印《人间词话》，吁请读者"宜深加玩味"；朱光潜向往"静
穆"境界，引来鲁迅批判；宗白华在战乱中"论《世说新语》与晋人之美"（1940
年），谈"中国艺术意境之诞生"（1943 年）等，"抒情的境界"在现代中国的回响
和争论，不断重现着王国维的问题。

六、"人间"：面对历史的暴虐

王国维的问题说到底就是：于忧患之世，何以自处。他在晚年所写的《论政学
疏》中，对当时世界和中国的形势有论：

> 原西说之所以风靡一世者，以其国家之富强也。然自欧战以后，欧洲诸强
> 国情见势绌，道德堕落，本业衰微，货币低降，物价腾涌，工资之争斗日烈，
> 危险之思想日多。甚者如俄罗斯，赤地数万里，饿死千万人，生民以来未有此
> 酷。而中国此十二年中，纪纲扫地、争夺相仍、财政穷蹙、国几不国者，其源
> 亦半出于此。[1]

一方面对西方现代性的弊病和危机有深刻洞察，另一方面又感伤于中国时局的混乱
与文化的沦丧。其悲观主义因为现实世界的刺激而愈加深重，而这种悲观主义在他
所作的诗词中也一直都有表现。

王国维的《人间词》现存 115 首，主要为 1903 至 1907 年所作。王国维对于自
己所作之词是相当自信，在《自序二》中云：

---

1 转引自罗振玉：《王忠悫公别传》，收入罗继祖主编：《王国维之死》，页 9—10。

　　余之于词，虽所作尚不及百阕，然自南宋以后，除一二人外，尚未有能及余者，则平日之所自信也。虽比之五代、北宋之大词人，余愧有所不如。然此等词人，亦未始无不及余之处。[1]

周策纵先生曾排出《人间词》中有"人间"一词者，凡三十八处，如："人间何苦又悲秋""坠迎新恨，是人间滋味""最是人间留不住，朱颜辞镜花辞树""人间总是堪疑处""人间孤愤最难平，消得几回潮落又潮生""昨夜西窗残梦里，一霎幽欢迎，不似人间世"，等等。王国维诗作中也屡有"人间"出现。周策纵认为王国维如此频繁地使用"人间"，并以之为词集命名，"可见庄子'人间世'之思想对静安影响之深刻"[2]。或如佛雏所说：《人间词》之所以命名'人间'，就在：这是一个'只似风前絮'的人间，是无数'精卫'充塞其中的人间，是'浑如梦'而须努力争一个'蘧然觉'的人间。"[3]无论如何，《人间词》中反复以"人间"为念，正暗示出王国维面对历史和现实的一种姿态。"三千年未有之大变局"下，古今中西的冲突最为剧烈，各种历史的暴虐也肆意横行，触目惊心。无法做到"太上忘情"的王国维，感到的是无可奈何的极度苦痛：这是怎样的"人间"？

　　在《人间词》中，王国维以骚雅之笔发出"忧生之嗟"。有面对时间流逝而生的无奈——"已恨年华留不住，争知恨里年华去"（《蝶恋花》），也有"一切坚固的东西都烟消云散了"茫茫无归的失落——"北征车辙，南征归梦，知是调停无计。人间事事不堪凭，但除却无凭两字"（《鹊桥仙》）。情感的虚幻，人事的萧索，现实的混乱，都让他愈加感到世间生存挣扎的苦痛："夜永衾寒梦不成。当轩减尽半天星。带霜宫阙日初升。　　客里欢娱和睡减，年来哀乐与词增。更缘何物遣孤灯？"（《浣溪沙》）他也在词中不断地描写梦境[4]，如：

1　王国维：《自序二》，《王国维论学集》，页410。

2　参见周策纵：《论王国维人间词》（台北：时报文化出版公司，1986年），页61—67。

3　佛雏：《王国维诗学研究》（北京：北京大学出版社，1987年），页130—131。

4　佛雏统计，《人间词》中"梦"凡二十八见，见《王国维诗学研究》，页129—131。"梦"与"人间"相随，更表明忧患情结的深重。

> 昨夜梦中多少恨。细马香车，两两行相近。对面似怜人瘦损，众中不惜搴帷问。　　陌上轻雷听渐隐。梦里难从，觉后那堪讯？蜡泪窗前堆一寸，人间只有相思分。(《蝶恋花》)

梦中遇到香车，碰到所恋的人，百感交集，忽然就被路上车声惊醒，乃知相遇的情景无非一场梦幻。追求不已的理想，终于难以企及，根本没办法找到安慰。还有"不成抛掷，梦里终相觅。醒后楼台，与梦俱明灭"(《点绛唇》)、"依旧人间，一梦钧天只惘然"(《减字木兰花》)，都极写梦境破灭后的惘然和伤感。这些自然都是王国维理想与现实无法调和后的一种投射。

而正像他所赞赏的，能以"一己之感情"通往"人类之感情"的大诗人一样，王国维亦会由个人身世而连带、扩及普遍之人生。他写无论分离相聚，人在时间面前无法主宰自我命运：

> 阅尽天涯离别苦，不道归来，零落花如许。花底相看无一语，绿窗春与天俱莫。　　待把相思灯下诉，一缕新欢，旧恨千千缕。最是人间留不住，朱颜辞镜花辞树。(《蝶恋花》)

在另一首他自己很喜欢的《蝶恋花》中，又出现那种普遍的无力感：

> 百尺朱楼临大道。楼外轻雷，不问昏和晓。独倚阑干人窈窕，闲中数尽行人小。　　一霎车尘生树杪。陌上楼头，都向尘中老。薄晚西风吹雨到，明朝又是伤流潦。

词中朱楼上人远眺尘世，乃一个傲然独立的形象。车子卷起的尘埃，陌上楼头不能置身其外。临近晚上，风来雨来，更加无可奈何。这里似乎隐喻了清末的危亡局面。当世变之来，无论世俗中人还是自命超世之人，都受其冲击又难以解脱。

风雨飘摇的清朝终于终结。王国维从日本回国后所填之词，大都存哀悼清朝覆灭之意，像"肠断杜陵诗句，落花时节江南"(《清平乐》，作于 1920 年)，他还把这种遗恨上溯到屈原那里，感慨古今同一悲哀：

楚灵均后数柴桑、第一伤心人物。招屈亭前千古水，流向浔阳百折。夷叔西陵，山阳下国，此恨那堪说。寂寥千载，有人同此伊郁。　　堪叹招隐图成，赤明龙汉，小劫须史阅。试与披图寻甲子，尚记义熙年月。归鸟心期，孤云身世，容易成华发。乔松无恙，素心还问霜杰。（《百字令》，作于 1918 年）

王国维晚年易《人间词》名为《苕华词》，更明显要寄寓遗民之痛。[1]他的写作跟历史批判、文化认同紧密地缠绕在一起。

除了写词，王国维面对历史和现实的感伤也常出之以诗。无论五古，还是七律，他在诗中常常流露彷徨无所归宿的苦闷。有学者统计，《静安诗稿》集诗 37 首，其中 27 首为 1904 年前作，带"苦"字的就占了 9 首，如"强颜入世苦支离"（《病中即事》），"脑中妄念苦难除"（《五月十五夜坐雨赋此》）等。[2]内心的矛盾与苦恼，总是他频繁书写的主题：

大患固在我，他求宁非谩？所以古达人，独求心所安。（《偶成》之二）

我生三十载，役役苦不平。如何万物长，自作牺与牲。安得吾丧我，表里同澄莹。……闻道既未得，逐物又未能。衮衮百年内，持此欲何成。（《端居》）

欲觅吾心已自难，更从何处把心安？诗缘病辍弥无赖，忧与生来讵有端？起看月中霜万瓦，卧闻风里竹千竿。沧浪亭北君迁树，何限栖鸦噪暮寒。（《欲觅》）

求"心安"，正是他寻找哲学，又从哲学转到文学的原因。可是，面临时代的劫毁与重建，他的"不忍"之心让他做不到"吾丧我"。"拟随桑户游方外，未免杨朱泣路歧。"（《病中即事》）正是清亡前夕他彷徨心情的写照。写于 1899 年的《题友人三十小像》道："几看昆池累劫灰，俄惊沧海又楼台。早知世界由心造，无奈悲欢触绪来。"而在作于 1900 年的《八月十五夜月》中又说："一点灵药便长生，眼见

---

1 《诗·小雅·苕之华》序曰："苕之华，大夫闵时也。幽王之时，西戎东夷交侵中国，师旅并起，因之以饥馑。君子闵周室之将亡，伤己逢之，故作是诗也。"《十三经注疏》（台北：艺文印书馆，2007 年），页 526。

2 参见夏中义：《王国维：世纪苦魂》，页 78—79。

山河几变更。留得当年好颜色，嫦娥底事太无情？"均感于战乱频仍、山河破碎而发。不满于现实，又没有办法让自己"心安"，这种内心的情感挣扎，激烈到让他在壮岁就已频发悲音："人间地狱真无间，死后泥洹枉自豪"(《平生》)；"我欲乘龙问羲叔，两般谁幻又谁真"(《出门》)。

王国维给罗振玉的一封信中，曾谈到朋友沈乙盦《卫大夫宏演墓诗》中"亡虏幸偷生，有言皆粪土"的话，他引述沈语曰："非见今日事，不能为此语。"[1] 其实，这也可当作王国维的夫子自道。文学一方面提供给王国维一个寻求慰藉的空间，使他可以对现实进行某种升华；另一方面却也培养和加剧了王国维对于现实的敏感和紧张，放大了他的人生愁苦和困惑。王国维没有在诗词中建构一个抒情乌托邦，以遗忘外面那个灰暗混乱的世界，而是带着极大的悲悯始终注视着这"人间"。但王国维沉郁的抒情，无论对社会还是他个人，都没有起到相应的作用，也极为醒目地暗示了抒情传统的限度与危机所在。

七、结语："忧郁"对抗"现代"

王国维自沉 19 年后，郭沫若在一篇为纪念鲁迅而作的文章中，第一次把鲁迅与王国维并列放在一起。郭称在近代学人中他最佩服的就是鲁迅和王国维，认为"两人的思想历程和治学的方法及态度"存在令人惊异的相似，但他们在"大节"上却有区别："那便是鲁迅先生随着时代的进展而进展，并且领导了时代的前进，而王国维先生却中止在了一个阶段上，竟成为了时代的牺牲。"又说，"王国维停顿在了旧写实主义的阶段上，受着重重的束缚不能自拔，最后只好以死来解决自己的苦闷，事实上成了苦闷的俘虏"；而鲁迅却能不断进步，解脱旧时代的桎梏，也扫荡了苦闷。[2]

郭沫若的话表明他是以一种绝对"现代"的价值标准来衡量鲁迅和王国维。他

1　王国维：《致罗振玉，1916 年 12 月 28 日》，见刘寅生、袁英光编：《王国维全集·书信》，页 167。
2　郭沫若：《鲁迅与王国维》，原刊《文艺复兴》三卷二期（1946 年 10 月），收入《追忆王国维》，页 166—178。

在王国维身上看到了"现代"的实际在场，又惋惜他最终不能挣脱苦闷，变得完全"现代"。其实，撇开王国维在古史学上那些贡献为诸多现代学科发凡起例不谈，王国维很多关于学术文化的思考，也都跟"五四"新文化人不无相通之处：他引西洋哲学来重新审视中国经典，已略开胡适《中国哲学史大纲》的路径；他关于文体代变升降的说法，此后有胡适《文学改良刍议》中"一时代有一时代之文学"相继承；他反对文绣的文学、模仿的文学，也颇似陈独秀"三个推倒"（《文学革命论》）和胡适的"八不主义"的先声；还有他治戏曲史的方法，一定程度上也被鲁迅借鉴而用到小说史研究里。在这个意义上，王国维的学术确实呈现出"现代"面貌。但是，"现代"并不只是具体的知识论述，更意味着线性的时间意识，祛魅（disenchantment）的价值立场，启蒙／革命的行动方向，还有民族国家的建构，主客体的明确分化等一整套的社会文化规划。王国维对于这样一整套"社会现代性"，有着高度的敏感，而他确实又是终身疑惧和抵制的。

　　同样在文化和制度危机面前，大多数知识分子尽管方案不同，但改造社会的冲动和对未来的乐观态度是一致的；而王国维却是带着恐惧和惊愕去观照。还是不妨比较一下他跟鲁迅的差别。鲁迅的思想和写作，作为现代文学的"原点"，无疑是代表了中国文学现代性的主导方向。差不多就在王国维谈"古雅"、标"意境"的同时，鲁迅写作了《摩罗诗力说》《文化偏至论》《破恶声论》等文章。他最关心的是如何使中国趋向一个更好的未来。他强调"立人"，视作家为精神斗士，并认为文学与诗歌可以在社会动员中发挥特殊作用，结果将是"国人之自觉至，个性张，沙聚之邦由而转为人国。人国既建，乃始雄厉无前，屹然独见天下"[1]。鲁迅自己一生都是在履践着他所推崇的摩罗诗人的使命，发出"真的恶声"。而且也是在这样的过程中，鲁迅贡献出一种反思现代的现代性。当然，这样的现代性的实现，也是建立在鲁迅不断克服自己的内心深处的悲观的基础之上的。鲁迅未尝没有浓重的黑暗，特别是对于改造社会的深刻怀疑，但他不断在挣扎中涤荡自己，反抗绝望，甚至有时候不惮于说"我要骗人"。他像堂吉诃德（Don Quijote）那样，始终对抗着

[1]　鲁迅：《坟·文化偏至论》，《鲁迅全集》第1卷，页56。

"无物之阵"[1]。相比起来，王国维显然更像哈姆雷特（Hamlet）。他敏感忧郁，不断追问人生的意义，不知如何在历史情势中自处。清廷的衰亡，标志着儒家通过建制化的配置而支配中国人生活秩序的时代一去不复返了。在这样一个时间陷落、意义链条崩塌的时刻，他远离创制现代民族国家的冲动，也无法相信以激烈反传统为前提的新文化所预设的未来。[2]对重建一个安稳整一的生活世界，他是完全悲观的。

后设地看，王国维的悲观个性和忧郁情感，跟他的生活经历是分不开的。他的读书是从阅读历史起步的。[3]中国历史中太多的兴衰沧桑，早就在他心里留下了深刻印迹。而他幼年丧母、中年丧妻、晚年丧子；从 30 岁到 50 岁之间，父亲、妻子、继母、长女、四女、五女、挚友沈曾植、长子王潜明相继过世：一系列惨痛遭遇接踵而至。跟罗振玉的失和，无疑加重了他的精神痛苦。同时，如叶嘉莹先生所说，"辛亥革命的激变，以及革命后的失败混乱的现象，却使静安先生以其过人之锐感及其过人的反省之能力，很快地就发现了盲目去接纳一种新文化的未蒙其利而先受其害的种种流弊"[4]。王国维并非像他所介绍的尼采那样有着强悍的灵魂可以自主承担个体生命，所以他尽管理智上褒扬过尼采，但在现实生活中却自觉地从尼采那里退却。对于人世，他一向"有其仁者的不能忘情的关怀"，在当时文化认同混乱失据的情况下，他的忧郁只会被不断放大。"经此世变，义无再辱"中的"再"，不只是第二次，而是一次又一次的意思。一个寻求心灵平静和安慰的人，终生都未能找到平静和安慰，以故选择离弃。

王国维凸显了忧郁作为一种情感，与现代理性、乐观之间的紧张关系。在王国

1　详参拙作：《重思鲁迅与中国现代文学的原点》，《文艺理论与批评》2006 年第 2 期，页 82—90。

2　艾尔曼（Benjamin A. Elman）在《王国维与鲁迅早年学术思想的对比研究》中认为，鲁迅很早开始就与中国民族主义的产生相联系，而王国维则倾向更多国际主义观点，他期望达对普遍人类的理解，见《王国维学术研究论集》第三辑，页 410—411。王德威则从"兴"和"怨"的角度分析两者的差异："王国维不断叩问情以物牵，兴发感动的可能，似乎延续了诗可以兴的风格；而鲁迅则充满怨诽不群、忧逸畏讥的声音，因此成为诗可以怨的现代回响。"见王德威：《抒情传统与中国现代性》，页 49。

3　王国维《自序一》说："家中有书五六箧，除《十三经注疏》为儿时所不喜外，其余晚自塾归，每泛览焉。十六岁见友人读《汉书》而悦之，乃以幼时所储蓄之岁朝钱万，购前四史于杭州，是为平生读书之始。"见《王国维论学集》，页 407。

4　叶嘉莹：《王国维及其文学批评》，页 101。

维这里，忧郁不是自恋自怜，更不是简单的心理病态[1]；忧郁是对"创伤"（trauma）的铭刻，也是对文化认同的坚守。以承担人生之苦为代价的忧郁，是王国维知行合一的终极显现。王国维以他的忧郁书写，承继和发展了中国抒情传统，并为整个20世纪的抒情论述提供了丰富的思想资源。那种忧郁也不断化身为动态的存在：从郁达夫忏悔"沉沦"的感伤，到沈从文寄托"边城"的牧歌，从张爱玲"（时代）已经在破坏中，还有更大的破坏要来"的隐忧，到白先勇"旧时王谢"重温"游园惊梦"的悲悯，忧郁的影子挥之不去。在这样一条忧郁现代性的脉络里，有着强烈的历史哀悼和救赎的期待。如果我们不是以一种胜者为王的逻辑——无论是黑格尔的绝对精神的运动，还是马克思的阶级革命的历史决定论——进入历史，那么，忧郁现代性对于今日文化政治论述，是否能提供某些启示？

　　最后以本雅明的一段话来结束本文。这个如王国维一样深深为忧郁的历史观所影响的犹太人，在《历史哲学论纲》里这样谈论"新天使"，或者就在说他们自己：

　　　　人们就是这样描绘历史天使的。他的脸朝着过去。在我们认为是一连串事件的地方，他看到的是一场单一的灾难。这场灾难堆积着尸骸，将它们抛弃在它的面前。天使想停下来唤醒死者，把破碎的世界修补完整。可是从天堂吹来了一阵风暴，它猛烈地吹击着天使的翅膀，以至他再也无法把它们收拢。这风暴无可抵抗地把天使刮向他背对着的未来，而他面前的残垣断壁却越堆越高，直逼天际。这场风暴就是我们所称的进步。[2]

　　　　　　　　　　（部分载于《社会科学论坛》2012 年第 2 期，此稿经修订增补）

1　不面对"忧郁"的复杂性，而简单地将之病症化，已成为今日社会某种准意识形态。越来越多的所谓"忧郁症患者"的出现，毋宁说彰显了现代社会本身的"病态"。

2　本雅明：《历史哲学论纲》，收入汉娜·阿伦特编：《启迪：本雅明文选》（张旭东、王斑译，香港：牛津大学出版社，1998 年），页 253—254。

第三编　翻译与文化

跨文化行旅，跨媒介翻译

——从《林恩东镇》(*East Lynne*)到《空谷兰》，1861—1935

//

黄雪蕾

无论对当地语言和文化如何无知，世界上的任何读者都会感到神话就是神话。神话的实质不在于风格、原初之音乐或句法，而在于它讲述的故事。

——克劳德·利瓦伊史陀（Claude Lévi-Strauss，1908—2009），

《神话的结构学研究》[1]

1862 年，47 岁的牛津大学历史学教授阿瑟·佩热·斯坦利（Arthur Penrhyn Stanley，1815—1881）陪同 20 岁的爱德华王子（Edward VII，1841—1910）前往埃及考察。斯坦利教授对历史与宗教之细节怀有"永不餍足之兴趣"，对年轻的王子而言并非理想的旅伴。他们迥异的兴趣却有一个交汇点：《林恩东镇》(*East*

---

1 原文："Whatever our ignorance of the language and the culture of the people where it originated, a myth is still felt as a myth by any reader anywhere in the world. Its substance does not lie in its style, its original music, or its syntax, but in the story which it tells." Claude Lévi-Strauss, "The Structural Study of Myth," *The Journal of American Folklore* 68/270 (Oct.–Dec. 1955): 430.

Lynne ）——一本出版于 1861 年的英国畅销小说。两位皆痴迷于此书，斯坦利教授甚至以书中的情节为题考王子和他的同伴：在那致命的夜晚，伊莎贝尔小姐和谁共进的晚餐？[1] 半个多世纪以后，维多利亚英国的万里之外，这一故事吸引了一群同样热情的读者和观众。1926 年二三月间，一部叫《空谷兰》的中国电影在中国上海及东南亚的其他城市引起轰动。[2]《空谷兰》的故事原型即来自《林恩东镇》，尽管从后者到前者，其间经历了复杂的跨文化之行旅、跨媒介之翻译与改写。这则故事为何能吸引文化背景迥异的读者和观众？在跨国界、跨语言和跨媒介的旅途中究竟发生了什么？这些问题即是本文研究的重点。

本文将详细考察此一旅程，以及此故事所采纳的不同文学、戏剧和电影类型（ genre ），如 1860 年代英国的"耸动小说"（ sensation fiction ）、19 世纪西方的"情节剧"（ melodrama ）、1910 年代中国文明戏中的"家庭戏"，以及 1920 年代上海的"哀情电影"。本文认为，这些类型相互关联，反映了 19 世纪中期至 20 世纪中期在流行文化领域的跨国潮流，那就是对于煽情耸动叙事的文化消费。约翰·汤普森（ John Thompson ）曾指出，现今所谓的"全球化"至少可追溯至 19 世纪中期，自那时起，通信网络与讯息交流的规模开始越来越全球化。[3] 本文所研究之维多利亚小说的环球旅行即发生在此一历史背景下。

商品、时尚和生活方式的国际潮流通常被视为当代现象。通过研究这一早期全球化的故事生产线，本文试图响应阿尔君·阿帕度莱（ Arjun Appadurai ）在《物品的社会生活》（ The Social Life of Things ）中的论点，即文化和历史研究应严肃看待事物的跨地域流通，其意义远在晚近之全球化之前即已发生。[4] 然而，传统学

1　R. E. Prothero and G. G. Bradley, *The Life and Correspondence of Arthur Penrhyn Stanley,* 2 vols. (London: John Murray, 1893), p. ii, 67–69. 转引自 Elisabeth Jay, "Introduction," in Ellen Wood, *East Lynne* (New York: Oxford University Press, 2005), p. vii。

2　《中央开映〈空谷兰〉之盛况》,《申报》本埠增刊第 1 版（1926 年 2 月 17 日）；另见范烟桥：《明星影片公司年表》,《明星半月刊》第 7 卷第 1 期（1936 年 10 月 10 日）。

3　John B. Thompson, *The Media and Modernity: A Social Theory of the Media* (Cambridge: Polity, 1995), p. 4.

4　Arjun Appadurai, *The Social Life of Things: Commodities in Cultural Perspectives* (Cambridge: Cambridge University Press, 1986).

术界历来强调学科和国族界限，因而"跨文化性"（transculturality）的意义受到忽视。就本文的案例而言，欧美的文学戏剧研究者对《林恩东镇》及其舞台版本已有不少研究，它被视为"维多利亚流行文化的经典"[1]，或"女性小说"和"母性情节剧"的原型[2]；日本和中国学者则将此故事放在 20 世纪初东亚现代性和都市文化中加以考察[3]。以往的研究多仅聚焦其在某地的某一版本，而本文试图打破国族与媒体的疆界，将此故事置于早期全球化背景中加以分析，并探讨此一视角可能开启的新视野。

　　本文第一部分追踪《林恩东镇》及其各衍生版本从欧洲至亚洲的旅行记，并试图说明印刷资本主义和文化工业（如商业戏剧和电影）的全球性发展催生了阿帕度莱所谓的"媒体景观"（mediascape）。"媒体景观"的第一层含义指制造与传播信息的媒介总和，如报纸、杂志、电视和电影等。[4] 本文认为"媒体景观"（而非单一媒体）的发展是流行小说跨文化流动之关键。"媒体景观"的第二层含义指"由媒体所制造的形象"[5]。易言之，"媒体景观"并非单指媒介，同时包含媒介所传播的内容：影像、叙事和人物，以及与现实世界的复杂交混。[6] 本文第二部分即探讨《林

1　Stevie Davies, "Mrs Henry Wood's *East Lynne*," introduction to *East Lynne*, by Henry Wood, Everyman's Library, Dent, 1985, http://www.steviedavies.com/henrywood.html (Accessed 25 Oct. 2012).

2　参见 Elizabeth Ann Kaplan, "The Maternal Melodrama: The Sacrifice Paradigm: Ellen Wood's *East Lynne* and its Play and Film Versions," in Elizabeth Ann Kaplan, ed., *Motherhood and Representation: The Mother in Popular Culture and Melodrama* (London: Routledge, 1992), pp.76–106; Ann Cvetkovich, *Mixed Feelings: Feminism, Mass Culture and Victorian Sensationalism* (New Brunswick, NJ: Rutgers University Press, 1992); and Deborah Wynne, *The Sensation Novel and the Victorian Family Magazine* (Basingstoke and New York: Palgrave, 2001)。

3　Perry Link, *Mandarin Ducks and Butterflies: Popular Fiction in Early Twentieth-Century Chinese Cities*, pp. 136–137；董新宇：《看与被看之间：对中国无声电影的文化研究》（北京：北京师范大学出版社，2000 年），页 78—84；饭塚容：《"空谷兰"をめぐって：黒岩涙香"野の花"の変容》，《中央大学文学部纪要》第 81 期（1998 年 3 月），页 93—115；Siyuan Liu, "The Impact of Japanese *Shinpa* on Early Chinese *Huaju*" (Dissertation, University of Pittsburgh, 2006), pp.167–182.

4　Arjun Appadurai, "Disjuncture and Difference in the Global Cultural Economy," *Public Culture* 2/2 (Spring 1990): 9.

5　Ibid.

6　Ibid.

恩东镇》在东亚语境中的形式与内容之变化，但煽情与耸动性是这部小说所有版本的核心。本文将分析这些要素如何与历史背景发生勾连，如何与全球性公众产生对话，以及如何催生相互交织的媒体景观。

一、环球行旅

19 世纪的最后那些年，包天笑与几位朋友在家乡苏州开了爿小书店，名叫东来书庄，"东来"二字暗指其主要销售来自东洋的书籍、杂志、地图和文具。他们有不少同乡友人在日本念书，顺道做些小生意贴补学费。东来书庄还出版一本杂志，名为《励学译编》。包天笑的工作之一是翻译日本通俗小说并连载于该杂志。这些杂志在上海的二手书店比比皆是，它们多数刊载译自英国的通俗小说。[1]《空谷兰》便产自此一类型的文化生产线。[2] 以历史的后见之明来看，这爿小书店可被视为全球流行文化生产在线的一个节点。它折射了一个时代的风貌：新的印刷技术带动出版市场蓬勃兴起，社会阶层的流动性增大，跨国交流日趋频繁。在此历史背景下，《林恩东镇》踏上了它的跨国旅途。

《林恩东镇》由艾伦·伍德（Ellen Wood，又名 Mrs Henry Wood，1814—1887）创作，1860 至 1861 年间连载于英国中产阶级家庭杂志《新月刊》（*New Monthly Magazine*）。其煽情耸动的情节吸引了很多中产阶级读者，这类读者在维多利亚时代（1837—1901）中期蓬勃发展的工业城市中为数甚众。1861 年，本特利（Bentley）出版公司推出该小说的三卷本单行本，至 1900 年共销售 500000 余册，其后源源不断重印与再版。[3] 1860 年代的英国，文学创作中的"耸动主义"（sensationalism）

1　包天笑：《钏影楼回忆录》（香港：大华出版公司，1971 年），页 161—174。

2　包天笑：《钏影楼回忆录续篇》（香港：大华出版公司，1971 年），页 96—97。

3　该小说早期出版历史参考 Andrew Maunder, introduction to *East Lynne* (Peterborough: Broadview Press, 2000), pp. 17–20。近期的重印版本有 1993 年的 Sutton Press 版（ed. Fionn O'Toole），1994 年的 Everyman 版（eds. Norman Page & Kamal Al-Solaylee），2000 年的 Broadview Press 版（ed. Andrew Maunder），以及 2005 年的 Oxford University Press 版。

甚嚣尘上，中产阶级家庭杂志为其助阵。[1]根据文学史家迪波拉·温妮（Deborah Wynne）的研究，"耸动小说"专好描述罪恶与隐秘等破坏上流社会家庭生活的颠覆性力量。[2]《林恩东镇》以中产阶级家庭为背景，情节涉及通奸、重婚和双重身份等，是此类小说的典型代表。这部小说很快传入欧洲大陆：1862年，法语版连载于巴黎的《祖国》（La Patrie）杂志，后以单行本出版[3]；同年，两部德语翻译分别在维也纳和莱比锡出版[4]。

　　《林恩东镇》之流行不仅体现在再版与翻译，也反映在盗版与抄袭（或更中立些来说，为"借用"）。以重婚与双重身份为核心的相似情节也出现在另一部无名的通俗小说《女人的错》（A Woman's Error），作者为夏洛特·玛丽·布瑞姆（Charlotte Mary Brame，又名 Bertha M. Clay，1836—1884），以创作"英国下层民众喜闻乐见的感伤爱情故事"[5]著称。尽管没有明确证据证明其抄袭或借用，但这两部小说核心情节的相似性很难纯属巧合，而《女人的错》应该创作于1863年之后。[6]布瑞姆女士是高产作家，一生共创作近130部小说，主要刊载于《伦敦读者》（The London Reader）、《家庭先驱》（The Family Herald）等通俗周刊，同时以单行本出版，之后还有以她名字命名的丛书，如伯莎·克雷丛书（Bertha M. Clay Library）[7]。1876年之后，美国出版商史居特与史密斯（Street & Smith）出版了其

1　D. Wynne, *The Sensation Novel and the Victorian Family Magazine* (Basingstoke and New York: Palgrave, 2001), p. 1; John J. Richetti, ed., *The Columbia History of the British Novel* (New York: Columbia University Press, 1994), pp. 479–507.

2　Wynne, *The Sensation Novel and the Victorian Family Magazine*, p. 1.

3　Ellen Wood, *Lady Isabel—"East Lynne"*, translated by North Peat (Paris: aux bureaux de "La Patrie", 1862).

4　Ellen Wood, *East-Lynne: ein Bild aus dem englischen Familienleben*, translated by A. Scarneo (Wien: Markgraf, 1862); Ellen Wood, *East Lynne*, translated by Heinrich von Hammer (Leipzig: Voigt u. Günther, 1862).

5　Albert Johannsen, *The House of Beadle & Adams* (Norman, Oklahoma: University of Oklahoma Press, 1950), p. 40.

6　《女人的错》初版日期目前不可知。笔者所搜集的版本没有提供出版日期。根据布瑞姆女士的传记，她1863年嫁给一位不太成功的商人，之后为了维持家庭生计而不得不写作。《林恩东镇》发表于1861年，布瑞姆应是在此之后写《女人的错》。

7　Gregory Drozdz, "Brame, Charlotte Mary (1836–1884)," in H. C. G. Matthew and Brian Harrison eds., *Oxford Dictionary of National Biography*, vol. 7 (Oxford: Oxford University Press, 2004), pp. 311–312.

大量小说，她的名字因而常让人联想到流行于美国 19 世纪末期至 20 世纪初叶的"廉价小说"（dime novel）。[1]《女人的错》是数以万计"廉价小说"中的一部，既非优秀作品亦无特别的影响力，机缘巧合使之踏上东亚之旅而来到一位日本作家的案头。

《女人的错》在欧洲完全默默无名，但《林恩东镇》的吸引力一直在延续，出版没多久即被搬上戏剧舞台，如 1863 年由克里夫顿·泰勒（Clifton W. Tayleure，1830—1891）执导，1874 年由帕玛（T. A. Palmer）执导。[2]这出戏在大西洋两岸均极为成功，成为情节剧经典戏目之一。[3]美国京剧作家奈德·艾博特（Ned Albert）在 1941 年重写此剧，称其为"所有老派情节剧的父亲，有史以来最为人津津乐道"[4]。英国戏剧学者米歇尔·布斯（Michael Booth）认为情节剧满足了维多利亚时代的大众口味，成为一个世纪中最主要的戏剧类型。[5]《林恩东镇》是此一戏剧类型的代表作之一。

19 世纪末 20 世纪初，电影加入大众媒体王国，《林恩东镇》继续施展魅力，各电影公司纷纷将其搬上银幕。自 20 世纪初年至 30 年代，英美两国出现了近 15 个不同的电影版本[6]，其中福克斯公司（Fox）1931 年的有声电影版获得奥斯卡最佳制

1　参见 "Dime Novel Days: An Introduction and History," in J. Randolph Cox, *The Dime Novel Companion: A Source Book* (Westport, Conn: Greenwood Press, 2000), pp. xiii–xxv。

2　Winfried Herget, "Villains for Pleasure? The Paradox of Nineteenth-Century (American) Melodrama," in Frank Kelleter, et al. eds., *Melodrama! The Mode of Excess from Early America to Hollywood* (Heidelberg: Universitätsverlag Winter, 2007), p. 20.

3　Maunder, introduction to *East Lynne*, p. 9.

4　Ned Albert, *East Lynne: Mrs. Henry Wood's Celebrated Novel Made into a Spirited and Powerful Mellow Drammer in Three Acts* (New York: Samuel French, 1941).

5　Michael R. Booth, *Theatre in the Victorian Age* (Cambridge: Cambridge University Press, 1991), pp. 150–151.

6　根据电影数据库 IMDb（www.imdb.com），共有 14 部电影叫 *East Lynne*，分别发行于 1902 年（dir. Dicky Winslow, UK）、1903 年（Vitagraph Company of America, USA）、1908 年（Selig Polyscope Company, USA）、1910 年（Precision Films, UK）、1912 年（dir. Theodore Marston, Thanhouser Film Corporation, USA）、1913 年（dir. Bert Haldane, UK）、1913 年（dir. Arthur Carrington, Brightonia, UK）、1915 年（dir. Travers Vale, Biograph Company, USA）、1916 年（dir. Bertram Bracken, Fox Film Corporation, USA）、1921 年（dir. Hugo Ballin, Hugo Ballin Productions, USA）、1922 年（Master Films, UK）、1922 年（dir. 转下页注）

作奖提名 [1]。毋庸置疑，作为电影类型的"情节剧"与文学戏剧历史紧密相关，19 世纪的欧洲文学和舞台情节剧为美国早期电影提供了丰富的故事素材。[2]《林恩东镇》丰富的银幕改编史反映了此一现象。

《林恩东镇》故事的文化旅程并未止于西方。1900 年 3 月 10 日，一部名为《野の花》的小说开始在东京的小报《万朝报》连载 [3]，其作者为大名鼎鼎的通俗作家黑岩泪香（1862—1920）。黑岩泪香亦是高产作家，除了创作小说和编辑期刊外，一生翻译了近 75 部西方小说，包括雨果（Victor Hugo，1802—1885）、大仲马（Alexandre Dumas Père，1802—1870）以及许多无名作者的作品。[4]1909 年，东京的出版公司扶桑堂印行了《野の花》的单行本。[5]诸多迹象显示《野の花》译自西方小说，但当时的翻译／改写小说普遍不标示原作。不少学者误认为《林恩东镇》即《野の花》的原作，因两者的核心情节的确十分相似。[6]但是，日本学者 Satoru Saito

---

（接上页注）Charles Hardy, Australia）、1925 年（dir. Emmett J. Flynn, Fox Film Corporation, USA）和 1931 年（dir. Frank Lloyd, Fox Film Corporation, USA）。还有两部片名稍异：*East Lynne in Bugville* (dir. Phillips Smalley, Crystal Film Company, USA, 1914) 与 *East Lynne with Variations* (dir. Edward F. Cline, Mack Sennett Comedies, USA, 1919)。另有两部叫 *East Lynne* 的电视剧分别摄制于 1976 年（dir. Barney Colehan, UK）和 1982 年（dir. David Green, BBC, UK）。

1　见奥斯卡奖官方网站：http://awardsdatabase.oscars.org/ampas_awards/BasicSearchInput.jsp (Accessed 25 Oct. 2012)。该影片拷贝收藏在美国加州大学洛杉矶分校（UCLA）Powell 图书馆媒体实验室（Instructional Media Lab, the Powell Library）。

2　Steven N. Lipkin, "Melodrama," in Wes D. Gehring, ed., *Handbook of American Film Genres* (New York: Greenwood Press, 1988), p. 286; Richard Abel, *Silent Film* (New Brunswick, N.J.: Rutgers University Press, 1996), p. 10; Ben Singer, *Melodrama and Modernity: Early Sensational Cinema and Its Contexts* (New York: Columbia University Press, 2001), pp. 189ff.

3　见《万朝报》（*Yorozu Chōhō*）（1900 年 3 月 10 日至 11 月 9 日）。转引自饭塚容：《"空谷兰"をめぐって》，页 93。

4　见 Mark Silver, "The Detective Novel's Novelty: Native and Foreign Narrative Forms in Kuroiwa Ruikō's *Kettō no hate*," *Japan Forum* 16/2 (2004): 191。

5　小说电子版见 http://kindai.ndl.go.jp/info:ndljp/pid/871978 and http://kindai.ndl.go.jp/info:ndljp/pid/871979 (Accessed 25 Oct. 2012)。

6　樽本照雄：《包天笑翻訳原本を探求する》，《清末小说から（通讯）》第 45 期（1997 年 4 月 1 日）；范烟桥：《民国旧派小说史略》，魏绍昌编：《鸳鸯蝴蝶派研究资料》，页 229；董新宇：《看与被看之间：对中国无声电影的文化研究》，页 78。

等的近期研究表明，《野の花》事实上几乎直译自《女人的错》。[1] 尽管如此，本文仍以《林恩东镇》为源头进行探讨，因为本文关注的重点是它提供的故事原型。种种迹象显示，此一故事原型与《女人的错》《野の花》和《空谷兰》之间确实存在千丝万缕的关系，展示了一个通俗文化文本所衍生出的复杂网络。

　　明治时代（1868—1912）的日本文学界翻译西方小说之风盛行，通俗印刷媒体的勃兴为其提供了沃土。[2] 就文学类型而言，感伤主义与情节剧占据主流地位，日本学者 Ken Ito 甚至将 19、20 世纪之交的日本称为"情节剧时代"（an age of melodrama）。[3]《野の花》的诞生植根于此一文学场域。布瑞姆女士另一部更著名的小说《多拉·索恩》（Dora Thorne）由菊池幽芳（1870—1947）改写成日文，日后被搬上舞台，成为新派剧（shinpa）的经典。[4] 类似的例子不胜枚举。

　　《野の花》出版之后，这一维多利亚故事的东亚之旅继续延展。甲午战后中、日文化交流日益频繁，这个故事在此浪潮中来到中国。如前所述，是包天笑将其介绍给了中国读者。那时候他们的小书店已结束营业，包天笑来到了上海，任职于《时报》。《时报》创办于 1904 年，是当时典型的都市报，除了新闻、评论和特写等内容外，还有"文艺"专栏刊登连载小说和诗歌杂文。以《野の花》为蓝本的《空谷兰》于 1910 年 4 月 11 日开始在《时报》连载[5]，上海有正书局不久后发行了单行

1　Satoru Saito 教授在会议论文 "Translating the Nation: Kuroiwa Ruikō's Serialized Fictions at the Turn of the 20th Century"（AAS annual conference, Toronto, 15 March 2012）提供了此一重要线索。在听他的报告之前，笔者以现有的研究为讯息来源，一直误认为《林恩东镇》为《野の花》之原著。根据 Saito 教授提供的线索，笔者阅读了《女人的错》原本，可确信此小说为所有日本和中文版的真正原作。

2　Joshua S. Mostow, et al. eds., *The Columbia Companion to Modern East Asian Literature* (New York: Columbia University Press, 2003), vol. 22, pp. 54, 59.

3　Ken Ito, *An Age of Melodrama: Family, Gender, and Social Hierarchy in the Turn-of-the-Century Japanese Novel* (Stanford, Calif.: Stanford University Press, 2008).

4　Siyuan Liu, "The Impact of Japanese *Shinpa* on Early Chinese *Huaju*," p. 170. 有关《多拉·索恩》经由日本传译到中国的研究，参见潘少瑜：《维多利亚〈红楼梦〉：晚清翻译小说〈红泪影〉的文学系谱与文化译写》，《台大中文学报》第 39 期（2012 年 12 月），页 247—294。该文与拙文英文版同时刊出，故英文版未包含此书目，现特此补上。

5　《空谷兰》自 1910 年 4 月 11 日开始在《时报》连载。关于其发行状况，参见包天笑：《钏影楼回忆录续篇》，页 96。

本 [1]。其后数十年间，再版与重写源源不绝出现。比如上海图书馆目前收藏的两个版本，一为 1924 年有正书局的再版，一为 1935 年上海育新书局印行的王南邨的重写版。在此过程中，《空谷兰》与两种文化潮流息息相关：就形式而言，它是晚清报刊连载小说的典型 [2]；就其煽情耸动的情节而言，它当之无愧是林培瑞所定义的"中产阶级小说"（bourgeois fiction）或"感伤小说"（sentimental novel）的代表。[3] 这两种交织的文化现象与前文述及的英国维多利亚时代和日本明治时代的文学场域颇多类似。

1914 年，上海新剧社团新民社将《空谷兰》搬上舞台。新民社由郑正秋（1889—1935）创立，郑正秋乃上海文化界的活跃分子，身兼剧评家、编辑、剧作家和电影导演等数职。[4] 新剧（又称文明戏）兴盛于 1910 年代，受西方舞台剧和日本新派剧之影响，以念白取代传统戏剧的音乐和唱腔。《空谷兰》成为当时广受欢迎的新剧经典剧目 [5]，是 1910 年代中期兴盛一时的"家庭戏"之代表。据戏剧家徐半梅（1880—1961）和欧阳予倩（1889—1962）的回忆，新民社是家庭戏这一新剧类型的开创者。[6]

数年之后，郑正秋与戏剧界的几位同仁转向电影新领域，于 1922 年创立上海明星影片公司。他们再度想到《空谷兰》，并将之搬上银幕。1925 年春节该剧在上海首映之后，创下中国电影默片时代的票房纪录。[7] 有趣的是，1931 年 10 月当好

1　樽本照雄编：《新编增补清末民初小说目录》（贺伟译，济南：齐鲁书社，2002 年），页 372。

2　Alexander Des Forges, "Building Shanghai, One Page at a Time: The Aesthetics of Installment Fiction at the Turn of the Century," *The Journal of Asian Studies* 62/3 (Aug. 2003): 781, 783. 亦参见 Alexander Des Forges, *Mediasphere Shanghai: The Aesthetics of Cultural Production* (Honolulu: University of Hawai'i Press, 2007)。

3　Link, *Mandarin Ducks and Butterflies*, p. 54.

4　木子：《郑正秋生平系年》，《当代电影》1989 年第 1 期，页 96—103。

5　濑户宏：《新民社上演演目一览》，http://pub.idisk-just.com/fview/wlQ4QSijxnYJAVg__fQlZv2HoY4W1og8G_d0LbOI7fVbpfnt2Yu6NFX5mqum3TykKA2hP1QlxqQ/5paw5rCR56S-5LiK5ryU5ryU55uu5LiA6Kan.pdf (Accessed 25 Oct. 2012)，页 2；濑户宏：《民鸣社上演演目一览》（名古屋：翠书房，2003 年），页 3。

6　徐半梅：《话剧创始期回忆录》（北京：中国戏剧出版社，1957 年），页 52；欧阳予倩：《谈文明戏》，《欧阳予倩戏剧论文集》（上海：上海文艺出版社，1984 年），页 194—195。

7　另见范烟桥编：《明星影片公司年表》。根据此资料，该片票房收入为 132337.17 元。一般来说，电影票的平均单价低于 0.5 元，那么至少有 26 万观众观看了该片。很可惜此片已遗失。

莱坞福克斯公司的《林恩东镇》(导演 Frank Lloyd，1931 年) 在上海放映时，其中文译名为《空谷兰馨》[1]。由此可见在当时人心目中，《林恩东镇》与《空谷兰》确有关系。这是一个有趣的历史节点，不同的（但相关的）文化产品既在真实的时空相遇，也在虚拟的以叙事、影像和语言符号构成的"媒体景观"中产生碰撞与对话。1934 年，明星影片公司将《空谷兰》翻拍成有声电影，再度大为卖座，1935 年初在上海新光大戏院影院首轮连映达 42 天之久 [2]，不久后该片被选为莫斯科国际电影节参赛影片 [3]。之后，此一维多利亚故事的"后代"回到欧洲，在柏林、巴黎和米兰上映。[4]电影公司宣传员为《空谷兰》贴上"哀情片"之标签[5]，此名源自 1910 年代初极为流行的"哀情小说"，如徐枕亚的《玉梨魂》(1912 年) 等。不少早期电影改编自此类小说，此文学类型由此跨界进入电影领域，《空谷兰》是此电影类型的早期代表作。

　　以上勾勒了此一维多利亚故事的跨国行旅过程，这张行程表显示，大众媒体和文化工业的全球性发展提供了重要的推动助力，联结起各国度之间貌似互不相关的本土文艺类型和文化潮流。1860 年代英国家庭杂志、1870 年代美国的故事刊物、1900 年代的日本小报以及 1910 年代上海的都市报深具可比性，它们均为现代印刷工业的产物，均刊登连载小说和趣闻逸事，均面向都市中产阶级读者群。英国出版商本特利，美国出版商史居特与史密斯，日本的扶桑堂和中国的有正书局同样都是印刷资本主义的代表。这些可比性解释了为何此维多利亚故事能进入海外读者的视野。

　　文学领域的潮流进入戏剧和电影界自不稀奇，小说、戏剧（电影）之间的改编自古有之。中国民间传统戏剧和小说本就是相互交叠的类型。19 世纪初期日本小说

1　见《新闻报》第 20 版广告（1931 年 10 月 20 日）。

2　见《新闻报》电影广告（1935 年 2 月 3 日至 3 月 16 日）。当时电影的首轮放映时间通常少于一周。

3　《周剑云胡蝶在苏俄》，《明星半月刊》第 1 卷第 4 期（1935 年 6 月 1 日），页 11、14。

4　通常不是商业放映，主要用来招待中国留学生、电影业同行等。在柏林的放映情况见《明星半月刊》第 1 卷第 2 期（1935 年 5 月 16 日），页 19；巴黎的放映情况见《明星半月刊》第 1 卷第 6 期（1935 年 7 月 1 日），页 1。

5　《新闻报》第 1 张第 1 版（1926 年 2 月 8 日）。

的主题、叙事元素等常来自戏剧。[1] 维多利亚时代的舞台剧和 20 世纪的好莱坞电影常改编自文学。19 世纪以来日益频繁的跨文化接触促使通俗文化产品的素材和类型愈加全球化。欧洲情节剧、好莱坞电影、日本新派剧、中国的新剧和哀情电影在形式和内容上多有交叉。如果说书籍期刊与戏剧的读者／观众一般局限在国家界限之内，电影自诞生之始便是全球化的生意，而且影像语言更具普适性，尤其是默片。

从《林恩东镇》《女人的错》到《野の花》和《空谷兰》的演变呈现了一幅日益全球化、工业化和商业化的"媒体景观"。但"媒体景观"这一概念的重要性不仅关乎媒体本身，也关乎内容——如阿帕度莱所言，"以影像为中心、叙事为基础的对现实碎片之描述"[2]。本文下一节将分析比较此"一"故事之不同版本的叙事元素。在笔者搜集到的 9 个版本中[3]，本文主要集中在以下 4 个版本：小说《林恩东镇》《女人的错》《野の花》以及有声电影《空谷兰》，因为它们分别出自维多利亚英国、明治日本和民国时期中国。其他版本在必要时亦纳入分析比较。[4] 细读这些版本，将会发现这些故事情节的诸多连接线索。

二、情感社群

《林恩东镇》的女主角伊莎贝尔小姐（Lady Isabel）出身没落贵族家庭，她嫁给

---

1 Jonathan Zwicker, *Practices of the Sentimental Imagination: Melodrama, the Novel, and the Social Imaginary in Nineteenth-Century Japan* (Cambridge, Mass.: Harvard University Press, 2006), p. 100.

2 Arjun Appadurai, "Disjuncture and Difference in the Global Cultural Economy," *Public Culture* 2/2 (Spring 1990): 9.

3 这 9 个版本是：Ellen Wood, *East Lynne* (New York: Oxford University Press, 2005)；Charlotte M. Brame, *A Woman's Error* (London: Associated Newspapers, n.d.)；Albert, *East Lynne* (New York: Samuel French, 1941)；黑岩泪香：《野の花》(东京：扶桑堂，1909 年)；包天笑：《空谷兰》(上海：有正书局，1924 年)；王南邨：《空谷兰》(上海：育新书局，1935 年)；新剧剧本《空谷兰》，上海市传统剧目编辑委员会编：《传统剧目汇编·通俗话剧卷》卷 6 (上海：上海文艺出版社，1959 年)，页 62—107；默片《空谷兰》的剧情梗概和字幕见郑培为、刘桂清编选：《中国无声电影剧本》(北京：中国电影出版社，1996 年)，页 558—580；1935 年有声电影的残片 (现存 47 分钟。2012 年 4 月笔者在北京的中国电影资料馆观看了此残片，特此感谢陈墨教授和萧知纬教授的鼎力协助。——引者注)。

4 很遗憾尚无机会观看收藏于美国加州大学洛杉矶分校的 1931 年的好莱坞电影版，否则亦应纳入分析。

律师阿契鲍·卡莱勒（Archibald Carlyle），虽然深爱对方，但中产阶级家庭生活让她感到颇多不适。当发现丈夫与青梅竹马的邻家女子芭芭拉·海尔（Barbara Hare）过从甚密（实则在密谋拯救受冤枉而卷入命案的芭芭拉哥哥），她怀疑丈夫不忠，痛不欲生。适逢贵族公子弗朗西斯·列文森（Francis Levison）正对其大献殷勤，她听信其谗言挑拨，抛下丈夫与孩子，在一个月圆之夜与之私奔。可是贵族公子不久后即弃她而去，另觅新欢。更不幸的是，在一次火车事故中，她受伤严重，惨遭毁容，医院误将其列入死者名单。之后她隐姓埋名，以担任家庭教师为生，而她的前夫则与芭芭拉结婚。当她偶然获知前夫家招聘家庭教师，出于对孩子的强烈思念，她毅然冒名易装前往。她的儿子罹患肺病，她倾尽全力悉心照料，却没能挽救他的生命，临死仍不知她的真实身份，令她肝肠欲断。经此打击，她也病倒了，在临死前向丈夫告白，最终获得了他的原谅。

《女人的错》围绕一相似的三角关系展开，当然两者情节差异也不小。伊莎贝尔的对应角色薇兰特·坦堡（Violante Temple）是一乡村律师的女儿，她未经雕饰的自然美和羞怯之态令贵族公子魏安·希尔文（Vivian Selwyn）勋爵一见倾心，后者不久便向她求婚。婚后两人住在希尔文城堡，未经世事的薇兰特对贵族家庭生活和社交感到格格不入，而美丽高贵的魏安的表妹碧奇思·莱（Beatrice Leigh）则游刃有余。碧奇思一直梦想嫁给魏安，出于妒忌之心，她暗中使计，对薇兰特百般戏弄折磨，令其几乎崩溃。虽然丈夫其实对她始终如一，但当某一夜在花园中意外发现魏安和碧奇思在一起，薇兰特疯狂地以为自己已经失去了丈夫的心，决意离家出走。忍痛告别幼子后，她带着女仆去坐火车，女仆在火车事故中不幸丧生，因其面貌近似女主人，被误认为薇兰特。真正的薇兰特隐姓埋名生活在一个偏僻的小村庄，但对儿子的强烈思念折磨着她，驱使她最终回到丈夫的城市，改名易装，在碧奇思（已嫁给魏安）开办的小学担任老师。当儿子病重时，薇兰特倾心照料，并识破碧奇思的毒计，拯救了儿子的性命。碧奇思随后死于意外事故，薇兰特揭晓了她的真实身份，一家三口终获团圆。

《野の花》的情节直接依据《女人的错》，《空谷兰》也基本译自《野の花》，但日本和中国的版本并非完全忠实于原著，与现代意义上的翻译不同。黑岩泪香和包天笑都为各自的故事加入了本土元素。比如人物都采用本土名字。魏安、薇兰特和碧奇思在《野の花》中分别是濑水冽、陶村澄子和青柳品子，在《空谷兰》中则是兰苏（小说）/纪兰苏（电影）、陶村纫珠/陶纫珠、青柳柔云/柔云。命名或依据发音或依据含义，如"Semizu"（濑水）之发音接近"Selwyn"（希尔文），薇兰特日文名字中的"澄"代表其品性之纯洁，而"品"则代表尊贵，象征碧奇思出身之高贵。[1]

《空谷兰》中，"兰苏"与"濑水"的汉字发音接近，在中文语境中亦足够风雅。兰花之意象同时出现在男主人公名字和小说标题中，显示包天笑（及其同时代文人）仍未忘情于古典趣味。兰之优雅自古为文人墨客所广为吟咏，"空谷兰"之意象想必来自"孤兰生幽园"或"兰生幽谷无人识"等经典诗词名句。[2]"空谷"与纫珠之"珠"也可能取自杜甫《佳人》中的句子"绝代有佳人，幽居在空谷""侍婢卖珠回"[3]。而英文标题《女人的错》（A Woman's Error）无法激发中国读者的文化联想。中文标题保留了日文标题中"花"之主题，但野花（或旷野中的花）在中文语境中不够婉约。黑岩泪香可能以野花象征女主人公之纯洁，传达了对前现代之田园野趣的乡愁；而中文的"野花"让人联想到"家花不如野花香"等不甚雅观的俗语，故以更符合文人雅趣的意象"空谷兰"取代之。

翻译背后的文化细节甚堪回味，显示译者对本土读者趣味之细心体贴。不过，日文和中文版仍沿用英文故事发生的地点莱斯特郡（Leicestershire），在《空谷兰》中被音译为"兰士特迦村"[4]。《时报》连载时皆配有插图，均为西方人物和场景（图 3-1、3-2）。所有这些要素构成奇怪却有趣之拼贴效应，英国、日本和中国元素相安无事地共存于此"混搭"（hybrid）的跨文化文本中。

---

1 参见 Siyuan Liu, "The Impact of Japanese *Shinpa* on Early Chinese *Huaju*," pp. 173–174。

2 李白：《古风（其三十八）》，《李太白全集》（北京：中华书局，1977 年），卷 1，页 136；苏辙：《种兰》，《苏辙集》（北京：中华书局，1990 年），卷 1，页 340。

3 杜甫：《佳人》，傅东华编：《杜甫诗》（台北：商务印书馆，1968 年），页 90。感谢郑文惠教授提出此则诠释。

4 包天笑：《空谷兰》，卷 1，页 10。

图 3-1 《空谷兰》插图　　　　　　　　图 3-2 《空谷兰》插图
（《时报》1910 年 4 月 25 日）　　　　（《时报》1910 年 4 月 27 日）

　　尽管各版本之间在细节上差异甚巨，但笔者对 9 个版本的研究发现，故事的核心始终未变：夫妇甲（阿契鲍、魏安、濑水冽、兰荪）和乙（伊莎贝尔、薇兰特、澄子、纫珠）的幸福生活因丙（芭芭拉、碧奇思、品子、柔云）的介入而遭破坏。妻子乙因此离家出走，遇交通事故，误报为死亡。甲与丙结为夫妇。数年后乙隐姓埋名和伪装后回到前夫家，照顾自己的病儿，最终揭晓自己的真实身份。故事情节充满耸动煽情的元素，如情敌、妒忌、密谋、误会、意外事故、双重身份、伪装、母爱、临终病榻（deathbed）、重婚、复仇和真相大白。下文将着重分析不同版本如何处理三个最耸动煽情的关键时刻：女主人公离家出走的那个"致命的夜晚"、火车事故，及女主人公伪装后返家，并讨论不同的媒体如何运用各自的技术手段强化戏剧效果。

（一）那个"致命的夜晚"

　　故事的第一个高潮是牛津大学教授提及的那个"致命的夜晚"。《林恩东镇》

图 3-3 《林恩东镇》舞台剧海报
（1881 年，美国国会图书馆藏）

图 3-4 《空谷兰》封面
（上海育新书局，1935 年，上海图书馆藏）

1881 年舞台剧的海报即描绘了这个月夜，列文森正用谗言劝说伊莎贝尔，后者表情痛苦，显然因为发现了画面背景中丈夫和邻家女子在树丛中密谈（图 3-3）。无独有偶，1935 年上海育新书局出版的王南邨版《空谷兰》，封面同样描绘此夜晚，兰荪与柔云依偎在一轮满月之下（图 3-4），这一画面邀请读者从妻子纫珠的视角窥视，进而同情她的感受。1935 年明星公司的电影《空谷兰》中，该场景以一移动长镜头开始，镜头缓缓随着纫珠的步伐移动，纫珠穿过洒满月光的花园，来到一座西式亭子前，忽然发现兰荪和柔云坐在那里。镜头切回纫珠，只见她躲在一棵树后面偷窥。紧接着是一个纫珠的面部特写，展示她一刹那的复杂情绪。下一个中景镜头中，容光焕发的柔云与半醉的兰荪在亲密交谈，然后镜头在纫珠的特写和柔云、兰荪的中景镜头间切换。下一个特写镜头中，纫珠绝望地哭泣。此段最后一个镜头呼应第一个镜头，以运动长镜头追随匆匆往回走的纫珠，同时远处宴会厅中传来音乐和人声。

从艺术角度看，影片的场面调度（mise-en-scene）、摄影、剪辑和声效并非高超，但符合好莱坞经典叙事原则，带领观众从纫珠的视角体会故事中的情绪。月光下柔云胜利者的微笑与树影下纫珠绝望的表情形成鲜明对照，宴会厅中欢快的音乐反衬纫珠的心碎与痛苦。下一场景发生在纫珠卧室，她给丈夫写了告别信，并与摇篮中的儿子含泪告别。这一场景还暗含了一个关键线索，铺垫下文。当身着白色衣裙的纫珠站在画面左侧招呼女仆翠儿，身着深色衣衫的翠儿从右侧走出来，与纫珠面对面，至此观众可清楚看到两者长得一模一样。这一线索为下文的火车事故桥段做了重要铺垫。

此处运用了当时流行的摄影技术"双重曝光"，即一人分饰两角，对情节发展至关重要。1925 年的默片中也使用了这一技术。明星公司的文宣深知此噱头的吸引力，在广告中特此强调：《空谷兰》摄影是仿取美国电影界最新之摄影术。"[1] 影评人的确对此技术大为赞叹："张织云且于此剧中饰演二角，同时出现，各有表情，而能使观者不知其为一人也。此种表演，全恃摄术之灵巧。"[2] 一人分饰两角在当时持续流行。如 1934 年的票房冠军《姊妹花》中，胡蝶（1908—1989）一人饰演一对双胞胎姊妹，1935 年《空谷兰》中的纫珠与翠儿亦由胡蝶饰演。在制造一模一样的惊奇效果方面，其他媒介显然无法与摄影技术相媲美。《女人的错》里也有此一设计，女仆特蕾莎·波登（Theresa Bowden）与女主人薇兰特惊人相似，但是借由碧奇思的话来交代："你不觉得她跟你长得很像吗？她的头发，她的身高，她的肤色，都与你一样。雇佣她是个严重错误。想想看别人会怎么说！"[3]《野の花》中，黑岩泪香同样借用品子之口交代澄子与女仆之相像。[4] 1935 年王南邨的小说这样介绍翠儿："她的相貌倒与纫珠有六七十分相似。"[5] 但文字显然无法制造与电影特技一样的耸动效果。1914 年的舞台剧中根本没交代"相貌相似"这一点，翠儿只是因为拿

---

1 《新闻报》第 1 张第 1 版（1926 年 3 月 8 日）。

2 毅华：《国产电影取材名小说之先声》，《良友》第 1 期（1926 年 2 月 15 日），页 16。

3 Brame, *A Woman's Error*, p. 53.

4 黑岩泪香：《野の花》，卷 1，页 175。

5 王南邨：《空谷兰》，页 42。

了纫珠的手提包而导致被误认。[1] 舞台演出中一人显然无法分饰两角出现在同一场景中。在此意义上，电影媒体扩大了维多利亚小说的耸动效果。这一"致命的夜晚"在所有版本中均是情节发展的第一个关键点。此一情节导致了下一个更具耸动效果的事件：火车事故。

（二）撞车了！

19、20 世纪之交的西方社会，人们对都市化进程中日益加剧的感官刺激产生普遍焦虑，而这也成为现代性经验的重要组成部分。现代交通所造成的事故是焦虑的源头之一，也是新闻报道最热衷的内容。[2] 这一普遍的精神状态也许可解释为何火车事故在《林恩东镇》及其所有衍生版本中成为推动情节发展之关键。《林恩东镇》中，事故发生在法国小镇卡梅尔（Cammère）："火车马上就要进站了，可是突然一声巨响，如同天崩地裂，火车头、车厢和乘客滚下铁轨，堆挤成一团。夜色渐浓，更添阴惨恐怖。"[3] 布瑞姆女士笔下，事故发生在意大利小镇塞迪（Sedi）："突然一阵巨响，一声轰鸣，在嘶嘶作响的蒸汽白烟中，两列火车迎头相撞，车体脱轨，变形，倒向山谷中的葡萄园！撞车了！"[4] 黑岩泪香的叙述则相对较平实，仅交代两列火车相撞，乘客感到天崩地裂。[5] 包天笑采用黑岩的手法，但从翠儿角度叙述："听得一声天崩地裂般响，往来两个火车头撞了个头拳儿。"[6]

作家可充分享受文字的自由来描述事故之可怖，剧作家则面临更多限制。在

1　新剧剧本《空谷兰》，页 89。

2　参见 Ben Singer, *Melodrama and Modernity: Early Sensational Cinema and Its Contexts*, pp. 59–100。

3　Wood, *East Lynne*, p. 320. 原文："The train was within a short distance of the station when there came a sudden shock and crash as of the day of doom; and engine, carriages, and passengers lay in one confused mass at the foot of a steep embankment. The gathering darkness added to the awful confusion."

4　Brame, *A Woman's Error*, p. 129. 原文："…there came a terrible shock, a terrible noise, a hissing of stream, a crashing as of broken carriages, a rushing, blinding, bewildering shock, as two trains met with deadly force, and one forced the other over the embankment into the vine-wreathed valley below! A collision!"

5　黑岩泪香：《野の花》，卷 1，页 184。原文："天地も一时に覆へるかと思ふ程に感じたのは。"

6　包天笑：《空谷兰》，卷 1，页 110。

1941 年的美国版《林恩东镇》舞台剧中，观众只能从伊莎贝尔和女仆对话中想象这一事故："（沉重的）我经历了那场事故，乔伊斯，他们将另一位女子误认为我，以我的名字将她埋葬。"[1] 其中没有任何视觉呈现。在 1935 年的电影《空谷兰》中，此段落由九个镜头组成：

1.（特写）火车站，敲钟；

2.（特写）铁轨信号灯；

3.（特写）滚滚的车轮，画面左下方有一只脚踩着信号控制阀；

4.（中景）翠儿登上火车，背对观众；

5.（全景）宴会厅中的餐桌，兰荪喝醉；

6.（大全景）一列火车 A 从左至右在夜色中疾驰；

7.（全景）另一列火车 B 从右至左行驶，火车头冒着白色蒸汽，轰鸣声渐响；

8.（全景）火车 A 从左边画面进入，与 B 相撞，爆炸；

9.（特写）拍电报的手，拍电报的劈啪声响更添紧张气氛。

　　导演张石川（1890—1953）有效运用剪辑节奏等电影技巧呈现此一事故。一开头，钟、信号灯和车轮的特写镜头以正常速度剪切，平静中暗含不祥之感，为即将发生的灾难做心理上的铺垫。镜头 7 中火车轰鸣声不断增强，观众心理层面的不祥感亦随之加剧。插入明亮奢华的宴会厅内景（镜头 5）与火车疾驰于黑暗郊野的外景形成鲜明对照，再度增强情感上的紧张感。如果没有火车，镜头 6 和 7 的构图如同中国传统山水画，夜色山影，明月高悬。但宁静的夜色被火车的闯入所破坏，轰鸣、蒸汽和爆炸与山水画之情调背道而驰。无独有偶，两部同时代的外国电影均以中国的火车为背景，亦均将火车描述为危险的场所：一部为 1929 年的苏联电影《蓝色快车》（The Blue Express/Goluboy ekspress，导演 Ilya Trauberg），另一部为 1932 年的好莱坞电影《上海特快》（Shanghai Express，导演 Josef von Sternberg，Paramount）。对火车的恐惧似乎呼应了世纪之交西方社会的现代性焦虑，同时也掺

1　Albert, *East Lynne*, p. 125.

杂了以"黄祸"（Yellow Peril）话语为核心的东方想象。[1]

此外值得注意的是，在这部 1935 年的电影中，导演纯以电影技巧表现煽情耸动，同早期电影中逼真的现实主义描绘很不同。1923 年明星公司拍摄一部引起巨大争议的电影——《张欣生》，这部以凶杀案为题材的影片栩栩如生地呈现尸体解剖等细节，其"现实主义"效果强烈刺激了观众，遭到电影检查官和社会精英的谴责。[2]《空谷兰》在处理死亡情节方面则含蓄许多。镜头 9 中，事故的严重性仅以急促拍电报的视听效果传达。随后段落中，兰荪与纫珠父亲到停尸房与女儿告别，视觉画面仅呈现由白布覆盖的尸体，受害者如何面目全非等细节仅由铁路员工用语言略为交代。显然，此时的中国电影已走出对"死亡叙事"的病态执迷。有趣的是，据影评人的描述，1914 年的新剧《空谷兰》中，柔云"坠山惨死""血污满面"令人联想到翠儿火车事故后"露真一幕"。[3] 可以推测，戏剧导演可能用化妆技巧展现了这些恐怖面目，以制造惊悚效果。布瑞姆女士亦以相当耸动的文字描绘此场景："他们将尸体抬起来——那曾经如此年轻貌美的女人！当看到那花容月貌的面庞受挤压而变形，完全不成人形，几个强壮的男人也忍不住发出恐怖的尖叫。"[4] 这一事故与误认死者的情节是故事进一步戏剧性发展的前奏。

（三）暗自哭泣的心

那个"致命的夜晚"所发生的一系列戏剧性情节将故事推向煽情耸动的下一个高潮，在故事第二部分展开。煽情耸动的核心在于伪装与揭晓之间的张力。《林恩东镇》的读者可从女仆薇尔森（Wilson）的视角观察伊莎贝尔小姐（现在是家庭女

1　就 *Shanghai Express* 与"黄祸"之关系的探讨，参见 Gina Marchetti, *Romance and the "Yellow Peril": Race, Sex, and Discursive Strategies in Hollywood Fiction* (Berkeley and Los Angeles: University of California Press, 1994), pp. 57–58。

2　程步高：《影坛忆旧》（北京：中国电影出版社，1983 年），页 70—71。

3　铁柔：《新民新剧社之前后本〈空谷兰〉》，《剧场月报》第 1 期（1914 年 1 月）。

4　Brame, *A Woman's Error*, p. 130. 原文："They raised the body—it was that of a woman, young and fair—but from those strong men rose a cry of dread, as they saw what once had been a fair face, crushed and mangled, all semblance of humanity marred and deadened."

图 3-5　《空谷兰》剧照（《戏剧电影》第 1 卷第 2 期，1926 年）

教师维涅女士（Mrs. Vine）："薇尔森想，她从未见过像新来的家庭女教师那么怪异的形象。蓝色的墨镜遮住大半张脸；她怎么会想到把脖子以那种方式紧紧系住？还是男式的衣领和领巾！"[1]《女人的错》中薇兰特变成了在慈善小学任教的瑞韦斯夫人（Mrs Rivers），她剪短了金色的长发，戴着寡妇帽，身着粗布黑衣。[2] 纫珠在 1925 年的默片中戴着黑色墨镜（图 3-5），1935 年的有声电影则以更戏剧性的方式描述其如何伪装。决定应征那教师职位之后，纫珠取出一本书，特写镜头显示书名为《改妆变容术》。下一特写镜头是时钟指向一点一刻，接着是两点三刻。一个半小时之后，纫珠戴着一副眼镜（不是墨镜），头发盘起，说话带浓重方言口音。当她假装客人敲自己家的门，连仆人和父亲都没认出她来。

　　伪装后的女主角回到原来的家，都陷入激烈的情感旋涡。看到情敌取代自己在

1　Wood, *East Lynne*, pp. 409–410. 原文："Wilson was thinking she never saw such a mortal fright as the new governess. The blue spectacles capped everything, she decided; and what on earth made her tie up her throat, in that fashion, for? As well wear a man's collar and stock, at once!"

2　Brame, *A Woman's Error*, p. 145.

丈夫身边，她们感到妒忌；面对自己的亲生儿子而不能相认，她们感到痛苦。最戏剧性的时刻莫过于面对自己的"遗像"。1909 年的单行本《野の花》中仅含两幅插图，其中之一便描绘此情景（图 3-6）。《女人的错》中，薇兰特的儿子带她去看"先母"之像："她的心在跳，她的脑袋在燃烧；但必须撑过去！慢慢地她抬起眼睛。那是她吗？——如此可爱，如此靓丽。"[1] 包天笑则在小说中写纫珠"觉得阵阵心酸恨不逃出他书房"[2]。1935 年的影片中，也是儿子带领纫珠伪装的老师去看母亲的遗像，它悬挂在厅堂，两侧挂着挽联"秋归兰莫纫，露泻泪成珠"，巧妙地将兰荪与纫珠的名

图 3-6 《野の花》单行本插图
（1909 年，日本国会图书馆藏）

字镶嵌其间，表达兰荪的悲伤、怀念与爱。站在照片前，一个反映镜头展示纫珠强烈的情感起伏。1925 年的默片中也有同样场景，剧照还刊登在 1926 年的《戏剧电影》杂志（图 3-5）。

无独有偶，类似情节也出现在 1920 年代的通俗小说《恋爱与义务》和 1930 年代根据该小说改编的电影。《恋爱与义务》的作者是波兰女作家华罗琛（S. Horose，1883—1970），她嫁给一位元中国工程师，长期生活在中国。[3] 小说最初是法文版，

1　Brame, *A Woman's Error*, p. 189. 原文："[h]er heart beat, and her brain burned; but it must be done! Slowly she raised her eyes. Was she ever like that?—so lovely, so bright."

2　包天笑：《空谷兰》，卷 2，页 61。

3　对《恋爱与义务》之详细研究参见 Thomas Kampen, "Die chinesische Verfilmung des Romans *Love and Duty* der europäischen Schriftstellerin Horose," in Roswitha Badry, Maria Rohrer, Karin Steiner eds., *Liebe, Sexualität, Ehe und Partnerschaft-Paradigmen im Wandel* (Freiburg: FWPF, 2009), pp. 197–204。

商务印书馆 1924 年出版了中文版，1926 年又出版了英文版。[1]1931 年，联华电影公司将其搬上银幕，由卜万苍（1903—1974）导演，阮玲玉（1910—1935）主演。阮玲玉饰演一位受过教育的富家小姐，因追求爱情而逃离包办婚姻，与爱人私奔，生下一个女儿之后，爱人不幸去世，她带着女儿艰难生活，忍受贫穷与道德指责。最戏剧性的情节是，她以裁缝的身份回到原来丈夫的家，却发现女儿和她原先的儿子正相爱。[2]《恋爱与义务》写于《林恩东镇》及其各衍生版本之后，但没有明显证据显示其受影响。笔者认为这些偶然（或不偶然）的相似性恰说明煽情耸动主义在本文所讨论的漫长时段中在流行文化领域内的影响力。有意思的是，1932 年，巴黎的玛德莲出版公司（Editions de la Madeleine）出版了《恋爱与义务》的法文版，标题改为 *La Symphonie des Ombres Chinoises: Idylle*（《中国魅影交响乐：田园诗》）[3]。1990 年代，《恋爱与义务》的电影拷贝在遗失半个世纪后在乌拉圭被意外发现。这些事实说明，尚有许多未知的环球旅行故事等待我们发现，煽情耸动的叙事与影像经由环球旅行而产生无法预期的影响。

综上所述，从《林恩东镇》到《空谷兰》的各版本之间无论差异如何，上述三个关键情节构成故事的核心，也是这些文化产品吸引各地阅读 / 观看之公众的关键。从各地的本土文化背景来看，这些煽情耸动故事的诞生并不奇怪。丑闻、犯罪、悬疑和事故是英国维多利亚时代耸动小说和报纸最津津乐道的主题。[4]学者一般认为此类文学之兴盛源自工业化和都市化带来的焦虑。如迪波拉·温妮所总结的，现代性的焦虑来自阶级、经济、性别、婚姻、家庭及个人心理等各方面的变动，现代性已作为破坏性力量侵入家庭生活。[5]耸动小说成为现代性的一种表达，传递了当代读者的感受，满足了他们的心理渴求。因为深具"煽情"这一相关的特征，《林

1　罗琛：《恋爱与义务》（上海：商务印书馆，1924 年）；S. Horose, *Love and Duty: The Love Story of a Chinese Girl* (Shanghai: Commercial Press, 1926)。

2　笔者于 2010 年 7 月在台北的电影资料馆观看了此影片。影片片段见 http://catalog.digitalarchives.tw/item/00/36/22/5d.html (Accessed 25 Oct. 2012)。

3　S. Horose, *La Symphonie des Ombres Chinoises: Idylle* (Paris: Editions de la Madeleine, 1932).

4　Graham Law, *Serializing Fiction in the Victorian Press* (Basingstoke and New York: Palgrave, 2000), p. 7.

5　见 Wynne, *The Sensation Novel and the Victorian Family Magazine*, pp. 2–3。

恩东镇》与《女人的错》能让几代人为之流泪亦不稀奇。[1] 感伤小说（sentimental novel）是 18 世纪英国文学的重要类型，最著名的作品包括《查尔斯·格兰迪逊先生》（*Sir Charles Grandison*, Samuel Richardson, 1754）、《从法国到意大利的感伤行旅》（*Sentimental Journey through France and Italy*, Laurence Sterne, 1768）和《重感觉的男人》（*The Man of Feeling*, Henry Mackenzie, 1771）等。感伤主义的盛行被视为在逐渐世俗化的世界中，人们试图"恢复情感在人类行为中的地位"[2]。《林恩东镇》显然受此文学潮流之影响。

《野の花》的日本读者同样经常为煽情故事掉泪，甚至有一类流行小说在日语中直接被称为"泪书"（*nakihon*），流行于整个 19 世纪。日本文学史学者乔纳森·茨威克（Jonathan Zwicker）甚至认为 18、19 世纪之交开始盛行的"人情本"（*ninjōbon*）标志着新的"美学想象"与"社会想象"，很大程度上，"19 世纪日本文学的历史就是一部眼泪的历史"[3]。这一文学现象是印刷与本土文学市场兴起的结果，具体而言，包括如下三个要素：一、文学的侧重点从语言游戏转向情节，二、提供借阅的图书馆之出现以及小说在此类图书馆中的重要地位，三、书籍在日常生活中的重要性日增。[4] 值得注意的是，18 世纪中叶之后，中国的白话小说如《金瓶梅》《红楼梦》等涌入日本市场，日本与中国在通俗文化领域的交流在前现代已经相当频繁。[5] 明治时代欧洲文学的涌入是此一引介外来小说潮流的延续，情节与感伤煽情是这些小说吸引日本读者的重要元素，如陀思妥耶夫斯基（Fyodor Dostoevsky，1821—1881）的经典名著《罪与罚》（*Crime and Punishment*）主要被当作侦探小说来阅读。[6] 在此文

1　比如印度作家纳日亚（R. K. Narayan，1906—2001）在他 1975 年的回忆录《我的生活》（*My Days*）中写他阅读《林恩东镇》的感受："一读再读，它总能使我喉咙作哽，那是一种最奢侈的悲伤。"引自 Dinah Birch, "Fear Among the Teacups" (Review of *East Lynne* by Ellen Wood, edited by Andrew Maunder), *London Review of Books* 23/3 (8 Feb. 2001): 22。

2　见 G. A. Starr, "Sentimental Novel of the Later Eighteenth Century," in John Richetti, et al. eds., *The Columbia History of the British Novel* (New York: Columbia University Press, 1994), p. 184。

3　Zwicker, *Practices of the Sentimental Imagination*, p. 90.

4　Ibid., p. 72.

5　Ibid., pp. 128–141.

6　Ibid., p. 165.

化背景之下，我们更容易理解为何《女人的错》及其同类作品被引介至日本，触动人们的情绪和泪腺。至于译者为何选择某些特定作品进行翻译改写，现有的资料一般很难回答此问题。选择往往具有偶然性，但大致的类型则反映了时代的趣味。

《空谷兰》在中国广受欢迎亦发生在特定的文化背景之下。首先，中国文学中有一脉感伤言情文学传统，以"情"为书写核心，在诗歌、戏剧和小说均有广泛体现。夏志清先生认为，李商隐（约 813—858）、杜牧（803—852）、李后主（937—978）的诗词，以及《西厢记》《牡丹亭》等经典戏剧是此一辉煌传统的代表。[1]这些文学作品在 19 世纪中期之前早已进入日本文学市场，但中日文化"贸易"之流向在 19 世纪晚期出现重大变化。中国在甲午战争中的失败"惊醒"了中国知识分子，日本逐渐成为向西方学习的主要桥梁。感伤言情小说在晚清中国之滥觞源自本国文化传统与日本／西方文化影响的交互作用。林培瑞的研究表明，将近三分之二的晚清小说翻译／改写自西方文学，主要为英国和法国作家的作品，如大小仲马、狄更斯（Charles Dickens，1812—1870）等，而且多转译自日本译本。情感世界复杂跌宕的作品是林纾等晚清小说译者的主要兴趣。[2]感伤哀情小说也是本土创作的主流，特别是所谓鸳鸯蝴蝶派作家。小说读者的趣味自然也影响到戏剧和电影观众，事实上他们往往是交叉的或是同一群体。张石川的妻子何秀君总结丈夫的导演风格如下[3]：

> 他导演的片子都是一开头苦得来！能惹心软的妇女观众哭湿几条手帕，到后面来一个急转弯，忽然柳暗花明，皆大欢喜。他有他的论调。他说："不让太太小姐们流点眼泪，她们会不过瘾，说电影没味道；但剧情太惨了，结尾落个生离死别，家破人亡，又叫她们过于伤心，不爱看了。必须做到使她们哭嘛哭得畅

1　参见 C. T. Hsia, "Hsü Chen-ya's *Yü-li hun*: An essay in literary history and criticism," *Renditions* 17 & 18 (Spring and Autumn 1982): 201。

2　Link, *Mandarin Ducks and Butterflies*, pp. 135–138; also see Leo Ou-Fan Lee, *The Romantic Generation of Modern Chinese Writers* (Cambridge, Mass.: Harvard University Press, 1973), pp. 44–56.

3　何秀君口述：《张石川和明星影片公司》，《文化史料》第 1 辑（北京：文史资料出版社，1980 年），页 118—119。

快、笑嘛笑得开心。这样，新片子一出，保管她们就要迫不及待地来买票子了。"

《空谷兰》的流行发生在此背景之下。综上所述，以《林恩东镇》为鼻祖的此一故事之各变体都契合各自的文化社会环境。《林恩东镇》和《女人的错》的英国读者可能从未想到，在遥远的日本有一部讲述类似故事的《野の花》的存在。在黑暗中为纫珠洒下热泪的中国电影观众也不会想到这一故事的英国血统。本文则呈现一幅本土观众并不知晓的全景图。尽管如此，各地读者／观众却在一定程度上为同一故事所感动。笔者认为，此一事实暗示这些全球各地的读者／观众分享了某种情感与心理连接，组成了一个虚拟的"情感社群"（community of sentiment），一定程度上可与今日网络上的粉丝俱乐部相比拟[1]，桑洁·阿奈特（Sandra Annett）以"情感社群"的概念讨论全球化的媒体在粉丝社群建构方面的功能。例如日本漫画粉丝可通过脸书（Facebook）、推特（Twitter）或部落格（Blog）等方式建立社群，在此平台上，他们成为跨国的公众，彼此沟通讯息、交流心得。[2]

《林恩东镇》及其衍生版本所构成的早期"情感社群"当然不太一样，仅在想象意义上可被理解为"社群"，不同版本出现在不同时段、不同国家的读者／观众之间也没有实际交流。但笔者欲以"社群"之概念强调其连接性，煽情耸动的故事所引发的情感反应是相通的。在此意义上，此一故事——不管是《林恩东镇》《女人的错》，还是《野の花》或《空谷兰》——与其先辈不同。18 世纪的英国小说，如前述之《查尔斯·格兰迪逊先生》，或 18 世纪的中国小说如《红楼梦》，读者主要局限在特定的地域界限内。而本文所探讨的故事则激发了跨文化的反响，这是早期全球化的结果。笔者在想象意义上命名其读者／观众群为"情感社群"，并认为此一社群可视作当今全球化"媒体景观"之先驱。

此一虚拟情感社群的重要性何在？"社群"（community）与"情感"（sentiment）之概念近年来在学界备受关注。在《想象的共同体》（*Imagined Communities*）一书

1　参见 Sandra Annett, "Imagining Transcultural Fandom: Animation and Global Media Communities," *Transcultural Studies* 2/2 (2011): 171。此一概念原出自 Arjun Appadurai, *Modernity at Large* (Minneapolis: University of Minnesota Press, 1996), p. 8。

2　Annett, "Imagining Transcultural Fandom: Animation and Global Media Communities".

中，安德森（Benedict Anderson）提出民族国家和民族主义的现代起源之一来自印刷工业的发展所催生的想象共同体。[1]情感是使社群／共同体得以成其为社群／共同体的重要纽带，近年来亦颇受研究者重视。李海燕（Haiyan Lee）的研究强调情感在中国近代文学与文化中的重要位置，她指出情感话语参与"社会秩序之重建，自我与社会性之重塑"[2]。论及通俗文学"鸳鸯蝴蝶派"，她指出"鸳蝴感伤主义在文学公共领域中塑造了一个情感社群（affective community）……为都市中产阶级的自我定位提供了伦理与本体论基础"[3]。

李海燕的观察富有见地，本文研究的案例可拓展她的论点，由感伤主义文学所形塑的"情感社群"并非仅限于国家疆域之内，而与跨国与跨媒体的文化潮流息息相关。当然，人类情感与心理结构的相通性毋庸置疑，对某些故事或神话产生类似反应亦实属正常，结构主义学者早已对此进行过深入探讨。但随着早期全球化进程的展开，人类在物质与精神层面的连接性出现新的发展面向，这是本文强调的重点。笔者认为，文化产品的全球流动并非仅仅形塑通常被称之为国族的"想象的共同体"，同时在隐形的精神层面将跨越国界的人们进一步连接起来。透过"跨文化性"（transculturality）此一方法论视角，固有的框架和经典的文本获得了新的意义。

三、结　语

克劳德·利瓦伊史陀的结构主义观点认为，神话之所以为神话的关键在于故事，而非语言、风格或音乐。[4]从相似的视角出发，笔者认为从《林恩东镇》《女人的错》到《野の花》和《空谷兰》，最重要的是其共享的煽情耸动的情节，成为吸引全球读者／观众之关键，也是我们理解这些文化产品环球旅行之大图像的关键。没有一

1　Benedict Anderson, *Imagined Communities: Reflections on the Origin and Spread of Nationalism* (London; New York: Verso, 1991).

2　Haiyan Lee, *Revolution of the Heart: A Genealogy of Love in China, 1900–1950* (Stanford: Stanford University Press, 2007), p. 8.

3　Haiyan Lee, "All the Feelings That Are Fit to Print: The Community of Sentiment and the Literary Public Sphere in China, 1900–1918," *Modern China* 27/3 (2001): 321–322.

4　Claude Lévi-Strauss, "The Structural Study of Myth," p. 430.

位作者／译者有意将这些故事塑造成神话。《林恩东镇》的副标题显示，这是"关于现代生活的故事"（a story of modern life）[1]。文学评论人迪娜·博奇（Dinah Birch）精当地概述为"处于阶层变动中深怀不确定感的维多利亚英国人"，在《林恩东镇》的小世界中，发现了"一个大世界，那里埋藏着他们深深的不安"[2]。日本与中国读者／观众可能对此颇有共鸣，因为他们以各自的方式同样面对一个混乱的"现代"世界。日文标题中的"野"与中文标题中的"空谷"有意无意中暗含作者对宁静的前现代社会之怀旧情绪。神话表达了人类的原始恐惧，在此意义上，本文讨论的故事可被视作世俗时代的"神话"，因为他们反映了现代人的精神状态。诞生于不同地域不同文化的人类的原始神话在深层结构上往往具可比性，此一现代神话在深层结构上的可比性，除了因全球化的文化工业和贸易发展促其环游世界之外，也缘于人类精神结构的深层连接。

论及 19 世纪中叶以降日本与西方的接触，乔纳森·茨威克提出了一个具有启发性的观点："对多数人来说，与西方的接触不是发生在观念或制度层面，而是在通俗商业文化产品（potboiler）那里。"[3] 此一维多利亚"potboiler"跨越地域界限，将人们带入一个"现代"世界。牛津大学历史学教授和 20 岁的英国王子不会想到《林恩东镇》的故事翻版会出现在半个世纪后的中国，黑岩泪香、包天笑、郑正秋和张石川也不会意识到他们是一国际化浪潮中的推手，但他们都卷入了通俗文化生产、传播和消费的全球生产线。在当今数字时代，《林恩东镇》及其衍生故事的传播速度之慢有些可笑，但这一旅行故事中蕴含的讯息和意义仍值得讨论与深思。

（原载《清华中文学报》2013 年 12 月第 10 期，页 117—156）

1　Maunder, introduction to *East Lynne*, p. 21.

2　Birch, "Fear among the Teacups," p. 23.

3　Zwicker, *Practices of the Sentimental Imagination*, p. 153.

侈言与迻译

——郭嵩焘《使西纪程》的西文史料稽考

李佳奇

一、引　言

中英《烟台条约》（1876 年）签订后，郭嵩焘（1818—1891）以首任驻英公使的身份，前往伦敦履职。他远渡重洋，途经香港、新加坡等英治地区，考察、记述各地的管治状况。抵达英国后，郭嵩焘以航行记录为底本，编制出使西方日记一册，供清廷决策参考。[1] 始料未及的是，这本题为《使西纪程》的日记付梓后，却旋遭禁毁。

---

[1] 关于《使西纪程》的成书缘起，以往研究者多援引郭嵩焘晚年致李鸿章（1823—1901）信函，指出他出使前与总理衙门议定每月编写日记提交，但未明确编制日记的职责根据。明文记载驻外公使编制公务日记之责，目前最早可见于总理衙门的外交参考书《星轺指掌》（1876 年）。该书为京师同文馆总教习兼《万国公法》教习丁韪良（William A. P. Martin, 1827—1916）主持迻译。书中第八章《论使臣所任之事》首节"使臣勤公总论"，有"使臣虽不必博鸿儒之名，亦当留心实学，既广见闻，亦慰岑寂。欲知彼国情形，须读其史记诗文，访查彼地土产、机巧造作，以及军旅之事。见闻既多，而又不自炫耀，则人自不敢轻视"，并注有"当立日记簿，每日见闻之事，具登入簿，以备查阅。每张须留空白，以备增补改易"。郭嵩焘出使前已通读此书，日记有"同文馆教习丁韪良见示《星轺指掌》译本，因相就一谈，兼晤李壬叔。（转卜页注）

中外史学家关注《使西纪程》毁版原因已久。中文学界以梁启超、蒋廷黻二人论说的影响最为深远。梁启超《五十年中国进化概论》指出，郭嵩焘将夷狄历史与华夏文明相提并论，颠覆了传统华夷观念，致使日记毁版。[1] 同样立足于进化论史观的蒋廷黻则认为，《使西纪程》不为世容之因在于郭嵩焘提倡学习西方政治文化制度过于超前。[2] 英文学界则深受费正清（John King Fairbank，1907—1991）与邓嗣禹（1905—1988）"冲击—反应"理论的影响，将毁版归因于郭嵩焘公然背弃尊华鄙夷的"朝贡体系"。[3] 上述论者论述重点虽然不同，但均着眼于中国现代化课题，将毁版归根为郭嵩焘冲击了当时主流的"华夷之辨"，把他塑造成传统文化的异端与现代文化的先知这一双重形象。[4]

（接上页注）第四十九节、五十节尤多见道之言"。李壬叔，即李善兰（1811—1882），尝任同文馆算学总教习。据译本章节标示，郭嵩焘称道的两节，即为第八章首节"使臣勤公总论"与次节"论使臣处世之道"。郭嵩焘或因此书，始知驻外使臣编制日记之责。当然，中国历代王朝亦要求出使大臣编制游历日记，此举可追溯至《周礼·秋官·小行人》，总理衙门商订新规时亦可能参考旧例。此外，尹德翔考证，驻外使臣汇报制度实于郭嵩焘日记毁版后方制定，兹不赘言。参见梁小进主编：《郭嵩焘全集》（长沙：岳麓书社，2018年），第10册，页16、397；第13册，页460；马尔顿著，葛福根注，丁韪良译：《星轺指掌》（北京：同文馆聚珍版，1876年），第二卷，页三六下；吴丰培、董盼霞、杜晓明：《清同光间外交史料拾遗》（北京：全国图书馆文献缩微复制中心，1991年），第18册，页8—9；尹德翔：《东海与西海之间：晚清使西日记中的文化观察、认证与选择》（北京：北京大学出版社，2009年），页30—32。

1　沈鹏主编：《梁启超全集》（北京：北京出版社，1999年），第7册，页4030—4031。

2　蒋廷黻：《中国近代史》（武汉：艺文研究会，1938年），页68—69。

3　费正清与邓嗣禹在《中国对西方的反应》一书中首次提出"冲击—反应"，该书尚翻译梁启超《五十年中国进化概论》一文，以及薛福成（1838—1894）1890年5月1日论及郭嵩焘遭诋毁的日记，参见 Ssu-yü Teng and John K. Fairbank, *China's Response to the West: A Documentary Survey 1839–1923* (Cambridge, MA: Harvard University Press, 1954), pp. 143–144, 267–274；Immanuel C. Y. Hsü, *China's Entrance into the Family of Nations: The Diplomatic Phase 1858–1880* (Cambridge, MA: Harvard University Press, 1960), pp. 188–189, 201–202；J. D. Frodsham trans., *The First Chinese Embassy to the West: The Journals of Kuo Sung-t'ao, Liu Hsi-hung and Chang Te-yi* (London: Clarendon Press, 1974), pp. xxxix–xlvi；黄康显（Owen H. H. Wong），*A New Profile in Sino-Western Diplomacy: The First Chinese Minister to Great Britain* (Hong Kong: Chung Hwa, 1987), pp. 139–140。

4　上述理路从20世纪80年代至今仍有学者接续拓展，参见熊月之：《论郭嵩焘》，《近代史研究》1981年第4期，页173—174；钟叔河：《论郭嵩焘》，《历史研究》1984年第1期，页127—136；曾永玲：《郭嵩焘大传》（沈阳：辽宁人民出版社，1989年），页230—236；王国兴：《郭嵩焘评传》（南京：南京大学出版社，1998年），页149—152；雷俊玲：《清季首批驻英人员对欧洲的认识》（台北：中国文化（转下页注）

　　此外，亦有学者探究郭嵩焘的儒学思想与现代性之间的诸种关联，以消解传统学术与中国现代化二者非黑即白的叙述张力，如杨联陞指出郭嵩焘的涉外方略实延续了汉代以来的"羁縻"外交政策[1]；郭廷以则将郭嵩焘的循理洋务观，上溯至明末清初王夫之的"理""势"之说[2]。中英日学界均有研究关注郭嵩焘的儒门学者身份[3]，日记禁毁则解释为郭嵩焘以儒学来诠释西方政教，颠覆了当时主流的儒学价值观[4]。关于毁版原因，以往研究侧重运用汉文史料探讨《使西纪程》遭受晚清士大夫抵制的详情，并将之视为中国现代化进程的挫折。

　　（接上页注）大学博士论文，1999 年），页 67—76；吴宝晓：《初出国门：中国早期外交官在英国和美国的经历》（武汉：武汉大学出版社，2000 年），页 85—87；杨汤琛：《郭嵩焘"越界"的域外书写与现代性体验的发生》，《文艺评论》2011 年第 12 期，页 152—153；尹德翔：《东海与西海之间》（北京：北京大学出版社，2009 年），页 106；Qingsheng Tong, "Guo Songtao in London: An Unaccomplished Mission of Discovery," in Elaine Yee Lin Ho and Julia Kuehn, eds., *China Abroad: Travels, Subjects, Spaces* (Hong Kong: Hong Kong University Press, 2009), pp. 45–61。

1　Lien-Sheng Yang, "Historical Notes on the Chinese World Order," in John K. Fairbank, ed., *The Chinese World Order: Traditional China's Foreign Relations* (Cambridge, MA: Harvard University Press, 1968), pp. 20–33.

2　郭廷以编定，尹仲容创稿，陆宝千补辑：《郭嵩焘先生年谱》（台北："中研院"近代史研究所，1971 年），页 3—4。

3　参见 Man-Shing Tsui, "An Advocate of Conciliation: Kuo Sung Tao's Attitude Towards Sino-Western Relations" (PhD diss., University of Toronto, 1973), pp. 151–153, 179–181；王尔敏：《中国近代思想史论续集》（北京：社会科学文献出版社，2005 年），页 165—166；陆宝千：《清代思想史》（上海：华东师范大学出版社，2009 年），页 382、387；汪荣祖：《走向世界的挫折：郭嵩焘与道咸同光时代》（长沙：岳麓书社，2000 年），页 325；黎志刚：《郭嵩焘的经世思想》，收入"中研院"近代史研究所编：《近世中国经世思想研讨会论文集》（台北："中研院"近代史研究所，1984 年），页 509—530；D. R. Howland, *Borders of Chinese Civilization: Geography and History at Empire's End* (Durham, NC: Duke University Press, 1996), pp. 105–106, 226；佐藤慎一：《近代中国の知识人と文明》（东京：东京大学出版会，1996 年），页 80—81；手代木有儿：《清末初代驻英使节（1877—1879）における西洋体験と世界像の変动（3）：文明観と国际秩序観》，《商学论集》第 68 卷第 2 号（1999 年 8 月），页 93—104；佐々木扬：《清末中国における日本観と西洋観》（东京：东京大学出版会，2000 年），页 178—185；张静：《郭嵩焘思想文化研究》（天津：南开大学出版社，2001 年），页 22—26、106—111；Zhengzheng Huangfu, "Internalizing the West: Qing Envoys and Ministers in Europe 1866–1893" (PhD diss., University of California, San Diego, 2012), pp. 162–215；冈本隆司、箱田惠子、青山治世：《出使日记の时代：清末の中国と外交》（名古屋：名古屋大学出版会，2014 年），页 52—53；Jenny Huangfu Day, *Qing Travelers to the Far West: Diplomacy and the Information Order in Late Imperial China* (London: Cambridge University Press, 2018), pp. 124–154。

4　详见上一注解中 Man-Shing Tsui、D. R. Howland、Jenny Huangfu Day 与冈本隆司等的论述。

罕为人知的是，19 世纪的西人颇为关注中国首位驻外公使的动态[1]，不仅在日记出版前已知晓郭嵩焘的写作计划，更在毁版后数度翻译、评论《使西纪程》。伦敦、中国香港与上海等多地的英文报刊认为，郭嵩焘在其中一则日记"据实直言"西方富强[2]，因而触怒当局。然而，清廷谏官却将同一则日记视为夸大西洋国情的"不实侈言"，促请清廷将原已赞助刊印之书毁版。中西读者为何会产生如此相悖的阅读体验？是双方接触的中英文本不同，抑或是中西文化语境有别？

本文利用大英图书馆与各地档案部门的史料，考证先后于伦敦、中国香港、中国上海三地出版的未署名译本，重新探讨《使西纪程》的传播、翻译与评述情形。本研究将考辨长期为史学界忽略的译介者身份及其翻译动机，推断英国传教士艾约瑟（Joseph Edkins，1823—1905）、香港报业家陈言（？—1905）与上海报社主编盖德润（Richard Gundry，1839—1924）为出使日记的关键译介者，并指出上述三名译介者于 19 世纪中后叶已将日记毁版置于"华夷之辨"的讨论框架下。文末将重返第二次鸦片战争（1856—1860）以降的西学脉络，从观念"迻译"的角度，辨析日记的争议之处，重新检视《使西纪程》"直言"与"侈言"定位之争，期望有助于弥补现有研究的空缺，为日记毁版一案提供新证。

二、他者的目光与论述

目前学界并未曾以西人的报道、转译与评析为材料，探讨《使西纪程》毁版的原因。前人已发掘的相关史料包括新闻报刊、郭嵩焘日记与清廷奏折三类。中文报道除了《万国公报》于 1877 年 6 月始连载的《使西纪程》外[3]，尚有《西国近事汇

---

1 郭嵩焘驻伦敦两年间赢得极好的声誉，英国传记家 Thompson Cooper（1837—1904）视郭嵩焘为当代政治伟人，称他让中国获得英国的尊重与爱戴，并提到他曾遭受本国不同政见者诋毁，详见 *Men of Mark: A Gallery of Contemporary Portraits of Men Distinguished in the Senate, the Church, in Science, Literature and Art, the Army, Navy, Law, Medicine, etc.*, photographed from life by Lock and Whitfield, with brief biographical notices by Thompson Cooper (London: Sampson Low, Marston, Searle, and Rivington, 1880), p. 18。

2 《使西纪程》1877 年 1 月 19 日条，本文将在第六节分析探讨。

3 Adrian A. Bennett, *Missionary Journalist in China: Young J. Allen and His Magazines, 1860–1883*（转下页注）

编》于 1878 年转译英国《泰晤士报》(*The Times*) 的毁版报道[1]。有学者根据 20 世纪 80 年代首次出版的四册郭嵩焘日记，指出郭嵩焘曾于 1878 年谢绝密斯盘（笔者考作 John Bourne，1813—1894）之邀请，刊登驻英见闻。[2] 至于官方奏折方面，近年有学者利用荷兰公使费果逊（Jan H. Ferguson，1826—1908）于 1878 年请求更正日记中关于荷兰国事谬误之折。[3] 此外，目前已发掘的英文文献为上海 1878 年的《北华捷报》(*The North-China Herald*)，评议《使西纪程》传教之见的报道。该篇报道

（接上页注）(Athens, GA: University of Georgia Press, 1983), pp. 175-176；《万国公报》于 1877 年 6 月 2 日至 8 月 4 日间连载《使西纪程》，每 7 日一刊，除 6 月 9 日中断外，共连载 9 卷。主编林乐知（Young John Allen，1836—1907）从第 2 卷始将《使西纪程》刊载位置调整到"大清国"栏目即刊首栏目，颇重视日记，参见上海图书馆编：《中国近代期刊篇目汇录》（上海：上海人民出版社，1980 年），第 1 卷，页 101—105。

1　郭廷以编定，尹仲容创稿，陆宝千补辑：《郭嵩焘先生年谱》，页 759—760。

2　黎志刚：《郭嵩焘的经世思想》，页 511。密斯盘与郭嵩焘多有交往，两人曾在英国商讨上海格致书院、博物院、军备、邮局等事宜。钟叔河、杨坚据音考作 Payne，而不详其生平。笔者查证"密斯盘"应为 Mr. Bourne 的音译，即英国皇家工程师 John Bourne, C. E.。就读音而论，郭嵩焘亦提及密斯盘之名为约翰盘，且注明李凤苞（1834—1887）称之为"蒲恩"，与 John Bourne 发音极相近。John Bourne 著有一系列关于蒸汽机的书籍，于 1878 年出版的 *Examples of Steam, Air & Gas Engines of the Most Recent Approved Types as Employed in Mines, Factories, Steam Navigation, Railways, and Agriculture*，扉页特意献词给郭嵩焘："I dedicate this work to his Excellency Kuo Sung-Tao, the minister of China at the courts of England and France, and the first regularly appointed diplomatic representative sent by China to a foreign country, whose enlightened views combined with tact, talents and dignity of character have contributed to elevate the great nation he represents in the eyes of Europe, and who has succeeded in conciliating sympathies which may prove of eminent and enduring value to the best interests of his country." 此段献词不仅是两人友谊的见证，且与郭嵩焘日记 1878 年 10 月 4 日中提及"密斯盘近著《机器用法》一书"相吻合。此外，郭嵩焘日记记录英文报刊 1878 年初，介绍密斯盘生平的文字，"英国公司轮船创始密斯盘尊人，时为水师兵官……密斯盘于机器汽炉创立新法"。John Bourne 之父 Captain Richard Bourne（1787—1850）正是英国铁行轮船公司（Peninsular and Oriental Stream Navigation Company）的创始人之一。笔者亦找到《科学美国人副刊》(*The Scientific American Supplement*) 曾转载英国关于 John Bourne 的报道，内容涵盖了郭嵩焘同年摘录的报道，参见郭嵩焘：《伦敦与巴黎日记》（钟叔河、杨坚整理，长沙：岳麓书社，2008 年），页 1094；《郭嵩焘全集》，第 10 册，页 170、216、226、312、342、351、393、437、442、453、615；John Bourne, C. E., *Examples of Steam, Air & Gas Engines of the Most Recent Approved Types as Employed in Mines, Factories, Steam Navigation, Railways, and Agriculture* (London: Longmans, Green, and Co., 1878)；*The Scientific American Supplement* 5, no. 115 (16 March 1878), p. 1821.

3　Day, *Qing Travelers to the Far West*, pp. 141-142.

收录于傅乐山（John Frodsham，1930—2016）的译作附录中。[1]综合现已披露的中英史料，读者仅能获得浮光掠影的印象：西人留意《使西纪程》，始于日记转载出版后，毁版发生后次年才有更多关注。

实际上，西人甚为关注清廷首位驻英公使的动向。在《使西纪程》正式印制前，西人已得知郭嵩焘编写日记的目的、取材等细节。《使西纪程》于1877年2月初定稿，5月至6月期间题名刊刻。[2]就笔者搜集的英文报刊显示，1877年2月中旬已有英人获悉中国公使编写游记之举，且询问得知"他已收到本国皇家掌权者的指令，为本人的游历记录收集资料，以便归国后将之出版"[3]。同日，另一则消息称中国使团成员正忙于记录出使途中的"所见所闻"（all they see and hear），并枚举使团对伦敦火车等事物的看法。[4]此外，有报道透露中国公使即将写一本"有关英国的书"（a Book about England）或"伦敦指南"（a Guide to London）。[5]这些零星报道，反映郭嵩焘的写作计划在英国已受关注。

不过，除非日记有英译本，英文读者仍无法知道郭嵩焘的写作内容。翻译是一

1　Frodsham, *The First Chinese Embassy to the West*, pp. 184-186.

2　郭嵩焘1877年1月21日抵英后忙于公务应接，至2月8日方首次寄送公文回国，故日记定稿时间最早可确定为2月初。又，李鸿章1877年5月1日复总理衙门信中提到"昨奉三月十三日公函，钞示筠仙星使沿途日记一本"，5月9日致信郭嵩焘语及"总署抄寄行海日记一本，循览再四，议论事实多未经人道者，如置身红海、欧洲间，一拓眼界也"。李鸿章阅读的日记为总署衙门抄本，且信中未及《使西纪程》之名，可知日记定稿本虽已寄达中国，但此时可能尚未题名及付梓。李鸿章1877年7月24日（编者误考为1878年）回复长兄李瀚章（1821—1899）信件始提及《使西纪程》之名与毁版事由："昨周筱棠函告，何铁生讲官（武昌人）参奏，指筠仙《使西纪程》内今日中西交涉并不得谓和等词意，诟以大清无此臣子，请饬销毁此书。盖总署已将此本用活字板摆印，传观唾骂固不待言。"周筱棠即总理衙门大臣章京周家楣（1835—1887）。参奏的讲官何铁生，为日讲起居注官、翰林编修何金寿（1834—1882）。据此信，日记出版题名时间应在李鸿章致信郭嵩焘后，清廷下令禁毁前，即1877年5月至6月间。参见《郭嵩焘全集》，第10册，页99；顾廷龙、戴逸主编：《李鸿章全集》（合肥：安徽教育出版社，2008年），第32册，页21、25、338。

3　本文援引的英文文献均为笔者翻译。*The Sporting Gazette* 15, no. 771（February 1877), p.157: "… he has received strict injunctions from his Royal master to gather materials for a record of his travels to be published on his return."

4　*The Northampton Mercury* 156, no. 8151（February 1877), p. 5.

5　*The Western Mail*, no. 2436（February 1877), p. 2.

类语言文化接触、理解另一类语言文化的起点。然而，这种中介却非常人所认知的那般公正透明。从事翻译研究的学者已指出，语言文化、赞助关系、出版机构，以至译者个人动机等因素，会影响选译的对象以及呈现的内容。[1] 这些文化转译现象，也见于《使西纪程》三个英译本的成书与流传。最早的伦敦译本是汉学传教士为推广中国知识而作，其他两个译本，则是对禁毁新闻的回应。三个译本的译者不仅传递郭嵩焘的见解，也论述出使日记与清廷政权之间的关系。这种译介思路反映了出使日记这种文类当受重视的另一原因：它不仅是清人实地考察西洋的文字见证，也是 19 世纪西方观察晚清政治气候的风向标。因此，以翻译研究为视点，探讨《使西纪程》在中英交流史上的作用，对于厘清中国现代化视野的盲点，或者不无帮助。

为把握日记英译传播的状况，笔者把关键日期表列如下：

表 3-1　《使西纪程》英译传播情况

事由 / 版本	时　间	出版媒介
上奏毁版	1877 年 6 月 1 日	无
伦敦译本	1877 年 10 月	《休闲时间》（ *The Leisure Hour* ）
毁版报道	1877 年 12 月 14 日	《孖剌西报》（ *The Hong Kong Daily Press* ）
香港译本	1877 年 12 月至 1878 年 1 月	《德臣西报》（ *The China Mail* ）
上海译本	1877 年 12 月至 1878 年 1 月	《字林西报》（ *The North China Daily News* ）

从上表可知，毁版新闻见报时间为 1877 年 12 月 14 日，即毁版案件发生后半

1　早期翻译理论旨在探讨如何运用各类翻译策略来实现不同符号系统之间的等值转换，后期的翻译理论则以非等值性来探讨影响翻译活动的各类因素，代表人物及著作有：Susan Bassnett, *Translation Studies* (London: Methuen, 1980); André Lefevere, *Translation, Rewriting and the Manipulation of Literary Fame* (London: Routledge, 1992); Christiane Nord, *Translating as a Purposeful Activity: Functionalist Approaches Explained* (Manchester: St. Jerome, 1997); Gideon Toury, *Descriptive Translation Studies and Beyond* (Amsterdam: John Benjamins, 1995); Andrew Chesterman, *Memes of Translation: The Spread of Ideas in Translation Theory* (Amsterdam: John Benjamins, 1997); Lawrence Venuti, *The Translator's Invisibility: A History of Translatio*n (London: Routledge, 1995); Maria Tymoczko, *Enlarging Translation, Empowering Translator* (London: Routledge, 2014)。

年左右。报道时间迟缓与禁毁消息在清廷传播的方式有关。与毁版给人的轰动印象不同，清廷虽即日批准奏请[1]，却始终未将毁版一案昭示于众。因此，禁毁消息最初仅在京吏之间流传。为学界所频频征引的清吏日记，如李慈铭（1830—1894）《越缦堂日记》、王闿运（1833—1916）《湘绮楼日记》等，至同年七八月之交，始记禁毁始末[2]，仅比远驻伦敦的郭嵩焘早十余日[3]。与朝廷官员略有交往的《申报》，以及连载出使日记的《万国公报》，于毁版一事更是只字不提。[4]英文报刊究竟从何处得知日记的禁毁消息？为何前后有三个译本出现？种种疑问，将在以下各节，逐一厘清。

三、消除中国定见的伦敦译本

《使西纪程》的最早译本刊登于英国宗教小册会（The Religious Tract Society）经营的世俗刊物《休闲时间》[5]。译者将标题定为 "Diary of the Chinese Ambassador"，标题下尚有小字 "Voyage to Europe"，直译日记原名。[6]当时身处外交圈外者，因

1 中国第一历史档案馆编：《光绪朝上谕档》（桂林：广西师范大学出版社，1996 年），第 3 册，页 141。

2 李慈铭：《越缦堂日记》（扬州：广陵书社，2004 年），第 10 册，页 7453—7456；王闿运：《湘绮楼日记》（长沙：岳麓书社，1997 年），第 1 册，页 579—580。此外，时任天津直隶总督兼北洋大臣的李鸿章亦由周家楣函告而知毁版详情，参见前页注。

3 郭嵩焘 1877 年 8 月 18 日从张斯桂（1816—1888）来信得知日记毁版，参见梁小进主编：《郭嵩焘全集》，第 10 册，页 260。

4 《申报》于 9 月尚刊出题为《谕欲效西法》的论说，称赞 "郭侍郎《使西纪程》原本亦多赞美西法之善，可见身入其境，断不能不信服其善也"。见《申报》第 1649 号（1877 年 9 月 8 日），第 1 版。林乐知极有可能于 1878 年 1 月从港报获知毁版事，他主编的《万国公报》却仅提及香港西报已翻译郭嵩焘日记，并称 "然西人人见此书中之意多显，郭钦使之卓识也"。见《万国公报》第 474 卷（1878 年 1 月 26 日），页 333。

5 《休闲时间》是英国维多利亚时代颇有影响力的家庭读物，内容以历史、科普与文学为主，读者包括英国工人阶级与教会的中产阶级支持者，详见 Doris Lechner, *Histories for the Many: The Victorian Family Magazine and Popular Representations of the Past. The Leisure Hour, 1852–1870* (Bielefeld: Transcript Verlag, 2017), pp. 221–223。

6 James Macaulay and William Stevens, eds., *The Leisure Hour*, no. 1347 (October 1877), pp. 660–663.

不熟谙专业术语，常误会郭嵩焘的外交职衔。郭嵩焘的职衔为"二等钦差大臣"，对应英译为"Envoy and Minister Plenipotentiary"而非"Ambassador"。[1]此外，译者将"郭嵩焘"的姓名翻译为"Kwo Sungtau"，而非外交公文惯用的"Kuo Sungtao"，疑改进自传教士马礼逊（Robert Morrison，1782—1834）的注音体系。[2]单从外交术语误用与拼音系统偏好来看，这名译者应未与英国外交部合作。《休闲时间》是英国家庭读物，无关外交，那么，这个匿名译本要传递的是哪种观念？译者身份又如何确定？

比对郭嵩焘日记可知，伦敦译本实为选译本。头尾两处增补文字揭示，译本旨在推介郭嵩焘为热衷西洋知识的友善人士。译文开头称，"我们提供这份日记摘要，足以证明郭嵩焘是一个机敏聪慧之人。他抵达英国之后我们就知道，他既彬彬有礼又天性纯良。这份由他本人与随员寄往本国的报告，无疑将在中国引起热切关注"[3]。末段详述了这些赞誉："从这份日记足见，这位前任广东巡抚、现任驻英公使郭嵩焘，极具开明思想，热衷从众多知识门类中汲取新知。他熟谙史籍，提倡和平政策，这将使他的国家获益无穷。他的自由观念源于他的学习能力。他异常渴求知识，有助他稳当地判断一切人事。他驻欧的益处之一是，他的著述将会帮助本国同胞看到

1　英国汉文参赞梅辉立（William Mayers，1831—1878）是译介中国官职体制的先驱，他的遗作《中国政府：中文头衔类别及解释手册与附录》亦附录了英国外交官职对应汉译，参见 William Frederick Mayers, *The Chinese Government: A Manual of Chinese Titles, Categorically Arranged and Explained, with an Appendix* (Shanghai: American Presbyterian Mission Press, 1878), pp. 146–151；另，郭嵩焘曾商约觐见英国女王之日，他的信函落款职衔为"中国公使"（Envoy of His Imperial Majesty），参见 Great Britain, Foreign Office Records (F.O.) 17/768, "Kuo Ta jen to Earl of Derby" (24 January 1877)。为确保行文准确，笔者将西文史料记录郭嵩焘之职为"大使"之处均更正译为"公使"。

2　若按照马礼逊、卫三畏（Samuel Williams，1812—1884）与威妥玛（Thomas Wade，1818—1895）三人的官话拼音系统，"郭嵩焘"之名应分别标注为 Kwo Sungtaou、Kwoh Sungtau 与 Kuo Sungtao。传教士英华辞书家罗存德（Wilhelm Lobscheid，1822—1893）曾比较三人的官话拼音系统差异，详见 Rev. W. Lobscheid, *English and Chinese Dictionary: With the Punti and Mandarin Pronunciation, Part I* (Hong Kong: Daily Press Office, 1866), pp. 30–37。

3　James Macaulay and William Stevens, eds., *The Leisure Hour*, no. 1347 (October 1877), p. 660: "We give an abstract of this journal, in which there is enough to show him to be a man of shrewdness and intelligence, as we have all found him to be since his arrival in England, and also a man of much courtesy and good-nature. The reports sent home by himself and his staff will no doubt be read with avidity in China."

西方世界的真实情况。"[1] 日记记载的旅途见闻，是郭嵩焘乐于接纳国外新事物的佐证。英译本两处增补文字，正解释了译本为何仔细地翻译了日记所载的种种见闻。

伦敦译本近乎翻译了日记的所有条目，而每则日记的翻译侧重各有不同。正文有两处增译文字涉及译者的经历：其一，译者纠正郭嵩焘途经中国南海（South China Sea）关于"飞鱼"（flying fish）的描述，指郭嵩焘看见的"飞鱼"应为"鼠海豚"（porpoise）；进而解说生活在海域的"鼠海豚"品种，体型略大于生活在中国河域的"江猪"（river hog）。[2] 译者深谙中国水域生物，极可能曾造访中国。其二，译者采用意译的方式来处理中文术语，如将"春秋列国"改写为贴近西方读者认知水平的"at the time of which Confucius wrote the history"，"钟鼎文及古篆籀"则增译为"the writing on ancient bells and urns in China, and on the stone drums preserved in the Confucian temple in Peking"[3]。这些细节透露译者熟知中国典籍与文物，掌握一定的汉学知识。

这位匿名译者实为负责伦敦传教会（London Missionary Society）北京事工的艾约瑟。[4] 英国刊物《学会》（The Academy）于 1877 年 9 月末刊登的一封信件，成

1　James Macaulay and William Stevens, eds., *The Leisure Hour*, no. 1347 (October 1877), p. 663: "From this journal it is plain that the Chinese ambassador now in England, Kwo-sung-tau, formerly governor of the province of Canton, has a mind very open to receive new facts from the most various departments of knowledge. He is well read in history, and is in favour of a peaceful policy, as that which will be most for the good of his country. The liberality of his views is the result of the receptivity of his mind. His appetite for knowledge is exceptionally great, and it helps him to form safe judgments of things and persons. One beneficial result of his residence in Europe will be that his published narratives will do much to open the eyes of his countrymen to the true state of things in the Western world."

2　Ibid., p. 660.

3　Ibid., p. 662.

4　艾约瑟 1843 年赴中国传教并参与创办上海墨海书馆，1880 年退休后应聘为中国海关翻译。郭嵩焘 1856 年 3 月 15 日参观墨海书馆时与艾约瑟有一面之缘，并称其"学问尤为粹然，麦都事所请管理书籍者也"。麦都事即为英国传教士与墨海书馆的负责人麦都思（Walter Medhurst, 1796—1857），见《郭嵩焘全集》，第 8 册，页 31；关于艾约瑟生平及在中国传教始末可参见 S. W. Bushell, "Obituary: Rev. Joseph Edkins, D.D.," *Journal of the Royal Asiatic Society of Great Brian and Ireland* (January 1906), pp. 269–271; Pat Barr, *To China with Love: The Lives and Times of Protestant Missionaries in China 1860–1900* (London: Secker and Warburg, 1972)。

为破解译者身份之谜的关键。[1] 这封信件注明由艾约瑟在 1877 年 7 月 18 日于中国烟台寄出。信件前半部简述《使西纪程》的内容，以及中国政府刊印的动机；后半部则推介禁烟协会的出版物，并传达协会与中国公使不同的禁烟意见。艾约瑟开门见山赞誉道："近期出版的中国驻英公使日记，清楚表明郭嵩焘是一名拥有自由观念之人。"[2] 艾约瑟在信中评论的角度与内容简述，多与译本相合。为英译本未尝提及的是，艾约瑟在信中推断日记的出版与中国政府决策有关，他说："北京政府迅速刊印这本日记，且定价低廉，可能旨在向公众推广自由观念。"[3] 此外，他指出清廷官员的开放观念："他们想要铁路和电报，却不愿冒险面对因强行实施这些工程而引发的强烈抵制。他们希望公众知道对外政务，故借此契机，推广中国驻英公使的

---

1 《学会》为牛津大学教授查尔斯·阿普尔顿（Charles Appleton，1841—1879）于 1869 年创办，主要推介艺术、科学、宗教、历史等领域的学术书籍，参见 Laurel Brake and Marysa Demoor, eds., *Dictionary of 19th Journalism in Great Britain and Ireland* (London: Academia Press and British Library, 2009), pp. 1–2；阿普尔顿从事《学会》编辑近十年，详见 Diderik Roll-Hansen, *The Academy, 1869–1879: Victorian Intellectuals in Revolt* (Copenhagen: Rosenkilde and Bagger, 1957)。

2 Joseph Edkins, "LETTER FROM CHINA," in Charles Appleton, ed., *The Academy: A Record of Literature, Learning, Science, and Art* 12, no. 281 (22 September 1877), p. 296: "The recently published *Journal* of the Chinese Ambassador in England shows with sufficient clearness that he is a man of liberal mind."

3 目前尚无直接史料证实清廷曾以低价推销《使西纪程》，不过这点有助于下文分析英国报刊的广告语，故加征引。《使西纪程》以低价发售，确有其事，《申报》于 1877 年 5 月 28 日、5 月 30 日、6 月 1 日与 6 月 4 日分别刊登了题为"《使西纪程》出售"的广告："兹有新印郭侍郎《使西纪程》一书，寄存在二马路千顷堂书坊出售，每本计工价实洋一角正，是书详述由沪至英京沿途风土形势，人情物产历历如绘，兼及考据议论，博达精通，一时西事诸书罕其俦匹，想有识者当能共欣赏焉。"《使西纪程》定价"洋一角"，与艾约瑟所言定价低廉相符。此外，《申报》于 1884 年 5 月刊登的《简玉山房发兑书籍》广告中亦有《使西纪程》，售"二角"。《晚清营业书目》收录的《上海纬文阁发兑石印时务算学新书目录》未注明时间，其中亦有《使西纪程》，售"洋贰角"，参见 Edkins, "LETTER FROM CHINA," p. 296: "The object of the Government in Peking in so promptly printing this Journal, and allowing it to be put on sale at a cheap rate, is probably to familiarise the public mind with liberal views." 周振鹤编：《晚清营业书目》（上海：上海书店出版社，2005 年），页 438；《申报》，第 1560 号（1877 年 5 月 28 日），第 5 版；第 1562 号（1877 年 5 月 30 日），第 6 版；第 1564 号（1877 年 6 月 1 日），第 8 版；第 1566 号（1877 年 6 月 4 日），第 8 版；第 3974 号（1884 年 5 月 8 日），第 5 版；第 3975 号（1884 年 5 月 9 日），第 6 版；第 3980 号（1884 年 5 月 14 日），第 7 版；第 3983 号（1884 年 5 月 17 日），第 7 版；第 3987 号（1884 年 5 月 21 日），第 6 版。

见解。公使的见解，将成为中国的对欧政策。"[1]艾约瑟这些论述，意在向西方读者介绍郭嵩焘的开明见解，以及清廷的变革困境。同时，信件也透露了艾约瑟于 7 月中下旬尚未得知禁毁一事。

在华传教的艾约瑟与所属的伦敦传教会之间，联络主要以书信方式进行。[2]他也与英国《学会》杂志和宗教小册会保持密切的学术交流。19 世纪 70 年代中期，艾约瑟在《学会》刊物上署名发表书评与通信，并引介顾观光（1799—1862）的《九数外录》、张自牧（1832—1886）的《瀛海论》、李圭（1842—1903）的《环游地球新录》与董恂（1807—1892）的《永宁祇谒笔记》等中文图书。[3]1878 年，艾约瑟评论《环游地球新录》时，指李圭的学术远不及郭嵩焘（Kwo Sungtau）。[4]这个注音与伦敦译本完全一致，补足他 1877 年 9 月评论《使西纪程》的通信中，未提郭嵩焘姓名之缺。另一方面，《宗教小册会年度国内外报告》（*The Religious Tract Society Record of Work at Home and Abroad*）以及 1877 至 1878 年《宗教小册会年度报告》（*The Annual Report of the Religious Tract Society*）记录他曾接受宗教小册会资金赞助，在中国创办《益智新录》。《益智新录》原本计划沿用宗教小册会经营

1　Edkins, "LETTER FROM CHINA," p. 296: "They wish for railways and telegraphs, but they do not venture to risk the formidable opposition they would certainly incur by vigorously commencing their construction. They desire to see the mind of the reading public enlightened on matters of foreign policy; they are glad of the opportunity of circulating widely the opinions of the ambassador to England on what ought to be China's policy towards the nations of Europe."

2　艾约瑟与伦敦传教会的往来通信档案藏于伦敦大学亚非学院（SOAS），1877 年间的信件内容有关传教以及妻子病逝等事。这些信件显示他该年频繁奔波于上海、北京两地。艾约瑟与英国之间的联系应仅限于通信，参见 London Missionary Society (LMS)/North China/Incoming Correspondence /18/02/018, "Joseph Edkins to LMS" (27 January 1877), (9 April 1877), (21 April 1877), (16 June 1877), (28 December 1877)。

3　Joseph Edkins, "RECENT CHINESE BOOKS," in Charles Appleton and Charles Doble, eds., *The Academy: A Record of Literature, Learning, Science, and Art* 13, no. 312 (27 April 1878), p. 371; idem, "PEKING LETTER," in Doble, ed., *The Academy: A Record of Literature, Learning, Science, and Art* 14, no. 323 (13 July 1878), pp. 38–39; idem, "TWO NEW CHINESE BOOKS," in Doble, ed., *The Academy: A Record of Literature, Learning, Science, and Art* 14, no. 339 (2 November 1878), pp. 429–430.

4　Edkins, "TWO NEW CHINESE BOOKS," p. 429.

的"休闲时间"之名。[1] 这些证据显示,艾约瑟极热心成为中西文化的中介者。这是他从事日记英译的重要旁证。

此外,英文报刊《梅菲尔》(*The Mayfair*) 的推销广告,证实伦敦译本是刻意安排在《休闲时间》上刊登的。《梅菲尔》于 10 月 2 日率先刊登译本销售消息。对比其他新闻广告[2],《梅菲尔》的推介理由特别值得留意:"中国政府正以非同寻常的自由刊印这本日记,并以低廉的价值出售。此举似为了改变国人对待外国人的态度。这是恭亲王奕䜣等少数有远见的中国人期望已久的。"[3] 如前所述,艾约瑟曾在《学会》发表的信件中,提及日记的定价与清廷决策之间的关系,却未在《休闲时间》刊载的译文中透露端倪。这则匿名广告竟如此准确转述艾约瑟发表在《学会》的观点,可见广告出于知情者之手。此外,译本与信件极可能是一起寄往英国,之后才刊登在不同的刊物。日记译本刊登于大众读物《休闲时间》,似乎旨在向英国读者传递清廷推广变革的现状,以消除对中国保守封闭的成见。

四、揭露禁毁真相的香港译本

与伦敦译本不同,香港、上海译本出现在禁毁之事曝光后。1877 年 12 月 14 日,香港《孖剌西报》首次将毁版案公布于众,并披露了日记的成书缘由、刊印数目、

1　*The Seventy-Eighth Annual Report of the Religious Tract Society: For Publishing Religious Tracts and Books at Home and Abroad* (London: Pardon and Son, 1877), pp. 222–223, 225, 230–231; *The Seventy-Ninth Annual Report of the Religious Tract Society: For Publishing Religious Tracts and Books at Home and Abroad* (London: Pardon and Son, 1878), pp. 164–166; "Christian Literature in China," *The Religious Tract Society Record of Work at Home and Abroad* 2 (1877), p. 29.

2　*The Trewman's Exeter Flying Post* 115, no. 5877 (3 October 1877), p. 6; *The Taunton Courier* 70, no. 3680 (3 October 1877), p. 5; *The Cambridge Independent Press* 72, no. 3229 (6 October 1877), p. 8; *The Manchester Courier* 53, no. 6521 (8 October 1877), p. 3; *The Westmorland Gazette* 60, no. 3916 (13 October 1877), p. 3; *The Wrexham Advertiser* 29 (13 October 1877), p. 7; *The Manchester Weekly Times*, no. 1037 (27 October 1877), p. 5.

3　*The Mayfair* 2, no. 40 (2 October 1877), p. 15: "That Government is showing the unusual liberality of printing the Journal, and selling it cheaply, as if to prepare the Mandarins' mind for such a change in the treatment of foreigners, as a few of its most enlightened members, like Prince Kung, have long desired."

流传范围与奏折大意等诸多细节。新闻称，郭嵩焘奉命写作日记，总理衙门刊刻上千份复本供高级官员传阅，"几近过半的册子业已派出，而此时一名审查员上奏了一封措辞强硬的奏折，请求皇帝将郭嵩焘的日记撤回。奏折认为日记的观点有损国威，把英国描述得远胜中国。郭嵩焘实际道出了全盘事实，却不被中国傲慢之心所容"[1]。《孖剌西报》于 12 月 20 日重刊报道，并刊登一篇抨击中国天朝心态的长篇社论，有意持禁毁案大肆宣扬。社论嘲讽清廷华夷之见，认为郭嵩焘日记"显然已对那些爱慕虚荣的国人造成了严重的冲击"[2]，并坚信郭氏记述的事实将不会被掩没。

香港译本始载于《德臣西报》。这份报纸于 1877 年 12 月 27 日头条位置宣布刊登日记译本，并指"郭在他日记后半部分的评论遭到国人如此反对，以至于我们相信，在审查人员具奏弹劾之下，这本已经出版流通的书被查禁了"[3]。除提及日记后半部为禁毁要因外，这则消息还透露"一名报社译者"（our translator）已获得日记复本，并将不定期翻译、披露日记内容[4]。

事实上，《德臣西报》并非唯一获得日记刊本的英文报社。现存资料显示，香港、上海两地报社于五六月之交已取得《使西纪程》刊本。《中华快报》（The Shanghai Courier and China Gazette）于 5 月 24 日称收到郭嵩焘部分日记，并评论道："他的看法尽管粗略，却较斌椿之见更为深刻且更具智识，而他对于香港学校与监狱的描述将使他本国同胞受益。我们将在其他场合更深入回到这一话题。"[5] 香

---

1 *The Hong Kong Daily Press*, no. 6255 (14 December 1877), p. 2: "Hardly half of these pamphlets had been distributed, however, when one of the censors presented a strongly-worded memorial to the Throne praying for the withdrawal of Kwoh Sung-tao's diary from circulation, as the memorialist considered the statements made in it reflected disgracefully upon China, since the Ambassador had described every thing in England as greatly superior to China–had, in fact, told the whole truth, which was unacceptable to Chinese pride."

2 *The Hong Kong Daily Press*, no. 6260 (20 December 1877), p. 2: "… have evidently been a severe shock to the vanity of his fellow countrymen."

3 *The China Mail* 33, no. 4521 (27 December 1877), p. 2: "Kwo's remarks in the latter portion of his diary were so unfavourable to his own country, that the book, which had been printed and circulated to some extent, was, we believe, denounced by a Censor in a memorial addressed to the Throne, and its publication suppressed."

4 Ibid.

5 *The Shanghai Courier and China Gazette* 12, no. 1326 (24 May 1877), p. 2: "His reflections, though（转下页注）

港《孖剌西报》于 6 月初登载了这则报道，却未注明资料来源，致使远在悉尼的不少报刊误报了消息出处。[1] 同期，德国《科隆日报》（*Die Kölnische Zeitung*）驻港通讯员，也披露郭嵩焘日记在少数密友间传播的细节。[2] 这些记录说明《使西纪程》刊印后旋即获得西报关注，而报社的英译计划则在毁版新闻曝光后。不过，香港译本却是未竟之作。《德臣西报》先后于 1877 年 12 月 27 日、12 月 31 日以及 1878 年 1 月 4 日，匿名刊译郭嵩焘自上海出发，途经香港与新加坡期间的条目，没有按既定承诺，刊行日记其他译文。[3] 从译文每隔四天发布的规律，可知报社原计划定期连载日记。为何报社发表了《使西纪程》前十日译文后，旋即中止翻译计划？承担英译者又是谁？

《孖剌西报》报社编制的 1877 年版《中国、日本与菲律宾年鉴指南》（*The Chronicle & Directory for China, Japan & the Philippines*）提供线索，可考察译者身份。查阅该书"德臣印字馆"条目，可知印字馆地址、印刷业务，以及馆内职员名单。[4] 这家位于香港云咸街（Wyndham Street）二号的印刷馆业务颇丰，日常负责印制两周一期的《中国陆路邮报》（*The Overland China Mail*）、晚报《德臣西报》、日

（接上页注）meagre, are much deeper and more intelligent than those of the late Pin-ch'un, while the account he gives of the schools and prisons of Hongkong is in itself a most useful lesson to his countrymen. We shall return to the subject more fully on another occasion."

1　需要说明的是，香港公共图书馆提供的旧报纸数据库未完整收录 1877 年 12 月至次年 2 月间的《孖剌西报》《德臣西报》，笔者转而利用大英图书馆馆藏胶卷，确认这段时间，并没有与日记有关的报道。*The Hong Kong Daily Press*, no. 6087 (1 June 1877), p. 2; *The Sydney Morning Herald* 76, no. 12213 (10 July 1877), p. 5; *The Evening News,* no. 3125 (10 July 1877), p. 3; *The Sydney Mail and New South Wales Advertiser* 24, no. 889 (14 July 1877), p. 56.

2　《科隆日报》原文未见，消息内容参考最早转载的英报《晨邮报》（*The Morning Post*），转载详情见 "THE CHINESE AMBASSADOR," in *The Morning Post*, no. 32792 (3 August 1877), p. 5; *The South Wales Daily News*, no. 1699 (4 August 1877), p. 4; *The Trewman's Exeter Flying Post* 115, no. 5869 (August 1877), p. 6。

3　《孖剌西报》连载的译文先后为上海《中华快报》转载，参见 *The China Mail* 33, no. 4521 (27 December 1877), p. 2; 33, no. 4524 (31 December 1877), p. 5; 34, no. 4527 (4 January 1878), p. 3; *The Shanghai Courier and China Gazette* 2, no. 10 (12 January 1878), p. 3; no. 12 (15 January 1878), p. 3; no. 17 (21 January 1878), p. 3。

4　这本按年更新的指南服务寓居中国、日本与菲律宾三地的外国人，内容包罗万象，包含日历、地图、条约细则、广告服务、城市指南与领事海关服务等，参见 *The Chronicle & Directory for China, Japan & the Philippines, for the Year 1877* (Hong Kong: Daily Press Office, 1877), p. 210。

报《华字日报》（*The Chinese Mail*）以及双月刊《中国评论》（*The China Review*）。印刷馆为 Geo. Murray Bain 拥有，职员仅有 7 人，除了编辑 James Bulgin、记者 Chun Ayin、海事记者 James Mackay，还有 4 名外籍人士，分别从事簿记、监督与排版职务。此外，Chun Ayin 尚独自掌管中文部（Chinese department）。这份职员名单透露 Chun Ayin 为馆内唯一一名华人记者，也是唯一有能力从事日记翻译的人。

查阅现有研究可知，Chun Ayin 即清末报业家与外交官陈言。陈言，号蔼廷，1871 年受聘为《德臣西报》副主笔兼翻译员，曾负责报社中文报纸《中外新闻七日报》编辑工作与《华字日报》的创办事务。1878 年，陈言应驻美、西、秘三国公使陈兰彬（1816—1895）邀请，随同出使而辞离报馆。[1] 陈言因创办香港第二份中文报纸《华字日报》而为人称道。纵观陈言七年的报社生涯，有一件事颇具传奇色彩：1874 年，他追踪报道日本进兵台湾，因暴露清廷军机处密谕而险遭通缉。[2] 陈言能获取常人难以染指的密报，反映他有特殊的消息渠道。《德臣西报》披露了仅在清吏间流传的禁毁细节，且定期刊译日记条目，这些工作的背后推手，非陈言莫属。

至于日记连载计划搁置，与译者离职无关。陈言 1878 年 3 月 23 日才正式离开报社。[3] 他之所以在 1878 年 1 月中止英译，是由于上海《字林西报》已抢先翻译具有争议性的日记条目，这使陈言的连载计划，成为一件食之无味的工作。一项有

1　陈言与王韬（1828—1897）、伍廷芳（1842—1922）等香港早期报人亦有交往合作，伍廷芳 80 年代后亦投身中国外交政坛。关于陈言早年的报业活动，详见陈鸣：《香港报业史稿，1844—1911》（香港：华光报业有限公司，2005 年），页 100—103；卓南生：《中国近代报业发展史（1815—1874）》（北京：中国社会科学出版社，2015 年），页 153—178、213—236；May Holdsworth and Christopher Munn, eds., *Dictionary of Hong Kong Biography* (Hong Kong: Hong Kong University Press, 2012), pp. 68–69; Elizabeth Sinn and Christopher Munn, eds., *Meeting Place: Encounters across Culture in Hong Kong, 1841–1984* (Hong Kong: Hong Kong University Press, 2017), pp. 17–22; 此外，陈言曾同传教士理雅各布（James Legge，1815—1897）、欧德理（Ernst Johan Eitel，1838—1908）磋商购买伦敦传教会的中文铅字，详见苏精：《铸以代刻：传教士与中文印刷变局》（台北：台湾大学出版中心，2014 年），页 253、294—303；Marilyn Laura Bowman, *James Legge and the Chinese Classics: A Brilliant Scot in the Turmoil of Colonial Hong Kong* (Victoria, BC: Friesen Press, 2016), pp. 497–503。

2　详见朱玛珑：《外交情报与港际报业：以 1874 年台湾事件日、中两国轮船运兵消息为例》，《"中研院"近代史研究所集刊》第 93 期（2016 年 9 月），页 26—32。

3　*The Hong Kong Daily Press*, no. 6344 (1 April 1878), p. 2.

力的证据是，1878 年 1 月 7 日，《德臣西报》转载《字林西报》关于郭嵩焘外交观念的译文后再无更新。[1]事实上，《字林西报》于 1877 年 12 月底已刊印了一则有关郭嵩焘对教案看法的译文。这则日记也是《德臣西报》未尝披露的，并很快被港报《孖剌西报》转载。这不可能不引起陈言的注意。[2]《德臣西报》最终以刊登 1878 年 1 月 7 日的译文作结，似乎暗示致使日记禁毁的条目已被刊译，报社仅需转载即可，毋庸画蛇添足，再次翻译。然而，与《德臣西报》立足于揭露毁版真相不同，《字林西报》的译文是为了澄清毁版流言。

五、开启报道争议的上海译本

《孖剌西报》的报道很快引起上海英报《华洋通闻》(*The Celestial Empire*) 与《字林西报》的关注。[3]《华洋通闻》于 1877 年 12 月 27 日全文转载《孖剌西报》的毁版报道。[4]《字林西报》不单只转载报道，更发表评论，并先后翻译了郭嵩焘日记中的两则为佐证。

《字林西报》首则评论称，日记被禁毁一事尚待确认，"但是我们确知这本日记的第一部分即记述欧洲旅途之事，已于春季获总理衙门刊印，以分发中国各省衙门。本报得以在另一栏目，提供读者可能感兴趣的日记摘要"[5]。《字林西报》评论

1　*The China Mail* 34, no. 4529 (7 January 1878), p. 3.

2　"KWOH SUNG-TAO ON THE 'XTIAN PROPAGANDA," *The North China Daily News* 20, no. 4172 (28 December 1877), p. 611; "KWOH SUNG-TAO ON THE CHRISTAN PROPAGANDA," *The Hong Kong Daily Press*, no. 6270 (3 January 1878), p. 2.

3　《华洋通闻》1874 年创刊，1911 年停刊，其创办宗旨、主编人员以及报系分支等详情，参见 Frank H. H. King and Prescott Clarke, eds., *A Research Guide to China-Coast Newspapers, 1822–1911* (Cambridge, MA: East Asian Research Center of Harvard University, 1965), pp. 29–31, 84–89, 112, 115, 134, 179。

4　《华洋通闻》的报道至今尚未电子化，本文援引的资料均据大英图书馆的报纸胶卷，*The Celestial Empire* 9 (27 December 1877), p. 594。

5　*The North China Daily News* 20, no. 4172 (28 December 1877), p. 611: "But we do know that the first section of it, describing the voyage to Europe, was printed in the Spring by the Tsung-li-yamên, presumably for distribution to the provinces; and we are able to give, in another column, a translation of an extract which may interest our readers."

所说的"日记摘要",是郭嵩焘日记中关于处理教案的译文。评论者大体肯定郭嵩焘在中国主张宽容对待宗教。此外,评论也联系清廷年初发布,提倡基督徒与非基督徒平权的法令,进而推测这项法令在使团出发前已获筹议。评论最后总结:"正如我们之前所言,我们不相信中国人会不宽容;如果能找到一种方式平息因传教而频频引起的冲突,外国人会同中国人一样感到欣慰。"[1]评论虽称禁毁之事尚待查证,但是从其立论可知,他更倾向于认为此事为子虚乌有。报社之所以大篇幅翻译郭嵩焘关于教案的意见,是为了证明郭氏的见解与清廷法令如出一辙,日记禁毁自成无稽之谈。

《字林西报》第二则报道为译评郭嵩焘外交观念的日记条目。《德臣西报》其后转引这则日记,作为英译计划的总结。《字林西报》译文前的评论,反映报社的翻译与解读立场。评论称,郭嵩焘关于中西关系的创见未必不准确。郭嵩焘虽然不通外文,不得不依赖 30 年前徐继畬(1795—1873)刊刻的《瀛环志略》,但是"他显然已尽其所能地利用机会,咨询身边的欧洲人。此外,他也乐意利用各种时机,接触英国殖民地与军职管理模式,从中汲取经验"[2]。这则评论亦推测日记与政局两者之间的联系,称"他谴责空谈爱国的行为,极可能尝试婉转提醒那些将会加入空谈行列的外交部新同事"[3]。评论者发布这条译文,旨在指出郭嵩焘批评清廷因袭宋明空谈之风,借以表明自己开明的外交观念。

1878 年 2 月 14 日,字林报社改变立场,公开谴责日记毁版。据笔者目前收集的资料显示,同位于上海的《华洋通闻》早于 1878 年 1 月 17 日刊载长篇社论,讲

1　*The North China Daily News* 20, no. 4172 (28 December 1877), p. 611: "As we said before, we do not believe that the Chinese are inclined at heart to be intolerant; and foreigners will be as pleased as the Chinese themselves, if a way can be found to obviate the irritation which the Christian propaganda does at times excite."

2　*The North China Daily News* 21, no. 4177 (4 January 1878), p. 11: "… he has evidently employed his opportunities of questioning the Europeans about him to the best advantage, in addition to which he has enjoyed ample occasions of gaining an insight into the methods of English administration in the different colonies and military posts at which he touched en route."

3　Ibid.: "His condemnation of the 'empty vapouring' of Chinese patriotism may very possibly be intended as a gentle hint to his late colleagues in the Ministry of Foreign Affairs, whose talents he doubtless knows to be chiefly developed in that direction."

述毁版始末，并全文转载《德臣西报》的译文。报道前后共占两个版面的篇幅。[1] 相较这种大张旗鼓的举动，《字林西报》的处理方式可谓异常低调。这家报社在周刊《北华捷报》"1877 回顾" 栏目中称，本年度唯一值得谈论之事为郭嵩焘赴英觐见女王，并呈交中国皇帝的致歉信。然而，这则回顾未详述郭氏觐见女王细节，反而笔锋一转，述及毁版之事，"但据说一名审查人员已经介入，抗议这本册子倾向牺牲中国来吹捧外国，应加禁绝"[2]。论者谴责此事 "进一步证实了中国文人学士的盲目自负"，称郭嵩焘讲述的事实将会在他回国后重新影响本国同胞。[3]《北华捷报》每周均会结集日报《字林西报》一个星期的新闻要点，故在日报上刊登的译文与评论，一律重刊于《北华捷报》。[4] 这则仅见于《北华捷报》的年度回顾，无疑是为了更正先前失误的报道。那么，是谁在背后主持这些工作呢？

　　据前所引《中国、日本与菲律宾年鉴指南》记录，这家名为字林的公司位于上海汉口路七号，业务为编制出版日报《字林西报》与周报《北华捷报》。公司为 J. Broadhurst Tootal 的产业，职员有正、副主编 R. S. Gundry 与 G. W. Haden 两人，记者 J. G. Thirkell 一人，会计、文员、印刷经理等人员 11 人。[5] 这家报社未聘请华人，仅凭职员名单，无法确知编辑与记者的分工情况。字林公司出版的另一份文献《中国政治与商业大事回顾：1873 至 1877 年五年间》(*A Retrospect of Political and Commercial Affairs in China: During the Five Years 1873–1877*)，有助于拨开这个谜团。字林公司 1873 年开始整理新闻要点，此前已结集出版 1868 至 1872 年份的新闻资料。《中国政治与商业大事回顾》延续以往的分类，将新闻回顾分为 "政

1　*The Celestial Empire* 10 (17 January 1878), pp. 50, 64–65.

2　*The North-China Herald and Supreme Court and Consular Gazette* 20, no. 561 (14 February 1878), p. 149: "But a Censor is said to have stepped in with a remonstrance that the whole tendency of the pamphlet was to exalt foreign nations at the expense of China; and to have procured its seclusion."

3　Ibid.: "... and a further confirmation, if such were wanted, of the wilful conceit and blindness of the Chinese literati."

4　*The North-China Herald and Supreme Court and Consular Gazette* 20, no. 555 (3 January 1878), p. 6; 20, no. 556 (10 January 1878), p. 36.

5　*The Chronicle & Directory for China, Japan & the Philippines, for the Year 1877*, p. 306.

治”与“商业”两部分。不同的是，这部书注明编者为 R. S. Gundry，且提及报社分工情况。书序称："与前一部书相同，这些政论文章均出自主编之手。他意识到这些文章有许多不足之处。一个原因是，这些文章并非基于某项研究之下而作的精密阐述，无意写成信史。相反，这些文章原为新闻出版而作，仅简单记述了每年发生的大事。"[1] 此书的政论部分也收录了毁版事件的年度回顾，其作者无疑就是主编 Gundry 本人。[2]

R. S. Gundry 全名 Richard Simpson Gundry，中文名作"盖德润"，曾以英国《泰晤士报》通讯员的身份派驻印度，1865 至 1878 年转任上海字林报社主编。盖德润担任主编十年，把报社由商业报道调整为政治时评，同时改组日报《字林西报》与周刊《北华捷报》。[3] 除了供职于上海报馆，盖德润同时兼任英国《泰晤士报》驻华通讯员。1878 年，盖德润于《泰晤士报》刊登两封信函，披露日记毁版的后续细节。[4]

盖德润首封通信刊登于 1878 年 5 月 8 日《泰晤士报》。这通信件可与上海《字

1　R. S. Gundry, ed., *A Retrospect of Political and Commercial Affairs in China: During the Five Years 1873–1877* (Shanghai: North-China Herald Office, 1878), pp. 1–3: "The political articles are, as in the former volume, solely from the pen of the Editor, who is conscious that many defects can be charged against them. The excuse is that they do not pretend to be standard history, thoughtfully elaborated in the calm of a study, but simply retrospective sketches of each year's events, written originally for publication in a newspaper."

2　Ibid., pp. 79–80.

3　盖德润 19 世纪 90 年代出版的两本著作《中国及其邻邦》(*China and Her Neighbours*) 与《中国现状及过去》(*China Present and Past*) 显示出他熟稔中国政局，两书至今仍为重要的学术参考文献。他的生平可参见《北华捷报》与《近代来华外国人名辞典》，《辞典》误将包罗杰 (Demetrius Boulger, 1853—1928) 所著的《马格里爵士传》(*The Life of Sir Halliday Macartney*) 归于盖德润名下，详见中国社会科学院近代史研究所翻译室编：《近代来华外国人名辞典》(北京：中国社会科学出版社，1981 年)，页 183—184；*The North-China Herald and Supreme Court and Consular Gazette* 20, no. 576 (1 June 1878), p. 558; 176, no. 3287 (5 August 1930), pp. 5–8. 盖德润个人档案极少为学界留意。这批档案藏于剑桥大学图书馆，收录他的信件与文章。可惜笔者检阅这笔档案时未能从中寻得相关线索。

4　盖德润 1878 年 3 月 21 日与 8 月 20 日先后向《泰晤士报》寄发两封通信。需补充的是，盖德润仅第二封通信署名为 R. S. G.，而第一封通信只注明上海通讯员的身份。由于盖德润在第二封通信提到 3 月 21 日的通信为本人所写，故笔者判断两信作者为同一人。详阅 *The Times*, no. 29249 (8 May 1878), p. 5; no. 29341 (23 August 1878), p. 10。

林西报》在同年 3 月 28 日刊登的匿名报道参看。这两则新闻均称刘锡鸿暗中指使，参奏毁版。此外，两报并称郭嵩焘出使前撰写的排外报告已经刊行，以消除出使日记过于亲外的不良影响。值得关注的是，两报报道除内容相似之外，用词、叙述更是如出一辙。例如，《字林西报》称 "The denunciation is commonly reported to have been prompted by Liu, the late colleague of Kwoh, and now Minister to Germany"，《泰晤士报》的报道仅多了 "I now hear that"，其他文字，全然一致。[1] 不同的是，盖德润在通信中表达了更多的个人见解，他断定郭嵩焘在出使英国前实为保守派官员，出使后才改变陈见。此外，通信透露郭嵩焘惧怕刘锡鸿告发他崇洋媚外，请求辞职回国。盖德润的通信刊载于 5 月 8 日，晚于《字林西报》月余。不过，通信寄发的日期是 3 月 21 日，写作时日早于《字林西报》报道刊登的时间一周。据此推断，《字林西报》3 月 28 日刊登的匿名报道应出自盖德润之手，其中雷同的语句应摘录自寄往《泰晤士报》的通信。这也证实盖德润宣称负责《字林西报》的政治时评并非虚言。

　　《泰晤士报》这封通信促使寓居伦敦的郭嵩焘公开回应。[2] 一封署名 "H. M." 即郭嵩焘的译员马格里（Halliday Macartney，1833—1906）的澄清信，于 1878 年 5 月 28 日刊登在《泰晤士报》上。[3] 这封信称郭嵩焘出使前未写作类似的排外报告，请

1　*The Times*, no. 29249 (8 May 1878), p. 5; *The North China Daily News* 21, no. 4246 (28 March 1878), p. 287.

2　郭嵩焘十分关注英国的新闻报道，曾嘱托马格里订购《泰晤士报》、《每日新闻》(*The Daily News*)、《旗帜报》(*The Standard*) 与《晨邮报》等四种报纸，并安排使馆译员翻译。此外，驻英副使刘锡鸿的日记亦记录，伍廷芳曾向驻英团建议及时澄清外文报刊的不实报道："此间乏中国人，遇有交涉案件，惟凭彼商一面之词，……今遣使扎以通气，诚中肯綮。然犹须多蓄才智人，效为洋语，散布此地，并刊传新闻纸，以持其曲直，乃有济也。"参见刘锡鸿：《英轺日记》，收入王锡祺编：《小方壶斋舆地丛钞》（上海：着易堂，1891 年），第十一帙，页一百六六下；《郭嵩焘全集》，第 10 册，页 92。

3　《郭嵩焘日记》与《马格里爵士传》仅有片言只语记录此事，《郭嵩焘先生年谱》亦只提及撰写通信者应为马格里在华旧交，但未细考其姓名。据查证，盖德润与马格里确为旧识，《马格里爵士传》收录了马格里分别于 1870、1876 年致盖德润的通信，可以为证。两人此后保持通信，剑桥大学馆藏档案中亦存四封马格里致盖德润的信件，参见《郭嵩焘先生年谱》，页 759—760；《郭嵩焘全集》，第 10 册，页 483；Demetrius C. Boulger, *The Life of Sir Halliday Macartney* (London: John Lane the Bodley Head, 1908), pp. 181-182, 252-256, 291-293; Manuscripts/MS Add.9269/Richard Simpson Gundry: Correspondence and Papers, "Macartney to Gundry" (30 June 1887), (23 May 1888), (14 November 1891), (26 February 1894)。

求辞职也非惧惮反对势力等。此外，这封信辩称《使西纪程》为赴欧途中所写，据以分析郭嵩焘受欧洲文明的影响，为时过早。"这本日记，作为证据而言，只可视为公使来英前抱持的观念，而非他驻英后的观点。"[1] 另外，禁烟协会主办的《中国之友》(*The Friend of China*) 在 6 月亦发文指《泰晤士报》评论失实，辩称郭嵩焘是"进步与自由观念的支持者"，并提示读者去阅读一名资深汉学家已翻译出版的郭嵩焘日记。[2]

针对郭嵩焘的辩护，盖德润又在 1878 年 8 月 20 日向《泰晤士报》发信回应。[3] 他修正 5 月 8 日的推测，称"我极有理由相信，公使对于英国各类机构的评价，具有卓著的见识。他了解西方文明的优胜之处，并坦率地传达给北京"[4]。盖德润信中还提到，保守派反对郭嵩焘观点的理由是这些西式器物"从未见于孔夫子时代"[5]。此后，盖德润再没有发表后续报道，为期近一年的访查，才算真正完结。[6] 盖德润与郭嵩焘的书信讨论，先后为伦敦、香港报刊转载。[7]

1　H. M., "THE CHINESE MINISTER. TO THE EDITOR OF THE TIMES," *The Times*, no. 29262 (23 May 1878), p. 10: "The diary must, therefore, be taken as affording evidence only of such opinions as the Minister had entertained before coming to England, not of those which he may have formed in consequence."

2　The Anglo-Oriental Society for the Suppression of the Opium Trade, ed., "THE CHINESE MINISTER," *The Friend of China*, no. 11 (June 1878), pp. 176–177: "… is now a friend of progress and liberal ideas."

3　值得一提的是，盖德润的第二封通信是他拜访郭嵩焘后所写的。盖德润 1878 年 8 月 8 日在伦敦向郭嵩焘透露刘锡鸿与国内的联系。郭嵩焘记其名为"庚得里"："《字林日报》总办庚得里来见，述梅辉立之言，谓刘云生遍致京师贵人信以相倾，京师物论似左袒刘生，引以为憾。"可知，盖德润前一封通信的消息来源是英国驻京外交官梅辉立，《字林西报》此前确认毁版事极可能也得自梅辉立的转告，参见《郭嵩焘全集》，第 10 册，页 571。

4　R. S. G., "CHINESE POLICY. TO THE EDITOR OF THE TIMES," *The Times*, no. 29341 (23 August 1878), p. 10: "… I have the best reason to believe that his Excellency's comments upon English institutions have been uniformly discerning and favourable. He has appreciated the superior conditions of Western civilization, and has frankly transmitted his views to Peking."

5　Ibid.: "… that did not exist in the days of Confucius…"

6　第二封来信落款地址为伦敦圣詹姆斯街 (St. James's Street) 的俱乐部 Thatched-house Club。可见盖德润已离职返回伦敦，此时他已不负责编审《字林西报》。

7　*London and China Telegraph* 20 (27 May 1878), pp. 472–473; *The Hong Kong Daily Press*, no. 6422 (2 July 1878), p. 2.

《字林西报》是上海首屈一指的英报，营运得益于报社稳定而丰富的稿源。综合盖德润负责政治时评与热衷毁版调查两方面来看，在《字林西报》发表的日记评论，应出自盖德润之手；为辩护而引用的译文，亦应在他主持之下完成。上海译本流布甚广，上海与香港两地以外，印度、澳大利亚、英国与美国等报刊，均先后转载。[1] 关于郭嵩焘外交观念的译文是报道的核心，为立场迥异的报刊频繁刊印，一个明显例子是《孖刺西报》的后续报道。这份港报于 1878 年 1 月 8 日及 17 日重复刊登上海译本后一则译文，并发表头条社论，"查禁郭嵩焘日记为愚蠢之举，反倒让这本日记更易在外国刊物出版"，中国亟须驻英公使那样敢于如实指出国家不足的政治家。[2] 但译文则被援引以证实晚清排外的政局气候。《孖刺西报》的批判立场与盖德润半年后的追踪结论一样，将毁版归因为保守势力囿于"华夷之辨"，无法容忍郭嵩焘在公务日记中的直言。

六、"直言"抑或"侈言"？

上海译本后一则译文源自《使西纪程》1877 年 1 月 19 日条，即郭嵩焘抵英两日前的记录。这则日记的译文亦见于伦敦译本。艾约瑟的译本极少逐字照译，但此则日记以能呈现郭嵩焘的外交观念而几乎全译，其后译者及研究者也加以重复援引。本文为方便举证分析，不避其繁，罗列相关条目如下，并用括号与曲线分别标示两个译本的选译之处：

> 雨，风。午正行八百四十六里，在赤道北四十六度一分，经度距伦敦偏西

---

1 笔者已见报纸有：《印度泰晤士报》《帕尔默尔报》《世俗纪事》《悉尼先驱晨报》，依次见 *The Times of India* 41, no. 15 (17 January 1878), p. 3; 41, no. 20 (23 January 1878), p. 3; *The Pall Mall Gazette* 27, no. 4055 (18 February 1878), p. 665; *The Secular Chronicle* 9, no. 9 (3 March 1878), p. 102; *The Sydney Morning Herald* 77, no. 12497 (8 June 1878), p. 6。

2 *The Hong Kong Daily Press*, no. 6274 (8 January 1878), p. 2; "CHINESE EMBASSIES ABROAD," *The Hong Kong Daily Press*, no. 6282 (17 January 1878), p. 2: "The folly of the suppression of His Excellency KWOH SUNG-TAO's diary is now made manifest by its publication in foreign journals …"

至九度五十二分。出大西洋折而北，稍逶东行，至是益东。【西洋以智力相胜，垂二千年。麦西、罗马、麦加迭为盛衰，而建国如故。近年英、法、俄、美、德诸大国角立称雄，创为万国公法，以信义相先，尤重邦交之谊。致情尽礼，质有其文，视春秋列国殆远胜之。而俄罗斯尽北漠之地，由兴安岭出黑龙江，悉括其东北地以达松花江，与日本相接。英吉利起极西，通地中海以收印度诸部，尽有南洋之利，而建藩部香港，设重兵驻之。比地度力，足称二霸。而环中国逼处以相窥伺，高掌远跖，鹰扬虎视，以日廓其富强之基，而绝不一逞兵纵暴，以掠夺之心。其构兵中国，犹展转据理争辨，持重而后发。此岂中国高谈阔论，虚骄以自张大时哉？】轻重缓急，无足深论。【而西洋立国自有本末，诚得其道，则相辅以致富强，由此而保国千年可也。不得其道，其祸亦反是。】

【班固《匈奴传》赞有曰："来则以礼接之，畔则以兵威之，而常使曲在彼。"处争夺尤然，况其所挟持者尤大而其谋尤深者乎！】刘云生自谓能处洋务，至是亦自证其所知之浅，而曰处今日之势，惟有倾诚以与各国相接，舍是无能自立者。【鄙人为时诟病多矣，姚彦嘉谬以为学识过人，吾何足言学识哉？宋、明史册具在，世人心思耳目为数百年虚骄之议论所夺，不一考求其事实耳。】往闻何愿船谈洋务深中窾要，怪而问之，答曰："六经周秦书，下逮儒先论著，准以历代之史，参考互证，显然明白。世俗议论，只自豪耳，何足为据！"此之谓学识。[1]

---

1 钟叔河、杨坚最早整理郭嵩焘日记，曾罗列日记底本、《使西纪程》底稿和刊本三者之间的区别。为了避免重复研究，本文关于日记刊本与底本的引用即取自前人的成果，详见郭嵩焘：《伦敦与巴黎日记》，页90—91。上海译本见 "KWO SUNG-TAO ON THE POLITICAL POSITION," *The North China Daily News* 21, no. 4177 (4 January 1878), p. 11:

As the steamer bearing the Mission approached the entrance to the English Channel, H.E. Kwo devotes several pages of his journal to a review of the present importance of the nations of the West. "Judaism, Romanism, Islamism," he observes, "have flourished or decayed, but States have endured unchanged. In recent times, Great Britain, France, Russia, the United States of America, and Germany have raised themselves to a commanding position of influence and power. They have introduced the doctrine of international law, and vie with each other in the homage they pay to truth and justice. The utmost importance is attached in their opinion to the comity of nations. Mutual regard is shewn among them in the highest degree, and courtesy has attained to its （转下页注）

（接上页注）fullest development. They have secured in this respect both substance and form. These nations both substance and form. These nations are advanced, to an immeasurable degree, beyond the condition of the Independent Kingdoms of Chinese antiquity." —The Envoy then proceeds to descant upon the surpassing extent and power of the British and the Russian Empires, the one extending its dominions along the entire expanse of Northern Asia, through the deserts of the North to the mouth of the Amoor and to the borders of Japan, whilst England has traversed the Mediterranean Sea to become mistress of India, gathering into her lap all the wealth of the Southern Ocean, and planting everywhere colonies and garrisons such as are to be seen at Hongkong. These two Empires, he observes, "by the extent of their territory and the degree of their power, are well entitled to be designated the two monarchs of the world. They hold China, as it were, in their embrace, each watchful of the other, each with hand upraised and firmly planted tread, or (to change the metaphor), hovering like the falcon and glaring tiger like. Each daily augments the wealth and extent of its dominions, yet on neither side is the rein given to hostile undertakings, nor are designs of predatory enterprise allowed to have free play. When a question of war against China may arise, they will dwell long in contention upon the merits of the case, and advance only when the matter has been gravely weighed. Shall any one pretend that the present is a time for China to puff herself up with vainglorious boasts and empty vapouring? There is no need to spend time in considerations of theoretical advantage, relatively weighted; the nations of the West, it is plain, have not organized themselves as they have done, without a system. Let but this be rightly laid hold of, and each contributes to the other's wealth and power, and the stability of the State may be assured for a thousand years. If the system be not laid of, ruin must ensue. My colleague Liu has hitherto piqued himself upon knowing how to deal with the affairs of foreigners, but he has come now to confess to himself the shallowness of his view."—The Envoy proceeds to condemn the ineptitude of those whose idea of foreign relations is inspired by the mistaken patriotism of the writers of the Sung and Ming dynasties, when hatred of the outsider was highest type of Chinese loyalty.—The diary ends with the arrival of the Mission at its home in Portland Place.

伦敦译本见 "DIARY OF THE CHINESE AMBASSADOR. VOYAGE TO EUROPE," in James Macaulay and William Stevens, eds., *The Leisure Hour*, no. 1347 (October 1877), pp. 662–663:

The Western nations have struggled with each other, each conquering the rest by superior political wisdom, for the past 2000 years. Egypt, Rome, and Mecca have had their turns of prosperity and decline, but the Western nations are strong as before. Of late, England, France, Russia, the United States, and Germany have risen to power and position. The principles of international law have been introduced and established. Justice and fidelity to engagements are made the basis of intercourse. Peace between nations is sought for as leading to friendship. To the real sentiment of kindness is added a polished ceremonial, to indicate mutual respect. This is a much better state of things than existed in China at the time of which Confucius wrote the history.

Russia has extended her territory all along the desert of Gobi, on its extreme edge, to the Amoor, and now possesses the whole of the land to the east and north of that river. The Sungari is now one of her boundaries, and Japan one of her neighbours.

England, in the extreme west, having the Mediterranean Sea as a path of communication, has taken possession of India, has acquired all the wealth of the Southern Sea (south of Asia). Founding a colony in Hong（转下页注）

引文用括号标记的四处则为艾约瑟所选译，前三处为直译，后一处为意译。艾约瑟熟稔中国经史，他的翻译不避郭嵩焘援引典籍的论述。曲线标记之处为上海《字林西报》翻译的片段，译文未及郭嵩焘引经据典的文字，其他内容则仅比伦敦译本多了述及刘锡鸿谈论洋务的语句。总体而言，两个译本的译文，没有刻意删减原文重要的语句。中英文读者阅读的内容，没有太大差别。

然而，毁版消息曝光后，"华夷之辨"却成为西人解释日记毁版的依据。《使西纪程》的最早译者艾约瑟于 1878 年 4 月评述《瀛海论》时，顺带表达了他的态度。艾约瑟不满《瀛海论》采用西学中源说译介西方科学，指这种写作方式，保留了中国知识的优越地位，与过去用"蛮夷"（barbarians or devils）称呼外国人无本质区别。[1] 他称："更值得憧憬的是，中国驻英公使回国后应该教授一种更好的写作方式，为了真相，敢于呈现事物原貌而不惜遭受唾弃。"[2] 艾约瑟这种说法，表示他认为郭

（接上页注）Kong, she has placed there a strong military force to retain it in security.

　　As to territory and as to strength, these two countries may be called two mighty powers which press China on all sides, and are on the watch, with arm lifted high and foot stretched out far, like the eagle in its flight and like the tiger in its glance, eagerly waiting the opportunity to extend the limits of their wealth and power. And they do not send armies and use violence only with a view to plunder. In entering on a war with China, they will meditate deeply, hold strongly to right, discuss perseveringly, carefully investigate, and then act.

　　"Is this a time for China to be boastful and arrogant?"

　　The diarist declines to go further into the peculiarities of the situation. He merely says that the Western kingdoms have their beginning and end, like other nations. If the true policy to be adopted in reference to them be understood, they will aid China to become rich and great, and she may retain her independence for a thousand years to come. If the opposite policy is adopted, results of an opposite kind may be expected to take place. "If," he adds, "2000 years ago the historian Pankoo laid it down as a principle in the treatment of the Tartar empire in China of that day, 'to receive them when they come with respectful civility, and to awe them when they rebel with a display of military power, always remembering that a crooked policy will fail to check their plundering raids,' how much more should China now, when the danger is greater, and the schemes of the enemy more subtle, be animated by a desire to exercise similar prudence!" The writer states, in conclusion, that he has had to endure many calumnious charges, but his appeal is to the history of his country, which shows convincingly, by facts belonging to ancient and modern times, that the policy the ambassador recommends is the true policy to be pursued.

1　Edkins, "PEKING LETTER," pp. 38–39.

2　Ibid., p. 39: "It is much to be desired that the Chinese Ambassador to England should, on his return to his country, teach a better method and risk for the sake of truth the great unpopularity to which he would be subjected for daring to represent things as they are."

嵩焘因采用"直言"的写作方式而激起公愤。与艾约瑟略有不同，盖德润将毁版归咎于保守派的打击，《孖剌西报》《德臣西报》与《华洋通闻》等社论，亦将矛头直指保守官员，认为郭嵩焘如实讲述了华夷心态无法容忍的真相。然而，事实是否果真如此？历经两次鸦片战争之后，清廷官员是否依旧将西方强国视作蛮夷之乡？

　　第二次鸦片战争结束后，清廷引进西方军事工艺，培养专业涉外人员，又赞助出版一批以法律、史地、科技等为主题的西方书籍，为清朝官员处理涉外事务提供新的知识。史地知识方面，原先备受谤议的《瀛环志略》（1848 年）于 1866 年获总理衙门题序重印，成为京师同文馆的教科书，以及出洋使团参考书。[1] 徐继畬在书中详述西方政治体制，推崇美国为"治国崇让善俗，不尚武功"的理想国度[2]，较郭嵩焘更为推许美国[3]。国际法律知识方面，清廷赞助翻译的《万国公法》（1864 年），在未正式印行前已实际据以处理涉外政务。[4] 该书于 1864 年印制三百部发送通商口岸，次年更定为京师同文馆教科书。[5] 张斯桂《万国公法》序言称，"此外诸国，一春秋时大列国也。若英吉利，若法郎西，若俄罗斯，若美利坚之四国，强则强矣，要非生而强也"，并简述四国崛起历程。[6] 这两部官方赞助出版的图书，均称羡西洋，足以说明清廷于 19 世纪 60 年代后未囿于华夷之见，开始正视西方诸国的挑战。

1　任复兴编：《徐继畬与东西方文化交流》（北京：中国社会科学出版社，1993 年），页 96—99。《瀛环志略》的研究专著有 Fred W. Drake, *China Charts the World: Hsu Chi-yü and His Geography of 1848* (Cambridge, MA: Harvard University Press, 1975)。

2　《瀛环志略》称："按华盛顿，异人也。起事勇于胜、广，割据雄于曹、刘。既已提三尺剑，开疆万里，仍不僭位号，不传子孙，而创为推举之法，几于天下为公，骎骎乎三代之遗意。其治国崇让善俗，不尚武功，亦迥与诸国异。"见徐继畬：《瀛环志略》（北京：总理衙门藏版，1866 年），卷九，页十六上。

3　徐继畬的记录依据为美国首位来华传教士裨治文（Elijah Coleman Bridgman，1801—1861）的《美理哥合省国志略》。这本汉文西书以美国的政治历史为主要内容，于 1838 年由新加坡坚夏书院刊印，1844 年修订并改名为《亚墨理格合众国志略》在香港出版，1861 年再次修订并改名为《大美联邦志略》，由上海墨海书馆出版。除徐继畬的《瀛环志略》外，魏源（1794—1857）的《海国图志》与梁廷枏（1796—1861）的《海国四说》也大量采用裨治文著作的内容，也在序言中表达了称羡美国之意，详阅张施娟：《裨治文与早期中美文化交流》（杭州：浙江大学出版社，2010 年），页 65—85。

4　田涛：《国际法输入与晚清中国》（济南：济南出版社，2001 年），页 57—59；傅德元：《丁韪良与近代中西文化交流》（台北：台湾大学出版中心，2013 年），页 242—243。

5　王尔敏：《弱国的外交：面对列强环伺的晚清世局》（桂林：广西师范大学出版社，2008 年），页 185—187。

6　惠顿编撰：《万国公法》（丁韪良译，北京：京都崇实馆存板，1864 年），《序》。

主张禁毁日记的何金寿在奏折中称，"中外情形，人人所知，但在努力自强，无待反复多论"，也未贬抑西方的强盛。[1] 值得关注的是，与英报将毁版归因于郭嵩焘"直言"不同，何金寿认为《使西纪程》夸大、取媚，并援引两则日记为据。笔者现将有关文字截录如下：

> 窃臣近见兵部侍郎郭嵩焘所撰《使西纪程》一书，侈言俄、英诸国富强，礼义信让，文字之美；又谓该国足称二霸，高掌远蹠，鹰扬虎视，犹复持重而后发，不似中国虚骄自张。一再称扬，种种取媚，丧心失体，已堪骇异。其中尤谬者，至谓西洋立国二千年，政教修明，与辽、金崛起情形绝异，逼处凭陵，智力兼胜，并不得以和论等语。[2]

曲线标记处见于 1877 年 1 月 19 日的刊本日记，为英译本重点择译；直线标记处见于 1876 年 12 月 22 日的刊本日记，强调西洋诸国与辽、金两国不同，规诫清廷不应沿袭宋儒应对策略。[3] 奏折援引的这两则日记内容虽各有偏重，但观点大体一致。如前文所述，清廷虽未公开何金寿的奏折，但其中抨击郭嵩焘《使西纪程》的文字，却在清吏间流传。[4] 远在伦敦的郭嵩焘获悉毁版事后[5]，曾就 1876 年 12 月 22 日

1　奏折原文藏中国第一历史档案馆"军机处录副奏折"，转引自杨锡贵：《首任驻外公使郭嵩焘被参五折析》，《文史博览（理论）》2012 年第 11 期，页 8。

2　杨锡贵：《首任驻外公使郭嵩焘被参五折析》，页 8。

3　详见郭嵩焘：《伦敦与巴黎日记》，页 66—67。

4　除前文注解中李鸿章转述周家楣函外，值得注意的是李慈铭 1877 年 7 月 28 日抄评《使西纪程》的记录。他的抄评提及何金寿之奏折，且抄录的两则日记与何金寿枚举之处一致，应为附和何金寿而作。不同的是，李慈铭扩大抨击对象，直指总理衙门决策失当，称："迨此书出而通商衙门为之刊行，……嵩焘之为此言，诚不知是何肺肝，而为之刻者又何心也？"郭嵩焘于 1877 年 10 月 12 日作《办理洋务横被构陷沥情上陈疏》，亦称"录呈总理衙门，实属觇国之要义，为臣职所当为。同文馆检字刷印，借以传示考求洋务者，固非臣所及知"。详见李慈铭：《越缦堂日记》，第 10 册，页 7453—7456；《郭嵩焘全集》，第 4 册，页 832—833。

5　张斯桂之外，李鸿章于 1877 年 11 月 8 日亦函告郭嵩焘毁版事："执事日记一编，初闻兰孙大为不平，逢人诋毁，何君乃逢迎李、景，发言盈庭，总署惧而毁版，谤者遂亦中止。何疏未见底稿，究不知其详，悠悠之口，奚足深论。"兰孙即总理衙门大臣李鸿藻（1820—1897），景指总理衙门大臣景廉（1823—1885），李鸿章仅闻参奏一事，未详证当中细节真伪。郭嵩焘则认为何金寿、刘锡鸿等人之参皆为李鸿藻（转下页注）

日记中"不得以和论"上疏争辩[1]。不过,随着史料的整理利用,有论者留意到《使西纪程》不仅为政治立场相异的官员排斥,同时也不为一些颇具远见的洋务官员接受。[2]本文认为除了立场之争,亦需从清吏认知限度来重审《使西纪程》的可议之处。何金寿在奏折中指责日记称颂英俄两国为取媚行为,质疑郭嵩焘关于西洋立国之见与应对西洋的办法。诚然,作为游历纪实著作,《使西纪程》以赴英途中 51 天的见闻,论述西洋立国二千年,不免有夸大之嫌。[3]至于郭嵩焘铺陈英俄两国争霸局面,为何却被讥讽为失实取媚?

若以"据实直言"的标准衡量,郭嵩焘日记讲述英俄争霸,实有重重疑点。其时,郭嵩焘途经香港、新加坡、锡兰等英治地区,因而论及英国富强,足以称霸,

---

（接上页注）暗中指使,此见已有学者质疑,兹不赘述。详见《李鸿章全集》,第 32 册,页 152—153;《郭嵩焘全集》,第 13 册,页 293、305、321;王维江:《郭嵩焘与刘锡鸿》,《学术月刊》1995 年第 4 期,页 79—80;张宇权:《思想与时代的落差:晚清外交官刘锡鸿研究》(天津:天津古籍出版社,2004 年),页 159、173—175。

1　前引奏折《办理洋务横被构陷沥情上陈疏》有云:"闻所据为罪状者,在指摘日记中'并不得以和论'一语。窃查西洋通商已历一千四百余年,与历代匈奴、鲜卑、突厥、契丹为害中国,情形绝异,始终不越通商之局。国家当一力讲求接应之术,战、守、和三者具无足言,而仍以自求富强为之本。臣此言实屡见之论奏,不自日记始。"郭嵩焘辩称"不得以和论"并非新语,他出使前的奏折已具论。郭嵩焘赴英前补陈的《拟销假论洋务疏》确有此论,详见《郭嵩焘全集》,第 4 册,页 791—796、833。

2　值得一提的是出使英、法、意、比四国大臣薛福成的态度转变。薛福成同情郭嵩焘屡遭清议诋毁的处境,1889 年出使后亦有意向清廷推荐《使西纪程》一书。不过,他此前一度认为郭嵩焘介绍西方富强之言过当,其中日记 1890 年 5 月 1 日亦有文字追忆:"昔郭筠仙侍郎每叹羡西洋国政民风之美,至为清议之士所抵排。余亦稍讶其言之过当,以询之陈荔秋中丞、黎莼斋观察,皆谓其说不诬。此次来游欧洲,由巴黎至伦敦,始信侍郎之说,当于议院、学堂、监狱、医院征之。"陈荔秋即晚清首任驻美国、西班牙与秘鲁三国公使陈兰彬,黎莼斋即首任驻英参赞黎庶昌(1837—1898),两人均有出洋经历,故薛福成询问二人以证郭嵩焘之言。关于薛福成对郭嵩焘的评价,可参见薛福成:《薛福成日记》(蔡少卿整理,长春:吉林文史出版社,2004 年),页 538、730、826;《郭嵩焘全集》,第 13 册,页 460;杨坚:《关于郭嵩焘日记》,中国历史文献研究会编:《中国历史文献研究集刊》第 2 集(长沙:湖南人民出版社,1981 年),页 225;吴宝晓:《初出国门》,页 85;萧国敏:《〈西洋杂志〉的编撰学:晚清士大夫首次走向西洋的集体叙述》,载《比较文学与世界文学辑刊》第一辑(台北:秀威资讯科技股份有限公司,2014 年),页 257—258;秦晖:《走出帝制:从晚清到民国的历史回望》(北京:群言出版社,2015 年),页 71。

3　郭嵩焘在《办理洋务横被构陷沥情上陈疏》中亦曾交代日记取材来源,包括沿途见闻、随员谈论以及外洋新报三者,以说明记载皆有据可循。见《郭嵩焘全集》,第 13 册,页 460。

尚有根据。然而，郭嵩焘未曾经过俄国，日记仅零星数言提及俄国，谓俄国觊觎中国，依据何在？实际上，郭嵩焘原稿并未提及英俄争霸之局，刊本这则条目实为郭嵩焘驻英后精心改写而来。郭嵩焘日记原稿如下：

> 雨。午正行八百四十六里，在赤道北四十六度一分（伦敦西七度四十三分）。先夕过盖波非尼士特，远见灯楼，汹涌倍甚。盖西班牙向北尽处，地势深入为佛兰西，又邪伸而出，中成大荡，宽广千余里。盖波者，译言尖处也；非尼士，尽也；特者，地也。海浪至此，奔腾溃激，舟行尤以为险。约历十六时乃越此荡，即为英、佛两国对峙之海岸。一海茫茫，风雨晦冥，颠簸万状，而郁热加剧，盖风兆也。西洋地气，乃与中国东大海乖异如此。[1]

对比本节开头援引的刊本日记，可见郭嵩焘几乎重写原稿，仅保留首句关于航程与坐标的纪录。此外，他删除了景色描写，替换成议论英俄争霸，乃至国际局势的论述。郭嵩焘出使前已知俄国为患中国西北边陲，但他认为"洋人之利在通商，无觊觎中国土地之心"，且"中国举兵征讨，则亦坐视而不与争。此其行之其渐，蓄之有其机，西洋各国皆然"，从未将俄国视作与英国匹敌之国。[2] 他赴英途中虽听闻俄国政局情况，但也仅限于俄国涉足土耳其与宪政改革。[3] 那么，郭嵩焘驻英之后，改写日记的根据是什么呢？

郭嵩焘改写的内容，实"迻译"自林乐知的《中西关系略论》。林乐知即前文所提，曾刊载《使西纪程》的美国传教士。他的论著最早曾连载于他主办的中文刊物《万国公报》上，1876 年由上海美华书馆结集出版。结集版封面书名 *China and Her Neighbors: A Tract for the Times*，附英文目录。标题下有小字 "Designed to promote peace and encourage progress, by setting forth the motives and objects of foreigners in coming to China, and the spirit and manner in which the demands of the

1 郭嵩焘：《伦敦与巴黎日记》，页 90。
2 《郭嵩焘全集》，第 4 册，页 781。
3 同上，第 10 册，页 83—86。

situation should be met by the Imperial Government"，说明这本书的撰写目的是推广和平与鼓励进步，解说外国人来华动机以及清廷的应对策略。美国埃默里大学（Emory University）的林乐知档案收藏一封信件，也提及这本书的写作目的。信件是林乐知 1880 年 4 月向美国友人透露总理衙门计划时评注此书，并称这本著作为服务中国官员而撰写，主要探讨"中外商业与政治关系，兼及传教与穆斯林问题"[1]。

《中西关系略论》共四卷，卷一论述中外交接事宜，卷二讨论传教与鸦片问题，卷三论述回教与喀什噶尔叛乱，卷四附录赫德（Robert Hart，1835—1911）、威妥玛、曾国藩（1811—1872）等人的政论。郭嵩焘赴英途中曾据此书附录谈论教务问题，此外再无提及该书。[2] 然而，此书对郭嵩焘的影响远远超于他本人文字上的记载。从《中西关系略论》卷一可见，林乐知将中国与英俄两国交接，视为中外关系的重心，"论欧洲人散布中原而英俄与中原为接壤之国，其中交接当设法笼络维持矣"[3]。《中西关系略论》还收录了一张《交界图》，以明英属印度与俄国环伺中国的局面。

林乐知指出英国因商业竞争之需，急欲在中国开辟通商口岸，而俄国则为寻求海口通商觊觎高丽。他提出中国亟须设法富强，不富不强有碍西洋通商，洋人欲代中国为之。[4]《中西关系略论》分析俄国构患中国，并不局限于西北边境，而是包括东北要地乃至藩属。[5] 这些观点，使郭嵩焘担忧俄国的扩张，远甚于他出使之前。郭嵩焘驻英初期，论及鸦片、传教乃至喀什噶尔等奏折时，亦应参考了《中西关系略论》的见解。[6] 因此，1878 年林、郭二人于伦敦相聚时，郭嵩焘向林乐知表达谢意说："初奉派时，并不知西国各种情形，幸藉君之书为指南焉。"[7]

1　Emory University, Manuscript Collection no. 11, Young John Allen Papers, 1854–1938, "Young John Allen to Dr. Wilson" (3 April 1880): "… the Commercial and Political relations of China and Foreign Countries and the Missionary and Mohammedian Questions."

2　《郭嵩焘全集》，第 10 册，页 72、111。

3　林乐知：《中西关系略论》（上海：美华书馆，1876 年），卷一，页七下至十上。

4　同上，页九上至十二下。

5　同上，页七下至九上。

6　除奏折外，值得关注的是郭嵩焘抵英后函告李鸿章处理洋务的信件。信件尚论及鸦片烟、喀什噶尔、伊犁等事务办理方法，与《中西关系略论》的关注点甚为相近。见《郭嵩焘全集》，第 13 册，页 275—277。

7　《郭嵩焘先生年谱》，页 784。

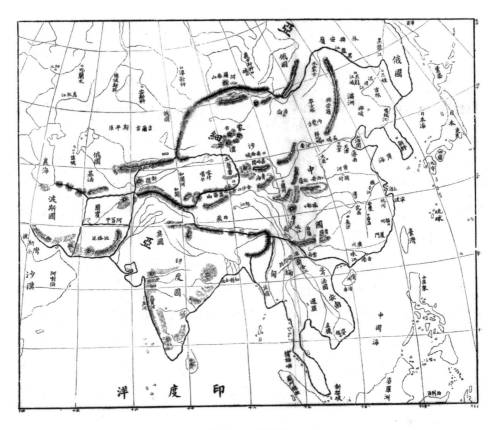

图 3-7　交界图

郭嵩焘修改日记时借鉴了《中西关系略论》，令《使西纪程》的内容超出实际
游历范围，并非依旅途所见，"据实直言"。不过，这并非说郭嵩焘的写作不能由此
及彼，超脱肉眼所及的种种景象。事实上，郭嵩焘的日记常参引《瀛环志略》，使
论述能超越时地限制，触及西方漫长的历史文明。例如，《使西纪程》关于中国景
教的记载，即源自《瀛环志略》："又有景教流行中国碑，建中二年大秦寺僧景净
述。今考祆字从示从天，即天神，其教起于拂菻，即犹太摩西初建此国，耶稣乃
其裔孙。"[1]郭嵩焘未曾阅读景教碑文，误将碑文作者景净视为考证者，故日记误作
"唐初已有景教流行碑，所奉祆神，僧景净释以为天神，谓其教起于拂菻，则正摩

1　徐继畲：《瀛环志略》，卷三，页三十七下至三十八上。

西之遗也"[1]。忽略此处误读，景教与祆神也不应视为同宗。景教为基督教聂斯脱利派（Nestorianism），经由波斯传入中国；而祆教为波斯拜火教（Zoroastrianism），较景教先传入中国。[2]更值得留意的是，郭嵩焘出使前已留意景教，他的私人日记有两处相关记录：第一处写于 1855 年前往浙江筹办盐务途中，记录周腾虎（1816—1862）谈论景教的观点，称唐朝景教为今之天主教，祆庙为景教所建，并简述天主、耶稣分为二教[3]；另一处于 1861 年摘录自吴镐的文稿，称大秦寺僧景净撰《景教流行中国碑颂》，碑文首言判十字定四方为今之十字架，并指摩尼教、景教、祆神即波斯教为三夷教。[4]第二处记录区分祆神与景教的论述虽接近史实，却不再为郭嵩焘征引。在无法验证的情形下，《使西纪程》关于景教的恢宏之论虽有纰漏，但不违背官方志书《瀛环志略》的观点，故鲜受质疑。林乐知将英俄通商扩张，视为处理中国外洋之患的核心，这一观念与当时洋务外交书《万国公法》、官方志书《瀛环志略》两者描述的"春秋争霸"国际想象迥异，显得异常突兀。[5]郭嵩焘在修改日记时"迻译"了这一崭新观念，力陈英俄环伺争霸之局作为警语。然而，《使西纪程》为纪实游历之作，这则日记既非亲身闻见，又没有说明论述依据，一时难以让清吏信服。[6]何金寿指责《使西纪程》为"侈言"，清廷将原已赞助刊印之书毁版，亦应从这一角度考虑。身处伦敦的郭嵩焘无法得知内情，误认为毁版纯粹出于保守派的打压。[7]与林乐知处于同一英文新闻语境者，似未辨明《使西纪程》与清廷

1　《郭嵩焘全集》，第 10 册，页 112。

2　朱谦之：《中国景教》（北京：东方出版社，1993 年），页 130—140。

3　陆宝千：《郭嵩焘先生年谱补正及补遗》（台北："中研院"近代史研究所，2005 年），页 33；《郭嵩焘全集》，第 8 册，页 7。

4　《郭嵩焘全集》，第 8 册，页 539—540。

5　将美国民主制比附为中国三代之治以外，《瀛环志略》亦采用"春秋争霸"来描述时局，如提到俄国时，称"然在欧罗巴诸国中，亦不过比肩英、佛，而未能定霸于一方者……比权量力，不过齐、秦、晋、楚相为匹敌已耳"（卷四，页二十七上至下）。

6　《使西纪程》除了记录亲历见闻，引用他说，多提及论述依据。在这种情况下，无说明来源的条目，容易让读者产生语出郭嵩焘的误解。关于《使西纪程》称引他说而说明资料来源之处，见郭嵩焘：《伦敦与巴黎日记》，页 43、53—54、60、63。

7　《郭嵩焘全集》，第 4 册，页 832—833。

西学参考书的迥异之处，轻易将郭嵩焘所说视为如实讲述的真相，进而将日记毁版
解释为掩盖真相、盲目排外的敌对举动。更讽刺的是，林乐知本为推进中外和平的
言论，几经流转，竟成诋毁中国时政的根据。种种误解，既是中英 19 世纪中后期
文化交往的见证，也是教训。

七、结　论

　　公使日记译本历来被视为摹本而鲜受学者重视，日记译本如何影响西人对晚清
中国的认知，有待学界做出更全面的梳理。本文利用大量未曾披露的档案，考证
《使西纪程》的三名关键译介者，以及他们的英译出版活动，进而以《使西纪程》
为切入点，观察晚清中英文化的接触、摩擦与碰撞。《使西纪程》经伦敦、香港与
上海三地的英译与报道后，成为英文世界的公众焦点。远在梁启超、费正清等中外
学者之前，19 世纪 70 年代的英文报刊已采用"华夷之辨"解释毁版原因，认为郭
嵩焘在一则日记中"直言"西方富强而不容于保守势力。相反，清廷谏官援引同一
则日记，谴责郭嵩焘"侈言"时政，促使清廷禁毁原已批准刊印的书。造成中西阅
读分歧的根源，实非清廷恪守华夷观念。第二次鸦片战争以降，清廷已逐渐消融华
夷之见，官方使用的洋务参考书，如《瀛环志略》《万国公法》等已采用"三代之
治""春秋争霸"等语译介西洋诸国著作。这则引起争议的郭嵩焘日记，实建基于林
乐知《中西关系略论》的观点。林乐知在书中将英俄通商扩张，视作处理中国外患
的核心，郭嵩焘"迻译"这个见解，在修改日记时力陈英俄环伺争霸之局，借以警
示当权。然而，郭嵩焘出使英国，而未途经俄国，日记的论述又异于清廷的外交与
史地参考书，难免被政见相左的谏官视作失实取媚。重审《使西纪程》在晚清译史
中的位置与作用，有助于反思日记毁版案在 19 世纪中西读者间引发的争议。

（原载《中国文化研究所学报》2020 年 7 月第 71 期，

感谢学报编辑部授权再版）

非洲路途，中国视角

——论《斐洲游记》对于施登莱 *Through the Dark Continent* 的重构

//

颜健富

....

一、前　言

19 世纪后半叶，西方掀起探索非洲的热潮，各地理学家、传教士与记者等先后探入非洲，探勘彼时仍是谜团的尼罗河（The Nile）源头。探索者各执一词，众说纷纭，尼罗河源头扑朔迷离，具体方位不得而知。[1]60 年代中期，立温斯敦（David Livingstone，1813—1873）第三度进入非洲，探勘尼罗河源头，一度行踪不明，引发欧美各界关注。1869 年 10 月，正在西班牙马德里的战地记者施登莱（Henry Morton Stanley，1841—1904）接获《纽约先驱报》（*New York Herald*）负责人班尼特（James Gordon Bennett，1795—1872）之电报，赶至巴黎会面，受命寻找失踪的老人："若他还活着，就尽可能得到他在探险中的消息。若他已死亡，就将所有

1　Henry M. Stanley, "Explanation (part II)," in *Through the Dark Continent* (London: George Newnes, 1899), pp. 7–21.

可能证明他已死亡的证据带回来。"[1] 经队友背叛、热病侵袭到战争失利，施登莱终于于 1871 年 10 月抵达乌齐齐（Ujiji），寻得病体衰弱的立温斯敦。施登莱而后返回欧美，出版《我如何寻找立温斯敦》（*How I Found Livingstone*），一举成名。留在非洲的立温斯敦继续探索尼罗河，然一直到 1873 年过世，都无法解开谜团。1874 年，施登莱又再度前往非洲探索立温斯敦未能解决的问题，探索博顿（Richard Francis Burton，1821—1890）、史毕克（John Hanning Speke，1827—1864）与立温斯敦假设的尼罗河源头，最终证实史毕克之观点，1878 年写出《穿越黑暗大陆》（*Through the Dark Continent*）。

　　19 世纪七八十年代，随着新媒体的发展与传播，晚清中国文化界也卷入全球讯息流动的一环，开始报道立温斯敦与施登莱等人到非洲冒险与探勘的活动。不限于活动报道，晚清作者亦翻译欧美人士的非洲传记，如 1879 年，由史锦镛"译语"、沈定年"述文"的《黑蛮风土记》，乃是翻译立温斯敦出版于 1857 年 *Missionary Travels and Researches in South Africa*。相隔四年后的 1883 年，《益闻录》连载《三洲游记》（1900 年结集出版时易名《斐洲游记》），而由虚白斋主"口译"，邹翰飞（1850—1931）"笔述"的《三洲游记》，乃是翻译自施登莱 *Through the Dark Continent*。这两部著作成为中国最早的非洲探险译本，勾勒非洲内陆的历史地理与风土民俗。可惜的是，相关资料隐而不彰，致使研究者较易聚焦于晚清的欧美日书写，相对忽略非洲。

　　笔者已另文处理《斐洲游记》（或《三洲游记》）的版本流变、译者身份与出版语境等问题，本文则聚焦于翻译改写的问题。首先探讨译者如何虚构与衍生原著所无的中国人物，"框建"符合晚清人视域的人物形象，形塑崭新的民族身份？其次，从"拆除主干"的视角，探讨译者如何重构叙述者的视角，经由删除／保留原文的方式，拆除原著的主旨，凸显译者更关怀的片段，造成结构性的结构变化。最后，

1　Henry M. Stanley, "Introductory," in *How I Found Livingstone: Travels, Adventures and Discoveries in Central Africa: Including an Account of Four Months' Residence with Dr. Livingstone* (London: Sampson Low, Marston, Low, and Searle, 1872), p. xvii.

探索译者在翻译的过程中，如何层层调动属于不同脉络的知识资源与文学传统，恰可反映 19 世纪文人对于抒情、启蒙与叙事的多重追求。

二、虚构人物：民族身份的重塑

对于目标语脉络的译者而言，翻译改写除可以反映自我对于"他者"形象的投射外，亦具有"自我"形象塑造的功能作用，甚至可以构建自我的民族身份。本节将讨论《斐洲游记》如何透过翻译改写的模式，虚构中国人物随着西方传主前往非洲探勘与冒险的情节，向中文世界的读者，构建一具有现代性的崭新的民族形象。

华登恩（Roberto Valdeón）研究翻译文学中的形象建构时，提出"自我框建"（Self-framing）的概念。他以西班牙主要报纸 El País 提供给国际读者的英文版本，结合新闻与翻译等，提供一崭新的西班牙人的国际形象。这些英文翻译，透过社会长期共享具象征意义且可有效构建社会的"组织性原则"，抹消西班牙人传统刻板的懒惰印象，框建符合现代世界的民族形象。[1] 关于译者如何透过文学翻译的方式框建特定的身份，论者实多有研究，如韦努蒂（Lawrence Venuti）透过古典学学者琼斯、日本小说的美国译者福勒与《圣经》翻译等，相当深刻地勾勒各译者构建异域文本的再现时，将异域文本铭刻（inscribe）到本土的文化价值观，并塑造特定的文化身份。[2]

循此思考切入，正可观察中国译者如何透过翻译非洲传记的方式自我框建中国人的形象。西人探入非洲内陆的探勘活动，无疑提供中国译者一可重塑民族身份的参照契机。从 1821 年巴黎地理学会（Société de Géographie）、1830 年皇家地理学会（The Royal Geographical Society）、1845 年俄罗斯地理学会（The Russian

---

1　Roberto A. Valdeón, "The construction of national images through news translation: Self-framing in *El País* English Edition," in L.van Doorslaer, P. Flynn, & J. Leerssen eds., *Interconnecting Translation Studies and Imagology* (Amsterdam: John Benjamins, 2015), pp. 219–237.

2　Lawrence Venuti, "The Formation of Cultural Identites," *The Scandal of Translation: Towards an Ethics of Difference* (London & New York: Routledge, 1998), pp. 67–87.

Geographical Society）到 1888 年成立的国家地理学会（The National Geographic Society），促成西方不同的探险队伍，带着精密的探测仪器，结合科学、地理、政治、宗教与殖民等动机，开启一场"发现非洲"的竞技。继立温斯敦《黑蛮风土记》后，施登莱的著作得到晚清译者的青睐并非偶然，反映了译者文化语境的需求：透过探勘非洲的文本，缔结一可以反转现实的民族身份。

于此新旧世界观的嬗变过程中，中译本《斐洲游记》大幅度调动原著内容与秩序，透过虚构改写的方式，重塑中国人面向世界的形象。译者先调整西方原著传主"施登莱"，将其名字中国化，易名"麦西登"，删除 Stanley 之"ley"，加入麦姓，"西登"则是"Stan"之音译，乃是彼时常见的将西人中国化的译法。[1]继而，译本又更进一步逸出原著内容，安排麦西登探入非洲前取道中国，迎接原著所无的中国角色——丁雪田与巴仲和，让中国人物卷入探勘非洲的活动，开启中国人探向世界的旅程。译者于开卷处，安排丁雪田与一批中国文友群对话，突显"面向世界"的价值取向：

> 闲居无事，每欲远游，恨无共事，正驰念间，郁曼卿、贝玉堂、杨升之三人，适相率而至，谈次，曼卿鼓掌笑曰，人生天地间，如白驹过隙，自少而壮而老，悠忽至死，曾不能以一瞬，读万卷书，行万里路，吾辈胸中邱壑，正苦不平，宜以湖海之，气荡之况今四海通商，地球上尽可游历，丁兄慕此，何必以资斧为忧耶，玉堂投袂而起曰，曼卿快论，真先得吾心，雪田兄果欲壮游，弟当助成远志……弟念君湖海气豪，常有曾子固远游之志，因谬为作介，荐入幕中。[2]

译者将原著第一人称叙述视角施登莱，改为虚构人物丁雪田视角，随着其视角移动，浮现 19 世纪后半叶中国译者面向非洲的核心视野。译本塑造中国人物，乃是为反转中国人向来"足不出户""眼界之短窄""无所见闻"之习性，倡导"读万卷

1　此如樽本照雄称此一译著"改成游记小说体裁，书中人名也都改成中国风人名"。樽本照雄编：《新编增补清末民初小说目录》，页 158。

2　虚白斋主口译，邹翰飞笔录：《斐洲游记》（上海：上海中西书室，1900 年），卷 1，页 1a—1b。

书，行万里路""以湖海之，气荡之况今四海通商，地球上尽可游历""湖海气豪，常有曾子固远游之志"等精神，可视为 20 世纪初黄伯耀（1883—1965）等人倡导冒险精神的先声。从译本出现的人物虚构到视角转换等情形，都可见到译者试图重构一具有冒险精神的民族身份。

就时间进程而言，早于 19 世纪 80 年代，虚白斋主与邹弢透过翻译改写的方式，将冒险精神作为中国民族改造的方式，可视为 20 世纪初的"冒险"论述的先声。黄伯耀《探险小说最足为中国现象社会增进勇敢之慧力》批判中国人"身伏闾里，胆慑重洋，日消磨精力于诗书腐粕中，几不知天地环瀛有特辟之新世界""心坎之凝滞，眼界之短窄，又无所见闻"，因而呼吁中国人效法欧人的冒险精神："人生世上经眼地球，徧足大陆，振奋冒险之精神。因而流传探险之伟迹者，其惟欧美人士哉。"[1]

为配合此一叙述视角的转换，译者将原著的公元纪年改为光绪纪年，且以中国作为行程起点：丁雪田等人自光绪二年二月十六日从中国出发，"十九清早，始抵西贡"，"二十三日巳正"抵新加坡，"四月初二日，风大顺，日可行三百里，晚刻舟抵散西巴尔泊焉"，探入非洲内陆，光绪四年六月抵达乌齐齐，一直到同年十月"径赴任所"。[2] 就行程路线而言，施登莱从美国出发，途中停留英国，迎接英国助手，1884 年 9 月进入非洲散西巴尔。相形之下，译者以中国为本位，改写人物路线，将施登莱停留英国改为停留中国，迎接中国助手。由于译者径自加入中国、西贡与新加坡等行程，导致接下来的时间错乱，甚至自相矛盾，如人物自光绪二年二月出发，到年底"冬冬腊鼓，岁已催残"[3]，理应发展到光绪三年正月，却是接到"光绪四年正月元旦"[4]。

译者虚构中国文人随西方人物闯荡五湖四海的情节，衍生原著所无的东亚、南

1　耀公：《探险小说最足为中国现象社会增进勇敢之慧力》，《中外小说林》（香港：夏菲尔国际出版有限公司，2000 年），上册，页 3。

2　虚白斋主口译，邹翰飞笔录：《斐洲游记》，卷 1，页 5b、8a、15a；卷 4，页 50b—51a。

3　同上，卷 3，页 13b。

4　同上，卷 3，页 14a。

洋与南亚等路线。在人物行进非洲途中，穿插各地历史、地理、风土与民情等，
植入晚清海外游记观看世界的视角，使得施登莱原著的地理学对话群产生结构性
的转变。《斐洲游记》最先连载于《益闻录》时，乃是以《三洲游记》为名，根据
序文《小引》指出："三洲者，亚非利加、亚美利加及欧罗巴洲也。其中除人名、
时日，举皆借托外，余俱实事求是，不尚子虚。"[1]《小引》解释"三洲"是非洲、美
洲与欧洲，与聚焦于"非洲"的施登莱原著相去甚远，更能反映中译者试图透过
改写施登莱原著的方式，展现面向世界的要求。译者题名对于"三洲"的突显，
响应 19 世纪六七十年代普遍跨越亚、欧、美路线的海外游记。如 1868 年，志刚
随同蒲安臣（1820—1870）使节团，访欧美各国，写成《初使泰西记》；1876 年，
李圭参加美国费城世界博览会，经日本东渡太平洋到美国费城，又乘船到伦敦，
游览英法，后写成《环游地球新录》；1883 年，袁祖志跟随唐廷枢考察团，从西贡
开始，经过新加坡，锡兰，亚丁，意大利的拿波利、罗马，进入欧陆巴黎、伦敦、
柏林、荷兰、西班牙马德里，回程则途经美洲，甚至延伸到巴西，后写成《谈
瀛录》。

　　译者受到同代人路线的启发，加入施登莱原著所无的欧、美两大洲，演绎中国
人"在路上"的形象。"在路上"此一概念固然取自 20 世纪 50 年代的敲打派（beat
generation），可是绝非仅止于西方文学模拟，却是近现代中国作者自我表述的策
略，标榜自身的面貌与精神，可视为一整个群体的自我标签。"在路上"不仅是地
理上的"路上"，尚含括抽象的家国与民族探索，搭配崎岖、黑暗等意象，强化游
走时内在的不安或是未来的期许，反映彼时中国人的自我境遇的探索。译者虚构中
国人跟随西方传主前往非洲探勘冒险的片段，透过"在路上"的情节，框建中国民
族的形象，形塑一积极面向世界的崭新身份，发出"我们是谁"的宣言，刻画民族
印记，重构中国人的文化属性。

　　1900 年，当虚白斋主替《斐洲游记》结集出版写《序》时，便曾指施登莱探入
非洲的崎岖路途，筚路蓝缕："自斐洲东境散齐巴发驾，直入中央，全贯腹地，皆

1　佚名：《三洲游记小引》，《益闻录》第 278 号（1883 年 8 月），页 353。

欧人所未尝至，而他国亦未有往者。"[1] 人物沿途遇险犯难，经历试炼，遇见凶悍的动物与食人族，"危机频触。艰困备尝""与土人战者屡""为饥寒逼者亦屡""同志亡其半""黑蛮亦病毙颇稠"[2]。就翻译实践而言，《斐洲游记》勾勒非洲"行路难"的场景，如"山路险阻，忽遇一涧，上架石梁，阔仅咫尺石，梁下乱石巉岩，偶失足堕，凛凛便成苍粉"。[3] 尸骨更是遍野，"路旁抛弃人头七颗，血色殷然，系似新死……大约亦行旅之人为土人所害耳""一兵深入兽丛，为两狼所噬，比众人往救，已首离其颈矣"[4]，"其民枭悍异常，余等皆登山遥望，阅两下钟之久，战犹未息，但见碧血横流"[5]。非洲的危险天地，促成人物冒险犯难的场景，恰可驰骋民族精神。人物探入蛮荒天地，经由历练与搏斗，克服各种困难，塑造奋迅勇猛的身份标志。译者甚至虚构想象焕然一新的中国人物身份，获得世界的尊重，如非洲地方村长对于丁雪田的接待："二十九日，至登鲍村，村长奇克，恂恂知礼，闻余等系亚细亚人，颇加敬待。"[6] 译者透过翻译改写的方式，反转中国人的现实困境，获得各界认可。

从上可见，中国译者透过施登莱的非洲探勘记，虚构中国人物随西人探勘非洲的情节，且将西人叙述视角，改为中国人视角，突显中国人"在路上"的形象，更新现实中封闭自守的积弱形象。译者将异域文本铭刻到本土的文化价值观，开拓中国人面向世界的姿态，创造崭新的民族身份。

三、拆除主干：从尼罗河探勘到风土记载

译者一旦以丁雪田视角为中心，必然流露出中国人特有的视野、品味与惯性，远不同于施登莱观看非洲的视角。本节将讨论译者介入施登莱原著，透过虚构原著

1　虚白斋主：《斐洲游记·序》，页 1a。

2　同上。

3　虚白斋主口译，邹翰飞笔录：《斐洲游记》，卷 3，页 1b。

4　同上，卷 2，页 2b。

5　同上，卷 2，页 8a。

6　同上，卷 2，页 13b。

所无的中国人物，演述非洲风土民俗，使得整篇译著浮现中国人物的声音、渴望与审美等。

相比起直接翻译施登莱视角的非洲，译者为何改为虚构中国人物的视角，重新演述非洲内容？笔者认为此种改动牵引出中西语境对于非洲地理学迥然不同的核心关怀，叙述视角的转变，更能够展现中国人观看世界的视野。相对之下，施登莱原著的核心关注乃是彼时各探险团最津津乐道的话题——尼罗河的源头何在？各探险队伍穷尽毕生精力，缴交不同的答案，如博顿指出坦噶尼喀湖（Lake Tanganyika），史毕克提出维多利亚湖（Victoria Nyanza），巴克（Samuel Baker）宣称艾伯特湖（Lake Albert），立温斯敦推测卢拉巴河（Lualaba River）。莫衷一是的判断，导致尼罗河源头成为一道众人关注却无法解答的谜题。施登莱原著响应的是西方探勘者积累多时可是尚未能解决的地理学议题，个中盘根错节，脉络复杂，如他指出："我现在计划描述如何解决博顿与史毕克，史毕克与葛兰特（James Augustus Grant）、与立温斯敦博士等人未能完成的探索工作。"[1]施登莱自非洲东部海岸散西巴尔探入，抵达东非湖区，游历维多利亚湖，证实探险家史毕克的观点，接而又探勘艾伯特湖与坦噶尼喀湖，证实相关水域与尼罗河无关。最后，他向西探勘立温斯敦主张的卢拉巴河，查得该河属于刚果河，而非尼罗河，解决了过去争议不休的地理学议题。

中国译者缺乏施登莱脉络的非洲地理根基，无法厘清错综复杂的尼罗河源头的问题。"寻找尼罗河源头"此一议题，展现欧美地理学家持之以恒的专业对话与学理判分，却非晚清译者所能深入掌控。译者有意无意错失施登莱原著"完成由立温斯敦博士遗憾未完成的工作，尽可能解决中非地理问题"的主旨[2]，转向更具普遍视角的"风土民俗"。译者却将施登莱探勘尼罗河的身份，改为前往非洲接任领事一职，途中接触各地风土民俗，使得"寻找尼罗河源头"的原著主旨，转向更能呼应中国人的旨趣。

若是观察此一译著于 1883 年连载与 1900 结集出版时所写的两篇序言，可清楚

---

1   Henry M. Stanley, *Through the Dark Continent*, chapter I, p. 21.

2   Henry M. Stanley, "Explanation," in *Through the Dark Continent*, p. 3.

见到译者的意图。1883 年，《益闻录》翻译连载该文之前先写了一篇《小引》，提及"觉书中所载人物、风土之奇，莫名一状"[1]，1900 年，当虚白斋主替《斐洲游记》结集出版写《序》时，更进一步凸显"采风问俗"之主旨："其间风土人情，山川物产，施以画图贴说，手录成编，比归付梨枣，呈之政府，散之各方，一时传徧欧洲，脍炙人口。"[2]无论是《三洲游记》，或《斐洲游记》之《小引》或《序》，都未提及尼罗河源头，却强调"风土之奇，莫名一状""风土人情，山川物产""问俗采风，以资治理"，绝口不提"寻找尼罗河"一事，反而彰显"风土之奇"，译著内容亦指出众人"往亚斐洲内地，问俗采风，以资治理，并为后日通商地步⋯⋯由内地绕行，前赴新任"[3]。

　　在"采风问俗"的旨趣下，译者透过丁雪田视角，重新演述原著内容，娓娓道出各地民俗、服饰、信仰、农耕与制度等。尼罗河片段遭到删除，地方风土则受到保留，此消彼长，使得原本统摄于"寻找尼罗河源头"主线下的"风土民俗"，反客为主，变为译著主旨。译者虚构人物的视角，固然扩大译著与原著的鸿沟，可是却更能自由自在地穿梭于原著脉络，撷取符合自身旨趣的内容。按照《斐洲游记·序》说法，"恐直陈无饰，读者易于生厌，故为此演说之文，以新眼界"，则译者或因担心直接翻译过于枯燥，改由丁雪田"演说"非洲。此一"演说之文"浮现中国叙述者的声音、审美与考虑，以下分成几节阐述。

（一）以中国读者为对象

　　译者虚构丁雪田此一人物的叙述视角时，经常隐藏着默认中国读者为阅读对象，按照其不熟悉的风土民俗，主动补述或阐述，以让读者更能掌握原著的非洲内容。由于施登莱第一本非洲传记《我如何寻找立温斯敦》已详细描述散西巴尔地理学背景，《穿越黑暗大陆》因而开场描写自己返回阔别 28 个月的散西巴尔时，只是

1　佚名：《三洲游记小引》，页 353。

2　虚白斋主：《斐洲游记·序》，页 1a—b。

3　虚白斋主口译，邹翰飞笔录：《斐洲游记》，卷 1，页 16a。

简单带过地理讯息[1]，较着重于眼前所见的场景，从"棕榈树与芒果树在热气蒸腾中
摇曳"、汽船"经过桑给巴尔与大陆隔开的海峡"，感受到"闷热的阿拉伯海与起
伏不定的努比亚山脉"，一一纪录葱茏的桑给巴尔海岸如何被棕榈、芒果、香蕉、
橘子、肉桂、菠萝等肥沃丰饶的大自然绿色围绕，以及穿白衣、戴红帽的划手。[2] 作
为中译本的译著，却担心读者不熟悉非洲地理，安排丁雪田介绍散西巴尔：

> 　　按散西巴尔，亦名桑给巴尔，在亚斐利加东境，为弹丸小岛，得四万一千
> 九百八十四方里。自印度锡兰南埠本德加城西南行，洋面约四十度有奇，计
> 七千三百余里。其地天气炎酷，常如初夏，土地荒凉，人民稀少。惟桑给巴城
> 设有商埠，滨海数十里皆种树木，荫地参天，绿阴如幄，所产五谷甚丰饶，更
> 盛产芭蕉，一望皆是。土人面黑如漆，亦有黄瘦如菊者，多衣白色长衣，莕水
> 性。民间船只如中国划子式，江船多用双桨，舟子皆衣白，衣腰缠红巾，别有
> 一般装束。[3]

译者径自嵌入自身的地理学关怀，包括地方命名、位置、海洋、距离与天气等，协
助不熟悉非洲地理的中国读者掌握当地背景。关于引文后半段，施登莱抵达散西巴
尔时，确实见到穿白衣、戴红帽的旺瓦讷（Wangwana）族划手与各种绿荫农作[4]，
译者又有所发挥，透过"民间船只如中国划子式"加强读者的印象，提高读者对于
散西巴尔的理解度。可以留意的是：此一由施登莱书写、译者翻译加工的片段，在
报馆的剪裁与包装下，变为一篇介绍非洲风土民俗的地理学文章。1884 年 12 月，
《益闻录》第 421 号刊登《亚斐利加东境考略》，介绍散西巴尔时，便是抄录上述引
文："（散西巴尔）气候热而爽，物产颇丰饶，多种树木。盛产芭蕉。荫地参天，绿
阴如幄，土人面黑如漆，亦有黄瘦如菊，或作紫铜色者。多善水性。民间船只概用

1　Henry M. Stanley, *Through the Dark Continent*, chapter II, p. 31.

2　Ibid., chapter I, p. 22.

3　虚白斋主口译，邹翰飞笔录：《斐洲游记》，卷 1，页 15a—b。

4　Henry M. Stanley, *Through the Dark Continent*, chapter I, p.22.

双桨，舟子衣白衣，腰缠红巾，别是一般装束。"[1] 从气候、物产、绿荫、土人、船只到舟子服装等介绍，都如出一辙，成为彼时读者认识非洲风土民俗的窗口。

在"采风问俗"的主旨中，丁雪田视角一路介入施登莱原著，"演说"风土民俗，如抵达乌苏库玛（Usukuma）时见到公地劳作的场景：

> 村中有一公地，上竖木杆，系铜铃百余枚。每日辰刻，社长派一人将铃球力撼之，声震阖村，男妇皆起，至公地操作。午后球又震，始回饮食，须明日复至矣，若逢雨雪，则各在家中操作。[2]

此一片段乃是翻译施登莱 1875 年 2 月 24 日抵达乌斯茂（Usmau）时记录该区行者拥有球型铃铛，以摇铃提醒女人进行日常事务。[3] 译著绕出原著脉络，从女人劳作变为男女劳作，自行加入一连串的情境虚拟，如"午后球又震，始回饮食""若逢雨雪，则各在家中操作"，彰显当地的劳作场景。

译著对于非洲服饰装扮颇感兴趣，多处翻译。1874 年 12 月 3 日，施登莱来到黄米河（River Wami）的支流地昆地河（Mkundi River），发现与瓦社古哈（Waseguhha）、瓦沙卡拉（Wasagara）族共讲同一语言的瓦古卢族（Wa Nguru）在耳环、颈套、发饰等装扮上也有相近的品位。[4] 对中国读者而言，非洲族群的审美共感，恐怕不易理解，丁雪田视角恰好以中国的修辞美学改造当地服饰：

> 该处乡民大半穿耳，耳上所戴碾石子以为缨络，垂垂约三寸许，颈上则悬牛角铁，以为美饰，亦有悬金银珠者，面上多花点纹，川铁石刺成，斑点多者以为美丽。其发并无梳栉，只分为数绺，卷纹而上编成尖角如高髻。然发之端，系珠络数串，皆铁石为之。[5]

1　佚名：《亚斐利加东境考略》，《益闻录》第 421 号（1884 年 12 月），页 601—602。

2　虚白斋主口译，邹翰飞笔录：《斐洲游记》，卷 2，页 18a。

3　Henry M. Stanley, *Through the Dark Continent*, chapter VI, p. 110.

4　Ibid., chapter V, p. 72.

5　虚白斋主口译，邹翰飞笔录：《斐洲游记》，卷 1，页 24b。

原著提及当地居民耳洞穿入葫芦或圆木，译著却变为"耳上所戴碾石子以为缨络，垂垂约三寸许"；脖子悬挂小山羊角、铜线与大蛋形珠子，变为"悬牛角铁，以为美饰，亦有悬金银珠者"；脸上染了赭色，变为"面上多花点纹，川铁石刺成，斑点多者以为美丽"；长卷发辫系着铜吊坠与白、红色珠子装饰，变为"发之端，系珠络数串，皆铁石为之"。凡此种种，都可见到译著透过丁雪田视角替非洲"人体加工"，塑造一更符合中国美学的装扮与服饰。

（二）看图说故事

比起施登莱的鸿篇巨著，译著只有 9 万余字，呈现不对等的翻译比例。作为一篇浓缩的译著，译者往往用不成比例的篇幅，安排丁雪田演述原著中附有图片的部分。由于译著由口述者与笔述者合力完成，至少对于擅长中文的笔述者而言，图片比起文字，更具吸睛作用，因而更易受到青睐。

施登莱于 1876 年 5 月 31 日，记载乌克内维（Ukerewe）时，附上一组当地居民的图片（图 3-8），从谷仓、房子、凳子、木舟、渔网、勇士到女人乳房与脖铜环圈等。若就原著脉络而言，乌克内维只是施登莱等人途经之地，非重点所在，施登莱只是轻描淡写。可是，在图片引导下，译者却是重点处理。关于聘娶，原著指出男方提供女方双亲 12 只山羊和 3 把锄头。若家境贫穷，可提供矛、盾或箭，在亲家满意前，婚姻无法成立。[1] 原本是条件转让说（家境若贫，可用盾、箭代替山羊与锄头），译著却变为列举性条件："男女聘娶，无六礼之将，婿家只以羔羊十二头、铁锤二柄、大布数百，或数十匹，送于妇家，以为订婚之仪。"[2] 关于丧葬，原著指出当地丧亲者将芭蕉叶捆在头上，脸上涂着粉碎的木炭和奶油的混合物，译著则是透过"黑"与"恶臭味"等视觉与嗅觉意象，渲染该地民俗："首围蕉叶一张，叶枯复易，面则抹以灰煤，杂以油漆，遥望之，黑而有光，近臭味作恶。"[3] 关于刑

1　Henry M. Stanley, *Through the Dark Continent*, chapter XI, p. 200.

2　虚白斋主口译，邹翰飞笔录：《斐洲游记》，卷 3，页 16b。

3　同上。

法惩罚，原著指出窃贼、通奸者和杀人犯处以死刑，若侥幸免于死刑，也会沦为事主奴隶，译著则写"偷盗、奸淫、杀人三案，皆以斩决定其罪，不问轻重。如犯案之人，肯终身为事主之奴，则可恩免死杀戮，惟事主愿收，方准免死"[1]。关于服装配饰，当地居民穿着布料乃是由牛皮、羊皮、香蕉叶或粗草编织混合而成，女人喜欢穿戴铜线项链，译著甚至加入丁雪田的主观评语："以牛羊皮为之，外束芭蕉索，颈中悬钱环数枚，累累如贯珠，以为美饰。"[2]

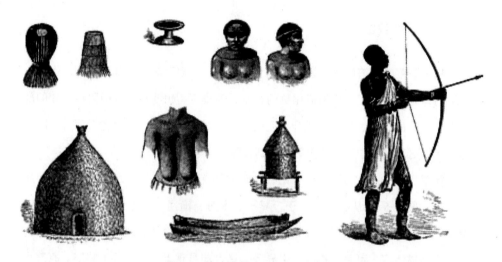

图 3-8　乌克内维（Ukerewe）组图

　　施登莱原著多处图文并茂，如提及乌干达农民 Kopi 之家时附上当地茅居组图（图 3-9）[3]，描述农民 Kopi 的个人家居。可是，此一中非茅屋图片，更加凸显当地一般人的家居，而非 Kopi 个人家居而已。在图片引导下，译者也一一翻译个中内容，且做出调整，如将 Kopi 个人家居变为"各家大门""每村"等整体性的指涉，巨细靡遗地演述乌干达农民的家居样貌，"入其宅，厅事一所，高大轩敞，作圆式如牛棚""中分前后两间，隔以瞭窗，窗以细木为之""厅后板屋一区，无窗户，为妇子家人偃息之所""床榻用木板支之，制殊粗陋""厨房建于厅后，家人妇子工作其中。

1　虚白斋主口译，邹翰飞笔录：《斐洲游记》，卷 3，页 16b。

2　同上。

3　Henry M. Stanley, *Through the Dark Continent*, chapter XV, p. 303.

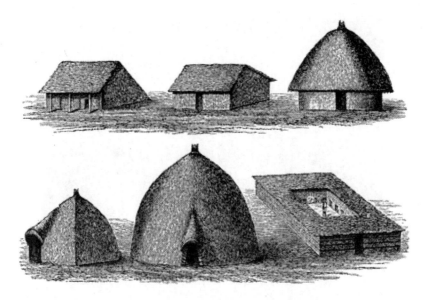

图 3-9　中非茅屋（Huts of Central Africa）

所用器皿，皆瓦缶、藤篮、铁铲、梭席、竹筒等物。锅灶之式，亦异寻常"[1]。

　　施登莱原著提及施登莱见乌干达国王的片段，附有皇室大殿之图（图 3-10）。[2]
译者全力翻译该片段，安排丁雪田演述众人进入"覆以香茅，异常整洁"的内殿，
见到"年约三十许，白衣红袍、绣花肩帔，而赤足秃首、髡顶无发"[3]的梅植（Mtesa）
国王，接而描述国王赏惩分明的面目：邻国使臣贡奉"肥牛一百头"时，王赏臣下
各一头，"左右伏地谢恩，大呼多洋齐"；派遣宣伽讨伐叛变的地方将领时，宣伽当
廷叩首应诺，"吮王手掌数四，又呼多洋齐数十声"[4]。皇殿有人掉落手枪而引起声响
时，"王命杖五十"[5]；朝廷中出现咳声，"王注视之"，"咳者怀惭畏惧而退"；米郎国
公使前来告知无法贡献，国王疾言厉色："朕不欲尔等之物，如望休兵，可将去年
杀我使臣之贼，取其首级来。"[6]

1　虚白斋主口译，邹翰飞笔录：《斐洲游记》，卷 4，页 4b。

2　Henry M. Stanley, *Through the Dark Continent*, chapter XV, p. 309.

3　虚白斋主口译，邹翰飞笔录：《斐洲游记》，卷 4，页 5b。

4　同上，卷 4，页 6b。

5　同上，卷 4，页 6a。

6　同上。

图 3-10　皇室大殿（Audience Hall of the Palace）

（三）化繁为简、避重就轻

施登莱原著涉及不少特殊的地方用语与概念，译著要一一掌控，并非易事。针对不少概念或术语，原著前面解释后，后面不再赘述，译著若漏读特定章节，便会茫无头绪。丁雪田此一视角的介入，恰可化繁为简、避重就轻，以"不知来历""不知何解"，让读者误以为是丁雪田演述施登莱原著的内容，掩盖自身不知不解的窘境。以译著翻译原著第十五章"乌干达民众信仰"为例：

> 村口每有庙堂一座，谓系护宅之神，乡民云：此神仁恕慈祥，不贪供献，但能诚心感格，即一盂酒，一蛤肉，一茅之献，一钱之陈，亦得邀其默佑，降福消灾。问其何神？则不知来历。[1]

事实上，此一"不知来历"的"护宅之神"乃是原著所谓的 Muzimu 守护灵。原著第十二章早已解释守护灵来历，并非"来历不明"，乌干达人普遍祭拜 Muzimu，战事开始前会携带各种与守护灵和解的符咒到朝廷，让君王以食指碰触符咒，确保战

---

[1]　虚白斋主口译，邹翰飞笔录：《斐洲游记》，卷 4，页 4b。

事顺利。[1] 译者显然漏读前文，译到第十五章时不知何解，以"不知来历"，避重就轻。此外，施登莱提及供奉 Muzimu 之祭品，主要是蜗牛壳，黏土揉成的球，特定数量的草药、杜松树（juniper）与被点缀上铁的大羚羊角[2]，译者改为中国读者更易理解的祭品——"一盂酒，一蛤肉，一茅之献，一钱之陈"。

译者不只翻译庶民信仰，对于原著交代的宫廷文化亦多有触及，彰显麦君与当地酋长、国王往来，如演述原著第十五章施登莱等人进入乌干达宫殿之场景：

> 麦君与余坐王之右，马君坐王之左，相与略言泰西风俗政令，而百官来见，皆匍匐而入。其相见之仪，或以口亲王手，或以鼻接王颊，以为亲密，或伏地呼曰："多洋齐！多洋齐！"不知作何解。[3]

译者碰到"多洋齐！多洋齐！"此一当地用语，毫无线索，只能"不知作何解"。施登莱早于传记第十四章解释"Twiyanzi"是土语的对音，表示"谢谢"[4]，因而后面描写"多洋齐"时不再解释。译者忽略前文，如堕五里雾，安排丁雪田以"不知作何解"敷衍带过。此外，译者未错过施登莱原著触及的非洲最诡异的风俗——人民百姓欢迎罗刚（Lukongeh）国王的方式：

> 有大员求见，王令入。少顷，果见一官，身披羊皮短服，首束红布，插雉尾簪花，趋入向王拍掌一声，然后叩首。叩首已毕，立起向王曰："伐者、伐者、伐者桑害苏拉。"王喜甚，亦拍掌答礼，而令大员近前。王嘘气其面，复以口巾沫，唾大员手中。大员启奏数语，即以掌中沫揉搓，向两颊拭之，作洗脸状，然后拍掌三声而退。麦君见此情形，腹中窃笑，然不解"伐者"数语，暗询通事，知此系该国土语，犹言"早辰、早辰，好早辰，好日子，王好否也"。[5]

---

1 Henry M. Stanley, *Through the Dark Continent*, chapter XIII, p. 256.

2 Ibid., chapter XV, p. 301.

3 虚白斋主口译，邹翰飞笔录：《斐洲游记》，卷 4，页 6a。

4 Henry M. Stanley, *Through the Dark Continent*, chapter VIII, p. 144.

5 虚白斋主口译，邹翰飞笔录：《斐洲游记》，卷 3，页 16a。

丁雪田演述朝廷内臣觐见国王的方式：臣下行跪叩礼，拍手击掌，一边喊"伐者、伐者"。此一"伐者"乃是原文中的"Wache! Wache!"，而"伐者桑害苏拉"则是原文提及的"Wache sug"与"Egsura"之缩写[1]，乃是"早安""日安"等问候语。国王往臣下掌心吹气与吐口水，臣下视为荣耀，将口水抹眼睛与脸上。译者以"腹中窃笑"描写麦西登的内心反应，颇为传神，不过却止于奇风异俗的表层，忽略原著对于该怪诞文化的剖析，国王的唾液对当地民众而言是一种洗眼剂（collyrium），格外受到珍视。

译者调动叙述视角，安排丁雪田此一中国叙述人物演述施登莱原著内容时，可见到核心关怀的转变：从原著"寻找尼罗河源头"转向译著的"风土民俗"，反映彼时中国人"面向非洲"时所诉诸的普遍视野。丁雪田此一叙述视角演述非洲风土民俗时，实是对施登莱原著的介入／补充／选择／遮蔽，塑造更能符合中国脉络的非洲内容。

四、拼凑片段：抒情、启蒙与叙事

译者除以"拆除主干"的方式改变原著主旨外，又在翻译改写的过程中，选入各种不同于原著的片段。若是将这些不忠实于原著的片段，置入"拼凑论"（bricolage）的思维，实有更积极的意义，反映译者对于情感、知识与叙事的追求。

根据克劳德·利瓦伊史陀对于神话的研究，指出处于神话阶段的作者犹如业余的"修补匠"，无法像专业的建筑师般（模拟文学成熟阶段的专业作家）规划一套成熟的蓝图，只能像"勤杂工"——"用手头现成工具摆弄修理的人"，拼凑"既有文化中现成的故事、叙事残迹与各种断简残篇"。即便如此，"修补匠"却不可小觑，其于"零件却不齐全"的"拼凑"中，"借助一套参差不齐的元素表列来表达自己"。[2] 中西文学研究者都曾演绎克劳德·利瓦伊史陀的"修补匠"的理论架构，

1　Henry M. Stanley, *Through the Dark Continent*, chapter XI. p. 198.

2　克劳德·利瓦伊史陀：《具体性的科学》，见《野性的思维》（李幼蒸译，台北：联经出版事业公司，1990年），页 23—24。克劳德·利瓦伊史陀在文中对于"修补匠"有形象性的描述："'修补匠'善于完成大批的、各种各样的工作，但是与工程师不同，他并不使每种工作都依赖于获得按设计方案去设想和提供的原料与工具：他的工具世界是封闭的，他的操作规则总是就手边现有之物来进行的，这就是在（转下页注）

指出"拼凑"对于文学发展的功能意义。

本文欲关注的并非晚清译者的"拼凑"如何促成文学范式的转移，而是思考这些处于翻译起始阶段的不专业译者，拼凑怎样的"既有文化中现成的故事、叙事残迹与各种断简残篇"。译者固然离专业要求有一大段距离，却如同克劳德·利瓦伊史陀笔下的神话阶段的作者，透过"拼凑"的方式，完成翻译实践。由此切入，可发现这些来自不同脉络的"拼凑"元素，此"微言大义"可以反映译者如何用一套参差不齐、混乱驳杂且不无矛盾的元素，表达近现代文人对于抒情、启蒙与叙事的追求。

（一）情感抒发："有胜情而无胜具"

就 1883 年的《小引》一文，可见到译者的翻译因缘与动机：中国人因各种羁绊而无法远游，待可摆脱时已垂垂老矣，"有胜情而无胜具，是欲游而仍不能游也"[1]，道出中国人的困塞窘况。当译者翻译施登莱传记时，却因自身的诗学规范，而替"有胜情而无胜具"的"情"与"具"思辨做出另一番演绎：恰能反映近现代中国译者如何替非洲冒险记拼凑文人情感的片段。

19 世纪后出现的几部"非洲探险记"，大多以科学理性视角为要求，如博顿、史毕克、葛兰特等人携带仪器、人力与物资，进入非洲实地考察，经由仪器测量与地图绘制等方式，揭开以往罕为外界所知的非洲内陆。可是，对于前辈的"科学研究"（Scientific Research）视角，施登莱仍有不满，早在《我如何寻找立温斯敦》便指出缺漏，"关于非洲的地理、人种与非洲内陆相关的信息是不可或缺的，却没有任何书籍提供前往非洲探险前所需的信息"[2]，继而又在《穿越黑暗大陆》中罗列各种数据与表格，一一道出各地区人口、地理与生产，试图以更科学的方式呈现非洲内陆。在填补技术管理与物资数量等空白的自觉意识上，施登莱记载个中细节，详

（接上页注）每一有限时刻里的一套参差不齐的工具和材料，因为这套东西所包含的内容与眼前的计划无关，另外与任何特殊的计划都没有关系，但它是以往出现的一切情况的偶然结果，这些情况连同先前的构造与分解过程的剩余内容，更新或丰富着工具的储备，或使其维持不变。"（页 24）

1　佚名：《三洲游记小引》，页 353。

2　Henry M. Stanley, "Organization of the Expedition," in *How I Found Livingstone*, p. 22.

细厘清非洲内部的差异。

当虚白斋主与邹弢面对此一彰显人力、物资等实用讯息的"非洲探险记"时，却因自身的位置而牵动书写旨趣，巨细靡遗地交代众人馈赠的"程仪路菜"，如岳家宣子明送"洋蚨二十元，火豚二，酱鸭四，鳝炙羹一瓶"；襟弟李东生送上"程仪洋十元，路菜代仪洋四元"；母族表兄同。其余各亲友所馈，共洋一百十三元，路菜则火豚十九等，颇有一争高低的意味。译者一一写出"程仪路菜"，指称是"人情义理""不言而喻"。[1]相比起原著开端处的各种表格与列表，译本却在卷首罗列饯别礼金，甚至逐一列出地点、时间、参与人、赠礼与谈话等，反映中国译者对于文化传统的需求更大于冒险旅行的实际讯息，替《小引》中的"情"与"具"思辨衍生另一层次的转调。

原本，"情"与"具"作为一组修辞，在《小引》中是指出中国人的"情"与"具"向来失调，因为受"上则牵于父母，下则累于妻孥"等伦理束缚与日常羁绊而无法出游，待可摆脱时，已是"体弱身怯"，"有胜情而无胜具，是欲游而仍不能游也"。[2]在翻译层次上，译者衍生另一层次的"情""具"思辨：注入自身的情感意识，以"情"抑"具"，遂使得19世纪西方人士的"非洲探险记"所隐藏的科学理性视角转到文人的情感脉络。事实上，早于1879年，沈定年翻译《黑蛮风土记》时便指出中西游记的差异：

> 西人行事，虽万里之遥，千金之费，辄不惮烦劳，必试行之，而后心快意慊。且其著书立说，又必躬践其地，亲见其事，而后托楮墨以发为言。中土儒者足不出户庭，而矜言著述，事不经阅历，而臆造端倪，故说部之书，十九伪托。求其以空闲之岁月，作汗漫之游踪，归而记载，传信后世，古今以来，杳不多觏。以视此书之实而有征，奚啻天壤。[3]

1　虚白斋主口译，邹翰飞笔录：《斐洲游记》，卷1，页2a—b。

2　佚名：《三洲游记小引》，页353。

3　沈定年：《序》，见立温斯敦著，史锦镛译语，沈定年述文，陈以真校字：《黑蛮风土记》（出版地、出版单位不详，1879年），页2a。原版未注明刊地与刊者，根据其序文"岁在屠维单阏"，可推算是1879年出版。本文所据乃是收藏于韩国首尔的奎章阁版本。

沈定年透过二分法指出西人"躬践其地，亲见其事"，中人却是"臆造端倪""十九伪托"。整段论述的核心与其说是文字表层所反映的中西游记的价值差异，倒不如说是隐藏在文字背后的翻译动机与实践结果的悖论。虽然，译者意识到中人游记缺憾，承诺"实而有征"的翻译原则，却又重蹈自身批判的"臆造端倪""十九伪托"等中人著作现象，将 19 世纪以技术管理、工具理性作为要求的非洲传记导向中国文人的情感脉络，遂使得译本潜藏着从"具"到"情"的轨迹，陷入动机与结果分裂的循环圈。

译者在一充满悖论的翻译架构上，如修补匠般清点各种工具与材料，调动一系列抒发或渲染情感的诗词、笔记、日记、信件与墓碑文等，注入译者的主观与情感意识，冲击原著的工具理性倾向。从"具"转向"情"，译本详细记录人物千回百转的情感，浮现各种情感辩证，从雄心壮志、放眼四海到登高望远、客途秋恨、羁旅客怀、悔不当初，浮现中国人面向世界时的情感。译著透过日记、诗词、书信与碑文体的堆砌，层层挖掘人物的情感纹路。此一透过中国文体传统，传达人物的看世界的眼光，更偏向于感应、体验方式，必然从"具"转向"情"。译者替施登莱非洲探勘记注入浓厚的抒情特质，将人物的内心志向做外显表达，辐射人物在茫茫天地中的情感样态，拓展旅人情怀。

丁雪田作为第一人称的叙述视角，更能彰显中国人物面向世界时跌宕起伏、波澜变化的情感。卷一随处可见到作为 19 世纪末的中国人面向世界时"琴剑遨游志自雄，浮槎万里去乘风"的雄心壮志，即或于锡兰遇"非逃即死，救亦无用"的海难事件，巴仲和高呼"游子豪情壮，乘轮遍八方"，丁雪田"茫茫四顾，天地皆空，心中欢畅已极"[1]。可是，随着离乡渐远，羁旅情怀愈浓，历经风霜，高亢激昂的情感转向伤感低沉，苏西辣一带遇村民袭击时"悔作出门之举，不觉相对欷歔，凄然泪下"[2]。愈到后半部，出现愈多撩动情感的节日，岁末年终时"冬冬腊鼓，岁已催残，游子飘零，故乡天上，掬青衫之泪"，新年伊始时又是"叹萍蓬之泛泛，慨时序之匆匆"，任何风吹草动都可让人物哀肠百转。[3]

1　虚白斋主口译，邹翰飞笔录：《斐洲游记》，卷 1，页 4a、5a—b。

2　同上，卷 3，页 11a。

3　同上，卷 3，页 13b—14a。

相比起原著对于技术管理的重视，译著有不同的要求与旨趣，绕开实务经验与具体讯息，更重视感性经验，无论是相互酬唱或是哀悼送别，都能反映人物的情感状态。在"秋水芙蓉"般"相得益彰"的中国文人"丁雪田"与"巴仲和"的带领下，众人诗兴泉涌，如"曾为驻华翻译官"且"喜中华文字"的英国驻非领事马君"当筵索句不能无诗"，即或是对"中华文字，不甚明晰"的色勒亦可"挽余代作七古一章"。"登高望远"时必然"以飘零之客，作汗漫之游，吟大海之蛟龙"，"中秋佳节"时又是"客怀缱绻，催诗兴到"。从中国文人、海外官员到非洲从员，都卷入"临风酾酒，对月吟诗"的行列。[1] 译者替此虚构的人物注入符合其文人身份的诗词，如"作别友诗四章"之诗词、"途中口占云"多首诗词。[2]

译者透过诗词经营声调韵律、文字形式与意象符码等层层开拓人物的情感纹路与内心世界，如"望月怀远"的场景中，译者将游子置入茫茫的宇宙场景中，挑动游子情怀：

> 戊亥之交，镜月东上，余同仲和升舱玩月。但见遥天无云，碧宇澄净，团圆宝相，如夜光珠一颗，从东山推起，捧将上来。霎时海中光明不定，如万道金蛇，浴波喷浪。茫茫四顾，天地皆空，心中欢畅已极，因口占云："万里长风路，扁舟入大荒。天浮银界阔，水浸玉盘凉。回首家乡远，同心形迹忘。海波渺何极，诗思正沧沧。"仲和亦次韵和之云："游子豪情壮，乘轮遍八方。那知金镜月，遥想玉闺凉。客路何堪计，乡心不可忘。海天凭眺处，啸语激瀛沧。"[3]

译著安排丁雪田与巴仲和行进水路时，插入中国的诗词片段，让两位中国文人"升舱玩月"，透过大角度仰望天地的场景，将个人放置到浩瀚无垠的天地中发现自我，彰显内转向的情感意识。个体自我在浩瀚天地中，愈能凸显"茫茫四顾，天地皆空"的空间感受，牵动"遥想玉闺凉""乡心不可忘"的思乡情怀之余，又浮现"万里长风路""游子豪情壮"的壮志情怀。译本以诗词为媒介，塑造可让主体与宇宙融

1　虚白斋主口译，邹翰飞笔录：《斐洲游记》，卷1，页1b、19a；卷2，页17b；卷3，页2a；卷2，页17b、17a。

2　同上。

3　同上，卷1，页5a—b。

合为一的自然天地，抒发情感，从人事迁移到季节变动，流露出中国人物的价值思考与文化关怀。

译著在日记、诗词架构上又拼凑书信内容，反映中国文人面向"远游"此一议题时的伦理牵挂。为弥补因远游而引发的伦理冲突，译者屡屡强调收信与寄信之行径，如西贡途中"作书致内子，拟至西贡发寄"[1]，"至新加坡，再当削笺投报"[2]。固然，施登莱原著亦记录收发信行径，可是大多止于行为之叙述，中译本却是透过书信内容，详细记载家乡的人事变化，从兄嫂嫌隙、春保相亲、春甥升学、友人升官，到田园变卖与祖屋处理等，颇能反映译者因自身的伦理焦虑而牵动的译本转向："家政赖卿主持，诸事务祈留心，与令兄子明及玉堂、升之、曼卿诸通家，商而后行，想无贻误"[3]，"春保读书若何，趁此少年，务须用心督勉……巴仲和家近况，未知若何？寡妇孤儿，茕然无靠，倘有需用之处，总须稍予通融"[4]。以上两段引文分别是丁雪田分别于印度洋遭遇海难、巴仲和患病身亡后执笔写信的家书内容，可见人物即或在生离死别时也不忘写信对家人谆谆教诲，愈是絮絮叨叨、琐碎平淡，愈能反映丁雪田作为人夫、人父、人友的形象，弥补因远游而导致的伦理缺憾。

从上所言，显见19世纪译者面向"非洲冒险记"此一具有崭新视野的作品时，拼凑日记、诗词、书信内容，挖掘人物的情感意识，遮蔽原著有意诉诸的理性、客观、科学、技术等视角。译者彰显人物的内心图景，从游子情怀、吟诗赏月、登高望远，到伦理道德等，情感万千，在后起的世界空间体系中突显人物的情感意识，遂使得原著的工具理性转向译著的情感脉络。

（二）知识启蒙："披览一过，亦堪长聪明，资学问"

《斐洲游记》逸出施登莱原著的工具理性视角，以"情"抑"具"，可是并未全然向情感脉络靠拢，却又置入各种知识启蒙的片段，拼贴各种新知，回应连载该文

1　虚白斋主口译，邹翰飞笔录：《斐洲游记》，卷1，页5b。

2　同上。

3　同上，卷1，页17a。

4　同上，卷4，页49b—50a。

的报刊《益闻录》之"益闻"主旨。本节将讨论译者如何于翻译非洲探勘记时，不仅仅满足于抒发情感，更发挥知识传播的期许，拼凑各国时事、新闻、历史、地理、制度等片段，传达时代新知。

1873 年，《小引》指出《三洲游记》"茶余酒畔，披览一过，亦堪长聪明，资学问"[1]，反映译者借由翻译助长读者知识的期待视野。译者调动不同脉络的知识片段，嵌入学校、轮船、照相机、医院、人种、军事与餐饮等，恰好跟抒情感怀的片段形成一强烈对比。对于这一代文人而言，召唤抒情传统而得到的审美需求，尚不足以回应急遽转变的外在世界，因而得拼凑各种知识片段，传达新知，才能满足自身的要求。译者在诗词之外，采取彼时正在形塑的"新文体"——谭嗣同（1865—1898）称为"报章体"、梁启超称"时务体"，具体定义虽未必一致，内容大致不再遵循《易》《诗》《书》《礼》与《春秋》等传统经典。此一新崛起的新文体更重视各大洲历史、地理、数学、天文学、机械学等内容，介绍时事新知，承载公共性议题，讯息功能更大于美文赏析，夹叙夹议，建立起公共言说的书写特色。

在"长聪明，资学问"的要求下，虚白斋主与邹弢以办报之便，拼凑各种刊登于《益闻录》的文章。从卷一到卷四，《斐洲游记》嵌入犹如"谈瀛录"的知识谈话，涉及美国最多，实跟《益闻录》刊登一系列"美国"的通讯文章有关。其中，以"曾经沧海"为笔名的通讯者之文章大量被截入《斐洲游记》，如《游美国纽约大医院记》（第 47 号）、《游美国大花园记》（第 55 号）、《美国舞戏记略》（第 56 号）、《游美国哑人院》（第 62 号）、《游雪加古大学院记》（第 83 号）、《游格林炮厂记》（第 86 号）等，开拓译本的美洲视野。"曾经沧海"的身份不详，极有可能是七八十年代的访美成员，其《游美国哑人院》截入《斐洲游记》后，变为麦君谈及自身游逛"美国哑人院"的内容。译文写丁雪田随麦君及土兵"携随身行李，洋枪药弹，里粮入林"[2]后，天外飞来一笔，拼凑美国哑人院的介绍：

1　佚名：《三洲游记小引》，页 353。

2　虚白斋主口译，邹翰飞笔录：《斐洲游记》，卷 4，页 35b。

按西国立法，凡有贫病残废之人，均设公院安置。其经费公董量力捐助，或国家颁赐，或于税项下抽提，法至良，意至美也。哑人院在华盛顿京城，宽广约三里，规模宏广。四围以矮松编篱，大门乃白石筑成，精致光洁，罕有其伦。门内左右，各峙石像一，盖系法国人（音）〔首〕创哑人院，教哑人者。院内大小房屋一百八十余间，厅事五座，教堂一，余俱哑人卧坐之房。此外若书房、大菜房、洗浴所、憩息所，无一不备。……院中哑人，每日课程，午前学习手法，午后默诵经书，傍晚男子习手艺工作，女子习针刺缝纫，皆各就其性之所近者，以教导之。……师傅正副各一人，教习手艺，师傅十六人，女教师二人，总教习一人，总管一人。若哑者家本殷实，则入院时上等者，须捐助英银一百磅，中等五十磅，下等二十磅，制度规模有条不紊。院之左花园一区，奇石玲珑，树木繁茂，颇足观瞻。[1]

全文抄录《游美国哑人院》一文，除删除零星文字段落外，个中差异便是修辞细节，如"奇石突兀"变为"奇石玲珑"、"树木萧森"变为"树木繁茂"。译本借由麦君之口，介绍华盛顿聋哑学校的组织架构与运作模式，从学校的坐落地点、规模摆设、外观景致、创始者、课程教法、师生人数、入院方式到毕业出路等，描述井然有序，反映西方的教育制度与社会福利。

由于译者兼任《益闻录》编者，向报刊借取资源，共享时事新知、海外通讯与公共议题时，较无顾忌，甚至移植调动一整组文章。1881 年，《益闻录》第 83 期刊登一系列介绍英美教育、工程、科技与器物的文章：《游雪加古大学院记》《估计巨工》《照影愈奇》《英铸大炮》。[2] 在译者的移花接木下，此系列文章，摇身一变为麦君 9 月 7 日游历非洲时因"无美景可观，乃回行帐，与仲和等畅谈海外事"的内容："麦君言曾至美国游历雪加古学院""该处又有照影之法""麦君又谈及泰西兵

1　虚白斋主口译，邹翰飞笔录：《斐洲游记》，卷 4，页 36b—37a。关于原文对照详参曾经沧海：《游美国哑人院》，《益闻录》第 62 号（1880 年 8 月 14 日），页 190—191。

2　曾经沧海：《游雪加古大学院记》《估计巨工》《照影愈奇》《英铸大炮》，《益闻录》第 83 号（1881 年 1 月 8 日），页 11—12。

制，及近日器械枪炮之用"。[1] 译者看似遗漏介绍英法"海底隧道"的《估计巨工》，事实不然，只是移到另一谈论"泰西之法"的场合，由色勒道出"凿险缒幽，飞轮越海者，莫如法国之路，法国加来城至英国度佛来城，相隔一海，广七十余里"[2] 的海底隧道。就雪加古大学制度、照影之法、泰西大炮、海底隧道等阐述，提供不同于中国器物制度的经验模式与知识学理，颇可开启晚清读者的视野。

为避免这些片段过于支离破碎，译者透过人物对白、回忆与自述等方式，串联《益闻录》的新闻报道与通讯簿内容。病榻期间百无聊赖或辗转难眠时，人物都可侃侃而谈，如"有与船主及西登畅谈行海事""麦君回舟卧后，与仲和以西语谈时事，并论电学""风尚未息，不得启行，又相与谈海外事""仲和疾，并与余谈天""初七日晨起无事，与麦君闲话""晚同色勒、麦君谈地理""晚又与色勒谈天，色勒言平生曾两至纽约""十九日，行至一山下，支帐宿，夜深无事，与麦君、色勒闲谈，各道所见"。[3]

译者又以主线搭配旁线的对话录，串联各种知识言说，正可避免由一人说到底的情形。此如麦君叙说美国器物制度时，安排武员兼仆人康庇介绍纽约医院："纽约城有大医院一所，凡五进，规模宏敞。遇有异症获痊者，必将其病处装成模样，与生人无异，藏玻璃柜中，供人观看，骤见之，几莫辨真伪。"[4] 关于纽约医院的介绍，除删除数行文字外，几乎全文照抄《益闻录》第 47 号《游美国纽约大医院记》。原文介绍五个区域：前两进乃是玻璃柜陈列的病理样本区与体躯干、手足、脏、肺、肝、肠等，第三进则是以药水保留尸体区，第四进则是以实例展示胚胎成形的历程，第五进装了包括中国人头颅的人身枯骨。[5]《斐洲游记》误删"第四进"字样，遂使得译著第三进同时涵盖原文的第三进（药水保存尸体）与第四进（胚胎成形过程）。译者虽略有删除，仍大致可看到原文对于纽约医院的介绍，从病理、

1　虚白斋主口译，邹翰飞笔录：《斐洲游记》，卷 2，页 22a—b。

2　同上，卷 4，页 33a。

3　同上，卷 1，页 5b、12a、14b；卷 3，页 12a；卷 4，页 14a、19a、30b、26b。

4　同上，卷 4，页 28b。

5　曾经沧海：《游美国纽约大医院记》，《益闻录》第 47 号（1880 年 5 月 2 日），页 99。

身躯、胚胎到头颅等展示，标示一套涉及剖切、保留、标签等新处理方式的医疗体系，恰可反映 19 世纪西方医学兴起的医疗视野。

关于施登莱原著最核心的"非洲"路线，根据笔者层层的追踪与核对，可发现译者拼凑《益闻录》介绍非洲的文章，尤其是 1884 年《益闻录》第 369、373 号，375、377、379、381 号之《亚斐利加洲总论》，更是成为主要依据。虽然，《益闻录》未标上作者之名，可是根据 1899 年《五洲图考》之序文，《益闻录》有关"非洲"之文章出自许彬。[1] 许彬，字采白，乃是《益闻录》主将之一，在《益闻录》编译一系列有关非洲的文章，如《亚斐利加洲总论》《撒哈拉》《苏丹》《亚斐利加州西境》《亚斐利加洲南境》与《亚斐利加洲东境》等。相比起 19 世纪晚清中国作者普遍对于非洲投射的刻板印象，《亚斐利加洲总论》以俯瞰式视角，浏览非洲历史地理、族群习俗、风俗文物、动物植物等。译者借由该文描述非洲族群时，稍稍得以脱离将非洲刻板化的窠臼：

> 半皆彬彬美丽，秀色可餐，其面色黄黑者，十之二三。男子全身裸赤，自顶至踵，惟腰间前后，掩小白布一方，束以五色带，阔约三四寸，垂垂然拖下二尺许。带上系玉石等物，亦有金银者。手各有钏，颈各有圈，脚各有镯，皆以金银铜为之。头上之发，尽行薙去，惟额上蓄留几许短发，垂下，覆及眼角。[2]

在"野族"形象普遍笼罩的时代，上述片段已能区分不同地区的居民形象，如南方黑人居民的发型、服装与饰品。从头发"尽行薙去，惟额上蓄留几许短发"、全身"惟腰间前后，掩小白布一方，束以五色带，阔约三四寸"，到"手各有钏，颈各有圈，脚各有镯，皆以金银铜为之"，显得"彬彬美丽，秀色可餐"。此外，译本安排人物游"西北郊小山之麓"[3] 的场景，乃是拼凑《续录亚斐利加洲总论》一文，只是将"亚斐利加洲"改为"西北郊小山之麓"，以全文照抄的方式详尽介绍非洲鸟禽，

1　李杕：《序》，见龚柴：《五洲图考》，页 3a—b。

2　虚白斋主口译，邹翰飞笔录：《斐洲游记》，卷 2，页 9a。

3　同上，卷 1，页 24b。

如囊鹤"嘴阔约二寸许，能于空中迅啄飞鸟"、白鹄鸟"身大逾鹤，下喙垂下寸许，类巨囊可贮食物，性喜食鱼，或伺于河畔"。[1]

《斐洲游记》拼凑一系列海外场景，如"华盛顿哑人院""纽约医院""罗马教堂""非洲服饰"与"非洲鸟禽"等，从欧美器物发明到非洲部落族群与园囿动植物等，恰能反映 19 世纪各种海外知识在中国报刊的传播与累积成果。各种知识言说，扩大译本构面，形成立体且多元的视野。无论叙述语调或文字风格，都远超出传统圣贤的教诲纲目，更侧重现代知识与公共事务，讲究实证依据与科学基础，投射"长聪明，资学问"的要求。

（三）叙事想象："怪怪奇奇，良堪悦目"

施登莱《穿越黑暗大陆》记录自身从非洲东海岸探入非洲探勘尼罗河源头的过程，揭开非洲内陆的所见所闻，如部落的战争、狮子吼叫与风土民俗等，具有相当的叙事色彩。收录于《斐洲游记》的序文，颇能反映译者对于施登莱传记的突显："某尝阅其记，见怪怪奇奇，良堪悦目。"[2]此一"怪怪奇奇"的非洲见闻，颇能激发译者的叙事欲望，在上述抒情与启蒙的基础上，又更进一步发挥虚实交错的叙事想象。译者甚至调动自身的叙事传统，套入中国"说部"常见的场景、情节与形象等，使得原著的地理学路线充斥着各种具有叙事张力的情节故事，恰与译文中有意彰显的现代知识片段相互拉扯，道出知识真理与叙述欲望之间牵扯不清的关系，反映出驳杂与复杂的价值方案。

相比起口述者虚白斋主，深受传统说部浸润的笔述者邹弢，更可能是叙事加工者。邹弢一生创作小说不辍，早于居住苏州期间的 1878 年，便著有笔记小说《浇愁集》，一直到移居上海数十年后的 1912 年出版仿聊斋文体作品《潇湘馆笔记》，留下多种杂记逸事类作品。研究者已指出邹弢《蕴香国》受《泡中富贵》启发、《乌衣公子》有《南柯太守》之影、《俞生逸事》可与《娇红记》对照、《亭亭》对

1　虚白斋主口译，邹翰飞笔录：《斐洲游记》，卷 1，页 25a。

2　虚白斋主：《斐洲游记·序》，页 1a。

应《夜谈随录》。[1]邹弢对于传统说部如数家珍，在《浇愁集》序中逐一点评：《豆棚评话》"老髯说鬼"、"干宝搜神"、"方叔之诙谐"、《洞冥》亦是寓言，《庄》《骚》半多托兴"、"述异而志《齐谐》"等。[2]

从此切入，不难理解，译者面对施登莱"怪怪奇奇"的片段时调动传统说部常见的场景、人物、主题与模式，如众人从迦古罗山（Nguru）进入树林时差点全军覆没一节，乃是翻译施登莱 1 月 10 日越过黄米河后进入树林时因缺乏粮食而危在旦夕，枪声突然响起，先前被派到其他村庄寻找粮食的队伍及时赶回，解救众人。[3]当译者面向此一入林遇险得救的叙事时，调度《水浒传》山冈松林的符码，盗贼原本见麦君百余人，乔装路人，卸下众人心防后，另同伙人前来贩水。麦君见路人饮水无异后，"将桶中水尽购之"，"腹中皆绞痛异常倒地乱滚"。就在全体几乎惨遭歼灭时，到其他地区补给的救援队伍赶至，"燃枪击之"，取出"药入丹田，奏功甚速"的"解痛药酒"。[4]此由绿林、盗贼、下毒与解毒组成的片段，与《水浒传》蒙汗药味充斥的江湖场景如出一辙，有困境、计谋、周旋、解决等情节，乃是译者循着自身的叙事传统而出现的翻译改创作。不明就里的晚清论者，误以为是施登莱所著，做出生动的模拟："《水浒》记智取生辰纲一事，自是耐庵虚构，而阅《三洲游记》，阿非利加野人，竟有真用此智而行劫者，岂黔种中亦有智多星欤？"[5]

译者透过各种知识片段开启世界的想象，同时又借由叙事手段展现想象的世界，在新旧体系中转换自如。不同于往后"五四"时期"传统"与"现代"刻意对立化的二分法策略，晚清作者更能新旧杂陈、相容并蓄，在现代非洲地理路线上召唤绿林大盗、毒药昏迷等传统说部情节。文学传统的符码一再出现，如译者安排众人于重阳日进入高山时召唤桃花源之村庄："编树成村，鸡犬桑麻，颇有桃源气象""稻粱果谷，物产丰饶""争邀至家，设酒杀鸡作食，一时村中妇孺，纷至沓来，

1　萧相恺：《序》，见邹弢著，王海洋校点：《浇愁集》（合肥：黄山书社，2009 年），页 4。

2　同上，页 2。

3　Henry M. Stanley, *Through the Dark Continent*, chapter V, p. 87.

4　虚白斋主口译，邹翰飞笔录：《斐洲游记》，卷 2，页 1a—b。

5　佚名：《评林》，《小说林》第 9 期（1908 年 2 月），页 14。

观看异邦人物""居民衣服，均以粗麻为之，外衣垂垂至膝"。[1] 从村庄、农作、民风与服装等，都可见译者利用陶渊明笔下的渔夫闯入桃花源之际遇，虚构麦君进入非洲受到款待的情节。

《斐洲游记》对于原著战争场面的选择性翻译与创作，更可反映他对于"怪怪奇奇，良堪悦目"的喜好。施登莱多次投入非洲战役，五味杂陈。早在1871年，他首次进入非洲途中逢阿拉伯人与米兰波（Mirambo）纷争，遍地烽火。他为分享荣耀而投入战争，不料战局旷日废时，又遇热病袭击，损失惨重。施登莱在《我如何寻找立温斯敦》自省因介入战争而引发的惨重损失与路程延宕，更察觉战友的背叛，悔不当初。[2] 1875年，他第二度进入非洲途中探访梅植国王，正逢国王讨伐未缴纳献金贡品的Uvuma族，再次投入战场："我很高兴此刻我在这里，希望能在战争中发挥我的影响力。"[3] 在十六章的传记中，施登莱以将近五分之一（第十二到十五章）的篇幅描写梅植国王的战争，包括国王如何继位、各族群恩怨、地方派系管理与进贡制度等。晚清译者——撇开原著的战争脉络，只针对"怪怪奇奇"部分加以发挥，且调动中国战争书写中屡见的"忠""恶"对峙，让原本未缴交贡品的敌国变为"失德不道""盗贼蜂起，屡到吾国行劫"的一方。由于敌国屡劝不听，梅植国王不得不出师。辅佐梅植国王的麦西登"多才多艺，晓畅戎机"，从分析战情到整兵练将，在在呼应中国战争演义中屡见的忠心耿耿、运筹帷幄的军师形象。[4]

在翻译改写中，译者一旦触及有违于中国伦理的片段，便会予以改写。原著提及梅植国王欲烧死Wavuma酋长，替先王Suna复仇，施登莱原著严厉指出先王幽灵必会因梅植国王的残酷行径而哭泣，且以自身去留要挟国王不得残酷行事。[5] 此一有违于君臣伦理的僭越行为，在译著中受到调整，变为麦君柔性劝导国王，降低君臣紧张，最终得到君臣共计、以智取胜的圆满结局。译者着墨于以幽灵计谋智退敌国的片段：

1　虚白斋主口译，邹翰飞笔录：《斐洲游记》，卷3，页1b。

2　Henry M. Stanley, "Life in Unyanyembe," in *How I Found Livingstone*, pp. 258-309.

3　Henry M. Stanley, *Through the Dark Continent*, chapter XII, p. 245.

4　虚白斋主口译，邹翰飞笔录：《斐洲游记》，卷4，页2a。

5　Henry M. Stanley, *Through the Dark Continent*, chapter XIII, p. 264.

图 3-11　航向印其拉（Ingria）的浮堡

　　〔麦君〕借兵士二千，令于深山伐取大木。不一日，木至，乃督工日潜造巨舟一艘。高七丈、长五十丈，上插五色旗帜，器械鲜明，伏七十人于舟中。麦君下令，命乘黑暗中荡去。至该处，各人在舟上面涂五色，以十人击金鼓，五十人荡舟，十人大呼"愿降否？愿和否？"六字，俟其允许愿和，然后尽力荡回，须飞行神速，以疑其心。令毕，皆依计去。天甫明，巨舟已疾驶回，进帐缴令，谓舟近彼岸。彼从未见此巨舟，惊疑不定，始亦火箭、火枪并至，见舟无所损。又见余等面目五色，击鼓大呼，疑为河神，因报入敌帐。有一大员出，见余舟，亦甚骇，又见余等言，竟允议和。余等始疾驶而回，敌人见此情形益以为神灵默佑。王与麦君皆大喜，命急将巨舟沉于河，勿为敌人所见，诸将得令而去。[1]

在原著图片的引导下（图 3-11）[2]，译著写出麦君利用部落的迷信心理，伐木造出刀枪不入的浮堡，假冒河神，震慑敌方。敌军因屡攻不下，误将"面目五色，击鼓大呼"的浮堡当成河神，从"惊疑不定""甚骇"发展到"竟允议和"。此一翻译桥段大幅度简化原著内容，略去海上漂流浮堡之构造、双方阵营布置、军装武器等，恰能反映译者凸显"怪怪奇奇"的部分，透过场景、声音、冲突、节奏等，有声有色地搬演河神鬼魅，彰显叙事效果。

1　虚白斋主口译，邹翰飞笔录，《斐洲游记》，卷 4，页 3b。

2　Henry M. Stanley, *Through the Dark Continent*, chapter XIII, p. 265.

　　当译者展开叙事笔调，召唤中国传统小说体的修辞、意象与文体模式，甚至可见《世说新语》般的言谈逸事与人物品评，展现人物风貌与事件奥妙，言简意赅又妙趣横生。以"借船渡河"为例，此乃是对应施登莱1875年5月向罗刚国王借舟之片段，实涉及暗潮汹涌的非洲政治：施登莱因独木舟不足，拟放弃水路，改从瓦马（Rwoma）国穿越陆路到乌干达。可是，瓦马国王与敌视白人的米兰波结盟，拒绝施登莱之请求。施登莱对于陆路与水路都有不少评估，分析政治局势、罗刚国王取得政权经过、瓦达杜卢（Wataturu）与瓦格拉维（Wakerewe）族的差别等。经过各种评估后，施登莱决定向罗刚国王借船，以水路前进。[1]译著舍弃原著长篇阔论的分析，聚焦于具有叙事张力的片段，突显原著中具有"伟大治疗者"（great medicine man）之称的罗刚国王提出的借船条件：施登莱须传授将人变成狮豹、造风造雨、提高女性受孕率与男性性能力等欧洲秘术，让施登莱啼笑皆非。译者放大麦君与罗刚国王的对话片段：

　　　　王席地，居中而坐，见后，令麦君旁坐。容色谦冲，问泰西风俗，并各种西法。麦君约略指陈。王甚喜，又问贵国王有何灵能，可以变雨为晴，变人为兽，幻作狮、象、虎、狼等物，又能使荒胎之妇，喜庆弄璋？此中道理神奇，当别有妙法？麦君谓："化行功用，为大造所操，人力区区，断难几及。外臣聪明有限，实不能知。"王顾左右，指麦君曰："彼远人吝教，恐朕不肯假舟也！然馈物远临，诚意殷渥，卿等当善体其情，借渠数艘，以慰远人之望。"[2]

上述引文可见叙事多所转折，处处机锋。国王偏好阴阳术，向麦君讨教"变雨为晴，变人为兽，幻作狮、象、虎、狼"的神秘术数，明显与麦君的科学、宗教立场背道而驰。麦君以"聪明有限，实不能知"，试图脱困。国王穷追不舍，责难"远人吝教"，在激化与冲突中，最终考虑到对方诚意殷切而回心转意，答应借船。如此的言谈逸事展现个人风貌与事件奥妙，在激化与缓和的张力中，国王看似咄咄逼

1　Henry M. Stanley, *Through the Dark Continent*, chapter XI, pp. 193–196.

2　虚白斋主口译，邹翰飞笔录：《斐洲游记》，卷3，页15b—16a。

人实又通情达意，率真耿直的个性跃然纸上。

由上可见，译者透过叙事想象，替施登莱原著添加枝节，拼凑各种具有张力、冲突或转折的叙事片段。若就拼凑术而言，以理性科学笔调为主的知识叙述，完全迥异于情感表达的抒情片段，而天马行空的叙事想象，又对立于科学描述的知识叙述。各种片段愈是天差地别或矛盾对立，愈能展现彼时文人对于新旧体系并存不悖的要求／追求，恰能反映晚清译者不同于往后"五四"论者刻意将"现代"与"传统"二分化的策略，新旧杂陈、相容并蓄，反映其对于抒情、知识与叙事的追求。

五、结　语

施登莱《穿越黑暗大陆》考掘尼罗河的确切源头，核对史毕克、博顿、巴克、立温斯敦等前驱者提出的维多利亚湖、艾伯特湖、坦噶尼喀湖与卢拉巴河等，涉及高度专业的学理判断与错综复杂的地理问题，恐非晚清读者或译者所能掌控。在翻译的过程中，译者虚构丁雪田随西人探勘非洲的情节，以中国视角，重新叙述非洲路途的所见所闻，突显中国人"在路上"的形象，更新现实中封闭自守的积弱形象。

译者演述施登莱的原著内容，删除作为原著主干的"寻找尼罗河源头"，彰显施登莱在探索尼罗河过程中所记载的风土民情、社会形态、集市交易、非洲人体、庶民生活与宫廷文化等，遂使得译著主旨产生变化，变为更能符合自身视域的"采风问俗"。除"删除主干"导致主旨转变外，译者亦透过"拼凑片段"的方式，将自身的需求或要求，导入译著。译者如"修补匠"般调动／剪接／并置其触手可及的资源，从渲染情感的诗词片段、传播新知的新闻内容，到搬演叙事想象的小说书写，改写原著内涵，恰能反映19世纪80年代译者共存的多层旨趣。首先，《斐洲游记》选入日记、诗词与书信等内容，彰显中国文人面向世界时的内心图景，将原著有意诉诸的科学与技术等视角，导入中国文人更关注的情感纹路；其次，译著拼凑以议论说明为主的报刊文章，在翻译创作中揭开海外见闻、器物发明、部落族群等，讲究实证依据与科学基础，侧重现代知识与公共内容；再次，译者以虚实交错的叙事想象，绕出报刊文章的新闻视角与理性口吻，透过场景、人物、言行、形象等方式搬演各种情节，使得想象与征实、叙事与现实等层层纠葛，混乱驳杂。这种将诗词、新闻、史地、翻译与小说等参差不齐的元素熔为一炉的翻译创作，恰能表达译者对于抒情、启蒙与叙事的追求。

固然，《斐洲游记》不忠实于原著，可是其意义远超过作为一译著的范畴。一译著犹如一价值世界的折射，译者重编与改写施登莱原著，拆除主干、拼凑片段，按照自身的视域，选择性保留／删除原著内容，缠绕各种质素与内涵，在无限广袤的天地中纵横蔓延，时而返回古代灵魂摄取养分，时而面向当代西学汲取资源，延展出一条条交错的轨道，折射新旧／中西／古今等相迭映的视野。译者的翻译实践，实是对于变动世界的应答。

（本文原题《拆除主干，拼凑片段：论〈斐洲游记〉对于施登莱 *Through the Darkness Continent* 的重构》，载《中国文哲研究集刊》2018 年 9 月第 53 期，页 1—46；收入本书时部分内容有所改写）

晚清外国英雄传记、文学流动与思想转型

——以明治日本汉文志士传的晚清改编为例

//

崔文东

一、绪　论

　　明治日本著作在晚清中国的传播、翻译与影响，向来是学界关注的议题。这一文化交流的大潮，肇始于光绪初年两国建交之时，及至戊戌变法前后，开始走向繁荣，待到 20 世纪初大量知识分子留日，日臻鼎盛。其中的主流，自然是日文著译的西学著作，构成了晚清知识分子创建新学的基石，其方方面面均有学者论及。[1] 在主流之外，又有明治汉学家的汉文著作，虽然流入中土的数量相形见绌，却也源源不绝。尤其是在 19 世纪末，晚清士人大多不通外文，此类著述遂成为重要的参考资源。由于他们往往直接将汉学家的观点与文字纳入著述中，掩盖了征引、改编的

1　这一领域著作极丰富，例如实藤惠秀：《中国人留学日本史（修订译本）》（谭汝谦、林启彦译，北京：北京大学出版社，2012 年）；狭间直树编：《梁启超·明治日本·西方：日本京都大学人文科学研究所共同研究报告》（北京：社会科学文献出版社，2001 年）。

来源，汉文著作的实际影响尚有待学者细细甄别。[1]

虽然晚清知识分子对于汉学家汉文著作之改编并不涉及翻译，但是他们往往针对当时的历史文化语境，做出独到的阐释，同样是跨文化交流的例证。尤为难得的是，有些著作的影响力颇为持久，见证了晚清士人思想的转型。明治时期知名汉学家蒲生重章与冈千仞所著两部汉文幕末维新史传《尊攘纪事》《近世伟人传》正是这样的作品。两书问世于明治初期，很快为中国士人所知，从光绪初年到戊戌变法前后，一直是阅读、改编的热点。本文以两书在晚清的流传与改编为中心，探讨书中的幕末志士形象如何引发两代士人的不同阐释，并尝试抽绎其间的区别与联系。

本文首先论述两著问世之初，黎庶昌、何如璋等驻日使节如何直接见证、推动了蒲生重章与冈千仞的写作，并以黄遵宪为重点，分析他如何将两书素材与观点融入《日本杂事诗》《人境庐杂草》《日本国志》等作品中，塑造志士形象。随后讨论戊戌变法期间，康有为、梁启超、麦孟华等维新派如何阐释、改编两部史传与黄遵宪的相关作品。虽然面对同样的文本，但随着历史文化语境的变化，维新派对于志士的定位大相径庭。就此而言，晚清两代士人对于两部汉文幕末维新史传阐释之变化，展现了思想转型的一个侧面。

二、明治日本汉学家、驻日使节笔下的志士形象

日本进入明治时代后，幕末维新时期的历史与英雄人物逐渐成为史家书写的热门议题。冈千仞的《尊攘纪事》、蒲生重章的《近世伟人传》、福地源一郎的《幕府衰亡论》、德富猪一郎的《吉田松阴》、竹越与三郎的《新日本史》等皆是风行一时

---

[1]　目前相关研究，主要围绕黄遵宪著述之来源展开，王宝平：《黄遵宪〈日本国志〉征引书目考释》，《浙江大学学报（人文社会科学版）》第 33 卷第 5 期（2003 年 9 月），页 13—20；孙洛丹：《汉文圈的多重脉络与黄遵宪的"言文合一"论——〈日本国志·学术志二·文字〉考释》，《文学评论》2015 年第 4 期，页 48—56；孙洛丹：《作为写作实践和政治实践的〈日本国志〉》，《中国现代文学研究丛刊》2016 年第 7 期，页 115—125；孙洛丹：《黄遵宪〈赤穗四十七义士歌〉文本生成初探》，《中国诗歌研究》第 14 辑，页 133—143。

的名著。其中，德富苏峰等人的著作被视为新型维新史论的代表，在史学史论述中
备受推崇。[1] 相形之下，冈千仞与蒲生重章的著作与日本汉学一起渐渐湮没。

　　事实上，冈千仞与蒲生重章在明治时期皆名重一时。蒲生重章1833年出生于
越后村松藩，加入勤王运动，维新后进入修史馆，撰写《近世伟人传》等书。离职
之后以文人自命，1901年猝逝。[2] 冈千仞与蒲生重章同年，出生于仙台的下级藩士
家庭，接受儒学教育，后因倡导倒幕，被投入狱。维新后任职史馆，因不满藩阀政
府而去职。之后游历中国，1914年去世。冈千仞除了撰写史传，也与人翻译了不少
外国史书，并留下中国行记多种。[3]

　　两人关系密切，治史兴趣也颇一致。《近世伟人传》起笔较早，收束很晚，从
1877到1895年共出版仁字、义字集各六编，以及礼字集初编，涵盖百余篇幕末志
士的小传。[4]《尊攘纪事》叙述同一段历史，但为纪事本末体，共八卷，1882年刊。[5]
从《米国使舰入浦贺》始，至《幕府奉还政权》终，共三十三节，以幕府、长州、
萨摩、水户藩与外国交涉为主线。两年后又撰成《（订正）尊攘纪事补遗》，作为前
书的补充。

　　两书主题也非常相似。汉学巨擘重野安绎为《尊攘纪事》作序，如是概括：
"自尊攘之论兴，四方奋起，争效力王事，遂开今日之圣运，'尊攘'二字之有功
于世也大矣。"[6] 汉学家川田刚在《近世伟人传》序言中有感于"近日论者心醉欧学，
不辨我国体为何物，仅读蟹字数卷，辄肆然放言，举古人所谓孝悌忠信礼义廉耻

1　大久保利谦：《民友社の維新史論》，见氏著：《日本近代史學の成立》（东京：吉川弘文館，1988年），页
　　330—345；小沢栄一：《近代日本史學史の研究〈明治編〉——一九世紀日本啟蒙史學の研究》（东京：吉
　　川弘文館，1968年），页535—583。

2　关于蒲生重章的研究很少，此处参考内山知也：《蒲生重章の生涯と漢文小説　付年譜》，《斯文》112期
　　（2004年3月），页1—26。

3　由于冈千仞著有中国游记，近年颇受关注。参见叶杨曦：《书籍环流与知识转型——以冈千仞汉译西史为
　　中心》，《东亚观念史集刊》第11期（2016年12月），页271—308。

4　蒲生重章：《近世伟人传》（东京：明治十年至二十八年［1877—1895］青天白日楼刊本）。

5　冈千仞：《尊攘纪事》（东京：明治十五年［1882］龙云堂刊本）；冈千仞：《（订正）尊攘纪事补遗》（东京：
　　明治十七年［1884］凤文馆刊本）。

6　《重野安绎叙》，冈千仞：《尊攘纪事》第1册，页1a。

者，一概非之"，称赞蒲生重章"历举近世人物，尤称扬忠孝节义之美，其所以维持名教者，可谓至矣"。[1]重野安绎、川田刚与冈千仞、蒲生重章曾在史馆共事，又志趣相投，对两书蕴含的心声，自然洞察于心。由此可见，倡导气节、名节、名教是这些儒者、汉学家心之所向。对于身处明治时代的冈千仞等人而言，此类著述更蕴含了彰显儒学价值、对抗西化大潮的隐衷。为此，他们屡屡强调倒幕维新成功之关键在于志士践履儒学、尊王攘夷。

　　两著由汉文写成，借助同文之便，很快为中国士人所熟知。这主要由于当时中日两国建立国交，何如璋、黎庶昌等驻日使节不通日文，又享有文名，因而与冈千仞、蒲生重章等汉学家交游频密，两部史著也为清国使节所熟知。虽然《尊攘纪事》备受驻日使节赞誉，但仅有《（订正）尊攘纪事补遗》收入黎庶昌之序文，《近世伟人传》则屡屡得到题词，从仁字集二编到礼字集初编，每编都附有清国文人之诗文。

表 3-2　《近世伟人传》驻日使节题词一览

出版时间	卷　册	驻日使节题词
明治十年（1877）七月	初　编	
明治十一年（1878）一月	二　编	王治本（诗）
明治十二年（1879）四月	三　编	何如璋（跋）黄遵宪（跋）
明治十三年（1880）五月	四　编	何如璋（题词）沈文荧（诗）黄遵宪（题词）黄遵宪（跋）王韬（跋）
明治十四年（1881）十一月	五　编	何如璋　张斯桂　黄遵宪　王治本
明治十五年（1882）十一月	义字集初编	黎庶昌（字）何如璋（诗）
明治十七年（1884）十二月	义字集二编	黎庶昌（字）何如璋（诗）
明治十九年（1886）十二月	义字集三编	黎庶昌（序）
明治二十年（1887）十二月	义字集四编	徐承祖（叙）黎庶昌（诗）徐承祖（序）
明治二十四年（1891）十二月	义字集五编	黎庶昌（诗）傅云龙（叙）孙点（诗）
明治二十八年（1895）十二月	礼字集初编	黄吟梅（字）黎庶昌（序）李经方（诗）

---

1 《川田刚序》，蒲生重章：《近世伟人传》第 1 册，页 2a—b。

细绎这些题词的文字，除却溢美之词，主要突出两点：一是文笔之美，一是立意之正。譬如何如璋为三编所撰之跋，如是说道：

> 读蒲生先生《近世伟人传》，于海东人物有关于忠孝节义者，采述甚备，其笔力生峭摹写入神，能令读者感发兴起，真有益人心世道之文，不徒作丛书说部观也。[1]

又如黄遵宪为第四编所撰之题词：

> 叩阍哀告九天神，几个孤忠草莽臣。断尽臣头臣笔在，尊王终赖读书人。余之此诗，盖为蒲生秀实、高山彦九郎诸人作也。日本自德川崇儒，读书明大义者，始知权门专柄之非。源光国作《日本史》，意欲尊王，顾身属懿亲，未敢昌言。其后蒲生、高山诸子，始公然著论废藩，尊王攘夷之议起，一倡百和。幕府严捕之，身伏萧斧者不可胜数。然卒赖以成功，实汉学之力也。[2]

黄遵宪对于尊王攘夷运动以"大义名分"为思想基础深为赞赏，同时又对西学长驱直入动摇儒学根基颇感不满[3]，他认为此书的价值就在于"为近世功利说深中于人心，欲以道德维持之，故举诸君子以为劝"[4]。也正是在这一意义上，他与日本汉学家惺惺相惜。

在上述驻日使节中，黄遵宪无疑与两书因缘最深。除却题词，两书的内容与思想也影响到《日本杂事诗》《人境庐诗草》《日本国志》的写作。最显著的例子即是前引题词，这番关于倒幕运动的述论，逐渐丰富，最终成为《日本国志》的一部分。

---

1 《何如璋跋》，蒲生重章：《近世伟人传》第 6 册，页 2a—b。
2 黄遵宪：《〈近世伟人传〉第四编书后》(1879 年)，收入陈铮编：《黄遵宪全集》(北京：中华书局，2005 年) 上册，页 244。
3 陈建华：《黄遵宪〈樱花歌〉诗旨与德川幕政》，《帝制末与世纪末》(上海：上海教育出版社，2006 年)，页 255。
4 黄遵宪：《〈近世伟人传〉第四编书后》(1879 年)，页 244。

表 3-3　黄遵宪题词

《日本杂事诗》七三	《近世爱国志士歌》小序	《日本国志·国统志三》外史氏曰
叩阍哀告九天神，几个孤忠草莽臣。断尽臣头臣笔在，尊王终赖读书人。自德川氏崇儒术，读书明大义者，始知权门专柄之非。源光国作《日本史》，意欲尊王，顾身属懿亲，未敢昌言。后有布衣高山彦九郎、蒲生秀实者，始著论欲废藩。尊王攘夷之议起，一倡百和。幕府严捕之，身伏萧斧者不可胜数，然卒赖以成功，实汉学之力也。何负于国？欲废之邪。斯文在兹，神武、崇神在天之灵，其默相之。①	德川氏兴，投戈讲艺，亲藩源光国作《大日本史》，立将军传，略仿世家、载记及藩镇列传之例，世始知尊王之义。后源松苗作《日本史略》，赖襄作《日本外史》，益主张其说。及西人劫盟，幕府主和，诸藩主战，于是议尊王，议攘夷，议尊以攘夷，继知夷之不可攘，复变而讲和戎之利。而大藩联衡，幕府倾覆，尊王之事大定矣。（中略）唱尊王者触大忌，唱通番者犯大禁，幕府均下令逮捕。党狱横兴，株连甚众。而有志之士，前仆后起，踵趾相接，视死如归。死于刀锯，死于囹圄，死于逃遁，死于牵连，死于刺杀者，盖不可胜数，卒以成中兴之业。维新之功，可谓盛矣！②	德氏兴，投戈讲艺，文治蒸蒸，亲藩源光国始编《大日本史》，立将军传、家臣传，以隐寓斥武门、尊王室之意。（中略）其后山县昌贞、高山正之、蒲生君平，或佯狂涕泣，或微言刺讥，皆以尊王之意鼓煽人心。（中略）既而源松苗作《国史略》，赖襄作《日本政记》《日本外史》，崇王黜霸，名分益张。而此数君子，肖子贤孙，门生属吏，张皇其说，继续而起。盖当幕府盛时，而尊王之义，浸淫渐渍于人心固已久矣。外舶纷扰，幕议主和，诸国处士乘间而发，幕府方且厉其威棱，大索严锢。而人心益愤，士气益张，伏萧斧、触密网者不可胜数，前者骈戮，后者耦起，慨然欲伸攘夷尊王之说于天下，至于一往不顾，视死如归，何其烈也！③

注：①黄遵宪：《日本杂事诗》，收入陈铮编：《黄遵宪全集》上册，页 29—30。
　　②黄遵宪：《人境庐诗草》，收入陈铮编：《黄遵宪全集》上册，页 98—99。
　　③黄遵宪：《日本国志》，收入陈铮编：《黄遵宪全集》下册，页 928—929。

　　虽然不断润饰，黄遵宪关于志士的论述依然流露出汉学家的影响。在前引《日本国志》的传文后，还有一段文字，最为清晰地展现了黄遵宪的思路[1]：

　　故论幕府之亡，实亡于处士。德川氏修文偃霸，列侯门族，生长深宫，类骨缓肉，柔弱如妇女。即其为藩士者，亦皆顾身家、重禄俸，惴惴然惟失职之是惧。独浮浪处士涉书史，有志气，而退顾身家，浮寄孤悬，无足顾惜，于是奋然一决，与幕府为敌。徇节烈者于此，求富贵者于此，而幕府遂亡矣。前此之攘夷，意不在攘夷，在倾幕府也；后此之尊王，意不在尊王，在覆幕府也。

1　郑海麟：《冈千仞与黄遵宪——明治前期中日文化交流最具学术思想性的一章》，《近代中国》第 19 辑（2009 年），页 195—197。

嗟夫！德川氏以诗书之泽，销兵戈之气，而其末流祸患，乃以《春秋》"尊王攘夷"之说而亡，是何异逢蒙学射，反关弓而射羿乎？[1]

黄遵宪认为幕府亡于处士，也即是《日本杂事诗》所说的读书人，他们在德川幕府的文治下修习儒学，从而深明春秋大义，最终颠覆幕政。德川之尊儒，反而自掘坟墓，在黄遵宪看来实在是历史的悖论。但无论如何，儒学促成了日本明治维新后的国运隆盛，这点黄遵宪深信不疑。

前引三著中涉及山县昌贞、高山正之、蒲生君平等志士的文字，则直接源自《近世伟人传》。黄遵宪同样先据以撰写诗歌，完成《近世爱国志士歌》之九首（共十二首），在自注中介绍其事迹，随后又部分纳入《日本国志》：

表 3-4　《近世爱国志士歌》与《日本国志》著录人名对比

《近世伟人传》	《近世爱国志士歌》	《日本国志》
义字集二编上卷《山县大贰传》	山县昌贞	山县昌贞
	高山正之	高山正之
初编上卷《蒲生君平传》	蒲生秀实	
	林子平	林子平
二编上卷《梁川星岩传》	梁孟纬*	
初编上卷《渡边登传》	渡边、华山*	渡边华山
三编下卷《佐久间象山传》	佐久间启	
	吉田矩方	吉田矩方
初编下卷《月照传》	僧月照	
初编下卷《浮田一蕙传》	浮田一蕙	
三编下卷《黑川登几传》	黑川登几	
二编下卷之《佐仓宗五郎传》	佐仓宗五郎	

相对而言，《近世爱国志士歌》考订不够精神，自注中出现讹误，譬如将梁川星岩（字孟纬）误作梁孟纬，又将渡边登（字华山）误认为两人。不过在《日本国

1　黄遵宪：《日本国志》，收入陈铮编：《黄遵宪全集》下册，页 929。

志》中，黄遵宪加以更正，可见他手边有《近世伟人传》作为依据，并且加以核对。此处以《近世伟人传》初编第一篇《蒲生君平传》为例，足以显示黄遵宪改编时的考虑。

表 3-5　不同版本《蒲生君平传》

《近世伟人传》初编	《近世爱国志士歌》三	《日本国志·国统志三》外史氏曰
蒲生君平名秀实，字君臧。（中略）其患天下苍生疲乎奸臣俗吏也，乃作《革弊赋》《役诸篇》，号曰《令书》；其患制度律令之不复古也，乃作职官神祇姓族等志；其患山陵之荒废而不修也，乃作《山陵志》；其患夷丑之跋扈而不之攘也，乃作《不恤纬》。尝上《山陵》《不恤纬》二书于幕府，有司谓其皆非布衣所宜言却之，且议处之重法。会一锯儒为权贵所重者，辨解其无他得免焉。君平自此不复言，号默默斋，以自惊，益专力著述。①	怒鞭尊氏像，泣述《山陵志》。可怜默默斋，犹复《不恤纬》。（自注：蒲生秀实，字君平，下野人。作《山陵志》，以寓尊王；作《不恤纬》，以寓攘夷。路过东寺，见足利尊氏像，大声数其罪，鞭之数百，乃去。上书幕府，几陷重法。由是自号默默斋，不敢论事矣。）②	君平名秀实，野人，尝作《令书》论赋役之弊，作《山陵志》以寓尊王，作《不恤纬》以寓攘夷，路过东寺，见足利尊氏像，大声数其罪，鞭之数百乃去。上书幕府，有司以非布衣所宜言，议处之重法，有解之者乃免。君平自此号默默斋，不复言事。③

注：①蒲生重章：《近世伟人传》。
　　②黄遵宪：《人境庐诗草》，收入陈铮编：《黄遵宪全集》上册，页 98—99。
　　③黄遵宪：《日本国志》，收入陈铮编：《黄遵宪全集》下册，页 929。

在黄遵宪的著作里，原著传主的生平大多被略去，留下的是志士尊王的政治立场，以及关于尊王的著述之介绍。就此而言，黄遵宪笔下志士与春秋大义的关联更为突出。换言之，黄遵宪持续强调的是儒学促成维新。

三、维新派笔下的志士形象

甲午战败之后，特别是戊戌变法期间，康有为等维新派大量吸收日本资源。他们取法日本，却不通日文，日本汉学家以及黄遵宪的史传著作恰好为其提供方便法门，《近世伟人传》《尊攘纪事》《日本国志》《人境庐诗草》遂成为维新派摘录资料的重要来源。由于此时的历史语境与光绪初年大为不同，维新派对幕末志士的阐释也别具特色。一言以蔽之，他们为营造变法的舆论氛围，将志士视作侠士。[1] 这一点只需浏览他们编译著作的题目，即可一目了然：1897 年《时务报》刊登麦孟华的政论文《尊侠篇》[2] 以及梁启超的传记文《记东侠》[3]，次年大同译书局又出版康同薇译纂《日本变法由游侠义愤考》[4]。

《尊侠篇》论述各国政治家，一律称作侠士，目前尚难以确认其参考何种资料。至于《记东侠》《日本变法由游侠义愤考》，前者取自《近世伟人传》初编，摘录了《月性传》《月照传》《浦野望东传》与《驹井跻庵传》等四篇传记；后者大部分摘取自《尊攘纪事》，又糅合了《日本国志》《近世爱国志士歌》等其他内容。虽然康有为及其弟子阅读的是同一批文本，他们的眼光却与原著者以及黄遵宪大相径庭。虽然同样将明治维新归功于幕末志士的前赴后继，他们赞赏的不是读书人的忠孝节义，而是为侠士气概所倾倒。换言之，同样的文字，对于黄遵宪而言，彰显的是"文"的价值；对于康有为等人而言，激发的却是关于"武"的想象。

之所以如此阐释，大概是出于以己度人的误读。事实上，黄遵宪曾著先鞭，在《日本杂事诗》中论及日本尚武风俗，《史记》同样是最直接的参照："《山海经》既称倭国衣冠带剑矣。然好事轻生，一语睚眦，辄拔刀杀人，亦时时自杀。今禁带刀，而刺客侠士犹纵横。史公称'侠以武乱禁'，惟日本为甚。"[5] 黄遵宪所指，当然是武士，虽然幕末志士也多出自此一群体，他却只强调其读书人的身份。

谭嗣同撰写《仁学》（1896 年）时，则开始将倒幕之成功归功于侠风，强调日本"变法自强之效，亦由其俗好带剑行游，悲歌叱咤，挟其杀人报仇之侠气，出而

---

1 关于维新派的出版事业，见汤志钧：《戊戌变法史》（北京：人民出版社，1984 年），页 128—248；潘光哲：《〈时务报〉和它的读者》，《历史研究》2005 年第 5 期（2005 年 10 月），页 60—83；邹振环：《大同译书局及其刊行的史学译著》，《疏通知译史》（上海：上海人民出版社，2012 年），页 178—206；蒋海波：《"東亜報"に関する初歩的な研究——近代日中"思想連鎖"の先陣として》，《现代中国研究》第 32 号（2013 年 3 月），页 19—38。

2 麦孟华：《尊侠篇》，《时务报》第 32 册（1897 年 7 月 10 日），页 1a—4b。

3 梁启超：《记东侠》，《时务报》第 39 册（1897 年 9 月 17 日），页 3a—4b。

4 康同薇译纂：《日本变法由游侠义愤考》（上海：光绪二十四年［1898］春月大同译书局刊本）。

5 黄遵宪：《日本杂事诗》，收入陈铮编：《黄遵宪全集》上册，页 42。

鼓更化之机也"。与黄遵宪不同，他带出了儒与侠的对立，"儒者轻诋游侠，比之匪人，乌知困于君权之世，非此益无以自振拔，民乃益愚弱而窳败！言治者不可不察也"[1]。就此而言，尊侠意味着学习日本、冲击儒家传统。

康有为等人与谭嗣同一脉相承，但是他们以儒者自居，强调侠与儒的融合。《尊侠篇》为政论文，思路最为完备，《记东侠》除却叙事，也添加了梁启超的议论，至于《日本变法由游侠义愤考》，其核心思路体现于康有为所作序文之中[2]。下文即以此为中心，讨论这些文章展现的共同思路。

他们主要提出两项论点：其一是将列强，尤其是日本之崛起与任侠之风、侠士之功相联系，论述方式颇近似"西学中源"论。麦孟华提到："其大侠西乡隆盛、大久保利通等起，举日本之民而侠之，卒倾幕府，扶立王政，西欧畏之，遂有今日也。"[3]梁启超的说法大同小异："日本自劫盟事起，一二侠者，激于国耻，倡大义以号召天下，机揿一动，万弩齐鸣，转圜之间，遂有今日。"[4]康有为亦认为明治维新成功有赖于"处士浪子发愤变政，洒热血涕泪，剖心肝肾肠，以与幕政争玉碎"。换言之，也即是"义士游侠热血涨力发蹈之所成"[5]。不仅如此，麦孟华还推而广之，连欧美诸国的强盛也要归功于"大侠华盛顿""大侠俾思麦"等带领民众抗争[6]。

其二是他们强调侠乃是中国古典之精义，中国衰落是侠风断绝的结果。他们借助"尊孔"与"复古"的思维方式，大量援引儒家思想，尤其是公羊学的论述，将孔子与尚侠相勾连。譬如麦孟华就宣称"昔中国以侠立国者也"[7]，而且试图证明侠与儒同出一源，将侠与儒学熔于一炉："伊尹任侠之魁也，杀身成仁，不可夺志。孔子任侠之魁也，后人以柔懦诬儒，日诟儒术之不可治天下，夫儒术果不足以治天

1　谭嗣同：《仁学》，收入蔡尚思、方行编：《谭嗣同全集（增订本）》（北京：中华书局，1981年），下册，页344。

2　康同薇译纂：《日本变法由游侠义愤考》，见其中《康有为序》，此序作于光绪二十四年（1898）二月二十四日。

3　麦孟华：《尊侠篇》，页2a。

4　梁启超：《记东侠》，页4b。

5　《康有为序》，康同薇译纂：《日本变法由游侠义愤考》，页2a。

6　麦孟华：《尊侠篇》，页1b。

7　同上，页1a。

下哉？国家柔荼怯软，则语之以尊任尚侠。儒家之道，亦若是矣。"[1] 康有为的说法大同小异，"古之任大事、报大仇、定大难者，其多力之人欤"，"孔子箸六经，举三千六万聪明强劲之徒侣，拨乱世而反之正，力孰大焉"。[2]

那么，在康有为等人眼中，日本侠士呈现了何种形象？康有为等人倚赖的首先就是司马迁《游侠列传》《刺客列传》所述，这也是中国侠论述的原点。梁启超认为幕末日本"荆轲肩比，朱郭斗量，攘夷之刀，纵横于腰间，脱藩之裤，络绎于足下"[3]，即应和了太史公的名句——"今游侠，其行虽不轨于正义，然其言必信，其行必果，已诺必诚，不爱其躯，赴士之厄困，既已存亡死生矣，而不矜其能，羞伐其德，盖亦有足多者焉"[4]。梁启超突出的是日本志士的仗剑佩刀、重义轻生，就这一点而言，他们与要离、荆轲之类刺客，朱家、郭解之类游侠确实相似。那么反观中国，康有为等人究竟期待何人化身为"侠"？就文章本身而言，康有为等心心念念的乃是"士大夫"。论证孔子尚侠，是为了说服士大夫；描述列强尊侠，亦为了缓解中国士人向蕞尔小国学习的不适感。换言之，康有为调动各种论述资源，皆是为了激发士大夫阶层推动变革、救国兴邦的热忱。

与此同时，他们在具体论述中又沿袭了宋代以来泛化的"侠"观念，无论社会地位如何，皆可称之为"侠"。他们不仅召唤"侠君侠相侠士"，亦赞赏日本人"僧而亦侠，医而亦侠，妇女而亦侠"。如此一来，只要符合为国复仇的行为准则，人人皆可得而为"侠"。

在维新派笔下，"复仇雪耻"是侠的另一特征。根据康有为等人的论说，中国之国势陵夷，正是因为缺乏"志士义侠以救国大难"[5]。他们反复渲染国家所处的险境与蒙受的耻辱[6]，激发读者的复仇之心。麦孟华更是引经据典：

1　麦孟华：《尊侠篇》，页 4a。

2　《康有为序》，康同薇译纂：《日本变法由游侠义愤考》，页 1a—b。

3　梁启超：《记东侠》，页 3a。

4　司马迁：《史记·游侠列传》（北京：中华书局，1959 年），卷 124，页 3181。

5　《康有为序》，康同薇译纂：《日本变法由游侠义愤考》，页 2b。

6　"今西人之侮我甚矣，割我土地，劫我盟约，阻我加税，拒我使臣，逐我华工，揽我铁路，挽我矿务，要我口岸，上之交涉约章，胁我官吏，下之民间讼狱，虐我氓庶。"见麦孟华：《尊侠篇》，页 1b。（转下页注）

齐襄复九世之仇，春秋义之。鲁庄与雠昏狩，春秋耻之。西欧诸国，尤倡斯义。[1]

称许齐襄公复仇，贬斥鲁庄公，皆是《公羊传》的阐释思路。[2]梁启超亦因袭此一说法。[3]对他们而言，"春秋大义"正是"复仇雪耻"。康有为等人所谓的"义侠"，源出司马迁所谓的刺客与游侠，或为主上报仇，或为他人，本来与"春秋大义"无涉。然而就"复仇"而言，侠论述与公羊学确有相关之处，论者遂刻意泯灭两者的区别。详考《公羊传》之解说：

> "九世犹可以复雠乎？""虽百世可也。""家亦可乎？""曰：不可""国何以可？""国、君一体也。先君之耻，犹今君之耻也；今君之耻，犹先君之耻也。""国、君何以为一体？""国君以国为体，诸侯世，故国、君为一体也。"[4]

既然"国君以国为体"，国君之仇即是国仇，继位之君主与臣子，便担负了复仇的责任。康有为综合了两者：复仇的主体选取了"侠"，为之复仇的对象选取了"国"。如前所述，他们笔下的"侠"选取了泛化的概念，超越了阶级、身份与性别，近似后来的"国民"观念。"国"此处既非国君，亦非《公羊传》所指的封国，而是接近现代意义上的国家。如此一来，经过文字与观念的转换，他们宣扬的观念是：人人皆需为侠，皆担负为国复仇的责任。

他们这一思路，与此时日本渐渐兴起的武士道论述适成对照。譬如福泽谕吉就

（接上页注）"甲午以来，蒙耻受刑，未闻少变，以召胶州之辱，旅顺大连湾之难，则将卖吾四万万神明之胄为奴为隶。"《康有为序》，康同薇译纂：《日本变法由游侠义愤考》，页2a—b。"我国自广州之役，而天津，而越南，而马关，一耻再耻，一殆再殆，而积薪厝火，鼾声彻外，万牛回首，邱山不移"，见梁启超：《记东侠》，页4b。

1　麦孟华：《尊侠篇》，页4a。

2　李隆献：《复仇观的省察与诠释：先秦两汉魏晋南北朝隋唐编》（台北：台湾大学出版中心，2012年），页26—36。

3　梁启超的论述即前文所引"激于国耻，倡大义以号召天下"。

4　何休注，徐彦疏，刁小龙整理：《春秋公羊传注疏》（上海：上海古籍出版社，2014年），页218—219。

认为:"毕竟日本的武士道乃由此种精神而发,在封建制度下所练就而成之物。一言以蔽之,即是侠客风之气象,即是日本特有的日本魂。"对于福泽谕吉而言,在西洋各国扩张之际,为维护日本的独立,除却人民的"智德"外,人民之"气力"也至关重要。其中,"独立心"与"报国心"尤为不可或缺,而武士道正可以确立日本人的"独立心"与"报国心"。换言之,此时的武士道,已不是此前专属于武士阶级的道德准则与行为规范,而逐渐被阐释成日本人精神气质的代表。[1]虽然在流亡日本前,康有为、梁启超等人已接触不少日人著作,但目前尚无确实证据证明他们的尚侠论述来自明治日本的武士道论述,只能认为两者有异曲同工之处,或者说,维新派知识分子在阅读日本明治维新的历史经验时,同样认识到张扬国民精神的重要性。

相对于日本思想家的武士道论述,康有为等人的论述显然不够严密。无论是将日本志士一统于"侠"的范畴之下,还是调和侠与儒的主张,更多反映了康有为等人的论述策略。随后效法者众,可谓引导了晚清的尚侠风潮。但是与此同时,随着大量知识分子东渡日本,对明治文化渐渐稔熟,走向边缘的汉学家著作也就被束之高阁。

四、结　语

明治维新之后,西化大潮愈演愈烈,儒学渐渐式微,曾经参与倒幕运动的汉学家心中不能不"感慨系之"。因此,以汉文书写幕末历史,成为寄寓他们幽怀的方式,冈千仞的《尊攘纪事》、蒲生重章的《近世伟人传》即是个中代表。两人标举忠孝节义、名教与尊攘,意在突出儒学对于国家的贡献,力图挽狂澜于既倒。此时因缘际会,清国文人驻节日本,与汉学家互动频繁,也对其汉文史传深为赞赏。他们依然坚守儒学传统,对汉学家的意图极为称许,也对日本儒学的衰落感到惋惜。其中黄遵宪尤为致力于此,不断在《日本杂事诗》《人境庐诗草》《日本国志》等著

1　蓝弘岳:《近现代东亚思想史与"武士道"》,《台湾社会研究季刊》第 85 期(2011 年 12 月),页 51—88。

作中叙及幕末志士，在他眼中，志士皆是读书人，践行春秋大义，彰显了儒学的真精神。待到戊戌年间，康有为等维新派借助明治汉文史传与黄遵宪的著作，编著幕末志士史传，却将志士视作侠士。虽然同样援引儒学，但他们复兴的是公羊学的思路，以此对接侠论述，塑造国民精神。从明治汉学家到驻日使节，再到维新派，虽然他们处理的是同一个主题，面对的是几乎相同的文字，但是对志士的阐释却大相径庭。此一从"文"到"武"的转化，既是跨文化交流侧重点变化所致，也是晚清士人思想转型的体现。

（原载《汉学研究》2020 年 12 月第 38 卷第 4 期，页 217—255）

第四编　媒介与视像

郭嵩焘伦敦画像事件考[*]

——图像的政治与文化相遇中的他者套式

//

王宏超

1878 年 9 月 11 日，远在英国伦敦的驻英公使郭嵩焘，收到了上海文报局邮寄来的公文、信件和最新几期的《申报》。郭嵩焘在英期间，了解国内情况的途径，除了往来的公私邮件之外，主要就依靠《申报》了。但他在阅读 7 月 19 日的《申报》时，发现上面刊载了一则与他有关的报道，"意取讪侮"[1]，令其颇感不悦。

* 本文为国家社科基金艺术学重大项目"中国近代以来艺术中的审美理论话语研究"（20ZD28）子课题的阶段性成果。

1 《郭嵩焘日记》，光绪四年八月十五日（1878 年 9 月 11 日）。目前出版的郭嵩焘日记主要有以下数种：《使西纪程》（同文馆，光绪三年［1877］）；钟叔河、杨坚整理：《伦敦与巴黎日记》（长沙：岳麓书社，2008年修订本）；王立诚编校：《郭嵩焘等使西记六种》（北京：生活·读书·新知三联书店，1998 年）；杨坚整理：《郭嵩焘日记》（长沙：湖南人民出版社，1981—1983 年）；梁小进主编：《郭嵩焘全集》（长沙：岳麓书社，2018 年）。前三种主要是郭嵩焘使西日记，《郭嵩焘日记》是郭嵩焘现存所有日记的整理本，《郭嵩焘全集》中的日记部分，是在《郭嵩焘日记》基础上由梁小进、马美重新编校而成。本文所引述郭嵩焘日记的内容，参照了以上诸本，但主要依据《郭嵩焘全集》本。

一、本土资源与他者套式：跨文化语境中的图像阐释

1.《申报》的报道

《申报》上的这则报道名为《星使驻英近事》，其中主要的内容是对郭嵩焘在伦敦画像过程的描述。这则消息据说是转述自 1878 年 7 月 9 日的《字林西报》，而《字林西报》则转自英国某报纸。《申报》在这则报道的开头，就首先声明："英国各新闻纸，言及中朝星使事，每涉诙谐。"这句话并非多余。意在提醒那些刻板的中国官员，切莫把英式幽默过于当真。但实际上，这样的提醒并没有起到什么作用，至少没有平息报道主角郭嵩焘的情绪。

郭嵩焘画像的消息，经过了几番以上所述的"文字旅行"，是这样呈现在郭嵩焘眼前的：

> 近阅某日报，言英国近立一赛会，院中有一小像，俨然中朝星使也。据画师古曼云：予欲图大人小像时，见大人大有踌躇之意，迟延许久，始略首肯。予乃婉曲陈词，百方相劝，大人始欣然就坐。予因索观其手，大人置诸袖中，坚不肯示。予必欲挖而出之，大人遂愈形跼蹐矣。既定，大人正色言：画像须两耳齐露，若只一耳，观者不将谓一耳已经割去耶？大人又言：翎项必应画入。予以顶为帽檐所蔽，翎枝又在脑后，断不能画。大人即俯首至膝，问予曰：今见之否？予曰：大人之翎顶自见，大人之面目何存？遂相与大笑。后大人议愿科头而坐，将大帽另绘一旁。予又请大人穿朝服，大人又正色言：若穿朝服，恐贵国民人见之，泥首不遑矣。遂不果服。以上皆画师古曼所述，而该报又言：画既成，大人以惟妙惟肖，甚为欣赏，并欲延古曼绘其夫人云云。[1]

在转述了画像过程之后，《申报》编者又特意加了一段按语：

---

[1] 《星使驻英近事》，《申报》1878 年 7 月 19 日。

愚谓此事果确，在星使亦不过一时游戏之语，日报必从而笔述之，其自谓谑而不虐耶，然于睦邻之道，未免有不尽合者矣。至本报之所以译之者，示西人以该报虽系西字，华人亦必周知，慎毋徒逞舌锋，使语言文字之祸又见于今兹也。[1]

《申报》的意思是说，郭嵩焘当时说此话，不过"一时游戏之语"，他自己当然可以说，而且是"谑而不虐"。但因其公使的身份，英国报纸记述此事，则事关两国之睦邻友好之道，不可不慎重。《申报》转述此事，也希望各方不必过度解读，徒增误解。

从前后按语来看，《申报》转载此消息时是万分小心的。此后关于这段文字的诸多争论，往往提到此则报道语带"讥诮"。其实，需要将这个报道的内容分为两个部分：内文中叙述郭嵩焘画像事件为一部分，基本是如实转载其他报纸；前后按语为另一部分，体现的是《申报》谨慎的立场。但实际上，郭嵩焘以及后来的许多研究者，都将这些文字混为一体，把矛头指向了《申报》。

看到这段文字后，郭嵩焘大为恼怒，当即召来使馆的英籍随员马格里来询问。画师古得曼即由马格里推荐来的，而且郭嵩焘与古得曼之间的交流，也都是通过马格里来翻译的。马格里见此文字，也感到意外，"勃然为之不平"[2]。报道中提到的古曼，是英国的年轻画家 Walter Goodman，在郭嵩焘等人的日记中，还被叫作古得曼、古得门、古里门、鼓得门、顾曼等。

郭嵩焘本有报国之才，却处处受阻，处此恶境，心中郁闷。看到《申报》的文字，更是增添了许多失落之感。他浩叹道：

此行多遭意外之陵侮，尤所茫然。[3]

---

1 《星使驻英近事》,《申报》1878 年 7 月 19 日。

2 《郭嵩焘日记》，光绪四年八月十五日（1878 年 9 月 11 日）。

3 同上。

图 4-1　古得曼像（Walter Goodman，1838—1912）

　　若照字面来看，此报道语词虽稍有谐谑，但对郭嵩焘似无过激的嘲讽、侮辱之意。深谙西方文化的郭嵩焘，也不会看不出文字背后幽默调笑的意味。那么，郭嵩焘为何对这段文字大为光火呢？

2. 图像的他者套式

　　从表面看，郭嵩焘和古得曼针对的是手、耳、花翎、朝服如何表现的形式问题，但背后乃是两种图像传统和文化之争。

　　在同一时期，西方人已经形成了对于中国人照相时会提出古怪要求的印象：

　　　　中国本地人在拍摄肖像时必定要拍正面像，坐姿端正，双耳露出，眼睛直视镜头，似是与相机对峙。他们身旁必须放上一个小茶几，几上摆设假花。他们的脸上不可以有阴影，照相时必定要穿最好的衣服，手持扇子或鼻烟壶等心爱物品，而他们的长指甲也必定在炫耀之列。[1]

---

[1]　伍美华：《地道中国人：19 世纪摄影中的中国人像主体》，转引自巫鸿：《聚焦：摄影在中国》（北京：中国民族摄影艺术出版社，2017 年），页 34。

图 4-2　约翰·汤姆逊《香港摄影师》配图
（《英国摄影期刊》第 656 期，1872 年 11 月 29 日）

　　来华的英国摄影师约翰·汤姆逊（John Thomson，1837—1921）曾写了一篇《香港摄影师》的文章，刊登在当时著名的《英国摄影期刊》（*British Journal of Photography*）上，汤姆逊为了更形象地说明中国人的刻板要求，还专门画了一张漫画来说明。

　　伍美华在《道地中国人：19 世纪摄影中的中国人像主体》中评述此图说：

> 　　被拍者坐姿僵硬，双目直视前方，四平八稳的对称姿势极不自然，有如一只青蛙，乏味的家具和道具陈设得一板一眼。汤姆逊的这幅漫画的目的是图解和嘲讽，批评中国肖像摄影中人为的、缺乏深度的死板造型。[1]

　　基于这种对中国人肖像风格程式化的认知，西方摄影师在中国拍摄了一系列符合这一风格的照片，这是一种对于中国风格的固化和再造，呈现出的是符合处在西方"异己"位置的他者眼中的中国。文化之间的理解，会因为文化关系的变化而形

1　转引自巫鸿：《聚焦：摄影在中国》，页 35。

成某种"套式"（stereotype），这种"套式"一旦建立，就会形成一种文化观察另一种文化的有色眼镜。彼得·伯克（Peter Burke）曾这样分析"套式"的起源：

> 当不同的文化相遇时，每种文化对其他文化形成的形象有可能成为套式。套式（stereotype）源于印刷铅版（plate）一词，它可以用来复制图像，与法文中的"cliché"一词同义（亦指印刷铅版，词源与英文相同）。这个词的使用可以让我们对可视形象与心目中的形象之间的那种关系产生逼真的联想。套式本身可能并没有错误，但它往往会夸大事实中的某些特征，同时又抹杀其他一些特征。套式多多少少会有些粗糙和歪曲。然而，可以肯定地说，它缺乏细微的差别，因为它是将同一模式运用于相互之间差异很大的文化状况。[1]

19 世纪以后欧洲形成了对中国新的他者印象，在早期来华的这些摄影师有关中国题材的肖像摄影中体现得非常突出。从 1842 年开始，就有一些西方摄影师先后来到中国拍照，如法国人路易·罗格朗（Louis Legrand，约 1820—？）、英国人罗伯特·希勒（Robert Sillar，1827—1902），1860 年后有英国人费利斯·比托（Felix Beato，1834—1909）、美国人弥尔顿·米勒（Milton Miller，1830—1899）、英国摄影师约翰·汤姆逊等。[2] 弥尔顿·米勒在中国拍摄的照片，被誉为"19 世纪最出色的中国正式人像"[3]。但其中一些照片其实是使用模特进行的摆拍，原因也容易理解，米勒的客户是西方人：

> 这些照片预设的顾客是居住在中国或前来旅游的西方人。他们之所以有兴趣购买中国和中国人的照片，主要是因为这些图像所显示的异国风情，用视觉形象见证了异域的文化和思想。[4]

1　彼得·伯克：《图像证史（第二版）》（杨豫译，北京：北京大学出版社，2018 年），页 186。

2　约翰·汤姆逊：《中国与中国人影像（增订版）》（徐家宁译，桂林：广西师范大学出版社，2015 年）。

3　泰瑞·贝内特：《中国摄影史（1842—1860）》（徐婷婷译，北京：中国摄影出版社，2011 年），页 177—178。

4　转引自巫鸿：《聚焦：摄影在中国》，页 46。

可见，古得曼的看法所代表的是当时欧洲对于中国人肖像的普遍认知。如果确如报道所言，郭嵩焘所介意的则是中国传统的肖像呈现方式。这种呈现以明清祖先像为代表，这些祖先像有其成熟的格式和要求，形成了一些固定的"套路"。

中国肖像绘画亦有"写真"传统，但此"真"非西方形似之"真"，毋宁说是神似之"真"。对于肖像，基于道德与教化的目的，形成了一些固定的套式，并非仅仅按照真实的长相来画。明清肖像画的绘制过程，也并非是对照画中人物进行真实描摹，而是通过观察之后的意会。

古代肖像画也受到了相术的影响[1]，如元代王绎的《写像秘诀》中提到："凡写像须通晓相法，盖人之面貌部位，与夫五岳四渎，各各不侔，自有相对照处。"肖像画，尤其是祖先像，被画之人年龄一般较长、身份地位较高，画家或也会根据被画者的情况再来参考相术反向"描绘"和塑造。如《太乙照神经》中所言："红黄光润者，主增禄添寿"，"耳高过眉，聪明显达"。袁柳庄的《柳庄神相》曰："欲知贵贱，先观眉目，次观唇；要定荣辱，先察形神，后察色。"

肖像画中的这些模式也类似于戏剧中对于人物的刻画：

> 状忠孝而神钦，状奸佞而色骇；状困窘而心如灰，状荣显而肠似火。状蝉脱羽化，飘飘有凌云之思；状玉窃香偷，逐逐若随波之荡。[2]

这一套路化的肖像画模式其实有着深厚的文化背景，正如学者所言：

> 在中国古代，诸如写真、相术，甚至针灸、医术等生活实践中的点点滴滴，都来自同一文化情境，来自对宇宙规律共同理解的知识体系，亦是整体社会交织网络里相互依赖、互为影响的元素。相比之下，西方艺术家作画时运用的是整套完全不一样的观察方式。[3]

1　吴卫鸣：《明清祖先像图式研究》（北京：社会科学文献出版社，2020 年），页 40。

2　程羽文：《盛明杂剧·序》，见蔡毅编著：《中国古典戏曲序跋汇编（一）》（济南：齐鲁书社，1989 年），页 462。

3　吴卫鸣：《明清祖先像图式研究》，页 41。

如果只是两种肖像传统的不同，就算风格各异，也不会造成高下品评和优劣论断。但外在的环境已经发生变化，西方对于中国的认知，在经历了启蒙时期的"中国热"之后，在后来逐渐转变。虽然在马嘎尔尼来华前二十年左右，"中国热"在欧洲仍处在高峰期，但此时批评中国的声音已开始增多。18 世纪后期，中国日益成为欧洲嘲讽的对象：

> 正是对中国尤其是中国人的过去的否定，产生了"西方"，它将一个活生生的真实存在的中国作为负面形象，用以建构英国民族优越感并昭示英国人超越了过去的全球秩序。否定和蔑视表现在各个方面。如果说没有"中国"，那么"西方"亦不可能存在，可是这种推论式的规则一再被忽略。在某种程度上，这种忽略是借助蔑视想象中的中国来完成的。[1]

文化之间的认知与想象，按照保罗·利科（Paul Ricoeur, 1913—2005）的说法，会形成"意识形态"与"乌托邦"两种对立的模式：

> 凡按本社会模式、完全使用本社会话语重塑出的异国形象就是意识形态的；而用离心的、符合一个作者（或一个群体）对相异性独特看法的话语塑造出的异国形象则是乌托邦的。[2]

"乌托邦"的模式是美化异文化，将他者文化理想化，如启蒙时代的"中国热"；"意识形态"的模式是肯定自我，把异文化看作"他者"，如近代以来中国在西方的形象。彼得·伯克亦探讨过这两种模式：

> 当一群人与其他文化相遇时，一般会产生两种截然不同的反应。一种是否

1　何伟亚著，邓常春译，刘明校：《怀柔远人：马嘎尔尼使华的中英礼仪冲突》（北京：社会科学文献出版社，2002 年），页 84。
2　让-马克·莫哈：《试论文学形象学的研究史及方法论》，见孟华主编：《比较文学形象学》（北京：北京大学出版社，2001 年），页 35。

认或无视文化之间的距离，无论自觉地还是不自觉地，会用类比的方法将他者来与我们自己或我们的邻人相比较。于是，他者被看作对自我的反映。……正是通过这种类比的方法，异国的文化才变得可以理解，才变得本土化。……第二种普遍的反应与前者相反，就是有意识或无意识地把其他的文化建构为与自己的文化相对立的一种文化。以这样的方式，人类自己的同胞"变成了他者"。[1]

古得曼为郭嵩焘画像，采用的是先拍照，再根据照片画像的方式，《申报》报道中的场景，应该是在拍照的过程中。这个时期，西方已经形成了肖像摄影的新模式，而中国人接触照相术较之西方晚一些，还是以传统肖像画的眼光去看待照相。

在摄影技术出现之后，西方人热衷于肖像摄影，而且逐渐形成了上层人士的肖像标准。西方肖像摄影的风格延续了肖像画的传统，在追求写真的同时，也在表达个性。所以肖像摄影的最大任务就是"如何营造个性，如何表现个性，如何保存个性，而最关键的是如何鉴别出人物的个性"[2]。可以说，肖像摄影较之传统肖像画，更加注意凸显个性特征。比较而言，中国早期的肖像摄影，则延续了中国传统肖像画的风格，沿着模式化的道路前行。

3.《使西纪程》的风波

郭嵩焘自 1877 年 1 月 21 日抵达伦敦。1875 年，英国驻华使馆的翻译马嘉理（A. R. Margary）在云南被杀，引起英方不满，清廷派员赴英通好谢罪。经过多方考察，最后慈禧决定派郭嵩焘为出使英国的公使。在英国期间，除了完成官派的外交使命之外，一向关注西方的郭嵩焘，趁此机会详细考察英国社会的各个方面，广泛通察洋情，他把在国外的见闻，尤其是有助于中国学习的方面，事无巨细都记录

1　彼得·伯克：《图像证史（第二版）》，页 183—184。

2　转引自巫鸿：《聚焦：摄影在中国》，页 31。

了下来。他在英国一共两年，共写了 50 多万字日记，可见其勤勉。

　　郭嵩焘在去英国的路上花了 50 天，他把这 50 天的日记整理好抄寄给总理衙门，后以《使西纪程》为名刻板印行。《使西纪程》或只是郭嵩焘呈送给总理衙门及朝廷高层的"内参"，并无公开出版之意。[1] 但总理衙门将其刻印出版之后，这部只有两万多字的日记，却在国内引起轩然大波，直至最终朝廷下令毁板。梁启超曾这样概述此事：

> 光绪二年，有位出使英国大臣郭嵩焘，做了一部游记。里头有一段，大概说：现在的夷狄和从前不同，他们也有二千年的文明。嗳呦！可了不得。这部书传到北京，把满朝士大夫的公愤都激动起来了，人人唾骂……闹到奉旨毁板，才算完事。（梁启超《五十年中国进化概论》）

　　郭嵩焘的厄运还不止此，他使英期间，受到了何金寿参奏，让他更受打击的是，同行副使刘锡鸿一直对他肆意阻乱、暗中密劾，让郭嵩焘倍感失望，心灰意冷。他于 1878 年 5 月 6 日奏请销差，9 月 3 日，接到总署电报，告知已派员接任。[2]

　　看到《申报》时，恰值郭嵩焘确定被召回国，但清廷新派继任者曾纪泽尚未抵达英国这段时间。思及近几年的遭遇，他的情绪低落到了极点。

　　在马嘎尔尼使华时遭遇的礼仪问题，"在欧洲人的想象中，清廷礼仪都是惹人嘲笑和引人反感的。也许有人会惊异，为什么一种本可以以幽默之心对待的行为，会引起人们（尤其是北大西洋的外交家们）如此众多的憎恶呢？"[3] 这其实包含着两种观念的冲突。同样可以借用上述的反问来反思郭嵩焘的反应：为什么一种本可以以幽默之心对待的行为，郭嵩焘却如此愤懑和失落呢？

　　原因或在于《申报》中对于朝服的那几句转述："若穿朝服，恐贵国民人见之，泥首不遑矣。"这样的文字典型地代表了清廷盲目的自我中心主义，反映了无知和

1　李欣然：《处变观通：郭嵩焘与近代文明竞争思路的开端》（北京：北京大学出版社，2020 年），页 175。

2　《郭嵩焘日记》，光绪四年八月初七日（1878 年 9 月 3 日）。

3　何伟亚著，邓常春译，刘明校：《怀柔远人：马嘎尔尼使华的中英礼仪冲突》，页 266。

愚蠢，这完全是违背郭嵩焘的立场的。他或许可以在拍照的姿势上接受一种戏谑的玩笑，但在思想的立场上，他是坚守的。

这一生中，无论得意失意，郭嵩焘一直都是那个时代最清醒也最痛苦的人。

二、郭嵩焘画像事件中的图像政治

1. 拍照与画像

看到《申报》文字后，郭嵩焘马上意识到，这一报道与刘锡鸿及古得曼有关：

> 生平积累浅薄，有大德于人则得大孽报，刘锡鸿是也；有小德于人亦得小孽报，古得曼是也。[1]

郭嵩焘画像实有其事，而且，画像确实与刘锡鸿、古得曼有关。郭嵩焘是因为刘锡鸿的关系才结识古得曼的。

追溯历史事件，仿佛是在细碎的史料中找寻历史的拼图，许多真实的历史细节或许永远湮没在历史之流中，后人靠着这些拼图碎片勉强拼出一个轮廓来。在郭嵩焘画像事件中，可资利用的史料，除了郭嵩焘的日记、书信和《申报》上的资料外，随郭嵩焘出使的翻译张德彝，在日记中记录了很多相关内容，得以让这个拼图的轮廓更加清晰。张德彝曾多次随使出洋，他工作之余，勤于写日记，每次出行都留下一部"述奇"，八次出洋所写的"八述奇"，成为极有价值的系列史料。他的日记与郭嵩焘相比，记录的都是小事。他对自己的日记有清晰的定位，在这部《随使英俄记》的"凡例"中，他说："是书本纪泰西风土人情，故所叙琐事，不嫌累牍连篇。至于各国政事得失，自有西土译书可考。"[2]他专注的就是风土人情和日常琐事，那些经国济世的大事，自有他人去管。记录历史时，人们常会忽视

---

1 《郭嵩焘日记》，光绪四年八月十五日（1878 年 9 月 11 日）。

2 张德彝《随使英俄记》"凡例"，见张德彝著，杨坚校点：《随使英俄记》（长沙：岳麓书社，2008 年）。下引张德彝日记均出自该书。

历史的细节，但相距的时间愈远，这些"累牍连篇"的琐事倒是显得愈有价值。古得曼为郭嵩焘画像的过程及后来发生的许多事件，就因张德彝的日记而被记录了下来。

1877年，刘锡鸿曾与郭嵩焘一起去"御画阁"（皇家艺术学院）看画展，刘锡鸿见一幅天母像甚佳，想要购回，但价值70镑，刘锡鸿嫌价格高。回来后，他让使馆的英籍翻译马格里去物色一位画技精湛而价格低廉的画师来摹仿一幅。七八天后，马格里通过朋友推荐了画师古得曼。双方谈好价格为20镑，月余方成，画幅长四尺，宽二尺。画成之后，送至使馆，但此时刘锡鸿已经调任德国，郭嵩焘只能出面接收。郭看到此画，也叹服其画艺精湛，极为喜欢，高兴之余还赏赐了古得曼，并让人把画带到楼上，让内眷观赏并留藏。

古得曼因画作受到中国公使的肯定，倍感荣幸，主动提出愿为郭嵩焘画像："既蒙奖饰，情愿恭绘尊照，不论画工，只赐笔费足矣。"郭嵩焘"闻之喜"，曰："画固所愿，无如不耐久坐。"于是，古得曼提出，可以先拍照，他再对着照片来画。[1] 其时照相术出现不久，照相尚未取代画像成为富贵人家留存影像之形式。但根据照片来画像的方式倒是已经开始流行，最大的好处就是可以缓解被画者久坐之苦。

1878年3月4日，古得曼陪同郭嵩焘去拍照，去的是"罗甫安得费得非尔得照像馆"，摄影师为美国人番得尔威得。当时英国照相馆普遍使用煤气灯来打光，但英国多阴雾，煤气灯效果不佳，有时顾客去照相馆两三次都无法成功拍照，顾客就向番得尔威得开玩笑说："君何不携带美国日光至伦敦，为照像之用？"[2] 番得尔威得于是悟得改造电气灯打光技术。当时已有电气灯，灯光明亮，而且低廉，费用比煤气灯省四分之三。但为何没有被广泛应用于照相打光呢？原因在于："电灯光太盛，沿街用之，其光射人恐至损目。又光照处太过，光所不到，不能旁及。"[3] 也就是说，

1　张德彝：《随使英俄记》，光绪四年八月二十日（1878年9月16日）。

2　《郭嵩焘日记》，光绪四年二月初一日（1878年3月4日）。

3　同上。

电气灯太亮，灯光照到之处光线太强，照不到处又太暗。最好能有一种技术，"用镜收之，使其光不至射目，而又能引之使散而四达"[1]。这种方法英国人思而未得，番得尔威得最后终于发明了一种新方法，郭嵩焘在日记中详细做了记录：

> 其法设电气机轮，用压力激汲［吸］铁石以生电气，为浆皮管引之。制玻璃砖片为轮，环合四周至七八层以聚光。为铁条衔白金，引电气玻璃砖心，向人照之，上下左右惟所便。比诸日光之正照其身，可以射入照像镜箱，风雨阴晦及夜皆可用以照像。[2]

照片拍出之后，郭嵩焘不太满意。见到照片的第二天，他又带古得曼、马格里去拍照。张德彝在日记中记载，这次照相时，郭嵩焘提出了要求：

> 顶珠须露，否则人不知为何帽；面不当正，亦不可太偏。[3]

这则记录十分重要，似可证明《申报》所言的细节虽有夸张，但实有所据。但是，尚有一个问题需注意，张德彝只说郭嵩焘带古得曼和马格里去拍照，并未说自己也在现场，而且也并无其他资料证明张德彝在场。这段描述抑或是张德彝听人转述而得来的信息。就时间上看，张德彝记这则日记是在 9 月 16 日，郭嵩焘收到《申报》是在 9 月 11 日，所以也不排除张德彝是在看到了《申报》内容后对于"事实"的反向重构。

照片拍成后，古得曼开始据此画像。古得曼所画的第一稿，郭嵩焘颇不满意。1878 年 3 月 16 日，郭嵩焘在去英国上议院的路上，顺道去古得曼画室，看到其"所画小照，全是一种纠纠桓桓之气，与区区气象不相类"[4]。恰巧古得曼的母亲也在，遂对其画作加以修改。古得曼的母亲是英国肖像画家茱莉娅·萨拉曼（Julia

---

1 《郭嵩焘日记》，光绪四年二月初一日（1878 年 3 月 4 日）。

2 同上。

3 张德彝：《随使英俄记》，光绪四年八月二十日（1878 年 9 月 16 日）。

4 《郭嵩焘日记》，光绪四年二月二十三日（1878 年 3 月 16 日）。

Salaman，1812—1906），郭嵩焘在日记中说："其母画理稍深，稍为修饰之，然其底本规模固不能易也。"[1]

　　几天后，即 3 月 19 日，郭嵩焘又去了古得曼画室。他这次对于画像的态度明显改变了："古里门为予作小照，中国画家所不及也。"[2] 不知道是古得曼的母亲修改得好，还是听到了有关古得曼的一些评价，从而改变了对他的态度。

　　古得曼曾和另一位画师西法里尔一起作画，西法里尔"专为君主作绘"，两人的作品都被送到了皇家美术学院（"罗亚尔喀得密画馆"）展出。郭嵩焘得知皇家美术学院，"专集画师之有学问著名者于中讲艺，得四十人"，均为一时之选。在其中学习者，也是当时年轻画家中的佼佼者。古得曼这时就在皇家美术学院学习，"学习于此者，并精画理之人，考览推求，以致其精，古得门亦尚在学习者之列也"[3]。通过了解皇家美术学院的建制，让郭嵩焘感叹，西方学术分科而治，教习有序，乃是西方日益强盛的关键所在，"区区一画学，而崇尚之、推广教习之如此。西洋人才之盛，有由然矣"[4]。这是郭嵩焘在英国反复感叹的西方富强之原因。古得曼画成之后，按照"不论画工，只赐笔费"的约定，只收取成本费，颜料费 20 镑，金木框 6 镑，共计 26 镑。郭嵩焘按照中国的规矩进行了还价，出了 20 镑。古得曼也表示接受，"彼此各无异说"[5]。

　　像尚未送给郭嵩焘，这时适逢御画阁（皇家美术学院）开画展，古得曼写信给郭嵩焘，希望把画像送去参展。画展计划于 5 月 1 日开始，至 6 月结束。[6] 郭嵩焘的画像后来被送去展出，在展览中，英国"观者无不叹赏"[7]。这才有了《申报》上的这句："英国近立一赛会，院中有一小像，俨然中朝星使也。"[8]

1　《郭嵩焘日记》，光绪四年二月二十三日（1878 年 3 月 16 日）。

2　《郭嵩焘日记》，光绪四年二月二十六日（1878 年 3 月 19 日）。

3　同上。

4　同上。

5　张德彝：《随使英俄记》，光绪四年八月二十日（1878 年 9 月 16 日）。

6　《郭嵩焘日记》，光绪四年三月六日（1878 年 4 月 8 日）。

7　张德彝：《随使英俄记》，光绪四年八月二十日（1878 年 9 月 16 日）。

8　《星使驻英近事》，《申报》1878 年 7 月 19 日。

图 4-3　古得曼所作郭嵩焘画像

5 月 22 日，古得曼还邀请郭嵩焘去画展参观，李丹崖（李凤苞）、马格里同行，这时画像尚在展出期，郭嵩焘应该是看到了自己的画像。郭嵩焘在画展上详观西洋绘画，做了很多点评，最后感叹曰：“西洋于画事考求至精，未易几也。”[1] 西洋绘画背后是科学精神，这是中国绘画所不及的。在皇家美术学院的展出结束后，又有“立文普海口画阁”开张，画像又被送去展出 40 日。

因对古得曼绘画技艺的高度认可，郭嵩焘遂邀其来住所为如夫人蒋氏及刚出生的小儿画像。他知道这样的机会难得，希望也为家人画像留念：

鼓得门为梁姬及英儿作小照，以西洋画非中土所及，数万里来此，欲借以流示后人，不惮烦费为之。[2]

为家人作画也花了不少时间，在 6 月 5 日郭嵩焘的日记中，还记录了古得曼来

1　《郭嵩焘日记》，光绪四年四月二十一日（1878 年 5 月 22 日）。

2　《郭嵩焘日记》，光绪四年四月二十七日（1878 年 5 月 28 日）。

图 4-4　郭嵩焘像

图 4-5　郭嵩焘像

为梁夫人作小照，故留其晚饭。[1]

中国首任驻英大使的画像公开展出这么久，观者肯定很多，影响也会很大。1879 年 9 月 6 日，曾随郭嵩焘出使的黎庶昌，去意大利游玩，住在郭嵩焘老友韩伯里家中。黎庶昌看到，在韩住宅墙壁上就悬挂有郭嵩焘画像，正是古得曼所画那幅：

> 墙间悬有郭星使油画像，系英国画师古得曼之笔，前此上海申报馆有所刺讽，星使行文诘问者是也，不意于此得见。[2]

韩伯里在上海开设有"公平洋行"，与郭嵩焘颇为熟识，交往非常密切。但没有证据表明此处画像即是古得曼所画之原图。或者因郭嵩焘在英国的名气较大，画馆复制画像用以出售，也是有可能的。在今日英国国家肖像馆（National Portrait Gallery）中，还收藏有多幅郭嵩焘的画像和照片，都是英国当时所印的复制品。

郭嵩焘作为比较有现代精神的第一任驻英公使，受到欧洲的普遍关注是自然的。他也有意识地利用报纸刊登自己

1　《郭嵩焘日记》，光绪四年五月初五日（1878 年 6 月 5 日）。

2　黎庶昌著，喻岳衡等校点：《西洋杂志》（长沙：湖南人民出版社，1981 年），页 155。

的影像，来扩大影响。比如甫到英国，马格里就把郭嵩焘与刘锡鸿的照片送到《噶拉非喀新闻报》刊登。[1] 也有一些记者和画家，在公共场合为郭嵩焘拍照和画像。1878 年 9 月 1 日，郭嵩焘收到英国人哈尔得来函，称前时在伦敦参加茶会时，有位名叫得拿尔的人，当即为郭嵩焘画一小像，而此事郭嵩焘自言浑然不知。[2] 今日在英国国家肖像馆中，收藏有一幅郭嵩焘的速写画像，但显示的印制时间在 1877 年，得拿尔的画像或许就类于此画。

想必郭嵩焘在当时英国报纸中的曝光度一定很高。

2. 古得曼自证清白

郭嵩焘精通西学，思想开明，加上《申报》编者对于编发此文的初衷也有所解释，正常来说，郭嵩焘是不至于会去计较的。他当时的反应也正是如此，虽有不快，但也没想着要追究："此言必顾曼戏笑，故登新闻。然实无此事，不知何故妄造斯言。或前往照画时，马格里传错言语，故有此议。"[3] 所以，"我虽诧异，未甚追求"[4]。

但他彼时正处于孤助无援、内外交困的境遇之中，稍加多虑，感受就不大一样了。10 月 5 日，他又拿起报纸，"详阅六月廿日《申报》，由古得曼狂悖刺讥，以为笑乐"[5]。那段时间他一定是经常翻起那张《申报》，想必心中常会不由冒起无名之火，以及深深的悲哀感。郭嵩焘遂决意调查此事。

首先当然是从古得曼开始查起，因为那则报道就是以古得曼的口气说出的。看到《申报》当天，他就命马格里致函古得曼一问究竟。等了几日没有收到回复，9 月 15 日晚，郭嵩焘命使馆翻译张德彝"亲往面诘"。张德彝第二天一早即乘车去古得曼住处，但其当时不在家，"伊已携眷外游，旋里尚无定期也"[6]。

---

1 《郭嵩焘日记》，光绪二年十二月十四日（1877 年 1 月 27 日）。

2 《郭嵩焘日记》，光绪四年八月初五日（1878 年 9 月 1 日）。

3 张德彝：《随使英俄记》，光绪四年八月二十日（1878 年 9 月 16 日）。

4 张德彝：《随使英俄记》，光绪四年九月初五日（1878 年 9 月 30 日）。

5 《郭嵩焘日记》，光绪四年九月初十日（1878 年 10 月 5 日）。

6 张德彝：《随使英俄记》，光绪四年八月二十日（1878 年 9 月 16 日）。

等了半个多月，古得曼终于回应了。他连续寄来两封信，言辞恳切，否认此事，为自己辩解：

> 现在伦敦绘画为生，岂敢冒言妄渎。今四海传言，有关谋生之计。声名既坏，则衣食亦难矣。今当极力追求，登新闻以究问之。[1]

古得曼的回复是很有智慧的，说自己只是靠绘画谋生，断无散布谣言之动机。又打苦情牌，称此事关系到自己的饭碗，若因此事坏了名声，就断了生路，所以自己也会全力追查谣言来源，一洗清白。他还拟定了一份启事，登报来查询信息来源：

> 昨见中国《申报》，有言予绘郭大人小像一事，不知出于何纸何月何日，知者示复为荷。[2]

古得曼说自己并无说那些话的动机，这话是不大可信的。因为此谣言其实也非秘闻要事，如《申报》按语所言，仅是"游戏之语"，算是幽默的调侃。就算是古得曼所说的，也属正常。他说自己或因此丢掉饭碗，也近乎无稽之谈。对于中国人，尤其是中国官员的讽刺和调笑，在当时欧洲实是常态。郭嵩焘的日记中也记录有《泰晤士报》(《代模斯》)讽刺中国的话，郭嵩焘还认为说得很对："讥刺中国，深中奏[腠]理，直谓相沿制度及各衙门所办事件及官人德行，相习为欺诈已数百年。"[3]

若不纠缠于《申报》报道所言是否真的出自古得曼之口，但就对于中国人傲慢、无知、落后和固执等印象，似乎是当时英国人的普遍认知。对于异文化的认识，是一种"社会集体想象物"(social collective imagination)，某一个具体的人物之间或有差别，但集体的认知会有共识。在郭嵩焘离任之际，英国《泰晤士报》(即郭嵩焘日记中的《代模斯》或《代谟斯》或《戴模斯》报)专门刊载一文，对郭嵩

---

1 张德彝:《随使英俄记》，光绪四年九月初七日（1878 年 10 月 2 日）。

2 同上。

3 《郭嵩焘日记》，光绪四年十一月十四日（1878 年 12 月 7 日）。

焘出使英国之表现加以肯定和赞扬。颇受郭嵩焘推重的青年留学生严复专门将此文译出，寄给郭嵩焘。因为《泰晤士报》的重要性，郭嵩焘郑重将这则报道详录于日记之中。其中有一段文字，述及中国官员对待外人之态度，或足以代表当时英国人对中国政府的普遍印象：

> 从前中国尽有遣使致命之典。然至特简使臣驻节他国，中国历来俯视一切，无不视为可惊可笑之一事。未经天津交兵以前，中国待西洋各国尚不足侪缅甸、安、暹之列。西商到华者，经中国皇帝哀悯远人，听从沿海觅食；其战舰则视同盗船，来不知何由，去不知何往，驿骚海疆，强索国帑而已。世爵高福、佩带宝星葛兰德用兵时，中国但言驱逐外夷。[1]

在这样的文化语境中，古得曼就算说出此话，也并不会影响到众人对其人品的评价。而他登报追究消息来源，着实也近乎无用功。谁会主动承认这明显引起别人不快的事实呢？古得曼的这些举动，做法十分高明，深谙中国文化的交际表演之道，明显都是做给郭嵩焘看的，以消除其怒气，也让自己能尽快从此事件中抽脱。别忘了，他还有一位堪称中国通的同乡马格里。马格里在中国多年，后来还加入了中国籍，为清廷做事，为了表达忠心，改名马清臣，意为清朝之臣子，自然是熟稔中国的官场规则和面子文化。

但古得曼还确实是一直在用心寻找线索的。一旦有所发现，就赶紧汇报。郭嵩焘在 1878 年 11 月 18 日的日记中还提到："传古得曼考求五月廿三日《倭佛尔兰得弥尔新报》一案。"[2] 经过连日不断寻查，古得曼终于查到，英国报纸确有讽刺郭嵩焘的说法，赶紧写信告知郭。郭嵩焘在 1878 年 12 月 6 日的日记中写道：

> 古得曼函示《喀尔立斯拉扎尔那拉》[3] 新报五月十七日实载有讽刺写相一段

---

1 《郭嵩焘日记》，光绪四年十一月初九日（1878 年 12 月 1 日）。

2 《郭嵩焘日记》，光绪四年十月二十四日（1878 年 11 月 18 日）。

3 张德彝记录为"《喀里斯遮尔讷》报"，见张德彝：《随使英俄记》，光绪四年十一月十二日（1878 年 12 月 24 日）。

议论。马格尔（即马格里。——引者注）甫回苏格兰，古得曼即以见示，不独
证其行踪之诡异，马格里于此相与朋比隐秘，亦可想见其大概。喀尔立斯拉似
即古得曼之弟，在此充司事者，其情尤不可恕也。[1]

一个新发现的信息是，古得曼的弟弟就在这家报纸任事。一方面，古得曼可能
是因为其弟弟的原因，才得以方便地找出这段文字；而另一方面，这一关系也自然
会让郭嵩焘认为，是古得曼向其弟说了类似的话，他弟弟传布了出去，最终被写入
了报纸中。所以，古得曼的来信完全没有为自己换来清白，反倒是更增加了郭嵩焘
的愤怒，所以他才会在日记中说："其情尤不可恕也。"当即就命令张德彝次日即去
做实地调查。

第二天张德彝冒雨去找古得曼。古得曼再次声明，报纸所言绝非出自其口，其
弟顾丹现在代立太里格拉弗[2]报社，与上述报社毫无干系，"既无交通事件，亦无往
来信函"[3]。此后，张德彝被改派随崇厚出使俄国，就没有继续参与追查此事。

当时在伦敦的英籍清海关官员金登干（James Duncan Campbell，1833—1907）
提醒郭嵩焘，因为该报纸总部不在伦敦，应是其驻伦敦的记者所采写，可以向报社
写信，询问该文出自哪位记者之手。郭嵩焘听从其建议，遂写信给报社：

　　又函致《喀尔立斯拉扎尔那拉》新报馆，考问其办理伦敦探报事宜系何名
姓。缘《喀尔立斯》新报在伦敦北境，古得曼此段议论亦因其办理探报者所传
送也。其谋亦出之金登干。诸翻译但云《喀尔立斯》新报馆不知所在而已。[4]

就算古得曼说过此话，但这一消息迅速而广泛地散播，在郭嵩焘看来，幕后一
定有人主使。郭嵩焘思来想去，觉得此事非同小可。

1　《郭嵩焘日记》，光绪四年十一月十三日（1878 年 12 月 6 日）。

2　*The Daily Telegraph*（《每日电讯报》）。

3　见张德彝：《随使英俄记》，光绪四年十一月十三日（1878 年 12 月 25 日）。

4　《郭嵩焘日记》，光绪四年十一月十六日（1878 年 12 月 28 日）。

3. 追查幕后黑手

在郭嵩焘心中排在第一的嫌疑人当然就是刘锡鸿。

刘锡鸿本为郭嵩焘的副手，当初提出其为人选时，郭嵩焘就坚决反对。二人一起赴英，但因为性格和思想的差异，很快就闹翻了。1877 年 4 月 30 日，刘锡鸿被改派出使德国，但两人的矛盾还是在延续。最终在 1878 年 8 月 25 日，两人被同时召回。两人的冲突，虽有意气之争，但本质上是洋务派与守旧派之争。二人矛盾的顶点，是刘锡鸿参奏郭嵩焘，称其有"十大罪状"：

> 一、折奏列衔，副使上不加钦差字样，为蔑视谕旨；二、游炮台披洋人衣，即令冻死，亦不当披；三、擅议国旗，谓黄色不当；四、崇效洋人，用伞不用扇；五、以中国况印度；六、效洋人尚右；七、无故与威妥玛争辩；八、违悖程朱；九、怨谤；十、令妇女学洋语、听戏，迎合洋人，坏乱风俗。

从刘锡鸿所列出的令人哭笑不得的理由，即可看出两人思想与见识之不同。刘锡鸿的恶意攻击与纠缠，令郭嵩焘苦不堪言，本欲大展才华，却处处掣肘。在写给沈桂芬的信中，郭嵩焘说道："刘锡鸿凌践嵩焘，穷凶极恶，人人惊骇。"[1] 对于郭嵩焘来说，刘锡鸿就是噩梦般的存在。

《申报》说关于郭嵩焘画像的报道转自英国的报纸，但郭嵩焘据自己在英国所见，并不曾发现有对中国使臣不逊的媒体报道："住英国一年有余，实未闻有刺讽之言。"[2] 他同时也发现，倒是刘锡鸿去任驻德公使之后，德国报纸对刘有所差评，"柏灵新报于刘锡鸿时有之，而《申报》独未一载"[3]。而且，刘锡鸿与刘和伯交好，他们都在德国，刘和伯曾在《申报》任事多年，《申报》发表此文，一定是"出自刘和伯之请托也"[4]。

---

1 《致沈桂芬》（光绪四年七月二十二日），见《郭嵩焘全集》，第 13 册，页 333。

2 《郭嵩焘日记》，光绪四年九月初十日（1878 年 10 月 5 日）。

3 同上。

4 同上。

更让郭嵩焘不安的，是随员姚彦嘉提示郭嵩焘的话：

> 昨姚彦嘉云：前八月某日来电信，言我有返棹一说。因《申报》出于六月二十日，是必传至京都，致有此回华之信。[1]

也就是说，《申报》的报道直接影响到了北京对郭嵩焘的态度，从而决意召回。从时间上说，这一逻辑是成立的。而明乎此，郭嵩焘再看《申报》，方知其用意险恶，绝非笑谈而已："细绎《申报》词句，诸多可恶，不知何人所撰，须立究之。"[2]

郭嵩焘不断追问《申报》，请其追查消息来源。张德彝在 1878 年 10 月 5 日的日记中记录，前几日郭嵩焘令马格里两次给《申报》发电报，追问调查结果，但一直没有收到回音。当天他又让马格里发电报去问，并将回复电报的费用都寄了过去。后来《申报》方回电云：

> 其事译由前四月日（原文如此。——引者注）《欧卧兰美》新闻纸。[3]

郭嵩焘马上命马格里去该报馆调查。但对方答复说，该报纸为周报，每周一期，并无《申报》所说的那一天。询问报社中人关于此报道的情况，皆言不复记得有此事。马格里恐怕《申报》所言日期有误，就将整月的报纸都买了回来，"看毕，亦无是说"[4]。

因为源头难以追查到，1878 年 10 月 6 日，郭嵩焘命张德彝把古得曼召来，让两位事件当事人古得曼和马格里各写一份声明，计划发布在《申报》和英国的《斋呢斯太立格拉木》《伦敦斋那艾克斯普蕾斯》等报纸上，以澄清事件原委。

古得曼写成一稿，张德彝翻译成中文，呈阅郭嵩焘。郭嵩焘"以其短而不透"，乃亲自改定，全文如下：

1　张德彝：《随使英俄记》，光绪四年九月初一日（1878 年 9 月 26 日）。

2　同上。

3　张德彝：《随使英俄记》，光绪四年九月初十日（1878 年 10 月 5 日）。

4　同上。

项闻上海《申报》内载《星使驻英近事》一则，或谓系由仆口传出者，殊觉诧异。仆以声名为重，安得甘受其咎？今特陈数语，以辨其诬：查《申报》所述，系中国钦差在伦敦令仆画像各情，及画成后悬诸画阁之事。所言诸多妄谬，间有讥诮。仆即竭力追求，查考原委，至今惜无所得。夫仆之画像，系马格理为之先容。带见时，乞得照像为蓝本。画成后，请星使临视两次，星使极为称许。仆方感谢不尽，何至有捏造讥诮之理？且仆与星使彼此言语不通，概由马格理传说。马格理来诘，仆茫然无以为对。谓以全无影响之词，出自仆口，即马格理含糊，仆亦断不能隐忍。务请贵馆刊此辩论，并望见此报者，得知中国此段《申报》，传自何人，刊自何日，立即示知，不胜感荷。顾曼谨启。[1]

而马格里的那份声明，郭嵩焘干脆直接操刀写就：

敬启者，昨于法京获见六月二十日《申报》，翻阅之下，不胜诧异。查顾曼为钦差画像，系由仆所荐引。画成后，钦差甚不惬意，经顾曼再三修饰，钦差始言略得形似。迨悬于画阁，见者极为称赏，由是顾曼画名噪于海外焉。盖英人以钦差初次来英，诧为罕见，遂使顾曼之画名顿为增重。当其画像之时，彼此言语不通，一切由仆传达。若如《申报》所言，则仆从钦差将近两年，曾未见有此形状。似此凭空侮慢，令仆何以自处？后由巴里回伦敦，诘以此事之缘起，顾曼指天明誓，坚不承认。且在伦敦阅看新报十余家，亦未见此一段文字。仆以此等讥诮之言，或因他人有意诬蔑，故借画像为词；或出自顾曼手笔，要皆无足轻重。盖顾曼不过一画工耳，辄敢肆口讥笑，自有人责其非。乃《申报》遽谓英国新闻纸言及中朝星使，每涉诙谐。而仆自随钦差来此，所见新报，无不钦佩，绝不闻有涉及诙谐者。因思泰西各国，无不讲情理，无不讲律法。各种新闻之司笔墨者，亦多通达事理之人，故于各国驻扎星使，从不肯有所讥诮。若如《申报》所载，甚非英人所乐闻也。今顾曼已有辩说，更望将

1　张德彝:《随使英俄记》，光绪四年九月十一日（1878 年 10 月 6 日）。

仆此论载入贵报，稍正前言之诬。缘顾曼之得失不足与校，惟仆自觉其人由仆荐引，言语由仆口传，此等诬蔑之词，实令仆无颜以对钦差也。用沥陈之。马格理谨启。[1]

此两则声明十分重要，乃是因为其基本内容乃是郭嵩焘想法的直接表露。声明关注的焦点在于《申报》态度"间有讥诮""每涉诙谐"，而没有直接否认有关帽子和耳朵的事。有趣的是，两份声明中都使用了"讥诮"一词，其实这种态度才是郭嵩焘所不能忍受的。

1878 年 10 月 11 日，郭嵩焘给上海的黄泳清寄信，"属诣《申报》局传送马格里、古得曼二人议论，俾列入《申报》，以正六月廿日一报之谬误"[2]。这两则声明后来分别刊登在 11 月 28 日和 29 日的《申报》上，文字较原稿，有所修改。在古得曼的声明之前，《申报》又特加按语，再次对此事件加以解释：

《字林报》于六月中抄录西字新闻，纪驻英郭星使近事一则，内记画师古曼为郭星使绘小像时问答之语也。本馆阅而译之，意以为泰西新闻纸之例，常有意颇严正而笔涉诙谐者，其或虚或实，一望而知，阅者亦可付之一笑。即如沙斯国沙出游，泰西各新闻纸半资以为谈柄。故即将是事贸然登录，末复加以断语，略责言者之过。讵料本报邮至伦敦，经星使披览后，心殊不以为然，深责古曼以不应凭空捏造，深相污蔑。而古曼以并无是事，特致书于伦敦日报馆名《伦敦中国新闻》者，力辩其诬。于是本馆亦始知此语之非出自古曼也。爰再为译录如左，想星使阅之，必能释然于怀矣。[3]

有趣的是，在次日《马格里致本馆书》的按语中，《申报》除申述事件原委之外，还讽刺了一番马格里及古得曼的文字功底：

1　张德彝:《随使英俄记》，光绪四年九月十一日（1878 年 10 月 6 日）。

2　《郭嵩焘日记》，光绪四年九月十六日（1878 年 10 月 11 日）。

3　《画师辨诬书》，《申报》1878 年 11 月 28 日。

昨日本报既由《伦敦中国新闻纸》译画师古曼辨诬一书矣，又有钦使参赞马格里致本馆一书，极言此事之子虚乌有，敦请本馆录登日报。但闻马君于英国文字，实为出类拔萃之才，而阅其原译之文，殊有鄙俚不堪者，岂钦使署中翻译往来之各文牍，类皆如此耶？殊不可解。即昨登古曼之书，亦有寄来译就华文，其中字句，更多俚俗。故经本馆另照英文译出，然后照登。今此信，本馆亦照马君原意删改成文而备录之。[1]

或是《申报》已经得知两份声明均出自郭嵩焘之手，对他小题大做、抓住不放的态度有些反感，借故讽刺一番。此种推测并非没有道理。因为声明书的用意就在于把问题辨析明白，《申报》大可不必管人家的文笔如何。

《申报》的这段讥讽之词，让驻英使馆一位叫卞友梧的随员感到十分气愤，当即写了一封反驳信：

随鹤使者特致书《申报》馆主人阁下：

客冬见贵馆十一月初五、六日《申报》，内载画师辨诬一事。阅读之下，不胜诧异。夫钦使奏派翻译官，几经详择，始膺其选。何至如此无学，不明中西文理，竟使贵馆讪笑，指为鄙俚不堪，辱承斧削。是奉官随使之诸君，逊于贵馆之高才远矣。顷接泰西来信，始知颠末。盖古曼原具信稿，经某翻译官译成后，钦使复加鉴正。至马格理之信，汉文系钦使主稿，马君照翻英文。是二信一由钦使撰稿，一经钦使点审，皆非翻译官之手笔矣。贵馆不知原委，遽尔雌黄。吴子让在世，谅不至此，无非按照原文刷印而已。仆本局外闲人，姑陈数语，愿贵馆谅之。[2]

这位随员为上司辩护心切，但脑力显然不足，《申报》是故意为之，来讽刺钦使，而卞友梧则正中此计。若此信见诸报端，就更是贻笑大方了。好在卞友梧写完

1 《马格里致本馆书》，《申报》1878年11月29日。

2 张德彝：《随使英俄记》，光绪五年一月二十五日（1879年2月15日）。

后没有立即寄给《申报》，而是寄给已经在俄国的张德彝过目，张德彝当然明了实情，"即具书答复，请其罢论"[1]，如此才避免了一场笑话。

郭嵩焘曾怀疑刘锡鸿是通过刘和伯的关系，才得以在《申报》上发布不利于自己的报道。1878 年 11 月 24 日，刘和伯恰好自柏林来伦敦，共停留 8 日，郭嵩焘几乎天天与之见面交谈。通过当面沟通，郭嵩焘基本消除了对刘和伯的怀疑。其实，刘和伯对刘锡鸿也甚为不满，历数其许多险诈之事，刘锡鸿向总理衙门密参郭嵩焘"逆谋"之事，就是刘和伯在这次会面中告知郭嵩焘的。郭听完之后更是增添了对刘锡鸿的痛恨之情，在当天日记中写道：

> 如刘云生者，亦可谓穷极天地之阴毒险贼矣。其夸张变幻，诈伪百端，则固不足论也。[2]

1879 年 1 月 3 日，黄泳清给马格里回电报，转述《申报》总部美查的消息，说已经调查出来，那则信息出自英国的《罗斯占宜斯代利纽斯》。[3]

这和之前的说法不同，让事情更加扑朔迷离。

三、从礼仪冲突到文化冲突：画像事件的后果与余音

1. 夫人外交惹争议

在郭嵩焘看来，刘锡鸿通过《申报》对他的攻击是有预谋、有计划进行的，另一明证是《申报》发表了不止一篇不利于他名声的文章。在 1878 年 8 月 6 日，继关于画像的报道之后，《申报》就又刊载了一篇题为《钦使宴客》的文字，又把焦点对准了郭嵩焘：

1　张德彝：《随使英俄记》，光绪五年一月二十五日（1879 年 2 月 15 日）。

2　《郭嵩焘日记》，光绪四年十一月初一日（1878 年 11 月 24 日）。

3　《郭嵩焘日记》，光绪四年十二月十一日（1879 年 1 月 3 日）。

接阅英国邮来新闻，知驻扎英京之郭侍郎星使，于华五月十九日在公廨内设席宴客。此乃抵英后初次之盛举也。公廨中一切布置悉照西式，焕然一新。由穿堂以至楼阶俱铺红氍毹，台上排列盆景，大厅二间蒸以明灯，照耀如白昼。侍郎与其如夫人，暨英参赞官马君，出至听事接见男女诸尊客，计来者皆外务衙门各官及世爵数员，并著名之学士多人。席上珍馐罗列，并有乐工鼓吹，以助清兴，由是主宾酬酢极欢而散。按此本驻扎他国钦差交接之成例，今郭侍郎亦仿行之，亦未始非共敦辑睦之道也。[1]

这样的文字，乍一看似乎也并无不妥，但在当时语境中，专门强调夫人的出席，就会让中国读者读出一些话外之音。

茶会是各国公使交际的重要方式，黎庶昌在《西洋杂志》中，就将茶会称为"头等公使之礼"[2]。在驻使期间举行茶会，也为当时出洋的中国使臣所经常采用，如李凤苞在任驻德公使时，就经常开茶会，徐建寅在《欧游杂录》中有简要的记述：

晚八点钟，中国使署李星使与夫人请客，预备音乐。德国文武官，自毛奇以下，并各国使臣、参赞，半携妻女同来。星使与夫人俱立客厅门内，接见各客，握手殷殷。客到齐，即人跳舞厅。女客坐，而男客立于外厅。十一点钟后听乐。一点钟客散。[3]

《钦使宴客》所言的茶会，确有其事。那是 1878 年 6 月 19 日郭嵩焘所组织的一次规模盛大的宴会。

郭嵩焘赴英后，对英国女性出入公共场合、精通学问、衣饰精美、善于交际等特点印象深刻，他很快就认同了公使间的夫人茶会。多次受邀出席茶会，郭嵩焘也计划代表使馆组织一次，就像郭嵩焘在给朋友的信中所言："茶会，西洋礼也。居

---

1 《钦使宴客》，《申报》1878 年 8 月 6 日。

2 黎庶昌著，喻岳衡等校点：《西洋杂志》，"公使应酬大概情形"。

3 徐建寅著，钟叔河校点：《欧游杂录》(合订本)(长沙：岳麓书社，2008 年)，页 687。

此两年，赴茶会太多，稍一报之。"[1]

　　经过与姚彦嘉商议，茶会定在 1878 年 6 月 19 日举行。郭嵩焘提前二十多天就开始准备，先让马格里"拣选应请人数"，并依照"西洋茶会皆由夫人主政"的惯例，准备"给郭太太印请帖"，让夫人出面邀请宾客。[2] 但张德彝表示了反对，以为在此问题上中西国情不同，不能效仿西洋。张德彝说：

> 　　按西俗，凡请茶会、跳舞会，固皆女主出名，然此次中国钦差请茶会，可以稍为变通，不必拘定。[3]

　　郭嵩焘听后有些不快，说："我自作主。何必参议！且英人皆知我携眷驻此，未为不可。"张德彝坚持劝说郭嵩焘，说："在西国，若如夫人出名，自然体制无伤。苟此信传至中华，恐人啧有烦言，不免生议。"最终，郭嵩焘听从了张德彝的建议，"星使仰思良久，转嗔为喜而聽之"[4]。

　　茶会按计划在 1878 年 6 月 19 日如期举行，出席者有 790 余人，场面极为壮观。[5] 第二天的《泰晤士报》报道了此次茶会，且专门提及郭夫人之风采：

> 　　此为天朝使者初次在欧洲举行之盛会……郭公使与夫人依欧俗于客堂延见来宾，女主人服饰按其本国品级。尤堪注意者，为一中国贵妇首度出现于男女宾客俱在之公众场合之事。[6]

　　上述张德彝劝阻郭嵩焘那段话，与《钦使宴客》刊发三天后《申报》上的另一篇文章的论调十分相似。此文名为《论礼别男女》，其中就拿郭夫人出席宴会说事。客观来说，此文并不是直接来批评郭嵩焘及其夫人的，主要观点与其说是在谈"礼别男

1　《复刘瑞芬》（1878 年 11 月 29 日），见《郭嵩焘全集》，第 13 册，页 349。

2　张德彝：《随使英俄记》，光绪四年四月二十八日（1878 年 5 月 29 日）。

3　同上。

4　同上。

5　张德彝：《随使英俄记》，光绪四年五月十九日（1878 年 6 月 19 日）。

6　郭廷以编定，尹仲容创稿，陆宝千补辑：《郭嵩焘先生年谱》，页 268。

图 4-6　郭嵩焘如夫人蒋氏

女"，不如说是在谈"礼别中西"。[1] 文章开头先讲"中国素称秉礼"，乃礼仪之邦，再论中国传统"礼之最重者为男女之节"；继而谈到，在男女之礼上，中西有所不同：

> 泰西人于男女交接之间似属不甚讲究，而其防闲之法若又胜于中国。跬步不出，外亲罕睹，而惟薄不修者，往往秽德彰闻，此中国拘于礼之过也。落落大方，士女宴会，而私奔苟合者则反不有其人，此泰西略于礼之效也。惟其能略乃所以成其严耳。[2]

反而是在肯定西方男女之礼的好处，礼节简略，但效果较之中国则更为有效。这样的话郭嵩焘也说过，1878 年 5 月 22 日晚，他去白金瀚宫参加舞会，发了一段感慨：

> 晚赴柏金宫殿跳舞会，男女杂沓，连臂跳舞，而皆着朝服临之。西洋风俗，有万不可解者。自外宫门以达内厅，卫士植立，皆有常度，无挽越者。跳

1　《论礼别男女》，《申报》1878 年 8 月 9 日。

2　同上。

舞会动至达旦，嬉游之中，规矩仍自秩然。其诸太子及德国太子，皆于跳舞之列。以中国礼法论之，近于荒矣。而其风教实远胜中国，从未闻越礼犯常，正坐猜嫌计较之私实较少也。[1]

概言西方礼教简单，但男女极少有越界之事，中国礼教严格，反而丑事不断，颇有对中国礼教的讽刺、反思的意味。《论礼别男女》接下来就以郭嵩焘及夫人宴客作为例子，这样的事，在西方，乃是交际礼仪，在中国，则将被"传为笑柄"：

　　昨报述郭钦使驻英，仿行西礼，大宴英国绅商士女，令如夫人同出接见，尽欢而散。英人以钦使能行是礼，津津道之。此一会也，假在中国官衙宴客之所，则传为笑柄，而群指郭公为淫侠放荡之人矣。盖中国谓礼以别男女，若此则男女混杂，不能正其身如斋家。[2]

此文最后说：

　　但如钦使者，亦止于英国行之，异日持节归来，同朝劳贺，强其如夫人入席欢宴，则马融绛帐之前，未必许门生请见，汾阳锦屏之后，或转因卢杞而藏矣。甚矣，礼之所以别男女也，泰西人未尝泥之，而能合礼之本；中人则无不知之，而徒存礼之末，此礼之所以难言也。[3]

和郭嵩焘的观点相对照，《论礼别男女》这篇文章颇有些为郭嵩焘开脱的意思，这也说明《申报》其实并不是有意在与郭嵩焘过不去，至少可以说并不是所有关于他的文章都对他不利。

其实，据以上张德彝劝阻郭嵩焘的例子来看，郭嵩焘尽管支持夫人外交，但还是有所忌讳的，害怕的就是此事传至国内引起非议。礼别中西，郭嵩焘心里有数。

1　《郭嵩焘日记》，光绪四年四月二十一日（1878 年 5 月 22 日）。

2　《论礼别男女》，《申报》1878 年 8 月 9 日。

3　同上。

《论礼别男女》这篇文章中，大概以男女同席作为最不合礼教之事。1878 年 11 月
15 日的《申报》上，还有另一篇文章《男女相见礼节辨》，其中详细解释了使馆宴
会的细节，说明郭夫人绝无陪同宾客同座之事：

> 盖男女接见，中国容有是礼初不足怪，所以相诟病而不能恕者，在入席欢
> 宴而已。既而知为钦使往西国茶会数次，其如夫人亦为英爵绅眷属邀去，所以
> 不设茶会无以尽投报之谊。而如夫人与诸女尊客相识，不得不起立迎送，并无
> 入席之事。缘茶会陈设花草，罗列酒桌，纵客饮啖，无论相识与否，皆可入，
> 与故主人无陪坐之礼，仅于门中立而迎送也。然则茶会本无陪客之事，郭侍郎
> 与如夫人亦断无倡行之理，入席一节为传者之误可知。[1]

在中国大使馆的宴会中，公使夫人应该是没有犯戒的。这从另一件事上可以看
出来。夫人随行出使，尽力辅佐自己，却屡遭连累，郭嵩焘对此颇为内疚，遂计划
在回国之前，携夫人去见一次英国女王，也让夫人享受一些荣光：

> 以梁氏随行数万里，一被参于刘锡鸿，再被参于张佩纶，不能为荣而只为
> 辱。乃决计令其一见君主，归为子姓言之，足证数万里之行，得与其君主相
> 见，亦人生难得之际会也。[2]

此事在 1879 年 1 月 14 日成行，郭嵩焘携夫人面见女王。在等待时，备受优
待，在等待时，因英国人知道中国妇女裹小脚，步履艰难，特安排坐候休息。女王
与郭夫人见面，和蔼亲切，如叙家常。在接见之后，女王安排宴会招待，英国官员
问马格里："钦差类里（即 lady，夫人。——引者注）能同席乎？"马格里回复说，
按照中国礼仪，男女是不能同席的。于是英方特意别设一席款待，并由六七位世爵
夫人陪同。[3]

---

1 《男女相见礼节辨》，《申报》1878 年 11 月 15 日。
2 《郭嵩焘日记》，光绪四年十二月二十五日（1879 年 1 月 17 日）。
3 《郭嵩焘日记》，光绪四年十二月二十二日（1879 年 1 月 14 日）。

郭嵩焘如此小心，何故又引来《申报》的一番非议呢？

2. 张佩纶的参劾

郭嵩焘尽管在夫人外交这个问题上处处谨慎，但《钦使宴客》这则短短的报道，确实对郭嵩焘产生了很大的影响，国内的反对势力就以此事大做文章。1878 年 11 月与刘和伯聚谈时，郭嵩焘还从刘和伯那里了解到，刘锡鸿攻击自己的十大罪状之一，是"以妇女迎合洋人，令学洋语，听戏，指为坏风俗"[1]。

对于女性和社交礼仪的看法，郭嵩焘和刘锡鸿是完全不同的。郭嵩焘比较开明，他到英国后，很快就适应了西方的文化，与西方的许多女性都有交往，其夫人也学着组织茶会，这是当时英国比较流行的交际方式。而刘锡鸿则保持着传统的儒家立场，所以才会在上奏时指斥郭嵩焘"违悖程朱"[2]。郭嵩焘也清楚，关于茶会的报道，也是刘锡鸿在幕后所为。在给刘瑞芬的一封信中，郭嵩焘把话说得很明白：

> 凡茶会，大者万人，小者亦数百千人，主人惟立门首一迎。至是亦令侍人立楼门后，迎所识妇女，均见之新报，《申报》乃增入"入坐欢宴"等语。久乃闻刘锡鸿见此等新报，译送总署而加函载入"握手为礼""入坐欢宴"，肆意丑诋，《申报》直承刘锡鸿信语而为之词耳。[3]

《申报》所刊《男女相见礼节辨》一文，也直把矛头对准刘锡鸿：

> 钦使所重者，在两国交涉事件，不辱命，不挑衅，二者尽之矣。而忝之者顾以此小节为言，其细已甚无亦自反而绝无瑕疵可指乎。中国各埠有西人居者，阅日报知钦使消息，咸未指郭侍郎之过，可知其在英都端无失国家体统，

1　《郭嵩焘日记》，光绪四年十一月初一日（1878 年 11 月 24 日）。

2　同上。

3　《复刘瑞芬》(1878 年 11 月 29 日)，见《郭嵩焘全集》，第 13 册，页 349。

取邻封诎笑之事。而同行之员，乃以小节陷之，亦冤矣哉。现闻侍郎自知不强人意，力求回京供职，始亦衰病之故见几请退而不屑与辨曲直耳，然自后出使之人正不知如何，计慎而后免人之非议也。[1]

1878 年 12 月 24 日，郭嵩焘与即将使俄的崇厚交谈时，崇厚告诉他，张佩纶看到了《申报》上有关郭嵩焘的报道，大为不满，并"引为大辱"。当时即将继任郭嵩焘使英的曾纪泽本打算也携带家眷赴英，张佩纶赶紧劝阻，"力请撤回"，并以郭嵩焘的例子告诫曾纪泽，"劼刚不当踵武，以致难于自处"。[2]

郭嵩焘虽遭刘锡鸿、何金寿勾通构陷，但造成清廷对他失去信心，最后决意下达调回命令，于此起到更大作用的，或许就是张佩纶等人的参奏。张佩纶上奏请撤回郭嵩焘，称"郭嵩焘人太暗钝，易于受绐"，就是说郭嵩焘太愚钝而容易受骗，朝廷本来已经禁其书《使西纪程》，用他乃是权宜之计，他却不思悔改，做事不谨慎，以至于舆论翻腾：

> 然其书虽毁，而新闻纸接续刊刻，中外播传如故也。各国交涉事件，非亲其事者，虽京官无由知，乃上海颇杂说中外事，传至都中。[3]

虽未言明，但其中所指，大概就是《申报》上的那些报道。这时有关郭夫人举办茶会宴请宾客的新闻已经传得沸沸扬扬，自请销差的郭嵩焘也被人们认定是因此事而免职，《男女相见礼节辨》就提到：

> 前次本报以西报传述，郭钦使与其如夫人同出厅事接见男女诸尊客，入席欢宴云云，照录于报，以为钦使与如夫人，果能从宜从俗，愈以徵两国之和好，情真意固，而不谓钦使翻以此事藉人口实传闻，因此为人弹劾。[4]

---

1 《男女相见礼节辨》，《申报》1878 年 11 月 15 日。
2 《郭嵩焘日记》，光绪四年十二月初一日（1878 年 12 月 24 日）。
3 张佩纶：《请撤回驻英使臣郭嵩焘片》，见氏著：《涧于集》（台北：文海出版社，1966 年），页 71。
4 《男女相见礼节辨》，《申报》1878 年 11 月 15 日。

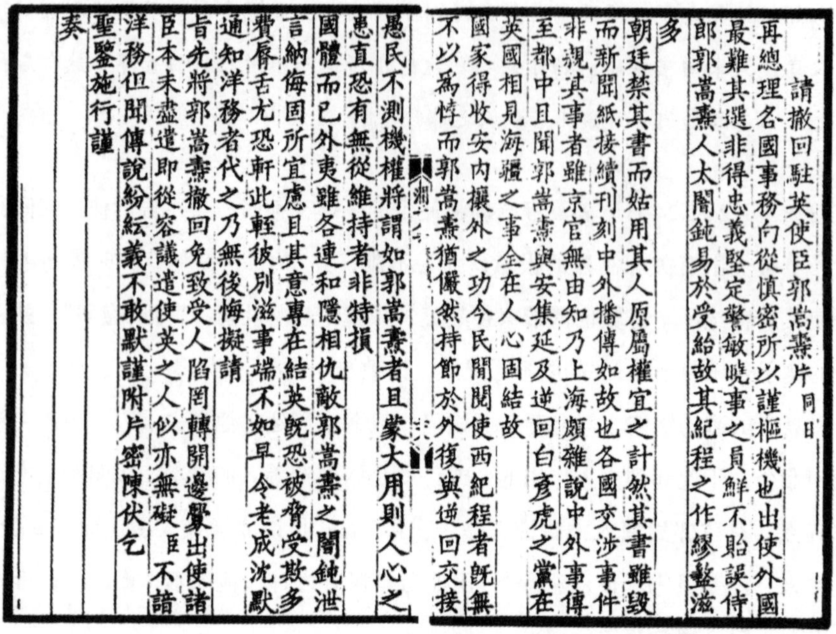
請撤回駐英使臣郭嵩燾片 同日
再總理各國事務向從慎密所以謹樞機也出使外國
最難其選非得忠義堅定警敏曉事之員鮮不貽誤侍
郎郭嵩燾人太闇鈍易於受紿故其紀程之作繆盩滋
多
朝廷禁其書而姑用其人原爲權宜之計然其書雖毀
而新聞紙接續刊刻中外播傳如故也各國交涉事件
非親其事者雖京官無由知乃上海頗雜說中外事傳
至都中且聞郭嵩燾與安集延及逆回白彥虎之黨在
英國相見海疆之事全在人心固結故
國家得收安內攘外之功今民閒閱使西紀程者既無
不以爲悖而郭嵩燾猶儼然持節於外復與逆回交接
愚民不測機權將謂如郭嵩燾者且蒙大用則人心之
患直恐有無從維持者非特損
國體而已外夷雖各違和隱相仇敵郭嵩燾之闇鈍泄
言納侮固所宜慮且其意專在結英既恐被脅受欺多
費脣舌尤恐軒此輕彼別滋事端不如早令老成沈默
通知洋務者代之乃無後悔擬請
旨先將郭嵩燾撤回免致受人陷罔轉開邊釁出使諸
臣本未盡遣即從容議遣使英之人似亦無礙臣不諳
洋務但聞傳說紛紜義不敢默謹附片密陳伏乞
聖鑒施行謹
奏

图 4-7 张佩纶《请撤回驻英使臣郭嵩焘片》

虽郭嵩焘从崇厚处听到张佩纶对自己的指责，一反常态地懊悔和自责起来。他怪罪自己的手下筹划了茶会，反而连累了自己："此节实受姚彦嘉、马格里二人之累。士大夫见小无识，固亦不足论也。"[1]第二天他对此事仍耿耿于心："张佩纶一折引茶会为词，而茶会实成于姚彦嘉、马格里，吾意甚不乐也。"[2]

《申报》事件之后，对于画像一事，郭嵩焘认为是谣言，但对于茶会一事，则甚少表态，以他平日想法来看，或认为不值一驳。但张佩纶的意见直接改变了他的态度，或许是因为张佩纶的地位和影响力，又或是连日来焦虑和不安的情绪积压到了极点，又或是刘锡鸿背后的攻讦，加上对马格里、古得曼的怀疑，他对于周围的人都失去了信任，失去了心理上的安全感。结果是，郭嵩焘的情绪在此日坠入谷底而彻底爆发。

他认为刘锡鸿操纵了此事，且有人为之效命："刘锡鸿鬼蜮，何所不至；然其

1 《郭嵩焘日记》，光绪四年十二月初一日（1878 年 12 月 24 日）。
2 《郭嵩焘日记》，光绪四年十二月初二日（1878 年 12 月 25 日）。

人劣材也，必尚有为效喉者。"尽管之前与刘和伯交流后消除了对他的猜测，但这时又重新怀疑起他来，"刘和伯在《申报》多年，行迹绝可疑"；并致信李凤苞再去调查刘和伯。受张佩纶的刺激，他对于自己的得力助手姚彦嘉鼓动、张罗组织茶会一事懊恼不已，颇为罕见地给姚彦嘉写信，对其大加抱怨，认为刘锡鸿之所以攻击自己，完全是姚彦嘉"授之以隙"：

> 并函报姚彦嘉，以其为人一意见好，其言勉我以圣贤，其意期我以富贵利达，而其行为则直累及我家室，传之天下万世，使不能为人。刘锡鸿之酷毒惨烈，亦姚彦嘉之授之隙而资之以狂逞也。

考诸郭嵩焘的日记和著述，这样的情绪实属罕见，尤其是写信指责在伦敦期间最为倚重的助手姚彦嘉。他的心态因连日的低落而到了崩溃的边缘。在追查《申报》事件的这段时间里，他处在人生的转折点上，心情也低落到了极点。他经常喟叹时运不济、命运多舛：

> 此行横被口语，穷极人事之变幻。尤奇者，威妥玛一信、古得曼一段议论，绝不知所从来，乃使广东生（即刘锡鸿。——引者注）得据之以生波澜。蹇运所值，若有鬼神司之，然亦酷矣。[1]

如果回到事件的开头，围绕画像和《申报》的报道，有几个当事者：郭嵩焘、古得曼、刘锡鸿和《申报》。排除了古得曼之后，刘锡鸿和《申报》一直被郭嵩焘看作是这一事件的幕后黑手。但客观而言，《申报》似乎有些无辜。《申报》对此事只是做了转载，有些政治幽默的意味，《申报》在转载和后续的处理中，都显得小心翼翼。一份商业报纸，是不愿触及政治和外交的敏感神经的。而刘锡鸿，虽然见解保守迂腐，但似乎也没有动机和能力来在幕后策划这场舆论战。

这一事件中还有一个被忽略的当事者，那就是以何金寿、张佩纶为代表的国内

---

1 《郭嵩焘日记》，光绪四年十一月十四日（1878 年 12 月 7 日）。

反对者，他们是"不在场的在场者"。这股力量在《使西纪程》中就显露无遗，他们一直密切关注着郭嵩焘在国外的消息和动向，抓住可以抓住的一切事情做文章。罗志田已经指出：

> 不论是郭嵩焘关于洋务的突破性见解还是从京师到乡里对他的谤议，其实都起于使英之前。这是一个过去注意较少却不可忽视的重要现象，反映出正在过渡的时代风貌。[1]

画像和夫人外交，就是他们抓到的把柄，通过舆论来渲染放大，进行政治的污名化炒作。在此环境中，郭嵩焘的任何辩解，都是苍白无力的。

在使西期间，每当遇到困境，郭嵩焘就会想起出行前，好友陈小舫（有时写作"陈筱舫"。——引者注）为他所占的一卦。那是在 1876 年 3 月 2 日，他刚领命要出使英国，两日后就要去总理衙门报到，并面见慈禧太后。得此消息的前辈陈筱舫遂为郭嵩焘"起一六壬课"，占卜"出洋吉凶"，结果竟是：

> 大凶，主同室操戈，日在昏晦中；势且不能成行，即行亦徒受蒙蔽欺凌；尤不利上书言事；伴侣僮仆，皆宜慎防。[2]

郭嵩焘"阅之浩叹而已"，知道处境艰险，前景渺茫，但还是毅然地前行了。每当遇事不利，他都会想起这个卦辞。

回顾出使英国的种种历程，卦辞所言几乎真是句句属实。

3. 与美查的官司

郭嵩焘是带着挫败感回到中国的。

1879 年 3 月 27 日，郭嵩焘一行乘船达到上海的吴淞口码头，唐景星、黄泳清

1　罗志田：《知人与论世：郭嵩焘与近代中国的转折时代》，《四川大学学报（哲学社会科学版）》2020 年第 6 期。
2　《郭嵩焘日记》，光绪二年二月初七日（1876 年 3 月 2 日）。

等好友前来迎接。¹第二天是郭嵩焘的生日，晚上他与一众好友欢宴小酌，出席者中有一位外国朋友，即英国人禧在明（Walter Caine Hillier，1849—1927）。禧在明时任英国驻沪领馆翻译，后来成为著名汉学家。禧在明在席间向郭嵩焘传达了驻沪领事达文波与《申报》老板美查交涉的情况。这或许是郭嵩焘邀请禧在明前来参加晚宴的原因。

被免掉公使职务回到国内后，继续查清《申报》报道的原委，成了郭嵩焘眼下最主要的心愿。达文波的意思很明确，建议郭嵩焘起诉美查：

> 禧在明致领事达文波之意，告知《申报》馆梅渣于两次《申报》皆自承认，以为此游戏之文而已，无足深论。达文波告以君自游戏，一经按察司讯断，恐获罪非轻。梅渣一意枝梧。达文波之意，亦以为非经律师料理，未足以折其气。初属泳清邀陈辉廷商令寓书诘问梅渣，至是径须令律师为之。²

出现《申报》事件之后，郭嵩焘除了自己调查、与《申报》直接交涉外，也请国外官员和驻沪领馆代为调查。作为英国驻沪领事的达文波与美查沟通后，美查所表达的意见与《申报》上的按语大体一致，即这两则报道仅是游戏之语，不必深究。但达文波警告美查，你大可认为这是游戏之语，但如果对方起诉，"恐获罪非轻"。尽管如此，美查还是不以为意。达文波遂建议郭嵩焘起诉美查，"以折其气"。

达文波的建议颇有些令人费解，美查是英国人，达文波却并无帮助他之意，反而建议郭嵩焘去起诉。这一态度涉及当时英国对在国外报纸态度的细微变化，也折射出《申报》在当时的微妙处境。郭嵩焘与《申报》之间的冲突，虽是一个极小的个案，但有着多重的历史意味。

德国学者瓦格纳就用这个例子来分析《申报》在当时所处的命运。许多研究都在强调《申报》的西方背景，认为其之所以能够在晚清的环境中生存，主要"依附于其总编辑英国人美查享受的治外法权，以及英国领事馆执行的保证通商口岸包括

---

1 《郭嵩焘日记》，光绪五年三月初五日（1879 年 3 月 27 日）。

2 《郭嵩焘日记》，光绪五年三月初六日（1879 年 3 月 28 日）。

报纸进入中国市场的条约规定"[1]。而瓦格纳想用郭嵩焘与《申报》的纠纷说明，"当时英国已停止对《申报》的保护，且有明显和公开的迹象表明英国不会反对中国人对外国人办本地中文报纸的取缔"[2]。这从驻沪领事达文波及英国律师的介入诉讼即可看出来。瓦格纳想强调的观点是，《申报》之所以得以生存，还是基于其商品性特征。如此说来，《申报》转载调侃名人的文字，实在也是再正常不过了。

郭嵩焘在生日宴会中听到达文波的建议后，当即与在场朋友商量下一步的诉讼计划。唐景星推荐了英国律师坦文（汉语中或称担文，William Venn Drummond，1841—1915）：

> 唐景星言坦文声名高出鼐林，然予在伦敦曾与坦文商办一事，知其笔墨见解并猥下，无异人处，鼐林则所不能知也。然景星久与洋人交涉，所见必稍能得其真，不能不听从料理。非与梅渣校论得失，但欲穷知造谣之源而已。[3]

第二天，郭嵩焘发现诉讼追查的计划进展得并不太顺利：一是陈辉廷所拟致美查书，"立言颇多疏漏，两日议论及此，竟尚未得办理之法也"；二是在此事上助力甚多的唐景星，是日忽得电报丁内忧，不能继续协办，"所事竟悬而无薄"。郭嵩焘感觉出师不利，"无往而不见其运之蹇也"[4]。

1879 年 3 月 31 日，郭嵩焘还在为选律师的事困扰，当天邀请了唐景星力荐的律师坦文来沟通，但郭嵩焘根据自己在英国时与其交往的印象，认为"其人贪而无学"。这位坦文是英国人，在当时是著名的律师，李鸿章曾任命他去日本交涉"长崎事件案"，处理过很多重要的官司。

郭嵩焘虽然对坦文印象不好，但因为他对于另一位备选律师鼐林更不熟悉，最

1　瓦格纳：《〈申报〉的危机：1878—1879 年〈申报〉与郭嵩焘之间的冲突和国际环境》（李必樟译），见张仲礼、熊月之、沈祖炜主编：《中国近代城市发展与社会经济》（上海：上海社会科学院出版社，1999 年），页 286。

2　同上，页 28。

3　《郭嵩焘日记》，光绪五年三月初六日（1879 年 3 月 28 日）。

4　《郭嵩焘日记》，光绪五年三月初七日（1879 年 3 月 29 日）。

终还是选了坦文作为起诉律师；并委托刘芝田把《申报》上的报道翻译成英文交于坦文参考，遂开始了这一场被称为"中国新闻史上第一起名誉纠纷"[1]的官司。

后来大概是没有正式诉诸公堂，在各方压力和调解之下，作为生意人的美查最终选择了妥协。1879 年 4 月 9 日，《申报》刊登了一则启事《解明前误》，正式向郭嵩焘道歉：

> 本报于去年夏秋间，叠登郭侍郎在外洋画照、宴客等事，一时误听谣传，语多失实，在后访知颠末，歉仄莫名，爰即辨正在报。现在此事已闻于驻沪英达领事，故即请领事据情转达侍郎，以明本馆并非有意嘲谑，蒙侍郎俯鉴愚忱，不与计较，而本馆益深愧恧矣。按日报规例，凡纪述事实，本以确访明查为第一要着，本馆总当以此为念，不再有误听谣言登报也。[2]

这是一份各方都能接受的道歉说明。《申报》说明原来报道乃是谣传，在大众面前为郭嵩焘正了名。道歉说明提到，交涉乃是通过领事达文波来调解的，对大众来说，领事出面，代表了英方对于中英关系的重视；对于郭嵩焘来说，也算给足了面子。郭嵩焘也说过，"非与梅渣校论得失，但欲穷知造谣之源而已"[3]。他也明白，这些事件都与刘锡鸿脱不了干系，再加上国内反对派的造势，故意毁损其声誉，《申报》只不过被利用了而已：

> 嵩焘以衰病之年，为七万里之役，无补丝毫，而所遭遇穷奇，为今古见闻所未有。八月内两见《申报》调侃甚至，嵩焘于此素所不介意也。与吴子让为同年，道上海并不与一见。得此两段议论，追求数月，顷稍探知刘锡鸿相构之深。[4]

1　俞莹：《中国新闻史上第一起名誉纠纷——郭嵩焘与〈申报〉的一段纠葛》，《上海档案》1989 年第 1 期。有学者就注意到了这一事件背后所代表的图像认知冲突，参见陈建华：《世界景观在近代中国的视觉呈现——以梁启超与〈新民丛报〉〈新小说〉之图像为中心》，《探索与争鸣》2020 年第 1 期。

2　《解明前误》，《申报》1879 年 4 月 9 日。

3　《郭嵩焘日记》，光绪五年三月初六日（1879 年 3 月 28 日）。

4　《复刘瑞芬》（1878 年 11 月 29 日），见《郭嵩焘全集》，第 13 册，页 348—349。

如今自己已经回国，就算查到了消息的源头，大概也毫无意义了。当日，他在日记中记述了《申报》的道歉信，最后说："吾本无意深究梅渣，得其误听谣言一语，亦可以不加苛论矣。"[1]

《申报》于次日还发表了一篇《纪郭侍郎出使英国事》，总结郭嵩焘出使英国的经历和成就，夸饰近乎谄媚，其中还专门提到茶会一事：

> （郭侍郎）驻英二年有余，遇事和衷商确，期于至善。其才大心细，识广量宏，迥出寻常，万万迄今，舆论翕服，称道勿衰。上年在英都特设茶叙，上自执政大臣，以及官绅士庶，来会者几千余人。侍郎一一接晤，觌者惟觉词和气蔼，如坐春风。伦敦人士无不仰其仪容，佩其言论，深愿侍郎久驻英都，得以长亲教益，尤不禁遥颂中朝皇上之知人着任也。[2]

两日后，即 1879 年 4 月 12 日，郭嵩焘在日记中写到，此日"禧在明、美查次第来见"，但没有提到任何细节。应当是禧在明引见美查登门向郭嵩焘致歉。此后，郭嵩焘的日记中没有再提及过画像和茶会的事。他的人生也开始了另一段落寞的历程。

（原载《复旦学报》2021 年第 3 期）

---

1 《郭嵩焘日记》，光绪五年三月十八日（1879 年 4 月 9 日）。
2 《纪郭侍郎出使英国事》，《申报》1879 年 4 月 10 日。

重层的自我影像

——抒情传统与现代媒介

//

吴盛青

　　1903 年春，时年 23 岁，正在日本留学的周树人（1881—1936），为纪念自己断发，拍照一张。照片中的青年鲁迅，身着日本学生装，神情肃穆。他将之寄给好友许寿裳（1883—1948），后又题诗一首。鲁迅《自题小像》：

　　灵台无计逃神矢，风雨如磐暗故园。寄意寒星荃不察，我以我血荐轩辕。[1]

1　鲁迅：《集外集拾遗》，收于鲁迅：《鲁迅全集》第 7 卷（北京：人民文学出版社，1981 年），页 423。这是学界大致认可的说法。关于写作时间（1901、1902、1903 年等），依然存有疑义，原作无题，标题系许寿裳拟加。送许寿裳的原照未存世。鲁迅显然十分看重自己这首剪辫纪念诗作，一生中至少手书 4 次。鲁迅纪念馆将照片与鲁迅在 1931 年重新抄录的诗作合并，作为旅游纪念品出售。关于这首诗生成的考辨，近期有松冈俊裕：《鲁迅〈自题小像〉诗生成考》（上、下）（张铁荣、宋京津译），《鲁迅研究月刊》总第 361、363 期（2012 年 6、7 月），页 4—14、4—10。此非周树人第一次寄照。1902 年，到达日本入弘文学院的周树人，寄给周作人新照三张，嘱他赠给家人。他在小照背面写道："会稽山下之平民，日出国中之游子。弘文学院之制服，铃木真一之摄影。二十余龄之青年，四月中旬之吉日。走五千余里之邮筒，达星杓仲弟之英盼。兄树人顿首。"转引自鲁迅博物馆编：《鲁迅文献图传》（郑州：大象出版社，1998 年），页 31；断发照与鲁迅手书诗作，见页 30—31。

　　无独有偶，1938 年 10 月 31 日，另一位现代文学的先驱人物，时任驻美大使的胡适应陈光甫（1881—1976）之邀，在自己小照上题诗一首赠之。1939 年 8 月，他又将该照与题诗赠给李迪俊（1900—?），用以自勉与勉励他人。胡适《去年十一月自题小照》：

　　　　略有几茎白发，心情已近中年；做了过河小卒，只许拼命向前。[1]

　　青年鲁迅 "我以我血荐轩辕" 的誓言，常被认为是其排满革命热情高涨、献身祖国宏愿的激情表达[2]；而 "心情已近中年" 的胡适之先生的 "做了过河小卒" 的感叹，成为其备受攻击、背负一生的包袱。这是两个现代文化史上耳熟能详的故事，也是 "自题小照" 这一文体中大名鼎鼎的代表。而本文在此关注的是他们题照行为本身，自我与新的影像之间的关系，以及新的 "看" 的文法与旧有的 "写" 的规范如何在现代结合。

　　自题小像、图像自赞的形式，自唐代已降，尤其在明清之际，成为独树一帜的文学写作类型。[3]在自题、自赞、自传性的文字中，有强烈的抒情与道德的主体性的建构，将有限真实、此刻此在的自我，与传统儒家观念中理想化自我的崇高想象之间做有机的联系。这个受时空拘限的自我，立意高瞻，有抒情内省的一刻，更有伦理的承担，从美学角度进行自我督导、自我历练，成为这个题材唐宋以降不衰之魅

1　见胡适 1938 年 10 月 31 日的日记。胡适：《胡适全集》（合肥：安徽教育出版社，2003 年），卷 33，页 184。同时见胡适著，曹伯言整理：《胡适日记全集·第七册（1934—1939）》（台北：联经出版事业公司，2004 年），页 617—618。该诗有数个版本。抗战时期，"光甫同我当时都在华盛顿为国家做点战时工作。那是国家最危急的时期，故有'过河卒子'的话"。该诗发表于 1946 年国民大会期中，他又写了一些立轴。处于国共分裂的政治格局，胡适因而获得 "过河卒子" 的名声。引自 "中研院" 近代史所：《胡适纪念馆》，参见：http://www.mh.sinica.edu.tw/koteki/service3.aspx，浏览日期：2016 年 2 月 1 日。胡适赠李迪俊照片藏胡适纪念馆，文字略有不同。

2　1936 年 12 月许寿裳在《怀旧》一文中这样解释这首诗："首句说留学外邦所受刺激之深，次写遥望故国风雨飘摇之状，三述同胞未醒、不胜寂寞之感，末了直抒怀抱，是一句毕生实践的格言。" 转引自倪墨炎：《鲁迅旧诗探解》（上海：上海书店出版社，2002 年），页 36。茅盾说："他的《自题小照》（作于 1901 年）就表示了把生命献给祖国的决心。" 见吴海发：《鲁迅诗歌编年译释》（北京：中国社会科学出版社，2010 年），页 19。

3　见小川阳一：《中国の肖像画文学》（东京：研文出版社，2005 年）。

力。[1]鲁迅、胡适的这两首自题小照，均是这方面的代表作。无论是"我以我血荐轩辕"的慷慨誓言，还是"做了过河小卒，只许拼命向前"的感叹，都是抒情的声音在内化一整套传统士人得以安身立命的文化逻辑，立意将个体的自我与家国、天下相联系。转化到现代语境中，即时代文化的启蒙担当、国民精神的重塑，成为那一代新知识人成就自我的不二途径。

在 1840 年代摄影术传入中国之后，几乎立刻与本土的像赞传统相结合。目前所知的最早的自题小照的写作，该是中国摄影术开拓者之一邹伯奇（1819—1869）的像赞词。在他残存的手稿中，有《小照自述》《自照遗真》等四首像赞词，且是自照自拍并自题。其中《自照遗真》云："平常容貌古，通套布衣新。自照原无意，呼之如有神。均瞻留地步，觉处悟天真。樵占鳌峰侧，渔居泌水滨。行年将五十，乐道识纤尘。"[2]另外，较早的诗、照并刊的例子，还有故宫博物院收藏的奕譞（1840—1891）于 1863 年摄于南苑神机营的照片及其自题。[3]自题、友朋或后代写题记、赞辞的书写传统，亦随着摄影术的传播而深入人心。上海图书馆出版的历史照片集中，收有 50 余幅带有题跋、亲笔签名的照片，不仅保存了珍贵的历史信息，更是机械复制的时代个体生命的生动呈现。[4]

中国传统绘画理论中一直强调诗画、书法艺术合二为一，同质同源，郭熙所谓的"诗是无形画，画是有形诗"[5]。照相术带来一系列截然不同的新技术、材质、构

---

1 中谷一（Hajime Nakatani）在追溯了从宋代到明代的自赞体书写，指出宋代的文人主体性（literati subjectivity）到了明代出现不稳定的趋势，呈现多种自我形象竞争的场面。该文讨论了自赞题材中的伦理机制以及形式在其间所起的作用。Hajime Nakatani, "Body, Sentiment, and Voice in Ming Self-Encomia (Zizan)," *Chinese Literature: Essays, Articles, Reviews (CLEAR)*, 32 (December 2010), pp. 73–94.

2 马运增、陈申等编著：《中国摄影史（1840—1937）》（北京：中国摄影出版社，1987 年），页 24；其摄于 19 世纪 40 年代的自摄像见该书页 23。

3 刘北汜、徐启宪主编：《故宫珍藏人物照片荟萃》（北京：紫禁城出版社，1994 年），页 53。该照被裱在画轴上。照片上方有奕譞题诗："波面残阳耀碎金，炎光消尽觉凉侵。莫言倥偬三军事，也得逍遥一律吟。碧草马嘶欣脱辔，青溪人坐乍开襟。云容纡缦随风布，念切油然早作霖。"下书："晚操后步至长河作。"

4 见上海图书馆编：《上海图书馆藏历史原照》（上海：上海古籍出版社，2007 年），上卷，页 96—125。关于个人肖像照与自题小照的社会化用途，见葛涛：《照相与确立自我对象化之间的社会关联》，《学术月刊》2013 年第 6 期，页 165—172。

5 见钱锺书：《中国诗与中国画》，钱锺书：《七缀集》（上海：上海古籍出版社，1985 年），页 5。

图原理、影像呈现效果等，在照相纸上、明信片上题词写字时，媒介之间的相异相斥显而易见。在一个不同的文化语境中，米歇尔（W. J. T. Mitchell）分析过西方图文传统中的 ekphrasis（译作"读画诗""说图"等），指语言的再现来表达视觉的再现。当"读画诗"与那些异质的视觉、听觉等再现形式相遇时，文本文字作用之一是可以有效地"克服他者性"（overcoming of otherness）。[1] 在现代中国的图文关系中，诗与照建立起新的互文辩证的关系，其间有延续传统意义上的图文统一的和谐关系，也有两个截然不同的符号体系、东西异质文化造成的罅隙与裂缝。立足于晚清民国文人诗集以及 20 世纪前二十年的图文并刊的大众杂志，本文在此讲述一个抒情言志的古典诗歌传统与现代视觉媒体于碰撞中交锋相融的故事，本土书写传统对异质媒介、图像他者性的融合、共生以及意义的添加。

　　现代文化人在面对自己的影像时，如何在诗中铭刻这一观照自我的抒情的瞬间？晚清以降的"自题小照"[2]，无疑是历史悠久的"自题小像"传统的现代延续。题像诗典律化的抒情与伦理的机制在现代的语境中如何运作？诗人如何理解客体化的、过去的、变装的自我影像？这些个人肖像照与以旧体为主的抒情诗歌的互动，引发怎样的心理与哲学的思辨？其间是否又有中西视觉文化的相同相异？本文分为五部：第一部分关注传统的"自题小像"的伦理与抒情的机制如何继续形塑现代自我；第二部分讨论照片所激发的线性时间意识；第三部分强调自我被客体化的观影经验，以及诗人对世事真幻的感受；第四部分讨论早期女性主义者在凝望自我影像的过程中，对传统性别化的想象的反拨；最后一部分涉及自题化妆、易装小照，讨论重层的自我理想化的影像生成，以及由此而昭示的流动、不确定的现代主体性。

1　W. J. T. Mitchell, *Picture Theory: Essays on Verbal and Visual Representation* (Chicago: University of Chicago Press, 1995), pp.151–181.

2　在晚清到民国半个多世纪里，小像、小照、小影、写真、镜影、肖影、照影等词汇混用，均被拿来指照片。至于它是指照片还是画像，要根据具体语境才能做出判断。"写真"一词，作为古代肖像画的术语，在 19 世纪 50 年代被日本人用来指摄影，在 20 世纪初回流入中国，风行一时。见 Yi Gu, "What's in a Name? Photography and the Reinvention of Usual Truth in China, 1840–1911," *The Art Bulletin*, 95:1 (March 2013), pp.120–138，尤见页 137 注释 83。

一、自我的技艺

　　照片，作为一种新的媒介，促成了诗人在某一瞬间对自我技术化的形象的凝神谛视，一个静观的自我对客观化了的自我意象的观照。凝视自己的小照，提供了一个场合、机缘，一个现代的抒情的时刻于焉诞生。自照题诗，透露了诗人生命的讯息，展示内在心灵景观，是自我生命里起落跌宕的一种反省与见证。在此，除了窥测各位诗人的深曲心思，本文更为关注的是这一系列题照诗所呈现的共同质量以及其背后的书写规范，其间抒情传统中"程序化的当下"与个体生命经验的瞬刻的有效互动。此处的"程式"，萧驰定义为"精神中的社会客观性或群体主体性间的互涉"，是"先于外在情势的内在先验框架"，无论是坟冢荒台的缅怀、灞桥折柳的伤别，还是登高览胜的意兴，这些情势在"现时"片刻"重复"出现，即景即目，激发古典诗人拾掇诗意的片刻。[1] 观看物质化的自我的形象，诗人在当下具体的历史情境中，回应先验的情势，而启动自省自恻的模式。这种诗化的瞬间，感物而兴的传统，随着个人肖像照在民国的普及，成为一种可被不断重复与模仿的抒情的姿态，蔚然成风。我们先看几首著名文人写的自题小照诗。首先是谭嗣同的《望海潮·自题小影》：

　　　曾经沧海，又来沙漠，四千里外关河。骨相空谈，肠轮自转，回头十八年过，春梦醒来波。对春帆细雨，独自吟哦。惟有瓶花数枝，相伴不须多。　　寒江才脱渔蓑，剩风尘面貌，自看如何？鉴不似人，形还问影，岂缘酒后颜酡。拔剑欲高歌。有几根侠骨，禁得揉搓！忽说此人是我，睁眼细瞧科。[2]

　　这是性不喜词的谭嗣同留下的唯一一首词，作于1882年。与日后感叹"有心杀贼，无力回天"的壮士谭复生相比，18岁侠气纵横的少年有"骨相空谈，肠轮自

1　萧驰：《中国抒情传统中的原型当下："今"与昔之同在》，萧驰：《中国抒情传统》，页114—148，尤见页129。

2　谭嗣同：《石菊影庐笔识·思篇五十》，谭嗣同：《谭嗣同全集》（蔡尚思、方行编，北京：中华书局，1981年），卷1，页150；该照收于卷首，插页。1893年，谭嗣同与友人饶仙槎、李正则于上海拍照，并作《三人像赞并叙》，见《谭嗣同全集》，卷1，页99。

转"的焦虑，说自己："有几根侠骨，禁得揉搓！""有几根侠骨"是他对年轻自我的定义，透露自我的雄心壮志。[1]这首词同时还描述了狂生"自看"，经历"鉴不似人，形还问影"的迷惑之后，被提醒说"此人是我"，"我"还得睁眼仔细瞧瞧呢。又，康有为的《自题三十影像》：

> 像法流传海外图，偶来山泽现癯儒。礼堂写像应相觅，麟阁图形竟可无。
> 犀顶龟文何骨相，雷光泡影认眉须。他年把玩应非我，散带斜簪认故吾。[2]

而立之年的康有为于 1887 年面对自己的小照写的诗。诗中的我不屑与一般庙堂里的功臣为伍，将肖像留在麒麟阁上，而是立志做立德立言的一代大儒。电光泡影里，人生短促无常。末联写道："他年把玩应非我，散带斜簪认故吾。"雄心勃郁的自我，深刻地意识到成住败坏的人生宿命。他年的我，现在的我与"故我"在这时间的流程中有不可重复性，他年散带斜簪来辨认逝去的我。

面对自己的影像，丘逢甲（1864—1912）写到"往事已怜成过电，雄姿未称画凌烟"，有未达成的自我愿景；陈匪石（1884—1959）云："大千世界渺一粟，如此山河如此身。烟柳危栏肠断未，自揉醒眼看乾坤。"[3]山河与此身、看乾坤与看自我在此取得了一致。毫无疑问，近代的自题小照是古代诗歌的"自题小像"或是"对镜写真"的书写传统的顽强延续。无论是苏轼（1037—1101）的"身如不系之舟"的悲慨，朱熹（1130—1200）晚年"对镜写真，题以自警"的严谨自律，都是文人面对镜像、画像，自叙平生的身世之慨。[4]在这些"自传性时刻"[5]，诗人笔下的自

1　参见张灏的讨论。张灏：《烈士精神与批判意识：谭嗣同思想的分析》（台北：联经出版事业公司，1988 年）。

2　康有为：《康有为诗文选》（舒芜、陈迩冬、王利器编，北京：人民文学出版社，1990 年），页 135。

3　丘逢甲：《自题三十登坛照片》，丘逢甲：《丘逢甲遗作》（台北：世界河南堂丘氏文献社，1998 年），页 374。陈匪石：《己酉自题小影》，《诗录》，柳亚子编：《南社丛刻》（扬州：江苏广陵古籍刻印社，1996 年），卷 3，页 2181。

4　关于以朱熹为代表的南宋文人通过画像、画赞的形式来自我反省的讨论，见顾歆艺：《揽镜自鉴及彼此打量——论画像与南宋道学家的自我认知及道统传承的确立》，《南京大学学报（哲学·人文科学·社会科学）》第 51 卷第 2 期（2014 年 3 月），页 107—125。

5　从西方输入"自传"的概念以来，民国以降学者按照"自传"的概念梳理传统文类，如（转下页注）

励、自戒、自嘲、自伤之词，充溢了抚今追昔、五味杂陈的感受。但它们共通的特征是：自题文体呈现出作者省思活动中的精神上的引领与自我塑造。在提笔作诗的一刻，抒情的自我与影像中的自我相遇，启动自我的内省惕厉的声音。用道德的高尺度审视现时的我，敦促自我成为有情怀、有担当的道德主体。无论是雄心勃郁还是意绪消沉，这些内省的抒情的声音都与自我的发展中兼济天下的儒家情怀紧密相系，最终造就所谓的"儒士的历程"。[1]

自题小照不仅是晚清士大夫阶层喜爱的一种书写形式，在整个民国时期也赢得不同阶层、年龄段的诗词爱好者的青睐，频繁地通过题照来表达自我的期许、生命流逝的焦虑、未达成愿望之后的揪心乃至释然。图4-8中，董剑厂（生卒年不详）在其《自题小影·调寄貂裘换酒》中，形容自己与他人一样"昂藏躯七尺，圆颅方趾"，而保家卫国的雄心壮志已随流水而逝。小照中青涩的头像与诗中的自画像显然不太吻合。图4-9系学者简又文（1896—1978，笔名大华烈士）的戎装照与十首自题的打油诗，有"大刀生锈笔生花"等句。董剑厂的慷慨悲歌、简又文对身着戎装的自我调侃，均是对自我生命历程的后设性的观照。这些自题相片，无论长兼容貌如何（大多被描绘成等待封侯的骨相），无论是1910年代的游戏刊物（《滑稽杂志》），还是1930年代著名的《论语》杂志，均表达要在荏苒韶光里奋进的自我期待，以及时不我予的挫败失落。图4-9中，编者用整块的版面来刊登简又文的诗歌与照片，保留他的墨迹印章，其个人生命殊异的姿态亦呼之欲出。

（接上页注）郭登峰编：《历代自叙传文钞》（上海：商务印书馆，1937年）；杜联喆辑：《明人自传文钞》（台北：艺文印书馆，1977年）。凡叙述自己的经历行实、心情甘苦以及家世背景等，不是西方严格意义上的"自传"，见菲力浦·勒热讷（Philippe Lejeune）：《自传契约》（杨国政译，北京：生活·读书·新知三联书店，2001年）。但此概念已广泛用于中国文学研究中，见川合康三：《中国的自传文学》（蔡毅译，北京：中央编译出版社，1999年），页1—12、154—171。在此引用严志雄在保罗·德曼理论观照下提出的"自传性时刻"（the autobiographical moment）概念，来传达写作者深入内心回顾人生而又有别于西方意义上的"自传"的文学时刻。简言之，"自传性时刻"，指写作者在语言环境中用转喻性结构形构自我的形象，并在此强调片断的性质。见严志雄：《陶家形影神——牧斋的自画像、"自传性时刻"与自我声音》，严志雄：《钱谦益〈病榻消寒杂咏〉论释》（台北：联经出版事业公司，2012年），尤见页68—71。

1　见吴百益的论述。Pei-Yi Wu, *The Confucian's Progress: Autobiographical Writings in Traditional China* (Princeton, NJ: Princeton University Press, 1990).

图 4-8　董剑厂肖影及其《自题小影》[1]　　图 4-9　大华烈士照片及其《自题旧照》[2]

　　文人社团希社、南社、常熟的虞社社员都热衷于题写小影，也有同仁之间的索题、互题、互答。[3] 作为青年文艺杂志的《学生文艺丛刊》，在 20 年代后期（约 1926 年）到 30 年代初（约 1933 年）登有不少题照小诗，有旧体形式，也有"语体诗"形式。虽然笔力稚嫩，但亦说明这一形式同样受到青少年朋友的喜爱，并在白话新诗的写作中得以延续。照片作为媒介（media），而非艺术品（如肖像画），

1　董剑厂：《自题小影》，《滑稽杂志》第 3 期（1914 年），页 3。

2　大华烈士：《自题旧照》，《论语》第 49 期（1934 年 9 月），页 47。

3　见《希社丛编》、《南社丛刻》、《虞社》期刊多卷。希社，系民初由高太痴发起的沪上同仁团体。《希社丛编》多有编辑同仁照片以及自己或同仁的题诗。关于南社的照片诗词的唱和活动，见拙文：《相思之影：清末民初照相文化中的情感地图》，《旅行的图像与文本：现代华语语境中的媒介互动》（上海：复旦大学出版社，2016 年），页 127—158。虞山诗社（1920—1937）系江苏常熟的文学社团，《虞社》发表多首自题照片、他题照片诗歌，大多不附照片。

它的复制、大众传播功能也使得"自题"这一文体不再为风雅有闲的文人阶层独享。自我意识张扬的年纪里,这种图文新形式催化少年人对自我生命形象的关注与感知。北京高中生翁麟声(生卒年不详)写有《自题十五岁小照》、郑浩如(生卒年不详)《题十七岁小影》,都表达光阴蹉跎、才疏学浅的焦虑,以及自我勉励。[1]在此,"自题小照",可被视为是福柯(Michel Foucault,1926—1984)所谓的"自我技艺",即通过规训来提升自我[2];或是儒家注重的高标自置、内外兼修的有效方式,达成自我的实现。20 年代末在《学生文艺丛刊》发表大量诗作的徐诚莹(生卒年不详),其语体诗《自题相片》只有两行五个字,类似座右铭般的自我激励,简单明了地呈现此一文类形塑主体的意义。该诗云:

努力呵!
进取![3]

二、时间细薄的切片

时间意识是题照诗中的至关重要的概念,书写也常常和对过往的怀旧与对未来的瞻望相联系。汉斯·约纳斯(Hans Jonas)在其对观看与时间的关系的现象学

---

1 翁麟声:《自题十五岁小照》,《学生文艺丛刊》第 3 卷第 6 期(1926 年 8 月),页 11;郑浩如:《自题十七岁小影》,《学生文艺丛刊》第 4 卷第 10 期(1928 年 5 月),页 27。翁麟声《自题十五岁小照》写道:"催我光阴春梦婆,厌闻阿弟唤哥哥。一年竟使新书旧,数载何期石砚磨。有影正嫌无处匿,浅才犹恨此身多。一双伴侣都无意,谁谱凄凉十志歌。"郑浩如《自题十七岁小影》云:"虚度韶华十七春,见吾面目认吾真。前程远大须勤勉,毋负昂藏七尺身。"其照以《郑君浩如》为题与其他作者照片登于《学生文艺丛刊》,见学生文艺丛刊社:《郑君浩如》,《学生文艺丛刊》第 5 卷第 1 期(1928 年 10 月),页 3。

2 Michel Foucault, *Technologies of the Self: A Seminar with Michel Foucault*, eds. Luther H. Martin, Huck Gutman, and Patrick H. Hutton (Amherst, Mass: University of Massachusetts Press, 1998), pp.17–49; Michel Foucault, "About the Beginning of the Hermeneutics of the Self: Two Lectures at Dartmouth," *Political Theory*, vol.21, no.2 (May 1993), pp. 198–227. 晚年福柯用"自我技艺"(或是"生存的艺术")来探讨自我书写中的主体形塑、内在灵魂的搏斗,在古典脉络中寻绎现代主体性发展的过程。参见严志雄用"自我技艺"的理论对钱谦益晚年诗作的讨论,见氏著:《钱谦益〈病榻消寒杂咏〉论释》,尤见页 40—43。

3 徐诚莹:《自题相片》,《学生文艺丛刊》第 4 卷第 9 期(1928 年 4 月),页 19。

理解中，指出"看"的行为中强调的是此刻性（present-ness）。在观看物体时，通过"视觉的共时性"将"此刻"延续，从而使变化、不变、存在（being）与形塑（becoming）之间呈现不同的面貌。他写道："暂时与永恒之间的主要区别在于'此刻'被观者视觉性地理想化为稳定的内容，以对抗转瞬即逝的非可视化感受。"[1]自题小照，首先是强调"此刻"的视觉感官经验，然后是道德伦理、哲学上的领悟提升。正如一位白话文作者写道，"这是现时的我、此地的我"[2]，强调此刻、此在。拥有这一延续的"此刻"、观照的当下，观看者才可以回溯、想象自我在时间之流里的形塑，引发对他时、异地的记忆。

与此同时，玉照自觉这一时刻，是一种伤心的邂逅。摄影术无疑强化这种生命流逝、世事无常的感受。一帧小照，摄取的是线性的时间流程中的一个稍纵即逝、不可重复的片刻。苏珊·桑塔格（Susan Sontag，1933—2004）、罗兰·巴特，均以动人的笔触，指出摄影是"挽歌的艺术""薄暮的艺术"，是死亡的"提醒物"。[3]影像，对观者有无可估量的伦理与情感的召唤力量。这种瞬刻视觉景观中对生死的提醒，在转化为抒情的一刻时，又与"叹逝"的传统诗歌主题一拍即合。很多"自题小照"作品，尤其是那些写于人生末年，弥漫的当然是，将自我放置于历史时间的嬗递变化中，天命不可违，从而涌生出存在的悲情。也正是在这个意义上，以下沈曾植（1850—1922）的这首题照诗中呈现的时间意识意义非常，有不同时间观念的相抵牾。沈曾植的《徐积余出余乙巳年摄影索题》：

似曾相识是何年？幻火轮中万转旋。梵志宁知前日我？阳休或是古时贤。

影咨周两应无对，化等虫沙已渺然。寄附钱王金塔畔，他生有愿作那先。[4]

1　Hans Jonas, *The Phenomenon of Life: Toward a Philosophical Biology* (Chicago: University of Chicago Press, 1982), pp. 135–152；尤见页 145。

2　唐苇杭：《自题小照》，《孤吟》第 5 期（1923 年 7 月），页 2。

3　苏珊·桑塔格：《论摄影》（黄翰获译，台北：唐山出版社，1997 年），页 14。Roland Barthes, *Camera Lucida: Reflections on Photography* (New York: Hill and Wang, 1981), p.15.

4　沈曾植著，钱仲联校注：《沈曾植集校注》（北京：中华书局，2001 年），页 814—815。

这首诗作于 1912 年上海。沈曾植应友人之邀，为光绪三十一年（1905）自己 56 岁时的照片题诗。如果上文所引诗中谭嗣同、康有为看着年轻的自我有点故作沧桑语调的话，那么这是人生暮年的孤臣孽子的"广陵散"。诗中于凝视自照之际所呈现的时间观值得注意。

首先，时间在此是轮回的。起句写下看到一个似曾相识的"我"，问今夕是何年，但是这种对岁月流逝的轻喟立刻被放入世界作为场域，生命如旋火轮的大视野中，生死死生，死死生生，未有休息。诗中使事用典都在强化这种生命幻化的意识，无论是《庄子》中"罔两问景"的影与形的循环往复，还是《抱朴子》中三军之众化为虫沙的小人。[1] 如果说一张旧照，让沈曾植强烈意识到一己之存在之不可恃，是"今我"与"故我"的隔空对话，那么，他借助佛家的死生轮回、道家的物类变化，来赋予自我一种穿越的可能，纾解线性时间的焦虑感。"寄附钱王金塔畔，他生有愿作那先"，在新时代边缘徘徊的一代硕学通儒、文化遗民，选择下辈子做和尚。

其次，诗中表达了复杂的时间观念。沈曾植对"梵志"一典运用值得玩味。该典出自东晋僧肇的《肇论》的第一篇《物不迁论》，说："梵志出家，白首而归，邻人见之曰：昔人尚存乎？梵志曰：吾犹昔人，非昔人也。邻人皆愕然，非其言也。"[2] 梵志说，今天的自己是过去的自己，又不是过去的自己。与孔夫子的"逝者如斯夫"中的感喟不同的是，时间在这里是辩证的，它既是延续的，又是断裂的，它可以被无限分割，过去凝固停留在过去，而今天留在今天。[3] 也是在这个意义上，沈曾植借此质问："梵志宁知前日我？"因为这里的时间有静止的可能，所以它或许能常驻永恒，从而在理路上轻轻跨越了线性时间的鸿沟。这里的静止的时间意识也让人联想到春秋时期惠施的"飞鸟之影，未尝动也"，以及希腊哲学家的"飞矢不

1　见陈鼓应注释：《内篇·齐物论》，《庄子今注今译》（台北：商务印书馆，2011 年），页 89。葛洪《抱朴子》卷 8《释滞》云："山徙社移，三军之众，一朝尽化，君子为鹤，小人成沙。"葛洪著，王明校释：《抱朴子内篇校释》（北京：中华书局，1980 年），页 154。

2　沈曾植著，钱仲联校注：《沈曾植集校注》，页 815。

3　陈洁：《论僧肇的时间观》，《中南大学学报（社会科学版）》第 9 卷第 6 期（2003 年 12 月），页 725。

动"的说法。[1]照片是时间、空间上的细薄的切片,它否定了时间上的"连续性"、在空间上与他人的"互系性"。[2]这静定的瞬刻,这帧被嵌在镜框中的凝固的、物质化的自我影像,与流逝的生命之河相较,获得了它们的恒常性。沈曾植在另外一首与摄影有关的诗中云:"影形并入天光摄,罔两何劳行止劝。"[3]沈曾植用"罔两(影外微阴)"一典来比附摄影,而相通之处不仅在于它们都是光与影的产物,还在于影子与照片都具有复制的可能性。

1908年,严复与自己30年前留学巴黎的影像对看,形体与精神无一可亲,意绪颓唐。此诗即《漫题二十六岁时照影》:

> 镜里分明隔世身,相看三十过来春。风灯骨肉今余几,土梗形神定孰亲。
> 已有人归留鹤语,更无松老长龙鳞。商岩发梦非今日,却办余年作子真。[4]

世事沧桑巨变、朋辈凋零,连种松长龙鳞的闭户著书的可能都没有。严复想象自己像商岩一样,被君王重用,一展才华,但那已经是"昨日的我","余年的我"更想学汉代郑子真,归隐山川。此诗在层层用典中裹藏自己的心志。从自己身处异国的年轻照影里,看到的是时间的断伤,以及在时事变迁里无以安置自我的难喻的怆怀。这真是暗合罗兰·巴特与苏珊·桑塔格都"哀悼"过的凝视旧照的一刻。

作为"新时空概念"的表达,照片建立"此时、此地与彼时、异地的非逻辑关系"。照片是线性的时间之流中瞬间的闪光,提醒观者呈现中的消逝、记忆中的忘却、生命里的死亡威胁。[5]自我的影像,无论是1905年上海的沈曾植,还是1878

---

1 陈洁:《论僧肇的时间观》,《中南大学学报(社会科学版)》第9卷第6期(2003年12月),页724—727。惠施一说见陈鼓应注释:《杂篇·天下》,《庄子今注今译》,页858、866。

2 苏珊·桑塔格:《论摄影》,页21。

3 沈曾植:《樊山招同伯严节庵完巢子勤小集寓园阅所藏书画婆娑竟日摄影而散次日以长歌写示次韵奉和》,沈曾植著,钱仲联校注:《沈曾植集校注》,页490—491。

4 严复:《漫题二十六岁时照影》,严复著,王栻主编:《严复集》(北京:中华书局,1986年),卷2,页370;该照见卷1,插图。

5 Roland Barthes, "Rhetoric of the Image," *Image-Music-Text* (New York: Hill and Wang, 1977), p.44.

年身处巴黎的严复，再现的是他时、异地、消逝了的过去的"我"。立足此时此地，影像中熟悉的细节，激发道德感悟、感伤情怀，而这种感伤情绪往往被置于前世与今生、故我与今我、今与昔的对照、轮回或同在的认知框架中。诗人张刚（生卒年不详）的五首题照诗，每首起句分别写到，"认取当年一故吾""寰尘何处认前身""独立庭阶一故吾""翩翩年少一今吾""宇宙茫茫寄此身"。[1] 无论是学问大家沈曾植，还是这位底细不知的诗人，频频引用佛典来诠释人生，用"轮回"的时间观来抵抗被照片勾起的内在汹涌的情怀与时间流逝的沧桑感。来自西方的新物质以及与之相伴的单向线性的历史意识，与传统感知模式间冲突较量，反而增加了自我书写的内在抒情张力。沈曾植与严复的诗里，虽然有庄子，有辽鹤，有寺庙，但没有"俯仰终宇宙，不乐复何如"的欣然忘己的慧境 [2]，有的是眼前这个被拘滞在方寸间的自我影像、时间流程中的静止的截面。但是，抒情的一刻，提供了超越、忘怀于时间之外的小小可能。

三、影像中的我、你、他

本雅明在《摄影小史》中引用 19 世纪的摄影家多泰戴（Dauthendey）的话来形容当时人看到自己达盖尔式照片时的反应："起初，人们并不敢相信照片中的自己，他久久凝视他所拍摄的第一张照片，想躲避照片中犀利的人像，因为他感到照片中那张小小的脸也在注视着他。就像这样，最早的达盖尔式照片以不同寻常的清晰度忠实地再现自然，使众人为之震惊。"[3] 本雅明描绘了早期观看影像时自我所经历的不安，即试图躲避那来自自我的犀利眼神。这些时刻是自我作为置身自我之外的存在（being-outside-ourselves），深层的自我因经历了"震慑"而被牺牲掉的过

1　张刚：《自题独立小照》，《动向月刊》第 1 卷第 3 期（1935 年 6 月），页 19。

2　陶潜：《读〈山海经〉十三首》，陶潜著，龚斌校笺：《陶渊明集校注》（上海：上海古籍出版社，1996 年），页 335。

3　瓦尔特·本雅明：《摄影小史》（倪洋译），见罗岗、顾铮编：《视觉文化读本》（桂林：广西师范大学出版社，2003 年），页 28。

程。在本雅明理论的启发下，琳达·罗格（Linda Rugg）进一步解释说，照片设计了一种分裂——在被拍自我与观看自我、存在的自我与"已死"之自我影像、作为被经历的此刻与被观察的此刻之间的分裂。[1] 由此，当晚清人看到自己的影像时的反应又如何呢？晚清民国诗人是如何描绘这一自我置身于自我之外的视觉经验的？自我的逼真影像或许亦给国人带来诡异、疏离以及种种不安的感官体验。陌异的可视化的经验，与熟稔的抒情格式碰撞与协商，抒情文字包容了陌异技术化的影像，翻译、重构了新旧交错中的对自我形象的理解。

在本文第一部分所引用的这一组诗中，我们已发现诗中显示了观看主体在此视境过程中所产生的极其微妙的变化。诗中，观看的主体面对陌生又熟谙（uncanny）的肖影时，有深刻的犹疑、不确定，需用双手擦眼睛，好好睁眼来看自己。例如，谭嗣同会故显诧异地感叹，"忽说此人是我"，沈曾植视野中的"似曾相识"，严复眼里的"隔世身"，以及下文要谈到的秋瑾（1875—1907）的"俨然在望此何人？"，都是引用旧语汇来描绘新的视觉经验的例证。我们当然可以简单将其理解为是"今日之我"看"昨日之我"，时光在自我身体上雕刻下的痕迹，记忆与真实之间的细微差异带来了这种陌生化的感受。更重要的是，当"我"看着一个客观化了的自我影像，自我被潜在他者化，从而产生对自我及其身份的疏离感。苏姗·桑塔格指出，摄影的观看习惯，创造了"一种和自然的疏离而非联结"的关系。这种"看"："主要变成一种分离式的'看'的实践，一种介于相机以及人眼焦距与判断透视之间，因客观矛盾而受强化的主观习惯。"[2] 通过这种技术引发的分离式的"看"，照相式的"看"，发现肉眼从未发现过的现实；通过照片来发现另一个自己，来辨识记忆、影像与视觉判断之间的细微差异。新的媒介由此引进了一种新的"他者性"（alterity）。无可比拟的逼真影像，带来自我发现的同时，也引发自我的陌生化过程。

1　Linda Harverty Rugg, *Picturing Ourselves: Photography & Autobiography* (Chicago: University of Chicago Press, 1997), p.137.

2　苏珊·桑塔格：《论摄影》，页 124—125。

在古代肖像画中，这种对自我意象的凝神谛视或仔细辨认的瞬间，身体经历的描述，常常困惑于似与非似之间。黄庭坚（1045—1105）在其著名的《写真自赞五首》（其三）中写道："或问鲁直似不似，似与不似，是何等语……"北宋文人在题人像画时十分关心的问题是画像与自己的肖似性，频频询问似与不似的问题。[1]晚清民国的题照诗，大量沿用过去的语汇，但是已经不再拘泥于肖似的问题。这显然与照片和绘画作为不同物质媒体的本质性的差异所带来的视觉感受上，以及主客体间的关系的不同有关。照片展示的是巨大的纤毫毕现的逼真性的功能。在自题画像的书写传统中，犹疑的经验、似曾相识的感受表达，作为一种惯常的修辞方式，在新的语境中被借用来描绘照片所引发的疏离、陌生的感受。这种自我的分裂，观者与影像的分身，在诗中常展示为故吾、今吾，前身存在、现在的我的对照。

当自我作为自我的观者经历疏离的感受时候，铭刻、抒情在此时究竟有何效应？毛文芳在对画像题咏研究中指出，在明清的自题画赞、自题画像的文人传统中，画外我与画中我经常进行对话。观看主体与像主不断对话，解析、认识、挑战自我，在此过程中也形塑了书写自我的主体性。[2]自赞中的你、我对话的修辞手段，或是从他者的口吻点评影像，进一步戏剧化呈现了两种存在的情境——现状、自我的期许，一个拘限于此的自我、一个理想化自我之间的差异。观看的自我同时也是诗人，占据优势，将画中之我抬高到与自我对话的地位。[3]如果说观看的主体被分裂成自我与沉默的影像，那么，重要的是，自我进入了互为"自我反省"时刻，赋予沉默的影像以发声的权利，最终将自我与影像在特定的时空中相聚。文本与图像各

---

1 衣若芬：《北宋题人像画诗析论》，衣若芬：《观看·叙述·审美：唐宋题画文学论集》（台北："中研院"中国文哲研究所，2004年），页140—190，尤见页149—152。黄庭坚：《写真自赞五首》，见黄庭坚著，刘琳、李勇先、王蓉贵校点：《黄庭坚全集》（成都：四川大学出版社，2001年），卷2，页559—560。

2 毛文芳：《图成行乐：明清文人画像题咏析论》（台北：学生书局，2008年），尤见页137—139、156—158等。该书对明清画像自赞中的对话格式、自我的多音竞争，以及后设性的自我反思等特征，均有深入精彩的辨析。

3 Hajime Nakatani, "Body, Sentiment, and Voice in Ming Self-Encomia (Zizan)," pp.74–80; Linda Harverty Rugg, *Picturing Ourselves*, p.13.

自独立存在，在一个现代的时空结缘重逢，此在的我对彼时异地的我给予关照、勉励。诗人频频用这种书写模式来表达新的观视经验，写下诸如："我身是你，你身是我。认清时，拈花一笑。""二我相逢原是我，一身已寄更留身。"[1] 在二我相逢的奇特时刻，似乎都有亲亲如晤的感受，确证只有"你"是我的知己。白话新诗中，更是喜欢用"你、我"的对话格式，譬如"我"质问"沉默的你"，提醒"你"该不辜负光阴，努力进取。

戏题、自嘲、打油诗的形式，在题照诗中广泛运用，不仅建立一种我与你，我与他，观者与诗中的、画中的意象的对话的关系，更以戏谑的姿态成功营造影像带来的陌生化效果、图像的"他者性"。换言之，题照行为、熟练上手的文字癖性，有效地削弱了凝视自我影像所带来的震惊、不安感受，赋予了客观化的自我以抒情的"声音"。例如，有位笔名"醉"的人写了首打油诗："似我原非我，疑他不是他。既非他与我，相对笑哈哈。"[2] 一副嘻嘻哈哈、随喜随缘的心态。

在一系列的戏题的小照中，年高德劭的虚云禅师（1840—1959）的《自题照相》，无疑值得特别关注。笔者所见两段虚云和尚的《自题照相》，语带调侃，自嘲为看破红尘的"这个痴汉"。他有多幅照片存世，并常自题法相邮赠弟子，也提供了照片在宗教活动中的新作用的一点线索。图 4-10 中这段偈语在调侃了自己丑陋形貌、放诞行径之后，却指出该老汉为苍生请命、不屈不挠的高贵品质，是"我"对自我形象的自嘲、自矜、自傲。

　　　　这个痴汉，有甚来由，末法无端，为何出头。嗟兹圣脉，一发危秋，抛却己事，专为人忧。向孤峰顶，直钩钓鲤，入大海底，拨火煮沤。不获知音，徒自伤悲，笑破虚空，骂不唧溜。噫，问渠为何不放下，苍生苦尽那时休。[3]

1　樗瘿（李玉罄）：《自题小影·调寄解佩令》，《繁华杂志》第 6 期（1915 年），页 11；俞祖勋：《自题小影》，《学生杂志》第 7 卷第 3 期（1920 年 3 月），页 52。

2　醉：《丙寅自题摄影片》，《会报》第 22 期（1927 年 3 月），页 14—15。

3　虚云：《自题照相》，《觉有情》第 207 期（1948 年 7 月），页 6。另一首虚云：《自题小影》，《佛教公论》第 23—24 期（1948 年 10 月），页 4，均未附照片。他的题诗与多幅影像，收于弟子为其编撰的事略等。

图 4-10　虚云和尚赠宽镜居士自题像[1]

在自省、自励、自愧、自惭之余，题照诗中弥漫人生如幻的感受，而摄影术正是一种擅长制造幻觉的媒介。布尔迪厄（Bourdieu）描写过，摄影术将一个立体三维的空间物体平面化，并捕捉其独一无二的瞬间的二维的形态，就好像"梦境中的意象"，"为的是把握（如瓦尔特·本雅明所示）感知世界那些稍纵即逝而无法感知的方面，为的是捕捉此在的荒诞之中的人性姿态，这种此在是由'盐柱'所构成的"。"盐柱"一典源出《圣经·创世纪》中的著名故事，说的是罗德之妻因为不听忠告，回头看了一眼上帝毁灭的城市，自己也顷刻化为"盐柱"，永远立在那里。[2]生命的荒诞与物化的永恒形态，布尔迪厄在此通过"盐柱"一典来传达。晚清的题

1　纯闻主编：《云水禅心：虚云和尚诗偈选赏》（北京：现代出版社，2012 年）。

2　皮埃尔·布尔迪厄：《摄影的社会定义》，见顾铮、罗岗编：《视觉文化读本》，页 49—50 以及页 50 的注释 1。

照诗，沿用古代题画诗的常用词汇，引发大量的真、幻，真我、假我，昨日之我、今日之我，有我、无我，"梦中梦""身外身"等书写。[1]存在主体的意识张炽的同时，更强化了生命虚无、虚幻的感受，抒情主体展开诸如"无我方是我、有我则非我"，"纸上物"等同"色中尘"等多重辩证。

　　笔名"冰魂女士"（生卒年不详）有首白话诗《自题偕友摄影》刊于北京中国大学的校刊《晨光》。该诗云："是真非真；/是伪非伪；/是二我；/是二伊；/是相似形。我不愿再去分别这些无谓的，/所知道的，/的确看见了伊；又还自鉴一个我。/就此随意些也好，/何必苦求全真啊！"[2]商务印书馆的戴克敦（1872—1925），于1925年元旦，给自己的影像题写了文言与白话两段文字，刊于同人杂志，白话文录于此：

　　　　这是谁！这是我吗？这真是我吗？几十年几百年前，早已有我，却不是今日的我；几十年几百年后，仍旧有我，也不是今日的我；可见今日的我，和以前及将来的我，都是一刹那的假我，不是永久的真我。那末，真我究在那里呢？真我被假我蒙住了，假我去尽，真我便见。[3]

这两段文字中的"全真""真我"的概念，并不是指写实、如实呈现自我面貌的客体的自我，而是指人格的形塑、理想境界的塑造，是对一个完整、独立、具有主体性的"我"的期许，而肉身的、影像的"我"仅仅是个刹那的"假我"而已。但是，另两首自题小照中，诗人却认同寸纸留下"真面目"的功用，颂扬新媒体的写实能力："寸纸欣留面目真，阿侬何物是前身。"[4]"是我原非我，依然具五官。预将真面

1　衣若芬将宋代人像画题诗中的真、幻之辨，称为"真"与"幻"的迷思，见氏著：《观看·叙述·审美：唐宋题画文学论集》，页142—157。新媒介继续强化了这种真假难分、生命如幻的感受，同时也显示了文字癖性、固有的感知模式在认识新经验时的作用。

2　冰魂女士：《自题偕友摄影》，《晨光》第1卷第2期（1922年9月），页4。

3　戴克敦：《懋哉自题小影》，《进德季刊》第3卷第3期（1925年1月），无页码。

4　王斅文：《自题小照即请诸大吟坛赐和》，《崇善月报》第64期（1929年阴历九月），页34。1930年前后，《虞社》有数位同仁响应王斅文的索和。

目，留与世人看。"[1] 据此，影像与文字中的自我形象、肉身的我与再现的我之间的界限已被模糊。诗人们在此做出妥协，认同新媒介不仅能够攫取自我的"真面目"，更如文字，能将肉身寄存。乔纳森·克拉里（Jonathan Crary）指出，摄影术发明的结果是影像世界由隐喻式（metaphorical）的变成换喻式（metonymic）的，难辨现实和复制本的分别。[2] 肉身的我、影像的我，镜中的我、抒情的我，昨日的我、今日的我，真我、假我，构成了一系列转喻的关系，成就多重语境中不断转喻的我。一方面，现实与逼真的再现之间的鸿沟几被弥合，疑真疑幻之中，引发的是观看者对现实中的自我与自我的复本之间难分彼此的焦虑；另一方面，传统文人熟稔的抒情言志的方式、修辞套路，以及其背后牵引出的庞大文化感知体系，正可以在此有效纾解异质媒介带来的自我认同的疏离、分裂，呈现旧语汇在新的视觉语境中的意义。这一系列真我、假我，昨日之我、今日之我，肉身的我、再现的我，建立的不是西方意义上的二元对立的关系，而是"我"在不同的时空机缘中的"现身"。于此，题写的意义即是：

　　真疑是幻幻疑真，写出书痴身外身。[3]

四、侠骨前生悔寄身

　　摄影从传入中国之初起就流窜于烟花柳巷、梨园戏台，与想象女性的视觉政治、美人话语彼此缠绕，那些旖旎妆影、脉脉含情的红颜气质，都延续了传统美人画里的男性凝望（gaze）的视角。[4] 女子"花照"，与画中人一样，频频以"真真"唤之，而照片的拍摄便捷、复制与传播迅速更是强化了这一情色想象的作用，成为

1　胡楷：《题照相》，《铁路协会会报》第 8 卷第 3 期（1919 年），页 5。

2　Jonathan Crary, *Techniques of the Observer: On Vision and Modernity in the 19th Century* (Cambridge, MA: the MIT Press, 1992), p.129.

3　汪啸庐：《自题月夜敲诗图三十初度小影》，《虞社》第 155 期（1929 年 9 月），页 1。

4　从性别研究的角度对明清女性画像以及题画诗的深入阐释，见毛文芳：《卷中小立亦百年：明清女性画像文本探论》（台北：学生书局，2013 年）。

欲望观想的大众媒介。[1]在晚清应运而生的高唱女权的刊物中，我们看到闺秀的小照自题的作品里有因袭，也有试图翻转这种被窥视的角度，转而，或为主动大方地迎视，或是男装裹身、宝剑相随，对性别话语做了策略性的借势与挪用。这些数量不多的闺秀诗人的小照自题，是对传统视觉意符的反动，在图文之中有新女性的性别主体意识的萌动。徐蕴华（1884—1962）的《自题小影》：

> 寂寂闲庭夕照天，秋山一角耸吟肩。寒花影里低鬟立，不许人怜只自怜。[2]

朱素贞《自题小影》：

> 居然不改笑和颦，省识真真镜里人。从此小楼风月夜（俞曲园太史题予妆阁曰风月双吟楼），多君形影共相亲。
>
> 帘幕春风向晚开，落花时节暂徘徊。何当有个愁凭据，印入芙蓉镜子来。
>
> 漫将萼绿比丰神，惭愧精才拟淑贞。已让羊车花市去（外子潘少文司马将纳妾，故云），也知侬貌不如人。
>
> 鸾箫久苦梦相寻，南浦余情比水深。只道分身今有术，奈他知面不知心。[3]

徐蕴华笔底这个夕阳下在寂寂闲庭里低首俏立、形单影只的女子，或许似曾相识。诗中的女性自我呈现，带有明显的程序化倾向，基本沿用了象征诗学系统里男性对于静态内敛女性形象的构想。而结尾，她笔锋一转，将骄傲的自我的主体性推到了前景，"不许人怜只自怜"，隐含着一种幽微变化的生命的省觉。江南才媛朱素

1　"真真"一典，出自唐代杜荀鹤《松窗杂记》，后成为画中女子的代称。清末与照片有关的诗词中，广泛使用"真真"指代照片中的女性形象。关于民国初年照相文化中，"女性"照片传情达意、"慰相思"的功用，见拙文：《相思之影：清末民初照相文化中的情感地图》，页130—137。

2　徐蕴华：《自题小影》，见陈匪石：《诗录》，收于柳亚子编：《南社丛刻》，卷4，页3104。徐蕴华，字小淑，号双韵，系秋瑾浔溪女学之女弟子，南社社员。

3　朱素贞：《自题小影》，《新学海季刊》第1卷第1期（1920年1月），页13。朱素贞（生卒年不详），字瑞香，号栯云楼主，上虞人，系南社诗人潘普恩（1875—1954）之妻，夫妇俩为民初著名诗坛伉俪。朱素贞在《新学海季刊》上发表一组《倚翠楼吟草》，未附照片。

贞用"真真镜里人"的熟语来指涉自我,但她
的与自我形影的相亲相恋,实则是夫君即将纳
妾的情形之下的自我倚靠。括号中的解说文字
提供了个人讯息,大家闺秀在公共媒体(《新学
海季刊》)上表达自己的怨怼,也同时透露她
难以割舍的情缘。这几首诗作,或许未脱去自
怜自悯的传统女性抒情气息,但她们在公共媒
体上发表透露自己心迹的文字,无疑展示新时
代语境下现代女性对自我的认知。徐蕴华的全
身像(图4-11右下角)和《自题小影》(右侧)
一道刊登在上海的《妇女杂志》创刊号(1915
年)上。影像中的她,着装时尚,头戴一顶新
式帽子,面对镜头,站立在庭院布景前。同一
页还刊有女界同仁书写的"女界之友""敦励女
教"等条幅及其他提倡女学的女教育家的照片,
呈现图文叠印、长方形与圆形构图交错使用的
视觉效果。这类图文并刊的形式,展示昔日重
帏深闺里的女子,大大方方展示在公众传媒的
视野之下,由人欣赏,表达自我。图4-11、图
4-12均为16开本的珂罗版彩印插图,民初女
子的华瞻异彩,一百年后,依然透现纸背。

　　图4-12为1915年刊登在《妇女杂志》上
的一幅施淑仪(1876—1945)与自己表妹的合
影。画面的设计颇为有趣:表妹手拿针线面向

图 4-11　徐蕴华《自题小影》[1]

图 4-12　施淑仪《自咏题蕉背影》[2]

1　徐蕴华:《自题小影》,《妇女杂志》(上海)第 1 卷第 1 期(1915 年 1 月),无页码。图 4-11 左下方登有
　　《上海竞雄女学校长石门徐自华女士小影》,徐自华(1873—1935)系徐蕴华之姐,南社诗人。

2　施淑仪:《自咏题蕉背影》,《妇女杂志》(上海)第 1 卷第 2 期(1915 年 2 月),无页码。

读者，而施淑仪身着洋装背对读者，装作在芭蕉叶上题写自己的愁绪。一边一首题照诗，一首赠给表妹，另一首题为《自咏题蕉背影》："背花悄拭泪痕干，愁绪如蕉下笔难。自顾年来憔悴影，怕临青镜怕人看。"[1] 照片上、下方还题有时间（1901 年冬）及其署名，整个版面透着浓郁的书卷气息。无论是揽镜自照，还是面对读者，都是施氏不愿为，她给读者留下一个落寞的同时也是在奋力临摹的背影。精心设计的自我背影，照边题诗与照中题写的姿态互为呼应，以及题字的空间布局，均显示了施淑仪对自我公共形象的建构，有非常自觉的图像意识。

　　传统社会里因袭已久的对女子进入社会公共领域的歧视虽然开始松动，但这种女子抛头露面之事，仍会被认为伤风败俗。20 世纪的第一个十年间，小报画报开始带有图片插页，多是欢场女子、梨园戏子。[2] 良家妇女、大家闺秀多不愿抛头露面，玉照新颜上报刊还未成风气。目前能见到的较早的闺秀照片，系陈撷芬（1883—1923）担任主笔的、1903 年《女学报》上的罗迦陵（1864—1941，犹太裔大亨哈同之妻）、早夭的上海奇女子吴孟班（1883—1902）的半身肖像照和 1904 年《女子世界》上的薛锦琴（1883—1960）全身的晚清女子装扮照。[3] 民初第一份商业女

1　此则材料受惠于胡晓真一文提供的线索。胡晓真：《文苑、多罗与华蔓——王蕴章主编时期（1915—1920）〈妇女杂志〉中"女性文学"的观念与实践》，见吴盛青、高嘉谦编：《抒情传统与维新时代》（上海：上海文艺出版社，2012 年），页 320。施淑仪在此只显示背影，该不是因为她不愿抛头露面，而是基于对诗意与画面构成的考虑。1914 年 7 月《妇女时报》第 14 期上登有她的个人肖像照。《妇女杂志》上所刊登的女界先进的照片，该是主编王蕴章与诸位女性同仁共同努力的结果。上海妇女杂志社（《征集文字图片》）中有一条："发件人，如欲将自己小影印入本报，可将影片随稿附下。本社当于每期图画栏中，另辟爱读本报者之小影一门，铸版印入，以酬雅意。"见上海《妇女杂志》社编辑：《征集文字图片》，《妇女杂志》第 1 卷第 1 期（1915 年 1 月），卷末，无页码。施淑仪该诗又作《自咏背面题蕉小影》，收于其《冰魂阁诗存》，同时收有湖南易婧青的和作。送表妹的诗作《散课后与陆亦彬表妹摄影即题诗以赠之》如下："课罢相携步碧苔，天寒翠袖共徘徊。喜君不把鸳针弃，笑向芙蓉深处来。"见施淑仪著，张晖辑校：《施淑仪集》（北京：人民文学出版社，2011 年），页 656—657。

2　Catherine Yeh, *Shanghai Love: Courtesans, Intellectuals, and Entertainment Culture, 1850—1910*, pp. 84-95. 中文版见叶凯蒂：《上海·爱：名妓、知识分子与娱乐文化（1850—1910）》（杨可译，北京：生活·读书·新知三联书店，2012 年），页 88—100。她指出，最早提及妓女拍照的系葛元煦，见其《沪游杂记》（上海：上海书店出版社，2006 年）。

3　《女学报》编辑：《罗迦陵女士》，《女学报》第 2 卷第 1 期（1902 年 2 月），无页码；《女学报》编辑：《吴孟班女士》，《女学报》第 2 卷第 2 期（1902 年 3 月），无页码；《女子世界》编辑：《女士薛锦琴》，《女子世界》第 2 期（1904 年 1 月），无页码。

子刊物《妇女时报》上登有一系列的女性投稿者照片，多为主编包天笑积极运作的结果。[1] 直到 20 年代中后期，为数众多的名门才媛、职业新妇女，才开始连同新出现的身份意义含混的交际花、电影明星，涉足公共传播领域。女性个人肖像照，连同具有自觉肖像意识的特写拍摄，成为公共性的图像展示，刊登在 1925 年创办的《上海画报》《紫罗兰》与 1926 年创刊的《良友》画报上，犹如现代都市风景，成为可资消费的快餐图像，体现市民阶层的世俗享乐观。[2] 与世纪之初女性主义者的登台亮相、高唱女权相较，上述行为有更为含混的意义，掺杂着情色观想的功用。女作家中，词人吕碧城（1883—1943）留下多幅风流俊逸的时尚肖像照，其倩影及背影分别登在《妇女时报》第 2 期与第 10 期上。[3] 她的词集（如 1925 年版的《信芳集》、1929 年的《吕碧城集》）附有不同时期的个人影像，这在当时文人的作品集中，实属少见，与她塑造的瑰奇超迈的文本世界相映照。

在笔者读过的女性自题小照诗中，我以为最有趣的是秋瑾的这首著名的自题男装小照。它带我们进入其情感的幽微世界，是于视觉、女性主义意识以及人生经验的层层转折中，对当下生命状态与性别身份的省察与重重召唤。这首秋瑾《自题小照》：

> 俨然在望此何人？侠骨前生悔寄身。过世形骸原是幻，未来景界却疑真。
>
> 相逢恨晚情应集，仰屋嗟时气益振。他日见余旧时友，为言今已扫浮尘。[4]

这首七律作于 1906 年秋瑾自日本归国后。秋瑾之弟秋宗章写道："姊既归，乃弃和装不御，制月白色竹衫一袭，梳辫着革履，盖俨然须眉焉。此种装束，直至就

1　参见季家珍近著中第二章、第三章的讨论。Joan Judge, *Republican Lens: Gender, Visuality, and Experience in the Early Chinese Periodical Press* (Berkeley, CA: University of California Press, 2005), pp. 94–95.

2　见姚玳玫关于女性肖像的私人性与公共性的讨论。姚玳玫：《文化演绎中的图像：中国近现代文学／美术个案解读》(广州：广东人民出版社，2010 年)，页 52—73。

3　《妇女时报》社：《教育家吕碧城女士小影》，《妇女时报》第 2 期（1911 年 7 月），无页码；《妇女时报》社：《吕碧城女士背影》，《妇女时报》第 10 期（1913 年 5 月），无页码。

4　秋瑾著，郭延礼注：《秋瑾诗文集》(北京：人民文学出版社，1982 年)，页 94。

义，犹未更易。改装伊始，曾往邑中蒋子良照相馆，摄一小影，英气流露，神情毕肖。"[1]青楼女子的换装表演、风流放诞在明末已成风气，晚清妓女的男装照也是一种婀娜丰姿化、雄放的时尚演绎。而秋瑾现存的两张男装照，则是她红粉英雄的激情想象、豪侠精神的呈现，不类欢场上的风流任诞。诗中描写了自己乍见男装形象的疑幻疑真的心理，刻画细腻入微。借助照片的成功换装，变装的秋瑾在历史瞬间的定格完成，性别转变似乎易如反掌，但是诗中表达的是更为复杂的由观看而引发的瞬间的启示以及斑驳的心理体验。秋瑾的许多诗词（如《满江红》），虽然颠覆了宿世的男女不平等的观念，超越了当时代闺阁文化的一种想象，但这种简单的男女权力与身份的置换是建立在对男女对立的二元论基础上的，是对男权至上的社会体系与权力关系的悖论性的肯定和认同。也正是在这个意义上，这首诗中表达的犹疑恍惚的精神经验值得关注。诗中没有她为女权张目的狂放倜傥，没有假扮异性的简单调包，在超越男女性别对立的颠覆性的游离的同时，展示的是性别特征认同上的不确定性与深刻的犹疑。恨作女儿身的"我"，假扮异性的我，以虚构的时间的流程（前生、过世、未来）为导向，就像白日做梦，虚实相济，而扮装正提供了一种真实的幻象。秋瑾的"换装梦"，很容易让人联想起饮酒读《骚》的清代女诗人吴藻（1799—1862），以及陈文述（1771—1843）对吴藻的评语："前生名士，今生美人。"[2]也就是说，佛家三生、转身论框架悖论性地为性别身份的开拓提供了合理化的阐释。《自题小照》后半首语调转为舒宕豪放，以压抑自身今生受挫的情绪，一扫浮尘，以他生来超越现实此在。这一首诗饶有趣味地展示了一种性别身份认同的困惑、选择性的实践，是为自己无法真正超越性别樊篱而抑郁不平、缱绻辗转下的一次突围表演。

　　在 20 年代，大众写作女性的自题中，一种清新的自我意识亦跃然纸上。天津第一女师范附属学生王文田女士（生卒年不详）有《自题小照二绝》，说自己相片

---

[1] 秋宗章：《六六私乘》，转引自郭延礼：《秋瑾年谱》（济南：齐鲁书社，1983 年），页 90。两张存世的男装照中，一为中式长衫，一为男装西服。徐自华的《秋瑾轶事》生动描绘了秋瑾喜乔装摄影，曾约数位女生着男装摄影，并请徐自华品题，见郭延礼：《秋瑾研究资料》（济南：山东教育出版社，1987 年），页 65。

[2] 陈文述：《碧城女子诗》，见施淑仪辑：《清代闺阁诗人征略》，收于沈云龙主编：《近代中国史料丛刊三编》第 63 辑（台北：文海出版社，1985 年），卷 8，页 10。

"眉目分明影逼真"[1]，已无自怨自艾的意思。第二首更是语调豪迈，写道："光阴荏
苒几蹉跎，如水年华顷刻过。愁事渐多欢渐少，惜时须奋鲁阳戈。"[2]而一位名为献
廷的女士（生卒年不详）写的一首白话新诗《爱伊》，以近乎自恋的口吻说，"我真
要把伊捧到三十三层天上"[3]，乃一览无余地表达对自我（或是自我肖像）的深沉恋
慕，显示在短短十几年后女性自我意识在民国社会中的高涨。她如此写道：

> ……毕竟伊是谁？谁是伊？
>
> 我不爱伊谁爱伊！
>
> 我不爱伊更爱谁！……[4]

五、多重的自我幻相

晚清沈太侔在笔记《东华琐录》中，谈到当时的名流雅士对化妆照的钟情：

> 曾见一像，为宝香士、宝似兰、徐梅村、盛伯希，男妆女妆，僧伽羽客，
> 状态不一。有梳如意髻，河山象服者；有圆结作时发，双翘弓弯者。闻其中之
> 僧道妆束者，初亦欲作女妆，总未如法，因改为方外。此片纸至今尚存，有某
> 君题诗于上，诗颇刻画。又一日，见庙市售袁爽秋相片，惜为不识者攫去。[5]

徐园悦来容照相馆，系上海第一家职业照相馆。其 1890 年前后在《申报》上
的一系列广告中，均标示自家照相馆有传统的园林景观，博古琴书，随意布置，
兼备古装，以期如入画图的效果。[6]但鲁迅先生也在其著名的《论照相之类》一文

---

1 王文田：《自题小照二绝》，《天津益世报·文苑》第 14 版，1920 年 5 月 24 日。

2 同上。

3 献廷女士：《爱伊·自题小影》，《民国日报·平民》第 4 版，1921 年 9 月 24 日。

4 同上。

5 沈宗畸：《东华琐录》（天津：北洋广告公司，1928 年），无页码。文中所形容的一像，惜未见。

6 例如，《申报》广告：《悦来容园景照相》，《申报》第 5259 号，1887 年 12 月 6 日，见上海《申报》编辑：
  《申报》（上海：上海书店出版社，1982—1986 年），第 31 册，页 1029。参见张伟的讨论，张伟：《西风东
  渐：晚清民初上海艺文界》（台北：要有光，2013 年），页 307—308。

中，对民国照相文化中换装摄影有过经典的讽刺。[1]借助技术，以换装、琴棋书画为道具，配以各类姿态，模仿传统肖像画、仕女画，成为艳羡想象的他者，成为新的大众娱乐方式以及颇具本土文化特色的视觉实践。这些"另类"的民国肖像摄影[2]，为人生如戏提供了活色生香、光怪陆离的诠释。穿着各式服装，扮演各等角色，此谓"化妆照"（或化装照），在扮演与凝视中，给当时的国人提供了怎样的自我想象空间与娱乐的可能性。在自题的化装小照的诗作中，多见自题戏装、僧装、释装、古装，亦有自题独立小影、卧花小影、倚栏小影、独立苍茫小影、人淡如菊独立小影、毕业礼服照相，用以寄友、赠友、索题。扮装角色中受欢迎的有渔樵、僧人、乞丐、神仙、古装、女子西洋装扮、卖花女郎，以及经典的文学场景如"黛玉葬花"等。通过服装、场景、道具、姿态的刻意摆布，影像主体进行多重自我的变装表演，借机来宣示自己的情意志趣、理想状态。[3]早期肖像摄影中，大量使用各类服装、传统道具，用文化规范、主观的视角来改造技术化过程中的客观影像。[4]

　　道装、僧装小影，无疑凝聚了传统文化中的道德隐喻与宗教想象。其间一类是真诚的对自我身份的求索，与自己的宗教诉求相一致；另一类则兼有游戏性质，如标题"题僧装行乐图"所示。[5]虞社陈守治（生卒年不详）的《自题僧装小影》，比

1　正是服装、道具、姿态，对绘画传统的符号化模仿与大量复制，造成了鲁迅眼里的"千篇一律的呆鸟"印象。鲁迅：《论照相之类》，《鲁迅全集》第 1 卷，页 184。

2　见顾铮的梳理。顾铮：《"另类"的民国肖像摄影小史》，《顾铮摄影文论集》(上海：上海文化出版社，2012 年)，页 81—89。

3　明清文人、宫廷建立了用服装来宣示自己文化身份特征的传统。毛文芳在讨论明代陆树声的个案时，描绘陆树声着不同服装（公服、朝服、冠服、野服、篷笠、居士等像）代表了他人生不同阶段与切面，图像与像赞互文的自传关系。见毛文芳：《图成行乐：明清文人画像题咏析论》，页 99—158。

4　见 Regine Thiriez, "Photography and Portraiture in Nineteenth-Century China," *East Asian History*, No. 17–18 (June–Dec.1999), pp. 77–102. Roberta Wue, "Essentially Chinese: The Chinese Portrait Subject in Nineteenth-Century Photography," in Wu Hung and Katherine R. Tsiang, eds., *Body and Face in Chinese Visual Culture* (Cambridge, MA: Harvard University Asia Center, 2005), pp. 257–280.

5　例如，虞社诗人陈瘦愚的僧装照片以及题诗《游鼓山喝水岩着僧装留自题二首乞同社政和》显然有嬉戏的成分，诗与照见陈瘦愚：《游鼓山喝水岩着僧装留影自题二首乞同社政和》，《虞社》第 222 期（1936 年 7 月），页 7。

较平实地表达自我愿景："屈指年华半古稀，请缨击楫愿多违。此身合向山中老，长着僧家无垢衣。"[1]

沈曾植在1910年面对自己僧服照写下《自题僧服小影》：

> 了此宰官身，即是菩萨道。无佛无众生，灵源同一照。[2]

王蓬常（1900—1989）的《沈寐叟年谱》云："宣统元年己酉（1909年），公六十岁。时国事日非，公尝作僧服，以欧法摄景，寄朋侪题咏以寄意。明年自题云云。"[3]精研佛学的沈曾植，与友人穿上僧服摄影，大约会有立地成佛的快感。最为有趣的是最后一句，"灵源同一照"，构思巧妙，可从隐喻义、字面义两个层面来理解，是哲思之光与摄影之光的并现。袈裟披身，光华皎洁，心灵顿受启悟净化；而摄影术的"灵光"（aura）乍现，留下这凝固在时光中的袈裟身影。

这一类乔装摄影，有娱乐游戏的成分，也是在固定文化角色想象下的自我期许与投射。许多服装显然都是照相馆提供的，类似当代火遍东亚的人物"写真集"。古衣冠，往往能牵扯出许多闲愁。孙雨廷（生卒年不详）的散曲散套《自题十八岁古装肖像》，其中的《一枝花》写道："你漫夸壮气豪，惯觅新诗料。离怀多冷落，残梦半萧条。尘海迢迢，留一幅伤心照。看容颜惨淡描，浑不似画麟台飒飒英姿，画凌烟堂堂妙貌。"[4]回首韶华，夸口说自己"画凌烟堂堂妙貌"。另古人衣冠似乎更添了诗人的世事沧桑感受。历史学家李思纯（1893—1960），20年代初留学法国、德国，有《以欧人中古冠服摄一小影戏题四诗》发在《学衡》上，最后一首写道："骑士朱缨护美人，都僧玄帔礼明神。眼前不作千秋想，后二千年视此身。"[5]历史学

1　陈守治：《自题僧装小影》，《虞社》第182—183期（1932年3月），页44。

2　沈曾植著，钱仲联校注：《沈曾植集校注》，页381。

3　同上。钱仲联同时指出："公后曾以此诗题陆天炎之先德少山遗照。"笔者未见原照。

4　孙雨廷：《自题十八岁古装肖像》，《东方季刊》总1期（1926年12月），页32。孙雨廷在这本《东方季刊》上发表诗作3首。

5　李思纯：《以欧人中古冠服摄一小影戏题四诗》，《学衡》第19期（1923年7月），"文苑诗录"，页12，未附照片。另有李思纯：《自题小影寄家人》，《学衡》第14期（1923年2月），"文苑诗录"，页6。

家见自己成了侠义护美人的中古骑士，这种
历史穿越的奇妙感受，想必深慰其心。

《游戏科学》的编辑、海上名士钱香如
（生卒年不详）有题为"编者游戏小影"的
12 张照片与题诗。除了一张"编者的本来面
目"，有 11 张"化装照"，分别化身明朝秀
才、茅山道士、烂脚叫花子、清朝军官、老
古董、光复时之洋大人、书呆子、东洋人以
及泼妇、西洋美人（男扮女装）等。其间既
有悠游闲适、淡泊名利之态，也有夸张滑稽
的表演。照边还有"明霞樵子"、"龙湖干道
人"、"逸民"、"海上漱石生"（1864—1940，
孙玉声）的题诗。[1] 钱香如为"明朝秀才"自
题云（图4-13）：

图 4-13 《编者游戏小影·明朝秀才》

> 诗云子曰鼻头搐，锦绣文章八股佳。
> 笑我祇谙游戏学，输君窗下把头埋。[2]

影像中的这位才子，身披秀才服，脚穿高靴，手摇扇子，一副意气风发的架
势。诗中将这所谓的"明朝秀才"来膜拜，崇尚"游戏学"、现代魔术的钱香如，
假心假意地表示自叹不如。这些游戏文字，表达对奇绝幻相的赞叹，显示文人对文
化角色的想象与征引，其间有传统的内容，也结合了当时的时尚。

化装照里最为著名的例子，当是早年极力反对拍照的慈禧太后（1835—1908）
在其晚年拍摄的系列化装照。故宫所藏的 30 余张慈禧照片中，化装照有 7 张。自
比为"大慈大悲救苦救难"的菩萨的慈禧，扮成观音，李莲英扮成善财童子，还

1　见钱香如：《编者游戏小影》，《游戏科学》第 1—4 期（1914 年），无页码。

2　钱香如：《编者游戏小影·明朝秀才》，《游戏科学》第 1 期（1914 年），无页码。

有龙女相伴。她还有一张渔家装束，与后妃合拍，烟蓑雨笠，孤棹扁舟，貌似脱去了宫闱气息。[1] 而 1908 年在彰德府邸养疴的袁世凯（1859—1916），在假山亭台间，身披蓑衣坐船中，扮作艄公，其弟站立船头，装作执篙点水的样子。此照连同其官服照、修养住地的照片一起发在当时极具影响力的综合性刊物《东方杂志》上（图 4-14）。[2] 当代研究者常未注意该照的刊发语境，单拿其扮渔翁一张照片而论，认为此系袁世凯遮人耳目、掩耳盗铃之举，故意要摆出逃避现实的姿态，蛊惑人心。其实，《东方杂志》的标题为"尚书之娱乐"。[3] 基本可以判定，这类扮装照片受古代"行乐图"影响，而"行乐"作为一种概念，在民初被更"现代"的"游戏""娱乐"概念所替代。借用照相术完成的渔隐垂钓，是袁世凯试图在为自己缔造儒雅文人的公众形象，而非简单地传达隐退之意。袁世凯还写有《自题渔舟写真二首》，未发表在《东方杂志》上。在小圈子里的命笔抒情写志，袁世凯既有悠游闲适的林下隐逸之想，也有峥嵘毕现的一刻："野老胸中负兵甲，钓翁眼底小王侯。"[4]

1　近期的西方学界中对慈禧化装照的讨论，亦注意到她对传统"角色"的征引。例如，David Hogge, "Piety and Power: The Theatrical Images of Empress Dowager Cixi," *Trans Asia Photography Review*. vol. 2, no.1 (Fall 2011), online。文章及慈禧扮照参见：http://quod.lib.umich.edu/t/tap/7977573.0002.108/~piety-and-power-the-theatrical-images-of-einpress-dowager?rgn=main;view=fulltext，浏览日期：2016 年 8 月 2 日。

2　本文数则材料受益于摄影史学者吴群对早期照相史的研究，包括这张袁世凯的娱乐照。吴群：《晚清人像摄影偶记》，收于上海人民美术出版社编辑：《摄影丛刊》第 11 辑（上海：上海人民美术出版社，1983年），页 85。

3　作为民国上海游戏、魔术的主要推手，钱香如在此与传统文人的游戏人间的概念已有所不同，已经有"寓教于乐"、修养身心的现代娱乐观念。在此"尚书之娱乐"的标题，也正是向读者透露此为一高雅的"娱乐"形式。参见孙丽莹对民国时期"娱乐"概念的讨论，孙丽莹：《高尚"娱乐"？——〈玲珑〉中的裸体图像、视觉再现与编辑决策》，王政、吕新雨编著：《性别与视觉——百年中国影像研究》（上海：复旦大学出版社，2016 年），页 45—67。关于民国扮装照的文化阐释，笔者会另撰文讨论，在此从略。

4　袁世凯：《自题渔舟写真二首》，收于袁克文辑：《圭塘倡和集》（上海图书馆古籍部石印本，1913 年），无页码。这些诗作是否经文采焕然的袁公子的润色，就无从知晓了。《自题渔舟写真二首》："身世萧然百不愁，烟蓑雨笠一渔舟。钓丝终日牵红蓼，好友同盟只白鸥。投饵我非关得失，吞钩鱼却有恩仇。回顾多少中原事，老子掀须一笑休。""百年心事总悠悠，壮志当时苦未酬。野老胸中负兵甲，钓翁眼底小王侯。思量天下无磐石，叹息神州变缺瓯。散发天涯从此去，烟蓑雨笠一渔舟。"

图 4-14　尚书之娱乐（《东方杂志》1911 年第 8 卷第 4 期）

　　近年来已有学者注意到晚清摄影易装现象以及其间戏谑的成分，强调在现代性中"自我狂热以及消费的意识形态"[1]。易装中确有大量戏谑的成分，像玩变戏法，乐此不疲，技术化的影像为文人娱乐提供了多重可能性。但与此同时，我们亦应看到，这类易装貌似自由地穿梭于各种身份与性别特征中，表达欲望的同时，大多受文化固定模式与思维定势的制约。换言之，他们更多的是对固定文化角色与理想自我的模拟。秀才、道士、叫花子、书呆子乃至美人，都是形塑好的模子，从拍照时的道具、服装、摆拍到最后题诗，都在重复强化固有的印象，而非后现代意义上的身份特征可自由选择。[2]技术化的影像与传统文化的角色想象一拍即合，借服饰、道具、新的媒介塑造的种种自我的古今、中外、跨越性别的多元幻象，呈现如此交错

1　彭丽君：《哈哈镜：中国视觉现代性》（张春田、黄芷敏译，上海：上海书店出版社，2013 年），页 95。

2　例如，彭兆良《化装摄影》一文中给出的摄影指南即显示了化装摄影的这种模式化倾向。彭兆良：《化装摄影》，《摄影画报》第 11 卷第 6 期（1935 年 3 月），页 111—112。

迭映、眼花缭乱的民初视觉文化景象。

1914年的《游戏杂志》上登有一张饶有趣味的"二我图"（图4-15），可进一步佐证这种印象。[1]此照与文字，或可视为是自我身份的现代寓言。这张照片上题写了"是我""我是""这一个我是""那一个是我"手写体和印刷体的文字与图像的排版设计，彼此亦如镜像，相映成趣。图与文建构起看似透明的关系，玩起自我认知与自我认知错误之间的游戏。这个鬼魅般似曾相识的影像（同一主体的复现），是我吗？是指认，还是质疑？"我是"作为主谓短语有多重宾语的可能性。照片所具备的指示的、索引性的功能[2]，与"是我"的判断性文字结合，强化图像与"我"的真实联系。同时，自我的身份特征及其真实性，被照片里的"二我"形象釜底抽薪，彰显了新

图4-15　是我、我是图（《游戏杂志》1914年第10期）

1　该图摄影者与像主不详。"二我图"与双身图、双影图同义，也是民国分身照最主要的一种形式。关于"二我图"的中文讨论，见扬之水：《"二我图"与文人雅趣》，《收藏家》2000年第7期，页44。

2　符号学家皮尔斯（Charles Pierce）提出的 Index（译作索引或标记符）概念，被用来理解照片与现实的索引性（indexical）关系——照片与被作为物理性存在的拍摄物之间存在某种意义上的真实、精确的关系。参见 Robin Kelsey and Blake Stimson, "Photography's Double Index (A Short History in Three Parts)," in *The Meaning of Photography* (New Haven: Yale University Press, 2008), pp. vii–xxxi。

媒介强大的虚构性，以及制造幻觉的能力。自我的多重形象以及无限可能，无疑挑战了影像技术的指认功能，最终将自我主体性处于可无限复制的不稳定状态之中。文字与拍摄姿态的游戏成分，同时显示了摄影／书写主体对现代视觉文化热衷拥护的心态。新媒介带来多重自我认知的乐趣，而与此同时，旧有的观画语汇与概念亦再次消解了新技术的挑衅、疏离自我的效果。

　　是以，本文检视晚清至民国时期自题小照的写作，以及它在新旧媒介、新旧文类的角力拉锯中的赓续绵延。传统题画诗歌的一套观画模式、理解自我的方式，与一个崭新的影像世界交汇碰撞，旧体诗与新影像经验之间由此建立起多重关系，赋予瞬间的影像以情感与道德的意义。感物而兴的抒情传统，熟练上手的感知方式，借助现代传媒与大众文化生产场域，将旧有的图文关系成功地根植于自我意识激长的新时代。传统意义上的诗画同源、图文合一的和谐关系，也在此呈现出更为复杂的历史重层、交接参错的形态。[1] 抒情言志，在此结合了"震慑"的现代性的视觉经验，铺陈崭新的自我想象，继续发挥形塑现代知识人的精神面貌的作用。这种具有本土文化特色的抒情表达、美学实践，在世界范围内的"题图"文类写作中别具一格，不仅挑战了 20 世纪关于现代性的论述中视觉（vision）的优渥地位，也为现代照相文化提供了独具魅力的一页。

　　（本文原载《政大中文学报》2016 年 12 月第 26 期，为香港研究资助局普通研究项目［编号 16601615］研究成果之一，同时感谢郑毓瑜教授与匿名评审人的指正）

1　传统文人为新世代所激荡，与旧有感觉意象相拉锯中呈现复杂的现代性。相关讨论参见黄美娥：《重层现代性镜像：日治时代台湾传统文人的文化视域与文学想象》（台北：麦田出版社，2004 年）。

影业红娘：20 世纪早期中美电影工业的中间人

付永春

毋庸置疑，20 世纪前半叶的中国电影人一直以好莱坞为模板。但很有意思的是，早期的电影制片人和导演，如张石川、郑正秋等人一辈子从未到过好莱坞。彼时的他们对美国电影业的认知主要来自两个渠道：一是活跃在华的好莱坞电影人，二是引进的美国电影。这个有趣的现象将一批在中国电影史上遭到长期遗忘和误解的群体——中间人，推至前台。他们究竟是谁？他们如何拓展了好莱坞在华的影响力？他们于中国电影工业有着何样的影响？此等牵引而出的电影史议题，需要重新厘析。

由于中间人为好莱坞在中国扩张提供了便利，因此在民族主义写法流行的中国电影史著作中，这些中间人的行为被视为阻碍了国产电影业发展。这直接导致中间人在电影史著作要么被忽略，要么被贴上"侵略者"或者"叛徒"的标签。本文认为，民族主义的电影史叙述过分简化了"中间人"在中国电影史上扮演的复杂角色。在对中美现存的原始档案进行详尽调查的基础上，本文指出，"中间人"曾在好莱坞和中国电影业之间扮演"红娘"（matchmakers）角色，不仅在好莱坞和中国电影之间架起了沟通的桥梁，也对中国电影业的发展做出了巨大贡献。

本文所称的中间人指促进好莱坞和中国电影业相互沟通的个人和组织。笔者受郝延平（Hao Yen-p'ing）关于近代中国买办研究的启发，力图还原促成好莱坞和中国电影业对话的中间人。[1]一般的批评者认为，买办是"国外殖民主义和经济帝国主义的急先锋"。但郝延平认为，买办也推动了中国早期的工业化进程，并在一定程度上"在管理近代企业时和外国商人形成了竞争关系，从而阻止了外国资本无限制的侵入"[2]。萧知玮的观点也颇具启发性，在他看来，中间人在中国电影研究中扮演着重要角色。他敏锐地指出发行商在引进和放映美国电影时"中间生产"（in-between production）的意义所在。[3]萧知玮引用了刘禾的语言学研究成果，认为"中间生产"指的是一种"复制、创新、翻译和再制作"的过程。[4]以郝延平和萧知玮的研究为基础，笔者着重分析了20世纪早期中美电影业的中间人所扮演的角色。本文提到的这个群体包含两类人：一是到中国追寻电影事业的美国人，如威廉·亨利·灵契（William Henry Lynch）；二是和美国公司展开商业合作的中国商人，尤其是电影发行商，如卢根（Lo Kan）。值得注意的是，连接好莱坞和中国电影的中间人不仅仅限于上述两个群体。那些从美国学成归来的中国留学生也担当着中间人的角色，最著名的例子就是洪深。他将美国电影知识介绍至国内，帮助明星公司从美国进口有声有色设备。另外需要指出的是，中间人是双向的。虽然本研究只探讨了把好莱坞引进到中国这一层面的中间人，但把中国介绍到好莱坞的中间人也同样值得深入的研究。早期比较重要的人物是梁家杰（James B. Leong）和杨爱立（Olive Young）等。

本文将从三个层面展开，首先，简要梳理中国电影史研究中民族主义的倾向和

1　Yen-p'ing Hao, *Comprador in Nineteenth Century China: Bridge between East and West* (Cambridge, MA: Harvard University Press, 1970); 程树仁主编：《中华影业年鉴》（上海：中华影业年鉴社，1927 年），页 10。

2　Yen-p'ing Hao, *Comprador in Nineteenth Century China: Bridge between East and West*, p. 5.

3　Zhiwei Xiao, "Translating American Films into Chinese Audiences," in *Transnational Asian Identities in Pan-Pacific Cinemas: Reel Asian Exchange*, eds., Philippa Gates and Lisa Funnell (New York: Routledge, 2012), pp. 88–100.

4　Lydia H. Liu, *Translingual Practice: Literature, National Culture, and Translated Modernity-China, 1900–1937* (Stanford, CA: Stanford University Press, 1995), p. xvii.

方法，及其对"中间人"的评价。其次，详述投身于中国电影业的美国人。笔者以亚西亚影戏公司（Asiatic Film Company）的摄影师和经理人威廉·灵契为主要研究对象。本文认为他在中国第一代导演张石川和郑正秋等人学习电影专业技术和职业成长方面起到了关键作用。再次，考察卢根等电影发行商将好莱坞电影发行至中国的史实。笔者认为这些商人也扮演着中间人角色，即一方面，在好莱坞实施本土化策略的过程中，这批中间人对好莱坞电影在中国市场的发展起到了关键作用；另一方面，中国电影业也从中获益良多。综上所述，笔者认为应从更加多元化的视角审视中国电影史的发展，而不是将爱国主义视为唯一的衡量标准。

中国电影史研究中的民族主义

在中国电影史研究中，民族主义研究方法占主导地位。民族主义可以粗略地定义为："将自己的民族身份与国家紧密相连，（这种民族身份）和个人自我形象相对照。"[1] 中国的民族主义源于 19 世纪晚期民族—国家（nation-state）意识的出现。20 世纪前半叶，民族主义作为三民主义的重要内涵，是国民党的主要意识形态。它的勃兴呼应了当时中国社会的变迁需求。早在 20 世纪 30 年代，电影历史学者谷剑尘就已采取了民族主义的历史写作方法[2]，其在论述英美烟草公司（British American Tobacco Company）电影部时就指出，电影部的商业扩张正是中国电影业遭受"经济压迫"的明证[3]。

1949 年新中国成立后，民族主义情感空前高涨。阿里夫·德里克（Arif Dirlik）认为，毛泽东融合了"马克思主义和民族主义"发展出一套新的思想体系，并用其塑造了中国社会。[4] 在经典的《中国电影发展史》中，程季华等人有意识地将中国

1　Peter Hays Greis, *China's New Nationalism: Pride, Politics, and Diplomacy* (Berkeley: University of California Press, 2004), p. 9.

2　谷剑尘：《中国电影发达史》，见中国教育电影协会编：《1934 年中国电影年鉴》（北京：中国广播电视出版社，2008 年），页 321—346。

3　同上，页 15。

4　Arif Dirlik. *Marxism in the Chinese Revolution* (Lanham, MD: Rowman & Little-ed, 2005), p. 129.

电影置于毛泽东思想理论的框架内，将中国电影史定义为阶级斗争史，是"社会主义、民族解放和人民民主而斗争的进步电影文化"与"帝国主义的和一切反动的电影文化"之间的较量。[1] 1949 年以前，民族资本家的贡献限于他们在民族主义情怀驱使下发展民族电影业这一点。美国商人连同好莱坞电影，均被看作压迫中国民族工业经济和文化的罪魁祸首。

晚近的中国电影史研究著作虽然尽量避免之前强烈的意识形态色彩，但对民族国家的强调仍会过滤掉外国人所做的贡献。胡菊彬认为：在中国民族电影业觉醒时期，民族主义是 1949 年以前中国电影的核心 [2]，"中国的电影实际上是民族主义式的电影，它反映了政治化的民族主义" [3]。胡菊彬将 1949 年以前的中国电影按照不同的民族主义类型划分为五个阶段。譬如，20 世纪 20 年代是工业民族主义勃发时期，这个阶段的首要目标是"将电影业建设成中国自主的行业" [4]。令人遗憾的是，过分强调民族主义特征势必会忽视那些对民族电影工业没做直接贡献的人物。胡菊彬就只把美国电影商人当作中国民族电影业的竞争者，他认为前者就是为了垄断电影产业。[5] 对于卢根等人对中国电影的贡献，胡菊彬只字未提。

在华美国电影从业者

张石川在中国电影史上具有至关重要的地位，他与郑正秋并称为"中国电影之父"。张石川投资创建了明星影片公司并担任该公司经理。他在 45 年的电影职业生涯中，共导演了 150 部电影。然而，在从事电影工作以前，张石川自称"差不多连电影都没有看过几张" [6]。正是他在亚西亚影戏公司担任导演的经历激发了他对电影

1　程季华主编：《中国电影发展史》第一卷（北京：中国电影出版社，1981 年），页 3。

2　Jubin Hu, *Projecting a Nation: Chinese National Cinema before 1949* (Hong Kong: Hong Kong University Press, 2003), pp. 25–27.

3　Ibid., p. 19.

4　Ibid., p. 48.

5　Ibid., p. 20.

6　张石川：《自我导演以来》，《明星》1935 年第 3 期，页 11。

制作的兴趣，进而促使他不断学习新的电影知识，并成了出发的早期中国电影人。亚西亚影戏公司是中国第一家专业的电影公司，员工既有美国人也有中国人。在接下来的篇幅中，本文将介绍在华美国电影从业者对中国电影业做出的贡献，着重刻画担任亚西亚影戏公司摄像师和可能的实际经理人——威廉·灵契。

作为中国第一家电影公司，对亚西亚影戏公司的研究最近几年才引起学界注意。在现有文献中，它的英文名称被误认为"China Cinema Company"或"Asia Film Company"[1]。亚西亚影戏公司很可能是在 1913 年开始，营业至 1915 年。[2] 早期的历史记录中，本杰明·布拉斯基（Benjamin Brodsky）被认作是亚西亚影戏公司的创办人。[3] 最近的研究则倾向于认为，布拉斯基的在华电影事业与亚西亚影戏公司鲜有交集。[4] 但至少能确定的是：20 世纪初期，管理亚西亚影戏公司的两位美国人分

1　Yingjin Zhang and Zhiwei Xiao, *Encyclopedia of Chinese Cinema* (London: Routledge, 1998); Zhen Zhang, *An Amorous History of the Silver Screen: Shanghai Cinema, 1896–1937* (Chicago: University of Chicago Press, 2005); Kar Law and Frank Bren, *Hong Kong Cinema: A Cross-Cultural View* (Lanham, MD: Scarecrow, 2004). 根据《1915 年字林西报行名录》(*1915 North China Desk-Hong List*)，笔者确定了亚西亚影戏公司的英文名。

2　黄德泉：《中国早期电影史事考证》（北京：中国电影出版社，2012 年），页 62。

3　程树仁：《中华影业年鉴》；程季华主编：《中国电影发展史》第一卷；Jay Leyda, *Dianying / Electric Shadows: An Account of Films and the Film Audience in China* (Cambridge, MA: MIT Press, 1972)。

4　罗卡：《解开香港电影起源的疑团》，《当代电影》2010 年第 4 期，页 78—85；黄德泉：《中国早期电影史事考证》。布拉斯基和亚西亚影戏公司的确切关系值得进一步研究。第一，笔者注意到布拉斯基提供给《纽约论坛报》的那张照片（George Kaufman, "Bret Harte Said It: e Heathen Chinese Is Peculiar," *New York Tribune*, August 27, 1916）和《电影世界》(*Moving Picture World*) 杂志介绍亚西亚影戏公司时使用的是同一张照片（该照片取名为 *La Ha Naung Middong*）(Clarke Irvine, "Chinese Photoplays," *Moving Picture World* 19, no. 8 [1914]: 935）。第二，另外一张名为《三贼案》的照片出现在一篇对布拉斯基的报道之中，这应是亚西亚影戏公司的作品（参见黄德泉：《中国早期电影史事考证》，页 72）。第三，亚西亚影戏公司摄像师威廉·灵契称自己和他人一同拍摄了布拉斯基制作的《经巡中国》(*A Trip through China*) 影片（见 *Daily Outlook*, 27 October, 1916）。第四，根据《1916 年字林西报行名录》的记载，布拉斯基的办公室和销售部注册地址是香港路 2 号。在这本书的"上海街道指南"(Shanghai Street Directory) 部分，亚西亚影戏公司的地址也是这里（*1916 North China Desk-Hong List*, Shanghai: North China Daily News Publishing House, 1916, p. 47, 200）。按：张隽隽博士的新著《从外来杂耍到本土影业：中国电影发生史研究》（北京：中国社会科学出版社，2020 年）指出，"翻查上海图书馆的电子版当期《行名录》，并未发现亚西亚公司的名录"。事实上，1916 年的《字林西报行名录》除正文部分，还附录了"上海街道指南"部分。上海图书馆的《全国报刊索引》数据库收录了这一部分，但不能通过关键词检索到。这并非本人史料错误，特此说明。

图 4-16　亚瑟·依什尔像

图 4-17　托马斯·萨弗像

别是亚瑟·依什尔（Arthur Julius Israel，1875—1948）和托马斯·萨弗（Thomas Henry Suffert，1869—1941）。和公司的名称一样，这两位美国人的名字常常被拼错，前者变成了 "Yashell" 或 "Elsser"，后者变成了 "Lehrmann"。[1]

萨弗对亚西亚影戏公司和张石川的帮助可能主要在经济和管理层面。萨弗出生在美国俄亥俄州的克利夫兰。1895 年，为追求商业利润，萨弗来到上海。根据文献记载，他主要在上海从事投机生意。[2] 在一份 1916 年的护照申请表上，萨弗的信息如下，"一家在美国注册的公司的持有人和经理，主要从事美国对外进口和出口业务"，这家公司应该就是上海的坤和公司（Central Trading Company）。[3] 至于萨弗和亚西亚影戏公司的联系，则是他应该担任了公司的总经理（executive）一职。根据一份 1913 年的史料，萨弗曾以亚西亚影戏公司代表的身份申请在上海的一家戏院（名叫 de la Rue Petit）放映电影。[4] 不仅如此，他还代表亚西亚影戏公司参加了 1918 年召开的纳税人年会。[5] 虽然亚西亚影戏

1　Yingjin Zhang, *Chinese National Cinema* (New York: Routledge, 2004), p. 19; Leyda, *Dianying/Electric Shadows*, p. 15.

2　Charles Lobingier, "Toeg & Read v. Suffert, Sept. 3, 1907," in *Extraterritorial Cases*, ed., Charles Lobingier (Manila: Bureau of Printing, 1920), pp. 112–120.

3　"U.S. Passport Application of Thomas Suffert (1916)," *Passport Applications for Travel to China, 1906–1925*, Washington, DC: National Archives and Records Administration, ARC Identifier 1244180/MLR Number A1540, NARA Series: M4419, vol. 7.

4　Municipal Administrative Council, *Compte rendu de la gestion pour l'exercice 1913* [Account Management of 1913] (Shanghai: Imprimerie Muncipale, 1913), p. 65.

5　"The Municipal Gazette," *North-China Herald*, March 14, 1918, n. p.

公司于 1915 年倒闭，但萨弗以张石川朋友的身份继续参与到张石川后来的电影生涯之中。1921 年，张石川等人组织筹建大同交易所（Mutual Stock and Produce Company，明星影片公司的前身）时，萨弗担任顾问一职。[1] 不仅如此，萨弗把友人格雷高立（Carl Louis Gregory）引荐给了张石川。身为哥伦比亚大学著名的电影摄影师及教授，格雷高立从电影拍摄、影片冲洗到编剧等多个方面对张石川和他的明星影片公司都有指导。[2] 同时，萨弗也在 1921 年参与了明星公司开办的电影学校的管理工作，甚至为了避税，明星公司的明星影戏院（Star Cinema）都是在美国以萨弗的名义注册的。[3]

　　和萨弗相比，亚瑟·依什尔对亚西亚影戏公司的参与度并不高。之前的研究均倾向于认为依什尔是亚西亚影戏公司的摄影师。[4] 然而迄今为止，尚未有直接证据能够证实这个观点。1875 年，依什尔在美国的旧金山出生，20 多岁时是加州的一

1　《大同交易所创立会纪》，《申报》1921 年 11 月 28 日。

2　卢伯：《耐梅女士》，《电影杂志》1 卷 1 期（1924 年），页 46。

3　Yoshino Sugawara, "Minkokuki Shanghai no eigakan ni tsuite: kokusan eiga jōeikan to eigakan no keiei jōkyo o chūshin ni" [Film Theaters in Shanghai in the Republic of China: Research on the Business Operations of Eaters Showing Chinese Films], *Yaso* 81 (2008): 94–111.

4　程树仁：《中华影业年鉴》；程季华主编：《中国电影发展史》第一卷，页 18；Zhang, *Amorous History*, pp. 431–439。笔者之所以认为中国电影史中模糊不清的"依什尔"就是 Arthur Israel 是基于以下三份史料：第一，Israel 的雇佣记录。Israel 就职于华洋人寿保险公司（Shanghai Life Insurance Company）（"U. S. Passport Application of Arthur Israel [1917]," Emergency Passport Applications, Argentina thru Venezuela, 1906–1925, ARC Identifier 1244183/MLR Number A1544, Box 4485, vol. 2, Washington, DC: National Archives and Records Administration）。中文文献中公肃的文章也支持这一判断，见公肃：《新剧蜕化记》，《游戏世界》1922 年第 11 期，页 9。第二，Israel 的签证申请表。他在申请表中的中国姓名一栏，有时候填的是依思尔（"U.S. Passport Application of Arthur Israel [1918]," Passport Applications, January 2, 1906–March 31, 1925, ARC Identifier 583830/MLR Number A1534, NARA Series: M1490, Roll 626, Washington, DC: National Archives and Records Administration），有时候填的是依硕而（"U. S. Consular Registration Certificates of Arthur Israel [1914]," U. S. Consular Registration Certificates, 1907–1918, General Records of the Department of State, 1763–2002, Record Group 59, Washington, DC: National Archives and Records Administration），均跟中文文献中的"依什尔"发音极为相似。第三，Israel 和萨弗之间深厚的关系。根据萨弗 1916 年的签证记录，Israel 撰写了证明信，并在信中称两人自 1902 年起就相识（"U.S. Passport Application of Thomas Suffert [1916]"）。笔者也要借此机会对伊利诺伊大学的蕾蒙娜·柯里（Ramona Curry）教授表示感谢，她对布拉斯基的研究启发了笔者去查看护照申请表。

名雪茄销售商。依什尔的护照记录显示，早在 1902 年他就已前往中国。[1] 在中国的三十年间，他大部分时间在华洋人寿保险公司（Shanghai Life Insurance Company）任职。[2] 现有文献中多将之称呼为南洋人寿保险公司，但实际上应该是华洋人寿保险公司；事实上，在 20 世纪初期，中国可能并没有名叫上海南洋人寿保险的公司。

依什尔在 1913 至 1915 年间担任华洋人寿公司主管，这是公司里第三高等级的职位。他同时还是康所利得迭植橡公司（Consolidated Rubber Estates Limited）的主管、老公茂纱厂（Laou Kung Mow Cotton Spinning & Weaving Company）董事会成员和上海业余垒球联盟（Shanghai Amateur Baseball League）的执行委员会委员。[3] 此外，在亚西亚影戏公司 1913 至 1915 年最活跃的时期，即从 1913 年 11 月至 1914 年 3 月，依什尔花费数月去温哥华和香港洽谈公司业务。[4] 就算依什尔真的亲自掌镜，在这个阶段，他可能也没有充裕的时间来完成十多部作品。依什尔可能是利用自己在金融业和投资业丰富的经验向亚西亚影戏公司投资。[5] 由上可知，萨弗和依什尔可能都不负责公司具体的拍摄和日常运转，既然如此，就说明肯定还有其他人在负责这些事情。

笔者认为，这个人就是美国人威廉·灵契，他是亚西亚影戏公司的核心人物之一。除了英文文献外，周剑云的《电影讲义》也佐证了这一判断。[6] 在从事电影行业

1　"U. S. Passport Application of Arthur Israel (1917)."

2　现有的文献将 Shanghai Nanyang Life Insurance Company 翻译成 "上海南洋人寿保险公司"，但实际上应该是 "华洋人寿保险公司"。参见郑君里：《现代中国电影史略》（上海：良友图书印刷公司，1936 年），页 12；程季华主编：《中国电影发展史》第一卷，页 16。事实上，在 20 世纪初期，中国可能并没有上海南洋人寿保险公司。不仅如此，按照一般的说法，依什尔和亚西亚影戏公司参加了巴拿马太平洋世博会（Panama Pacific International Exposition），但笔者还没能找到能够证明这一点的证据。当然这并不是说没有可能。见周剑云等：《电影讲义》（上海：大东书局，1924 年）；程树仁：《中华影业年鉴》。依什尔起码在上海待到了 1922 年，萨弗于 1941 年在上海逝世。

3　"Consolidated Rubber Estates Limited," *North-China Herald*, December 13, 1913, n.p.; "Sport, Baseball," *North-China Herald*, March 21, 1914, n.p.; "Meeting, Shanghai Life Insurance Co.," *North-China Herald*, June 12, 1914, n.p.; "Laou Kung Mow Cotton S. & W. Co.," *North-China Herald*, February 19, 1915, n. p.

4　"Passengers," *North-China Herald*, November 15, 1913; "Passengers," *North-China Herald*, March 28, 1914, n. p.

5　据《1915 年字林西报行名录》的记录，亚西亚影戏公司的经理由 E. M. Gross 担任。对此人的研究有待进一步深入。

6　Clarke Irvine, "Chinese Photoplays," *Moving Picture World* 19, no. 8 (1914): 935；周剑云等：《电影讲义》。

之前，灵契从 1905 年开始在圣塔莫妮卡（好莱坞附近的一座城市）经营一家名为
北滩影棚（North Beach Studio）的照相馆。[1] 这段拍摄经验为他日后成为电影摄像
师打下了基础。1912 年，全球电影公司（Globe Motion Picture Company）聘请他
为电影摄影师。之后，灵契和罗什福尔·琼斯（Rochefort Johns）一起进行了为期
3 个月的亚洲采风之旅，这其中就包括中国。[2] 或许正是这次旅行激发了灵契对东方
的向往。1913 年 1 月 27 日，灵契宣布即将加入亚西亚影戏公司。[3]

灵契加入公司的日期不会晚于 1913 年 3 月。因为他在 1913 年 3 月向圣塔莫妮
卡的一份地方报纸《每日瞭望》（Daily Outlook）写过一封信[4]，在信中他首次描述了
自己在亚西亚影戏公司的经历：

> 我们已经找到了一家能够完成拍摄计划的影棚，即将开启一段新的体验。
> 这些由中国演员参演的电影的主要受众也是中国人。这是迄今为止还没有尝
> 试过的新事情，我相信它一定会一炮打响。与此同时，我们还会参与电影的制
> 作，并要和中国的几家电影院洽谈如何满足不断扩大的新片需求量的事宜。这
> 之后，我会将全部的时间和精力投入到电影制作中。[5]

从这封信可以看出，亚西亚影戏公司有意选用中国演员的举动实则是市场营销
手段，是为了满足目标客户——中国观众——的需求。此外，这封信也说明：即使
按照人们误以为的那样，公司不是由依什尔和萨弗，而是由布拉斯基创办，那么即

1　"Advertisement," *Daily Outlook*, August 30, 1905, n. p.

2　"Start on Trip," *Daily Outlook*, September 5, 1912, n. p. 另一篇报道称，灵契将 "首先前往火奴鲁鲁，之后前
　　往关岛、马尼拉及东方的几个国家"（"Moving Pictures of the Fire," *Daily Outlook*, September 5, 1912, n.p.）。
　　"东方的几个国家" 应包含中国。乘客名单显示威廉·灵契于 1912 年 10 月 26 日从上海动身前往神户，
　　参见 "Women's World," *Daily Outlook*, January 27, 1913, n. p.; "Passengers," *North-China Herald*, October 26,
　　1912, n. p.。

3　"Women's World," *Daily Outlook*, January 27, 1913.

4　笔者从已公布的上海客利酒店（Kalee Hotel）的旅客登记簿中查到了灵契的名字，他从 1913 年 1 月 23 日
　　至 1914 年 3 月 14 日下榻在此。

5　"Lynch Writes to the Outlook," *Daily Outlook*, April 9, 1913, n. p.

便是布拉斯基掌权期间也没有进行实质的电影拍摄。[1] 对灵契而言，拍电影的前景如此诱人，以至于他在 1913 年"决定定居在海外"[2]。

美国电影业杂志《电影世界》(The Moving Picture World) 1914 年的一份报道详细地介绍了亚西亚影戏公司的运作方式。[3] 这份报道之所以可信就在于，作者克拉克·尔湾（Clarke Irvine）根据他和灵契在 1913 年于中国的会面撰写了该文。[4] 这篇报道指出，灵契是"亚西亚影戏公司在上海的经理"，他正为公司拍摄电影，"每个月都有新片"[5]。不仅如此，

> 亚西亚影戏公司在上海经营着一家大型制片场，每天为 16 位演员拍摄。由于不允许女性从事这份工作，那么这批男性就是迄今为止中国首批也是唯一一批演员。两位导演和两名翻译为灵契工作。这些演员所属的公司运作良好，旗下有 25 位演员。公司的最终目标是每日拍摄 10000 英尺的胶片，作品供应全中国，发行按照美国和欧洲的标准执行。在上海为数众多的影院中，两家影院属于这家公司。[6]

由上可知，威廉·灵契不仅对亚西亚影戏公司而言非常重要，他也深深影响了起步阶段的中国电影业。本文认为，灵契在负责电影的制作和发行外，也参与了公司管理工作。公司的其他员工，无论是中国人还是外国人，都不具备专业的电影拍摄制作知识，这就决定了他在公司中的角色无可替代。张石川和郑正秋应该就是灵契手下的两个导演。张石川称，他们在亚西亚影戏公司内部的分工如下：张石川负责跟进影片拍摄、制作等内容，郑正秋则负责指导演员们的表演。然而，在 20 世

1　有些学者认为，在依什尔和萨弗接手亚西亚影戏公司之前，布拉斯基已经拍摄了至少两部电影。参见程树仁:《中华影业年鉴》；程季华主编:《中国电影发展史》第一卷。

2　*Daily Outlook*, October 27, 1916, n. p.

3　Clarke Irvine, "Chinese Photoplays," *Moving Picture World* 19, no. 8 (1914): 935.

4　Ibid.

5　Ibid.

6　Ibid.

纪初期，导演的分工其实并没有今日这么精细。[1] 况且，中国的早期电影更接近于纪录片形式的文明戏：一旦演员开始表演，导演也指导不了什么。[2] 加上前文也提到，张石川一开始并没有什么电影知识。[3] 因此在这种情况下，灵契在公司制作影片时所发挥的作用远远比导演（如张和郑）重要。

1914年威廉·灵契返回美国。起初的计划是，只要"中国的革命平息到可以继续拍摄电影"时，他便可以返回中国。[4] 但灵契为什么最后没有选择回上海，我们不得而知。除了学界所认为的电影胶片来源断绝，灵契的离去也应该是亚西亚影戏公司倒台的重要原因。

除灵契之外，作为中国首家在海外发行电影的公司，亚西亚影戏公司本身也应引起人们的关注。1913年9月，阿瑟·奥伯尔（Arthur R. Oberle）取道火奴鲁鲁回美国时，他告诉报刊他的身份是亚西亚影戏公司的代表。据奥伯尔称，他手头有"上万英尺真实描写中国正在发生的斗争的胶片"[5]。他口中的胶片应是中国官方记载的纪录片《上海战役》（1913年）。[6] 令人遗憾的是，笔者通过多方渠道也未能从美国的文献资料中找到这部纪录片的放映信息。但可以肯定，亚西亚影戏公司成功地在东南亚各国上映了电影。一份1917年的广告证明了一切，电影公司的作品《苦力人发财》（*Khoojin Whatchay/A Poor Man Wins a Lottery*, 1913）在新加坡帝国影院上映前刊登了广告[7]，它可能是中国在南洋上映的第一部电影。之后，其他影戏公司纷纷效仿，于是在20世纪前五十年间，东南亚成了中国电影公司最大的海外市场。

1　Clarke Irvine, "Chinese Photoplays," *Moving Picture World* 19, no. 8 (1914): 935.

2　罗卡：《解开香港电影起源的疑团》，《当代电影》2010年第4期，页81。

3　张石川：《自我导演以来》，《明星》1935年第3期，页11。

4　"Home from Orient," *Daily Outlook*, June 29, 1914, n.p.; Clarke Irvine, "Doings at Los Angeles," *Moving Picture World* 21, no. 10 (1914): 1360. Lynch回美国后不再涉足影视圈，他先在一家房地产公司任职，之后开始经营农场（see "10 Lots Sold in Topanga," *Daily Outlook*, July 19, 1915, n.p.）。灵契似乎没有子嗣。

5　*Honolulu Star-Bulletin*, September 15, 1913, n. p.

6　黄德泉：《中国早期电影史事考证》，页56。

7　"Advertisement," *Singapore Free Press and Mercantile Advertiser*, July 11, 1917, n. p.

令人遗憾的是，在民族主义遮蔽下，这些中间人所做的种种努力非但没有获得中国历史学家的认可，反而遭到了漠视。譬如，亚西亚影戏公司的外国员工常被描述为侵略中国经济和文化的帝国主义者。[1] 即便是承认这些谴责是正确的，像灵契这样的外国员工对中国电影业的贡献，也远超过其对民族产业的潜在威胁。事实上，亚西亚影戏公司对中国电影产业的发展有至关重要的作用。它拍摄的影片是中外电影人齐心协力的产物，这些影片激发了中国电影人对电影制作的兴趣。[2] 鉴于此，毫不夸张地说，灵契是中国电影之父张石川和郑正秋在电影技术等方面的"启蒙者"。正是得益于此，张石川和郑正秋才于 1922 年成功创立了明星影片公司，并在之后的十年内一直保持业内翘楚的地位。

灵契和亚西亚影戏公司只不过是活跃在近代中国的众多美国从业者中的一个例子。这些美国人提供的系统电影制作技术和成套拍摄机器对中国电影产业的发生提供了帮助。至于对美国中间人的评价，郑君里的态度更为理性和准确，尽管他认为这些美国商人的行为是殖民侵略行径，但也承认中国电影人的专业知识主要是从和美国人开展合作的过程中获得的。[3]

好莱坞和中国之间的掮客

现在让我们来回顾一下张石川。除了早期在亚西亚影戏公司工作掌握到的经验外，张石川还不断地通过观看好莱坞电影来学习最新的电影知识。[4] 之所以还有大量的好莱坞电影可参照，这还要归功于在中国的发行商发行了数量庞大的好莱坞电影。他们正是为好莱坞和中国电影业搭建起桥梁的第二类中间人。在这一部分，笔者将以卢根为例，详述这个群体为中国电影业所做的贡献。

1　程季华主编：《中国电影发展史》第一卷，页 I。

2　罗卡：《解开香港电影起源的疑团》，《当代电影》2010 年第 4 期，页 84。

3　郑君里：《现代中国电影史略》，页 18。

4　何秀君口述：《张石川和明星影片公司》，见全国政协文史和学习委员会编：《文史资料选集》第 67 集（北京：中国文史出版社，1980 年），页 194。

　　一开始，美国电影主要靠英国和法国的电影发行公司引进中国。第一次世界大战导致法国电影出现严重供应不足，于是对美国电影的需求量猛增。1921 年，环球影业在上海建立了发行分部。20 世纪 30 年代，福克斯、派拉蒙和米高梅也纷纷紧随其后在中国成立发行分部。当时，中国电影市场主要由这几家好莱坞分公司和一些地方发行商把控[1]，有能力的中国发行商会争取好莱坞电影在中国的全权放映权。1888 年出生的卢根就是一个典型的例子。他于 1921 年成立明达洋行（Hong Kong Amusements），开始涉足电影发行业。公司在 1922 至 1923 年的全盛期时，几乎垄断了好莱坞电影在中国的全部发行业务。[2] 即便在 20 世纪 30 年代，主要的好莱坞电影公司的业务已由分公司承担，明达洋行仍和好莱坞保持着亲密的合作关系。[3]

　　除了明达洋行，卢根还同时经营着几家大型电影公司。[4] 这些公司的业务囊括售卖拍摄设备、发行和放映电影，其中，放映电影是核心业务。20 世纪 30 年代，卢根管理着"三十多家中国内地和香港的顶尖电影院，其中几家影院归他所属"[5]。卢根传奇的职业生涯中最令人津津乐道的莫过于他重建了大光明，将其改造成远东地区第一流的电影院。1932 年，卢根以 500 万墨西哥鹰洋的资本在美国注册成立了联合影院公司（United Theatres Corporation）。如果以注册资本多寡为衡量标准的话，这家公司无疑是民国时期规模最大的电影公司。联合影院公司旨在实现拍摄、发行和上映一条龙业务，为此，公司制订了运营连锁影院的计划，以期垄断好莱坞电影在上海的放映权。鼎盛时期的联合影院经营着九家影院：大光明、国泰、卡尔登、上海、巴黎、水晶宫（Crystal Palace）、融光、华德和明珠。[6]

1　Richard P. Butrick, "Motion Picture Industry in China," 893.4061/69, Confidential U.S. State Department Central Files, China, Internal Affairs, 1930–1939, Washington, DC: National Archives and Records Administration, 1932.

2　Kar Law and Frank Bren, *Hong Kong Cinema: A Cross-Cultural View* (Lanham, MD: Scarecrow, 2004), p. 121.

3　"General Ledgers and Producers Account," Series 5C: Foreign General Ledgers and Journals, Reel 3, China, United Artists Corporation Archive, Madison: Wisconsin Historical Society.

4　《上海商业储蓄银行有关影戏院的调查报告》，Q275-1-2041，上海档案馆。

5　同上。

6　同上。

　　像卢根这样的中国电影发行商扮演着中间人的角色，他们客观上为好莱坞顺利打开不熟悉的市场（如中国内地）提供了便利。对好莱坞公司而言，虽然中国的政治、经济和文化语境同美国截然不同，但中国的发行商能为好莱坞进入中国铺平道路。上海大戏院在 1927 年是联美公司在上海的二轮院线。联美公司的一份档案显示，"影院坐落在上海的华界内，因此要严格遵守中国的宵禁规定"[1]。但在卢根的经营下，上海大戏院将入口改开在公共租界内，这样就不再受制于宵禁限制。此外，卢根在中国内地开设影院也将美国的电影带到了内陆。1928 年，卢根计划在宁波、杭州、南京、烟台、济南和无锡增开电影院，这给了联美影业公司新的扩张机会，联美公司的档案显示，"经协商后，我们将可以在这些城市放映一些老电影，以增加收入"[2]。

　　还有一点值得注意，发行国外电影的发行商和中美两个国家同时保持紧密联系。尽管发行商的目标市场是中国，但公司的注册地大都在美国。显然，这样会为他们带来好处。卢根之所以在美国注册公司，就是出于一旦出现冲突，他能寻求美国政府庇护的考虑。在中国，美国政府一直以保护侨民及其经济利益而广为人知，1923 年在中国内陆城市长沙发生的事件便是一个鲜活的例子。1923 年，华裔美国公民约瑟夫·邹（Joseph Y. Tsau）在长沙城内开设兰心影院（Lyceum Theater）一事，引发了美国领事和中国政府间的风波。当时，中国当局以内城不允许开设商铺为由，责令邹将电影院开在城外，这样的迁移势必会给邹的生意带来损失。但是在美国副领事和驻长沙外交官的帮助下，邹得到了中国政府准许其在内城设立电影院的许可。[3]毫无疑问，如果邹将公司注册在中国，那么他肯定不会得到这样的优待。

1　Qian Zhang, "From Hollywood to Shanghai, American Silent Films in China" (PhD diss., University of Pittsburgh, 2009), p. 48.

2　"General Report for Two Months Ending 20 June 1928," Series 2A: O'Brien Legal File, 1919–1951, Folder 95, Box 4, United Artists Corporation Archive, Madison: Wisconsin Historical Society.

3　"Motion Picture Theatre Permitted within the Walls of Changsha, Letter from C. D. Meinhardt to American Consulate, January 30, 1923," Record of the Department of State Relating to Internal A airs of China, 1910–1929, Washington, DC: National Archives and Records Service, 1923.

邹的经历说明了为什么电影商人会纷纷把公司注册在美国；同理，为了获得英国政府庇护，卢根加入了英国国籍。

民族主义式的书写对如卢根这样发行国外电影的商人充满了敌意，更有激进的民族主义者将卢根贴上"叛徒""帝国主义者"的标签，认为他们以出卖中国商业权益为代价，从好莱坞进军中国市场的过程中获利。由于联合影业公司的注册地在美国，因此程季华等人认为它无异于美国帝国主义扩张的工具，"是美国侵蚀中国电影业的进一步表现"[1]。然而，需要注意的是，民族主义者对这类公司的攻击具有高度的选择性。虽然孔雀电影公司和明星电影院的注册地也都在美国，却鲜少受到来自民族主义的攻击。当代的民族主义史学家，如胡菊彬也轻视卢根的公司。因为卢根的电影公司帮助国产电影的竞争对手好莱坞在华发行电影，也许在胡菊彬看来，卢根的公司即便是没有阻碍国产电影的发展，它的公司也无益于中国电影业的发展。

现在，我们需要弄清一个问题：好莱坞电影对中国电影业的发展到底带来了哪些威胁？事实上，好莱坞的扩张和中国电影的发展并不相互排斥。20 世纪 20 年代，中国电影市场的需求量呈现出快速增长趋势。在这样的环境下，国产电影和好莱坞电影保持了同步增长，一个明证就是大幅度增加的从美国进口到中国的电影胶片。1929 年，进口的已曝光的胶片（用于放映）长度是 1913 年时的 20 多倍。未曝光的电影胶片（用于拍摄）的消耗量更为惊人：1925 年引进的胶片长度是 1920 年的 220 倍。[2]尽管好莱坞对中国电影业可能存在威胁，但也不该忽视它的积极影响。可以这么说，正是来自好莱坞的竞争激发了中国电影业的发展。此外，中国发行商发行好莱坞电影也为他们提供了一个从中学习的机会。在 20 世纪上半叶，中国始终把美国电影当作主要的模仿对象，从中了解了电影的革新运动、发展方向、演员表演和电影产业的信息。当中国电影开始向有声电影转型时，正是美国向中国输送了有声电影设备和拍摄技巧方面的内容。如果民族主义者承认好莱坞

1　程季华主编：《中国电影发展史》第一卷，页 188。

2　Butrick, "Motion Picture Industry in China," p. 101.

电影对国产电影的发展有积极作用的话，那么中国发行商所扮演的"中间人"角色就不应被忽视。

　　民族主义者声称要将发行国外电影的发行商从中国电影史研究中剔除，这样的言论完全忽视了该群体多面的身份。很多情况下，发行好莱坞电影只不过是这家大型公司的其中一项业务。现实是，中间人通常会参与电影制作的各个环节，因此他们的身份会在民族资本家和中间人之间转换。仍以卢根为例，除了发行和放映好莱坞电影之外，他还负责在香港发行国产电影。20 世纪 20 年代，卢根的明达洋行在香港上映了张石川拍摄的《火烧红莲寺》[1]；同时，卢根还是联华影业公司的大股东之一，这家公司是 20 世纪 30 年代中国电影业的领军力量[2]。1932 年卢根差点收购联华公司。[3] 有些时候，"中间人"甚至会因国内电影和好莱坞形成直接的竞争关系，这主要是因为其拥有雄厚的资金，因此才会是外国商人最忌惮的对手。比如在有声电影上升期，卢根的联合电影公司"要建立一个带有现代化有声设备的摄影棚，并将它租赁给中国的影视制作公司"[4]，为此卢根还斥资购买了现代化有声设备，并聘请了美国无线电公司（Radio Corporation of America）的一名专家来监督摄影棚的建设及设备安装等事宜[5]。如果该计划成行，那么通过向中国的电影制作人出租影棚，联合电影公司不仅能"获得较高的资金收益"，还能"优先决定哪些电影在影棚中拍摄"。[6] 按照这个计划，到 20 世纪 30 年代，中国有声电影的年产量将从每年 15 部提高到每年至少 40 部。正如美国外交官员分析指出的那样，大幅度增加的中国有声电影将会"降低外国电影的需求量"[7]。令人遗憾的是，由于意外的经济问题，卢根的构想最终并未实施。这次失败并未阻挠卢根对电影业的投资。1933 年，

1　余慕云：《香港电影史话（卷一）：默片时代，1896—1929》（香港：次文化有限公司，1996 年），页 102。

2　《上海商业储蓄银行有关戏院的调查报告》，Q275-1-2041，上海档案馆。

3　陆洁：《陆洁日记摘存》（北京：中国电影资料馆，1962 年），1932 年 3 月 28 日条目。

4　Butrick, "Motion Picture Industry in China," p. 49.

5　《上海商业储蓄银行有关戏院的调查报告》，Q275-1-2041，上海档案馆。

6　同上。

7　同上。

卢根为联合电影公司安装了先进的有声设备，在此上映了卖座的电影《呆佬拜寿》。1935 年，卢根最终在香港筹建了一座摄影棚。[1] 由是，笔者想强调的是，像卢根这样的中间人在电影业发挥着多方面的功能。不可否认，当好莱坞电影进军中国时，他们的确从中起到了推波助澜的作用，扮演着所谓"叛徒"的角色，但是也不应该忽视他们在连接好莱坞和中国电影时所扮演的多重角色。事实上，他们以多种方式助推了中国电影业的发展。

结　论

每每讨论中国对好莱坞的态度时，这里面隐含的前提是中国已经和好莱坞建立了联系。但是，"建立联系"并不是一个抽象过程，自然需要具体的人和公司来完成。正如本文所认为的那样，这扮演着中间人角色的群体，弥合了好莱坞和中国电影间的空隙。

本项对中间人的研究是中国电影跨国研究的一部分，在为中国早期电影史研究还原现场之时，亦伸展了影史的丰富性和连续性。在过去 20 年间，跨国主义（transnationalism）是中国电影研究关注的重要话题之一。多数情况下，学界关注的是 1979 年后中国电影的国际化发展。中国电影从这个时期开始接受国外的资本和合作。[2] 然而将"跨国主义"这一概念引入电影史研究之中，在学术上有填补空白之意义，更重要的是，如裴开瑞（Chris Berry）所言，它暴露出只关注边界穿越而忽视在边界之间游走或者直接无视边界研究的盲点[3]。在中国电影史研究中，研究者往往会忽视具有国际背景的人物（如"中间人"）所做的贡献。基于此，本文章

1　Kar Law and Frank Bren, *Hong Kong Cinema: A Cross-Cultural View* (Lanham, MD: Scarecrow, 2004), p. 121.

2　参见 Chris Berry, "Sino-Korean Screen Connections: Towards a History of Fragments," *Journal of Chinese Cinemas* 10, no. 3 (2016): 247–264; Jeremy Taylor, *Rethinking Transnational Chinese Cinemas: Amoy-Dialect Film Industry in Cold War Asia* (New York: Routledge, 2011)。

3　Chris Berry, "Transnational Chinese Cinema Studies," in e Chinese Cinema Book, ed. Song Hwee Lim and Julian Ward (London: British Film Institute, 2011), p. 11.

指出，20 世纪的"中间人"在好莱坞和中国电影业之间架起了一座桥梁；如果不是"中间人"付出了大量的努力和心血，中国电影业的发展根本不可能像现在这般蓬勃。可惜，在民族主义阴影下，历史的复杂性往往被简单化一的评判所取代。

（Yongchun Fu, "Movie Matchmakers: The Intermediaries between Hollywood and China in the Early Twentieth Century," *Journal of Chinese Cinemas*, Vol. 9, No. 1 [2015]: 8-22. 在此，十分感谢周学麟、劳伦斯·西蒙斯［Laurence Simmons］、郑涵、康浩［Paul Clark］和菅原庆乃［Suguwara Yoshino］对本文提出的独到建议。此外，感谢新西兰奥克兰大学图书馆周到的馆际互借和文献传递服务。奥克兰市立图书馆和圣塔莫妮卡公共图书馆也提供了无私的帮助；同时对《中国电影杂志》编辑林松辉［Song Hwee Lim］教授及两位匿名评审提出的宝贵意见表示感谢）

民国初年新媒体与社会文化力量的崛起

陈建华

一、"新媒体"视角

"新媒体"成为当下全球数码时代的独特标志，其命名伴随着社会形塑、资本畅通与美好未来的拟像视界，以史无前例的万媒齐飞的方式与速率在运动。"新媒体"带来环境与人的关系的新观念，也为历史研究搭建跨界运动的新平台。把媒体作为审视历史的方法，能把观念与技术的辩证关系放回到天平上反思一些思想史、文化史上的神话，对于各种文化理论也会有一种批判的整合。宋代印刷术的流行是一个节点，当"四书""五经"可从书坊购得，经典的官方垄断被打破，其阅读和理解被私人化，于是有了话语与学派的竞争，宋代理学得以兴起。朱熹编"四书"标志着历史观念的革新，是一个时代的社会运动的结果，其《朱子语类》在印刷、口语记录及经典传授方式上都显出媒体带来的变革。[1]媒体是方法，是运动，之所以"新"，

---

1 笔者在《朱熹"淫诗"说——诗学诠释的"哥白尼革命"》一文中提出："一方面是重建'道统'必得通过重释经典之途，对不合时代需要的汉唐旧注必须做批判的清理，此固不待言。然而另一方面所谓文化转型，则在于整个学术风气、讲学方式的变化。其中一个关键因素是至宋代大为昌明的印刷术。（转下页注）

乃新观念与新技术在特定时空中的撞击与裂变，产生的"势力场域"给政治、伦理、文化与象征等各种"资本"注入新的动力，围绕着新的轴心组合与建构。

从传播学角度看，"城市本身就是一种媒介"。黄旦认为 1872 年创刊的《申报》标志着"上海进入了新媒体时期"。《申报》以"新报之事，今日之事"这八个字作为口号，把报纸与城市空间相勾连，一面在报纸版面上可看到论说、商业、社会新闻、广告等一字排开，一面与之相对应，城市"基于各种网络的流动和交换，是八面来风，五方杂处的中心地：货物、人员、服务、文化、记忆乃至于新闻等，无一不在流动交往之中"。报纸还为"骚人韵士"提供"短什长篇"的发表园地，由此孕生出一种新型的洋场才子。[1] 的确，这些年来有些文学史学者从报纸杂志、广告等传媒来考察文学的历史形态，就不再局限于作家作品的批评而把文学看作话语或风格竞争的场域，更延伸到与城市文化的联系，但视野似乎还不够宽广，还需要把文学传媒所涉及的政治与美学、性别与阶级、真实与虚拟等方面和社会现状、文化空间、权力关系及其历史流变相联系，而做一种有机动势的描绘。

本文试图将"新媒体"作为一种方法来回顾民国初年的文学文化。所谓"民初"指民国建立之后七八年间，即"五四"之前，尤其以 1914 至 1915 年间三十余种文艺杂志及其创办者——大多属南社知识人——作为基本材料，着重在文学与艺术的话语场域、都市大众传媒与社会运动的关系中考察他／她们的身份转型。

二、"共和"主体的崛起

先让我们看 1914 年 9 月《中华小说界》杂志刊出一幅题为《世界将来之伟人》的图片，图案是中心一小圆，外围一大圆。小圆中一中国男孩，外圈 12 个小圆各有一小孩，分别标为英、俄、意、美、法、德、比、日等 12 国名。《中华小说界》

（接上页注）以前学在官府，意味着经文难以流通而为官府所垄断，现在经书能在书铺中购到，为自学开拓了空间，儒学的传播和影响也因之扩大。在这样的语境中，朱熹更关注如何教学生阅读和理解原典，他的诠释学根植于此，却发现了'他者'的存在。"《古今与跨界——中国文学文化研究》（上海：复旦大学出版社，2013 年），页 322。

1　黄旦主编：《城市传播：基于中国城市的历史与现实》（上海：上海交通大学出版社，2015 年），页 223—236。

图 4-18 《世界将来之伟人》(《中华小说界》1914 年 9 月)

由中华书局创办、沈瓶庵等人编辑。以儿童代表世界未来是个俗套，而这张图中中国小孩居世界中心，具想象色彩，但出现在中华民国成立后不久，则代表了由于辛亥革命一举推翻千年帝制而成为"亚洲第一个共和国"的信心与自豪。

这或可说是一种大众娱乐幻象，但它表达出一种心态，与该杂志《发刊辞》中"精神自奋，有高尚之理想"的宗旨是一致的。[1]这与弥漫于晚清时期面临列强瓜分的"亡国奴"心态大不相同，与鲁迅所深恶痛绝的"麻木"的"国民性"也大异其趣。《中华小说界》上另有"各国美人图"，分别是意大利、英国、中国和日本的美女图，也是"自立于世界民族之林"的意思。[2]当时社会上流行自由恋爱，文艺杂志常常刊登西洋男女浪漫恋爱的图像来做示范，也常常把中国人的爱情图并置在一起，如 1915 年 4 月《眉语》杂志的"怜侬""爱我"4 幅图，这么中西合璧也是提高自信的一种文化表征策略。

1　瓶庵：《中华小说界发刊辞》，《中华小说界》第 1 期（1914 年 1 月），页 3。

2　《意大利美人》《英吉利美人》《中国美人》《日本美人》，见《中华小说界》第 2 期（1914 年 2 月），目录与照片。

图 4-19　《中西爱情图·爱我》(《眉语》1915 年第 4 期)

　　的确，从中华民国成立，临时大总统孙中山（1866—1925）收到各地和社会各界人士的大量来函来电来看，对于新国家诞生的自豪、兴奋与期盼的表述一洗"专制"时代的屈辱与悲愤。《临时约法》中"言论自由"的许诺给社会释放出巨大的活力。正是从"革命"到"共和"的观念转向，民初的上海文化空前繁盛。就文艺领域而言，短短数年里报纸副刊与杂志如雨后春笋，从 1909 年包天笑、陈冷主编《小说时报》起至 1919 年，据范伯群先生主编《中国近现代通俗文学史》的统计，文学杂志将近 50 种[1]，如果参照顾文勋、饭塚容等人的《文明戏研究文献目录》，还包括《歌场新月》《戏剧丛报》等戏剧杂志[2]。另据刘永文的《民国小说目录》，数量

1　汤哲声说："1872 至 1897 年这 25 年中，总共出现过 5 种文学期刊，其中 3 种实际上是《瀛寰琐记》的改版；从 1902 到 1909，据阿英在《晚清文艺报刊述略》中统计，共 20 种。而从 1910 到 1921 年的 11 年间，文学期刊已达 52 种，是前面的一倍多。"见范伯群主编：《中国近现代通俗文学史》下册，页 421。

2　顾文勋、饭塚容著，濑户宏、平林宣和编：《文明戏研究文献目录》(东京：好文出版，2007 年)。

还不止这些。[1]仅 1914 这一年出现的就约 30 种，主要有《民权素》《礼拜六》《中华小说界》《小说丛报》《新剧杂志》《香艳小品》《女子世界》《眉语》等。

民初"新媒体"的基本特征是印刷技术的革新与文学艺术的综合性。在晚清以来城市传媒发展的基础上，这些副刊与杂志熔文学、戏剧、美术和电影于一炉，以消闲娱乐为导向，大多以西画风格的名花美人为封面，内容有关中西文学、时尚服饰、戏剧与电影，如《礼拜六》上的美国女游泳家[2]、电影制作等图像[3]。此时每日十几个舞

图 4-20 包天笑像
（《礼拜六》1914 年第 26 期）

台上京剧、新剧及戏剧批评十分兴盛，电影也在逐渐普及，这一波以日常生活与娱乐为导向的新媒体成为文学与艺术跨界互动的"感知场域"（perceptive field），促进了感知认识的现代转型。

三、时尚与日常现代性

在为民初的大众传媒开启多种范式方面，包天笑不愧被誉为"通俗文学之王"。他主编的《小说时报》封面是彩绘的时装女郎，先前印刷公共空间几乎为妓女所占据，现在代之以富于时代气息的知识妇女。内页的三色照片是以日本引进的珂罗版技术制版，登刊妇女时装与发式的照片，预示着都市日常时尚的永恒主题。而

1　刘永文编：《民国小说目录》（上海：上海古籍出版社，2011 年）。

2　《世界著名游泳家美国爱奈德凯娄曼女士》《美国波士顿女游泳家罗司辟托脑甫》，《礼拜六》第 37 期（1915 年 2 月），内页照片。

3　《柏林影戏园制片时摄影》，《礼拜六》第 39 期（1915 年 2 月），内页照片。另见《司开区影戏公司总理笨伯之制片法种种》，《游戏杂志》第 10 期（1914 年），内页照片。周瘦鹃于 1914 年开始把他在西人经营的影戏院观看的影片写成小说，在《礼拜六》《游戏杂志》等杂志上发表，见笔者《周瘦鹃"影戏小说"与民国初期文学新景观》，《中国现代文学研究丛刊》第 175 期（2014 年 3 月），页 19—32。

图 4-21　欧洲最时式之大帽
（《妇女时报》1911 年第 1 期）

图 4-22　刘海粟及其画
（《礼拜六》1914 年 9 月第 16 期）

《妇女时报》则通过大量翻译欧美、日本的科学信息，从个人卫生、体操、饮食、心理、妊娠到婴儿养育等方面为妇女提供日常生知识与经验[1]，目的在于培养现代"国民之母"，不乏有关"贤母良妻"和"理想新家庭"的讨论，蕴含着发展都市"核心家庭"的空间想象。

时值清末"新政"时期，清廷所允诺的立宪改革催生了一批报刊，如《东方杂志》《图画日报》《小说月报》等在推进社会改良的议程，而狄葆贤（1873—约 1941）主办的《时报》与《申报》《新闻报》并列为上海三大报纸，更以时政批评与报式革新著称，其旗下的《小说时报》以采用先进印刷与视觉技术在杂志界居引领地位。绘制封面的徐咏青（1880—1953）是早期接受西洋画法的画家，他"是徐家汇天主教堂土山湾孤儿出身，学画后在土山湾孤儿院图画馆画圣像多年，有着扎实的西画基础，水彩画技巧尤为熟练，所以他的风景月份牌很受欢迎，名气很大"[2]。

1914 至 1915 年出现的《民权素》《礼拜六》《中华小说界》《香艳杂志》《女子世界》《繁华杂志》《小说新报》等十余种杂志皆依照《小说时报》的封面范式，更增强了名花与美女的搭配，将古典传统与西画技法相融汇，与民国建

1　季家珍：《性别分析的关键范畴"日常性"：以〈妇女时报〉为中心》，《近代中国妇女史研究》第 20 期（2012 年 12 月），页 1—26。

2　益斌主编：《老上海广告》（上海：上海画报出版社，1995 年），页 14。

图 4-23　丁悚画《游戏杂志》封面　　　　图 4-24　周柏生画《中华小说界》封面

立后强调文化本位有关。为这些封面作画的有徐咏青、丁悚（1891—1972）、沈泊
尘（1889—1920）、但杜宇（1897—1972）、郑曼陀（1888—1961）、周柏生（1887—
1955）、周慕桥（1868—1922）、胡伯翔（1896—1989）、钱病鹤（1879—1944）、丁
云先（1881—1946）等，在绘画技巧上更趋成熟，印刷质量也有提高，特别像周柏
生为《中华小说界》画的封面，百年前的印刷品依然看似细腻亮丽，仍然抢眼。

这批专业画家的形成与中国现代美术的起源密切关联。本来晚清以来传教士已开
始传播"眼见为实"的科学观，如《点石斋画报》等采用透视法与照相石印技术已在
传播复制"真实"的观念，产生了吴友如（？—1893）等优秀画家。经过土山湾天主教
堂的绘画工场以及周湘（1871—1933）创办的图画美术院，至 1912 年张聿光（1885—
1968）、刘海粟（1896—1994）等人创办上海美术专科学校，设置人物写生等课程，采
用透视法、明暗光影、肖像画水彩擦色等技法，"西画"通过教育机制而落地生根。[1]

---

[1]　参见颜娟英：《不息的变动——以上海美术学校为中心的美术教育运动》，收入颜娟英主编：《上海美术风
云——1872—1949 申报艺术资料条目索引》（台北："中研院"历史语言研究所，2006 年），页 47—91。

图 4-25　西洋裸体美人图
（《小说月报》1910 年）

海派画家有商业性的一面，但正像刘海粟大力输入西画作为"美育""救国"之举，也有人文抱负与美学追求。1914 年《大共和日报》上刊有刘的风景写生"美术画"，意在推广西画。画家们不仅创作杂志封面，还画月份牌、百美图，或为报纸、杂志或书籍画插图，常是多面手。周慕桥是《点石斋画报》的画师之一，也是月份牌名家。丁悚极其高产，几乎到处可见他的丁字尺式的姓氏签名。他和沈泊尘也都擅长"百美图"，沈的《新新百美图》（1913 年）和丁的《百美图》（1915、1916 年）相继问世，其中女子形象窈窕纤细，宛现古代仕女的抒情意趣，与月份牌的写真画风形成不同的审美趣尚。

美女图像畅通无阻，今日仍是大众纸媒获得关注的不二法门。中国在"香草美人"的抒情传统本来就源远流长，可追溯至《离骚》，清末文人喜爱《红楼梦》，遂感染了贾宝玉式的女子崇拜，已含有男女平权的萌芽，在民初，女性成为传递现代性价值与美好未来的象征符码。在清末吴友如的《海上百艳图》中，妇女坐马车在大马路上兜风、吃西餐、打桌球、拍照相等，似乎能自由出入公共空间 [1]，其实那是以妓女生活为蓝本的虚拟表现，而广大女性走向公共空间还阻力重重，仍遭到守旧人士的訾议。在民初"共和"理念的驱动下，她们仿佛一下子冒出地表，享受自由的空气，急速朝向公共空间移动。杂志封面所描绘的野外写生或摄影、挎包上学、邮筒投信、火车旅行，或打羽毛球、灯下读书、弹钢琴、拉小提琴等，都是女学生或良家闺秀，虽然高领窄袖仍不脱清末妓女的时装款式，但不像《海上百艳图》中的娱乐与消闲，她们被形塑为受现代教育洗礼的新女性，将在新的民族国家中扮演公共角色，事实上正如第十五号《小说时报》封面上那个手中拿着一只代表民国五色旗的灯笼的女子，她们被赋予一种新国民的身份，也将

1　《吴友如墨宝》（上海：上海古籍出版社，1983 年，据 1906 年上海璧园珍藏版影印）。

承担比从前的妇女更为复杂而艰巨的任务。

　　受了西洋美术观念的影响，有些杂志中刊登女子裸体图，给传统观念带来冲击[1]，后来刘海粟的美术学校雇用女模特儿做课堂写生，引起轩然大波。在民初画家中，郑曼陀以美女月份牌蜚声一时，然而一些妇女听说他的月份牌是把妓女当模特儿画出来的，就不再买他的月份牌，把已买的丢了出去。更惹麻烦的是，郑曼陀还出售裸体女子的图像，有女子投书与《时报》，指斥他败坏道德，并假借法院的名义要对他提出起诉。[2]这两件事都说明妇女的公共自我表达，而媒体也在形塑女性的不同身份。

图 4-26　徐咏青画《小说时报》封面

四、南社的爱国与浪漫人格

　　南社魁首柳亚子（1887—1958）曾得意地说："请看今日之域中，竟是南社之天下！"[3]这是指清末民初时期南社对上海的报纸杂志主宰角色的一句玩笑话，但是

1　关于民初文艺杂志刊登杨贵妃"出浴"与"海水浴""裸体"女子的文字与图像的互文传播，参笔者《杨贵妃"出浴"与摩登上海》，《上海书评》2018 年 9 月 29 日。

2　安雅兰（Julia Andrews）在《裸体画论争及现代中国美术史的建构》一文中提到 1916 年 7 月 18 日《时报》刊登《图画女子呈禁曼陀画师不准再绘裸体文》，指控郑曼陀绘画裸体，使女子蒙羞，有伤风化，最后曰："禀乞钧宪，迅提该画师到案，按律惩罚并令出具不准再绘裸体切结，俾全名节，不胜迫切之至，上呈。"见上海书画出版社编：《海派绘画研究文集》（上海：上海书画出版社，2001 年），页 216。Ellen Johnston Laing 在关于上海 20 世纪初期月份牌的研究专著中也提到此事，并认为此告状对郑曼陀未造成损害，也未起阻止裸体画的作用。见 Selling Happiness: Calendar Posters and Visual Culture in Early Twentieth-Century Shanghai (Honolulu: University of Hawai'i Press), p. 124。按：这篇文章是游戏文体，并无真正法院告状之事。作者"悲秋"，呈告者"女子真真"出自唐人杜荀鹤《松窗杂记》的典故，属虚构。此文原刊《时报》的副刊《余兴》中，后来收入由"时报馆余兴部"编辑的《余兴》杂志中，见第 28 期（1917 年 5 月），页 12。

3　郑逸梅编著：《南社丛谈》（上海：上海人民出版社，1981 年），页 3。

图 4-27　东西洋裸体图（《小说时报》1909 年）

从媒体角度来描述南社知识人在民初的决定性变动却显示他们在政治与文学之间的权力结构与自我选择，某种意义上更能说明南社的特质。在近代史脉络里，这也牵涉 1905 年科举废止之后中国知识分子何去何从或所谓"边缘化"问题，虽然如上述许多画家以及下面要谈到的《眉语》等女性杂志或一些作者并不属南社。然而随着民初新媒体而出现社会文化力量的历史性转折，南社无疑具有某种代表性。

　　南社成立于 1909 年，民国建立后发展成全国性组织，社员逾千人。他／她们早在 20 世纪初就加入同盟会的反清活动，以推翻专制、实行民主自由为己任，思想上与 1905 年黄节（1893—1935）、邓实（1877—1951）创办的《国粹学报》关系密切，主张以中国文化为主体，吸收外来精华。但是南社基本上是文艺团体，以继踵明末几社、复社文人的风流文采为号召，具有江南地缘政治与文化的特色，且受到半殖民地上海"洋场"的熏染。上面提到 1872 年《申报》为"骚人韵士"提供发表园地，照鲁迅的说法，"在那里做文章的，则多是从别处跑来的'才子'。那时的读书人，大概可以分他为两种，就是君子和才子。君子是只读四书五经，做八股，非常规矩的。而才子却此外还要看小说，例如《红楼梦》，还要做考试上用不着的古今体诗之类"。又说"才子"原是"多愁多病，要闻鸡生气，见月伤心的"；又学了贾宝玉的样子，把妓女当作红颜知己，"于是才子佳人的书就产生了"。[1]

鲁迅把洋场才子挖苦得很不堪，但对两种知识分子的区分很到位，这也可以用体制内外来区分。所谓"君子"属于仍走科举正途的传统知识分子，"才子"属边缘分子，但情况却复杂得多，其实代表着新生的社会阶层，如王韬、韩邦庆（1856—1894）、李伯元（1867—1906）等，这方面例子很多。他们搞翻译、写小说或办刊物，借新媒体为自己的生存条件与身份认同开拓新的文化空间。包天笑更典型，1906年从外地跑到上海，进入狄葆贤主办的《时报》，成为主笔之一，也是南社的早期成员。他与陈冷血（1878—1965）一起抨击"专制"而鼓吹"立宪"，在体制外开辟了"中层地带"的言论空间，实际上得到以张謇（1853—1926）为首的江浙财团的支持。1911年武昌起义之后，包天笑在为"革命军"摇旗呐喊，在《共和与专制斗》中说："二十世纪者，专制政体将绝迹于地球之日也。革命军之以提倡共和为宗旨，固已探得骊珠也。以共和与专制斗，所以各国不敢以寻常内乱视革命军也。"[2]

包天笑说："南社是提倡旧文学的一个集体，虽然其中人物都是鼓吹革命的。"[3]的确他们反对专制，主张民主平权，干革命如汪精卫刺杀摄政王，"引刀成一快，不负少年头"，赴汤蹈火在所不辞。同时他们爱好"旧文学"，在日常行为与情感方式上不脱旧文人习气，尤其与妓女不弃不离，然而他们继踪明末名士风流，别有一番英雄美人的光景。如张光厚（1881—1932）的《再与柳亚子书》，"若夫红袖

---

1 鲁迅：《上海文艺之一瞥》，《二心集》（北京：人民文学出版社，1973年），页82—83。

2 笑：《共和与专制斗》，《时报》1911年10月25日，第4版。

3 包天笑：《钏影楼回忆录》，页333。

添香，才人韵事，乌云对镜，英雄快心，说剑花前，原不相碍"，这代表了南社人的"共识"，因此与"五四"知识分子或洋场才子都不同。如苏曼殊"吃花酒"的艳事为人津津乐道，是南社人心目中的人格楷模。他们"高谈革命，常在妓院门帘之下，比了酒家、茶肆、西餐馆，慎密安适得多"[1]。南社另一魁首陈去病（1874—1933）居住在福州路一妓馆里，在那里开筵请客，群贤毕至，当然少不了革命志士，从这个意义上，他们与妓女结成政治同盟了。有趣的是，福州路既是吃喝玩乐的中心，也是报纸和出版的大本营，这或许造成上海媒体的特性，即将娱乐消闲、革命、共和与知识传播混杂在一起。

　　南社文人凝聚了特定时代的新旧交杂，无论国粹与西化，艳情浪漫与矢志革命，皆一往情深。他们大多是诗人，文学上实践"抒情传统现代性"，大量诗歌创作糅合了反清革命情绪与共和民主的理想，建构了民族"感情共同体"。他们通过文人雅集唱和、烈士追悼会、摄影、宴饮、报刊发表等方式把传统和现代传媒结合起来，有效发挥了社会感情动员的功能。[2]其实南社的"抒情传统"已是一种现代价值的选择，他们喜爱的诗人李商隐（约813—858）、王彦泓（1593—1642）、龚自珍（1792—1841）等属于"艳情"或"香奁"谱系，历来受到正统诗学的排斥，而他们的作品令人心荡情迷，按照"国粹"的观点最能代表汉语的精髓。的确，南社的诗歌既激越澎湃又缠绵旖旎，更有一种超乎豪放与婉约的现代风貌。

五、文人的现代转型

　　诗的传播毕竟有限，最近有学者提出南社当中小说居于"边缘"地位，这方面如本文要说的，正是在民初南社走向其小说时代，遂开创了都市大众文化的新局面，也造成其内部的结构性变动。当袁世凯倒行逆施，黑云笼罩之时，南社中有的

1　包天笑：《钏影楼回忆录》，页334。参见卢文芸：《中国近代文化变革与南社》（北京：社会科学文献出版社，2008年），页237—304。

2　张春田：《革命与抒情：南社的文化政治与中国现代性（1903—1923）》（上海：上海人民出版社，2015年）。

卷入党争而遭到暗杀，有的落荒逍遥，有的从事知识专业，其中一批文人转向都市媒体，与印刷资本、市民大众合作而开拓新的文化空间，遂造就知识人现代转型的新传奇。

这可以徐枕亚（1889—1937）的小说《玉梨魂》为例。经过百年的大浪淘沙，这部小说至今被公认为中国现代文学经典之一。对此学者已做了大量论述，这里不赘。1912年它在《民权报》上连载，次年发行单行本，一时洛阳纸贵，此后不断重印，销量达数十万本。一部以文言甚至带骈文风格的小说能经久不衰，是现代出版史的一个奇迹。1914年4月《民权报》在袁世凯的压迫下停刊，副刊主编蒋箸超（约1881—约1937）等人转而创办文艺杂志《民权素》，徐枕亚失业后去中华书局做编辑，不得志而离开，又去担任了《小说丛报》的主编，与吴双热（1884—1934）继续写"艳情"小说，"鸳鸯蝴蝶派"由此得名。当初《玉梨魂》在报纸上发表是没有稿费的，单行本出版也未获分文，于是徐枕亚把它改写成日记体的《雪鸿泪史》，在《小说丛报》上发表，没等载完就出了单行本，也很畅销，于是得了第一桶金。虽然清末的一些小说杂志早就有稿费制度，但徐枕亚的这番经历对于民初文人的职业选择颇有代表性。一方面稿费制度的规范化有助于刊物建立创作队伍，也能保证作者的生活来源；另一方面像徐枕亚的"下海"是逼出来的，须克服心理上的障碍。到了年关，他的新开书局欠了一屁股债，因此急需取得稿费来还债。而且他自视甚高，尽管小说出了名，却不愿称自己为"小说家"，不过一旦进入传媒体系就不得不入乡随俗，根据文学市场的规律来操作。

在王钝根（1888—1951）主编的《申报》副刊《自由谈》上，"游戏文章"专栏利用书信、滩簧、五更调、戏剧广告等通俗形式批评时政，实践"言论自由"，表达"民意"。为了更直接体现宪政共和的理念，从1912年10月至1914年9月开辟"自由谈话会"这一专栏，以"扶掖国家，诱导社会为宗旨"，每次刊登数条至十数条读者来稿，或片言只语，或专题论述，让读者对于眼下即刻发生的事情，上自政局公卿，下至时尚弊端，发表一己的感想或批评，特别是针对袁世凯谋划专制的倾向，以和平手段进行抗争。如无邪子说："共和者，反乎专制之谓。在在遵从民意，以一国之民为主体者也。"陈民血说："思想自由，言论自由，出版自由，三者人群进化之根本。"皆针对袁氏重申民国法制与自由的真谛。自 1913 年 3 月《自由谈》刊登投稿者照相，共刊出一百余人，包括数位女作者。各人有一小传，大多属于城市下层知识人，如"便便丐装小影——钱一蟹，江苏青浦人，年三十七，现寓上海白克路永年里四百七十二号""投稿者倚桐女士——沈嘉凤，三十六岁，江苏扬州原籍，浙江会稽人，适嘉定徐了青"。这可说是一种草根性的民间社会力量的集结，为中国现代新闻传播史翻开了新的一页。[1]

在袁世凯的压力下，"自由谈话会"被画上句号。王钝根另创《自由杂志》，声言道："自由谈者，救世文字，而非游戏文字也"，仍表明其政治批评的态度；发行了两期也办不下去，于是在 1913 年底创办了《游戏杂志》，干脆以"游戏"来为杂志命名，似乎放弃了"自由"。其后他走得更远，次年 6 月与陈蝶仙（1879—1940）、周瘦鹃等另外办了个杂志，即《礼拜六》周刊，进一步明确声言以娱乐消闲为宗旨。看起来这是放弃政治抗争，但转变中含有新的思路，意味着"共和"观念的新的实践，带来更为深刻的变化。

图 4-28　丁悚画《礼拜六》封面

所谓"礼拜六"是仿照美国《礼拜六晚邮报》，目的是让都市劳动大众在周末放松消遣。王钝根在《礼拜六出版赘言》中声称《礼拜六》中的"新奇小说"是"轻便有趣"的，比起"戏园顾曲""酒楼觅醉""平康买笑"等娱乐样式更为省钱，也更有益于身心健康。[2]事实上和同时杂志相比，《礼拜六》在栏目和内容方面大力刷新。如《民权素》有"艺林""游

1　参见笔者《〈申报·自由谈〉——民初政治与文学批评功能》，《二十一世纪》第 81 期（2004 年 2 月），页 87—100。

2　王钝根：《礼拜六出版赘言》，《礼拜六》第 1 期（1914 年 6 月），卷首。

记""诗话""说海""谈丛""谐薮""瀛闻""剧趣"等栏目，具诗文综艺性质，基本上是文士们自我表现的园地。王钝根主办的《游戏杂志》已加强趣味，栏目设置与《民权素》相似。《礼拜六》则以短篇小说为主，创作与翻译并重，有文言也有白话，且价格便宜，每册一毛钱，《民权素》每册售价要五毛钱。因此《礼拜六》一开张便轰动一时，销数据说达万册以上。

对于民初新媒体来说，王钝根的《出版赘言》是一篇重要文献。它突破了"文以载道"的传统观念，意味着知识分子自动放下身段，使文学走向市民大众，此即为"通俗"之谓，同时与政治脱钩，能凸显文学自身的特性。我们知道，自晚清梁启超到"五四"一代无不强调"通俗"，却把大众看作落后的、有待改造的，因此力图把观点或思想强加在他们身上。王钝根则明确其服务对象，以劝说的口吻推销《礼拜六》，把作者与读者看作是平等的、合作的关系。他说读小说比其他娱乐更有趣，诉诸大众的趣味和休闲，也是在提倡一种阅读的生活方式，其实在纪念"五九国耻"或宣扬"纯洁高尚"的爱情等方面都显出《礼拜六》的政治与道德倾向。

在民初的杂志新潮形成竞争态势、优胜劣败中，读者起了关键作用。其时南社同人纷纷创办文艺杂志，胡寄尘（1886—1938）的《香艳小品》《白相朋友》，姚鹓雏（1892—1954）的《七襄》《春声》等，撰稿者柳亚子、叶楚伧（1887—1946）等都是南社名士，但杂志的寿命都不长，多半与主打诗文有关。当然一份杂志的存亡取决于多种因素，除了内容、资金、读者之外，也与作者群等有关杂志自身的建制有关。《礼拜六》出满一百期而止，内容上紧贴都市日常生活固不消说，对于都市文学新媒体的自身建设也起了标杆作用。例如，

图 4-29　王钝根夫妇小影
（《礼拜六》第 100 期，1916 年）

图 4-30　中国女文豪吕璧城君
（《礼拜六》第 1 期，1914 年）

从出版之始就明确规定稿酬等级与刊登广告的收费标准，在发行过程中不断维护著作权与公平竞争，一直刊登《敬告抄袭家》之文，指斥抄袭家为"蟊贼"，并鼓励读者揭发公之于众，或发表《抄袭家》之类的小说加以讽刺。[1] 王钝根还想方设法为杂志自身品牌打广告，如不断刊登名流或读者对《礼拜六》的诗词品题，较为别致的是通过小说，如东堑的《杀脱头》说作者早晨醒来，听到街上传来阵阵怪声："杀脱头！杀脱头！！快来看杀脱头！！？"接着他妻子进房，也在这么喊，怀里揣着一样东西，掉到他面前的原来是新出刊的《礼拜六》，于是作者大呼："钝根作祟！"[2] 实际上作者利用杂志英语 Saturday 和"礼拜六"的谐音写了这篇滑稽小说，广告中运用"悬念"与"惊悚"在当时是颇为先进的。

《礼拜六》刊登的图像多为相片，每期两或三页，富于意义的是刊登了大量世界著名作家的照片，从但丁（Dante Alighieri，1265—1321）、莎士比亚（William Shakespeare，1564—1616）、伏尔泰（Voltaire，1694—1778）到马克·吐温（Mark Twain，1835—1910）等，也有女作家，其中安徒生（Hans Christian Andersen，1805—1875）乃第一次为国人所知。同时也出现中国作家的相片，如第 1 期上"中国女文豪吕璧城君"与英国狄更斯的照片并置，更明显的是第 38 期上刊出《礼拜

<hr>

1　海鹤：《抄袭家》，《礼拜六》第 14 期（1914 年 8 月），页 24—26。

2　东堑：《杀脱头》，《礼拜六》第 3 期（1914 年 6 月），页 16—18。

六》编辑部同人的合影，有王钝根、
陈蝶仙、周瘦鹃、丁悚等 11 人，同期
是法国的莫泊桑（Guy de Maupassant，
1850—1893）和大仲马（Alexandre
Dumas，1802—1870）、英国的哈葛德
和柯南·道尔（Conan Doyle，1859—
1930）的照片，而且中国作家在前，
外国作家在后。历史地看，当初梁启
超常举欧西各国的例子，说作小说的
都是"魁儒硕学"或"大政论家"，借
以提高小说地位。而在《礼拜六》同
人那里，通过与外国同行并列的方式
来确定自己的文学职业与身份，这跟
该杂志的文学取向是一致的。

图 4-31 迭更司君小影
（《礼拜六》第 1 期，1914 年）

民初的文学生产非常惊人，产生
了大批职业作家，周瘦鹃的成功之途
就是个典型。他出身贫苦，6 岁时死了父亲，靠母亲做针线活一路读到中学，1911
年写成的剧本《爱之花》被《小说月报》录用，当收到 14 块大洋的稿费时，全家
欣喜若狂。此后他十分勤快高产，几乎每期《礼拜六》都有他的发表，遂声名鹊
起。他专写赚人眼泪的"哀情"小说，无数为自由恋爱而痛苦的青年男女受到如此
感动，以致"少年男女，几奉之为爱神，女学生怀中，尤多君之小影"[1]。

他也是媒体表演的天才，其《香艳丛话》出版于 1914 年，书前十几页 30 余幅
图像展示了一种自我时尚化（self-fashioning）的精心营造，确是新媒体范本，见证
了一个"明星的诞生"。

丁悚画的《瘦鹃二十岁小影》，看上去西装革履，领口系个蝴蝶结，胸前别朵

---

1 钝根：《本旬刊作者诸大名家小史》，《社会之花》第 11 期（1924 年 1 月），页 3。

图 4-32　瘦鹃二十岁小影
（《香艳丛话》1914 年）

图 4-33　愿天速变作女儿图
（《香艳丛话》1914 年）

花，戴金丝眼镜，完全一副时髦酷相。其实才不久前他生了一场怪病，头发眉毛都脱落，因此外出时要戴上帽子和墨镜。配上托尔斯泰、狄更斯、司各特（Sir Walter Scott, 1771—1832）的照片，也是《礼拜六》同人做派，不啻自列于世界文豪之林。周瘦鹃也刻意把自己打扮成一个现代爱情和爱美的化身，声称"愿欲化身作女儿，倏而为浣纱溪畔之西子，倏而为临邛市上之文君，使大千世界众生尽堕入销魂狱里，一一为吾颠倒，一一为吾死"，给自己戴上"倾国倾城"的面具。另有周氏自己的照片，穿中式或西式女装，以及他与当红新剧男旦陆子美（1893—1915）、凌怜影的合影，皆男女装混搭，体现了当时男女、文人与伶人之间平等的意识。还有一页《瘦鹃之家》图，由客厅、书房、卧室等 4 张照片组成，富于中产家庭气息，其实他和全家刚离开原来老城厢里的简陋居屋而搬进较体面的住处。

民初文学翻译成为出版大宗，如商务印书馆的《说部丛书》达数百种，林纾的译作占百余种。1916 年的 12 册本《福尔摩斯侦探全集》出版，1917 年周瘦鹃的《欧美名家短篇小说丛刊》得到当时在教育部任职的鲁迅的褒奖。无数作家被引进，如一般认为法国伟大诗人波特莱尔（Charles Baudelaire, 1821—1867）经由周作人的介绍才为国人所知，其实在 1915 年的《香艳杂志》上就出现了。[1] 文学风尚一波接一波，1918 年徐枕亚在《人海照妖镜》一书中说："二三年来，说部风靡，言情之册，充塞市肆，今则稍稍凋敝，而所谓黑幕者，乃跃起而代之。"[2] 所谓"言情"被"黑幕"取代仅指大体而言，其实诗文戏剧小说各类齐全，其间突发的浪花涟漪阵阵，如南社诗歌由黄钟大吕转为"香艳"私情，或女性文学异峰突起等，媒体的竞争机制在发挥作用，这里须提一笔的是：民初文学以文言为主，而 1917 年包天笑创刊《小说画报》，以文学"进化"为由一律刊登白话作品[3]，比"五四"新文学运动先走一步，这种

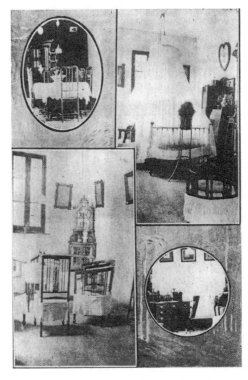

图 4-34 《瘦鹃之家》(《香艳丛话》1914 年)

变化其实也是受制于现代潮流与文学市场而发生的自我调节。

六、女性与"社会革命"

女性解放是文明程度的标志，而民国刚建立则以一记响亮耳光拉开了妇女解放的大幕。由于《临时约法》没有赋予女子选举权，女子参政同盟会的领袖唐群英（1871—1937）在南京参议院当面责问宋教仁（1882—1913），且怒掴其颊。史谦德（David Strand）在《未完成的共和》（An Unfinished Republic: Leading by Word and

---

1 参见笔者《"波特莱尔"何时进入中国？》，《南方周末》2018 年 10 月 11 日。

2 徐枕亚：《序》，《人海照妖镜》(上海：小说丛报社，1918 年)，页 1。

3 《〈小说画报〉例言》曰："小说以白话为正宗，本杂志全用白话，取其雅俗共赏，凡闺秀、学生、商界、工人无不咸宜。"《小说画报》第 1 期 (1917 年 1 月)。

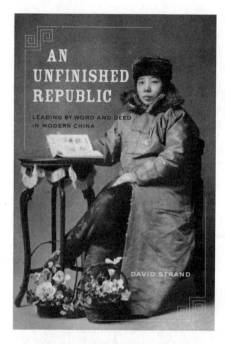

图 4-35　《未完成的共和》封面
（加州大学出版社，2011 年）

Deed in Modern China）一书中认为这事件象征性地开启了一种"新型的政治"。的确首先是她们带来了新时期的希望和勇气，在给参议院的上书中宣称："兹幸神州光复，专制变为共和。政治革命既举于前，社会革命将踵于后。欲弭社会革命之惨剧，必先求社会之平等，欲求社会之平等，必先求男女之平权，非先与女子以参政权不可。"[1] 要求从"政治革命"转向"社会革命"，即要求结束专制和革命而从事和平改良的建设，这不仅是女性也是国民的心声。女子参政运动步履艰难，但男女平权观念深入人心，如杨尘因（1889—1961）1916 年的小说《新华春梦记》所描写，听说袁世凯要当皇帝，妇女们议论道："咱们自从共和以后，虽然莫得着十二分的大好处，但是天天听着人说男女平权、男女平等的话儿，好像你们那些男子汉是要把咱们妇女看得重些。我们妇女中有那些聪明的，也就狠想拼命出头，求一个独立生活，仿佛自己也都不以妾媵之辈自待了。"[2] 从这里，共和观念深入人心可见一斑。

民初数年间女性报纸杂志空前繁盛，如《女子白话旬报》《神州女报》《妇女时报》《妇女杂志》《中华妇女界》《女子世界》《眉语》《莺花杂志》等，有的直接由女性主编。妇女参政运动得到《妇女时报》的大力支持，周瘦鹃的《泰晤士河畔女子要求参政之怒潮》一文翻译介绍了 20 世纪初由潘葛司（Emmeline Pankhurst，1858—1928，又译潘克斯特）所领导的英国女权运动，充满激情地说："今我国隆隆春雷，亦已发大声于海上。一般女子，渐有政治思想，印入脑海之中。"因此他

1　《女界代表张群英等上参议院书》，《妇女时报》第 6 号（1912 年 5 月），页 21。

2　杨尘因：《新华春梦记》（南昌：百花洲文艺出版社，1996 年），页 1009。

把这篇文章介绍过来，为妇女参政运动摇旗呐喊，并希望她们要坚持斗争，"非盾于坚厚之实力不为功，其毋为欧西女子所笑也"[1]。

尤其突出的是《眉语》杂志，其开张广告出现在1914年11月14日的《申报》上，由"高剑华女士"担任主编，宣称"本社乃集多数才媛，辑此杂志……锦心绣口，句香意雅，虽曰游戏文章、荒唐演述，然谲谏微讽，潜移默化于消闲之余，亦未始无感化之功也"。它以"游戏""消闲"方式通过美文来达到"感化"目的。所谓"多数才媛"是一个女性编辑团队，据台湾学者黄锦珠的考证，杂志中发表作品的至少有10位女作家，总体上表现了去政治化而回到女性自我的特点，宣扬西式爱情观和夫妻平权的

图 4-36　高剑华与女性编辑们（《眉语》1914 年）

闺房之乐，在与父权价值体系的纠结中闪烁着个人的私密情欲。[2] 如冯天真在小说《悔教夫婿觅封侯》里描写女主人公大义凛然鼓动其丈夫奔赴武昌，加入辛亥革命，结果捐躯疆场，遂后悔自己盲从"为国宣力，为民造福"的观念[3]，这说明在对于民初政治的幻灭与反思中产生了以个人和家庭为重的意识。

最显得另类的是，《眉语》再三以裸体女郎作为封面，高剑华在《裸体美人语》

1　瘦鹃：《泰晤士河畔女子要求参政之怒潮》，《妇女时报》第 7 期（1912 年 7 月），页 9—13。

2　黄锦珠：《女性主体的掩映：〈眉语〉女作家小说的情爱书写》，《中国文学学报》第 3 期（2012 年 12 月），页 165—186。

3　冯天真：《悔教夫婿觅封侯》，《眉语》第 2 号（1915 年 2 月再版），页 1—4。

图 4-37　女编辑"鬓华室主"
（《香艳杂志》1914 年）

图 4-38　"女界伟人"吴孟班
（《香艳杂志》1914 年）

不无自譬地把"裸体美人"作为一个纯洁无瑕的比喻，借此批评由于西化与革命所带来的道德腐败。[1]另一方面把杂志放到首饰店、绸缎店、香粉店、药房、眼镜公司等处，行销上十分成功。《眉语》共出版了 18 期，这种女性本位的立场对于中国传统来说是一种大胆的挑战，遭到当局的禁止而停刊。

女性不仅发声，也到处现身。包天笑在《钏影楼回忆录》中说，当初办《小说时报》时要登刊时装美人的照片，但"当时的闺阁中人，风气未开，不肯以色相示人"，因此只能向妓女要照片。[2]而在民初几年里，闸门一下子打开，杂志上出现大量女性影像，遍及各个阶层，不仅具商业效应，也与各杂志的宗旨与策略有关。比方说《礼拜六》侧重文学，如上文说的把吕璧城与迭更司的照片一同刊出，意味着在世界文学中确认中国作家身份。王文濡（1867—1935）主编的《香艳杂志》突显新知识女性，"新彤史"这一首要栏目专刊闺阁名媛传记，表彰"女界伟人"薛锦琴（1883—1960）、吴孟班（1883—1902）或为反清革命献身的烈女。在各地从事教育、文学、美术、医务等工作的知识妇女浮现于公众视域之中。编辑团队除了男的，还包括两位女编辑——"鬓华室主"徐

1　高剑华：《裸体美人语》，《眉语》第 4 号（1915 年 4 月再版），页 1—6。

2　包天笑：《钏影楼回忆录》，页 339。

婉兰和"平等阁主"俞佳钿，每期都有她们的诗话或
笔记专栏。俞自述其走南闯北从事教育的经历，后来
在上海经商，发起组织女子实业进行会，所谓"设商
肆于海上，为女界破天荒之举"[1]，自豪之情溢于言表。
王钝根、陈蝶仙主编的《游戏杂志》更关注演艺界，
"女新剧家"是个新事物，其时男女不同台的禁令被
打破，男女同台演出，还出现女子新剧团。另如包天
笑的《小说大观》和李定夷（1890—1963）的《小说
新报》主要刊登妓女照片，如配合新世界游艺场举办
的"花国总统"选举，或她们积极参加救国储金会的
爱国活动。

图 4-39　郑正秋像
（《鞠部丛刊》1918 年）

七、舞台与电影

　　清末以来上海舞台一向繁荣，但 1913 年由两件
事迎来共和时代新气象，也分别载入戏剧史与电影
史。一是新剧（文明戏）沉寂十年之后再度兴盛，史
称"癸丑中兴"，一是新民新剧社与美国亚细亚影戏
公司合作将文明戏拍成电影，其中《难夫难妻》为国
产故事片之始。这两件事互为关联，迅速改变了文化
地图，其领军人物是郑正秋（1889—1953）和张蚀
川（1889—1953，后改张石川），20 年代初两人成立
了明星影戏公司，有力推动了中国电影工业的起飞。

　　每日十多个舞台上京剧、新剧互竞雄长；京剧也
分新旧两派。1908 年镜框式新舞台落成后，夏月润

图 4-40　张蚀川像
（《新剧杂志》1914 年）

1　俞佳钿：《鬘华室诗话》，《香艳杂志》第 1 期（约 1914 年 6 月），页 1—6。

图 4-41　女子新剧团演出广告（《申报》1915 年 1 月 29 日）

（1878—1931）等演出《新茶花》等，开海派京剧之先声。1913 年梅兰芳（1894—
1961）来上海之后受到影响，回去也排演时装新戏。的确，新剧更西化海派，理论
家周剑云（约 1893—1969）说："戏曲综文艺美术而成，乃人类写真世界之缩影。"[1]
又说："新剧何以曰文明戏？有恶于旧戏之陈腐鄙陋，期以文艺美术区别之也。演
新剧者，何以不名伶人而称新剧家？因其知识程度足以补教育之不及，人格品行可
以作国民之导师也。"[2] 新剧演员以改良社会自命，声称戏剧是高尚艺术，以写实方
式再现现实生活，利用声光电制造舞台效果。这些代表现代戏剧观念与实践促使传
统戏剧与演艺生态发生变化，如男女同台、女子新剧即为直接的产物。有趣的是，
此时南社柳亚子、胡寄尘等热烈吹捧京剧男旦冯春航，而易实甫（1858—1920）、
樊增祥（1846—1931）等竭力揄扬贾璧云（1890—1941），于是南北两地形成"贾
党"和"冯党"，在报刊上大打笔战。有人认为这是南方革命派与北方官僚派之间
的斗争[3]，其实从另一角度如马二先生（冯叔鸾，约 1883—1942）说的，"革命以还，

1　剑云：《戏剧改良论》（"剧学论坛"栏），周剑云主编：《鞠部丛刊》（上海：交通图书馆，1918 年），页 12。

2　剑云：《挽近新剧论》，同上，页 57。

3　参见刘汭屿：《梨园内外的战争——20 世纪第二个十年上海京剧界之冯贾"党争"》，《文艺研究》2013 年
　　第 7 期，页 101—110。

图 4-42　济南赈灾妓女合影（《小说大观》1917 年）

图 4-43　上海"花国总统选举"，右二为"大总统"徐第（《小说大观》1918 年）

图4-44　"女新剧家"钱天吾
（《游戏杂志》1915年）

贵贱之阶级稍稍化除，海上诸名士乃有引冯、贾诸名伶而与之游者，且从而诗词揄扬，相倡以党"[1]，就是说文人与伶人结党，是共和观念的体现。

　　戏剧批评也空前兴盛，所谓"海上报界，无论大小，咸有专栏，几于不可一日无此君"[2]。不光报纸，一般文艺杂志也有剧评"专栏"，由是剧评人大批涌现，千姿百态，各抒己见。尽管新剧或旧戏的立场不同，都一致要求戏剧改良，新旧之间取长补短。周剑云提倡新剧，但不主张新旧对立："戏剧何必分新旧，日新又新，事贵求新，应新世界之潮流，谋戏剧之改良也。"[3]新剧领袖郑正秋说："旧戏价值胜似新剧多多，故吾谓新剧家，欲受社会欢迎，欲伸张势力，非从旧戏上详细研究，痛下苦工，截长补短以借镜焉不可。"[4]马二先生是旧戏代言人，他讥刺上海人只会看戏不懂听戏，认为旧戏的抒情审美与象征表演等"皆属精神上之能事"，而新剧只是在布景化装等方面见长，"皆属物质上之能事"。但他表示："改良戏剧之要务，第一先泯去新旧之界限，第二须融会新旧之学理，第三须采新旧两派之所长。"因此他十分赞扬郑正秋等人的新剧，并建议"新剧家不可不谙旧剧，然却不可泥于旧剧"[5]，像周剑云一样，即无论新旧，都应当发挥各自的特长。

　　一般来说写剧评的及时评论上演剧目，感性而具体，所谓内行看门道，注重的是演员技能与艺术形式，具有专业主义倾向。在新舞台演出的《新茶花》涉及时政

1　冯叔鸾：《啸虹轩剧谈》（上海：中华图书馆，1914年），页6。

2　剑云：《负剑腾云庐剧话》，《繁华杂志》第3期（1914年），"菊部记余"栏，页1。

3　剑云：《铙近新剧论》（"剧学论坛"栏），《鞠部丛刊》，页57。

4　正秋：《丽丽所剧谈》，《民权素》第3集（1914年9月），"剧趣"栏，页1。

5　冯叔鸾：《啸虹轩剧谈》，页43—44。

批评，讲专制党与电气党之间的政治斗争，演员刘艺舟大骂专制党，声色俱厉，其实在影射袁世凯，因此大快人心。郑正秋在剧评中对刘的出色表演大加赞扬，同时也指出"徒重议论，不重做派，犯演剧之大病"[1]，可见并非因为内容正确而忽视了艺术形式。

批评"上海人只会看戏"，这个"看"字大有文章。晚清以来上海舞台便讲究电光布景、演员行头，追求视觉效果，至于在新舞台演出时装新戏，更加强了写实倾向。关于"视觉转向"学者们谈得不少，但深一层来说，这种欣赏习惯的背后是一种模仿真实的集体无意识，是被一种有关"真实"的意识形态建构起来的。在从"天下"到"国家"的"三千年未有之变局"中，中国人发现或者说是被迫接受了新的"真实"观念，这方面在华传教士做了很多工作，即不断通过幻灯、照相、石印等视觉技术来检证对于"真实"的认知，也教会中国人如何表现"真实"。1875 年由美国传教士范约翰（John M. W. Farnham，1829—1917）主编的《小孩月报》便传播了关于透视画法的知识。英国人美查在 1884 年的《点石斋画报》中声称"绘事"采用"西法"："大抵泰西之画不与中国同，盖西法娴绘事者，务使逼肖，且十九以药水照成，毫发之细，层叠之多，不少缺漏，以镜显微，能得远近深浅之致。"[2]中国人也渐渐学会了。1906 年，李伯元声称其长篇小说《文明小史》"比泰西的照相还要照得清楚些，比油画还要画得透露些"。这部小说在世界全景景观中再现了 20 世纪之交的中国"真实"——朝野上下在危机中探寻救国方案。李伯元的这部小说与当时报纸、图像一起在直接从事"民族想象共同体"的建构任务。

民初舞台利用技术仿真手段打造了种种奇观。1914 年《拿破仑》一剧中，真车真马在台上驰骋，或如《黄金岛》一剧中，飞艇盘旋上下，另外也有把汽车或水池等搬上舞台，极尽炫目吸睛之能事。舞台本身是个传媒场域，戏剧与文学、美术之间的互文扣联更为活跃。这些节目需要大型背景，而周湘开设的美术学校把绘制布

1　正秋:《菊部春秋》，《民权画报》，收入《清代报刊图画集成》（北京：全国图书馆文献缩微复制中心，2001 年），《民权画报》册，页 257、265。

2　1884 年 4 月《点石斋画报》创刊，美查（尊经阁主人）为之作序，光绪年间申报馆将《点石斋画报》汇印成集，此文冠于卷首。

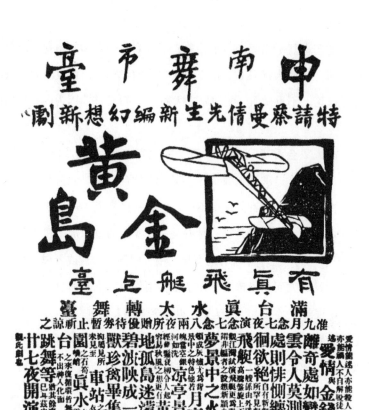

图 4-45 《有真飞艇上台》(《申报》1914 年 11 月 14 日)

景作为专门课程，即为了适应市场需求。杂志上出现新一波消费拿破仑（Napoléon Bonaparte，1769—1821）传奇的热潮，这位为清末读者崇拜的盖世英雄重经演绎，却变成一个风流君王，不无市民趣味的镜像映射。

民初只有几家西人经营的影戏院，改变了在嘈杂茶馆中观影的恶劣印象。1914 年在周瘦鹃观看美国影片 Waiting "荡气回肠"的感受中，电影被确认为一门高尚艺术；他不断以动人的"影戏小说"传递这一信息。次年在翻译了好莱坞"甜心宝贝"曼丽·璧克馥（Mary Pickford，1893—1979）的自传片段时，发明了"明星"一词，也给中国艺人带来了熠熠星运。[1] 电影的介入使新媒体如虎添翼，如

1　参见笔者《文人从影——周瘦鹃与中国早期电影》，《电影艺术》第 342 期（2012 年 1 月），页 131—137。

图 4-46　张石川与亚细亚影视公司摄制文明戏现场（《新剧杂志》1914 年）

"活动写真"流行语所示，模仿"真实"给艺术和人生打开新的想象空间。1919年，美国环球公司来到上海拍摄影片《金莲花瓣》，有个镜头是女主角玛丽·华克姆（Marie Walcamp，1894—1936）在黄浦江中游泳，周瘦鹃对如此实地拍摄和演员的敬业赞叹不已。几乎同时正在中西女校读书的殷明珠（1904—1989）常去影院看好莱坞的惊险长片，最崇拜女明星白珠（Pearl White，1889—1938），而她的举止装束都是明星做派，遂被称作"FF 女士"（"Foreign Fashion"的简称）。确实她不同一般，会骑马游泳，会开汽车，20 年代初在《海誓》一片中真的成为中国第一位女明星。不无吊诡的是，在本雅明所说的"机械复制时代"，中国人反而发现了"真实"，而生活模仿艺术的结果创造了奇观般的"真实"，此即"中国气派"吧。

19 世纪末电影就传入中国，但由于传统观念、技术与资金等原因，电影生产方面困难重重。郑正秋、张石川和亚细亚影视公司一度合作之后便专注于新剧，但心心念念不忘电影。1914 年张石川等人创办的《新剧杂志》刊出与亚细亚影视公司合拍文明戏的照片与文章，给中国电影史留下珍贵文献。1917、1918 年间郑正秋主编的《新世界》《药风日刊》见证了电影广告和观众日益扩展的情况，正是大世界、新世界那样的游戏场为电影普及发挥了重要功能。

文坛与戏台分源合流，如包天笑、周瘦鹃的文学作品被改编成戏剧，他们也加入剧评，又在杂志上传播电影观念。1918 年周剑云主编的《鞠部丛刊》出版，汇集民初戏剧评论的精华，见证了百家争鸣的盛况。[1] 次年周瘦鹃在《申报》上连载的《影戏话》不啻是一篇欧美电影接受史，也表达了以电影为启蒙教化工具、争回经济利权的愿景。不一二年间，郑、张重回影业，成立明星影戏公司，中国电影终于突破瓶颈而呈一泻千里之势。此时周剑云、管际安（1892—1975）、凤昔醉等新剧理论家转而成为电影生产或批评的中坚。

八、"共和"的未来想象

民初随着新媒体的形成，社会文化力量迅疾崛起，以密集时空、广泛参与、跨界移位与繁富样式展现出空前活力和创意，充盈着民族自信、共和民主的精神，同时具有日常美育、改良多元的特点，这些不仅为清末所缺乏，也和"五四"新文化相区别，在此意义上为上海都市新文化写下了极其灿烂的一章，其诸多范式为新文化发展奠定了基础。

源自南社的国粹思想，这一新文化范式确立了以自身文化为本位而积极拥抱外来文化的方针，如 1910 年《小说月报》创刊时便声称"缀述旧闻，灌输新理"，"文言白话著作翻译无美不收"。1921 年复刊的《礼拜六》重申了"新旧兼备"的宗旨。[2] 或如周剑云"何必分新旧"的主张，这类表述举不胜举。这与"五四"的"全盘西化""反传统"范式截然不同，无论"新旧兼备"或"何必分新旧"都表示一种文化自尊与自信，体现了理性、包容、改良、多元的精神，并从文化传统汲取资源，对于功利物质主义现代性起到某种制衡作用，这些方面对于我们新世纪文化现状及其发展来说仍然富于启发。

1912 年南社成立国学商兑会，高旭（1877—1925）说，"今幸民族朝政，顿异

1　周剑云主编《鞠部丛刊》，1918 年出版，收录了大量有关"新剧改良"讨论的资料。见刘绍唐、沈苇窗主
　　编：《平剧史料丛刊》第 6 种（台北：传记文学出版社，1974 年）。

2　《小说界消息》，《申报》1921 年 2 月 13 日，第 14 版。

曩昔，则吾社之宗风大畅而未尽者，非政
治之发扬，乃在道德与文美耳"，后"二
者之性质最为高尚，实含有世界至善之性
质"。[1] 这已预言了南社文人与政坛切割而
从事"道德与文美"的趋向，因此许多
人投入都市文化产业顺从了这一转型的
要求，在去革命化中选择了"共和"，坚
持对"专制"的批判。事实上各种文艺人
才迅速聚集，借新媒体全方位发挥"软实
力"，以自律自赎的方式消解暴戾与仇恨，
实践言论自由的权利，和平推进日常的进
步，通过中西合璧熔铸一种新的爱与美的
典律。这一以"美育"理念推进的新国民
"情感教育"，如表现"高尚纯洁"的男女
爱情与一夫一妻"小家庭"等方面，说到

图 4-47 《破天荒中国女子之凌空》
（《妇女时报》1911 年）

底在世界格局中属于维多利亚式的文明规训，在实现"中国现代性"目标这一点与
"五四"新文化没多少差别，虽然内容、方式与结果不同，然而两相平行对照来理
解现代中国是更为全面更为必要的。

　　对于这些南社文人，且不论是否属于"资产阶级"，或属于杨天石说的"共和
知识分子"，至少在当时他们是最有教养的一群，却显得低调，在知识分子的历史
转型来看他们的行为方式，某种意义上体现了一种新国民身份。在这一社会力量崛
起过程中，由于传统文化的涵养与共和理念的召唤，人际关系呈现一种新气象，无
论是同行跨行还是不同性别，相互尊重，协力合作，一面为健全新媒体建制添砖
加瓦，一面遵守法规讲究体面，虽然有矛盾，但很少有谩骂、栽赃、专断的现象
发生。

1　杨天石、王学庄编著：《南社史长编》（北京：中国人民大学出版社，1995 年），页 300。

图 4-48　沈泊尘绘《御飞车图》(1915 年)

尤其是民初女性的社会运动，无论社会实践还是媒体的影像展示，无论真实或虚拟，无疑都是现代中国难得的奇观，像《眉语》那样的女性杂志绝无仅有。她们或许多少含有保守文化政治，不像"五四"娜拉般激进，但对于社会与文化发展而言同时并存多种声音是更为健康的，所取得的进步也更为稳健踏实。

长期以来这一段历史被层层偏见所掩埋，如辛亥革命"是一场失败的资产阶级革命"，或说起袁世凯称帝和张勋（1854—1923）复辟，便一团漆黑，"共和"观念不得人心，或者提起那时的文学无非是遗老们一片哀鸣，或对所谓的"鸳鸯蝴蝶派"不屑一顾，等等，不一而足。

回望这一段与"东亚第一个共和国"俱来的辉煌文化，其国民自豪、人性光芒与巨大创意皆弥足珍贵，对于自己的历史我们应当开拓胸襟，从中获取教训与力量，而不应妄自菲薄，数典忘祖和故步自封！

图 4-49 《上海鲍金莲之乘飞艇图》(《小说时报》1913 年)

最后让我们看 1911 年《妇女时报》第一期上题为《破天荒中国女子之凌空》的图像（图 4-47）[1]，当然这是虚构的，经过艺术加工的。当时有不少这类图像，如 1913 年《小说时报》中《上海鲍金莲之乘飞艇图》[2]，或 1915 年沈泊尘《新百美图》中的《御飞车图》（图 4-48）[3]。自晚清《点石斋画报》以来，报纸和画报充满关于欧美气球、飞艇或飞机的报道，激起中国人的无限向往，因而创作和翻译了不少乌托邦科幻小说，到了民初，风气一变而转向实际，表面上这是对于女性未来职业的展望，的确到 30 年代中国有了女飞行员，或更借女体寄托了富国强兵的乌托邦想象。但从新媒体角度，它成为自身运用想象与威力的展示，由作者与资本、读者的合谋而生产出充满希望的社会意义，遂超越了女体的消费性而成为一个共和时代的象征。

（原载《文汇学人》2017 年 2 月 24 日第 281 期 ）

1　《破天荒中国女子之凌空》，《妇女时报》第 1 期（1911 年 6 月）。

2　《上海鲍金莲之乘飞艇图》，《小说时报》第 18 期（1913 年 5 月）。另有《云中缥渺之飞仙图》，《小说时报》第 15 期（1912 年 4 月）；《孙凤云和湘妃阁驾飞车》，《小说时报》第 16 期（1912 年 7 月）等。

3　沈泊尘：《新新百美图》，《大成》第 113 期（1984 年 4 月），页 49。

作 者 简 介

陈建华，生于上海。1988 年获复旦大学古典文学博士学位，2002 年获哈佛大学现代文学博士学位。曾任教于复旦大学、美国欧柏林学院、上海交通大学，香港科技大学荣休教授，现为复旦大学特聘讲座教授，古籍所教授，博士生导师。著作有《"革命"的现代性》、《革命与形式》（Carlos Rojas 等译：*Revolution and Form: Mao Dun's Early Novels and Chinese Literary Modernity, 1927–1930*. Leiden: Brill, 2018）、《从革命到共和》（钱锁桥编：*From Revolution to the Republic: Chen Jianhua on Vernacular Chinese Modernity*. M. E. Sharpe, 2012）、《十四至十七世纪中国江浙地区社会意识与文学》、《帝制末与世纪末》、《雕笼与火鸟（三十年集）》、《古今与跨界》、《文以载车》、《陆小曼·1927·上海》、《紫罗兰的魅影》。主编有《中国文学与文化研究范式新探索》及诗文集《去年夏天在纽约》《陈建华诗选》《乱世萨克斯风》《灵氛回响》《凌波微语》《午后的繁花》《风义的怀思》等。

崔文东，安徽合肥人，香港中文大学哲学博士，现任香港城市大学中文及历史学系助理教授。曾执教于香港中文大学中国语言及文学系、香港中文大学（深圳）人文社科学院，并曾担任哈佛燕京学社访问学人（2015—2016）。目前的研究方向为中国近现代文学与文化，尤其关注晚清英雄传记、鲁迅与世界文学等研究议题，相关论文散见于《汉学研究》《文学评论》《中国文哲研究集刊》《东亚观念史集刊》《清华学报》等期刊。研究著作曾获得宋淇翻译研究论文纪念奖（2010 年）及评判提名奖（2019 年）。

付永春，浙大宁波理工学院传媒与法学院副教授，华莱坞与全球传播研究所所长。2014 年毕业于新西兰奥克兰大学，获电影学博士学位。专著有《跨国语境下的早期中国电影产业》（*The Early Transnational Chinese Cinema Industry,* Routledge，2019），在 *Inter-Asia Culture Studies*、*Journal of Chinese Cinemas*、*Sungkyun Journal of East Asian Studies* 和 *Asian Cinema* 等杂志发表论文 6 篇。目前主持国家社科基金艺术学项目《早期中国电影放映史，1897—1937》，正在写作 *Shanghailanders in Screenland* 一书，考察早期中国电影业的外国人。

贺麦晓（Michel Hockx），荷兰人，获荷兰莱顿大学博士学位，曾任英国伦敦大学亚非学院中文系教授、中国研究院院长、英国汉学协会会长。现任教于美国圣母大学东亚语文系，兼任圣母大学刘氏亚洲研究院院长。他的研究主要关注现当代中国文学团体及其出版物与社会实践。目前专门研究 20 世纪中国文化政策和书报检查制度。研究著作有《中国网络文学》（*Internet Literature in China*, New York: Columbia University Press, 2015）、《文体问题：现代中国的文学社团和文学杂志（1911—1937）》（*Questions of Style: Literary Societies and Literary Journals in Modern China, 1911–1937*, Leiden: Brill, 2003）（中文译文 2016 年由北京大学出版社出版，译者陈太胜）、《雪朝：通往现代性的八位中国诗人》（*A Snowy Morning: Eight Chinese Poets on the Road to Modernity*, Leiden: CNWS, 1994）等。

胡志德（Theodore D. Huters），中国现代文学和文化研究学者，现任《译丛》主编。曾任加州大学洛杉矶分校东亚语言文化系教授、系副主任，加州大学北京研究中心主任，上海大学客座教授、华东师范大学客座教授、南开大学客座教授、上海交通大学客座教授，上海社科院历史研究所特派研究员，复旦大学当代中国研究中心国际顾问委员会委员。1969 年 1 月毕业于美国斯坦福大学，获政治学学士学位；1972、1977 年，获得斯坦福大学中文硕士、中文博士学位。主要著作有《钱锺书》（G.K. Hall 出版社，1982 年；中文版，中国广播电视出版社，1990 年）、《把世界带回家：西学中用在晚清和民初中国》（夏威夷大学出版社，2005 年）。曾翻译北岛、汪晖、王晓明等人著作多种。即将出版手稿为《把中国带向世界：二十世纪初的中国现代性问题》。

黄雪蕾，德国海德堡大学博士，现为英国爱丁堡大学东亚系副教授，曾在台北"中研院"、法国南特高等研究院和维也纳国际文化研究中心从事博士后和研究员工作，并获得海德堡大学 Ruprecht Karls Prize、德国洪堡基金会研究奖等荣誉。研究方向为中国早期电影、印刷与大众媒体，及近代中国感官文化史。著作有 *Scents of China: A Modern History of Smell*（剑桥大学出版社，2013）、*Shanghai Filmmaking: Crossing Borders, Connecting to the Globe, 1922–1938*（Brill，2014）、*Mapping China's Modern Sensorium*（与吴盛青合编，Routledge，2022），以及诸多期刊论文（发表于 *Modern Chinese Literature and Culture*、*Twentieth-Century China*、*Modern Asian Studies* 等），并已完成有关气味文化史的新著（暂题为 *The Cesspool and the Rose Garden: The Social Life of Smell in Modern China*）。

李佳奇，1990 年生，广东汕头人，新加坡南洋理工大学中文系博士候选人。研究兴趣为晚清翻译史、中西文化交流、近现代思想文化史。目前专注出使日记译本研究，旨在发掘西文档案史料，考察晚清驻外日记在 19 世纪英语世界的译介轨迹，从而揭示公使日记在中西文化交流史上的中介作用。近五年受资助赴早稻田大学、苏黎世大学访学交流，并应邀在剑桥大学、牛津大学等校主办的国际研讨会上做学术报告。已刊论文有《佞言与迻译：郭嵩焘〈使西纪程〉的西文史料稽考》《试析李泽厚早期美学思想中潜在的康德因素》等。

李欧梵，香港中文大学冼为坚中国文化荣休讲座教授、美国哈佛大学荣休教授、台北"中研院"院士。曾任教于普林斯顿大学、印第安纳大学、芝加哥大学、加州大学洛杉矶分校等大学。主要中英文著作有《中国现代作家的浪漫一代》《铁屋中的呐喊》《上海摩登》《现代性的追求》《世界之间的香港》《人文六讲》《中西文学的徊想》《狐狸洞话语》等数十种，并出版有长篇小说《范柳原忏情录》《东方猎手》。

罗萌，1984 年生，香港科技大学人文学部文学博士，现任上海华东师范大学国际汉语文化学院讲师，主要研究方向为中国现代文学、通俗文学与文化。在《文艺理论研究》《中山大学学报·社会科学版》《上海大学学报·社会科学版》《南方文坛》《东岳论丛》等学术期刊上发表多篇论文，并在《文汇报》、《21世纪经济报道》、香港《明报月刊》、新加坡《联合早报》等报刊上发表影视及文化评论。

马勤勤，1983年生，北京大学文学博士，现任中国社会科学院文学研究所《文学评论》副编审。主要从事中国近代文学与文化研究，出版专著有《隐蔽的风景：清末民初女性小说创作研究》，译有《美人与书：十九世纪中国的女性与小说》，在《文学评论》《文艺研究》《清华大学学报》《中国人民大学学报》《南开学报》《中国现代文学研究丛刊》《现代中文学刊》《鲁迅研究月刊》《新文学史料》等刊物上发表论文30多篇。曾获北京大学研究生"学术十杰"称号与"孟二冬教授学术纪念"一等奖，专著《隐蔽的风景：清末民初女性小说创作研究》获天津市第十五届社会科学优秀成果奖一等奖（集体）和首届"季镇淮钱仲联任访秋学术奖"三等奖。

孙丽莹，2015年德国海德堡大学近代中国研究博士、2016至2018年南加州大学数位研究项目Andrew Mellon博士后，现为爱荷华大学亚洲和斯拉夫语言文学系访问助理教授。主要研究领域是近代视觉媒体历史与大众文化，包括期刊文化史、早期无声电影史，以及在这些领域尝试引介数位人文研究。曾合作创建与编辑了两个收藏近代妇女杂志与娱乐小报的数据库，目前正在准备书稿《无衣之体：近代中国大众文化中裸体图像的流转》以及从事"好莱坞默片在中国：历史观众与跨文化接收（1890s—1920s）"议题的相关研究。

王德威，台湾大学外文系毕业，美国威斯康辛大学麦迪逊校区比较文学博士。曾任教于中国台湾大学、美国哥伦比亚大学，现任哈佛大学东亚系暨比较文学系Edward C. Henderson讲座教授。台北"中研院"院士、"长江学者"特聘教授、美国艺术与科学研究院院士。研究方向包括近现代中国与华语文学，比较文学，文学理论。著作有《众声喧哗》《小说中国》《被压抑的现代性》《历史与怪兽》《后遗民写作》《史诗时代的抒情声音》《华夷风起：华语语系文学三论》，以及 *The Monster That Is History: History, Violence, and Fictional Writing in Twentieth-century China*、*The Lyrical in Epic Time: Modern Chinese Intellectuals and Artists Through the 1949 Crisis*、*Why Fiction Matters in Contemporary China* 等。

王宏超，复旦大学文学博士，上海师范大学人文学院副教授、硕士生导师。近年主要研究领域为中国近现代美学史、中西艺术交流史、巫术与中国文化、中国审美文化史等。主要论文有《中国现代辞书中的"美学"——美学术语的译介与传播》《中国现代美学学科的确立——晚清民初学制中的"美学"》《宗教、政治与文化：索隐派与来华传教士的易学研究》《鬼形神影：灵魂照相术在近代中国的引介和实践》《巫术、技术与污名：晚清教案中"挖眼用于照相"谣言的形成与传播》《"海国新奇妇有髭"：晚清域外游记中有关妇人生须的"观察"与跨文化想象》等。出版有《古人的生活世界》（中华书局，2020年）。承担国家社科基金后期资助项目《中国现代美学的学科制度和知识谱系》。

吴盛青，香港科技大学人文学部教授。加州大学洛杉矶分校博士，曾为哈佛大学费正清东亚中心王安博士后、哈佛大学燕京学社访问学人、卫斯里安大学亚洲语言文学系副教授等。出版英文专著有《现代之古风：中国抒情传统的传承与新变》（*Modern Archaics: Continuity and Innovation in the Chinese Lyric Tradition, 1900–1937*, Harvard University Asia Center. Press, 2013）、《光影诗学：中国抒情传统与现代媒介文化》（*Photo Poetics: Chinese Lyricism and Modern Media Culture*, Columbia University Press, 2020）。编著有《抒情传统与维新时代：辛亥前后的文人、文学、文化》（上海文艺出版社，2012年，与高嘉谦合编）、《旅行的图像与文本：现代华语语境中的媒介互动》（复旦大学出版社，2016年）、《感觉中国：感官文化的现代变革》（*Sensing China: Modern Transformations of Sensory Culture*, Routledge, 2022）（与黄雪蕾合编）。

颜健富，马来西亚华人，现任台北清华大学中文系副教授。一边旅行，一边写论文，游遍五洲多异想。著有《从身体到世界：晚清小说的新概念地图》《革命、启蒙与抒情：中国近现代文学与文化研究学思录》《穿梭黑暗大陆：晚清文人对于非洲探险文本的译介与想像》，多篇论文发表于一级期刊。学术旅行化，旅行学术化，界限模糊。研究近现代文学中的世界想象、乌托邦视野、冒险文类、新地理观、概念旅行等议题，乃至探索 19 世纪"非洲探险记"传入晚清文化界的轨迹，响应的是旅人根深蒂固且又蠢蠢欲动的出走欲望。

张春田，香港科技大学人文学部博士，现为华东师范大学中文系副教授，语文教育研究中心研究员，《现代中文学刊》编辑。曾在德国海德堡大学、香港理工大学、加拿大不列颠哥伦比亚大学、日本东京大学访问研究或短期任教。主要从事二十世纪中国思想与文学研究。著有《革命与抒情》《女性解放与现代想象》《思想史视野中的娜拉》，编有《"晚清文学"研究读本》《另一种学术史》等，译有《哈哈镜：中国视觉现代性》《章太炎的政治哲学》等，在海内外学术刊物上发表论文多篇。2017 年入选上海市浦江人才计划。